Gary Gottesfeld wurde in Brooklyn, New York, geboren. Er machte Abschlüsse in Englisch und Theaterwissenschaften an der New Yorker Universität. Nachdem er als Chef-Texter in einer Werbeagentur gearbeitet hat, wurde er Journalist. Gary Gottesfeld lebt heute mit seiner Frau und seinem Sohn in Los Angeles.

Von Gary Gottesfeld ist außerdem erschienen:

Die Stimme aus dem Dunkeln (Band 3086)

Dieses Buch wurde auf chlor- und säurefreiem Papier gedruckt.

Deutsche Erstausgabe Dezember 1992

Titel der Originalausgabe »Blood Harvest«

Originalverlag Ballantine Books, New York
Umschlaggestaltung Manfred Waller
Fotographik Mall Photodesign
Satz Compusatz, München
Druck und Bindung Elsnerdruck, Berlin
Printed in Germany
ISBN 3-426-03246-5

2 4 5 3 1

Gary Gottesfeld

BLUTIGE ERNTE

Psychothriller

Aus dem Amerikanischen
von Marcel Bieger

Knaur

Für Nancy und Adam –
die beiden Menschen,
die mich zum Lachen bringen.

DANKSAGUNG

Mein tiefempfundener Dank geht an folgende Personen:
Charles und *Stuart Smith*; dafür, daß ich auf ihrem großartigen Weingut frei herumlaufen konnte.
Dr. Jay Mortimer; dafür, daß er mir einiges von psychiatrischer Medizin beigebracht hat.
Neal Robb; dafür, daß er mir dabei geholfen hat, die legalen Vorgänge und Hintergründe in diesem Buch korrekt zu gestalten.
Dr. Gerald und *Nadine Levinson*; dafür, daß sie mir das Menschliche hinter dem Abnormen gezeigt haben.
Dr. Ronald Golovan; dafür, daß er mich darüber aufgeklärt hat, was aus den Körperteilen wird.
Norman Lightfoot; dafür, daß er so viel Mühe darauf verwendet hat, alte Landkarten durchzuforsten.
Steve Franklin; dafür, daß er Steve Franklin ist.

Der Übersetzer möchte sich an dieser Stelle bei *Christine Patz* bedanken, ohne deren Bemühungen und Recherchen der deutsche Text nicht das geworden wäre, was er jetzt ist.

PROLOG

7. September 1772

Sie sagte, ihr Name sei Claudine und letzten Monat wäre sie fünfzehn geworden.

Bei der Größe und Güte Gottes – wie schön dieses junge Mädchen ist!

Dieser Leib! Diese langen, graziösen Glieder! Ihre Brüste sind weiß und rein wie Kaffeesahne. Das Aroma ihrer Haut, so feucht und durchdringend.

Ich sitze Stunde um Stande an ihrem Bett und beobachte sie im Schlaf. Ihre dicken dunklen Locken, die sich wie eine schwarze Sonne auf dem Kissen ausbreiten. Ich denke, wenn doch nur die Welt, die in ihren frivolen Kriegen so zornig und grausam ist, so gesegnet werden könnte, wie ich es in dieser Nacht bin!

Ich blicke aus dem Fenster. Der Nachthimmel ist grau wie Zinn.

Die Zeit ist fast gekommen.

Ich höre die Geräusche meiner Zehennägel, die über die kühlen Steinplatten schaben, während ich hinaus auf den Lichthof trete. Ich lehne mich an die Balkonbrüstung, und mein Blick schweift über die Hügel. Die Schatten auf meinen geliebten Weinbergen. Die Trauben hängen wie überreife Eierstöcke von den Rebenstämmen, nehmen im frühen Licht bereits Form an. Der Wein und ich waren immer wie Zwillinge miteinander verbunden, so, als flösse in unseren Adern das gleiche Blut.

Wie friedlich es dort draußen ist.

Ich warte, bis die Sonne über den Hängen aufgeht.

Jetzt ist die Zeit gekommen.

Im Haus schläft meine wunderschöne Claudine immer noch. Die köstlichen Lippen sind ein kleines Stück aufgegangen. Wie bezaubernd du bist! Ich hoffe, du träumst von mir, meine Einzigartige.
Ich setze mich neben sie auf das Bett. Meine Finger streicheln ihren Hals und verweilen kurz auf dem Puls unter ihrer Haut. Sein melodisches Pochen erregt mich und meine Härte.
Liebliche, süße Claudine, ich fürchte, der Zeitpunkt ist da.
Ich greife in die Schublade des Nachtschränkchens und hole den Hammer und den Nagel heraus, den ich dort neben dem Skalpell aufbewahre.
Sie erwacht für einen Moment, und ihre blaßblauen Augen starren auf mein Gesicht. Dann tut das schmerzlindernde Mittel seine Wirkung. Sie schließt langsam die Augen, dreht sich auf die Seite und läßt mich ihren Hinterkopf sehen. Du machst es mir so einfach, Herzallerliebste, den gebührenden Abschluß für eine perfekte Nacht zu vollbringen.
Ich teile ihre zierliche Lockenpracht. Meine Wunderbare, murmele ich, während ich die Nagelspitze vorsichtig auf die Stelle setze, an der sich Hals und Schädel treffen. Ich schlage kraftvoll mit dem Hammer zu. Der Nagel dringt mit großer Leichtigkeit ein. Ihr Kopf zittert kurz, dann liegt er still da.
Ich bin beglückt. Endlich habe ich es doch gelernt, die Arterien nicht zu treffen.
Melancholie überschwemmt mich, wie stets. Zähren rinnen über mein Gesicht und tropfen auf die Laken. Vermischen sich mit ihrem Blut.
Ich nehme das Skalpell aus der Schublade und trage dieses einzigartige Mädchen, diese Kindfrau hinaus in die Weinberge, wo ich sie sanft auf feuchtem Boden bette.
Nun nehme ich sie. Nach einigen Minuten ist es vorüber, was mich traurig stimmt. Ich muß mich wirklich besser beherr-

schen! Doch wenn die nächste so entzückend ist wie Claudine, weiß ich nicht, ob ich das kann.
Das Skalpell liegt neben ihrem leblosen Kopf auf der Erde. Ich tue, was getan werden muß.
Ihr reiches rotes Blut strömt wie die Wasser der Garonne aus den Lenden und versickert rasch im lockeren Erdreich.
Ich werde sie vermissen! schreie ich die fetten, neu geschwängerten Weinstöcke rings um mich an.
Ich werde sie alle vermissen!

Eintrag 43 aus dem Tagebuch des Barons Gustave de Montret.
Übersetzt von Wilbur Striker am 3. Januar 1943.

In ihrem modernen und geräumigen Loft in der Houston Street in New York las Maura McKinney den Eintrag in dem zerfledderten Tagebuch zu Ende, das Wilbur Striker vor siebenundvierzig Jahren übersetzt hatte. Ein gutturaler Laut drang aus ihrer Kehle, und ihr Körper erbebte. Über ihrer Schulter drang das scharfe Licht einer Halogenlampe direkt auf die brüchigen gelben Seiten.
Der Himmel vor ihrem Fenster verwandelte sich von Kobaltblau in Pechschwarz. Die letzte Woge der Rush-hour wand sich unten vorbei, und das Lärmen der Stadt drang aus den Straßen hoch und schlängelte sich durch die geöffneten Fensterläden in ihr Zimmer.
Mauras Hände zitterten, als sie vorsichtig die fragile Seite wendete. Schweißperlen quollen von ihrer Stirn und bahnten sich auf ihrem Gesicht einen Weg. Obwohl sie Gustave de Montrets perverses Tagebuch schon mehrere Male gelesen hatte, hielt es sie auch diesmal wieder in seinem hypnotischen Griff.
Endlich konnte sie den Blick von den Seiten wenden und auf die Wanduhr richten. Schon nach zwanzig Uhr. Um Viertel nach hatte sie eine Verabredung mit Ray Scollari. Voller

Bedauern schloß sie das Tagebuch und legte es auf den Couchtisch.

Es pochte in ihrem Kopf, schlimmer als sonst. Sie ging ins Badezimmer, nahm zwei Darvocet-Tabletten zu hundert Milligramm ein und schluckte sie mit Wasser hinunter. Nachdem sie sich das Gesicht gewaschen hatte, sah sie in den Spiegel. Blasse Züge mit leuchtenden grünen Augen blickten sie an. Sie kämmte rasch die Strähnen ihres hellen Haars zurück und legte neues Make-up auf, um ihre bleiche Haut zu verdecken.

Sie freute sich keineswegs auf den Abend mit Scollari. Es wird genauso werden wie an all den anderen Abenden, dachte sie angewidert. Er bedrängte sie immer wieder, sich von ihm in dieses oder jenes Restaurant ausführen zu lassen, weil sie etwas Geschäftliches zu besprechen hätten. *Aber in Wahrheit will er nichts anderes, als seinen widerlichen, verschwitzten Körper in mein Bett zu bekommen. Er wird versuchen, mich mit Alkohol gefügig zu machen, während er mir von den sexuellen Eskapaden der Richter und Kongreß-Abgeordneten erzählt. Und dann wird er mich mit seinen ekligen Wurstfingern anfassen wollen.* Sie stellte sich vor, wie seine gebräunte, sommersprossenübersäte Hand sich ihr näherte. Bei der Vorstellung drohten ihre Beine nachzugeben. Sie spürte, wie heiße Wut blitzartig in ihr aufstieg.

Nachdem sie das Tagebuch in der Nachttischschublade eingeschlossen hatte, fuhr sie mit dem Aufzug nach unten in die Lobby und lief den kurzen Weg zum Restaurant zu Fuß.

Wenn er mich noch einmal mit seinen fetten Fingern begrapscht, bringe ich ihn um, dachte sie. Martin war der einzige Mann, der sie je hatte berühren dürfen.

Nur Martin!

Sie kochte vor Wut, als sie um die Straßenecke bog.

Ray Scollari, der Bezirksstaatsanwalt von Brooklyn, leerte gerade im Greene-Street-Café sein zweites Glas Glenlivet on the rocks, als er bemerkte, wie Maura das halbgefüllte Restaurant betrat. Er war sauer, weil sie ihn hatte warten lassen, aber als er jetzt bemerkte, wie wunderbar sie aussah, versiegte der Ärger in ihm und machte dem alten Verlangen Platz. Großer Gott, wie sehr ich diese Frau will! dachte er.
Die Männer an der Bar, inklusive Kellner und Barmixer, verdrehten alle die Köpfe, um ihr auf ihrem Weg nachzustarren.
Sie lächelte Ray an, als sie sich zu ihm setzte. Ihr blondes Haar, das an einen Sonnenaufgang auf Island erinnerte, war hinter dem Kopf zusammengeknotet. »Tut mir leid, Ray, daß ich zu spät komme, aber ich bin über einem Bericht hängengeblieben.«
Er zuckte die Achseln und winkte ab, so als wollte er sagen, alles sei vergeben und vergessen. Er schnippte mit den Fingern, rief den Kellner heran und bestellte für Maura einen Chardonnay. »Du siehst abgespannt aus. Du solltest etwas Kräftigeres trinken.«
Sie schüttelte den Kopf. »Ich hatte heute einen harten Tag bei Gericht. Drei Fälle.«
Er nickte. Seine Lenden brannten vor Verlangen nach ihr. »Hast du Hunger?« fragte er ungezwungen, so, als wollte er sich nichts von dem anmerken lassen, was in seinem Innern vorging, während er ihr in die jadegrünen Augen blickte. Nach ein paar Drinks wäre sicher der geeignete Moment gekommen, ihr zu gestehen, wie es in ihm aussah. Er nahm zwei Speisekarten und reichte ihr eine. »Hier machen sie das beste Filet mignon in der ganzen Stadt.«
»Was gibt es zu bereden, Ray?«
»Wie bitte?«
»Warum die Einladung zum Dinner?«

»He, sollten zwei gestreßte Juristen nicht einmal für ein paar Stunden den gottverdammten Marmorhallen entfliehen dürfen?« antwortete er lachend. Er schwieg kurz, um wieder die grünen Augen zu betrachten. Dann sagte er: »Okay, ich sage dir, was los ist. Ich werfe meinen Hut in den Ring, für die Bürgermeisterwahl im Frühling.«
»Meinen Glückwunsch«, entgegnete sie zurückhaltend.
»Ich möchte gern, daß du daran teilhast.« Er streckte seine dicke, sommersprossige Hand nach ihr aus. Sie wich auf ihrem Sitz so weit wie möglich zurück und legte die Hände sicherheitshalber in den Schoß.
»In welcher Eigenschaft?« erkundigte sie sich.
»Als meine persönliche Assistentin. Dann könntest du endlich aus der Bruchbude in Soho aus- und bei mir in Gracie Mansion einziehen.«
»Mir gefällt meine Dachwohnung, Ray. Davon abgesehen kann ich mir nicht vorstellen, daß deine Frau es sonderlich schätzen würde, mit mir das Badezimmer teilen zu müssen«, erwiderte sie giftig.
»Denk mal drüber nach«, erklärte er und lächelte selbstsicher. »In dieser Stadt kann man es weit bringen, wenn man als Ankläger im Büro des Bezirksstaatsanwalts arbeitet.« Er fing an, die Karte zu studieren.
Ray bestellte ein Steak medium und eine Flasche Barolo. Maura ließ sich einen Haussalat kommen.
Während des Essens redete Ray unentwegt über seine Pläne, aber seine Augen wichen nie von Mauras Gesicht. Sie bemühte sich, ihm zuzuhören, doch ihre Gedanken wanderten immer wieder zu dem abgegriffenen Tagebuch ab. *Wer war der Übersetzer Wilbur Striker? Nein, vielleicht ist es besser, ich erfahre es nie.*
Sie fragte sich, wann Ray zur Attacke übergehen würde. Sie bekam wieder Kopfschmerzen. Die Darvocets hielten sie

nicht lange zurück. Nichts, was sie einnahm, schien die Kopfschmerzen zurückhalten zu können.

Zwischen dem Espresso und einem Sambuco kam Ray zur Sache. »Was macht denn dein Liebesleben, Schatz?«

»Das ist meine Sache, Ray.«

»Vielleicht ist es nicht mehr existent?« bohrte er mit einem Hoffnungsfunken in den Augen nach.

»Vielleicht.« Nun sah sie ihm direkt in sein stark gebräuntes Gesicht. Er achtete immer auf seinen Teint, auch im Winter, wurde ihr in diesem Moment bewußt. Der kommende Bürgermeister von New York City kann unmöglich bleich und kränklich aussehen, dachte sie. In ihrem Kopf hämmerte es mittlerweile wie verrückt. Sie wollte nichts lieber als auf die Toilette gehen, um dort mehr Darvocet zu nehmen.

»Ich meine, was ist denn los? Ich kenne dich seit Jahren... du bist eine meiner besten Anklägerinnen... aber ich habe dich noch nie mit einem Kerl gesehen. Mir sind noch nicht einmal Geschichten über dich zu Ohren gekommen.«

»Was hat das mit meinen juristischen Fähigkeiten zu tun?«

»Nichts. Ich habe mich nur gewundert, mehr nicht.« Er rutschte um den Tisch herum näher auf sie zu.

Sie wurde wieder zornig. Ihr Leben war allein ihre Sache und ging sonst niemanden etwas an. Der Schmerz, der vorn im Kopf saß, hämmerte und pulsierte. Nicht mehr lange, und dieses gräßliche Geräusch von Metall, das über Metall kratzt, würde wieder in ihrem Kopf widerhallen. Sie schüttelte den Kopf, als könnte sie es damit verdrängen.

»Du bedeutest mir sehr viel«, erklärte er unvermittelt, und seine Lippen zitterten. Sein Gesicht war vom Alkohol stark gerötet.

»Es ist schon spät, Ray. Ich denke, es ist an der Zeit zu gehen.« Sie hob die Serviette vom Schoß und legte sie auf den Tisch.

Er sah ihr streng in die Augen. »Hast du gehört, was ich gesagt habe?«
»Ja. Ich bin nicht daran interessiert, deine Geliebte zu werden, wenn das der Sinn und Zweck deines Manövers sein sollte«, entgegnete sie hart. »Zudem hast du diesmal nicht versucht, den Grund für deine Einladung zum Dinner verborgen zu halten.«
Er beugte sich weit vor und packte sie am Arm. »Ich bin bereit, für dich meine Frau zu verlassen. Auch während des Wahlkampfs. Sagt dir das denn nicht, wie ernst meine Absichten sind?« flüsterte er voller Leidenschaft.
Trotz der Kopfschmerzen, die sich in ihrem Schädel ausbreiteten, mußte Maura schallend lachen.
»Hältst du mich für eine Witzfigur?« fragte er mit einer Miene, in der sich Ärger und Verletztheit spiegelten.
»Ach, Ray, es war wirklich ein langer Tag...« Sie wollte ihren Arm befreien, doch er hielt ihn weiterhin fest.
An seinen Schläfen pochten Adern. Ein Anzeichen dafür, wie beleidigt er war. Mit höhnischer Stimme erklärte er: »Ich mag es nicht, wenn man mich auslacht. Vor allem dann nicht, wenn ich meine Gefühle ausbreite. Was für eine blöde Kuh bist du eigentlich?«
Das Angewidertsein und unkontrollierbarer Zorn explodierten in ihr. Sie drehte den Arm, den er immer noch hielt, bis ihre Handfläche unter seinem Handgelenk lag. Dann schloß sie die Finger um seine fleischige Haut und trieb die langen roten Nägel hinein.
Ray keuchte vor Schock und Schmerz. Er sah auf sein Handgelenk und entdeckte, daß ihre Fingernägel etwa einen Zentimeter tief in seine Haut eingedrückt waren. Blut troff heraus und beschmutzte sein weißes Hemd. Er wollte seine Hand fortziehen, aber ihr Griff war so fest wie der eines Schraubstocks. Der Schmerz war ihm unerträglich. »Bitte«, flehte er

und sah sich um. Er konnte es sich so kurz vor den Vorwahlen nicht erlauben, daß ihm öffentlich eine Szene gemacht wurde. Zu seinem Glück war das Restaurant nur spärlich besucht. Als er sich zu ihr umdrehte, sah er, daß ihn ihre eiskalten grünen Augen wie Messer zu durchbohren schienen. »Laß los... bitte«, flüsterte er. Der Haß in ihrem Gesicht machte ihm angst. Dann verging der Zorn ebenso rasch, wie er gekommen war. Sie ließ ab von Ray. Er zog seinen verletzten Arm rasch unter den Tisch.

Er warf noch einen Blick durch das Lokal, um sicherzugehen, daß niemand den Vorfall mitbekommen hatte, und wickelte dann eine Serviette um das blutende Handgelenk. »Du bist ja vollkommen verrückt«, zischte er. Nach einem Moment zog er sich mit der gesunden Hand die Krawatte gerade und strich seine Jacke glatt. »Weißt du, jetzt, wo ich darüber nachdenke«, fuhr er dann fort, »ich weiß eigentlich Null Komma nichts von deinem Leben. Wer oder was bist du denn? Wieso rackere ich mich mit so einer blöden Schlampe wie dir ab? Nun, vielleicht sollte ich mich etwas eingehender mit deiner Person befassen. Und wenn ich damit beginne, solltest du um eine weiße Weste beten, Baby.«

Maura haßte sein heimtückisches Lächeln. Er setzte es in der Regel im Gericht auf, wenn er einen Zeugen der Verteidigung in Grund und Boden stampfte. Maura wollte sich diesem Lächeln nicht länger aussetzen. Sie erhob sich rasch, stürmte aus dem Restaurant und ignorierte die Blicke der Männer, die ihr folgten.

Als sie über den Bürgersteig lief, war in ihren Gedanken nur noch blanker Haß auf Scollari. Und plötzlich erwachte das metallische Kreischen, das sie so sehr fürchtete, erneut in ihrem Kopf. *Gott, was passiert nur mit mir?* fragte sie sich voller Angst. *Es hätte nicht viel gefehlt, und ich hätte ihn umgebracht.*

Maura versuchte in dieser Nacht vergeblich einzuschlafen. Das, was sie dem Bezirksstaatsanwalt angetan hatte, wollte ihr nicht aus dem Kopf. Diese große Körperkraft hatte sie schon immer besessen, doch bislang war es ihr stets gelungen, sie in der Öffentlichkeit unter Kontrolle zu halten. Es war bereits ein Uhr morgens, und sie war nicht im mindesten schläfrig. Wenigstens war der schlimmste Kopfschmerz zu einem fernen Pochen vergangen.

Sie nahm sich ernsthaft vor, die Ereignisse im Restaurant zu verdrängen, schloß die Augen und dachte konzentriert an ihre liebe Freundin Rena, die sie seit Jahren nicht mehr gesehen hatte. Endlich würden sie sich wiedersehen, denn Maura wollte morgen in den Norden Kaliforniens. Dann fiel ihr Onkel Wiggly ein. Wie würde er sie umarmen, wenn er sie wiedersah. Das waren angenehme Gedanken, und Maura lächelte.

Wenig später drängte sich das verwünschte Tagebuch des Barons Gustave de Montret wieder in ihren Kopf, und das Lächeln erstarb. Sie kannte das Tagebuch seit ihrer Kindheit im kalifornischen Napa. Eines Tages hatte sie allein auf dem Dachboden gespielt und das Journal tief unten in einer alten Truhe aufgestöbert. Sie hatte nur die ersten Einträge gelesen, und die reichten aus, sie zutiefst zu verstören. Sie hatte niemandem, auch ihrem Vater nicht, gestanden, das Buch entdeckt zu haben. Warum hatte ihr Vater es aufgehoben? Maura war nie dahintergekommen. Und letztes Jahr, als sie wie üblich den Urlaub in Napa Valley verbrachte, hatte sie das Journal wiedergefunden. In der Schreibtischschublade im Büro der aufgegebenen Kelterei ihres Vaters. Vielleicht hätte sie es damals gleich vernichten sollen. Statt dessen hatte sie es zurück nach New York mitgenommen. Und heute war es zu spät. Sie würde es nie mehr zerstören können; nicht, nachdem sie den letzten Eintrag gelesen hatte. Irgend etwas Entsetzliches band sie an den bösen Mann, an Baron Gustave.

Und Maura wußte auch, was sie an ihn band. Der letzte Eintrag im Tagebuch verriet es. Mein Gott, dachte sie, wenn jemand das Buch findet!

Sie setzte sich auf, griff sich das Journal vom Nachttisch und riß die letzten Seiten heraus. Sie begab sich in die Küche, zündete den Gasherd an und schob die Blätter in die Flammen. Sie hielt sie fest, solange sie konnte, und warf die Asche dann in den Abfalleimer.

Sie kehrte in ihr Bett zurück. Es war schon reichlich spät, und sie mußte wenigstens etwas schlafen. Morgen hieß es, in aller Frühe aufzustehen, um das Flugzeug zu erwischen. Sie wollte das Tagebuch mitnehmen und es in die Schreibtischschublade in der Kelterei zurücklegen. Vielleicht wäre es ihr dann möglich, endlich wieder normal schlafen zu können. Vielleicht würden dann die furchtbaren Geräusche in ihrem Kopf verschwinden.

Um drei Uhr wachte sie vom gräßlichen metallischen Kratzen in ihrem Schädel auf.

Voller Panik riß sie die Decke von ihrem nackten Körper und richtete sich auf. Dann fing ihr Herz wie üblich an zu rasen, und sie bekam wie immer eine Todesangst. Sie keuchte und hatte Atemnot. Sie fürchtete, ersticken zu müssen.

Sie tastete sich ins Badezimmer. In ihrer Dachwohnung war es stockfinster. Sie hatte alle Lichter gelöscht und an den Fenstern die Blenden geschlossen. Maura nahm sich zwei Darvocets, ein Parnate und ein Xanax aus dem Medizinschrank, drehte den Wasserhahn auf und beugte sich zum Wasserstrahl hinunter. Sie hielt sich krampfhaft am Waschbeckenrand fest, und der Schweiß tropfte von ihrem Körper. Sie wartete darauf, daß die Wirkung der Tabletten endlich einsetzen würde.

Bitte, lieber Gott, bitte laß mich atmen! Laß mich nicht wieder ohnmächtig werden!

Als sie die Augen schloß, rauschte Martins Gesicht wie eine psychedelische Lightshow durch ihre Gedanken, und das Hämmern und Scharren des Metalls wurde unerträglich laut. Sie sank auf den Kachelboden hinab, lehnte sich an die Badewanne und preßte die Hände an den Kopf.

Zehn Minuten später begannen die Medikamente zu wirken. Sie erhob sich langsam. Ihr nackter Körper war schweißnaß und glänzte.

Sie trat an die Fensterläden, öffnete sie und ließ die kühle Nachtluft über ihren Leib und durch das lange, feine Haar fahren, das ihr bis unter die Schultern reichte.

Die dunklen Straßen waren menschenleer. Niemand konnte Maura in ihrer Nacktheit sehen. Nur der Nachthimmel beobachtete sie, und das störte sie nicht, denn die Nacht war ihr Freund und hatte sie, wie Martin, nie deswegen gescholten.

Martin... er hatte sie gesehen, wie sie nackt dastand... nur daß ...

Wunderbarer Martin. Wie sehr habe ich dich geliebt.

Sie zog die Läden zu und schloß die Nacht und die Erinnerungen an Martin aus.

Ihre Augen brannten. Sie kehrte ins Badezimmer zurück und entfernte die grüngetönten Kontaktlinsen. Als sie in den Spiegel sah, bemerkte sie kurz die wahren Farben ihrer Augen: das eine war blau, das andere dunkelbraun.

Eine weiße Weste, Ray? Wenn du wüßtest! dachte sie bitter.

Ich fürchte, teurer Baron Gustave de Montret, Euch und mir ist es vorherbestimmt, auf ewig gemeinsam in der Hölle zu schmoren.

BUCH
EINS

Kapitel 1

»Hey, Rena, wie geht es dir?«

Dr. Rena Halbrook, die sich im kleinen Terminal des Napa-Airports befand, drehte sich um und erblickte das lachende, fleischige Gesicht von Sheriff Pinky Swangel. Er lehnte am Ticket-Schalter von US-Air. Der mächtige Bauch verlangte den Knöpfen seines Hemds das Letzte ab.

»Das muß ja Jahre her sein!« rief sie überrascht und schüttelte seine Hand.

»Hm. Zum letzten Mal hab ich dich nach dem High-School-Abschluß gesehen. Damals warst du eine wirkliche Schönheit. Und, ehrlich gesagt, heute bist du das immer noch.« Er lächelte sie an, während sein Blick rasch und anerkennend über ihre Figur wanderte. »Damals war ich mir noch nicht im klaren, was ich lieber wollte, Bulle werden oder gestohlene Wagen nach Nevada fahren.«

Sie erinnerte sich, daß er ein schwieriger Junge mit einem Haufen Ärger gewesen war. »Ich denke, die Uniform steht dir weitaus besser als das Gefängnis-Blau.«

Er lachte und präsentierte seine Pferdezähne. »Dafür ist bei der Polizei nicht soviel zu verdienen. Ich habe gehört, du bist eine berühmte Psychiaterin geworden.«

»Psychologin.«

»Ich wußte nicht, daß es da einen Unterschied gibt.«

»Als Psychologin kann man nicht soviel verdienen.«

Pinky lachte laut.

»Ich warte hier auf eine Freundin, die mich abholen wollte. Anscheinend ist sie noch nicht da«, erklärte Rena und blickte zum Eingang des Gebäudes. »Aber du müßtest dich noch an sie erinnern können. Sie ist hier aufgewachsen, Maura McKinney.«

Sein Lachen verstummte abrupt. »Ja, ich erinnere mich an sie«, sagte er ernst.

Sein besorgter Blick entging ihr nicht. »Was ist denn los?«

Der Sheriff seufzte. »Wir haben einen Mord entdeckt.«

»Doch nicht Maura?« entfuhr es ihr.

»Nein, jemand anderes. Ein Wanderarbeiter, der auf dem Nachbargrundstück tätig war, wurde ermordet in ihren Weinbergen gefunden. Ich hatte gehofft, sie hier auf dem Flughafen anzutreffen. Das ist auch der Grund für mein Hiersein.« Er behielt jetzt auch den Eingang des Gebäudes im Auge.

»In *ihren* Weinbergen?« entsetzte sich Rena.

Er atmete tief ein und langsam wieder aus. »Ja«, murmelte er dann und nickte.

»Was ist geschehen?«

Pinky seufzte wieder. »Warum trinken wir nicht einen Kaffee?« forderte er sie auf und zeigte auf einen Erfrischungsstand. »Geben wir ihr noch ein paar Minuten. Vielleicht kreuzt sie gleich auf.« Er klang angespannt, so, als müsse er sich sehr zusammennehmen. Er ergriff mit seiner massigen Hand Renas Koffer, marschierte zu dem Stand und bestellte zwei Kaffee.

Rena ließ sich nachdenklich an dem Plastiktisch nieder. *Warum hoffte Pinky, Maura würde noch kommen? Gab es denn einen Grund, der dagegen sprach?* Sie spürte die Unruhe in ihm, auch wenn er sich nach Kräften bemühte, sich nichts davon anmerken zu lassen. Sein Vater hatte im Weingut ihres Vaters als Traubenpresser gearbeitet. Pinky hatte sich dort sein Taschengeld verdient und Versandkartons gepackt. Damals war er ein dicker, zu groß geratener Junge mit einem Stiernacken und einer fleckigen rosafarbenen Haut gewesen, die sich ständig um die Nase herum zu schälen schien. Die anderen Kinder hatten ihm deswegen den Spitznamen ›Pinky‹

gegeben, und der war an ihm kleben geblieben. Die meisten hier hatten vergessen, wie sein richtiger Vorname lautete. Rena bemerkte, daß er immer noch genauso aussah wie damals, er war nur noch etwas massiger geworden.

Der Sheriff brachte die zwei Kaffees an den Tisch und setzte sich. Er atmete schwer aus, so, als sei seine Lunge zu schwach, um einen so mächtigen Körper mit ausreichend Sauerstoff zu versorgen. Nachdem er eine enorme Menge Zucker in seinen Becher gekippt hatte, sagte er: »Der Tote war Mexikaner, ein gewisser Tomas Sanchez, und wurde vor ein paar Stunden auf Mauras Grund gefunden, angebunden an einen Weinstock.«

Sie legte eine Hand auf seinen Arm. »Erzähl mir alles, Pinky. Was geht hier vor?«

»Beruhige dich«, entgegnete er und tätschelte ihre Hand. »Ich bin mir sicher, daß mit Maura alles in Ordnung ist. Irgendein Verrückter hat den Mex abgemurkst... hat ihm die Kehle durchgeschnitten und ihn dann an den Rebstock gefesselt. Wahrscheinlich hat Sanchez Streit mit einem anderen Arbeiter bekommen... wegen Geld oder«, er fuhr sehr leise fort, »wegen einer Frau. Man weiß vorher nie, worüber diese Menschen sich in die Haare kriegen. Sanchez war auf jeden Fall sturzbetrunken, das kann ich dir versichern. Er stank wie eine Tequila-Brennerei. Wir befragen gerade alle Personen, die mit ihm in den Weinbergen gearbeitet haben. Regelmäßig kommt es hier jedes Jahr zu einem Mord oder Totschlag, meistens dann, wenn die Arbeiter ihren ersten Lohn erhalten und ein paar Gläser Schnaps gekippt haben. Der Mord an Sanchez ist ein bißchen ungewöhnlicher als die anderen, stellt aber noch keinen Grund zur Besorgnis dar.«

Sie beobachtete ihn, wie er seinen Kaffee umrührte. Zuwenig Schlaf hatte rote Ränder um seine Augen geschaffen. »Was ist denn an dem Mord ungewöhnlich?« wollte sie wissen.

»Na ja, einmal der Umstand, daß er, als wir ihn gefunden haben, nur seine Unterhose trug. Dann die Art und Weise, wie man ihn an den Rebstock gebunden hat. Es sah wirklich so aus, als hätte man ihn gekreuzigt. Ich habe schon einige Mex gesehen, denen man die Kehle durchgeschnitten hatte, aber noch keinen wie diesen. Außerdem war da eine Menge Blut, viel mehr als sonst üblich. Und in seinem Nacken haben wir einen kleinen Stich gefunden. Manuel Ortiz, der Mann, der für Miß McKinney das Gut verwaltet, hat die Leiche entdeckt.«

»Und Maura?« fragte sie, weil Pinkys Nervosität ihr verriet, daß noch mehr dahinterstecken mußte.

»Ich weiß es nicht«, antwortete er und kaute auf dem Plastiklöffel herum. Seine Augen hatten sich die ganze Zeit über nicht vom Eingang abgewandt. »Manuel hat ausgesagt, sie sei gestern kurz vor Sonnenuntergang im Haus eingetroffen.«

Rena wußte, daß das stimmte. Als Maura sie letzte Woche angerufen hatte, hatte sie gesagt, sie käme Donnerstag an. »War sie denn nicht mehr im Haus?«

Er senkte den Blick, starrte die Tischplatte an und schüttelte langsam den Kopf.

Irgend etwas stimmte hier ganz und gar nicht, das spürte Rena genau. »Woher wußtest du eigentlich, daß sie zum Airport wollte, um mich abzuholen?«

»Ich habe in ihrem Schlafzimmer ihren Terminkalender gefunden. Manuel hatte mich hereingelassen. Und da habe ich mir die Freiheit genommen, etwas darin zu blättern. Ich habe dort deinen Namen zusammen mit deiner Ankunftszeit und der Flugnummer gefunden.«

Sie sah ihm ins Gesicht und entdeckte, wie besorgt er war. »Was ist los, Pinky? Komm schon, erzähl es mir«, sagte sie und berührte ihn wieder am Arm.

»Ich weiß es nicht, ganz ehrlich nicht«, entgegnete er und zwang sich zu einem Lächeln.
Sie las ihm an den Augen ab, daß er nicht die Wahrheit gesprochen hatte. »Das glaube ich dir nicht. Warum hattest du Anlaß, in ihren Sachen herumzuschnüffeln? Irgendwas sagt mir, daß du genau gewußt hast, daß sie nicht hierherkommen würde.«
»Ich hatte nur die Hoffnung, daß sie dich abholen würde, mehr nicht.« Wieder atmete er langsam aus. »Okay, ich wollte dich nicht ängstigen, nicht, solange noch überhaupt nichts erwiesen ist. Ihr Bett ist in der letzten Nacht unberührt geblieben, und ihr Mietwagen steht immer noch vor dem Haus.«
»Wann wurde der Arbeiter ermordet?« Alle Farbe war aus ihrem Gesicht gewichen.
Der Sheriff atmete jetzt langsam ein. »Irgendwann am frühen Morgen, vielleicht auch schon in der Nacht. Genaueres werde ich erst aus dem Bericht des Gerichtsmediziners erfahren.« Er konnte ihr nicht in die Augen sehen.
»Hat Manuel die Nacht im Haus verbracht?« Rena wußte, daß der Mann mit seiner Familie in dem Haus wohnte und das Gut verwaltete, während Maura in New York als Anklägerin für einen Bezirksstaatsanwalt tätig war.
»Hm, nein. Manuel ist gestern nicht lange nach ihrer Ankunft fortgefahren. Ursprünglich war auch nicht vorgesehen, daß er heute morgen wieder auf dem Gut sein sollte. Er war mit seiner Familie schon auf dem Weg nach Mexiko, als seine Frau bemerkte, daß sie ihre Arthritis-Medizin vergessen hatte, und er umkehren mußte.«
»Dann war Maura letzte Nacht ganz allein im Haus?« Rena befürchtete jetzt ganz entschieden, daß ihrer Jugendfreundin etwas zugestoßen war.
»Ich weiß nichts von der letzten Nacht. Maura war sicher allein, als Manuel bei Sonnenuntergang abgereist ist.«

Rena rieb sich die Augen und sagte dann mit besorgter Stimme: »Du glaubst auch, daß ihr etwas passiert ist, nicht wahr?«
»Aber nein«, entgegnete er, schüttelte heftig den Kopf und versuchte, über ihre Angst zu lachen.
Rena konnte er nichts vormachen.
»Wir warten noch ein paar Minuten, dann spaziert sie sicher hier herein«, erklärte er und sank auf seinem Sitz zusammen. Er starrte immer noch auf die Drehtür und klopfte immer wieder nervös mit dem zerkauten Löffel auf den Tisch.
Sie warteten eine Weile und kamen dann zu dem Schluß, daß Maura heute nicht mehr kommen würde.
Auf dem Parkplatz bot er ihr an, sie zum Sommersitz ihres Vaters in Alexander Valley zu fahren.
»Weißt du was«, begann sie, als sie in den Bronco stieg und sich auf den Beifahrersitz setzte, »wenn es dir nichts ausmacht, würde ich lieber zu Mauras Haus fahren, um nachzusehen, ob sie inzwischen eingetroffen ist.«
Er dachte darüber nach, sah die Sorge auf ihrer Miene und sagte dann: »Warum nicht? Ihr beide seid ja schon seit einer halben Ewigkeit miteinander befreundet.«
»Das ist richtig«, flüsterte sie.
Sie fuhren schweigend durch die grüne Landschaft. Rena machte sich immer größere Sorgen. Die beiden Frauen hatten sich kennengelernt, als sie zehn gewesen waren. Maura hatte in Napa gelebt, und Rena hatte hier ihre Sommer verbracht. Ihr Vater Simon Halbrook hatte zu seinen zusätzlichen geschäftlichen Aktivitäten in dieser Gegend ein Weingut erworben. Eines der größten Güter im Tal.
Die beiden hatten sich zum letzten Mal gesehen, als sie zusammen nach Griechenland gereist waren. Das war dreizehn Jahre her. Und das Treffen heute sollte ihr erstes

Wiedersehen werden, in dem die alte Freundschaft aufgefrischt wurde.
Rena hatte noch einen anderen Grund, heute hier zu erscheinen: Sie brauchte etwas Abstand von Charlie, um sich über ihre Gefühle und Vorstellungen von ihrer Beziehung Klarheit zu verschaffen.
Charles Halleran war ihr so etwas wie ein Lebenspartner, aber in der letzten Zeit drohte ihre Beziehung aus dem Leim zu gehen. Als sie ihn zum ersten Mal getroffen hatte, war er ein arbeitsloser Journalist gewesen, der auf dem besten Wege war, sich selbst zugrunde zu richten. Er machte sich die bittersten Vorwürfe, weil er nicht rechtzeitig bemerkt hatte, wie seine Exfrau in den Wahnsinn abgeglitten war und schließlich die gemeinsame Tochter ermordet hatte. Jahrelang hatte er sich mit seiner selbst eingeredeten Schuld herumgequält und dabei mehrere Jobs hingeworfen und sich immer mehr dem Alkohol ergeben. Erst als er Rena kennenlernte, kam er wieder zur Besinnung. Die beiden verliebten sich ineinander. Weil sie ihm helfen wollte, wieder auf die Beine zu kommen, rief sie einen Freund an, den Verleger der *L. A. Tribune*. Charlie erhielt eine Anstellung als Auslandskorrespondent. Und ironischerweise stellte gerade sein neuer beruflicher Erfolg die Ursache für ihre gegenwärtigen Probleme dar. Die beiden waren in ihrem jeweiligen Beruf so eingespannt, daß ihnen für ihre Beziehung immer weniger Zeit blieb. Die Vertrautheit, die einmal zwischen ihnen geherrscht hatte, ging mittlerweile an Unterernährung ein.
»Weißt du, ich höre mir deine Sendung im Radio an, wann immer ich Gelegenheit dazu habe«, sagte der Sheriff, um das Schweigen zwischen ihnen zu beenden. »Ich höre sie wirklich gern. Die psychologischen Ratschläge, die du den Anrufern gibst, haben auch mir schon das eine oder andere

Mal geholfen, was ich natürlich gegenüber den Jungs auf der Wache nie zugeben würde.«
»Danke. Aber man kann meine Sendung nur in Los Angeles und der näheren Umgebung hören. Wie kommt es denn, daß du mich empfängst?«
»Mit meiner alten Suzy hier.« Er klopfte auf den Kurzwellenempfänger, der am Armaturenbrett angebracht war. »Sie bewahrt mich davor, vor Langeweile umzukommen. Hier tut sich doch nie etwas. Höchstens einmal eine Schlägerei oder ein Yuppie aus der Stadt, der zu viele Weinproben mitgemacht hat und seinen Mercedes um einen Mastpfahl wickelt.«
Pinky erzählte dann von den Tagen, als Rena noch ihre Sommer in Napa verbracht hatte. Die eine Hälfte der jungen Männer in der Gegend sei ganz verrückt nach ihr gewesen, die andere Hälfte sei Maura nachgelaufen.
»Und zu welcher Hälfte hast du gehört?« fragte Rena.
Er grinste verlegen. »Dieses Geheimnis werde ich mit in mein Grab nehmen.«
Rena konnte die Antwort in seinem Gesicht lesen. Seine Augen leuchteten jedesmal, wenn er Mauras Namen aussprach. Jetzt biß er die Zähne zusammen, und sein Unterkiefer ragte vor. Sie erkannte, daß Mauras Verschwinden ihm mehr zu schaffen machte, als er sich eingestehen wollte.
Rena dachte darüber nach, daß ihre Freundin allein im Haus gewesen war, während sich draußen vor ihrer Haustür ein Mord ereignet hatte. Pinky hatte erklärt, der Tote habe sich betrunken und sei mit einem Kollegen in Streit über eine Frau geraten. Ich hoffe, diese Frau ist nicht Maura gewesen, sagte sie sich besorgt.
»Erinnerst du dich an Martin Bynum?« fragte der Sheriff.
»Ja, was für eine Tragödie«, antwortete sie und löste sich aus ihren Gedanken.
»Bis zum heutigen Tag weiß niemand, wer ihn auf dem

Gewissen hat. Eine wirkliche Schande, ein so junges Leben zu vergeuden. Den Jungen erwartete eine großartige Zukunft. Er sah gut aus, hatte was im Kopf... er hatte sogar Maura. Bis auf ihn durfte ihr keiner der Jungs zu nahe kommen.« Er klang traurig, fast verbittert.
Rena erinnerte sich sehr gut an damals. Die Tragödie ereignete sich an Mauras siebzehntem Geburtstag. Ihr Vater hatte für sie eine große Party organisiert. Pinky hatte recht, es war wirklich eine Vergeudung von jungem Leben gewesen. Martin war ein sehr sensibler, aber auch pragmatischer Junge und unterschied sich damit sehr von den gleichaltrigen Rabauken. Er hatte ein Stipendium für die Stanford-Universität erhalten und wollte Architektur studieren. Maura war immer seine große Liebe gewesen, und sie hatte das gleiche für ihn empfunden. Außer Martin hatte es in Mauras Leben nie einen Mann gegeben. Rena erinnerte sich an die Party und auch daran, wie Maura und Martin sich aus dem Haus stehlen wollten. Jeder auf der Party wußte, wohin Martin sie führen würde und was er dort mit ihr vorhatte. Sie wollten in die alte steinerne Weinhandlung von Mauras Vater. Als sie später nach Hause zurückkehrten, scheuchten sie einen Einbrecher auf, der gerade das Schlafzimmer im ersten Stock ausräumte. Er feuerte seine Schrotflinte auf Martins Gesicht ab und tötete ihn damit. Aber danach hielten sich hartnäckig Gerüchte, es sei kein Einbrecher, sondern Peter McKinney, Mauras Vater, gewesen, der den Jungen erschossen hatte. Es war allgemein bekannt, daß er Martin nicht ausstehen konnte und seiner Tochter jeden Umgang mit ihm verboten hatte. Die Wahrheit ließ sich jedoch nicht mehr ermitteln, denn einen Monat später war McKinney in betrunkenem Zustand bei einem Autounfall ums Leben gekommen.
Pinky fuhr durch die kleinen Städte Yountville und Oak-

ville, dann durch St. Helena mit den Schickeria-Restaurants und -Boutiquen und endlich hinauf in die Berge.
Als sie Mauras Haus erreichten, hielt er an. Das weiße gewinkelte Gebäude war frisch gestrichen. In den Weinbergen, die an das Haus grenzten, hatten die Polizisten mit gelbem Band ein Geviert abgesperrt.
Als Rena ausstieg, schützte sie mit einer Hand die Augen vor dem grellen Sonnenlicht und blickte zu der Stelle. Polizisten schnitten gerade einen Toten von einem Rebenstamm.
»Sie machen die Leiche erst jetzt los? Warum haben sie dafür so lange gebraucht, verdammt noch mal?« entfuhr es dem Sheriff.
Sie verfolgten, wie das Opfer in einen Plastiksack gesteckt wurde. Zwei Beamte legten die Leiche dann auf eine Rollbahre und schoben sie an Rena und Pinky vorbei zu einem Ambulanzwagen.
Ein Frösteln lief über Renas Rücken.
Ein älterer Mann, der eine Arzttasche trug, lief neben der Bahre her und gab den Polizisten beim Einladen der Leiche Anweisungen. Neben ihm befand sich ein deutlich jüngerer Mann von großer und schlanker Gestalt, dem das glatte blonde Haar bis in die Augen fiel. Er stapfte auf und ab, hatte die Hände in die Hüften gestemmt und schien nachzudenken. Er erinnerte Rena an einen englischen Lord, der an einem Sonntagnachmittag in seinem Blumengarten lustwandelt.
Als Rena sich umdrehte, entdeckte sie Manuel, der vor dem Haus bei seinem Lastwagen stand. Er war über fünfzig und trug Arbeitshemd und staubige Jeans. Seine übergewichtige Frau saß auf dem Beifahrersitz, und seine beiden kleinen Söhne standen auf der Pritsche und reckten die Köpfe, um genauer verfolgen zu können, was sich dort im Weinberg tat.
»Der Mann mit dem weißen Haar ist Doc Frawley«, erklärte der Sheriff. »Ich weiß nicht, ob du ihn je kennengelernt hast.

Er hat in Calistoga eine Praxis. Er fungiert auch als Pathologe, wenn in dieser Gegend eine Autopsie durchgeführt werden muß.«
Als der Arzt Pinky und Rena bemerkte, kam er zu ihnen. Der große Schlanke folgte ihm und hielt die Hände in die Hüften gestemmt.
»Kein hübscher Anblick«, erklärte der Doc dem Sheriff. Er trug seine Anzugjacke über dem Arm und hielt einen altmodischen Panamahut in der Hand. Seine Krawatte hing lose vom gelben, ausgefransten Hemdkragen.
»Auch nicht schlimmer als ein paar Autounfälle, zu denen ich gerufen wurde«, entgegnete Pinky und wischte sich mit dem Ärmel den Schweiß von der Stirn.
»Sie kommen mir irgendwie bekannt vor«, sagte Frawley, als er sich der Begleiterin des Sheriffs zuwandte.
»Ich heiße Dr. Rena Halbrook. Meinem Vater gehört das Weingut Clarmont.«
»Ach ja, das große in Alexander Valley. Ihr Vater... wie ist sein Name?«
»Simon... Simon Halbrook.«
»Ja, genau. Ich habe ihm einmal Glassplitter aus der Hand entfernt, nachdem ihm eine Flasche Sekt bei dem Versuch, sie zu öffnen, explodiert war. Ich habe ihn nicht örtlich betäubt, und er hat nicht einmal mit der Wimper gezuckt.«
»Das ist mein Vater«, bestätigte sie und nickte. Rena sah den großen jungen Mann an und bemerkte, daß er sie anstarrte.
»Gestatten, Walter Parsons«, stellte er sich vor. »Ich habe kürzlich die Praxis in Geyserville übernommen. Dr. Frawley führt mich herum und zeigt mir die Gegend.«
»Haben Sie schon Maura McKinney gesehen?« fragte der Sheriff den alten Arzt.
»Noch nicht«, antwortete dieser und schüttelte den Kopf. Auch er zeigte eine sorgenvolle Miene.

»Ich fahre gleich in mein Büro zurück und schreibe eine Fahndung nach ihr aus«, erklärte Pinky. »Irgend etwas stimmt hier nicht.« Er wischte sich mit einem Taschentuch den Schweiß vom Stiernacken. »Soll ich dich nach Hause bringen?« fragte er Rena.

»Nein, das wäre ein zu großer Umweg für dich. Ich komme schon von hier fort, keine Bange. Konzentrier du dich lieber darauf, Maura zu finden.«

»Ich melde mich bei dir, Rena. War schön, dich wiedergesehen zu haben. Mach dir wegen Maura keine Gedanken. Wir werden sie schon finden«, verabschiedete sich Pinky, stieg in seinen Wagen und fuhr los.

Rena fragte Frawley: »Kennen Sie Maura McKinney, Doktor?«

»Aber gewiß«, antwortete er. »Ich habe sie schließlich auf die Welt gebracht. Sie wurde in dem Haus dort geboren.« Er zeigte auf das Herrenhaus. »Sie kam einen Monat zu früh. Ihr Vater hat mich angerufen und mir gesagt, ich solle so rasch wie möglich kommen, sein Baby wolle unbedingt heraus. Als ich hier ankam, hatte sich der Muttermund schon zehn Zentimeter geweitet, und man konnte Mauras Schädeldecke sehen. Es blieb keine Zeit mehr, die Mutter in ein Krankenhaus zu bringen.« Er hielt kurz nachdenklich inne und fuhr dann fort: »Wenn sie noch einen Monat gewartet hätte, hätte Clair vielleicht eine Chance gehabt.« Seine Stimme erstarb, und seine Augen wurden glasig, so, als würde er sich jetzt in aller Deutlichkeit erinnern.

Rena wußte, daß es sich bei Clair um Mauras Mutter handelte.

»Aber... aber das ist eine ganz andere Geschichte«, sagte er und kehrte mit seinen Gedanken in die Gegenwart zurück. »Ich muß jetzt mit der Leiche los und die Autopsie durchführen. Ich weiß nicht, warum ich mir überhaupt die Mühe mache. Jeder Trottel kann doch sehen, daß der Mann ermordet wurde. Ich garantiere Ihnen, wir finden literweise Alkohol in seinem Blut. Soll ich Sie mitnehmen?« fragte er den jungen Arzt.

»Das wäre nett, Doktor.«

»Gut.« Frawley setzte den altmodischen Hut auf und spazierte gemächlich zu dem wartenden Krankenwagen.

»Sind Sie mit Miß McKinney befreundet?« erkundigte sich der junge Arzt. Seinem Akzent nach zu schließen, stammte er aus Boston.

»Ja«, seufzte Rena, »sehr gut befreundet.« Sie bemerkte aus dem Augenwinkel, daß Manuel sie beobachtete.

»Vielleicht stoßen wir bei der Autopsie auf etwas Ungewöhnliches. Möchten Sie, daß wir Sie dann anrufen?«

Rena ahnte, was er mit ›etwas Ungewöhnliches‹ meinte. Sie würden überprüfen, ob der Tote vor kurzem Geschlechtsverkehr gehabt hatte und ob alles hier vorgefundene Blut von ihm stammte. »Ja, bitte rufen Sie mich an«, antwortete Rena. Sie zog einen Stift und einen Notizblock aus ihrer Handtasche und gab ihm die Telephonnummer, unter der sie zu erreichen sein würde.

Er steckte den Zettel in seine Jackentasche. »Ich rufe Sie ganz bestimmt an.« Er folgte Frawley zum Wagen.

Rena ging zu Manuel. Es war einige Jahre her, seit sie ihn zum letzten Mal gesehen hatte. Er sah älter und beleibter aus. Schon als junger Mann, der frisch aus der Sonora kam, hatte er für die McKinneys zu arbeiten begonnen, zuerst für Mauras Vater, dann für Maura. Er hatte sich vom Traubenpflükker in den Weinbergen zum Vorarbeiter hochgearbeitet. Als Mauras Vater ums Leben gekommen war und sie das Gut geerbt hatte, hatte sie Manuel beauftragt, sich für sie um den Weinbau zu kümmern. Sie wollte nach New York City und hatte wenig Interesse daran, Pinot noir und Cabernet zu produzieren. Sie schloß den Weinverkauf und erklärte Manuel, er solle die Trauben an andere Keltereien veräußern. Der Profit, den sie daraus bezog, half ihr wesentlich dabei, sich im teuren New York über Wasser zu halten.

»Erinnern Sie sich an mich, Manuel?« fragte Rena.

»Selbstverständlich erinnere ich mich an Sie. Sie sind die beste Freundin von Señorita Maura.« Er schüttelte mit festem Griff ihre Hand.

Seine Frau Elvera stieg aus dem Pritschenwagen, watschelte zu Rena und umarmte sie. »Wie lange ist das her?« rief sie mit ihrem mexikanischen Akzent.

»Viel zu lange«, lachte Rena. Elveras Haar war weiß geworden. Sie hatte früher wunderbare Tamales gemacht und Rena immer eine Tüte voll davon mit nach Hause gegeben. Rena hatte sie heimlich auf ihr Zimmer befördern müssen, denn ihre Mutter Elaine duldete in ihrem Haus keine solche ›Arme-Leute-Nahrung‹.

Rena wandte sich Manuel zu und entdeckte die Furcht in seinen Augen.

»Bitte, Señorita Halbrook«, flüsterte er, »ich muß mit Ihnen reden. Allein. Ich bin in großer Sorge.«

»Haben Sie mit der Polizei gesprochen?«

»Keine Polizei!« wehrte er ab und schüttelte heftig den Kopf. »Bitte keine Polizei!«

Sie warf einen kurzen Blick auf die Beamten, die an der Absperrung standen, und sah dann wieder den Verwalter an.

»Was ist denn los?« wollte sie wissen. Die Unruhe in seiner Stimme war ihr nicht entgangen.

»Kommen Sie bitte mit, Señorita«, sagte er nur.

Bevor sie etwas entgegnen konnte, war er schon hinter dem Haus und marschierte rasch auf das Feld zu, das den Weinbergen gegenüber lag. Seine Frau und seine Kinder blieben bei dem Laster.

Rena konnte kaum mit ihm Schritt halten. Sie trug hochhackige Schuhe und einen langen Rock. Die Dornen an den Büschen zerfetzten ihre Nylonstrümpfe und zerkratzten ihre Beine. Dann gelangten sie in den Wald. Der dichte Laubbaldachin sperrte das Sonnenlicht fast völlig aus. Manuel führte sie in den Wald hinein, bis sie nach zweihundert Metern eine kleine heiße Quelle erreichten, die hinter einer Buschreihe verborgen lag. Das Wasser sah klar und rein aus.

»Hierher bitte, Señorita«, forderte Manuel sie auf und ging neben der Quelle in die Hocke. Er zerteilte mit den Fingern das Gras.

Rena kniete sich an seiner Seite hin und entdeckte sofort, worauf er starrte. Blut. Eine dünne Spur in Zickzackform, die nach fünf Metern abrupt aufhörte.

»Was hat das zu bedeuten, Manuel?«

»Maura kommt gern zu dieser Stelle, wenn sie im Haus wohnt. Sie badet in dem Wasser. Schon seit sie ein kleines Mädchen war, tut sie das. Das Wasser ist salzhaltig und warm. Maura sagt, es sei gut für ihre Haut.«

Rena wußte nichts von dieser Quelle. Sie fand es befremdlich, daß Maura ihr nie etwas davon erzählt hatte, wo sie doch als Kinder alle Geheimnisse miteinander geteilt hatten.

»Manuel, könnte das Blut nicht von einem Tier stammen, vielleicht einem Vogel, den eine Katze oder ein Kojote gefangen und gefressen hat? Da, wo ich wohne, findet man überall solche Blutspuren, und ich lebe in einer großen Stadt.«

Der Verwalter blickte lange auf das Blut. Rena spürte geradezu, wie die Gedanken in seinem Kopf rasten. Dann sah er unvermittelt auf und sagte leise: »Das glaube ich nicht, Señorita.« Er zog das rechte Hosenbein aus dem ausgelatschten Cowboystiefel und holte etwas aus dem Schaft. Etwas, das in ein gepunktetes Taschentuch eingewickelt war. Er faltete das eine Ende auf und zeigte Rena den elfenbeinernen Griff eines Jagdmessers.

»Ich habe das hier an der Quelle gefunden«, erklärte Manuel. »Heute morgen in aller Frühe. Nachdem ich den Toten im Weinberg entdeckt hatte, habe ich mich auf die Suche nach Señorita Maura gemacht. Ich habe ihr dieses Messer vor vielen Jahren gegeben. Sie sollte es immer mitnehmen, wenn sie hierher zum Baden wollte. Die Señorita ist stets allein im Haus, und man weiß nie, was für *Locos* hier auftauchen würden, wenn das allgemein bekannt wäre.« Er zog das Messer am Griff aus dem Tuch. Die Klinge war mit getrocknetem frischem Blut bedeckt.

»Ich glaube nicht, daß es sich dabei um das Blut eines Vogels handelt, Señorita Rena«, sagte er und hielt die kupferrote Klinge hoch, damit sie sie besser in Augenschein nehmen konnte. »Sie doch auch nicht, oder?«

Kapitel 2

»Sie hätten das der Polizei zeigen müssen!« entfuhr es Rena.

»Der Ansicht bin ich nicht«, entgegnete der Verwalter nachdenklich und schüttelte langsam den Kopf. Er wickelte das Messer wieder ein und schob es in den Stiefel zurück.

Sie faßte ihn am Arm. »Hören Sie, das Blut an der Klinge könnte von Maura sein.«

»Möglicherweise aber auch nicht.«

Sie begriff im selben Moment, was Manuel damit zum Ausdruck bringen wollte, und mußte unwillkürlich an den Ermordeten am Rebenstamm denken. Als sie sich umsah, bemerkte sie einen Schwarm Pferdebremsen, der über der Blutspur flog. Das Blut muß noch frisch sein, sagte sie sich, sonst würde es keine Fliegen mehr anlocken. »Wessen Blut ist auf dem Messer, Manuel? Wissen Sie es?«

Er wich ihrem Blick aus und gab keine Antwort.

»Der Tagelöhner vom benachbarten Weingut, der ermordet wurde?« Seine Verschlossenheit versetzte sie in Rage, und sie schlug hart nach einer Bremse, die kräftig summend um ihr feuchtes schwarzes Haar kreiste.

Der Verwalter zuckte die Achseln.

»Glauben Sie wirklich, Maura habe ihm die Kehle durchgeschnitten? Warum sollte sie so etwas tun?« Ihrer Stimme war anzuhören, daß sie diese Möglichkeit für ausgeschlossen hielt.

»Es ist ihr Messer«, antwortete er und klopfte leicht auf den Stiefel, in den er das Messer gesteckt hatte. Tiefe Falten waren in seinen ledernen aztekischen Zügen eingegraben. »Vielleicht in Notwehr. Zu diesem Zweck habe ich es ihr damals gegeben. Möglicherweise kannte der Mann die Quelle und hat ihr hier aufgelauert. Sie badet hier nackt, und sie ist *belleza*, Señorita Rena.«

»Ich weiß, daß sie sehr schön ist, Manuel«, sagte sie geduldig. »Aber wenn es wirklich so gewesen ist, warum sollte sie dann den Mann den ganzen Weg bis zum Weinberg tragen oder ziehen, ihn dort an einen Rebenstamm binden und das wie eine Kreuzigung aussehen lassen? Wenn jemand sie angegriffen und sie ihn in Notwehr getötet hätte, hätte sie sofort die Polizei verständigt. Das wissen Sie genauso gut wie ich.«

Davon einmal ganz abgesehen, dachte Rena, besaß Maura einfach nicht die Kraft, um einen ausgewachsenen Mann von hier bis zum Weinberg zu tragen. Und wenn sie ihn über den Boden geschleift hätte, müßte die Blutspur bis dorthin zu verfolgen sein; keinesfalls durfte sie dann schon nach wenigen Metern abbrechen, wie es hier der Fall war.

»Ich werde die Polizei benachrichtigen, Manuel«, erklärte sie bestimmt. »Die Beamten sollten von dem Messer wissen. Das Blut darauf könnte von Maura sein.« Sie erhob sich und marschierte zurück zum Haus. Sie war wütend auf den Verwalter, da er das Messer an sich genommen und geheimgehalten hatte. Er glaubte natürlich, seine Chefin damit zu schützen, aber in Wahrheit hatte er damit wertvolle Zeit verschwendet, in der man hätte herausfinden können, was Maura zugestoßen war. Was hatte der Mörder mit Maura angestellt, nachdem er den Wanderarbeiter ermordet und an den Rebenstamm gefesselt hatte? Hatte er auch Maura getötet, oder lebte sie noch und befand sich in seiner Gewalt? Weder die eine noch die andere Möglichkeit war sonderlich ermutigend, dachte sie grimmig.

Als sie sich dem Haus näherte, sah sie, wie die Polizisten und ein Beamter der Spurensicherung den Boden rings um den Weinstock absuchten, an dem man den Mann gefunden hatte. Sie wollte schon auf sie zugehen und ihnen von dem blutigen Messer berichten. Doch dann entschied sie sich dafür, mit Sheriff Swangel darüber zu reden.

Sie trat im Wohnzimmer zum Telephon und rief das Sheriff-Büro an. Als man ihr dort mitteilte, daß der Sheriff unterwegs sei, verlangte sie, mit ihm verbunden zu werden. Einige Sekunden lang hörte sie nur statische Geräusche, dann seine Stimme.

»Du bleibst jetzt, wo du bist«, sagte er, nachdem sie ihm von dem Messer und der Blutspur im Gras erzählt hatte. »Ich bin in zehn Minuten bei dir.«

Draußen vor dem Haus wurde ein Wagenmotor gestartet, dann quietschten Reifen. Rena blickte aus dem Fenster. Manuels kleiner Laster raste die Straße hinunter. Seine beiden Söhne flogen auf der Pritsche hin und her und hielten sich verzweifelt an allem fest, was in ihre Griffweite kam.

»O Gott! Er haut ab!«
»Macht nichts«, entgegnete Pinky gelassen. »Ich befinde mich am Santa-Rosa-Ende des Bergs. Dorthin ist er unterwegs, und dort werde ich ihn erwarten.«
Als er sich abgeschaltet hatte, rief Rena ein Taxi.
Während sie auf den Wagen wartete, sah sie sich im Wohnzimmer um und fragte sich, was hier letzte Nacht geschehen sein mochte. War es Mauras Blut auf der Klinge und im Gras bei der Quelle? »Bitte, das darf nicht sein!« sagte sie leise und voller Angst.
Nichts ergab einen Sinn. Noch vor ein paar Stunden war sie begeistert aus dem Flugzeug gestiegen und hatte sich auf ein Wochenende mit ihrer Jugendfreundin gefreut. Doch dann war in einem Weinberg eine Leiche gefunden worden, und Maura war verschwunden, vielleicht sogar auch tot.
Rena betrachtete die Einrichtung. Viele Jahre waren vergangen, seit sie zum letzten Mal dieses Haus betreten hatte. Sie konnte fast hören, wie Mauras und ihr Gelächter von den Wänden widerhallte, während sie von Zimmer zu Zimmer tollten.
Die Möbel waren immer noch dieselben, nur wirkten sie heute abgeschabt. Seitdem Manuel mit seiner Familie hier eingezogen war, hatte das Haus eine mexikanische Note bekommen. Bunte Teppiche und Tücher hingen an den Wänden. Dazwischen befanden sich alte Photographien, die Mexikaner mit Sombreros zeigten. Rena lief die Treppe hinauf und trat in Mauras altes Zimmer.
Pinky hatte recht gehabt. In diesem Bett hatte in der letzten Nacht niemand geschlafen. Maura hatte noch nicht einmal ihre Koffer ausgepackt. Sie lagen auf dem Bett. Anscheinend hatte Maura nur das herausgenommen, was sie gerade brauchte.
Über dem Stuhl neben dem Schminktisch lagen ein teurer

Rock, eine Seidenbluse, ein BH und eine Strumpfhose. *Vermutlich das, was sie im Flugzeug getragen hat.* Manuel hat gesagt, sie trägt beim Schwimmen in der Quelle keinen Badeanzug. *Sind der Ermordete und/oder der Mörder über sie hergefallen, als sie dort nackt gebadet hat?* Großer Gott, das durfte nicht sein!

Rena entdeckte auf dem Schminktisch Mauras schwarzen Terminkalender, von dem Pinky ihr bereits erzählt hatte. Sie nahm ihn in die Hand und blätterte darin. Mauras vertraute Handschrift bedeckte die meisten Seiten. Anscheinend hatte sie an Arbeitstagen im Dienst jede Stunde einen Termin. Was für eine vielbeschäftigte Frau, dachte Rena. Als sie den heutigen Tag erreichte, las sie: *Rena treffen am Airport.* Quer über die Seite geschrieben und in großen, dicken Buchstaben. Vorgestern war in fetten roten Lettern ein Geschäftsessen mit Ray Scollari eingetragen. Rena erinnerte sich, daß Ray Mauras Boß war und sie einmal erwähnt hatte, daß er ihr nicht sonderlich gefiele.

Rena drehte die Seite um. Dort stand nur: ›Onkel Wiggly, vierzehn Uhr‹.

Wer war dieser ›Onkel Wiggly‹, den sie morgen treffen wollte? Soweit Rena bekannt war, hatte Maura keine Verwandten mehr. Vermutlich handelte es sich bei ›Onkel Wiggly‹ um einen Kosenamen für eine Person, die hier in Napa wohnte oder die morgen hier vorbeikommen wollte.

Der Rest der Woche in Mauras Kalender war leer. Rena blätterte zurück. Bald fiel ihr etwas auf. So ausgefüllt die Tage für Maura sein mochten, so nicht existent waren die Abende und Nächte. Kein einziger Freizeittermin. Ging sie denn niemals zum Dinner oder ins Kino, ins Theater oder sonstwie mit Freunden aus? Und warum war nicht eine einzige Verabredung mit einem Mann vermerkt? Wenn sie jetzt so darüber nachdachte, fiel ihr ein, daß Maura bis auf Martin Bynum nie von einem anderen Mann in ihrem Leben gesprochen hatte. Sobald Rena in einem ihrer unregelmäßigen Telephonate auf Männer zu sprechen gekommen war, hatte Maura sofort das Thema gewechselt.

Sie legte das Buch auf den Tisch zurück und inspizierte Mauras Kosmetiktasche. Darin fand sich das Übliche: Eyeliner, Rouge, Lippenstift und Nagellack. Sie schob diese Dinge beiseite und spähte tiefer hinein. Am Boden fand sie eine Flasche ohne Etikett, in der sich die verschiedenfarbigsten Tabletten befanden. Rena schraubte den Deckel ab und kippte den Inhalt auf dem Bett aus. Als Psychologin wußte sie gleich, was sie vor sich hatte: Parnate, Xanax und Darvocet. Parnate war ein Antidepressivum, und Darvocet wurde normalerweise für heftige Schmerzen, wie zum Beispiel Migräne, verschrieben. Xanax wirkte gegen psychische Anspannungen und Panikanfälle. Rena war verblüfft. Litt Maura an Depressionen oder einer psychotischen Störung? Warum hatte sie nie etwas davon gesagt? Vielleicht war es ihr nicht recht, wenn andere davon erfuhren. Sie kippte die Tabletten in die Flasche zurück und sah sich dann nach der Handtasche ihrer Freundin um. Sie befand sich nicht in ihrem Zimmer.

Rena trat ans Fenster, zog den Store beiseite und blickte hinaus. Der Himmel war klar, und die Temperaturen hatten bereits enorme Werte erreicht. Sie roch das schwere Aroma der Trauben, die an ihren Stöcken reiften.

Wir kennen uns, seit wir beide zehn waren, bis auf den Umstand, daß wir uns nach Griechenland nicht mehr gesehen haben. Wir haben uns gegenseitig zum Geburtstag angerufen und hin und wieder einen Brief geschrieben, aber das ist nicht das gleiche, als wenn man sich sehen würde. Menschen verändern sich. Wie mag Maura heute sein? Rena wurde allmählich klar, daß es an Maura eine ganze Menge Dinge gab, von denen sie nichts wußte.

In der Kinderzeit hatten sie sich nur im Sommer gesehen, weil Rena an der Ostküste eine Privatschule besuchte. Ihre Freundschaft basierte mehr auf einer tiefen und natürlichen Zuneigung, die sie füreinander gefaßt hatten, als auf der Menge der Zeit, die sie miteinander verbrachten.
Als Rena hinaus auf die Weinberge starrte, dachte sie an den Nachmittag vor zwanzig Jahren zurück, an dem sie sich zum ersten Mal begegnet waren.

Es war furchtbar heiß und für die Wanderarbeiter sehr beschwerlich, die Trauben abzupflücken, bevor sie in der Sonne verfaulten. Rena wollte ihnen helfen, aber der Keltermeister ihres Vaters erklärte ihr mit seinem französischen Akzent, daß sie aus dem Weg gehen solle.
Sie stieg auf die Spitze eines Hügels und setzte sich ins Gras. Sie saß im Schneidersitz da, stützte den Kopf auf die Hände und sah den Männern bei der Arbeit zu. Aus dieser Höhe erinnerten sie Rena an emsige, herumlaufende Insekten. Nachdem die Trauben zerstampft und entstielt worden waren, wurden sie zusammen mit größeren Mengen Schwefeldioxid in ein Faß gekippt. Die Chemikalie muß ihnen doch in den Augen brennen, dachte sie. Sie konnte das brennende Gas ja selbst noch hier oben riechen. »Bah! Pfui! Wie das stinkt!« erklärte sie laut und hielt sich demonstrativ die Nase zu.
»Das ist ein notwendiges Übel«, erklärte jemand direkt hinter ihr.
Rena drehte den Kopf und erblickte das schönste und sanfteste Gesicht, das sie je gesehen hatte. Das Mädchen war etwa in ihrem Alter, und seine smaragdgrünen Augen funkelten vor Intelligenz. Die Mähne von goldenem Haar, so fein wie das eines Engels, war zu einem Zopf zusammengeflochten und fiel den ganzen Rücken hinunter. Aber erst diese Haut!

dachte Rena. So blaß, daß man fast hindurchsehen konnte. Das Mädchen trug ein altes dünnes Kleid, aber keine Schuhe. Sie ließ sich neben Rena auf den Boden fallen, verschränkte die Beine so wie sie und erläuterte: »Schwefeldioxid dient beim Weinmachen recht vielen Zwecken. Es tötet zum Beispiel diese unsichtbaren, häßlichen Dinger, die Mikroorganismen genannt werden. Dann hindert es die Enzyme in den Trauben daran, die Frucht braun zu verfärben. Und es sorgt dafür, daß Luft dem Wein nicht schaden kann.«
»Das weiß ich alles schon«, entgegnete Rena.
»Nein, weißt du nicht. Du weißt nämlich gar nichts über Wein. Das sehe ich dir an.« Das Mädchen klang sehr überzeugt. »Du bist reich, und dein Vater hat diese große Kelterei erst letztes Jahr errichtet. Dies ist seine erste Lese.«
So leicht wollte Rena sich nicht unterkriegen lassen. »Na und? Mein Vater weiß alles über Wein, was man darüber wissen muß. Er ist nämlich ein Fachmann für Wein. Wenn du jemals Illustrierte gelesen hättest, wüßtest du das auch.«
Das Mädchen lachte laut. »Dein Vater weiß vielleicht, wie man einen Schluck Wein im Mund herumschüttelt, aber er hat keinen Schimmer davon, wie man Trauben anbaut. Man muß auf dem Land leben und mit den eigenen Händen daran arbeiten, so hat es mein Vater gesagt. Dein Vater lebt in der großen Stadt und stellt irgendeinen Kerl aus Frankreich ein, der für ihn hier die Arbeit erledigen soll. Doch leider sind hier der Boden und das Wetter ganz anders als in Frankreich.«
Rena war wütend. »Wie kommt es dann, daß dein Vater angeblich soviel darüber weiß?«
»Weil wir Wein machen. Mein Vater macht den besten Cabernet im ganzen Tal. Wenn du Illustrierte lesen würdest, wüßtest du das.«
»Und was willst du dann hier? Das hier ist mein Grund und Boden!« schrie Rena und stand auf.

Das Mädchen seufzte und sagte dann ganz ruhig: »Mein Vater ist dort unten. Er arbeitet in der Kelterei deines Vaters. Unser Weinbaugebiet ist zu klein, um für unser Auskommen zu sorgen. Deshalb geht mein Vater jedes Jahr, sobald er seine eigene Lese hinter sich hat, zu anderen Weingütern.«
Rena grinste gehässig. »Dann kann dein Vater wohl doch nicht soviel über Wein wissen, oder?«
Die strahlenden Augen des Mädchens nahmen einen traurigen Zug an, und Rena taten ihre Worte sofort leid. Sie rannte los, den Hügel hinunter zur Kelterei und ließ das Mädchen mit dem langen blonden Haar oben im Gras zurück. Als Rena am Fuß des Hügels angekommen war, drehte sie sich um und sah nach, ob das Mädchen immer noch auf der Kuppe hockte. Sie schien sich nicht vom Fleck bewegt zu haben. Die Sonne stand direkt hinter dem Kopf des Mädchens. Der Eindruck entstand, sein goldenes Haar stünde in Flammen. Rena hätte schwören können, daß die Sonne im Hintergrund wie ein Röntgenapparat wirkte. Rena glaubte mit aller Bestimmtheit, die Adern und Schädelknochen des Mädchens erkennen zu können. Der grelle Schein brannte bald in ihren Augen. Sie drehte sich abrupt um und lief zur Kelterei ihres Vaters.
An diesem Abend kam das Dienstmädchen in Renas Zimmer und vermeldete, daß ein Anruf für die junge Dame gekommen sei.
»Hi, ich heiße Maura McKinney«, erklärte eine Stimme am anderen Ende.
Rena erkannte die selbstbewußte, leicht arrogante Stimme gleich wieder. »Und hier spricht Rena Halbrook.« Sie konnte sich den Grund dafür nicht erklären, aber sie war froh, daß das Mädchen sich bei ihr gemeldet hatte.
»Ich weiß, wer du bist. Hast du hier schon Freunde gefunden?«
Rena zuckte die Achseln. »Ein paar, ja. Warum?«

»Nun, ich habe auch nicht viele Freunde, und ich lebe hier schon mein ganzes Leben lang. Du scheinst mir nicht so dämlich wie die anderen Kinder in dieser Gegend zu sein. Glaubst du, wir sollten versuchen, uns anzufreunden?«
»Vielleicht«, antwortete Rena zurückhaltend.
»Fein, wir könnten zusammen spielen. Vielleicht klappt das besser als unser Start heute morgen.«
»Wie sind denn die Jungs hier?« fragte Rena schüchtern.
»Meistenteils Bauernburschen mit schmutzigen Ohren. Ich hasse Jungs mit schmutzigen Ohren, du nicht auch? Aber dann gibt es da noch einen anderen, einen Jungen, der Martin heißt. Und von dem läßt du die Finger, verstanden?«
»Aber sicher.« Rena zuckte die Achseln.
»Möchtest du morgen zum Mittagessen herkommen? Wir könnten ja ein Picknick oder so etwas veranstalten. Du brauchst allerdings einen Wagen, um hierherzukommen. Kannst du dir einen Fahrer besorgen?«
»Natürlich. Mein Vater ist schließlich schwer reich, oder hast du das schon vergessen?« Schweigen am anderen Ende, Rena bedauerte schon, was sie gerade gesagt hatte. Dann fragte sie Maura: »Ist deine Mutter denn da?«
»Nein.«
»Arbeitet sie auch in den Weinbergen?«
»Nein, sie ist tot«, erwiderte Maura ohne weitere Erklärung. Sie gab Rena die Adresse. »Hast du Photos von deiner Mutter und deinen Freunden im Haus?«
»Ja.« Rena war überrascht.
»Bring sie mit. Dann bis morgen, okay?«
Am nächsten Tag setzte Simon Halbrooks Vorarbeiter Rena an Mauras Haus ab. Sie hatte ein Monopoly-Spiel und ein Photoalbum mit.
Maura begrüßte sie an der Tür mit einem warmen Lächeln. Diesmal trug sie Schuhe, und ihr Kleid, obwohl aus billiger

Baumwolle gemacht, war neu. Rena wußte sofort, daß Maura es nur trug, um sie zu beeindrucken.
Im Haus entdeckte Rena eine dunkelhäutige dicke Frau, die neugierig aus der Küche spähte. Sie trug ein Tuch um den Kopf, und auf ihrer Oberlippe saß eine dicke, mit Haaren bedeckte Warze. Als Rena ihr zulächelte, drehte die Frau rasch den Kopf weg und verschwand in der Küche, tauchte hinab in die Tiefe ihres Reichs.
»Wer war denn das?« fragte Rena neugierig.
»Sie heißt Semra und ist die Haushälterin meines Vaters. Verschwende dein Lächeln nicht an sie. Sie ist eine böse alte Türkin, und sie spricht kein Englisch.« Es war offensichtlich, daß Maura die Frau nicht leiden konnte. »Daddy hat mir versprochen, sie in die Türkei zurückzuschicken, sobald ich etwas älter bin. Dieser Tag kann für mich nicht früh genug kommen.«
Sie veranstalteten ein Picknick mit Thunfisch-Sandwiches, Plätzchen und Cola. Sie setzten sich nahe beim Weinberg unter eine Eiche. Danach streckten sie sich im Gras aus, ließen sich von der Sonne die Gesichter wärmen und schwatzten unentwegt. Über Jungs, über die Schule und über Bücher. Maura war so gescheit und so quietschfidel, und sie strahlte eine solche Heiterkeit aus, daß Rena sich sofort von ihr angezogen fühlte. Zwei Stunden später, nach einer ausführlichen Debatte darüber, daß die Art und Weise, wie im Unterricht *Silas Marner* behandelt werde, einem jegliche Lust auf die Lektüre von Romanen nehmen könne, drehte sich Maura urplötzlich zu Rena um und wollte unbedingt das Album sehen.
Sie nahm sich jedes Bild vor und stellte unzählige Fragen, wer die Abgebildeten seien und welche Rolle sie in Renas Leben spielten. Rena freute sich darüber, daß dieses Mädchen, ihre neue Freundin, sich so ehrlich für sie interessierte.

»Langweilt dich das auch wirklich nicht?« fragte Rena irgendwann, weil sie befürchtete, zuviel von sich zu erzählen.
»Nein, nein, ich liebe es, vom Leben anderer Menschen zu erfahren. Wenn ich es fest genug versuche, kann ich mich sogar in diese Bilder hineinversetzen. Erzähl mir mehr. Wer ist denn die da? Sie ist wunderschön.« Maura zeigte auf ein Schwarzweißphoto, das eine sehr vornehm und reich wirkende junge Frau zeigte. Die Frau trug ein elegantes Abendkleid. In der einen Hand hielt sie eine Zigarettenspitze, in der anderen ein Glas Martini.
»Meine Mutter«, antwortete Rena etwas traurig.
Maura bemerkte ihren Stimmungsumschwung. Sie legte die Stirn in Falten und sagte: »Du kommst wohl nicht sonderlich gut mit ihr aus, oder?«
»Wir sind sehr verschieden, das ist alles.«
»Wenigstens hast du eine Mutter«, seufzte Maura. »Ich wünschte, ich hätte auch eine.«
»Was ist denn mit deiner Mutter?« erkundigte sich Rena. »Ich wette, sie war genauso schön wie du.«
»Sie ist bei meiner Geburt gestorben«, entgegnete Maura und biß sich auf die Unterlippe.
Rena setzte sich aufrecht hin. »Hast du ein Bild von ihr? Ich würde zu gern erfahren, wie sie ausgesehen hat.«
Maura zuckte die Achseln und schlug im Album die nächste Seite auf. »Nein. Mein Vater hat etwas dagegen, Photos im Haus aufzubewahren.«
»Bist du denn nicht neugierig?«
»Doch«, sagte sie. »Warte hier, ich bin gleich wieder da.«
Maura stand auf und rannte ins Haus. Eine Minute später kehrte sie mit einem Zeichenblock und ein paar Holzkohlestiften zurück. »Ich will dir zeigen, was ich unter *meinem* Album verstehe«, erklärte sie aufgeregt. Sie schlug das Deckblatt zurück, und das erste Bild wurde sichtbar. Ein hübsches

Wasserfarben-Gemälde von einer schönen Frau mit blondem Haar und grünen Augen. Die Lippen waren genau wie die von Maura. Rena ahnte gleich, daß sie hier ihre Mutter gemalt hatte.

»Hast du das gemacht?« fragte sie voller Bewunderung.

»Ja. Das ist meine Mutter.«

»Woher wußtest du denn, wie sie aussieht, wenn du nicht einmal Photos von ihr hast?«

»Ich wußte es nicht. Ich habe mir sie so vorgestellt.«

»Hat dein Vater denn gesagt, daß das Bild ihr ähnlich sieht?«

Maura wandte den Blick von ihr ab. »Er hat es noch nie zu Gesicht bekommen«, erklärte sie kühl.

»Warum nicht?«

»Weil ich mir wünsche, daß sie so ausgesehen hat. Und ich könnte es nicht ausstehen, wenn mein Vater mir sagen würde, ich hätte mich geirrt und sie hätte ganz anders ausgesehen«, platzte es aus ihr heraus. Dann wechselte sie rasch das Thema und sagte unvermittelt: »Ich will dich malen, wenn du damit einverstanden bist.«

»Das könntest du tatsächlich, nicht wahr?« sagte Rena und war zutiefst beeindruckt.

»Natürlich.« Maura schlug die nächsten Blätter im Block auf. Auf den meisten hatte sie ihren Vater gezeichnet. Diesen folgten Abbildungen von einem schlanken, hübschen Jungen mit langer Lockenpracht. Maura gab sich beim Zeichnen die größte Mühe. Alle Details von der Muskelbildung bis zum Knochenbau stimmten.

»Großer Gott, du bist wirklich begnadet«, sagte Rena.

»Danke.« Maura forderte Rena auf, sich neben den Baum zu setzen.

»Sag mal, wer ist denn der süße Junge, den du da gemalt hast?« fragte Rena und kicherte.

Maura errötete. »Das ist Martin. Von dem habe ich dir doch erzählt.«

»Derjenige, von dem ich die Finger lassen soll, richtig?«

»Richtig.« Maura nahm Rena nun genau in Augenschein, und ihre Finger mit der Zeichenkohle sausten flink und behende über das Papier.

»Er ist ein Traum.«

»Ja, und was für einer«, entgegnete Maura voller Stolz.

Beide Mädchen mußten darüber kichern.

Die Stunden vergingen wie im Flug. Die beiden gingen so sehr aufeinander ein, daß die Zeit für sie alle Bedeutung verlor. So, als wäre um sie herum ein Kokon gesponnen worden, der alles und jedes andere aussperrte.

Um siebzehn Uhr wurde ihr magnetischer Kontakt vom Zuschlagen der Haustür zerstört.

»Das ist Daddy«, erklärte Maura erschrocken. Sie klappte rasch den Zeichenblock zu und versteckte ihn unter der Picknickdecke.

Peter McKinney trat auf die Veranda und sah sich um. Von der jahrelangen Arbeit in den Weinbergen hatte er einen krummen Rücken bekommen. Trotzdem war er ein sehr großer Mann. Er hatte die Ärmel hochgekrempelt und zeigte muskulöse Arme, die mit Traubensaft verschmiert und mit Reishülsen verklebt waren. Als er Rena und seine Tochter unter der Eiche entdeckte, verfinsterte sich seine Miene.

»Wer bist du?« fuhr er sie in seinem harten irischen Akzent an.

»Das ist Rena, Daddy. Ihrem Vater gehört das Weingut, in dem du arbeitest.« Maura stand auf und stellte sich vor ihre Freundin, so, als wollte sie sie beschützen.

»Aha, die bist du also.« Es klang jetzt nicht mehr ganz so streng. »Um wieviel Uhr sollst du denn wieder zu Hause sein, junge Lady?« Seine pechschwarzen Augen sahen sie durchbohrend an.

Rena erhob sich ebenfalls und zuckte die Achseln. »Schon bald, schätze ich.« Sie warf einen kurzen Blick auf Maura und bemerkte, daß ihre Freundin vor Furcht am ganzen Leib zitterte.

»Kann sie nicht zum Abendbrot bleiben, Daddy? Bitte«, bettelte Maura.

Peter McKinney betrachtete Rena von oben bis unten. Danach entschied er: »Sie soll zu Hause anrufen. Wenn ihre Eltern einverstanden sind, darf sie bleiben.«

Rena rief sofort an und sprach mit Anna, der Haushälterin ihrer Eltern. Anna sagte, sie könne bleiben. Glücklicherweise machte Renas Mutter gerade irgendwo in Europa Urlaub. Sie wäre nie damit einverstanden gewesen, daß ihre Tochter bei so gewöhnlichen Menschen zu Abend aß; und erst recht nicht dann, wenn sie gewußt hätte, daß Mauras Vater in ihrem Weingut arbeitete.

Während die beiden Mädchen sich vor dem Essen im Badezimmer die Hände wuschen, flüsterte Maura Rena zu: »Erwähn bloß vor meinem Vater Martin nicht. Und sag auch kein Wort von meinen Zeichnungen von ihm.«

Rena drehte sich zu ihr um, bemerkte den flehentlichen Blick in ihren Augen und nickte.

Beim Abendbrot schwatzten Rena und Maura ohne Unterbrechung. Peter McKinney hingegen sprach kein Wort. Er saß nur da, trank in kleinen Schlucken ein Glas Whiskey und hörte den Mädchen zu. Er hatte die Ellenbogen auf dem Tisch und stützte das Kinn auf die Hände. Ein besonderes Glänzen stand in seinen Augen. Rena erkannte trotz der gelegentlichen strengen Blicke darin großen Stolz auf seine Tochter.

Nach dem Nachtisch, einer Bananencrème, fuhr Mr. McKinney Rena nach Hause. Die Fahrt verlief die meiste Zeit über in Schweigen. Rena zermartete ihr Gehirn in der

Suche nach etwas, das sie sagen könnte, und wünschte gleichzeitig, Maura wäre mitgekommen.
Nach zwanzig Minuten, in denen sie nichts anderes als das gleichmäßige Brummen des Motors zu hören bekommen hatte, platzte sie mit dem ersten heraus, das ihr in den Sinn kam: »Es tut mir leid, daß Ihre Frau gestorben ist, Mr. McKinney.« Kaum waren die Worte gesprochen, schämte Rena sich furchtbar dafür. Im Scheinwerferlicht der entgegenkommenden Wagen sah sie den Kummer in seinem Gesicht.
Nach einigen weiteren Minuten, die sie in Schweigen verbrachten, sagte er leise: »Das war vor langer Zeit. Hat Maura dir erzählt, wie sie gestorben ist?«
»Äh...«
»Sie ist bei Mauras Geburt gestorben. Ihr Herz hat einfach aufgehört zu schlagen. Es gab keine Möglichkeit mehr, sie zu retten.«
»Tut mir leid«, flüsterte Rena.
»Der Herr gibt, und der Herr nimmt, so steht es doch geschrieben, nicht wahr?« Aus McKinneys Mund klang es sehr zynisch. »Er hat eine wunderschöne Frau genommen und mir dafür eine wunderschöne Tochter gegeben. Zumindest dafür sollte ich Ihm dankbar sein.« Er gab sich nicht die geringste Mühe, den Spott in seiner Stimme zu verbergen.
Rena erkannte die Bitterkeit in seinen Zügen und roch jetzt den Alkohol, wenn er ausatmete. Sie fragte sich, ob er Maura zürnte, weil seine Frau bei ihrer Geburt das Leben verloren hatte. Vielleicht hätte er viel lieber einen Sohn gehabt. Ganz gleich, was ihn so bitter machte, Rena hielt das ihrer Freundin gegenüber nicht für fair. Es war natürlich sehr traurig, daß seine Frau gestorben war, aber Maura war eine wunderbare und ganz besondere Person, und Mr. McKinney sollte in der Lage sein, das zu erkennen.

Er bog auf die Zufahrt zum Haus der Halbrooks ein. Als Rena aus dem Wagen stieg, legte er ihr sanft eine Hand auf die Schulter und sagte leise: »Sie mag dich sehr, mußt du wissen. Sie mag nicht allzu viele Menschen, aber du gehörst zu den wenigen. Sei lieb zu ihr, und tu ihr nie weh. Sie wird sich wahrscheinlich von selbst zu einer starken und selbstsicheren Persönlichkeit entwickeln, aber unter ihrer Haut liegt eine sehr zerbrechliche Seele.«

Rena sah ihn an und erblickte den Schmerz in seinen Augen. Das berührte sie, und sie sagte rasch: »Ich mag sie auch sehr, Mr. McKinney, und ich würde ihr nie weh tun können.«

Mauras Vater nickte, so, als hätten sie beide eine stille Übereinkunft getroffen, und fuhr dann davon.

Von nun an waren die beiden Mädchen den ganzen Sommer lang fast jeden Tag zusammen. Sie trafen sich nur dann nicht, wenn Maura mit Martin allein sein wollte. Manchmal verspürte Rena Eifersucht, weil Martin ihr die Freundin wegnahm, aber sie konnte ja nichts dagegen ausrichten. Wenn Maura mit Martin zusammen war, existierte für sie nichts anderes mehr.

Rena und Maura gingen oft in ein verlassenes Gebiet in den Napa-Bergen, und Maura zeichnete sie dort.

Einmal waren sie allein im Wald, und Maura bat Rena, sich auszuziehen, damit sie sie so zeichnen könne wie Michelangelo damals sein Modell für David. Zuerst weigerte sich Rena und sagte, sie geniere sich, weil sie dürr wie eine Bohnenstange sei. Und wenn jemand erfahren sollte, daß sie sich nackt hatte zeichnen lassen, würde sie vor Scham auf der Stelle tot umfallen.

»Nun sei nicht so eine Zimperliese!« Maura verzog das Gesicht. »Wenn du älter bist, wirst du einen wunderschönen Körper haben. Ich verspreche dir, außer dir und mir wird niemand diese Zeichnung zu Gesicht bekommen.«

Schließlich gab Rena nach. Anfangs war es ihr noch recht

peinlich, aber allmählich gewöhnte sie sich daran, nackt im Gras zu liegen.

»Hast du hier draußen jemals Martin gezeichnet?« fragte Rena einmal, während sie im Wald Modell saß.

»Klar, schon oft«, antwortete Maura. Heute zeichnete sie Rena als Waldnymphe, die auf einem Felsen saß.

Rena kicherte und kam mit dem Fuß auf dem Boden auf. »Hast du bestimmt noch nie gemacht!«

»Doch, habe ich wohl. Und jetzt sitz endlich still.«

Rena posierte wieder. »Wo sind denn die Zeichnungen von ihm?«

»Versteckt in meinem Zimmer. Wenn mein Vater sie findet, bringt er mich um.«

»Hat Martin dich jemals nackt gesehen?«

Ein leises Lächeln trat auf ihre Lippen. »Ja«, antwortete Maura schließlich. »Manchmal gehen wir zusammen nackt baden. An der geheimen Stelle, die nur ich kenne.«

»Du hast es tatsächlich getan!« keuchte Rena, um gleich darauf wieder in Kichern auszubrechen. »Habt ihr beide euch auch angefaßt?«

»Klar, aber nicht mehr. Eines Tages, wenn wir älter sind, werden wir auch das andere tun.«

»Wieso kommt Martin eigentlich nie zu dir nach Hause?«

Ein Schatten legte sich über Mauras Gesicht. »Meinem Vater gefällt es nicht, wenn ich mit Martin zusammen bin.«

»Warum das denn?«

»Er behütet mich eben viel zu sehr, das ist der ganze Grund«, antwortete Maura rasch. »Ich wünschte, er wäre in diesem Land geboren worden und nicht in Irland. Dein Vater läßt dich wenigstens in Ruhe.«

»Ja, aber leider zu oft«, sagte Rena leise.

»Du hast Glück. Ich wünschte, ich hätte auch Glück.« Ärger schwang in ihrer Stimme mit.

Als der Sommer zu Ende ging und Rena sich darauf vorbereitete, wieder ins Internat zu fahren, zeigte Maura ihr die Nacktzeichnungen von sich. Rena faltete sie zusammen und verstaute sie ganz unten in ihrem Koffer.

Als Rena zu Anna, der Haushälterin, in die große Limousine stieg, fing sie an zu weinen.

»Was ist denn, mein Kind?« fragte die Frau in ihrem karibischen Akzent und legte ihren dünnen, dunkelhäutigen Arm um die Schulter des Mädchens.

»Ich werde sie schrecklich vermissen, Anna. Wir sind in den letzten Monaten so gute Freundinnen geworden.«

Die zierliche alte Frau klopfte ihr auf die Schulter und erklärte: »Du bist doch jung, mein Kind. Euch beiden stehen noch viele Sommer und eine Menge Spaß bevor.«

Anna hatte recht gehabt, dachte Rena, während sie weiter aus dem Fenster starrte. Sie hatten tatsächlich noch viele Sommer und eine Menge Spaß gehabt.

Rena hörte von draußen das Hupen des Taxis.

Doch, sie hat mir gegenüber einmal die geheime Quelle erwähnt, erinnerte sich Rena plötzlich. *Das muß der Ort sein, an dem sie und Martin schwimmen gegangen sind.* Sie ließ den Blick noch einmal kurz durch Mauras Zimmer wandern und ging dann nach unten. Es hatte keinen Zweck, hier herumzusitzen und auf eine Nachricht von Pinky zu warten. Er würde sich schon bei ihr melden, sobald er Manuel gestellt hatte.

Das Alexander Valley war in dieser Jahreszeit am schönsten. Es war immer noch sehr warm, doch war es mittlerweile Herbst, und die Blätter verfärbten sich.

Rena dachte daran zurück, was Peter McKinney ihr am ersten Abend, an dem sie ihm begegnet war, gesagt hatte: *Sei gut zu ihr, und tu ihr nicht weh.* Sie hatte es ihm versprochen

und dieses Versprechen gehalten. Sie hatte nie etwas getan, was Maura hätte weh tun können.
Jahre waren vergangen, seit sie die Freundin das letzte Mal gesehen hatte, doch bei ihrem Telephonat vor einigen Tagen war es ihr so vorgekommen, als sei seitdem keine Zeit verstrichen. Der Kokon, der sich einst um sie gelegt hatte, war noch genauso fest gewesen wie an dem Tag, an dem sie und Maura zum ersten Mal im Garten im Gras gesessen hatten. Rena hatte die Nacktzeichnungen von sich eingerahmt und in ihrem Haus in Brentwood aufgehängt.
Nach den Kindheitssommern im Weinland hatten sich ihre Leben in verschiedene Richtungen entwickelt. Rena hatte das College in Stanford besucht, an der University of South California ihren Doktor gemacht und dann ihre Karriere als erfolgreiche Psychologin begonnen. Heute hatte sie ihre eigene Sendung im Radio und konnte auf zwei Bestseller aus ihrer Feder verweisen. Dazwischen lagen eine Ehe und eine Scheidung. Und sie hatte Cathy, ihre zehn Jahre alte Tochter.
Maura hatte ein Stipendium für die Columbia University in New York erhalten. Nachdem sie dort in griechisch-römischer Geschichte ihren Bachelor of Arts gemacht hatte, wollte sie Anwältin werden und besuchte die Juristische Fakultät der New York University. Maura hatte nie Interesse daran gezeigt, wie ihr Vater Wein herzustellen. Nach seinem Tod sorgte sie dafür, daß die große steinerne Kelterei, in dem Cabernets, Merlots und Pinot noirs so viele Jahre in Eichenfässern gereift waren, geschlossen und verriegelt wurde.
New York City gefiel Maura gut. Die Stadt was Massage für ihre Seele und Nahrung für ihren Geist. Sie blieb dort.
Rena fiel ein Brief wieder ein, den sie vor ein paar Jahren von ihrer Freundin erhalten hatte: *New York, New York, selbst inmitten von Unrat und Verzweiflung gedeiht Leben. Wundervolles Leben! Hier kann ich ich selbst sein. Hier kann ich*

allein sein, ohne das Gefühl zu haben, einsam zu sein. Wenn ich wieder in diesem Tal mit seinem immerwährenden Gestank von fermentierten, gärenden Trauben leben müßte, würde ich wahrscheinlich eingehen.

Rena hatte Ärger und Verbitterung aus den Zeilen herausgelesen, die vermutlich auf Martins Tod zurückzuführen waren. Die Erinnerung an ihn war für Maura in Napa Valley zu stark. Sie konnte hier nicht bleiben. Aber was tat Maura in New York, wenn sie nicht gerade arbeitete? Was für Freunde hatte sie dort? Rena stellte sich Frage um Frage. *So viele Dinge aus Mauras Leben sind mir unbekannt.*

Voraus in der Ferne erblickte Rena das Haus ihres Vaters, das wie ein Wächter auf dem Hügel stand und das ganze Tal überblickte. Ein Original-Château aus dem siebzehnten Jahrhundert, das im französischen Saint-Emilion zerlegt, nach Kalifornien verschifft und hier Stein für Stein wieder zusammengesetzt worden war. Die Kelterei und vor allem Simons Weinberge erstreckten sich, so weit das Auge blickte.

Doch auch wenn ihr Vater die besten Geräte und Trauben gekauft und die erfahrensten europäischen Winzer angeheuert hatte, blieben die auf seinem Gut hergestellten Weine allenfalls von durchschnittlicher Qualität.

Rena dachte an das, was Maura ihr bei der ersten Begegnung gesagt hatte: *Du mußt in diesem Land leben und mit deinen eigenen Händen arbeiten, bevor dir ein großer Wein gelingt.*

Als das Taxi in die Auffahrt zum Haus einbog, fragte sich Rena, wie viele Menschen sie in ihrem Leben kennengelernt hatte, denen es möglich war, einen anderen zu verzaubern, ihn wie mit einem Kokon zu umgeben. Ihr fiel nur eine einzige Person ein. Und dann reifte in ihrem Kopf eine Entscheidung: Sie wollte alles in ihrer Macht Stehende tun, um herauszufinden, was Maura zugestoßen war.

Kapitel 3

Rena schloß mit ihrem Schlüssel die Haustür auf.
Sie stellte ihren Koffer auf dem Parkettboden in der Diele ab.
Aus dem Eßzimmer ertönten Geräusche. Sie eilte durch das riesige Wohnzimmer mit den antiken Möbeln und den unbezahlbaren Gemälden, erreichte das Eßzimmer und entdeckte zwei Bedienstete, die den großen Mahagonitisch für eine Dinnerparty herrichteten. Von der Decke hing ein kristallener Kronleuchter, der aus dem Wiener Opernhaus stammte. Wer sollte denn kommen? Sie fragte sich, ob einige Freunde ihres Vaters übers Wochenende gekommen waren.
Dann hörte sie die gedämpften ratternden Geräusche aus der Abfüllanlage neben der Kelterei. Sie sah zu dem großen Fenster hinaus und erblickte Feldarbeiter, die Chardonnay-Reben von den Stöcken pflückten, diese in Bütten warfen, die dann ihrerseits in Tankwagen gekippt wurden. Traktoren zogen sie danach langsam durch die Felder.
Der Geruch von Schwefeldioxid erfüllte die Luft und erinnerte Rena an den Tag, an dem sie Maura zum ersten Mal begegnet war.
Aus dem Augenwinkel bemerkte sie Simons Helikopter, der neben dem Haus auf dem Landeplatz stand. Sie hätte nicht gedacht, daß er sich zur Zeit hier im Napa Valley aufhielt. Eigentlich hätte er auf Geschäftsreise in der Schweiz sein müssen.
Rena ging hinauf in ihr Zimmer. Sie zog den Rock und die hochhackigen Schuhe aus und wechselte sie gegen Jeans, leichte Schuhe und ein T-Shirt. Sie machte sich frisch, kämmte ihr Haar und ging wieder nach unten, um zu telefonieren. Sie hatte das starke Bedürfnis, mit Charlie zu sprechen; und sei es nur, um seine Stimme zu hören. Sie hatten sich letzte Nacht gestritten – wieder darüber, wie wenig Zeit sie fürein-

ander hatten –, und er war gegangen und nicht über Nacht geblieben. Rena nahm den Hörer ab, wählte die ersten Nummern und hängte dann wieder ein. Nein, sie wollte lieber keine neue Konfrontation mit ihm riskieren. Nicht jetzt, wo sie wegen Mauras Verschwinden viel zu aufgekratzt war. Sie verließ das Haus und spazierte den Pfad hinunter, der zum Weinkeller führte. Die Weinlese war angebrochen, und der Lärm der Traubenpressen und Flaschenabfüllanlagen war ohrenbetäubend.
Sie lief an den riesigen Tanks aus rostfreiem Stahl vorbei, in denen der Wein gärte, und gelangte in die moderne Weinfabrik. Dort waren mehrere Teams damit beschäftigt, die gefüllten Kartons zu bekleben, die auf einem Fließband heranrollten. Andere Gruppen stapelten die Kartons und stellten sie für den Transport zusammen.
Der Computerraum mit seinen unzähligen Terminals und elektronischen Anlagen war am anderen Ende der Halle zu erkennen. Die dortigen Datenbanken berechneten die klimatischen Auswirkungen und steuerten die Bewässerung, die Temperaturen im Keller und die Fermentierung.
Rena fand Simon im Faßkeller. Er unterhielt sich gerade mit einem gutaussehenden, sportlichen Mann mit silbernem Haar und sonnenverbrannter Haut. Sie standen vor einer Reihe von Zweihundert-Liter-Fässern, in denen Cabernet reifte. Simon zog den Stopfen aus einem der Fässer und goß etwas roten Wein in ein Glas, das er dann ins Licht hielt. Die grimmige Miene auf seinem Gesicht verriet, daß es wohl auch dieses Jahr nichts mit dem preisgekrönten Cabernet werden würde.
Rena ging zu ihm. »Hallo, Dad«, sagte sie laut, um das Getöse der Maschinen zu übertönen.
Ihr Vater drehte sich um. Er war ein großer, schwerer Mann mit einer weißen Mähne. Als er sie entdeckte, erschien ein

Lächeln auf seinem Gesicht, und seine Augen funkelten lebendig. »Großer Gott, was machst du denn hier?« rief er.
»Das gleiche wollte ich dich auch fragen. Solltest du nicht eigentlich in der Schweiz sein?« schrie sie zurück.
Er beugte sich hinab und rief ihr ins Ohr: »Ich war da, aber dann haben die Uhren, die alle die gleiche Zeit anzeigen, und die ewig grünen Berge mit dem Schneehäubchen auf dem Gipfel mich furchtbar gelangweilt. Es macht viel mehr Spaß, während der Lese hier zu sein. Warum hast du mir nicht Bescheid gegeben, daß du kommen wolltest?«
Sie erzählte ihm, daß sie ursprünglich vorgehabt hatte, mit Maura ein Wochenende zu verbringen, und wie sich dann alles entwickelt hatte.
»Ich habe von dem Mord gehört, wußte aber nicht, daß das auf Mauras Grundstück war.« Er machte ein besorgtes Gesicht, und die Cañons seiner Falten auf der Stirn wurden noch tiefer. Er kannte Maura noch als Kind und hatte sie immer gemocht. Jetzt legte er seiner Tochter eine seiner großen Hände auf die Schulter und sagte: »Ich schätze, es gibt eine logische Erklärung für ihr Verschwinden. Warte noch ein paar Stunden ab. Mal sehen, was sich bis dahin tut.«
Sie rang sich ein Lächeln ab und nickte.
»Wie geht es denn meiner Enkelin?« wollte er wissen, und Rena überhörte die leise Bekümmertheit in seiner Stimme nicht.
»Cathy macht sich prächtig, Dad«, antwortete sie sanft. Ihre Tochter kam mit Simon nicht zurecht. Rena wußte, daß das ihrem Vater ziemlich zu schaffen machte. Cathy machte ihn für den Tod ihres Daddy verantwortlich. Sosehr er sich auch bemühte, er konnte die Liebe seiner Enkelin nicht zurückgewinnen. Aber er gab nicht auf und versuchte es immer wieder in der Hoffnung, daß sich das Verhältnis zwischen ihnen eines Tages bessern würde.

Simon hielt das gefüllte Glas wieder gegen das Licht. »Und was nun diese Brühe angeht...« Verärgert kippte er den Wein auf den Boden. Dann drehte er sich zu dem Mann an seiner Seite um und erklärte: »Tut mit leid, ich hätte euch beide gleich miteinander bekannt machen sollen. Harrison Monroe, das ist meine Tochter Rena.«

Der Mann mit der silbernen Haarpracht grinste sie an, und seine braune Gesichtshaut ließ die Zähne bemerkenswert weiß erscheinen. Die beiden gaben sich die Hand. Der Blick aus seinen grünen Augen tanzte über ihr Gesicht, was sie etwas benommen machte. »Das mit Ihrer Freundin tut mir leid«, sagte er, und es klang ehrlich. »Meine Mitarbeiter auf den Weinbergen haben mir von dem Mord berichtet. Ehrlich gesagt, sie reden schon den ganzen Tag von nichts anderem.«

»Kommt mit in mein Büro, alle beide!« rief Simon laut genug, um den Lärm zu übertönen. »Hier werde ich noch taub.«

Das Büro lag weit weg von den Maschinen und war schallgedämmt.

Simon schloß die Tür, marschierte um seinen Eichenholzschreibtisch herum und öffnete ein temperaturkontrolliertes Kabinett. Während er eine Flasche Weißwein herausholte, erklärte er Rena: »Das ist keines von meinen Produkten... noch nicht. Wenn alles gutgeht, kann ich in wenigen Jahren mit einer ähnlichen Qualität aufwarten. Harrison«, er legte dem Mann eine Hand auf die Schulter, »ist mein neuer Winzer. Er hat diesen tollen Wein für die Leute gemacht, die vor ein paar Jahren das alte Pelham-Weingut oben an der Spring Mountain Road gekauft haben. Dieser Mann«, jetzt zeigte er mit dem Daumen auf Harrison, »hat für sie zu arbeiten begonnen und schon nach einem Jahr dieses Spitzenprodukt hier hingelegt. Er ist ein gottverdammtes Genie! Er hat für meine Konkurrenten so viele Preise geholt, daß ich gar nicht darüber nachdenken mag.«

Aha, ein neues Genie. Zumindest scheint er sich von den anderen zu unterscheiden, dachte Rena. Jedes Jahr stellte Simon einen neuen Winzer ein... in der Hoffnung, der würde jetzt endlich das Wunder vollbringen, einen preiswürdigen Cabernet und Chardonnay hervorzubringen.

»Er ist nicht nur teuer«, fuhr ihr Vater fort, »er hat auch Ideen zur Umstrukturierung der Kelterei, die mich ein Vermögen kosten. Sieh dir das nur einmal an.« Er zog einige Konstruktionspläne aus einer Rolle und breitete sie auf dem Schreibtisch aus. »Ich muß soundso viele Hektar hinzukaufen, damit wir mehr Wein anbauen können. Meine früheren Winzer haben den Fehler begangen, die Stöcke zu dicht aneinanderzusetzen. Sie haben die Stöcke gestutzt und beschnitten, um pro Quadratmeter immer mehr Trauben hervorzubringen. Dummerweise hat die quantitative Erhöhung die Qualität gesenkt.«

Es war lange her, daß Rena ihren Vater zuletzt so aufgeregt erlebt hatte. »Haben Sie eine solche Umstrukturierung auch bei den Leuten vorgeschlagen, die das Pelham-Gut gekauft haben?« fragte sie Harrison.

»Nein. Das Weingut gehört heute nur noch einer Person. Der Besitzer ist vor knapp einem Jahr gestorben und hat alles seiner Witwe vermacht. Ihre Winzerei war recht klein, und der Großteil ihres bescheidenen Profits hat sich dank der Airconditioning-Anlage in ihrer Kelterei buchstäblich in Luft aufgelöst. Die Temperatur muß konstant bei achtundfünfzig Grad Fahrenheit gehalten werden, um eine vernünftige Gärung zu bewirken. Größere Weinfabriken können den Evaporationsverlust leicht wegstecken. Bei kleineren geht das aber an die Substanz. Ich habe dort nicht mehr getan, als auf ihrem Grund eine unterirdische Höhle anzulegen, wo auf natürliche Weise die richtige Temperatur herrscht.«

»Ich habe dir doch gesagt, daß er ein Genie ist«, strahlte Simon.
»Das war doch nichts Besonderes«, wehrte Harrison etwas schüchtern ab. »Die Menschen lagern Wein schon seit vielen tausend Jahren in Höhlen. Ich habe auf dem Pelham-Gut die High Tech rausgeschmissen und bin zu der natürlichen Methode zurückgekehrt, das war schon alles.«
»Wie heißt die Frau, der das Gut jetzt gehört?« erkundigte sich Rena.
»Monica van der Slyck.«
»Van der Slyck wie bei der gleichnamigen Schokolade?« fragte Rena verblüfft, verschränkte die Arme vor der Brust und lehne sich gegen den Schreibtisch.
»Das war die Firma ihres Mannes. Übrigens hat der ermordete Tagelöhner in ihren Weinbergen gearbeitet«, erklärte Harrison.
»Dann grenzt ihr Gut an das der McKinneys«, bemerkte Rena.
Monroe nickte. Sein Blick war die ganze Zeit über nicht von ihren Zügen gewichen.
Rena drehte den Kopf weg.
»Ich gebe heute abend eine Dinnerparty«, sagte Simon. »Harrison und Mrs. van der Slyck sind dazu eingeladen. Ich hoffe sehr, du kommst auch. Ich habe ihr so viel von dir erzählt.« Ein besonderer Unterton war in seiner Stimme, und sein Gesicht leuchtete auf, als er Monicas Namen aussprach. Ging zwischen den beiden etwas vor? fragte sich Rena. »Ich weiß noch nicht, wie ich mich heute abend fühle, Dad.«
»Natürlich«, sagte er rasch. Er schien zu verstehen, daß sie wegen ihrer Freundin viel zu durcheinander war.
Eine weibliche Stimme meldete sich aus der Gegensprechanlage. »Miß Halbrook, ein Gespräch für Sie auf Leitung zwei.«
Rena nahm den Anruf in einem anderen Büro entgegen.

»Ja?« meldete sie sich.
»Hi, hier spricht Walter Parsons.«
Der neue Arzt, den sie am Morgen kennengelernt hatte. »Was gibt es denn, Doktor?«
»Sie haben doch gesagt, ich solle Sie anrufen, wenn ich bei der Autopsie etwas Ungewöhnliches entdeckt hätte.«
»Und, haben Sie?« Sie hörte, wie ihr Herz heftig schlug.
»Ja. Sind Sie im Augenblick gerade beschäftigt?«
»Nein.«
»Fein. Haben Sie Lust, ins Krankenhaus zu kommen? So etwas muß man mit eigenen Augen gesehen haben, um es zu glauben. Sie fahren etwa zehn Minuten. Sheriff Swangel wird später zu uns stoßen.«
Rena notierte sich die Adresse.
Sie kehrte in Simons Büro zurück und erklärte ihm, daß sie fort müsse. Die beiden Männer beugten sich gerade über die Pläne auf dem Schreibtisch.
»Ich würde mich sehr freuen, dich heute abend zu sehen«, sagte Simon. »Ich möchte dir Monica vorstellen.«
»Ich würde mich auch freuen, wenn Sie kämen«, sagte Harrison und sah sie wieder an wie vorhin.
»Vielleicht. Warten wir doch ab, ob sie vorher Maura finden, okay?«
Harrison schüttelte ihre Hand, und erneut spürte sie die starke Wärme, die seine Haut ausströmte.

Walter Parsons holte Rena in der Lobby des Krankenhauses ab. Er trug einen grünen Operationssaal-Kittel und Gummihandschuhe, die mit etwas Feuchtem, Klebrigem und Rotem bekleckert waren.
»Was haben Sie denn?« fragte er, als er bemerkte, wie alle Farbe aus Renas Gesicht wich.
»Ich habe da ein kleines Problem mit Blut.«

»Ich dachte, Sie wären eine Art Ärztin.« Er wirkte verwirrt.
Sie lächelte. »Ja, aber eine von der Sorte, die Verbände auf seelische Wunden legt.«
»Ach so!« rief er und schlug sich mit der Hand an die Stirn, als ihm klar wurde, was sie meinte. Er lachte und fragte: »Wollen Sie es sich immer noch anschauen?«
»Aber unbedingt.«
»Ich hoffe, Sie haben einen starken Magen.«
»Das werden wir ja in Kürze feststellen, nicht wahr? Wo ist denn Dr. Frawley? Ich dachte, er wollte die Autopsie durchführen.«
»Das hat er auch getan. Und genau das gefunden, wonach er gesucht hat. Eine alkoholisierte Person mit durchschnittener Kehle und einer kleinen Stichwunde unterhalb eines Nackenwirbels.« Er klang sarkastisch. Dann holte er eine Gummischürze aus einem Schrank und reichte sie Rena.
»Ich habe den starken Eindruck, daß Sie mit Dr. Frawleys Befund nicht übereinstimmen«, sagte Rena, während sie sich die Schürze umband.
»Ich würde mir nie erlauben, einem Kollegen zu widersprechen, erst recht nicht einem, der über soviel mehr Berufserfahrung verfügt. Aber wenn man wie Dr. Frawley schon tausend Autopsien hinter sich hat und nie etwas wirklich Außergewöhnliches zum Vorschein gekommen ist, gibt man sich bei der tausendundersten Leiche keine übertriebene Mühe mehr.«
»Was erwartet uns denn jetzt so Außergewöhnliches?«
»Nun, warten Sie es ab und sehen Sie selbst«, antwortete er mit einer gewissen vorfreudigen Erregung.
Er öffnete die Tür zur Leichenhalle und führte Rena hinein.
Der Leichnam des Tomas Sanchez lag auf einem Me-

talltisch. Der Mexikaner war klein, aber muskulös. Seine inneren Organe – Lungenflügel, Herz, Nieren und Milz – lagen oberhalb des Körpers auf einer Waagschale.
Parsons fiel auf, daß Rena noch blasser wurde. »Meinen Sie, Sie stehen das durch?«
Rena atmete tief durch und bekam dabei den hier vorherrschenden Geruch von Formaldehyd und Ammoniak in die Nase. »Sagen Sie mir nur, worauf ich mein Augenmerk richten soll. Und bitte sagen Sie es mir so rasch wie möglich.«
»Die Polizeispezialisten untersuchen gerade die Fingerabdrücke. Ich fürchte jedoch, daß sie dabei nichts zutage fördern werden. Bei Sanchez handelt es sich um einen Tagelöhner, vermutlich um einen Illegalen, der über die Grenze geschlichen ist. Während der Lesesaison wimmelt es hier im Tal von Illegalen.«
»Er ist sicher ein Wanderarbeiter, aber ich bezweifle, daß er zu den Illegalen gehört«, bemerkte Rena und mußte im nächsten Moment würgen. Sie zog ein Taschentuch aus einer Schachtel, die auf dem Tisch stand, und hielt es sich vor den Mund. »Sehen Sie nur auf das tätowierte Herz auf der rechten Brustseite. Das ist das Zeichen einer Straßen-Gang in Los Angeles. In diese Gang werden keine Illegalen aufgenommen. Ich kenne mich etwas mit ihren Zeichen und Symbolen aus, weil ich während der Zeit, in der ich meine Doktorarbeit geschrieben habe, als Verbindungsbeamtin zwischen den Gangs und der Polizei gearbeitet habe. Und haben Sie die tätowierte Träne unter seinem Auge bemerkt? Das ist ebenfalls ein Symbol und besagt, daß der Betreffende einige Zeit im Gefängnis gesessen hat.«
»Ich bin beeindruckt«, gestand er voller Respekt. Er drehte den Kopf der Leiche, damit sie beide den Hals sehen konnten. Parsons zeigte auf die Halsschlagader. »Sehen Sie den Schnitt? Er wurde mit einer scharfen Klinge, vermutlich fünf

Zentimeter breit, durchgeführt. Alles deutet auf ein Messer hin.«

Plötzlich kam Rena das Messer in den Sinn, das Manuel aus seinem Stiefel gezogen hatte. Dessen Klinge war fünf Zentimeter breit und hatte auch sehr scharf gewirkt. »Was soll ich mir noch ansehen?«

Der Arzt drehte den Toten auf den Bauch. Er zeigte mit einem Finger auf das Loch im oberen Nackenbereich. »Hier ist die Stichwunde... Geht durch bis in die Wirbelsäule. Diese Wunde wurde nicht mit einem Messer beigebracht. Eher mit einem Nagel oder einer Nadel mit dreieckiger Spitze.«

Rena kämpfte gegen das an, was mit Macht aus ihrem Magen nach oben drängte.

»Und jetzt kommen wir zu der bizarrsten Sache.« Er rollte den Leichnam auf den Rücken zurück, nahm dann einen Kugelschreiber aus seiner Hemdtasche und schob damit Sanchez' Penis zur Seite. »Fällt Ihnen hier etwas auf?«

»Bitte, keine Fragen. Sagen Sie es mir nur. Mir bleiben noch knapp dreißig Sekunden, ehe ich in Ohnmacht falle.«

»Also gut, keine Hoden vorhanden. Sehen Sie das?«

Renas Gesicht war bereits aschfahl, und ihre Stirn war feucht von Schweiß. Doch sie fand die Kraft, einen Blick darauf zu werfen. Sie entdeckte getrocknetes Blut auf den Oberschenkeln des Mexikaners.

»Bemerken Sie die Schnittwunden an der linken und rechten Seite des Unterleibs?« Er berührte sie mit der Stiftspitze. »Sie sind noch recht frisch. Vermutlich nach der Ermordung des Mannes angebracht.«

Rena starrte den Arzt an. »Moment mal, wollen Sie damit etwa sagen, der Mörder habe ihm nachträglich die Hoden entfernt?«

»Ja. Die Schnitte wurden mit einem ungewöhnlich scharfen

Gegenstand durchgeführt, wahrscheinlich mit einem Skalpell. Innerhalb des Hodensacks wurde das Gewebe stark beschädigt.«

»Ich fürchte, ich muß jetzt hier dringend raus!« stöhnte Rena. Sie spürte, daß sie sich jeden Moment übergeben müsse. Parsons nahm sie am Arm und führte sie hinaus.

Auf dem Gang lehnte sich Rena gegen die Wand und atmete tief ein und aus, bis die Farbe in ihr Gesicht zurückkehrte. *Wenn jemand einen Mann auf diese Weise kastriert, was mag er dann alles Maura angetan haben?*

»Ich bin kein Pathologe, aber ich würde sagen, Sanchez war schon tot, als ihm die Hoden entfernt wurden. Ich glaube auch nicht, daß der Schnitt am Hals ihn getötet hat. Der Stich im Nacken hat ihm das Lebenslicht ausgeblasen.« Er warf drei Münzen in einen Erfrischungsautomaten. Eine Dose Sprite rollte unten ins Fach. Er öffnete den Deckel und reichte Rena das Getränk. »Trinken Sie das. Danach fühlen Sie sich besser.«

»Danke«, sagte sie nur und nahm die Dose. Sie trank zwei große Schlucke.

»Und dann ist mir noch etwas aufgefallen.« Der Arzt warf weitere Münzen in den Automaten. »Unter Sanchez' Fingernägeln fanden sich einige blonde Haare. Nicht, daß das schon etwas zu bedeuten hätte«, erklärte er rasch, als er die Sorge auf Renas Gesicht bemerkte. »Ich habe sie in eine Plastiktüte getan, damit sie noch genauer untersucht werden können.« Eine Diät-Cola fiel ins Fach.

Am Ende des Gangs zeigte sich Pinky Swangel, der auf sie zustampfte. Er hielt eine Plastiktüte in der Hand und machte eine grimmige Miene.

»Hast du Manuel gekriegt?« fragte sie ihn.

»Ja. Der Dreckskerl hat gesehen, daß ich mit meinem Wagen die Straße versperrt habe, und rasch das Messer in die Büsche geworfen. Als ich ihm die Handschellen anlegen wollte, haben mich seine Kinder angefallen, und seine verdammte Frau hätte mir fast die Hand abgebissen.«

»Wo ist Manuel jetzt?« fragte sie ihn.

»In einer Zelle, wegen Widerstands gegen die Staatsgewalt. Ich hätte seine ganze Familie ins Loch stecken sollen. Was um alles in der Welt wollte er damit erreichen, als er das Messer an sich nahm?« Er hielt die Tüte hoch. In ihr befanden sich blutbeschmierte Grashalme. »Ich bringe das ins Labor in Geyserville. Und ich brauche die Blutgruppe des Toten«, erklärte er Parsons. »Wenn seine Blutgruppe und die auf dem Gras nicht übereinstimmen, stehen wir vor einem echten Problem.«

»Wollen Sie damit andeuten, es könnte sich auch um Blut von Maura McKinney handeln?« fragte der Arzt.

»Vielleicht. Verdammt noch mal, ich weigere mich, diese Möglichkeit überhaupt in Betracht zu ziehen.« Pinky schüttelte heftig den Kopf.

Parsons berichtete ihm von dem, was ihm bei der Autopsie aufgefallen war. Er erwähnte auch die blonden Haare unter den Fingernägeln des Toten und Renas Hinweis, daß es sich bei dem Mann um einen ehemaligen Häftling handele.

»Scheiße!« entfuhr es dem Sheriff. Er nahm den Hut ab und wischte sich mit dem Ärmel den Schweiß von der Stirn. »Was für ein kranker Fall ist das hier eigentlich?«

»Du brauchst auch Mauras Blutgruppe, wenn das Blut hier nicht mit dem des Toten übereinstimmt«, erklärte Rena ihm. Ihre Stimme zitterte.

»Großer Gott!« Ein Schatten legte sich über Pinkys Gesicht, als ihm dämmerte, was Rena damit zum Ausdruck bringen wollte. »Wie soll ich daran kommen? Sie lebt doch in New York City!«

»Dr. Frawley könnte dir da weiterhelfen«, antwortete sie und warf die leere Dose in den Abfalleimer. »Er hat sie auf die Welt gebracht.«

»Weißt du auch, in welchem Krankenhaus das war?«

»Kein Krankenhaus«, entgegnete sie. »Maura wurde zu Hause geboren. Die McKinneys haben bestimmt einen Hausarzt gehabt, vielleicht sogar Dr. Frawley. Wir können nur hoffen, daß der betreffende Arzt seine alten Unterlagen aufbewahrt hat. Hat die Überprüfung der Fingerabdrücke des Toten schon etwas erbracht?«

»Sie arbeiten noch daran. Wenn er wirklich gesessen hat, dürfte das kein Problem sein.« Er wandte sich an Parsons: »Sind Sie wirklich der Ansicht, die Stichwunde im Nacken habe ihn getötet?«

»Jawohl. Ein spitzer Gegenstand hat die Haut zwischen dem ersten und dem zweiten Nackenwirbel durchbohrt«, erklärte er und zeigte zur Demonstration auf die entsprechende Stelle an seinem Nacken. »Niemand kann eine solche Verletzung überleben.«

»Mist, vielleicht sollte ich Manuel unter Mordverdacht festnehmen.« Er legte nervös beide Hände an seinen Waffengürtel.

»Warum ihn?« fragte Rena.

»Er hatte das verdammte Messer, und er wollte es verbergen.«

»Ja, aber er war auch derjenige, der mir das Messer und die Blutspuren im Gras gezeigt hat. Warum sollte er das tun, wenn er Sanchez auf dem Gewissen hat?«

»Ich weiß es auch nicht«, seufzte Pinky. Er wirkte ziemlich durcheinander. »Was für ein Psychopath kommt auf die Idee, einem Mann die...« Er brachte den Satz nicht zu Ende.

Rena war mittlerweile ähnlich konfus wie der Sheriff. »Offenbar ein sehr gestörter Psychopath«, antwortete sie gepreßt.

»Ich hätte nie gedacht, daß Manuel so gestört ist«, sagte Pinky.
»Ich halte ihn auch nicht für geistesgestört«, erwiderte Rena.
Nach einer Weile verließ sie niedergeschmettert das Krankenhaus und fuhr zurück zum Château ihres Vaters. Die einzige Möglichkeit für sie, in dem Range Rover die müden Augen offenzuhalten, bestand darin, sich die furchtbaren Dinge vorzustellen, die der Mörder dem Landarbeiter im Weinberg zugefügt hatte. Am meisten beunruhigte sie der Umstand, daß Kastrationen in manchen Gesellschaften von Frauen als Racheakt durchgeführt wurden. *Hat wirklich eine Frau ihn ermordet?* Dann dachte sie an die Blutspur an der Quelle. *Ist Sanchez dort ermordet worden?* Normalerweise war eine Frau zu schwach, um einen Mann wie Sanchez den ganzen Weg von der Quelle bis zum Weinberg zu tragen. Es wäre höchstens möglich, wenn die Frau sich in einem manischen Zustand befunden hatte. Rena fielen die malayischen Amoks ein, ein Stamm, dessen Mitglieder sich in einen solchen Mordrausch hineinsteigern konnten, daß sie die Kraft von zehn Männern gewannen. Dann erinnerte sich Rena an die Antidepressiva, die sie in Mauras Handtasche entdeckt hatte. *Warum nimmt sie die ein?* Ein Eisklumpen bildete sich in ihrem Magen. Hatte Manuel mit seiner angedeuteten Befürchtung, Maura habe den Wanderarbeiter ermordet, am Ende recht? Rena schüttelte den Kopf, um einen so schrecklichen Gedanken wieder loszuwerden. Doch die Vorstellung hielt sich hartnäckig am Rand ihres Bewußtseins.
Das Château tauchte vor ihr auf. Rena wollte jetzt nichts anderes mehr als ein paar Stunden Schlaf.
Doch vorher tauchte der Gedanke wieder in ihrem Kopf auf, der ihr schon in Mauras Haus gekommen war: *Ich habe Maura seit Jahren nicht mehr gesehen. Menschen verändern sich.*

Kapitel 4

»Zieh den Reißverschluß hoch. Wind kommt auf«, sagte Charlie und flippte eine weitere Erdnuß in seinen Mund.

Charlie Halleran und Cathy, Renas zehnjährige Tochter, saßen im Zoo von Los Angeles auf einem Geländer und beobachteten eine japanische Schneeäffin, die kleine schwarze Insekten aus dem Fell ihres Kinds pflückte. Der Wind blies immer heftiger und wehte Styroporbecher und Schokoladenpapier an den Tierkäfigen vorbei.

Cathy zog den Reißverschluß ihres Anoraks hoch und schob eine Hand in die Tasche vor Charlies alter lederner Bomberjacke, um sie zu wärmen. »Geht es dir nicht gegen den Strich, so wunderbare Tiere so eingesperrt zu sehen?« sagte Cathy und holte sich mit der freien Hand eine Erdnuß aus Charlies Tüte.

»Ist schon grausam, nicht wahr?«

»Ja.« Er legte einen Arm um ihre Schulter, und sie kuschelte sich an ihn. Charlie war für sie so etwas wie ein Ersatzvater geworden, nachdem ihr richtiger Vater ums Leben gekommen war. »Was meinst du, werden du und Mom jemals heiraten?« fragte sie.

»Zur Zeit sind wir nichts weiter als gute Freunde, Cathy.«

»Blödsinn! Ihr schlaft doch miteinander. Bloße gute Freunde tun so etwas nicht.«

»In deinem Alter darf man so etwas eigentlich noch gar nicht wissen«, grinste er.

»So? Nun, dann laß dir mal gesagt sein, daß ich über solche Dinge Bescheid weiß. Wenn du es schon mit ihr tust, kannst du sie genausogut auch heiraten.«

»Für eine Ehe braucht es schon etwas mehr, als es nur miteinander zu *tun*. Davon abgesehen gibt es in unser beider Leben keine Zeit für eine Ehe.«

»Ihr beiden streitet euch oft, nicht wahr?« Sie sah ihm von unten ins Gesicht.
»Wir streiten uns nicht, wir führen Debatten.«
»Großer Gott, bei Erwachsenen heißt das also *Debatten führen*«, stöhnte sie vernehmlich. »Ich habe euch beide vor zwei Nächten gehört, wie ihr *debattiert* habt. Ihr dachtet bestimmt, ich wäre längst eingeschlafen. Worum ging es denn da eigentlich?«
»Du hörst wohl alles, was? Kein Wunder, daß du so riesige Ohren hast.« Er zwickte sie.
»Ich wette, du glaubst, eure Beziehung würde nicht funktionieren können, weil wir in der *Forbes*-Liste unter den reichsten Familien Amerikas an siebzehnter Stelle aufgeführt sind. Männer kommen mit so etwas schwer zurecht. Es beeinflußt ihre Männlichkeit.« Sie klang, als würde sie in der Schule ein Referat vortragen.
Charlie lachte. »Du bist nicht auf dem neuesten Stand. In diesem Monat seid ihr einen Platz nach oben geklettert, nachdem der Stahlmagnat aus Pittsburgh letzte Woche aus einem Fenster seines Wolkenkratzers gesprungen ist.« Er fischte die letzte Erdnuß aus der Tüte, zerknüllte sie dann und warf sie in den Abfallkorb. »Nein, Geld ist nicht unser Problem. Wir haben viel mehr Mühe damit, Zeit füreinander zu finden.«
»Wann mußt du denn nach Paris?« fragte sie und klang traurig.
»In ein paar Tagen.«
»Und für wie lange?«
»Ungefähr einen Monat.« Er spürte ihren Schmerz.
»Weiß Mom davon?«
»Ja, sie weiß es.« Er bemühte sich, sich die Enttäuschung nicht anmerken zu lassen. »Ich hatte gehofft, deine Mutter und ich könnten dieses Wochenende gemeinsam verbringen.

Darum ging es hauptsächlich in der *Debatte*, die du belauscht hast.«
»Ach so, und Mom wollte lieber nach Napa, um sich dort mit einer alten Freundin zu treffen, nicht wahr?«
»Ja, so ungefähr«, seufzte er. Es sind immer diese Kleinigkeiten, die sich zwischen uns stellen, dachte Charlie. Viel zu viele Kleinigkeiten. Er verbrachte die halbe Zeit damit, als Reporter rund um die Welt zu reisen. Und wenn er dann nach Los Angeles zurückkehrte, waren er und Rena nur selten zusammen, weil sie in der Regel schon andere Einladungen angenommen hatte.
Charlie starrte auf den Affenkäfig. Drei Jugendliche, die Lederjacken und bunte Tücher in den Farben ihrer Gang am Bein trugen, schlenderten auf die Schneeaffen zu. Einer von ihnen fing an, wie ein Affe zu schreien, sprang auf und ab und kratzte sich an den Seiten. Die beiden anderen lachten und klapperten mit ihren Bierdosen am Gitter entlang.
Die Affenmutter entblößte ihre langen Zähne, drückte ihr Kind fest an sich und fing an, laut zu kreischen.
»Ihr Arschlöcher!« schrie Cathy ihnen entgegen und wollte schon vom Geländer springen.
Charlie hielt sie zurück und lächelte. »*Macaca fuscata*, auch als Schneeaffen bekannt, gehören zu den alteingesessenen Affenarten. Wenn jemand sie verscheißern will, geben sie es ihm zurück.«
Die Affenmutter griff sich einen Klumpen Fäkalien vom strohbedeckten Boden und schleuderte ihn durch die Gitterstäbe auf die drei Jugendlichen. Die Bandenmitglieder schimpften und fluchten und rissen zum Schutz die Arme vor die Köpfe. Die Äffin sprang auf und ab und warf immer neue Brocken nach ihnen, bis sie die Flucht ergriffen und Schutz in einem Tunnel suchten.
»Ich schätze, du hast es wortwörtlich gemeint, als du eben

sagtest, wenn jemand sie verscheißert, geben sie es zurück«, lachte Cathy.
»Das schätze ich auch.«
»Du weißt wirklich eine Menge Dinge, was, Charlie?« Er glitt von der Stange und half ihr herunter. Cathy mochte ihn immer lieber. Zum Teil gefiel ihm das sehr. Seit dem Tod seiner Tochter hatte er Kinder nicht mehr an sich herangelassen, jedenfalls nicht so nahe. Aber was würde sein, wenn Rena und er miteinander Schluß machten? Die Möglichkeit ließ sich nicht ausschließen. Wie würde Cathy das aufnehmen?
Sie aßen in einem preisgünstigen Schnellrestaurant in Brentwood, und dann fuhr Charlie sie nach Hause. Anne, die Haushälterin, kümmerte sich um Cathy, solange Rena nicht da war.
Danach spazierte Charlie eine Stunde lang über den San Vincente Boulevard, betrachtete die überteuerten Auslagen in den Kunstgalerien und Modeboutiquen und dachte an nichts anderes als an Rena. Cathy war nicht dumm. Sie hatte gleich gespürt, daß zwischen den beiden etwas nicht stimmte. Charlie ahnte, daß er in seiner Beziehung mit Rena an einem Wendepunkt angekommen war. In diesem Moment war er sich überhaupt nicht sicher, welchen Weg er einschlagen sollte.
Charlie lebte in einem Zweifamilienhaus in Sycamore, dem alten Teil von Los Angeles, ein gehöriges Stück von Renas großem weißem Haus entfernt, das sich in die Brentwood Hills schmiegte. Sein Haus besaß drei Zimmer: ein Schlafzimmer, eine Küche, deren Einrichtung aus den fünfziger Jahren stammte, und ein Wohnzimmer, in dem ein geblümtes Sofa, das er dem Vormieter abgekauft hatte, und ein uraltes Fernsehgerät mit einer Zimmerantenne standen. Eine Wand des Wohnzimmers war mit gefüllten Bücherregalen bedeckt.

An den drei anderen hingen Photos und andere Erinnerungen, die er als Reporter rund um den Erdball gesammelt hatte. Neben der Stereoanlage zeigte ihn ein Schwarzweißbild zusammen mit Fidel Castro. Sie grinsten beide, hielten sich im Arm und rauchten dicke Havannas.
Charlie holte sich aus dem Kühlschrank ein Bier, begab sich ins Wohnzimmer und schaltete seinen Computer ein. Er rief den News Service von UPI ab und überflog die Schlagzeilen. Er hoffte, etwas Interessantes möge sich ereignet haben, damit er seinen Chefredakteur davon abbringen konnte, ihn nach Paris zu schicken, um von dort von der OPEC-Sitzung zu berichten. Er war erst vor kurzem von einem sechswöchigen Aufenthalt bei der Hisbollah-Miliz im Libanon zurückgekehrt. Wenn er jetzt in Paris irgendwelchen Ölbaronen zuhören mußte, wie sie über den Preis des Rohöls diskutierten, erschien ihm das genauso faszinierend, wie die Muster auf der Tapete zu zählen.
Der gleiche Scheißdreck wie immer, dachte Charlie, während die internationalen Nachrichten über den Schirm flossen: Hungersnöte, Kriege, Erdbeben.
Er rief die Inlandsnachrichten ab. Wieder das gleiche wie immer, nur andere Namen und Gesichter. Als er auf den Mord an einer Siebzehnjährigen stieß, hielt er inne und ließ den ganzen Artikel auf dem Schirm erscheinen. Ein kurzer, einspaltiger Bericht über eine teilweise zerlegte Leiche, die außerhalb von Peconic an der Nordspitze von Long Island entdeckt worden war. Am meisten interessierte Charlie daran, was der Mörder der jungen Frau angetan hatte. *Dieser elende Mistkerl hat ihren Unterleib aufgeschlitzt und ihr die Eierstöcke entfernt!*
Charlie seufzte und schaltete den Computer ab. Er schloß die Augen und genoß einen Schluck Bier. Das Bild von einem vornehmen Schneeaffen, der mit seinem weißen Pelz aufrecht

auf dem schneebedeckten Gipfel eines japanischen Berges stand, erschien in seinen Gedanken. Darwin hat das Pferd von hinten aufgezäumt, dachte er. *Nichts, was so edel und schön wie dieser Affe ist, kann Vorläufer des Menschen sein.*

Kapitel 5

Rena fand sich auf den Stufen vor Mauras Haus wieder. Die Sonne ging gerade unter, und die schlachtschiffgraue Dämmerung setzte ein. Dicke schwarze Wolken hingen tief und bedrohlich am Himmel. Es war kühl, und ein beißender Wind kam auf, der nach ihr griff, der ihr ärgerlich ins Gesicht schlug.

Warum bin ich hier? fragte sie sich in Gedanken. Alles wirkte viel größer, als es sein durfte: die Stufen, die Sessel auf der Veranda und die Haustür.

Ihre Nerven waren wie elektrisiert und warnten sie, daß hier etwas nicht mit rechten Dingen zuginge und sie schleunigst verschwinden sollte. Rena wäre auch gern davongelaufen, aber das war ihr nicht möglich. Eine unsichtbare, unwiderstehliche Kraft zog sie die Stufen hinauf.

Die äußere Tür öffnete sich wie von selbst, schien Rena zum Eintreten aufzufordern.

Sobald sie im Haus war, stand sie übergangslos im Wohnzimmer. Dunkel war es hier, und formlose Schatten sausten aus einer Ecke in die nächste. Sie war ganz allein in dem Raum, als sie plötzlich Geräusche aus dem ersten Stockwerk hörte. Furchtsam und langsam näherte sie sich dem Treppenabsatz. Ihr Herz hämmerte. Sie betätigte den Schalter in der Diele, aber kein Licht ging an.

Sie war jetzt fest davon überzeugt, daß sie von hier fortmußte. Sie wußte, daß sie so schnell wie nur möglich rennen mußte, um aus dem Haus zu verschwinden. Doch wieder spürte sie die geheimnisvolle Kraft, die sie vorantrieb. Irgend etwas war in ihr, das feststellen wollte, was sich oben im ersten Stock tat. Als sie anfing, die Stufen hinaufzusteigen, wurden die Geräusche lauter. Rena erstarrte. Sie erkannte jetzt, daß es sich bei den Geräuschen um das Trippeln von kleinen Füßen handelte, die irgendwo dort oben herumliefen. Sie erreichte die Mitte der Treppe und entdeckte ein hartes Licht, das durch die Türritzen von Mauras Zimmer drang. Die Tür war geschlossen. Rena zitterte am ganzen Körper vor Angst.

Lauf weg! Lauf!

Noch immer kam sie nicht gegen die Kraft an. Sie wurde weiter nach oben gezogen. Vorsichtig schob sie die Tür auf, die anscheinend doch nicht verschlossen war. Das Licht, das aus dem Raum drang, blendete sie. Sie schützte die Augen mit den Händen, um etwas erkennen zu können.

Sie erblickte Maura im Spiegel. Aber etwas stimmte nicht an ihrer Freundin. Das Mädchen in diesem Zimmer hatte eine milchweiße Haut und war die Maura, die sie im Alter von zehn Jahren gekannt hatte. Die junge Maura schritt über den Boden, war nackt und hielt das blutige Messer mit dem Elfenbeingriff in der Hand. Das blonde Haar auf ihrem Kopf stand in Flammen, und ihre Schambehaarung glühte golden im Widerschein der blendenden Birne an der Decke. Maura drehte sich um, entdeckte Rena und setzte ein gehässiges Lächeln auf.

Rena bemerkte jetzt ihr eigenes Bild im Spiegel hinter Maura. *Großer Gott! Ich bin auch wieder zehn Jahre alt!* Sie sah auf ihre Hände und Füße hinab. Kinderhände, Kinderfüße. Sie konnte gar nicht mehr aufhören zu zittern. Sie starrte Maura an.

Maura streckte die Hände nach ihr aus, präsentierte lange rote

Fingernägel. Sie winkte Rena zu, sie solle näher kommen. Rena wollte auf dem Absatz kehrtmachen und die Stufen hinunterrennen, doch die unsichtbare Kraft schob sie auf ihre Freundin zu. Sie erblickte endlich inmitten der Haare, die in Flammen standen, Mauras Augen. Sie hatten nicht die gleiche Farbe: Das eine Auge war blau, das andere braun. Noch einmal versuchte sie, von hier zu fliehen, aber die Kraft, die sie bis in dieses Zimmer geführt hatte, versperrte ihr nun den Weg zurück. Die Kraft gewann an Substanz und nahm die Form einer Hand an. Deren Finger gruben sich tief in ihre Schulter.

Maura bewegte sich nun auf Rena zu. Ihre Füße machten auf dem harten Holzboden nur leise Geräusche. Ihre Finger schlossen sich fest um den Griff des bluttriefenden Messers. Sie kam immer näher... und näher. Rena spürte bereits die Hitze von den Flammen auf Mauras Haupt. Das Lächeln von Mauras bleichen Lippen wurde breiter. Endlich öffnete sie den Mund und zeigte spitze, blutbefleckte Zähne.

Wie gelähmt vor Furcht konnte Rena nur noch schreien. Die Finger an ihrer Schulter rüttelten sie. Keuchend öffnete Rena die Augen und sah sich um. Die Hand an ihrer Schulter gehörte Simon. Im ersten Moment wußte Rena nicht, wo sie sich befand. Dann erkannte sie, daß sie in ihrem Bett lag, daß sie sich im Château ihres Vaters befand und daß die Nacht hereingebrochen war.

»Ich dachte, ich komme dich besser wecken«, sagte Simon. »Du schläfst schon seit Stunden.« Er schaltete die Lampe auf dem Nachttisch an, dann ließ er sich auf der Bettkante nieder und legte seiner Tochter wieder die Hand auf die Schulter. »Ist mit dir alles in Ordnung? Es sah ganz so aus, als hättest du einen Alptraum.«

Rena richtete sich auf, rieb sich den Schlaf aus den Augen

und sah ihren Vater an. Er trug seinen Smoking. »Ich bin okay«, sagte sie. Sie hörte Gelächter und das Klirren von Gläsern.
»Ich möchte, daß du nach unten kommst und meine Gäste begrüßt«, erklärte Simon.
Simons Dinnerparty. Verdammt, die habe ich völlig vergessen, dachte sie. Sie war so erledigt gewesen, daß sie nach dem Besuch im Krankenhaus sofort hierhergefahren war und sich gleich auf ihr Zimmer begeben und ins Bett gelegt hatte. Anscheinend hatte sie wie ein Stein geschlafen, dabei hatte sie nur ein Nickerchen machen wollen. Sie sah ihren Vater an und sagte: »Ich fühle mich einfach nicht in der Verfassung dafür. Das macht dir doch nichts aus, oder?«
Er machte ein trauriges Gesicht. »Ich kann dir nicht mehr sagen, was du zu tun und zu lassen hast. Es ist nur so, daß es mich sehr glücklich machen würde, wenn du an unserer Tafel Platz nimmst.«
Sie sah in seinen Augen, wie sehr er es sich wünschte, und das berührte sie tief. »Es geht vor allem um Mrs. van der Slyck, nicht wahr?« lächelte sie.
Simon wandte den Blick ab und nickte langsam. »Ich wäre sehr erfreut, wenn ihr beide euch kennenlernen würdet«, antwortete er leise.
Rena wußte, daß ihm dieses Bitten nicht leichtfiel. Nach dem Tode ihrer Mutter hatte es einige Frauen in Simons Leben gegeben, aber bei keiner war es ihm anscheinend so ernst gewesen wie bei Monica. »Okay«, sagte sie nach einem Moment. »Gib mir zehn Minuten, damit ich mich frisch machen kann. Und ich muß dich warnen, ich habe keine Abendgarderobe mitgebracht.«
Simon erhob sich und strahlte. »Verdammt, von mir aus kannst du so kommen, wie du jetzt bist!« Dann fuhr er ernster fort: »Danke.« Er eilte aus dem Zimmer und schloß hinter sich die Tür.

Er ist tatsächlich verliebt, begriff sie. *Der große Simon ist weich geworden!* Rena hätte bei dieser Vorstellung fast laut losgeprustet. Sie schlüpfte rasch aus ihren Jeans, stellte sich unter die Dusche und zog danach die Seidenbluse mit den wattierten Schultern und einen dazu passenden Rock an.

Als sie vor dem Spiegel ihr Haar bürstete, mußte sie an den Traum denken. Er beunruhigte sie sehr. Ganz offensichtlich war das furchtbare Mädchen, das sie oben im ersten Stockwerk angetroffen hatte, nicht Maura gewesen, sondern das Produkt ihrer geheimsten Ängste. *Wovor habe ich denn Angst? Vor der Wahrheit über den gräßlichen Mord? Warum? Glaubt denn ein Teil von mir tatsächlich, Maura wäre zu einer so unfaßbaren Tat fähig?*

Aber was hatten die verschiedenfarbigen Augen damit zu tun? Natürlich, jetzt fällt es mir wieder ein, schoß es ihr durch den Kopf. Während ihres gemeinsamen Urlaubs in Griechenland hatte Rena einmal in ihrem Hotelzimmer die Tür zum Bad aufgestoßen, ohne zu wissen, daß Maura dort war. Maura hatte in ein Handtuch gehüllt vor dem Spiegel gestanden und ihre Kontaktlinsen eingesetzt. Als sie Rena gehört hatte, hatte sie rasch die Hände vor das Gesicht gerissen. Rena hatte sich entschuldigt und das Badezimmer verlassen. Sie hatte die Freundin nur für einen winzigen Moment gesehen, aber sie hätte beschwören können, daß Mauras Augen verschiedenfarbig waren. Kurz darauf hatte sie die Vorstellung als unsinnig abgetan und sich gesagt, die Sonne über der Ägäis, die durch das Fenster geschienen hatte, habe ihren Augen einen Streich gespielt.

Rena zog die Bürste ein letztes Mal durch ihr Haar, vervollständigte ihr Make-up und begab sich nach unten.

Als sie das Speisezimmer betrat, erhob sich Simon und stellte sie stolz seinen Gästen vor. Alle Männer trugen einen Smoking, und die Frauen waren in Abendgarderobe erschienen.

Rena lächelte in Gedanken, als ihr bewußt wurde, wie unpassend sie für diese Gelegenheit gekleidet war.
Simon wies ihr gegenüber Monica van der Slyck einen Sitzplatz zu. Als sie die Frau jetzt sah, begriff sie, warum das Herz Simons für sie entflammt war. Monica war schlank, sehr chic gekleidet und von vornehmer Ausstrahlung. Wie jede Dame, die auf ihr Äußeres achtete, verstand Monica es, sich ihr Alter nicht ansehen zu lassen. Rena schätzte sie auf zwischen fünfundvierzig und sechzig. Sie vermutete, daß Monica es nicht bei dem geschickt aufgetragenen Make-up allein hatte bewenden und sich einige Male das Gesicht hatte liften lassen.
Neben Mrs. van der Slyck saß ihr Sohn Otto. Er war ein ausgesprochen zarter Mittzwanziger mit einer arroganten Ausstrahlung. Er zeigte jedoch nur wenig Interesse an den Tischgesprächen, bis auf einmal, als einige Gäste sich darüber unterhielten, was ihrer Ansicht nach die schönsten Hotels und Restaurants der Welt seien. Otto sah von seinem Glas auf, in dem er die ganze Zeit träge die Neige Wein gedreht hatte, und starrte mit seinen vorspringenden Froschaugen den Sprecher an. Er setzte ein Lächeln auf, was bei ihm abstoßend aussah, schüttelte den Kopf und trug dann seine Meinung vor. Er sprach mit einem neuenglischen Akzent, und seine Zunge war etwas schwer vom Alkohol. »Ich kann Ihnen da ganz und gar nicht zustimmen. Nizza war einmal ein Ferienort, aber das liegt schon Jahre zurück. Der Ort wird seitdem überflutet von Tippsen und Bürohengsten aus Deutschland und England. In dem Augenblick, in dem ihre geschwollenen Füße den Strand betreten, reißen die Frauen sich schon ihre Oberteile vom Leib, legen sich acht Stunden am Stück in die Sonne und ziehen sich auf ihren zarten Hängetitten Verbrennungen dritten Grades zu. Ich würde Ihnen dringend empfehlen, es auf Sardinien zu versuchen,

wenn Ihnen der Sinn nach schönen und vernünftig gebräunten Menschen steht.«
Die anderen sahen sich verschämt an und senkten dann die Blicke mit einem Verlegenheitshüsteln auf ihre Teller. Mrs. van der Slyck starrte ihren Sohn böse an. Otto starrte ungerührt mit seinen wäßrigen blauen Augen zurück, zwinkerte einige Male in aller Unschuld, grinste und beschäftigte sich dann wieder mit seinem Weinglas.
Rena sah verstohlen zu Simon. Heller Zorn loderte in seinen Augen. Sie wußte, daß er flegelhafte Menschen wie Otto zutiefst verachtete. *Ja, er muß wirklich in Monica verliebt sein, sonst würde er solche Burschen in seinem Haus nicht dulden.*
Der Rest der Gäste setzte sich zusammen aus Mr. Yamaguchi, einem Geschäftsmann, der in aller Stille in den Vereinigten Staaten für eine japanische Firmengruppe Winzereien aufkaufte; Mrs. Yamaguchi, seiner stillen und schüchternen Gemahlin; Edmond Farnsworth, einem Multimillionär, der sich nach einem schweren Herzinfarkt von seiner Mikrochipfabrik im Silicon Valley zurückgezogen hatte und sich nun die Zeit damit vertrieb, ebenso erlesene wie teure Weine zu produzieren; und Blythe Farnsworth, seiner deutlich jüngeren und attraktiven Gattin, die er vor einem Jahr geehelicht hatte.
Neben Rena saß Harrison Monroe. Das zottige graue Haar hing ihm über den Kragen. Er drehte sich zu ihr um und lächelte sie an, bevor er sich wieder an der Konversation beteiligte. Obwohl er Rena nicht berührte, spürte sie doch deutlich die Wärme, die sein Bein unter dem Tisch ausstrahlte. Kein unangenehmes Gefühl, das sie jedoch eher beunruhigte als erfreute.
Farnsworth, ein Mann in den Sechzigern, hatte seinen Arm auf die Stuhllehne seiner Frau gelegt. Seine leberfleckige

Hand hing an der anderen Seite herab. Er berichtete der Runde, wie er und Blythe sich kennengelernt hatten. Alle Anwesenden schienen kein Wort davon verpassen zu wollen. Immerhin war Blythe nicht nur atemberaubend attraktiv, sondern auch fünfundzwanzig Jahre jünger als ihr Mann.

»Ich liege also auf der Intensivstation... meine Brust ist nach der Bypassoperation unter einem dicken Verband, und aus allen möglichen Stellen an meinem Körper ragen Schläuche. Das einzige, womit ich mir die Zeit vertreiben kann, sind die Täler und Gipfel auf dem Monitor, der meinen Herzschlag wiedergibt. Solange die Linien sich auf und ab bewegen, weiß ich, daß ich noch am Leben bin. Jedesmal, wenn ich Luft hole, denke ich, das ist dein letzter Atemzug. Dann sehe ich plötzlich woanders hin, und da steht diese wunderschöne Frau vom Blumenstand unten am Eingang und stellt gerade diese Pflanze auf meinem Nachttisch ab.« Er drehte sich um und sah Blythe mit strahlenden Augen an. »Und als sie mich kurz anlächelt, macht es in mir peng!, und ich bin unsterblich verliebt.«

Alle am Tisch nickten und lachten.

Blythe errötete, und Farnsworth drückte ihre Schulter. »Ich frage mich plötzlich ›Was machst du eigentlich? Du hast so viel Geld, daß du es nie mehr ausgeben kannst. Und du hast dich beinahe dabei umgebracht, es zu verdienen. Nun hör auf damit und fang endlich an, dein Leben zu genießen!‹ Und genau das habe ich von da an getan. Blythe und ich standen drei Monate später vor dem Traualtar. Ich wollte immer schon hier draußen leben und ein Weingut führen, also habe ich mir eins gekauft.« Er strahlte seine Frau wieder an, und sie wandte verlegen lächelnd das Gesicht ab. »Sie geniert sich immer, wenn ich erzähle, wie glücklich ich bin«, erklärte er den Gästen. »Und wie steht es mit dir, Simon?

Wann reicht es dir endlich? Hast du schon einmal daran gedacht, alles zu verkaufen und als Milliardär den Ruhestand zu genießen?«
»Du und ich sind nicht aus demselben Holz geschnitzt, Edmond«, entgegnete Simon und begleitete seine Ausführungen mit der Salatgabel. »Das einzige, was meine Arterien daran hindert, zu verstopfen, ist die Aussicht auf den nächsten Deal, und der wartet meist schon an der nächsten Ecke. Und was gegen die Einsamkeit hilft... nun, wer weiß, was die Zukunft da noch bringt?«
Rena bemerkte einen raschen Blickkontakt zwischen ihrem Vater und Monica.
Während des Hauptgangs – gegrilltem Salm – wandte sich das Tischgespräch dem gräßlichen Tod des mexikanischen Arbeiters und dem mysteriösen Verschwinden der Maura McKinney zu. Alle sahen Rena an, denn mittlerweile hatte jeder erfahren, daß sie nach Napa gekommen war, um sich mit ihrer Jugendfreundin zu treffen.
»Eine sehr eigenartige Geschichte«, erklärte Farnsworth und goß sich und Blythe Puligny-Montrachet nach.
»Ich habe gehört, Mauras Vater soll ein guter Winzer gewesen sein«, sagte Blythe und schien darüber mehr vernehmen zu wollen.
»Er war einer der Besten«, erwiderte Simon. »Er hat gelegentlich für mich gearbeitet, wenn er knapp bei Kasse war. Allerdings war es nicht leicht, mit ihm zurechtzukommen... er wollte den Wein immer nur auf seine Weise machen. Er hat nie viel von sich erzählt, war ziemlich verschlossen.«
»Ich hoffe sehr, daß dem Mädchen nichts zugestoßen ist«, bemerkte Monica mit unüberhörbar holländischem Akzent und sah Rena mitfühlend an.
»Außer natürlich, sie ist diejenige gewesen, die den Mexikaner ermordet hat«, sagte Otto beiläufig.

»Otto, bitte!« entfuhr es Monica, und sie starrte ihn wütend an.
»Ja, Otto, hören Sie bitte auf damit«, erklärte Rena kühl. Sie war mehr als nur empört über den Umstand, daß dieser Flegel mit den Froschaugen so wenig Anstand besaß, eine solch geschmacklose Bemerkung über Maura zu machen. Dann spürte sie Simons Hand auf der ihren. Er drückte sie, und das besagte: »Beherrsch dich bitte, um meinetwillen.« Rena, deren Lippen noch vor Wut bebten, lehnte sich auf dem Stuhl zurück.
Nach einer kleinen Pause wandte sich Mrs. van der Slyck an die Gäste und erklärte: »Der Mann, der in Mrs. McKinneys Weinberg ermordet wurde, hat bei uns gearbeitet.«
»Woher ist er gekommen?« fragte Rena gleich.
»Wie bitte?« sagte Monica.
»Haben Sie ihn eingestellt?«
»Äh... nein.« Sie machte ein verwirrtes Gesicht und wandte sich an Otto. »Mein Sohn kümmert sich um das Personelle.«
Rena nahm die Hände vom Tisch, damit der Bedienstete ihren Salatteller abräumen konnte und wollte dann von Otto wissen: »Wie sind Sie an den Mann geraten?«
Der junge Mann zuckte gleichgültig die Achseln, aber etwas in seiner Miene verriet, daß Renas Frage ihm unangenehm war. Er füllte rasch sein Glas wieder auf und antwortete dann: »Daran kann ich mich nicht erinnern. Vielleicht hat das Arbeitsamt ihn uns geschickt, vielleicht ist er aber auch selbst gekommen und hat nach Arbeit gefragt. Was spielt das schon für eine Rolle?« Er versuchte deutlich, sich aus etwas herauszuwinden.
Rena gelangte zu der Ansicht, daß Otto sehr wohl darüber Bescheid wußte, wann und wie Sanchez bei ihm angefangen hatte. Warum wollte er darüber keine Auskunft geben? Vielleicht war es nicht der richtige Zeitpunkt, jetzt weiterzuboh-

ren, doch sie mußte einfach mehr erfahren: »Tomas Sanchez wurde in den Vereinigten Staaten geboren und lebte im mexikanischen Viertel von Los Angeles. Nur wenige Wanderarbeiter stammen von dort, was vermutlich an dem Umstand liegt, daß es in einer so großen Stadt weder Felder noch Weinberge gibt. Und Sanchez dürfte auch einige Zeit hinter Gittern verbracht haben.«
Monica drehte sich zu ihrem Sohn um und sah ihn streng an. Otto starrte in sein Glas. Sein Gesicht war bleich und wächsern.
Nach einer kleinen Ewigkeit wandte Mrs. van der Slyck den Blick von Otto ab und erklärte: »Maura McKinney ist unsere Nachbarin. Ihr Grundstück grenzt an das unsere. Ich erinnere mich, daß sie letztes Jahr ungefähr zur gleichen Zeit hier war. Sie lebte sehr zurückgezogen. In der ganzen Zeit, die sie hier verbrachte, habe ich sie nur einmal zu Gesicht bekommen. Ich muß allerdings zugeben, daß es sich bei ihr um eine ausnehmend attraktive Frau handelt. Sie ging meistens nachts aus dem Haus. Ich habe sie zwar nicht gesehen, aber ihre Schritte auf dem Kiesweg gehört, wenn sie an unserem Haus vorbeikam. Ich hielt das für etwas sonderbar und nahm mir vor, nach ihr Ausschau zu halten. Doch ich habe sie nie mehr gesehen.«
Wieder war Rena empört. Maura war ein Mensch, der seine Privatheit schätzte, und da kamen Monica und ihr Sohn und wollten der Nachbarin unbedingt hinterherschnüffeln.
»Vielleicht hatte sie ja einen Freund. So etwas ist schon vorgekommen, teuerste Mutter«, bemerkte Otto. Er sank schwer auf seinem Stuhl zurück, folgte mit den Fingerspitzen dem Rand seines Weinglases und fuhr fort: »Im letzten Jahr habe ich den Sommer in Italien verbracht und bin im September ins Napa Valley zurückgekehrt. Zu jener Zeit weilte auch Maura hier. Ich habe sie zwar nie gesehen, aber ich habe sie

des öfteren in der Nacht gehört, wenn sie gegen ein Uhr den Berg hinunterwanderte und zwischen vier und fünf Uhr zurückkam. Doch, doch, ich würde sagen, sie hat sich mit jemandem zu einem verschwiegenen Stelldichein getroffen.«
Er lächelte wissend, leerte sein Glas und füllte es wieder auf.
»Nur aus in Nacht? Vielleicht sie sein Vampir«, sagte Mr. Yamaguchi in gebrochenem Englisch und kicherte.
Mrs. Yamaguchi lachte und hielt sich dabei schüchtern die Hand vor den Mund.
»Ich bin davon überzeugt, daß die Polizei sie bald finden wird«, entgegnete Rena und zwang den bitteren Geschmack zurück, der plötzlich aus dem Hals kam. Sie hatte kein Interesse daran, dieses Gespräch fortzusetzen. Diese Menschen hatten kein Recht, bei Fischfilet und erlesenem Wein über Maura zu reden, als sei sie eine alte Bekannte von ihnen.
Mr. Yamaguchi wechselte dann das Thema und berichtete von der diesjährigen Weinernte. Die anderen beugten sich vor, um besser verstehen zu können, was er in seinem starken Akzent von sich gab.
Wie eigenartig, dachte Rena, daß diese reichen Weinbarone einem Mann lauschten, der keine Ahnung davon hatte, wie man Wein machte. Die ausländische Firmengruppe, für die Mr. Yamaguchi tätig war, kaufte Weinberg um Weinberg auf und verleibte sie dem Imperium von Automobilen, Stereoanlagen und Fernsehgeräten ein. *Du mußt mit deinen eigenen Händen auf dem Boden arbeiten, um einen großen Wein zu schaffen*, hatte Maura ihr vor langer Zeit erklärt. *Ich fürchte, diese Tage sind längst vorbei, liebe Freundin*, fügte sie in Gedanken hinzu und fühlte tiefe Trauer um etwas, das verloren war und vielleicht nie wiederkommen würde.
Nach dem Dinner begaben sich alle ins Wohnzimmer. Sie ließen sich auf den Louis-Quatorze-Möbeln nieder und bekamen von Simon Cognac gereicht.

Rena brauchte dringend frische Luft und trat hinaus auf die Veranda. Die kühle Brise war eine angenehme Erfrischung nach der wenig anregenden Konversation im Eßzimmer. Sie sah hinauf in den Nachthimmel und bewunderte Abertausende von blitzenden Lichtpunkten, die die dunkle Decke durchstießen. Die Neonreklamen und Beleuchtungen an den Wolkenkratzern in Los Angeles hatten diesen wunderbaren Anblick schon vor langer Zeit für alle Bewohner zerstört.
»Eine schöne Nacht, finden Sie nicht?« fragte Harrison Monroe unvermittelt hinter ihr.
Sie drehte sich um. Er kam auf sie zu und hielt einen Cognacschwenker in der Hand. Sein Gesicht sieht im Mondlicht noch anziehender aus, dachte sie.
»Ich muß Ihnen zustimmen. Eine einmalig schöne Nacht.«
Sie bemerkte, wie die grünen Augen wieder ihr Gesicht und ihren Körper wohlgefällig musterten. Er lehnte sich neben sie ans Geländer. Sein Arm berührte den ihren.
»Ich hatte den Eindruck, es war Ihnen nicht ganz recht, als das Gespräch auf Maura McKinney kam«, sagte er.
Sie zog ihren Arm von ihm fort. »Sie ist eine liebe Freundin von mir. Natürlich kann man in einer geselligen Runde Scherze über andere machen, aber Menschen, die Maura nicht einmal kennen, sollten nicht vorschnell über sie urteilen und auch nicht irgendwelche Schlüsse aus dem ziehen, was gestern auf ihrem Gut vorgefallen ist...«
»Oh, Sie spielen auf Otto an. Er ist an und für sich ein guter Junge, nur hält er sich für Prinz Charles... oder für Lady Diana, da bin ich mir nicht so ganz sicher.«
Rena lachte.
»Sie haben ein angenehmes Lachen. Ihr Vater hat mir gesagt, Sie seien in festen Händen.«
»Ja, allerdings«, entgegnete sie. Ihr gefiel nicht, in welche Richtung diese Unterhaltung zu steuern schien. Simon war

von Charlie nicht übermäßig begeistert. Er hatte ihr einmal gesagt, Charlie repräsentiere für ihn einen Mann, »der sich selbst nach Kräften alles kaputtgemacht hat«. Rena glaubte allerdings, daß der wahre Grund, warum ihr Vater ihn nicht mochte, der war, daß Charlie Simon durchschaut hatte. Ihr Vater fühlte sich deswegen in seiner Gegenwart schutzlos und besiegbar. Das einzige, was Simon wirklich haßte, war, wenn er mit einem anderen von gleich zu gleich verkehren mußte.
»Warum ist er nicht bei Ihnen hier draußen?« erkundigte sich Harrison.
»Wir hatten an diesem Wochenende beide etwas anderes vor.« Sie rieb sich die Arme, um die Kühle der Abendbrise zu vertreiben.
»Darf ich Ihnen meine Jacke anbieten?« Er setzte das Glas auf dem Geländer ab und fing an, sich die Jacke auszuziehen.
»Mir ist es warm genug, vielen Dank.« Sie entfernte sich noch ein Stück von ihm.
Harrison legte sich die Jacke über die Schultern. »Der Zeitpunkt ist wohl nicht besonders günstig, was?«
»Ja, so ähnlich. Waren Sie immer Winzer?« fragte sie, um auf ein anderes Thema zu kommen.
»Nein. Am Anfang war das Weinmachen nur so eine Art Hobby für mich. Mein Vater zog in seinem Garten ein paar Weinstöcke. Er hat die Trauben gepflückt, gepreßt und aus ihnen Wein gemacht. Von ihm habe ich eine Menge über Wein gelernt. Ich habe an der Davis-Universität in Kalifornien Weinbau studiert, mich aber später als Mineraloge versucht. Man verdient mehr und hat weniger Arbeit. Ich habe in den verschiedensten Bergwerken auf der ganzen Welt gearbeitet, hauptsächlich im Mittelmeerraum... Türkei, Griechenland und Jugoslawien. Nach ein paar Jahren hatte ich davon endgültig die Nase voll. Ich wollte Wurzeln schlagen, wollte einen Ort haben, den ich mein eigen nennen konnte. Somit

bin ich zu meiner ersten Liebe zurückgekehrt, dem Weinbau.«

»Sie hören sich so an, als hätten Sie hier das gefunden, was Sie gesucht haben.«

»Das stimmt. Und auf meinem Gebiet bin ich gut. Manchmal komme ich mir vor wie ein Arzt. Ich werde zu kranken Weinkellereien gerufen und mache sie wieder gesund.«

»Hat vielleicht jemand Feuer?« fragte Blythe. Sie trat auf die Veranda und hielt eine Zigarette in der Hand.

»Natürlich«, lächelte Harrison. Er zog ein goldenes Feuerzeug aus seiner Jacke. Blythe hielt die Hände über die Flamme, um sie vor dem Wind zu schützen. Ihre Finger berührten die seinen ein wenig länger als notwendig, bevor sie sie zurückzog und zur Brüstung schritt.

Rena war die Berührung nicht verborgen geblieben.

Blythe nahm einen langen und tiefen Zug, schloß die ansprechenden haselnußbraunen Augen und blies den Rauch langsam aus. »Ah, Sie ahnen ja nicht, wie gut das tut«, lächelte sie. »Ich weiß, es ist eine schlimme Angewohnheit, und ich bin festen Willens, eines Tages damit aufzuhören. Aber im Augenblick... verdammt, wenn es nicht so gut schmecken würde!« Sie lachte.

»Das kann ich mir gut vorstellen«, sagte Rena. Blythes Stimme besaß eine reiche Modulation. Sie erinnerte in ihrer Lebendigkeit an die von Bette Davis oder Joan Crawford. Andererseits schwang auch ein harter Unterton darin mit. Nein, Indifferenz war das richtige Wort, dachte Rena. Leidenschaft und Distanz, was für eine widersprüchliche Kombination. Rena kam es fast so vor, als wolle Blythe einer bestimmten Rolle entsprechen, ohne dabei etwas von ihren wahren Gefühlen preiszugeben. Rena studierte das Gesicht der Frau. Aus der Nähe betrachtet wirkte Blythe älter, als sie zunächst erschienen war. Krähenfüße an den Augen und

Falten um den Mund. Ihre strahlenden Augen funkelten vor Energie, doch ähnlich wie bei der Stimme lag eine undefinierbare Dunkelheit dahinter.
»Oh, ich hoffe, ich störe Sie nicht gerade. Es ist nur so, daß ich nicht rauchen kann, wenn Edmond im selben Raum ist. Sein Herz und so, Sie verstehen«, erklärte sie lebhaft.
»Doch, das kann ich gut verstehen«, erwiderte Rena.
»Na ja, vielleicht war ich nicht ganz ehrlich bei meinem Grund, warum ich zu Ihnen gekommen bin.« Sie errötete leicht. »Sie beide sind in meinem Alter. Verstehen Sie mich bitte nicht falsch, ich liebe Edmond aus tiefstem Herzen. Nur manchmal vermisse ich es, mit jemandem zu reden, der genauso wie ich keine Erinnerung daran hat, wie das Leben war, bevor das Fernsehen erfunden wurde. Nun, ich möchte nicht den Eindruck erwecken, ich sei ein junges Ding...«
Rena lachte laut. »Sie brauchen nichts mehr zu erklären. Das ist doch ein ganz natürliches Bedürfnis.« Sie schätzte Blythe auf Anfang Vierzig.
Blythe schob sich ein paar kastanienrote Strähnen aus dem Gesicht, warf einen Blick über die Schulter auf die Gäste im Wohnzimmer, machte einen Schmollmund und beugte sich dann Rena und Harrison zu, um ihnen flüsternd mitzuteilen: »Ich wette, jeder dort in dem Raum fragt sich nach meinen Motiven, Edmond zu heiraten.«
»Nicht unbedingt«, entgegnete Rena.
»O doch, ganz gewiß. Aber das ist okay. Ich verstehe sie ja. Verdammt, ich würde mir dieselben Fragen stellen, wenn ich an ihrer Stelle wäre. Was macht eine wie ich, die vorher zum Lebensunterhalt Blumen verkauft hat, mit einem alten Mann wie ihm? Ich weiß genau, daß sie das denken. Ich lese es in ihren Augen und höre es aus ihren Stimmen, wenn sie mit mir reden. Und mein Motiv liegt für sie klar auf der Hand: das Geld. Was sie jedoch nicht wissen, ich habe mit Edmond vor

der Hochzeit einen Ehevertrag aufgesetzt: Sollte er vor mir sterben, geht der Großteil seines Vermögens an seine Kinder und an wohltätige Einrichtungen. Ich habe keine Ahnung, wie viele Jahre ihm noch bevorstehen, aber solange er lebt, will ich alles tun, damit er auch nicht eine Sekunde lang auf die Idee verfällt, ich hätte ihn aus einem anderen Grund als um seiner selbst willen geheiratet.« Blythe klang zum Schluß besorgt.

»Liebe hat nichts mit dem Alter zu tun«, erklärte Rena freundlich. »Fragen Sie nur Picassos Exfrauen.«

Blythe und Harrison lachten.

»Sie beide machen einen netten Eindruck«, sagte Blythe. Sie sah Rena mit ihren großen haselnußbraunen Augen an und fragte: »Kommen Sie oft hier herauf?«

»Ein paarmal im Jahr.«

»Wie schön. Dann hoffe ich, daß wir beide uns wiedersehen. Ich muß morgen nach Palm Springs. Wir haben dort ein Haus. Pah! Das einzige, was in Palm Springs schlimmer ist als die Hitze, ist die Langeweile. Es besteht nicht zufällig die Chance, daß Sie nächste Woche wieder hier sind, oder?«

Rena spürte, daß das für Blythe nicht nur eine Höflichkeitsfloskel war. »Ich bezweifle es, aber man weiß ja nie.«

»Verdammt, so weit ist Los Angeles nun auch nicht weg. Wir könnten uns dort treffen, zu Mittag essen und Shopping gehen«, sagte Blythe rasch.

Warum stehen so viele Frauen, die über eine Menge Zeit verfügen, auf Einkaufsbummel? wunderte sich Rena. Aber die Gelegenheit erschien ihr günstig. Sie würde diese Frau dabei besser kennenlernen können. »Mit dem Shopping sieht es bei mir etwas schlecht aus, aber Lunch wäre prima.«

Ein Bediensteter kam zu Rena und teilte mit, Sheriff Swangel sei am Telephon und wolle sie sprechen.

Sie entschuldigte sich bei den beiden, ließ sie allein auf der

Veranda zurück und marschierte in das Arbeitszimmer ihres Vaters und aufs Telephon zu.
»Hast du Maura gefunden?« fragte sie gleich.
Sie hörte, wie Pinky lange und tief einatmete, bevor er antwortete: »Nein, aber wir haben jetzt das Ergebnis von den Fingerabdrücken.«
Rena konnte im Augenwinkel die Gäste im Wohnzimmer sehen. »Und?« erkundigte sie sich.
»Die meisten Fingerabdrücke auf dem Messer sind verschmiert oder von Manuel. Im Labor haben sie aber auch einen rechten Daumenabdruck von Maura entdeckt.«
»Sonst nichts?«
»Nein.«
»Und was ist mit dem Blut?« Rena machte sich auf das Schlimmste gefaßt.
»Wie ich neulich schon gesagt habe, ich schätze, wir stecken in echten Schwierigkeiten. Wir haben bislang nichts aufgestöbert, was darauf hinweisen würde, daß noch eine dritte Person in die Sache verwickelt war.« Er atmete laut und schnaufend aus.
»Was ist denn mit *seinen* Fingerabdrücken?«
»Der Name des Mexikaners war Tomas Sanchez, und du hast richtig getippt, er hat tatsächlich einige Zeit gesessen. Besser gesagt, sein ganzes Leben bestand darin, immer wieder eingelocht zu werden. Sein Strafregister ist lang: Bandenüberfälle, Drogenhandel, Mordversuch. Und er hat lange in Soledad gesessen, als Strafe für die Vergewaltigung von zwei Frauen.«
»Vergewaltigung?« Das Wort setzte in ihrem Kopf etwas in Bewegung. Manuel hatte vielleicht recht gehabt mit seiner Vermutung, jemand könne sich an den verborgenen Teich herangeschlichen haben, als Maura nackt darin schwamm. »Die Quelle, in der Maura zu schwimmen pflegt, liegt weitab

von der Hauptstraße. Woher wußte Sanchez, wo sie sich befindet?«

»Immerhin hat er auf dem Weingut von Mrs. van der Slyck gearbeitet, und das liegt direkt neben dem von Maura. Möglicherweise hat Sanchez eine Abkürzung ausprobiert.«

»Okay, und dabei ist er auf Maura gestoßen, die im Wasser schwamm. Sie ist eine sehr anziehende Frau, und Vergewaltigung war für diesen Mann schließlich kein Fremdwort.«

»Ja, und wenn sie mit dem Messer nach ihm gestochen hat, gilt das vor jedem Gericht als Notwehr. Allerdings stört daran der Umstand, daß Dr. Parsons sagt, der Stich, der ihm mit einem spitzen Gegenstand im Nacken verabreicht wurde, sei für seinen Tod verantwortlich, nicht aber die Messerstiche. Warum sollte sie so etwas getan haben?« Pinky wirkte geradezu verzweifelt.

»Bis jetzt wissen wir noch nicht, ob sie überhaupt etwas getan hat«, erwiderte Rena. Sie mußte plötzlich an die blonden Haare denken, die man unter Sanchez' Fingernägeln gefunden hatte.

»Irgend etwas stimmt an dieser Geschichte ganz und gar nicht! Ich meine, der Mexikaner wurde in den Nacken gestochen, mit einem Messer gestochen, kastriert und dann wie Jesus Christus an einem Weinstock befestigt. Wenn Maura das getan hat – und bei Gott, für mich sieht es immer mehr danach aus, daß sie es war –, könnte mir dann jemand freundlicherweise mitteilen, wie sie vermocht hat, ihn den ganzen Weg zu tragen? Außer vielleicht, jemand hat ihr dabei geholfen.« Er schnaufte bekümmert.

»Du meinst Manuel?« fragte sie skeptisch.

»Wer sonst? Er ist ihr treuer verbunden als ein Schoßhündchen. Vermutlich hat er dir das Messer und die Blutflecke gezeigt, weil er glaubte, du wärst Maura gegenüber genauso loyal wie er.«

Rena antwortete nicht darauf. Pinky mochte langsam sein, aber er war ganz gewiß nicht auf den Kopf gefallen. Viel Wahrheit steckte in dem, was er gesagt hatte. Manuel hatte große Angst gehabt, hatte unter gar keinen Umständen die Polizei das Messer sehen lassen wollen. Und es war nur noch eine Frage der Zeit, bis die Kriminalpolizei Mauras Zimmer durchstöbern und dabei die Medikamente entdekken würde, die auf psychische Störungen schließen ließen. Ob es Rena nun gefiel oder nicht, alles deutete immer mehr auf Maura als Täterin hin.

»Vielleicht hat sie ihn in Notwehr umgebracht«, sagte der Sheriff, »und ist dann durchgedreht. Ich weiß es auch nicht, aber wenn sie irgendwo dort draußen sein sollte, dann werde ich sie, verdammt noch mal, aufspüren. Ich habe meine Männer an jeder Straße postiert, die aus dem Tal hinausführt, außerdem am Busbahnhof und am Flughafen. Die New Yorker Polizei ist bereits alarmiert, nur für den Fall, daß sie uns entwischt und nach Hause zurückkehrt.«

»Ich verstehe nicht, warum sie ihren Wagen und ihre Kleider zurückgelassen hat«, sagte Rena.

»Wer weiß? Wie ich schon sagte, sie mag vielleicht den Verstand verloren haben, verrückt geworden sein, und Verrückte sind dafür bekannt, die unlogischsten Dinge zu tun. Aber davon verstehst du sicher mehr als ich. Der Grund dafür, daß sie nicht mit ihrem Wagen gefahren ist, könnte aber auch darin bestehen, daß eine andere Person – und diese andere Person könnte durchaus Manuel gewesen sein – sie irgendwohin gebracht hat und ihr dort Unterschlupf gewährt.«

Vielleicht war diese andere Person auch der ominöse Onkel Wiggly, dachte Rena, weil ihr plötzlich der Name wieder einfiel, den sie in Mauras Terminkalender entdeckt hatte.

»Hast du eine Ahnung, wer ›Onkel Wiggly‹ sein könnte?« fragte sie Pinky.
»Nein. Ich habe den Namen auch in ihrem Kalender gelesen. Ich lasse gerade ein Dutzend meiner Männer im Tal ausschwärmen und allen, die Maura kennen, die Frage nach diesem Onkel stellen. Tut mir leid, aber ich fürchte, ich muß an meine Arbeit zurück.«
Rena fühlte sich nach diesem Gespräch durchfroren und müde. Sie wünschte sich nichts sehnlicher, als daß Charlie jetzt hier wäre und seine Arme um sie legen und sie wärmen würde. Sie machte sich auf den Weg ins Wohnzimmer, überlegte es sich dann aber anders. Über flaue Witzchen zu lachen und Small talk zu betreiben kam ihr sehr unpassend vor, solange Maura irgendwo dort draußen steckte und vielleicht Hilfe brauchte. Dann legte sich eine bleierne Müdigkeit über sie. Sie machte auf dem Absatz kehrt, schlich die Treppe hinauf und legte sich ins Bett.

Kapitel 6

Rena flog am nächsten Tag nach Los Angeles zurück und stieg dann auf dem Parkplatz gegenüber dem Flughafen in ihren Jaguar.
Während sie durch den mäßigen Sonntagsverkehr heimfuhr, verspürte sie wieder das Verlangen, Charlie zu sehen. Wir sollten miteinander reden... zu viel Unausgesprochenes steht zwischen uns, sagte sie sich. Sie nahm den Hörer ihres Autotelephons ab, wählte die ersten Nummern und legte dann wieder auf. *Nein, das muß von Angesicht zu Angesicht besprochen werden.*
Sie verließ die 405 North, bog nach Osten auf den Santa Monica Freeway ab und fuhr in Richtung Hollywood.

Ob er zu Hause ist? fragte sie sich. *Verdammt, er muß einfach dasein!*
Sie erreichte sein Haus, hielt an, sprang aus dem Wagen und klopfte an seine Tür. Niemand reagierte darauf. Rena ließ enttäuscht die Schultern hängen.
Dann entdeckte sie ihn. Er sprang ein Stück weiter auf der Straße herum und spielte mit den jüdischen Kindern der Nachbarschaft Football. Charlie war gerade im Besitz des Balls und sprintete im Zickzackkurs über den Asphalt, um den lachenden Jungen und ihren ausgestreckten Händen zu entgehen. Sie trugen alle Kappen und Tzitzis, und von ihren Schläfen hingen lange Locken herab. Charlie hingegen trug sein abgetragenes Brooklyn-College-T-Shirt und eine alte zerrissene Levi's, die er eigentlich, wie er Rena versprochen hatte, längst wegwerfen wollte.
Als er sie erblickte, setzte er sein breitestes Grinsen auf und blieb stehen. Die Jungen fielen sofort über ihn her, und er hielt zum Zeichen seiner bedingungslosen Kapitulation die Hände hoch. Er warf ihnen den Ball zu und lief zu Rena.
Ein freudiges Schaudern ging ihr durch und durch. Alles, was sie so dringend mit ihm hatte bereden wollen, erschien ihr jetzt nichtig und unwichtig. Statt dessen warf sie die Arme um seinen Hals und küßte ihn wild auf den Mund.
»Verdammt, Charlie! Wie habe ich dich vermißt!« stammelte sie atemlos.
Er legte ihr einen Arm um die Hüfte, hob sie hoch und trug sie zu seinem Haus. Die Knaben starrten ihm mit offenen Mündern nach, bis er Rena ins Haus befördert und die Tür hinter sich geschlossen hatte.
Sie schlang die Beine um seinen Rücken, küßte sein Gesicht ab und spürte seine harten Bartstoppeln an ihrer Wange. Er trug sie ohne Zwischenhalt durch das Wohnzimmer, stieß unterwegs einen Schrei aus, als er sich am Couchtisch das

Schienbein verletzte, und brachte sie ins Schlafzimmer. Noch immer engumschlungen fielen sie auf das Bett. Seine Hände wanderten über ihre Brüste und Oberschenkel. Ihre Haut vibrierte vor Leidenschaft. Er öffnete die Knöpfe ihrer Bluse.

So läuft es immer zwischen uns ab, dachte Rena, während sie zusah, wie Charlie sich das T-Shirt vom Oberkörper riß. *Bumsen und brüllen... schlafen und streiten... vögeln und verärgern.* Sie wollte endlich mehr von ihm, und zwar hier und jetzt. »Charlie, wir müssen miteinander reden«, flüsterte sie und kämpfte gegen ihr Verlangen nach ihm an.

»Nennt man das jetzt so?« entgegnete er und öffnete ihre Hose.

»Ich meine es ernst. Wir müssen reden, richtig reden.«

»Ich habe durchaus vor, meine Zunge und meine Lippen einzusetzen« erwiderte er und starrte dabei unverhohlen auf das schwarze Dreieck, das unter ihrem seidenen Slip sichtbar war. Er fing an, sich von seiner uralten Jeans zu befreien.

Rena kicherte. »Gottverdammter Bastard, Charlie! Gib diesem Ding von Hose das, was es verdient, ein würdiges Begräbnis! Das hast du mir neulich schon versprochen!«

»Ach zur Hölle, sie buddeln sich immer wieder aus dem Boden und folgen mir hierher«, sagte er, legte sich auf Rena und glitt über ihren Körper.

Sie stöhnte, als sie sein hartes Glied auf ihrem Bauch und seine Zunge spürte, die die Linien ihrer Ohrmuschel nachzog. »Elender Mistkerl!« murmelte sie und gab allen Widerstand auf. Sie legte die Arme um seinen breiten Rücken und umklammerte mit den Beinen seine Unterschenkel.

Bumsen und brüllen! Allmächtiger!

Sie erwachte von einem angenehmen Gefühl. Es waren Charlies Finger, die auf ihrem Rücken langsame und zärtliche Kreise zogen. Er lag auf den Kissen, sah auf sie herab

und lächelte die ganze Zeit. Die kräftigen Schatten des späten Nachmittags erfüllten das Zimmer.
Sie vergrub ihr Gesicht an seiner Brust und hielt ihn fest. Sie spürte das harte Narbengewebe auf seiner Haut, das ihm bei einer Patrouille in Vietnam von einer Mine beigebracht worden war; sie war direkt neben ihm explodiert. »Wieviel Uhr ist es?« fragte sie.
»Warum, mußt du zu einer bestimmten Zeit zu Hause sein?«
»Nein.« Sie hielt ihn noch fester.
»Was ist denn los?« Er strich mit den Fingern sanft durch ihr Haar.
»Du kennst mich ziemlich gut, was?«
»Aber klar. Du bist im Bett nur dann so heißhungrig und von kaum zu bändigender Leidenschaft, wenn dich etwas sehr beschäftigt. Ich glaube, wenn du dich mit meinem Körper so richtig austoben kannst, hilft dir das über den Berg.« Er grinste breit.
»Da liegst du gar nicht einmal so falsch. Als ich auf der High-School war, hat mich dieser wahnsinnig gutaussehende Typ an einem Samstagabend versetzt. Ich dachte, die Welt würde für mich zusammenbrechen, bis ich unvermittelt Häagen-Dazs entdeckte. Eine große Tasse heißer Kakao kurierte mich von diesem Blödmann. Nun, wahrscheinlich will ich dir damit sagen, daß Sex mit dir und Häagen-Dazs meine Schilde gegen die weniger angenehmen Realitäten dieser Welt sind.«
»Wenigstens befinde ich mich damit ja nicht in der schlechtesten Gesellschaft.« Er strich ihr über die Wange.
Sie schmiegte sich an ihn und erzählte ihm von Maura und alles, was in den beiden letzten Tagen passiert war. Als sie fertig war, sah sie zu ihm hoch. Er wirkte sehr nachdenklich und starrte Löcher in die Luft.
Nach einer Minute sagte er langsam: »Erzähl mir noch mal davon, wie dem Mann die Eier herausgerissen worden sind.«

»Ich habe nicht gesagt, sie wurden herausgerissen, sondern sie wurden entfernt, Charlie.«
»Ich weiß, daß du das nicht gesagt hast«, brummte er und stieg aus dem Bett. »Aber jemand anderes hat dieses Wort benutzt.«
Er marschierte ins Nebenzimmer und verschwand aus Renas Sichtfeld. Dann leuchtete das bernsteinfarbene Computerlicht im Wohnzimmer auf.
»Was machst du denn da?« rief sie, verrenkte sich den Hals, um ins Wohnzimmer blicken zu können, und sah Charlie, wie er nackt vor seinem Computer saß. Sie wickelte sich das Laken um den Leib und folgte ihm.
»Ich suche nach etwas in den Nachrichten von gestern«, antwortete er. Zehn Minuten später hatte er die UPI-Meldung gefunden, einen kleinen Artikel über eine Mary Stevenson, die in Peconic auf Long Island ermordet worden war. Charlie ließ den Artikel ausdrucken und reichte ihn Rena.
Sie las den Text und zuckte zusammen, als sie die Stelle erreichte, an der davon berichtet wurde, daß der Mörder dem Mädchen die Eierstöcke herausgerissen hatte. »Gibt es irgendeinen Grund dafür, daß du mir diese Meldung zeigst?« Ihre Stimme klang hart, so als müsse sie sich gegen etwas wappnen.
»Du hast erzählt, man habe den Mexikaner in einem Weinberg gefunden, oder?«
»Ja und?«
»Kennst du Long Island?«
»Nein.«
»Peconic ist das wichtigste Weinanbaugebiet auf der Insel. Eine eigenartige Übereinstimmung, nicht wahr?«
»Was sollte wo übereinstimmen?« Rena wurde allmählich sehr wütend.
»Es kommt mir nur eigenartig vor, daß zwei Menschen auf die gleiche Weise umgebracht werden, das ist alles.«

»Das ist doch Schwachsinn!« rief sie und hielt Charlie den Ausdruck hin. »Die beiden wurden nicht auf die gleiche Weise ermordet! Hier steht nämlich, daß die junge Frau wahrscheinlich erwürgt wurde!«
»Da steht aber auch, daß der Mörder ihr die Eierstöcke entfernt hat«, entgegnete er.
»Der Mann in Kalifornien starb, weil ihm ein spitzer Gegenstand in die Nackenwirbel getrieben wurde. Darüber steht in diesem Artikel aber nichts!«
»Ja, das weiß ich.« Charlie nahm ihr das Blatt ab und studierte den Text. »Hier steht nicht ›wahrscheinlich‹, sondern ›vielleicht‹. Was soll das heißen, daß sie vielleicht erwürgt wurde? Sollte man so etwas denn nicht ziemlich rasch erkennen können? Wie rätselhaft...«
»Ach Scheiße, Charlie! Du hast wirklich den Scharfsinn einer Runkelrübe!« Wütend stürmte sie ins Schlafzimmer und fing an, sich anzuziehen.
Er folgte ihr und fragte: »Was machst du denn da?« Er hatte sie schon lange nicht mehr so aufgebracht gesehen.
»Ich verschwinde von hier, gottverdammt noch mal!« Sie zog hastig den Reißverschluß ihrer Hose hoch, kümmerte sich nicht um den Büstenhalter und schloß die Knöpfe der Bluse.
»Rena...«
Sie sah ihn böse an und drückte einen Zeigefinger in seine Brust: »Wie kommst du nur dazu, eine so idiotische Verbindung zwischen einem Vorfall in Kalifornien und einem auf Long Island herzustellen! Ich habe dir von meiner Sorge um Maura erzählt... einer sehr guten Freundin von mir, die vielleicht in Schwierigkeiten steckt oder, schlimmer noch, bereits tot ist! Aber du hast mir nicht einmal zugehört, weil du so versessen darauf warst, Maura zur gleichen Zeit an zwei Orten sein zu lassen!«
»Ich habe nie gesagt, Maura...«

»Erzähl keinen Scheiß, Charlie, genau das wolltest du beweisen!«
Er hielt nachgebend die Hände hoch. »Du hast recht, es war dumm von mir.«
»Manchmal habe ich wirklich den Eindruck, dein Verstand sitzt dir in der Hose, Charlie!« Sie schob ihn beiseite und stürmte auf die Haustür zu.
Er lief rot an. »Tja, mein Schwanz hat dich bisher nie gestört. Aber natürlich haben wir ihn auch immer nur zu *deinem* Vergnügen eingesetzt!«
Sie hatte die Tür schon halb aufgerissen, als sie sich zu ihm umdrehte. Ihre Augen loderten vor Zorn: »Du hast recht, zu *meinem* Vergnügen! Paß bloß auf, Charlie, daß du dir das Ding nicht im Reißverschluß einklemmst! Gehirnzellen können nämlich nicht reproduziert werden!« Sie lief hinaus und warf die Tür ins Schloß.
Charlie stieß einen langen Seufzer aus. Nein, so wutentbrannt hatte er sie noch nie gesehen. Wie er so dastand, nackt vor der geschlossenen Tür, kam er sich hilflos und dumm vor. Warum hatte er nicht nachgedacht, bevor er zum Computer geeilt war? Maura war Renas älteste Freundin. Er hätte wissen müssen, wie sehr sie sich um Mauras Verschwinden sorgte.
Er setzte sich an den Schreibtisch, lehnte sich zurück, legte die Hände an den Hinterkopf und dachte über das tote Mädchen in Peconic nach. Die Passage in dem Artikel, in der es um die Todesursache ging, war ziemlich unklar. Wie hatte man die junge Frau im Weinberg vorgefunden? Hatte sie auf dem Boden gelegen? War sie vergraben gewesen? Hatte sie noch Kleider getragen, oder war sie nackt gewesen? Rena hatte berichtet, der Mörder habe den Mexikaner in Napa an einen Rebstamm gebunden und die Arme wie bei einer Kreuzigung ausgestreckt. Hatte die junge Frau sich vielleicht

in einer ähnlichen Stellung befunden? Als professioneller Journalist wußte er, daß der Artikel so ungenau gehalten war, weil die Polizei nicht mehr Informationen herausgerückt hatte. »Und dafür gibt es für gewöhnlich einen Grund«, murmelte er und griff zum Telephonhörer. Er rief bei Lieutenant Bobby Genero privat an, in seinem Haus in Queens in New York.

Eines von Generos fünf Kindern hob ab. Charlie konnte sich nie merken, welcher Name zu welchem Kind gehörte, deshalb sagte er: »Hallo, Kind, hier spricht dein Onkel Charlie. Ist dein Dad zu Hause?«

Kleine Füße entfernten sich auf Linoleumboden. Dann näherten sich schwere Ledersohlen dem Telephon.

»Ja?« brummte Genero unfreundlich.

»Lieutenant Genero, mein ältester und bester Freund! Wie ist es dir denn so ergangen?«

»Wer um alles in der Welt spricht da?«

»Ich gebe dir einen kleinen Hinweis.« Charlie sang *Sh-Boom*. Als er den Refrain, »Ya-tata, ya-tata«, erreichte, stöhnte Genero lange und laut.

»Jesus Christus und alle Heiligen! Der verrückte Charlie Halleran! Wie lange ist das jetzt her... zwei Jahre?«

»So etwa, ja.«

»Wir haben *Sh-Boom* als Kinder gesungen, an der Ecke vor der New-Utrecht-High-School!« Der Lieutenant lachte.

»Ganz genau!« lachte auch Charlie.

»Also, womit willst du mir den Nerv töten, alter Kumpel? Du rufst mich bestimmt nicht an einem Sonntagabend an, um mit mir die schönsten Hits von anno dazumal zu singen.« Er klang unvermittelt wieder ernst, fast abweisend.

Charlie hörte sofort auf zu lachen. Der Lieutenant konnte, je nach Stimmungslage, ein richtiges Arschloch oder sanft wie ein Kätzchen sein. »Ich habe gehört, in deinem Teil der Stadt habe man einem jungen Mädchen die Fortpflanzungsorgane herausgeschnitten.«

»Sprichst du etwa von dem Mord auf Long Island?«

»Ja.«

»Und was soll damit sein? Das gehört nicht zu meiner Spielwiese. Du hast wohl vergessen, daß ich im Sechzehnten Revier sitze. Ich kümmere mich um die Bronx, nicht um die Reichengegend auf Long Island.«

»Was weißt du von dem Mord?«

»Wen interessiert das denn? In der South Bronx bringen sie sich gegenseitig gleich im Dutzend um. Glaubst du, da schert es mich noch, was die in Yuppie-Town treiben? Was ist für dich an dem Fall überhaupt so wichtig?«

»Weil etwas Ähnliches hier oben in Nordkalifornien passiert ist. Vielleicht gibt es zwischen den beiden Fällen eine Verbindung.«

»Dann kauf dir doch eine Zeitung aus Long Island und lies darüber.«

»Ich habe darüber gelesen. Der Artikel ist reichlich vage, was normalerweise den Schluß zuläßt, daß die Polizei eine Menge Informationen zurückhält.«

»Wir sind brave Gesetzeshüter, Charlie. So etwas Schlechtes tun wir nicht.«

»Ach komm, Genero. Das Zurückhalten von Details vor der Öffentlichkeit verringert die Quote der Nachahmungstäter erheblich. Außerdem hilft es euch, die Spinner sofort auszusondern, die nach jedem Verbrechen aufkreuzen und die Tat gestehen.«

»Holla, da ist anscheinend jemand gescheiter als ich!« Genero lachte wieder.

Ein gutes Zeichen, dachte Charlie. »Vielleicht handelt es sich um ein und denselben Mörder. Vielleicht hat er vorher schon Menschen so zugerichtet. Vielleicht ist er ein Serienmörder.

Und ich könnte mir vorstellen, daß es Sand im gut geölten Getriebe der polizeilichen Ermittlungsarbeit wäre, wenn die Öffentlichkeit und auch noch die Politiker zu diesem Zeitpunkt schon mehr wüßten, oder etwa nicht?«

»Okay, *Stupido*, du hast mein Interesse geweckt. Also, wie wurde der Mann in Kalifornien umgebracht?«

»Mit einem spitzen Gegenstand, den man ihm durch die Nackenwirbel getrieben hat. Vermutlich mit einem Nagel.«

Charlie führte dann aus, daß man beide Opfer in Weinbaugebieten gefunden habe.

»Ich will mal sehen, was ich machen kann. Ich melde mich wieder bei dir. Du hast dir wirklich den bestmöglichen Zeitpunkt dafür ausgesucht... mitten im ersten Heimspiel der Knicks, das in diesem Jahr vom Fernsehen übertragen wird.«

Sie hängten beide ein.

Draußen war es dunkel geworden, und Charlie schaltete die Schreibtischlampe ein. Er saß noch immer nackt da und hatte die Füße auf den Tisch gelegt. Doch jetzt dachte er an Rena. Hatte er diesmal endgültig alles kaputtgemacht? Möglicherweise. Aber was sollte es schon, nichts auf dieser Welt hielt ewig, und in diesem Leben gab es keine Konstanten. Das hatte er schon sehr früh gelernt.

Charlie ging später in die Küche und machte sich ein Sandwich mit Salami. Er trug es zusammen mit einer Dose Bier ins Wohnzimmer und stellte den Fernsehapparat an, um die Zusammenfassung der Sportnachrichten am Sonntag zu sehen. Nachdem er die Zimmerantenne lange genug gedreht hatte, um ein einwandfreies Bild zu bekommen, ließ er sich auf die Couch fallen, legte die Füße auf den Tisch und wartete auf das Läuten des Telephons.

Wenn er Glück hatte, würde Rena ihn anrufen, sobald sie zu Hause war. Aber eigentlich rechnete er nicht ernsthaft damit.

Mann, ist sie sauer gewesen! Normalerweise hatte sie ihre Gefühlsausbrüche unter Kontrolle. Aber heute abend mußte er bei ihr eine wunde Stelle getroffen haben, die sehr tief saß. NBC-Sports präsentierte die härtesten Szenen aus den Footballspielen der abgelaufenen Woche. Spieler flogen durch die Luft, andere landeten hart auf dem Boden, Knochen krachten, und Männer lagen ohnmächtig und in verdrehten Stellungen auf dem Boden. Charlie schaltete das Gerät bald wieder aus. Was war aus der guten alten Zeit geworden, als man nur die Tore gezeigt hatte? wunderte er sich. Er legte den Kopf zurück und trank einen Schluck Bier.

Wir müssen miteinander reden, Charlie. Das hatte sie von ihm gewollt. Warum hatte er ihrem Wunsch nicht entsprechen können? Statt dessen hatte er ihr, wie so oft, Sex gegeben, wo sie nur Nähe und Geborgenheit gewollt hatte. *So war es unverbindlicher für beide.*

Sie stritten viel, schrien sich auch an. Er war bislang stets davon ausgegangen, daß ihre Probleme davon herrührten, wie wenig Zeit sie miteinander verbringen konnten. Jetzt mußte er sich eingestehen, daß der ›Zeitmangel‹ nur ein vorgeschobener Grund war, eine Entschuldigung dafür, nicht sehen zu müssen, was wirklich zwischen ihnen nicht stimmte. Vielleicht war Rena heute abend deswegen so wütend geworden, weil sie das Menetekel an der Wand erkannt hatte.

Charlie dachte an seine Exfrau Rosie. Mit ihr hatte er über alles geredet... besser gesagt, er hatte zugehört, wenn sie über alles mögliche redete. Sie waren sich sehr nahe gewesen. Und was hatte ihm das eingebracht? Sie hatte beinahe sein ganzes Leben zerstört. Eines Nachts war sie durchgedreht und hatte ihre gemeinsame Tochter mit einem Fleischmesser ermordet. Charlie hatte zwanzig Jahre gebraucht, um die Trümmer, in die er zerfallen war, wieder zusammenzusetzen.

Sein Ego, dessen war er sich bewußt, wurde nur von Spucke und Willenskraft zusammengehalten. Wenn er sich bei Rena fallen lassen würde und sie ihn dann verließe, würde er endgültig auseinanderbrechen und nie wieder aus der Hölle zurückkehren, in die er dann stürzen würde.

Sex war ein sicherer, solider Puffer gegen solchen Schmerz.

Jamie, seine tote Tochter, tauchte in seinen Gedanken auf. Sie führte einen Tanz vor, und er saß im Zuschauerraum und sah ihr zu. Sie trug ein Tutu, hielt die Hände hoch über dem Kopf und drehte sich zur Musik der *Nußknacker-Suite* auf den Zehenspitzen.

Wie alt war sie damals gewesen? Vier?

O mein Gott!

Charlie trank die Dose aus und stellte sie auf den Couchtisch. Klar, sagte er sich, zuviel Nähe schadet nur. *Diesmal nicht... Nein, nie wieder.*

Genero rief im Polizeirevier von Peconic an. Aus dem Wohnzimmer hörte er die Übertragung des Knicks-Spiels. Die Menge im Madison Square Garden tobte. Ewing reißt die 76er wohl gerade auseinander, dachte er und war sauer darüber, daß er das Match nicht sehen konnte. *Dafür bist du mir was schuldig, Charlie!*

Der diensthabende Sergeant der Wache meldete sich, und Genero stellte sich ihm vor. Als er den Beamten sprechen wollte, der die Ermittlungen im Fall Mary Stevenson leitete, teilte der Sergeant ihm mit, dieser käme erst morgen wieder. Genero versuchte nun, einige Informationen über den Tod des Mädchens aus dem Sergeant herauszulocken. Der Mann wich ihm zunächst aus, und als Genero nachbohrte, wurde er sehr kühl und abweisend. Lieutenant Genero wußte, wann er auf Granit biß.

»Können Sie mir wenigstens mitteilen, wo die Leiche sich im

Augenblick befindet?« fragte er endlich so freundlich wie möglich.

»In der Hoffman-Leichenhalle in der Fourth Street. Sie soll morgen beerdigt werden.«

Genero hängte ein und überlegte, ob er sich den Rest der Übertragung anschauen oder gleich nach Peconic hinausfahren sollte. Dann fiel ihm die süße kleine Kellnerin im *Howard Johnson's* in Cutchogue wieder ein, mit der er einige Male viel Spaß gehabt hatte. Ihr Lokal lag nur zehn Minuten von der Leichenhalle entfernt.

Ein Lächeln erschien auf seinem Gesicht, als er an die wilde Nacht vor ein paar Monaten mit ihr dachte. Ein Mann muß hin und wieder auch mal seinen Spaß haben dürfen, sagte er sich, als er die gute braune Hose und den neuen Pullover anzog, den seine Frau ihm kürzlich gekauft hatte. Er rieb sich Wangen und Hals mit Canoe ein und kämmte sich das dichte und lockige schwarze Haar. Dann trat er vor den Spiegel am Kleiderschrank und betrachtete sich. *Nicht schlecht für jemanden, der gerade zweiundvierzig geworden ist. Vielleicht ein wenig zu rund um die Hüften, aber ansonsten...*

Auf dem Weg nach draußen steckte er seinen Kopf ins Wohnzimmer und teilte seiner Frau mit, daß er noch einmal fort müsse... dringende Polizeiarbeit... sie brauche nicht aufzubleiben und auf ihn zu warten.

Sie nickte nur, strickte an ihrem Schal weiter und sah nicht einmal auf. Seine beiden Söhne, der Sechs- und der Zehnjährige, hockten vor dem Fernsehgerät und bekamen nicht einmal mit, daß ihr Vater das Haus verließ.

Großer Gott, sie läßt sich wirklich gehen, dachte er, als er den Wagen anließ. Er erinnerte sich noch gut daran, wie schön Francesca Marie einmal gewesen war. Ihre weißen Brüste waren fest wie italienischer Marmor gewesen. Und erst ihr runder, knackiger Hintern! All seine Freunde im Viertel,

Charlie Halleran inklusive, hatten ihm gesagt, er hätte das große Los gezogen. Doch dann hatte sie fünf Kinder auf die Welt gebracht. Aber was erwartete er von ihr? Sie hatte die Kinder ohne Hilfe von außen großgezogen, hatte sich nie beklagt und war immer gut zu ihm gewesen. Das Essen stand stets für ihn auf dem Tisch, ganz gleich, um wieviel Uhr er nach Hause kam. Er liebte sie, das wußte er genau. Er hatte nicht vor, sie zu verlassen. Aber das hieß ja noch lange nicht, daß er nicht hin und wieder woanders etwas Spaß haben konnte.

Er hielt zwei Blocks weiter vor einer Telephonzelle an und wählte die Nummer des Lokals in Cutchogue. Er hatte Glück. Sein Schatz arbeitete heute nacht und teilte ihm mit, daß sie um zwei Uhr frei habe. Damit blieb ihm ausreichend Zeit, sich die Tote in der Leichenhalle anzusehen und dann zu *Howard Johnson's* zu fahren, um sich bis zwei Uhr noch ein paar Drinks zu genehmigen. Wenn sie zwischen den Tischen herumlief und die Gäste bediente, würde sie bestimmt den roten Minirock tragen und nur für ihn mit ihrem kleinen, festen Hintern wackeln. Genero grinste, stieg wieder in den Wagen und fuhr auf den Long Island Expressway.

Vierzig Minuten später bog er vom Highway 25 an der Ausfahrt Peconic ab. Er fand die Fourth Street ohne große Mühe und entdeckte bald die Hoffman-Leichenhalle. Ein großes weißes Gebäude mit einem großen Schild über der Tür, auf dem in altgotischen Buchstaben der Name stand. Nur im Foyer brannte Licht, der Rest des Hauses war dunkel.

Jemand muß in der Pförtnerloge sitzen und auf die Toten aufpassen, dachte er, als er den Wagen verließ.

Er marschierte zu der Eichentür und klopfte mit dem Griff seines Colt Python an. Das Geräusch drang laut wie ein

Kanonenschuß durch die Nacht. Wenige Sekunden später öffnete ein zwanzigjähriger Wachmann die Tür.
Genero zeigte dem pickelgesichtigen jungen Mann in der zu weiten grauen Uniform seine Dienstmarke. »Ich will die Leiche von Mary Stevenson sehen«, brummte er und schob seinen schweren Körper an dem leichtgewichtigeren Wachmann vorbei.
»Äh... hören Sie, ich weiß darüber nicht Bescheid. Mr. Hoffman hat mir nicht mitgeteilt, daß ein Polizeibeamter kommen würde. Vielleicht sollte ich ihn erst anrufen.« Der junge Mann war nervös und offensichtlich mit dieser Situation überfordert.
Genero lächelte nachsichtig. »Tun Sie das. Und zeigen Sie mir bitte, in welchem Raum sie liegt.«
»Sicher... ich schätze, die Sache ist in Ordnung. Die dritte Tür links.«
Als Genero durch den Flur lief, hörte er, wie der Wachmann den Telephonhörer abnahm und eine Nummer wählte. Genero zog die Polizeimarke aus der Brieftasche und befestigte sie vorn an seinem Gürtel. Ohne Zweifel würde der junge Mann sofort die Polizei verständigen, sobald er von seinem Chef erfuhr, daß der Besucher nicht autorisiert sei, die Leiche von Mary Stevenson zu sehen. Genero hoffte, daß die Beamten sofort seine Marke sehen würden, wenn sie mit gezogenen Waffen in den Raum gestürmt kamen.
Er öffnete die dritte Tür links und trat ein. Der Raum war dunkel bis auf zwei elektrische Kerzen, die neben dem Sarg brannten. Der Sarg war offen, und im Licht der Kerzen tanzten Schatten über das Gesicht der Toten.
»Gott, wie schön sie ist!« flüsterte Genero. Normalerweise machte ihm der Tod eines Menschen nicht mehr viel aus, vor allem nicht nach zwanzig Jahren Dienst in der South Bronx. Doch gelegentlich ging ihm ein Tod recht nahe, und dann

wünschte er sich, er wäre nicht Polizist geworden, sondern hätte in der Baufirma seines Bruders angefangen.

Er berührte das kalte Gesicht der jungen Frau und suchte nach Wunden. Er fand keine. Als nächstes betastete er ihren Hals. Ihre Luftröhre war nicht eingedrückt, wie es in der Zeitung gestanden hatte. Vorsichtig zog er ihr rosafarbenes Chiffonkleid hoch. Wahrscheinlich hat sie sich das für den Abschlußball in der High-School besorgt, und jetzt würde sie darin beerdigt werden, dachte er und schüttelte den Kopf. Als er ihren Slip herunterzog, entdeckte er gleich die Schnitte, die ihr unterhalb des Nabels im Unterleib beigebracht worden waren. *Was für eine grausame Art zu sterben, Mary Stevenson.*

Okay, dann wollen wir doch einmal sehen, ob Charlie richtig liegt. Er hob ihren Kopf an und fuhr mit dem Zeigefinger langsam über ihren Nacken. Sie war sehr dünn, und er hatte keine Mühe, ihre Wirbel zu finden.

Er hörte Stimmen aus dem Foyer. Das konnte nur bedeuten, daß die Polizei schon eingetroffen war. *Verdammt schnell. Haben die Beamten von der Wache in Peconic denn nichts Besseres zu tun, als einen ehrlichen Bullen bei der Erfüllung seiner verdammten Pflicht zu behindern?*

»Aha, aha«, sagte er leise, als seine Fingerspitze die kleine Wunde fand. Sie war tief genug, daß Genero seinen kleinen Finger hineinschieben konnte. *Bingo, Charlie, da hast du wieder einmal recht gehabt.*

Die Tür flog auf, und zwei Beamte stürmten herein. Sie hielten die Waffen schußbereit vor sich und blieben breitbeinig stehen. Die Läufe ihrer Smith & Wessons richteten sich auf seine Brust.

»Hände hinter den Kopf legen!« brüllte einer von ihnen Genero an.

Der Lieutenant lachte, folgte aber dem Befehl.

Der andere Polizist, ein junger Mann mit glattem und kurzem schwarzem Haar und einem sorgfältig getrimmten Schnurrbart, blickte auf die Leiche und entdeckte, daß ihr Kleid bis über den Bauch hochgezogen war. Er lief vor Empörung rot an, spannte den Hahn seiner Pistole und schob Genero den Lauf ans Ohr. »Was sind Sie bloß für ein ekelhaft perverses Schwein! Kriegen Sie nur Ihre Befriedigung, wenn Sie es mit Toten treiben?«
Genero mußte wieder lachen. »Sehe ich vielleicht so aus? Ihr Jungs habt über Mary Stevenson nicht die Wahrheit gesagt. Ich hoffe, ihr besitzt genügend Anstand, ihr einen Stopfen in das Loch im Nacken zu schieben, bevor ihr sie unter die Erde legt.«

Das Telephonläuten riß Charlie aus tiefem Schlaf. Er befand sich noch auf der Couch und hatte sich inzwischen nichts angezogen. Das Fernsehgerät lief. Es mußte schon recht spät sein. Das erkannte er an den billig gemachten Werbespots, die jetzt gezeigt wurden: Ein jüdischer Anwalt, der eine Sportjacke aus den siebziger Jahren mit viel zu breitem Revers und eine kurze Krawatte mit dickem Knoten trug, erklärte gerade auf spanisch, wie wenig Honorar er dafür verlangte, einen Straferlaß für seine Klienten zu erkämpfen.
Charlie fror. Er stand auf, ging ins Schlafzimmer, wickelte sich in eine Decke und kehrte dann zurück, um den Hörer aufzunehmen.
»Endlich aufgestanden, altes Miststück?« grüßte die Stimme am anderen Ende.
»He, Genero, was ist denn los!« fragte Charlie und räusperte sich, um seine Stimme wach zu bekommen.
»Na, da bin ich aber froh, daß wenigstens einer von uns schlafen konnte. Ich habe drei Stunden in einer Zelle ver-

bracht und eine weitere mit einem Telephonat mit dem Polizeichef!«
Charlie war mit einem Mal hellwach: »Was hast du herausgefunden?«
»Du hast einen Haupttreffer gelandet, mein Bester! Mary Stevenson hat ein hübsches großes Loch im Nacken, etwa zweieinhalb Zentimeter unterhalb der Hirnschale. Die ganze verdammte Stadt ist wegen dieser Geschichte in heller Aufregung. Sie war ein braves Kind, eine High-School-Schülerin aus der oberen Mittelschicht. Man hat sie an einem Rebenstamm gefunden, angebunden wie Jesus Christus.«
»Das hat aber nicht in der Zeitung gestanden!« rief Charlie und spürte, wie das Blut in seinen Adern rauschte.
»Das kannst du laut sagen, *Stupido*. Wie du es eben vermutet hast. Sie haben die Todesart und die Kreuzigung unter Verschluß gehalten, um all die Spinner gleich auszusondern, die behaupten, sie hätten den Mord begangen. Die Wahrheit ist jetzt ans Tageslicht gekommen, vor allem, nachdem ich mitgeteilt habe, daß es in Nordkalifornien einen ähnlichen Fall gegeben hat. Das FBI hat sich schon eingeschaltet, weil man ja die Möglichkeit nicht ausschließen kann, daß wir es hier mit einem Serientäter zu tun haben, der von Staat zu Staat reist.«
Nachdem sie eingehängt hatten, legte Charlie sich ins Bett und grübelte darüber, wie er das Rena beibringen könnte. *Ach Mist! Erzähl es ihr einfach, und dann nach dir die Sintflut.*
Er wählte ihre Nummer, und als er ihre schlaftrunkene Stimme hörte, sagte er rasch: »Bevor du gleich einhängst, beantworte mir bitte eine Frage: Wo wurde die Stichwunde angebracht, vielleicht in den oberen Nackenwirbeln? Du hast nichts davon gesagt.«
Er hörte, wie sie am anderen Ende verstört seufzte. Dann

antwortete sie: »Ja, zwischen dem ersten und zweiten Nakkenwirbel. Woher wußtest du das?«
»Die junge Frau auf Long Island starb an einer Stichwunde, die ihr mit einem spitzen Instrument zwischen den beiden ersten Nackenwirbeln beigebracht wurde. Danach hat der Mörder ihre Leiche an einen Rebstock gebunden.« Charlie hatte langsam und ruhig gesprochen.
»Verstehe.« Sie schwieg eine Weile und flüsterte dann: »Du, es tut mir leid wegen heute abend. Normalerweise raste ich nicht so aus. Aber die letzten Tage waren ziemlich hart.«
»Das weiß ich doch.«
»Ich glaube, ich möchte jetzt nicht allein sein. Besonders nicht nach dem, was du mir soeben berichtet hast. Was machst du denn gerade, Charlie?«
»Ich hänge hier nur so herum.«
Wieder eine kurze Pause, dann: »Zu dir oder zu mir?«
Charlie lächelte. Das unvermeidliche Aus war einstweilen verschoben, zumindest für diese Nacht. »Zu dir«, antwortete er und hatte schon ein Bein in den Jeans.
Als er die Haustür abgeschlossen hatte und zu seinem Mustang ging, dachte er: ›Nein, ich will mir keine Schmerzen zufügen, indem ich zu eng mit ihr zusammen bin, doch auf der anderen Seite halte ich es ohne sie kaum aus. Scheiße, ob mit ihr oder ohne sie, schmerzhaft wird es auf jeden Fall. Am besten gewöhnst du dich so rasch wie möglich daran, mein Junge.‹
Er fuhr auf die Straße und bog nach Westen in Richtung Brentwood ab.

Kapitel 7

Maura erwachte von einem vertrauten Geruch, den sie vor vielen Jahren kennengelernt hatte. Ein strenger... ätzender... essigartiger Geruch. Der Name lag ihr auf der Zunge, wollte ihr aber einfach nicht einfallen.
Kurz tauchte das Bild vom langen Gang in der High-School in ihren Gedanken auf. Schüler eilten zu ihren Klassenzimmern. Dann verschwand das Bild ebenso rasch, wie es gekommen war, in den Tiefen ihres Gedächtnisses. Maura konnte sich nicht erklären, was dieses Bild und der scharfe Geruch miteinander verband.
Wo bin ich? fragte sie sich.
Sie bemühte sich, ihre Augen dazu zu bringen, etwas zu erkennen. Anscheinend befand sie sich in einem halbdunklen Raum. Der aluminiumgraue Himmel war durch die Ritzen in dem papierenen Rollo vor dem Fenster zu erkennen. Ein konstantes, leises Rauschen am Fenster. Das muß Regen sein, sagte sie sich.
Sie spürte, daß sie auf einer weichen, klumpigen Matratze ruhte, die in der Mitte durchgelegen war. Ein Plumeau mit Baumwollfüllung bedeckte sie wie ein Mantel.
Das ist nicht mein Schlafzimmer! Was ist das hier für ein Ort? Panik stieg in ihr auf.
Sie schob die Überdecke fort und richtete sich auf. Schwindelgefühle befielen sie, und ihr Mund war furchtbar ausgetrocknet. Irgend etwas an ihren Armen schmerzte höllisch. Als sie sie betrachtete, entdeckte sie blaurote Flecken. Bin ich in eine Schlägerei geraten? grübelte sie.
Sie legte den Kopf auf die angezogenen Knie, schloß die Augen und wartete, bis die Benommenheit im Kopf vergangen war.
Als sie mit den Fingern das Gesicht berührte, wurde der

strenge Geruch stärker. Sie begriff, daß er von ihren Händen kam.

Was habe ich denn angefaßt?

Als sie sich etwas besser fühlte, stand sie auf. Sie hielt sich einen Moment am Nachttisch fest, dann ging sie langsam zum Fenster. Sie zog die Jalousie hoch, um das Fenster zu öffnen, doch es rollte sich von allein auf und drehte sich mit einem unangenehm lauten Flappen um seine Holzachse.

Maura sah, daß es draußen tatsächlich regnete. Kein Wolkenbruch, nur ein stetes Nieseln. Die Fensterscheibe war verdreckt, doch sie erkannte endlose Reihen von Sequoien.

Irgend etwas stimmt hier ganz und gar nicht!

Sie trat an die fleckige Tür aus Kiefernholz, drückte die schmiedeeiserne Klinke nach unten und stieß sie auf. Sie rannte nach draußen und drehte sich einmal um sich selbst, weil sie hoffte, etwas Vertrautes, Bekanntes zu erblicken. Die kleinen Regentropfen trafen ihr Gesicht und näßten ihren Körper.

»Wo bin ich?« schrie sie.

Das Haus war eine Hütte mit nur einem Zimmer. Wem mochte sie gehören? Sie hatte sie noch nie in ihrem Leben gesehen.

Auch der Ort, an dem sie sich aufhielt, war ihr völlig fremd. Hier war alles grün, und die Bäume unterschieden sich von denen in Napa Valley. Sequoien statt der Eichen in ihrer Heimat. Sie spähte in die Ferne und entdeckte freie Flächen in der Waldlandschaft. Dort hatte man die Bäume gefällt.

Sie hielt ihr Gesicht dem Regen entgegen und wünschte, das kühle Naß würde den Nebel vertreiben, der immer noch über ihrem Bewußtsein lag. Vor ihrem geistigen Auge sah sie ihre geliebte Quelle, die verborgen in den Hügeln des Tals lag. Sie erinnerte sich, wie sie dorthin gegangen war... wie sie die Kleider abgelegt hatte... wie sie ins Wasser gestiegen war...

wie das warme Wasser ihrer brennenden Haut gutgetan hatte... und plötzlich fiel ihr das Messer ein. Dazu Blut, viel Blut. Und sein furchtbarer salziger Geruch, der sie in die Nase gestochen hatte.
Und danach... nichts mehr, bis jetzt.
Hatte sie wieder einen Blackout gehabt? *O Gott, wie schlimm dieses Mal?*
Sie kehrte in die Hütte zurück.
Ein pochender Schmerz machte sich in ihrem Hinterkopf bemerkbar. Hatte sie ihre Tabletten mitgenommen? Sie entdeckte ihre Handtasche auf dem lackierten Kiefernholzschrank. Sie kippte die Tasche auf dem Bett aus und bibberte vor Kälte und Nässe. Ihr Portemonnaie fiel heraus, zusammen mit Wagenschlüsseln und einigen Quittungen von Krediteinkäufen. Wie von Sinnen schüttelte sie die Tasche, aber keine Darcovets kamen zum Vorschein.
»Gott im Himmel!« kreischte sie und schlug mit den Fäusten gegen die Wand. »Laß diesen Schmerz verschwinden!«
Das Hämmern war so stark, daß ihr die Sicht vor den Augen verschwamm. Sie hätte sich am liebsten hingelegt, die Augen geschlossen und ganz still geruht, aber sie hatte zu große Angst, daß sie dann wieder in die Dunkelheit abgleiten würde.
Also soll der Schmerz bleiben. Soll er mich doch wach halten.
Sie öffnete ihr Portemonnaie. Etwas Geld war darin, etwa fünfundsechzig Dollar, und da steckten auch ihre Kreditkarten. Sie nahm den Autoschlüssel in die Hand. Ein Anhänger mit dem Logo des Autoverleihs Alamo baumelte daran. Woher hatte sie diese Schlüssel? Der Wagen, den sie in San Francisco gemietet hatte, war von Hertz gewesen.
Und die Belege, wo sie mit Kreditkarte bezahlt hatte! Vielleicht erfuhr sie durch sie, wo sie gewesen war. Sie wischte sich das Wasser aus den Augen und dem Gesicht, das aus

ihren Haaren rann, und versuchte, sich auf die Namen und Adressen auf den Zetteln zu konzentrieren. Fünf Belege:
Alamo Autoverleih: Zweihundertdreiundsechzig Dollar pro Woche für den Wagen – als Ort war Fort Bragg in Kalifornien angegeben.
K mart, ein Supermarkt: Einhundertfünfunddreißig Dollar und dreiundsiebzig Cents – ebenfalls Fort Bragg.
Café Beaujolais: Dreiundzwanzig Dollar – als Ort war Mendocino in Kalifornien angegeben.
Heritage House, ein Hotel: Einhundertfünfundsiebzig Dollar – ebenfalls Mendocino.
Thomson Realtors, ein Immobilienmakler: Fünfundsechzig Dollar – als Ort war Fortuna in Kalifornien angegeben.
Der erste Durchschlag stammte vom Siebzehnten des Monats. Fort Bragg, wie war sie dorthin gelangt? Das war drei Stunden von Napa entfernt. War sie dorthin gefahren? Und wenn ja, was hatte sie dort mit ihrem Hertz-Wagen gemacht?
Die Quittung vom Immobilienmakler war die letzte. Der 19. September war angegeben. Hatte sie dort diese Hütte hier angemietet?
Wie war das alles möglich? fragte sie sich verwirrt. Am 17. September war sie in Napa angekommen. Das lag zwei Tage zurück. Hatte ihr Blackout so lange angehalten? Offenbar, denn das war eindeutig ihre Unterschrift auf den Durchschlägen.
Panik erwachte in ihr und wurde stärker als der Schmerz. Woher wußte sie denn, ob nicht vielleicht mehr als nur zwei Tage vergangen waren? Es gab nur eine Möglichkeit, sie mußte das heutige Datum in Erfahrung bringen. Sie mußte außerdem Rena und Onkel Wiggly anrufen, um ihnen zu erklären, was geschehen war. Die beiden machten sich bestimmt schon die größten Sorgen.

Maura suchte in der Hütte nach einem Telephon. Doch hier gab es keins.
Warum bin ich nach Mendocino gefahren? Und was wollte ich in Fortuna? Das liegt ja bei Eureka!
Sie steckte die Autoschlüssel ein. Womöglich hatte sie den Wagen draußen abgestellt.
Sie begab sich wieder hinaus in den Regen und folgte dem Pfad, der hinter das Haus führte.
Ein 1990 zugelassener weißer Ford Kombi mit getönten Scheiben und dem Alamo-Firmenzeichen auf der Heckklappe stand in der Garage, die an die Hütte angebaut war.
Warum habe ich mir nur so ein Riesenschiff gemietet? wunderte sie sich.
Sie öffnete die Fahrertür, stieg ein und riß die Klappe des Handschuhfachs auf. Sie beachtete die Bedienungsanleitung nicht, sondern ergriff den Mietvertrag und studierte ihn. Auch auf ihm fand sich ihre Unterschrift.
Maura stieg wieder aus, marschierte um den Wagen herum und öffnete die Heckklappe. Nur ein Reserverad und ein Wagenheber, sonst nichts... *Halt, was liegt denn da hinten im Schatten?* Sie streckte die Hände danach aus und zog ein zusammengefaltetes Tuch mit großen Flecken zu sich heran. Als sie die Decke auseinanderfaltete, ähnelten die dunklen Flecken immer mehr dunklem Blut. Sie spürte mit den Fingern, daß harte Gegenstände in den Stoff eingewickelt waren. *Nur noch ein bißchen, und dann liegen sie frei. Da bitte.* Entsetzen befiel sie, so als würden tausend Insekten mit behaarten Beinen über ihren Körper krabbeln, und sie fuhr einen Schritt zurück. In dem Tuch lagen ein blutbespritzter Hammer, ein Nagel von fünfzehn Zentimeter Länge und ein scharfes, blutverkrustetes Chirurgenmesser.
Sie warf die Heckklappe hastig ins Schloß.
Warum befinden sich diese Gegenstände im Kofferraum? Sie

wußte, was es mit solchen Werkzeugen auf sich hatte. *Gott, ich habe so oft von ihnen in de Montrets Tagebuch gelesen!*

Der Regen war stärker geworden, und sie zitterte. Sie faßte sich mit beiden Armen um den Oberkörper und kehrte in die Hütte zurück.

Im Zimmer zog sie rasch das durchnäßte Flanellnachthemd aus und wickelte sich das Bettlaken um den Leib.

Sie starrte auf das Nachthemd, das sie auf den Boden hatte fallen lassen. Allmählich begriff sie, daß dieses Stück nicht ihr gehörte. Sie hatte noch nie Nachthemden aus einem so billigen Material besessen.

Sie trat an den Schrank und öffnete ihn. Dort hingen an einigen Kleiderhaken billige Baumwollblusen und Röcke. Alles in ihrer Größe, und an den meisten hingen noch die Preisschilder von *Kmart*. Am Ende der Reihe hing noch etwas. Als sie näher hinsah, überkam sie erneut Panik, und ihre Knie drohten nachzugeben. Sie mußte sich an der Tür festhalten und rang nach Atem. Als es ihr nach ein paar Momenten etwas besser ging, wagte sie noch einen Blick an das Ende der Stange. Dort erblickte sie an einem Kleiderhaken einen schwarzen Minirock. Schwarze Strümpfe steckten zusammengefaltet in seinen Taschen. An diese Aufmachung konnte sie sich sehr gut erinnern. Wie hätte Maura sie je vergessen können?

Sie betrachtete wieder die anderen Kleidungsstücke. Als sie noch ein Kind gewesen war, hatte man sie gezwungen, solche einfachen Blusen und Röcke zu tragen. Ihr Vater war nicht reich genug gewesen, um ihr etwas Besseres kaufen zu können. Sie erinnerte sich, wie eng ihr die Hemden gesessen, wie sehr sie sie immer in die Haut gekniffen hatten. Wie kam sie dazu, sich heute wieder solche Kleidung zuzulegen?

Der Geruch ist wieder da.

Sie sah nach oben und erblickte über der Stange ein Fach.

Dort stand ein Glasbehälter, der mit einer klaren Flüssigkeit gefüllt war. Etwas schwamm in der Flüssigkeit. Sie griff nach dem Glas und holte es herunter. In dem Zimmer war es zu dunkel, um den Inhalt erkennen zu können. Sie schaltete die Lampe über der Kommode an.
Ja, jetzt sah sie mehr. Gräuliche, runde Gebilde in der Größe von Murmeln schwammen in der Flüssigkeit. Eigenartige Schnüre hingen an den größeren unter ihnen.
Sie stellte das Glas auf die Kommode und drehte den Deckel auf. Der bekannte Geruch stieg sofort auf.
Formaldehyd.
Jetzt fiel es Maura wieder ein: das Biologielabor in der High-School. Man mußte seine Hände in ein mit Formaldehyd gefülltes Gefäß tauchen, wenn man einen Frosch herausholen wollte, um ihn im Unterricht aufzuschneiden.
Plötzlich überkam sie ein Schaudern. *Wenn man Formaldehyd dazu benutzt, tote Lebewesen zu konservieren, was schwimmt denn dann in diesem Glas? Hat das blutverkrustete Skalpell im Wagen irgend etwas damit zu tun?*
Und nun wollte sie es lieber nicht wissen.
Übelkeit stieg in ihr auf, und sie legte die Hände auf den Mund. Der Gestank von ihren Fingern war unerträglich. Sie fing an zu würgen. Auswurf und Galle waren in ihrem Mund. *Großer Gott*, dachte sie, *ich muß meine Hände in das Glas getaucht haben! Was sind das nur für Gebilde?*
Sie wischte sich mit einem Lakenende den Mund ab und trat näher an das Gefäß heran, um den Inhalt genauer zu inspizieren. Was sie vorher für Schnüre gehalten hatte, entpuppte sich nun als Haut oder Gewebe. Und die Murmeln schienen tierischen Ursprungs zu sein, vielleicht Drüsen, obwohl sie das nicht ausmachen konnte.
Nein, ich will es wirklich nicht näher wissen.
Dann war sie mit einem Mal wieder furchtbar müde. Die

Schmerzen in ihrem Kopf vergingen zu einem matten Pochen. Sie mußte dringend schlafen, aber sie hatte furchtbare Angst vor den Folgen.

Ich muß herausfinden, worum es sich hier dreht, nahm sie sich vor, sonst verliere ich noch den Verstand.

Maura brach auf der Matratze zusammen. Sie war immer noch in das Laken gehüllt und rollte sich wie ein Fötus zusammen.

Nein, ich darf nicht einschlafen. Der Schlaf bringt die Dunkelheit wieder, und in der Dunkelheit geschehen furchtbare Dinge.

Grelle Lichtblitze in den unterschiedlichsten Farben fuhren durch ihren Kopf. Und aus diesen tauchte Martin mit seinen dunklen, verzaubernden Augen auf.

Oh, Martin, bitte komm zurück, bitte...

Wachs von siebzehn Kerzen, die rasch auf rosafarbenem und weißem Zuckerguß zerschmelzen... weiße Luftballons, die mit Klebeband an rosafarbenem Kreppapier befestigt sind... Aneinandergeklammerte Körper, die sich rhythmisch zu »Nights in White Satin« drehen... heiße Küsse in den dunklen Ecken des Zimmers... Mädchen, die in Trauben vor den Kartoffelchips stehen und schwatzen und kichern... Jungs, die am anderen Ende des Zimmers zusammenstehen, die Flasche Whiskey kreisen lassen und über Football-Ergebnisse diskutieren, während sie immer wieder rasch und heimlich nach den Mädchen blicken.

Eine Hand greift nach der ihren. Martin. Sie nimmt sie. Sie beide versuchen, sich unauffällig davonzustehlen. Alle sehen sie. Die Mädchen kichern. Die Jungs grinsen hämisch.

Der Lauf über die Felder, an den Weinbergen vorbei, an den Eichen und über das gelbe Gras. Sie lachen beim Laufen.

Die alte Kelterei oben auf dem Hügel ist aus schweren Steinblöcken gebaut. Ihr Herz schlägt wild vor Furcht und Sehnen, als Martin die schwere Eichentür aufschiebt.
Nein, nein! Viel zu gefährlich!
Er zieht sie an der Hand hinein. Sie folgt ihm.
Sie liegen auf dem kalten Zementboden. Wenn Maura nach oben blickt, sieht sie die Quer- und Längsbalken, die an der Decke ein kompliziertes Muster bilden. Reiskörner und zerquetschte Weintrauben kleben in ihrem Haar. Überall der brennende, süßliche Geruch des Weins, der in den großen Eichenfässern gärt. Als Hintergrund das konstante Summen der Elektromaschinen.
Martins Gesicht ist jetzt über ihrem. Er atmet schwer. Küßt sie auf den Mund, auf den Nacken. Der Geschmack von Whiskey auf seinen Lippen. Der Geruch von Aqua Velva auf seiner Kleidung.
Seine Hand streichelt ihre Brüste, ihre Brustwarzen.
Hör auf, Martin, hör auf! Nicht hier!
Er öffnet das Oberteil ihres Kleides. Küßt sie... berührt sie... saugt an ihr... Seine Finger auf ihrem Knie bewegen sich nach oben.
Sie versucht, seine Hand fortzuschieben... Bitte, Martin, nein! Er macht weiter. Er liebt sie, das weiß sie ganz genau. Er liebt sie, seit sie Kinder waren. Sie muß endlich jemand anderem vertrauen als nur Onkel Wiggly und Daddy. Sie gibt sich ihm hin.
Ein leidenschaftliches Stöhnen kommt über ihre Lippen. Sie wirft ihre Arme um seinen Nacken.
Seine Hand erreicht den Bund ihres Slips. Er zieht ihn herunter. Fingerspitzen an den Innenseiten ihrer Oberschenkel, erreichen ihr Schambein, fahren durch das blonde Schamhaar.
Sie schließt die Augen. Stöhnt. Ich liebe dich, Martin! Ich

liebe dich. Vielen Dank, daß du mich liebst. Vielen Dank, daß du tust, was du willst...

Maura versuchte, die Augen zu öffnen, doch sie blieben geschlossen. Sie wollte aufstehen, diese fremde Hütte mit ihrem Gestank nach Formaldehyd verlassen und nach Hause fahren. Ihre Arme und Beine waren schwer wie Stahlrohre. Sie würden sich nicht von der Stelle bewegen lassen, ganz gleich, wie sehr sie sich bemühte. Als Maura in der Dunkelheit versank, betete sie darum, in ihrem Apartment in Soho aufzuwachen und festzustellen, daß alles nur ein schlimmer Alptraum gewesen war.

BUCH
ZWEI

Kapitel 8

Scharfe, peitschenartige Blitze setzten gegen fünf Uhr morgens ein. Ihnen folgte ein gewaltiger Donnerschlag. Die Dachrinnen an Renas Haus waren vom Laub der umstehenden Bäume verstopft. Die Regentropfen sammelten sich und platschten wie ein Wasserfall auf den Balkon vor ihrem Schlafzimmer. Das riß sie aus ihrem unruhigen Schlaf.

Reichlich früh in diesem Jahr, dachte sie und rieb sich die Augen. Der September brachte in der Regel Föhn in Santa Ana und heißes Wetter in Los Angeles, aber keine Wolkenbrüche. Sie ärgerte sich, weil sie zu lange damit gezögert hatte, einen Handwerker zu bestellen, der die Dachrinnen von den Blättern befreite.

Aber macht ja nichts, Charlie muß um acht Uhr sein Flugzeug erreichen. Wir brechen lieber zeitig auf, damit wir nicht im Verkehr steckenbleiben. Charlie lag neben ihr, hatte sich die Decke über den Kopf gezogen und schlief tief und fest.

Sie rollte sich hinüber auf seine Bettseite, hob die Decke von seinem Gesicht und fuhr mit den Fingern immer wieder durch sein Haar. »Hallo, aufstehen!« flüsterte sie in sein Ohr. »Wir müssen dich nach Paris bringen.«

»Scheiß auf Paris«, murmelte er und zog sich die Decke wieder über den Kopf.

»Nun mach schon, Charlie.« Sie drückte ihren nackten Körper an seinen Rücken und rieb mit ihrem Bein über seinen Oberschenkel. »Aufstehen.«

Charlie spähte mit einem Auge unter der Decke hervor, grinste und sagte: »Weißt du, was gerade passiert ist?«

Renas Hand glitt über seinen Bauch nach unten, fühlte,

was sie gesucht hatte, und antwortete: »Das hätte ich mir ja denken können.«
Er drehte sich zu ihr um, und schon waren sie ineinander verschlungen. Sie liebten sich langsam und still. Zum einen, weil Cathys Zimmer auf der anderen Seite des Flurs lag, zum anderen, weil sie es morgens so am liebsten hatte, wenn die Wärme ihrer Körper noch unter der dicken Daunendecke gefangen war.
»Ich liebe es, wenn es so langsam wie jetzt geht, Charlie«, stöhnte sie leise. *So anders... so warm... so feucht.*
Normalerweise liebten sie sich in seinem Haus, und dort war ihr Sex jedesmal wie ein Orkan: sich gegenseitig die Kleider vom Leib reißen – kratzen, packen, beißen – verschwitzte, klatschende Geräusche von Bauchdecken, die rhythmisch aufeinanderprallten und sich wieder voneinander entfernten. Liebe in Charlies Haus fand jedesmal so statt, als sei es das letztemal zwischen ihnen. Und die Vorstellung, daß es wirklich nie wieder soweit kommen könnte, verschaffte beiden zusätzliche Erregung.
Schon nach ihrer ersten gemeinsamen Nacht war sie von Charlie nicht mehr losgekommen. Bis auf ihren Exgatten Terry hatte sie nie einen Mann kennengelernt, der sie so anzuheizen und in seinen Bann zu ziehen vermochte wie er. Die Gefühle, die er in ihr erzeugte, erschreckten sie ebensosehr wie Charlie. Sie fürchtete sich am meisten davor, daß diese starken Gefühle eines Tages übermächtig und sie wie eine gigantische Flutwelle verschlingen würden. Das war ihr schon einmal widerfahren, damals, als sie mit Terry verheiratet gewesen war. Die ungeheure, schmerzerzeugende Liebe, die sie für ihn empfunden hatte. Und dann der noch unerträglichere Schmerz, als sie feststellen mußte, daß er es mit anderen Frauen trieb. Und endlich der todesähnliche Schmerz der Scheidung. Sie wäre fast daran zugrunde gegan-

gen. Wie Charlie auch hatte sie sich geschworen, sich nie wieder dermaßen weh tun zu lassen. Ihr Verstand wußte, daß ihre Gefühle für Charlie falsch waren. Wegen der schlimmen Erfahrungen, die sie mit Terry gemacht hatte, glaubte sie nun, die völlige Hingabe an einen Mann sei die schlimmste Form von Sklaverei. Gab es überhaupt so etwas wie Leidenschaft ohne Fesseln? Sie konnte sich natürlich nicht sicher sein, doch ihre Beziehung zu Charlie kam dem noch am allernächsten.

Anfangs hatte sie gedacht, wenn sie eine Affäre mit ihm einginge, drohe ihr keine Gefahr, denn sie waren einfach zu verschieden. Ihr jeweiliger Lebensstil und ihre Herkunft lagen Welten auseinander. Sie war in einem Luxus groß geworden, von dem die meisten Mädchen nur träumen konnten. Charlie war als Waise aufgewachsen und hatte im Armenviertel von Brooklyn bei seiner streng katholischen Tante gelebt. Seine Heimat waren die Straßen, nicht wie für sie die Country-Clubs und Wohltätigkeitsbälle.

Rena war sich bewußt, daß das, was zwischen ihnen war, nicht unbedingt ewig halten mußte. Sie war sich auch darüber im klaren, daß sie nach ihm noch andere Männer kennenlernen würde. Aber für den Augenblick gab diese Beziehung ihr viel und war gut. Und sie war nicht bereit, wegen ihres Mißtrauens gegen allzu enge Bindungen alles kaputtzumachen.

Sie liebten sich lange an diesem Morgen und bekamen darüber nichts von dem Regensturm draußen mit.

Zwei Stunden später verabschiedeten sie sich im Bradley International Terminal auf dem Flughafen von Los Angeles. Als sie sah, wie sein Hinterkopf in der Air France 747 verschwand, biß sie sich auf die Unterlippe, um die Tränen zurückzuhalten.

Verdammt, ich werde ihn sehr vermissen! dachte sie.

Wenigstens gab es einen Trost: Er war zwar jetzt einen Monat fort, aber nur in Paris, um von einer langweiligen Konferenz der Ölminister zu berichten. In der Regel reiste er in irgendein Land, von dem die meisten Menschen noch nie etwas gehört hatten, um dort vor Ort Reportagen über Kriege und andere Katastrophen zu schreiben. Manchmal kehrte er bleich und erschüttert aus solchen Ländern zurück. Um das, was er dort gesehen hatte, zu verarbeiten, kaufte er sich schon am Flughafen eine Zweiliterflasche J&B und schloß sich in sein Haus ein. Eine Woche konnte er dann niemanden sehen.

Draußen vor dem Terminal regnete es noch immer heftig. Rena fuhr über den La Cienaga Boulevard nach Hollywood zurück, um den Staus auf den Freeways zu entgehen.

Der Radiosender KROS befand sich am Sunset and Gower und war in einem pinkfarbenen Gebäude im Art-deco-Stil untergebracht, das Anfang der vierziger Jahre errichtet worden war. Seit vier Jahren schon arbeitete Rena dort dreimal in der Woche als Psychologin. In dieser Zeit war es ihr gelungen, einen großen Fanclub um sich zu scharen. Und es gab bereits Verhandlungen, ihr Programm landesweit auszustrahlen.

Sie war heute früh dran, und das war ihr recht, denn sie wollte sich noch etwas mit dem Gegenstand der bevorstehenden Sendung beschäftigen. Jede Sendung hatte ein bestimmtes Thema, und sie erhielt dann meist auch Anrufe von Betroffenen. Doch sie erteilte auch anderen Rat, die sich über Telephon bei ihr meldeten und dringend der Hilfe bedurften, um mit den Fährnissen des Lebens fertig zu werden. Heute wollte sie vor allem über die sexuelle Belästigung von Frauen am Arbeitsplatz reden und Tips geben, wie Frauen sich dagegen zur Wehr setzen konnten.

Als sie im vierten Stock aus dem Fahrstuhl stieg, kam ihr

eine ihrer Mitarbeiterinnen entgegen und teilte ihr mit, daß drei Männer im Besprechungszimmer auf sie warteten.

»Haben die denn einen Termin?« erkundigte Rena sich verwundert.

»Nein. Sie haben aber vorher mit dem Besitzer des Senders gesprochen.«

Eigenartig, dachte Rena. Wenn ihre Sendung anstand, erhielt normalerweise niemand die Möglichkeit, zu ihr vorzudringen. Dann kam ihr die Idee, daß die Sache vielleicht etwas mit Maura zu tun haben könnte.

Sie hatte die Antwort in dem Augenblick, als sie das Besprechungszimmer betrat und dort Pinky Swangel und sein breites Grinsen erblickte. Er schien sich in seiner Haut nicht wohl zu fühlen, wie er so zwischen zwei großen Männern in dreiteiligen Anzügen am rechteckigen Marmortisch saß. Einer der Männer trug eine Frisur wie John F. Kennedy. Alle drei erhoben sich von ihren Plätzen, als sie die Tür öffnete.

»Hi, Rena«, grüßte der Sheriff freundlich. Das Grinsen um seinen Mund wirkte wie angeklebt.

»Pinky, was machst du denn hier?« fragte sie überrascht. Sie hatte nicht erwartet, ihn in Los Angeles anzutreffen.

»Wir müssen mit dir reden, Rena.« Er klang angespannt, und sein Grinsen verschwand.

»Ihr habt Maura gefunden«, flüsterte Rena und war auf das Schlimmste gefaßt.

Pinky schüttelte den Kopf.

Rena sah den Mann in den mittleren Jahren mit der Kennedy-Frisur an. Er zückte seine Brieftasche, zeigte seinen FBI-Dienstausweis mit Bild und stellte sich als Agent Marvin Grant vor.

Der dritte Mann – tief gebräunt, lockiges weißes Haar, goldene Rolex am sommersprossigen Handgelenk – packte

Renas Hand und schüttelte sie ausgiebig. Er lächelte breit. »Ich heiße Ray Scollari und bin der Bezirksstaatsanwalt in Brooklyn.«

Was macht der denn hier? schoß es ihr durch den Kopf, während sie ihre Handtasche und ihren Diplomatenkoffer auf einen freien Stuhl legte.

»Wir wollen Sie nicht lange aufhalten«, lächelte Grant.

»Kaffee, Gentlemen?« fragte Rena und begab sich zu der Kaffeemaschine im Regal an der Wand.

Alle drei schüttelten den Kopf. Rena holte eine große Tasse aus dem Fach und füllte sie. Sie wollte jetzt hellwach sein.

»Von Brooklyn ist es ein weiter Weg bis hierher«, sprach sie Ray an, als sie sich wieder den Gästen zuwandte.

Er lächelte immer noch breit und nickte: »Wenn einer meiner Mitarbeiter in Schwierigkeiten steckt, lasse ich ihn doch nicht hängen!«

Seine listigen Augen erinnerten sie an einen Spürhund. Rena mißtraute ihm vom ersten Moment an.

»Sie sind eine sehr innige Freundin von Maura McKinney«, erklärte Grant. Es war eine Feststellung, keine Frage.

»Ich bin eine Freundin. Ich weiß nicht, was Sie unter innig verstehen«, entgegnete Rena. Sie ließ sich den dreien gegenüber in einem Ledersessel nieder und stellte die Kaffeetasse auf den Marmortisch.

Der Sheriff rutschte nervös in dem Sessel herum, der für seine Maße zu eng war. Rena erkannte sofort, daß seine Unruhe daher rührte, mit einem FBI-Agenten und einem Bezirksstaatsanwalt zusammensein zu müssen.

»Wir wissen, daß sie sich mit Ihnen in Napa treffen wollte, dort aber nicht erschienen ist. Hat sie seitdem in irgendeiner Form Kontakt zu Ihnen aufgenommen?« Scollari klang zwar freundlich und ruhig, führte in Wahrheit jedoch eine Art Verhör mit ihr durch.

»Nein, hat sie nicht«, antwortete Rena und war über die Frage erstaunt.
»Haben Sie eine Ahnung, wo Miß McKinney sich aufhalten könnte?« fragte der FBI-Agent, beugte sich vor und legte die Ellenbogen auf den Tisch.
»Nein, habe ich nicht, Mr. Grant. Hätten Sie vielleicht die Freundlichkeit, mir mitzuteilen, worum es hier geht?«
»Sie kennen doch Sheriff Swangel. Also dürften Sie zumindest eine Ahnung haben, warum wir hier sind.« Er zeigte auf Pinky. Pinky lief dunkelrot an.
»Ich vermute, wir wollen über den Mord an Tomas Sanchez in Napa reden. Und über das Mädchen auf Long Island.«
»Das ist korrekt.«
»Ich habe den Eindruck, Sie gehen davon aus, daß Maura in irgendeiner Weise damit zu tun hat. Andernfalls wären Sie kaum hier.« Rena trank noch einen Schluck Kaffee. Sie war noch müde und wünschte, die Wirkung des verdammten Koffeins würde endlich einsetzen.
»Wir sind recht überzeugt davon, daß Maura McKinney etwas damit zu tun hatte«, entgegnete der FBI-Agent.
»Wie denn das? Bis vor einer Minute stand ich noch unter dem Eindruck, Sie hielten Maura für ein potentielles Opfer. Was bringt Sie dazu, vom Gegenteil auszugehen?« Rena schlug das Herz bis zum Hals.
Pinky und Grant sahen einander an und blickten dann beide zu Ray Scollari. Dann nickten alle drei schweigend, so als hätten sie eine geheime Abmachung getroffen.
»Also gut«, begann der FBI-Agent, »wir erzählen Ihnen, was wir wissen, und im Gegenzug können Sie uns vielleicht weiterhelfen.«
»Wie denn?«
»Wir benötigen ein psychologisches Gutachten über Maura McKinney.«

»Ich dachte immer, bei Ihnen gibt es genügend Psychiater, die solche Gutachten für Sie erstellen können«, entgegnete Rena. »Und soweit mir bekannt ist, arbeitet Maura seit einigen Jahren eng mit Mr. Scollari in dessen Büro zusammen. Er kann Ihnen sicher mehr über sie berichten als ich.«

»Unsere Beziehung war rein beruflicher Natur«, erklärte der Staatsanwalt. Wieder das breite Lächeln und der Spürhundblick. »Wir haben Beruf und Privates streng getrennt. Als Mitarbeiterin kann ich nur das Beste über Miß McKinney berichten. Was Maura als Privatperson angeht... nun...« Er beendete den Satz mit einem Achselzucken. »Maura McKinney wirkte distanziert und kühl. Und sie neigte gelegentlich zu Ausbrüchen.« Er hielt seine Hand hoch, damit alle sie sehen konnten. Das Handgelenk war dick bandagiert. »Sie hat mir mit ihren Nägeln diese Verletzung zugefügt, kurz vor ihrer Abreise nach Kalifornien. Ich hatte sie zum Dinner eingeladen und dies zum Anlaß genommen, sie zu bitten, in meiner Wahlkampfmannschaft mitzumachen, nicht mehr. Sie müssen wissen, daß ich im nächsten Frühjahr für das Amt des Bürgermeisters kandidiere. Maura jedoch hat meine Bitte offensichtlich mißverstanden und sofort angenommen, ich wollte etwas ganz anderes von ihr. Sie hatte einen furchtbaren Ausbruch, war wie von Sinnen. Können Sie sich das vorstellen? Mein Handgelenk mußte mit acht Stichen genäht werden. Sie hat sich in dem Restaurant furchtbar aufgeführt.«

»Und, wollten Sie?« fragte Rena.

»Wollte ich was?«

»Wollten Sie etwas ganz anderes von ihr?«

Seine wohlwollend-väterliche Miene verging, und ein tückischer Zug trat in seinen Blick. »So etwas ist undenkbar.«

»Ich denke, ich habe das Recht, eine solche Frage zu stellen«, beharrte Rena.

»Dann müssen Sie mir aber auch gestatten, darauf zu antworten.« Er beugte sich zu ihr vor. »Meine Antwort lautet ohne Einschränkung nein. Ich bin glücklich verheiratet. Ich wollte von ihr nicht mehr als ihre Unterstützung und Mitarbeit bei den Vorwahlen.«

»Und als Sie Maura darum gebeten haben, hat sie das wütend gemacht?« fragte Rena skeptisch.

»Ja, sie wurde wütend, und das ist noch milde ausgedrückt.« Seine Lippen spannten sich straff über seine Zähne. »Und wenn ich noch etwas hinzufügen darf: Ich hatte den Eindruck gewonnen, daß Mauras Präferenz nicht bei Männern lag. In all den Jahren, die ich sie kenne, ist sie meines Wissens nicht einmal mit einem Mann ausgegangen.«

»Soweit Sie das wissen«, entgegnete Rena barsch. »Viele angestellte Frauen ziehen es vor, ihre Beziehungen im Büro außen vor zu lassen.« Wie eigenartig, daß sie gerade heute dieses Thema zum Schwerpunkt ihrer Sendung gemacht hatte. Davon abgesehen würde sie den Teufel tun und mit diesem merkwürdigen Mann über Mauras Sexualleben diskutieren.

Ray lehnte sich mit einem aalglatten, wissenden Lächeln in seinem Sessel zurück. Seine Haltung gefiel ihr nicht. Sie warf einen kurzen Seitenblick auf Pinky und bemerkte, daß er den Staatsanwalt wütend anstarrte.

Der FBI-Agent ergriff wieder das Wort: »Wir wollen darauf hinaus, daß Sie nicht nur eine enge Freundin von Miß McKinney sind, sondern auch eine erfahrene Psychologin. Damit wissen Sie besser als wir, was in Maura vorgeht, wie sie denkt und handelt.« Er hatte beim Reden seine Hand hochgehalten, um Scollari davon abzuhalten, noch etwas zu sagen.

Rena dachte kurz über Grants Worte nach und fragte sich, ob sie im Begriff stand, Maura zu hintergehen. *Nein*, schloß sie dann, *wenn Maura wirklich diese furchtbaren Morde begangen hat, muß man sie aufhalten.* »Also schön, erzählen Sie mir, was Sie herausgefunden haben«, erklärte sie dem FBI-Agenten.

Grant lehnte sich zurück und begann: »Am siebzehnten September wurde Tomas Sanchez ermordet in einem Weinberg aufgefunden, der zum Besitz von Maura McKinney gehört. Ein spitzer Gegenstand von etwa einem Zentimeter Durchmesser wurde ihm zwischen dem ersten und zweiten Nackenwirbel in den Hals getrieben und hat sein Rückgrat durchtrennt. Am fünfzehnten September wurde Mary Stevenson, eine High-School-Schülerin, auf die gleiche Weise und mit demselben spitzen Gegenstand ermordet. Wie bei dem Wanderarbeiter hat der Mörder ihre Arme und Beine an einen Rebenstamm gebunden, um sie wie bei einer Kreuzigung aussehen zu lassen.«

»Woher wissen Sie denn so genau, daß es dieselbe Waffe gewesen ist? Haben Sie sie vielleicht schon gefunden?« erkundigte ich Rena.

»Nein, Ma'am. Es handelt sich dabei um einen spitzen Gegenstand mit einer dreiseitigen Spitze. Eine Seite hat eine Vertiefung. Beide Mordopfer wiesen die gleiche Wunde auf, und bei beiden ließ sich die Vertiefung feststellen. In beiden Wunden wurden die gleichen Metallpartikel gefunden. Hinzu kommt, daß alles darauf hindeutet, daß die Schnitte im Unterleib der jungen Frau und die im Hodensack des Mannes mit demselben scharfen Instrument durchgeführt wurden.«

»Aber warum Maura?« flüsterte sie leise, weil sie die Antwort nicht hören wollte.

Pinky zappelte so sehr herum, daß sein Sessel knarrte und krachte.

»Die gleichen blonden Haare wurden unter den Fingernägeln von Tomas Sanchez und Mary Stevenson gefunden«, fuhr der FBI-Agent fort. »Und auch die gleichen Hautfetzen. Offenbar haben die Opfer sich gewehrt. Die Haare sind buchstäblich vom Kopf des Mörders herausgerissen worden. Diesem Umstand verdanken wir es, daß unser Labor die daran klebenden Blutpartikel untersuchen konnte. Das Blut an den Haaren hat die Gruppe B-positiv. Zehn Prozent der Bevölkerung haben B-positiv. Nach den Angaben des Roten Kreuzes, bei dem Maura McKinney regelmäßig Blut spendete, hat sie die Gruppe B-positiv. Haarproben, die wir auf ihrem Bett in ihrer Wohnung in New York gefunden haben, sind identisch mit denen unter den Fingernägeln der Opfer. Wir warten noch auf die DNS- und die Fingerabdruckuntersuchungen aus Washington. Damit hätten wir dann ausreichend Beweise in der Hand, daß Maura McKinney die Mörderin ist.«

»Aber wie kann sie in einer so kurzen Zeitspanne an zwei verschiedenen Orten gewesen sein?« Rena bemerkte, daß ihre Stimme zitterte. »Immerhin hat sie als Assistentin des Bezirksstaatsanwalts einen ausgefüllten Tag gehabt.«

»Es wäre möglich«, antwortete Grant. »Der Mord auf Long Island fand statt, bevor Miß McKinney nach Kalifornien gereist ist. Die Nordspitze der Insel liegt lediglich anderthalb Autostunden von ihrem Apartment in Soho entfernt.«

»Und was haben Sie noch?« wollte Rena wissen. *Jesus Christus, es muß doch eine Lücke geben!*

»Der Kartenverkäufer am Busbahnhof in Santa Rosa in Nordkalifornien erinnert sich an eine blonde Frau, auf die die Beschreibung von Maura McKinney zutrifft. Sie hat am Abend des 17. September eine Fahrkarte nach Fort Bragg gekauft. Unser Büro in San Francisco hat daraufhin alle Motels und Autoverleihe der Umgegend überprüft. Maura McKinney hat in Fort Bragg mit ihrer Kreditkarte einen Ford Kombi gemietet. Ein Beleg von American Express liegt uns vor. Die Nacht hat sie im Hotel *Heritage House* in Mendocino verbracht. Dort hat sie mit ihrer Visa-Kreditkarte bezahlt.«

»Das ist das Hotel, in dem der Film *Nächstes Jahr, selbe Zeit* gedreht wurde«, bemerkte Scollari lächelnd.

Wen interessiert das denn schon! ärgerte sich Rena in Gedanken und sah den Staatsanwalt wütend an.

Der FBI-Agent erklärte weiter: »Sie hat mit den Kreditkarten auch in einem Restaurant in Mendocino bezahlt. Das letzte, was wir von ihr wissen, ist der American-Express-Beleg von einem Immobilienmakler in Fortuna, Kalifornien, bei dem sie eine Ferienhütte angemietet hat. Wir haben diese Belege und Schriftstücke aus dem Büro des Bezirksstaatsanwalts in New York ins Labor geschickt, um die Handschriften miteinander zu vergleichen. Die Ergebnisse liegen vor. Auf beiden ist die Handschrift identisch. Aus irgendeinem Grund ist sie nach Norden unterwegs. Wir wissen nicht, was sie dort will, aber wir haben Beamte in Eureka und an der Grenze nach Oregon postiert.«

Rena seufzte leise. Wohin wollte Maura? fragte sie sich. *Warum nach Norden?* Sie rieb sich die Augen. Die erste Tasse Kaffee reichte bei weitem nicht. Und diese ganze Geschichte nahm immer mehr die Ausmaße eines Alptraums an. Sie trat an die Kaffeemaschine und füllte die Tasse auf.

»Ich denke, Sie sollten ihr sagen, was Sie über das weibliche Opfer herausgefunden haben«, forderte Scollari Grant auf. Der Staatsanwalt wirkte dabei so verdammt selbstsicher und überlegen.

»Miß Stevenson hat lesbische Beziehungen unterhalten und häufiger Lokale dieses Milieus auf Long Island besucht.«

»Aber sie war doch erst siebzehn!« entfuhr es Rena. »Unter achtzehn kommt man doch in kein Lokal hinein!«

»Sie hat sich auf die gleiche Weise Zutritt verschafft, wie das viele High-School-Schüler tun: Sie hat ihren Personalausweis gefälscht. Miß Stevenson war eine zierliche Person. Sie maß nur wenig über einen Meter fünfzig und wog knapp fünfundfünfzig Kilo. Der Barkeeper im *Pink Monkey*, einer Homosexuellenkneipe in East Hampton, erinnert sich, Mary Stevenson am Abend des fünfzehnten September gesehen zu haben, wie sie in Begleitung einer Frau mit langem blondem Haar das Lokal verließ. Er erkannte Maura McKinney auf dem Photo wieder, das ich ihm vorgelegt habe. Es stammt von dem Bild auf ihrem Führerschein.«

Rena konnte Scollari nicht mehr ansehen. Sein gehässiger Blick war zuviel für sie.

»Sonst noch etwas?« fragte sie müde.

»Das ist im Moment alles, was wir haben«, antwortete der FBI-Agent.

»Dann bin ich wohl jetzt an der Reihe«, sagte Rena. Das große Besprechungszimmer kam ihr mit einem Mal klaustrophobisch eng vor. So als befände sich in diesem Raum nicht genug Sauerstoff für alle vier.

Die Männer warteten.

»Wußten Sie, daß Maura ein Medikament namens Parnate eingenommen hat?« begann Rena schließlich.

»Ja«, bestätigte Grant. »Wir haben die Flasche in ihrem Zimmer gefunden und darauf Ihre Fingerabdrücke entdeckt.«

Euch entgeht aber auch wirklich gar nichts, was? dachte sie.

»Dann wissen Sie sicher auch, daß es sich bei diesem Medikament um ein Antidepressivum handelt.«

Der FBI-Agent nickte. »Ja. Wir haben nur noch nicht herausgefunden, wie sie an das Medikament gekommen ist. Kein Arzt hat jemals ein entsprechendes Rezept auf ihren Namen ausgestellt.«

»Das ist aber seltsam«, sagte Rena überrascht. »Parnate macht zwar nicht unbedingt süchtig, aber die Regierung hat strenge Regulierungen betreffs der Verabreichung und Verschreibung dieses Medikaments festgelegt.« Sie berichtete den Männern dann, wie lange sie Maura schon kannte und wie sie sich zum ersten Mal begegnet waren. »In unserer Jugend haben wir jeden Sommer miteinander verbracht. Als wir dann aufs College gingen, trennten sich unsere Wege. Sie studierte an der einen, ich an der anderen Küste. Wir haben uns nur noch einmal bei einem Griechenlandurlaub wiedergesehen. Aber in unserer Kindheit«, sie warf Scollari einen strengen Blick zu, »hatte ich nie den Eindruck, sie sei kalt oder distanziert. Sie war vielleicht etwas zurückgezogen, aber das ist schließlich ihr gutes Recht.« Das war nicht ganz die Wahrheit, fiel ihr jetzt ein. In Griechenland hatte sie recht düster und in sich gekehrt gewirkt.

Der Staatsanwalt verlor sein Lächeln nicht, als er die Achseln zuckte und bemerkte: »Die Fakten sprechen für sich.«

Rena konnte sich des Eindrucks nicht erwehren, daß Scollari einen tiefen Groll gegen Maura hegte. Er war sicher nicht nach Los Angeles gekommen, um ihr zu helfen. Viel eher würde er sie vernichten wollen. Rena nahm sich vor, sehr auf das zu achten, was sie in Gegenwart dieses Mannes sagte.

»Hatte sie irgendwelche Freunde, mit denen sie fest ging?« fragte der Staatsanwalt und hob eine Braue.

»Ja, damals, als sie noch in Napa lebte. Ich weiß allerdings nicht, mit wem sie in New York ausgegangen ist.«

»Wer war denn damals ihr großer Schwarm?« wollte Grant wissen und zückte aus der Jackentasche einen Block und einen Kugelschreiber.

»Martin Bynum.«

»Was ist aus ihm geworden?«

»Er ist tot. An Mauras siebzehntem Geburtstag ist er im Haus seiner Eltern von einem Einbrecher ermordet worden.«

Pinky hustete.

»Wurde der Mörder gefaßt?«

»Nein. Einige Zeit lang war Mauras Vater der Hauptverdächtige.«

»Das ist ja interessant«, bemerkte Scollari. Seine Überraschung war jedoch nur aufgesetzt.

»Wie sehr hat Maura das betroffen?« fragte der FBI-Agent und warf einen ärgerlichen Seitenblick auf den Staatsanwalt.

»So, wie vermutlich alle Siebzehnjährigen von so etwas betroffen wären. Vielleicht bei Maura sogar noch etwas drastischer. Sie war nämlich im Haus, als es passierte.«

»In welchem Teil des Hauses hielt sie sich auf?« erkundigte sich Grant.

»In Martins Zimmer.«

»Haben die beiden sich gerade geliebt?« wollte Scollari wissen.

»Das ist wohl anzunehmen, aber was tut das zur Sache?« entgegnete Rena barsch. »Martin hörte ein Geräusch aus dem Zimmer seiner Eltern. Er ging dorthin, um nachzusehen. Kurz darauf krachte ein Gewehrschuß. Maura lag gerade auf Martins Bett und döste. Der Schuß riß sie aus ihrem Schlummer. Sie sprang aus dem Bett und rannte hinüber. Dort stieß sie auf Martins Leiche. Ich würde also schon sagen, daß sie davon ziemlich betroffen war. Keiner bleibt unberührt, wenn er den Menschen, der ihm am liebsten ist, mit weggeschossenem Kopf vorfindet. Und die beiden standen sich wirklich sehr nahe. Maura hat Martin geliebt, seit sie ein kleines Mädchen gewesen ist. Ich glaube, ihr ist nicht einmal der Gedanke gekommen, daß es in ihrem Leben einen anderen Mann geben könnte.« Sie sah den Staatsanwalt direkt an und entdeckte, daß seine Mundwinkel verächtlich zuckten. »Als Martin dann ums Leben gekommen ist... nun...« Rena schwieg für einen Moment und dachte an jene schwierige Zeit zurück. »Ich kann Ihnen nur aus der Sicht einer unbeteiligten

Dritten etwas erzählen. Am Tag nach dem Mord bin ich nach Los Angeles zurückgefahren, um dort mein letztes Jahr an der High-School zu Ende zu bringen. Ich habe Maura einige Male geschrieben, aber sie hat keinen meiner Briefe beantwortet. Von einigen Einheimischen habe ich erfahren, daß Maura fast immer allein im Haus blieb und so gut wie nie vor die Tür ging. Na gut, sie hat weiterhin die Schule besucht, aber das war auch schon ihr ganzer Kontakt zur Außenwelt. Vier Wochen nach Martins Tod kam ihr Vater bei einem Verkehrsunfall ums Leben. Er hatte sich alkoholisiert ans Steuer gesetzt. Als ich im nächsten Sommer nach Napa kam, mußte ich entdecken, daß Maura bereits nach New York City umgezogen war. Wir haben uns dann erst nach unserem High-School-Abschluß in Griechenland wiedergesehen.«

»Wie hat sie in Griechenland auf Männer reagiert?« wollte Scollari wissen.

»Ich fürchte, ich verstehe Ihre Frage nicht ganz«, gab sie ihm kurz und bündig zur Antwort. Sie erhob sich, lehnte sich gegen die Wand, verschränkte die Arme vor der Brust und sandte Scollari einen vernichtend giftigen Blick zu.

»Keine junge Amerikanerin fährt nach Griechenland, bloß um sich dort ein paar alte Ruinen anzusehen«, lächelte der Staatsanwalt.

»Vielleicht keine von den Frauen, die Sie kennen, Mr. Scollari. Maura jedenfalls hat sich sehr für antike Stätten interessiert. Sie war eben anders, eine sehr gescheite Frau mit einer unstillbaren Neugier. Immerhin hat sie an der Universität von Columbia in antiker Geschichte einen akademischen Grad erworben.«

»Wie seltsam, daß sie dann mittendrin umsattelt und Jura studiert«, bemerkte Scollari.

»Was ist daran seltsam? Ich würde eher sagen, sie hat eben viele Begabungen. Es gibt Menschen, die mehr als nur ein

Interesse haben. Da Vinci zum Beispiel hat, während er ›Das letzte Abendmahl‹ und die ›Mona Lisa‹ gemalt hat, in seiner Freizeit Kanäle und Befestigungsanlagen entworfen.« Rena warf einen Blick auf die Uhr an der Wand. »Meine Herren, ich muß in fünfundvierzig Minuten auf Sendung sein. Wenn Sie möchten, erstelle ich Ihnen ein psychologisches Gutachten über Maura und faxe es Ihnen durch.«

Die drei erhoben sich wie ein Mann.

»Das würde uns bestimmt weiterhelfen, Mrs. Halbrook«, erklärte der FBI-Agent. »Falls wir sie aufspüren und falls wir dann auf Ihre Hilfe angewiesen sein sollten, würden wir uns gerne an Sie wenden, einverstanden?«

Was für eine Hilfe? fragte sie sich. Dann kam es ihr: Um Maura zum Aufgeben zu überreden, falls sie sich irgendwo verbarrikadiert oder Geiseln genommen hatte. »Ja, ich stehe Ihnen zur Verfügung, wenn Sie Maura aufspüren«, antwortete sie. Ihr Mund war eigenartig trocken.

»Ich reise nach San Francisco weiter und setze mich mit der dortigen Polizei in Verbindung«, verkündete der Staatsanwalt und zog seine Krawatte um den gestärkten Kragen gerade. »Hoffentlich finden wir sie, bevor wir über eine weitere Leiche stolpern.« Die Deckenbeleuchtung spiegelte sich auf seiner goldenen Rolex wider. »Wie ich schon erwähnte, ich helfe meinen Leuten, wo ich kann, und lasse sie nicht hängen.«

Ja, genauso sehe ich das auch, Mr. Scollari, dachte Rena und sah ihm nach, als er den Raum verließ.

»Das war vielleicht eine Woche«, schnaufte der Sheriff. Man konnte ihm seine Erregung deutlich ansehen. »Du gibst mir sofort Bescheid, wenn du nach Napa zurückkommst, verstanden?« Er legte seine Hände auf ihre Arme und drückte sie. Dann beugte er sich zu ihr vor und flüsterte: »Dieser Scollari ist vielleicht ein Superarschloch, was?«

Rena lächelte. Pinky hatte ihr neulich am Flughafen gesagt, daß er nie offenbaren würde, in wen von ihnen beiden er sich in seiner Jugend unsterblich verliebt hatte. Aber Rena ahnte, daß es Maura gewesen sein mußte. Ja, ganz bestimmt Maura. Der Schweiß brach ihm aus allen Poren, und er lief rot an, sobald jemand ihren Namen aussprach. »Ich hätte da noch eine Frage, Pinky. Hat irgendwer schon herausgefunden, warum die Blutspur so abrupt neben Mauras Quelle aufhört?«

»Na ja, wir haben da eine Theorie. Besser gesagt, die Jungs in Washington glauben, eine Antwort gefunden zu haben.« Er drehte den Kopf leicht zu Grant, der draußen vor der Tür wartete. »Tomas Sanchez wurde entweder von jemandem getragen oder ist selbst die anderthalb Meter gekrochen. Dann hat der Mörder ihn in eine Zeltbahn oder etwas Ähnliches gewickelt, damit er nichts von dem Blut abbekommen würde, und ihn zum Weinberg getragen.«

»Was spricht denn dafür?«

»Fußabdrücke.« Er legte Rena eine Hand auf die Schulter und erklärte düster: »Abdrücke von Füßen, die keine Schuhe anhatten, beginnen an der Stelle, wo die Blutspur aufhört. Die Füße sind tief in den nassen Boden dort eingedrückt. Dort hat die Mörderin Sanchez hochgehoben und fortgetragen. Ich sage bewußt Mörderin, denn die Fußabdrücke sind die einer Frau. Schuhgröße 41, dieselbe Größe, die auch Mauras Schuhe hatten, die wir in ihrem Haus gefunden haben. Verdammt, Rena, das alles macht mich fix und fertig. Du weißt genau, daß ich mein letztes Hemd dafür geben würde, wenn die Beweise sie entlasten würden.« Er wirkte müde und niedergeschlagen.

»Das weiß ich, Pinky. Trotzdem, es ist dennoch für eine Frau eine ganz schöne Anstrengung, einen toten Mann so weit zu tragen.«

»Du hast doch das Handgelenk von diesem Idioten Scollari gesehen, nicht wahr? Sie hat ihm ihre Fingernägel tief ins Fleisch getrieben. Er hat gesagt, er habe versucht, ihren Griff zu lösen, doch das sei ihm nicht möglich gewesen. Er meinte, er sei in seinem ganzen Leben noch nie einer so kräftigen Frau begegnet.« Er sah hinüber zu dem Staatsanwalt und erkannte dessen ungeduldigen Gesichtsausdruck, während er auf den Sheriff wartete und für ihn die Fahrstuhltür aufhielt. »Ich fürchte, ich muß gehen. Hoffentlich verschwinden diese Kerle bald aus meinem County, damit ich mich wieder daranmachen kann, betrunkene Yuppies auf dem Highway 128 aufzusammeln. Darin bin ich nämlich gut.«

Rena gab Pinky ein Küßchen auf die Wange und versprach ihm, sich bei ihm zu melden.

Als die drei Männer verschwunden waren, begab sich Rena in ihr Büro und schloß die Tür hinter sich ab. Unzählige Gedanken und Empfindungen regten sich in ihrem Kopf. Sie holte den gelben Notizblock aus ihrem Aktenschrank und schrieb die Fragen auf, die sie am meisten beschäftigten:

1) Wie sehr hat Martins Tod Mauras Psyche in Mitleidenschaft gezogen?
   a: Hat der Zorn über seine Ermordung sich in eine Psychose verwandelt?
   b: Wenn dem so ist, warum ist es mir nicht aufgefallen?
2) Warum hat sie das Studium der antiken Geschichte aufgegeben? Maura hat die altgriechische Kunst fast so sehr geliebt wie Martin.
3) Die Morde: Körper, die an Rebstöcke gebunden werden... denen die Sexualorgane entfernt worden sind. Tatzeit: die Weinlese. Steckt irgendein Ritual dahinter?
   a: Wenn es sich um Ritualmorde handelt, basieren sie dann auf einem historischen Kult?

4) Kenntnisse über die menschliche Anatomie und Erfahrung im Umgang mit chirurgischen Geräten sind notwendig, um Kastrationen so sachgerecht durchzuführen. Wo und wann hat Maura sich diese Kenntnisse erworben?
5) Beide Opfer waren leicht gebaut. Hat das etwas zu bedeuten? Maura ist eine große Frau. Ist es ihr möglich, kleinere und leichtere Menschen zu überwältigen und fortzutragen?
6) Warum eine Lesbierin? Ist Maura selbst lesbisch, oder haßt sie Homosexuelle? Oder ist ein Lesbenlokal vielleicht der Ort, an dem sich am leichtesten ein weibliches Opfer finden läßt?

Rena klopfte mit dem Stift auf die Schreibtischplatte und lehnte sich zurück. *Verdammt, Maura, was ist bloß mit dir geschehen? Was für ein krebsartiger Haß hat sich in all den Jahren in dir ausgebreitet, um dich in eine solche Mörderin zu verwandeln?* Kurze Erinnerungsfetzen an Maura in Athen drängten sich in ihr Bewußtsein.

»Großer Gott, das ist ja Maura!« rief Rena, als sie ihre alte Freundin entdeckte, die gerade aus dem Bus stieg, der die Passagiere vom Flugzeug zur Zollabfertigung transportiert hatte. Rena sprang auf und ab und ruderte mit den Armen durch die Luft, bis Maura auf sie aufmerksam wurde.
Sie hat sich verändert, dachte Rena, während sie Maura dabei beobachtete, wie sie dem griechischen Beamten ihren Paß zeigte. Ihr Gesicht wirkte älter und ernster als früher, und das Feuer, das in ihren Augen gebrannt hatte, war nur noch ein mattes Glimmen.
Als Maura durch den Zoll kam, rannte Rena auf sie zu und umarmte sie heftig. Die beiden hielten sich in den Armen und kicherten.

»Du bist noch schöner geworden als damals, vor fünf Jahren!« sagte Maura, trat einen Schritt zurück und betrachtete Rena von Kopf bis Fuß.
»Verglichen mit dir kann ich schon von Glück sagen, wenn mich überhaupt jemand neben dir registriert«, gab Rena grinsend zurück. Auch wenn es kaum vorstellbar war, aber Maura war noch attraktiver geworden.
Arm in Arm verließen sie den Flughafen von Athen, schwatzten beide gleichzeitig und versuchten, die Lücke von fünf Jahren zu überbrücken.
Sie verstauten Mauras Koffer in ein Taxi und ließen sich in das Hotel am Omoniaplatz bringen. Von ihrem Zimmer aus hatten sie einen guten Ausblick auf die lärmende Stadionstraße und die vielen Geschäfte dort. Als Rena das Fenster öffnete, strömten die Geräusche und Gerüche von Athen wie ein warmer Willkommensgruß herein.
»Ich liebe dich, Athena!« schrie Rena in den versmogten Himmel und riß beide Arme hoch.
Maura trat ans Fenster, legte einen Arm um Renas Schulter und blickte hinab auf die schmutzige Straße, wo die Händler ihre Waren anpriesen. »Ich glaube nicht, daß Athena das hier im Sinn hatte, als ihre Untertanen die Akropolis für sie als Ruheort bauten«, erklärte sie in akademisch mißbilligendem Tonfall.
»Was macht denn schon ein bißchen Dreck?« lachte Rena. »Viel wichtiger ist doch, daß wir beide einundzwanzig sind und die gottverdammten Ketten der Lehranstalt hinter uns haben!« Sie ließ sich auf das Bett fallen. »Drei wunderbare Wochen! Nur wir beide, Ruinen anschauen und auf den Inseln sonnenbaden. Was kann man mehr verlangen?«
Maura antwortete nicht. Sie starrte weiterhin auf die geschäftige Straße hinab. Ein trauriger Zug lag um ihre Augen, der Rena nicht entging.

Wenn Maura über das reden will, was sie beschäftigt, wird sie es schon tun, beruhigte sich Rena. Du darfst sie jetzt nicht bedrängen.
Am Abend saßen sie im Amphitheater von Herodes Atticus und lauschten einem Chopin-Konzert, das vom Athener Staatsorchester gegeben wurde. Die Nacht war außergewöhnlich mild, und selbst dem Mond gelang es, die dicke Luft zu durchdringen, die alles und jeden wie eine Dunstglocke umhüllte. Sein gelbes Licht überschwemmte Häuser und Menschen. Rena schloß die Augen, legte den Kopf auf Mauras Schoß und ging völlig in der Musik auf. Sie wünschte sich, daß eine Nacht wie diese nie zu Ende gehen möge.
Am nächsten Morgen standen sie früh auf, denn sie wollten ins Nationale Archäologische Museum, bevor die Touristen dort alle Gänge und Hallen verstopften.
Sobald sie sich in dem riesigen Bauwerk befanden, verlor Rena ihre Freundin aus den Augen. Die Menge von ausgestellten Stücken überwältigte sie so sehr, daß sie sich erst nach einer Weile umdrehte und dann feststellen mußte, daß Maura nicht mehr da war. Rena kehrte durch die sich füllenden, gewundenen Gänge den Weg zurück, den sie gekommen war. Endlich fand sie die Freundin in einem leeren und trübe beleuchteten Raum im zweiten Stock.
Maura stand wie in Trance vor den antiken Statuen der Fruchtbarkeitsgottheiten: Eros, Psyche, Aphrodite und Priapus. In einer hinteren Ecke stand eine bronzene Statue aus frühester Zeit, die Zeus mit vier Reihen von Brüsten zeigte.
Trotz der schon deutlich angestiegenen Temperaturen fühlte Rena in diesem Raum ein Frösteln.
»Maura«, sagte sie, trat zu ihr und tippte ihr auf die Schulter.
Maura reagierte nicht.

»Maura!« Aus einem ihr unerklärlichen Grund wollte Rena mit ihrer Freundin so rasch wie möglich von hier verschwinden.
Langsam drehte Maura sich zu ihr um. Obwohl der Blick ihrer Augen auf Rena gerichtet war, schien sie die Freundin nicht zu sehen.
Und dann lächelte sie unvermittelt. »Ja, Rena, was gibt es denn?« fragte sie freundlich.
»Wo warst du?«
»Hier«, antwortete sie fröhlich und wandte sich wieder den Gottheiten zu. Sie streckte die Hand aus und berührte den verunstalteten Kopf und den überdimensionierten Phallus des Priapus. »Ich habe das Gefühl, als würde ich hierhergehören, als habe ich endlich heimgefunden.«
Tiefster innerer Friede ruhte auf ihrem Gesicht. Rena hatte Maura noch nie so schön und so verklärt gesehen.
»Wenn das hier deine Heimat sein sollte, dann erwarte bitte nicht von mir, daß ich dich sehr oft besuchen komme«, entgegnete Rena und zitterte vor Kälte.
Maura lachte, und für eine kurze Sekunde kehrte das alte Feuer in ihre Augen zurück. »Ich schätze, so ergeht es einem, wenn man zu lange und zu intensiv diese Typen studiert hat. Da kann es einem leicht passieren, daß man sich für ein Mitglied ihrer Familie hält.« Sie kicherte, als hätte sie einen Scherz gemacht.
Nach dem Museum kauften sie sich Käse, Pitabrot und eine Flasche Retsina und bestiegen den Lycabettusberg, um oben ein Picknick zu veranstalten. Sie ließen sich auf einem Hang neben der Kapelle St. Georg nieder, von wo aus man ganz Athen überblicken konnte. Der Smog war heute nicht ganz so schlimm, und sogar der Peloponnes im Westen war zu erkennen.
Maura lief mit ihrem Glas Wein in der Hand auf die Terrasse

vor der Kapelle und betrachtete die Altstadt und die Neustadt von Athen. Wieder wirkte sie so, als sei sie mit ihren Gedanken weit, weit fort.
Etliche Minuten vergingen, ehe sie leise sagte: »Wußtest du, daß die Ureinwohner dieses Landes eine Frau angebetet haben? Sie nannten sie die Große Dreiheitsgöttin.«
»Dreiheit? So ähnlich wie bei der christlichen Dreieinigkeit?«
»Ja. Verblüffend, nicht wahr, was für eine enorme Rolle die Zahl drei in den verschiedenen Religionen spielt. Fast könnte man annehmen, daß alle Religionen einen gemeinsamen Ursprung haben... Vor vielen tausend Jahren, in der vormykenischen Zeit, hat die Königin sich in jedem Jahr einen neuen Liebhaber genommen. Wenn das Jahr vorüber war, wurde er geopfert, und man hat sein Blut über die Ernte vergossen. Die Priesterinnen haben sein Fleisch verzehrt. Aus diesem kannibalischen Ritual erwuchs die Größe des alten Griechenlands.« Wieder Schweigen, dann: »Zumindest hatte die Königin ein ganzes Jahr mit ihrem Liebsten, bevor er verschlungen wurde.« Sie klang sehr melancholisch.
Macht sie sich etwa für Martins Tod verantwortlich? fragte sich Rena. »Wir haben nie über Martin gesprochen«, sagte sie sanft und trat zu ihrer Freundin.
Maura drehte sich abrupt um, und ihre Züge waren hart und zornig. »Das ist das Thema, über das wir nie ein Wort wechseln werden, kapiert?«
Rena fuhr zurück. Sie wollte ihr schon erklären, daß es besser für sie wäre, darüber zu reden und ihr Herz auszuschütten, aber Maura hatte bereits den Abstieg vom Berg angetreten.
»Maura!« rief Rena ihr nach.
Ohne stehenzubleiben und mit Tränen in den Augen,

schrie Maura: »Wenn du wirklich meine Freundin sein willst, dann erwähne seinen Namen nie wieder!«
Großer Gott! dachte Rena, sie macht sich die allergrößten Vorwürfe. Sie sah ihr nach, wie sie die Stufen hinuntereilte.

»Ich habe dir deinen Wunsch erfüllt, Maura«, sagte Rena laut. Die beiden hatten nie wieder den Namen Martin erwähnt.
Sie blickte auf ihren Block und unterstrich die Frage, ob irgendein Ritual hinter den Morden steckte. Wenn die Morde in den Weinbergen einen gleichsam religiösen Charakter hatten, wo stammte er dann her? Aus dem allerfrühesten Griechenland? Rena erinnerte sich wieder an den eigenartigen Blick in Mauras Augen, als sie ihr auf dem Berg davon berichtet hatte, wie das Blut von dem Liebhaber der Königin über die Ernte vergossen worden war. Weintrauben wurden doch auch geerntet, nicht wahr? Bestand zwischen dem Ritus der Vorzeit und den heutigen Morden irgendeine Verbindung?
Sie las die erste Frage auf dem Blatt, und ein unangenehmes Gefühl breitete sich in ihrer Magengegend aus. Sie unterstrich die Frage doppelt:

1. Wie sehr hat Martins Tod Mauras Psyche in Mitleidenschaft gezogen?

Das muß noch eine Weile warten, entschied sie und legte den Block fort. Ihre Sendung begann in wenigen Minuten. *Ich muß heute eben improvisieren.* Das machte nichts, sie hatte früher schon Sendungen aus dem hohlen Bauch bestritten.
Als sie ihr Büro verlassen hatte und über den Gang zum Senderaum marschierte, wußte sie, daß die Antworten auf ihre Fragen und noch ein paar weitere irgendwo in den

Hügeln von Napa und vermutlich sogar in dem antiken Griechenland vergraben lagen.

Kapitel 9

Arnie Baker fuhr seine Zugmaschine rückwärts auf den Parkplatz vor Billy's Diner in Yakima, Washington, ein. Er setzte in die enge Lücke zwischen zwei größere Laster zurück. *Verdammt, bist du gut!* dachte er. *Der verdammt beste Trucker im ganzen Nordwesten!*

Wie schade, daß sonst niemand von seinen Talenten beeindruckt war. *Du bist zu klein, Arnie*, sagten die anderen immer und schüttelten den Kopf. *Wie sollte einer wie du die großen Sequoien von hier nach Nebraska schaffen? Was machst du, wenn dein Lastzug auf einer verlassenen Straße ins Schleudern kommt und umkippt? Willst du dann etwa die großen Stämme bewegen? Du Zwerg? Wachs noch einen halben Meter und leg dir noch fünfzig Kilo Gewicht zu, dann kannst du noch mal vorsprechen.* Und danach würden sie lachen, und Arnie würde sich furchtbar ärgern. Mit ausgestrecktem Mittelfinger verließ er dann das Büro dieser Idioten.

»Sollen sie doch alle zur Hölle fahren!« schimpfte er, als er seine Lederjacke vom Haken nahm und aus dem Fahrerhaus sprang.

Glücklicherweise war gerade Lesezeit. Arnie hatte einen Job bekommen. Er mußte Traubenfuhren von einem Weingut in Yakima nach Sonoma im Napa Valley schaffen. Seit fünf Jahren fuhr er nun schon Weintrauben. Wenigstens fiel dabei immer genug für ihn ab, um seine Miete bezahlen zu können. Nur waren Weintrauben eben keine Baumstämme. Und erst Rotholz machte aus einem Fernfahrer einen richtigen Trukker.

Sollen sie doch alle zur Hölle fahren!
Es war etwas frisch in dieser Nacht, und die Luft roch nach Regen. *Wird wieder ganz schön was runterkommen. Hier oben regnet es ja nicht öfter als ewig. Du wärst besser in Yuma geblieben, wenn es dort bloß nicht so von verfluchten Rothäuten wimmeln würde! Scheiße, aber es regnet nie in Yuma!*
Arnie schloß seine Zugmaschine ab, zog den Kragen seiner Jacke hoch und marschierte in den Schnellimbiß.
Bis auf drei Trucker, die um einen Tisch am Ende des Raums standen, an dem eine junge Frau saß, war das Lokal leer. Es war halb zwei Uhr morgens, und die meisten Fernfahrer lagen längst in ihren Führerhäusern in der Koje und schliefen.
Er verdrehte den Kopf, um festzustellen, wie die junge Frau aussah. Aber einer der Männer beugte sich gerade über sie und versperrte Arnie mit seinem Bierbauch die Sicht.
Was soll's schon, dachte er. Vermutlich ist das nur eine von den Fünfzig-Dollar-Nutten, wie man sie an jedem Truck-Stop im ganzen Land antrifft.
Arnie bestellte sich falschen Hasen mit Kartoffelpüree und eine Tasse Kaffee. Als er die Jacke auszog und sie neben sich auf die Bank legte, fiel sein Blick auf die Aluminiumverkleidung über der Theke, und dort spiegelte sich die Frau an dem Tisch wider. Niemand versperrte ihm die Sicht auf die Verkleidung, und er konnte sie klar und deutlich sehen. Sie war ein echter Hammer! Langes blondes Haar... ein großer, schlanker Körper... *Du lieber Gott, was hat so eine an einem solchen Ort verloren? Wer so aussieht, kann in jeder größeren Stadt die große Kohle machen.*
Die Männer an ihrem Tisch lachten und redeten auf sie ein. Sie schüttelte nur den Kopf und machte einen desinteressierten Eindruck.
Die Kerle versuchen wahrscheinlich, ihren Preis zu drücken.

Was für Blödmänner! Eine Flamme wie die kommt schließlich nicht jeden Tag hier vorbei. Wenn sie mich ansprechen würde, würde ich ihr alles geben, was sie verlangt.
Das Essen kam, und er ertränkte das Fleisch in Ketchup, um den Geschmack zu übertünchen. Er wußte ganz genau, daß in Lokalen wie diesem falscher Hase aus den Resten des gestrigen oder vorgestrigen Tages zubereitet wurde. Und den Geschmack von so etwas wollte er nicht im Mund haben.
Beim Essen warf er immer wieder einen Blick auf die Aluminiumverkleidung, um mitzubekommen, wie die Geschichte weiterging. Nach ein paar Minuten gaben die drei Männer auf und kehrten zu ihrem Tisch zurück. Die Frau schien ihn bemerkt zu haben und blickte ihn an. War das tatsächlich ein Lächeln auf ihrem Gesicht?
Ach, Unsinn! Er starrte auf seinen Teller. So eine würde nie jemanden wie Arnie anlächeln. Selbst seine Frau Elke, hundert Kilogramm Lebendgewicht, die er in Deutschland kennengelernt hatte, als er dort für vier Jahre stationiert gewesen war, machte sich keine Sorgen darüber, daß er, wenn er auf der Straße unterwegs war, mit anderen Frauen etwas anfangen könnte. »Mein liebes Männlein, du bist viel zu klein, als daß eine andere sich in dich vergucken könnte«, pflegte sie zu sagen, wenn er auf ihrem Schoß saß und an ihren gewaltigen teutonischen Brüsten saugte.
Arnies Augen richteten sich, als hätten sie ein Eigenleben, wieder auf die Aluminiumverkleidung.
Sie sah wirklich zu ihm!
Allmächtiger! Er blickte rasch woanders hin. Das Essen schmeckte mittlerweile wie zerkochte Pappe, und es kostete ihm einige Mühe, es hinunterzuschlucken. Scheiße! Die Flamme machte ihn so nervös, daß er keinen Bissen mehr runterbekam.
O Gott! Sie steht auf und kommt hierher!

Als sie sich auf ihn zu bewegte, sah er, daß sie einen knappen schwarzen Lederminirock und einen dunklen Pullover trug, der sich stramm über ihre großen Brüste spannte. Ihre Beine waren endlos lang, und ihre Haut wirkte weich, rein und einladend.
Große Scheiße! Arnies Blick fiel auf sein Spiegelbild in der Verkleidung. Mit zitternden Fingern strich er einige Haare zurück, die ihm ins Gesicht gefallen waren, und zupfte seine bis an die Ohrläppchen reichenden Koteletten gerade. Wenigstens trug er heute sein neues, kariertes grünes Flanellhemd. Er hatte die Ärmel hoch aufgekrempelt, um seinen Bizeps zu zeigen. Er hatte eine Tätowierung auf dem Arm, einen schwarzen Panther mit roten Krallen. Den konnte die Flamme gar nicht übersehen. Er spannte seine Oberarmmuskeln an und hoffte, sie würde erkennen, daß er nicht ganz ohne war.
Jetzt roch er ihr billiges Parfüm und wußte, daß sie direkt hinter ihm stand. Er spürte, wie sich in seiner Hose etwas zu regen begann. Er räusperte sich, drehte sich um und grinste. Sie grinste zurück. Arnies Lächeln gefror, als er in ihr Gesicht sah und entdeckte, daß eines ihrer Augen blau und das andere braun war. Er konnte es sich nicht erklären, aber aus irgendeinem Grund durchwehte ein Kältehauch sein Inneres, und seine Erektion fiel in sich zusammen. Er kämpfte gegen dieses unangenehme Gefühl an und nahm die Jacke an sich, damit die Frau sich zu ihm setzen konnte.

Am nächsten Morgen schob Mario Pandini etliche Meilen von Billy's Diner entfernt die Fliegengittertür seines Hauses auf und hüpfte langsam nach draußen. Er schob seine arthritischen Beine die Holzstufen hinunter und bewegte sich auf den Geräteschuppen zu, der auf der anderen Seite seines kleinen Weinguts lag. Mario war fünfundsiebzig, und jedes neue Jahr Weinlese forderte weiteren Tribut von seinem Körper. Dies sollte das letzte Jahr sein, denn nächste Woche wollte er in der Zeitung von Yakima eine Anzeige aufgeben und darin sein Weingut zum Kauf anbieten. Die Rebstöcke waren fünfzig Jahre lang gut zu ihm und seiner Frau gewesen. Doch nun war es an der Zeit, daß sie von einem Jüngeren betreut und gehegt wurden.

Mario holte ein Beil aus dem Schuppen und humpelte zu den Reben. Mehltau zeigte sich auf einigen Blättern, und die wollte er abhacken, bevor der Befall sich ausbreitete.

Plötzlich sah er ein paar Meter vor sich etwas, das ihn auf die Knie fallen und sich bekreuzigen ließ. *»Im Namen des Vaters, des Sohnes und des Heiliges Geistes!«* flüsterte er.

Was seine alten Augen erblickten, war ein Mann, den man an einen Rebenstamm gebunden hatte. Seine Arme waren parallel zum Boden ausgebreitet, und sein Kopf hing zur Seite. Er trug ein Lendentuch, und Blut rann langsam über seine Beine.

Mario bekreuzigte sich ein zweites Mal. Ein Wunder, ein wirkliches Wunder wie in Lourdes oder Fatima. Nun war es ihm widerfahren! Tränen traten in seine Augen. Der Herr erschien ihm in seinem Weinberg.

Dann hörte er ein schmerzerfülltes Stöhnen aus dem Mund des Gekreuzigten. Mario rutschte auf den Knien näher heran. Der Mund Christi bewegte sich, spuckte Blut und schien etwas sagen zu wollen. Doch nur ein Gurgeln wie aus einem Glas, in das ein Kind mit seinem Strohhalm Luft bläst, kam über seine spröden Lippen.

Mario rutschte noch näher heran, und sein alter Körper war von Ehrfurcht durchdrungen.

Der Gekreuzigte öffnete die Augen und starrte Mario an. Wieder öffnete er den Mund. Blutbläschen rannen heraus und tropften ihm vom Kinn.

Jetzt bemerkte Mario, daß der Mann nicht etwa ein Lendentuch trug, sondern eine weiße, mit Blut befleckte Unterhose. Auf dem Gummiband war das Wort »Jockey« eingestickt. Er hielt sein Ohr nahe an den blutenden Mund, um zu hören, was der Gekreuzigte zu sagen hatte. Mario war sich nicht ganz sicher, weil er es heute morgen unterlassen hatte, sein Hörgerät anzulegen, aber die Worte des Mannes hörten sich an wie: »Bringen Sie... mich weg... von diesem... verkackten Ort!«

Kapitel 10

»Heute morgen hast du mal wieder die Trödelhose an. Was ist denn los?« fragte Rena ihre Tochter Cathy, die halb über ihren Cornflakes hing. Sie stützte den Kopf mit einer Hand und hatte dazu den Ellenbogen auf den Tisch gestemmt. Cathy zuckte zur Antwort nur die Achseln. Sie zog mit dem Löffel träge kreisförmige Muster in die Cornflakes: »Das Leben ist eines der schwersten«, erklärte sie schließlich.
»Sicher, es gibt Momente, da kommt einen alles hart an«, sagte Rena und verdrehte die Augen, während sie den Toast und die Marmelade auf den Tisch stellte. Sie ahnte, daß es einer der weniger erfreulichen Morgen werden würde.
»Vermißt du eigentlich hin und wieder Daddy?« Cathy ließ den Löffel fallen und sah ihrer Mutter direkt ins Gesicht.
Es wird einer der am wenigsten erfreulichen Morgen seit langer Zeit. »Manchmal«, antwortete sie. Was teilweise stimmte. Sie erinnerte sich, wie wichtig er einmal für sie gewesen war. *Wenn man jung ist, kann Liebe ungeheuer stark und alles verschlingend sein.* Diese Zeit hatte sie im Innersten erschüttert und sie vollkommen hilflos gemacht, und gleichzeitig kam sie ihr jetzt als die lebendigste Phase ihres Lebens vor. Einige Gefühle vermißte sie heute. Sie wußte, daß sie nie

wiedererweckt werden konnten, nicht einmal von Charlie. Und eigentlich war das, was sie jetzt mit Charlie hatte, das beste für sie. Sie standen sich als Gleiche gegenüber, wußten, was sie einander geben mußten, was sie voneinander erwarten durften. Bei Terry war Rena sich immer absolut schutzlos und ausgeliefert vorgekommen. Was für eine beschissene Art zu leben, erkannte sie heute, wenn sie an damals dachte.

»Du gehst nie zu seinem Grab«, sagte Cathy.

»Stimmt, das tue ich nicht.« Rena verstrich die Marmelade gleichmäßig über die Toastscheibe. »Dein Vater und ich sind vor langer Zeit verschiedene Wege gegangen, sowohl physisch als auch emotional. Das einzige, was uns noch auf irgendeine Weise miteinander verband, warst du.«

»Besteht diese Verbindung noch?«

Rena blickte in Cathys wunderschöne grüne Augen. Die gleichen wunderschönen grünen Augen wie bei ihrem Vater. »Ja«, seufzte sie. »Denn wenn ich dich sehe, sehe ich in dir auch ihn. Nichts geht in diesem Universum jemals vollständig verloren.« Den wahren Terry, die Schmerzen, die er ihr und allen in ihrer Umgebung bereitet hatte, würde sie tief in sich verborgen halten. Cathy sollte nie davon erfahren. Niemals!

Cathys Augen wurden feucht. Sie grinste plötzlich schief, sprang auf und umarmte Rena. »Ich liebe dich, Mom.«

Rena erwiderte die Umarmung. »Das weiß ich, mein Schatz.«

Das Telephon läutete.

»Ich geh dran!« rief Cathy und eilte zu dem Apparat, der neben dem Kühlschrank an der Wand hing. »Für dich, Mom«, erklärte sie, nachdem sie sich erkundigt hatte, wer am anderen Ende war.

»Wer ist denn dran?« wollte Rena wissen.

»Er sagt, er heiße Grant.«
Der FBI-Agent! Ein stechender Schmerz durchfuhr Rena. Nervös nahm sie den Hörer entgegen. *Ob sie Maura gefunden haben?*
»Ja?« meldete sie sich und versuchte, ihre Stimme ruhig zu halten.
»Ich habe Sie gestern gefragt, ob Sie bereit wären, uns zur Verfügung zu stehen, sollten wir Ihre Hilfe benötigen.«
Seine Stimme klang dünn, so als spreche er aus großer Entfernung.
»Haben Sie etwa Maura aufgespürt?« fragte sie leise.
»Nein, aber wir sind ihr recht nah... sehr nah!«
»Wie kann ich Ihnen helfen?«
»Miß McKinney hat wieder zugeschlagen. Heute am frühen Morgen wurde in Yakima, Washington, ein verstümmelter Lastwagenfahrer gefunden. Endlich einmal haben wir Glück. Der Mann lebt noch. Im Moment wird er ärztlich behandelt. In Santa Monica steht eine Privatmaschine, eine Cessna, die auf Sie wartet und Sie hierherbringen soll.«
Rena dachte kurz darüber nach und erklärte dann: »Ich suche eine Vertretung für meine Sendung und bin in einer Stunde am Flughafen.«
Sie hängte ein und rief Dr. Janis Skinner an, um sie zu bitten, für sie einzuspringen. Janis war eine qualifizierte Psychologin und kam bei den Zuhörern gut an. Danach gab Rena im Sender Bescheid, daß heute jemand anderer ihre Sendung übernehmen würde. Zuletzt wählte sie die Nummer von Cindy, eine Studentin an der UCLA, die ein paar Häuser weiter lebte. Sie blieb manchmal über Nacht bei Cathy, wenn Rena geschäftlich unterwegs war. Cindy war noch nicht zum Unterricht gegangen und sagte, sie würde auf Renas Tochter aufpassen.
»Was ist denn los, Mom?« fragte Cathy, als Rena mit ihren Telephongesprächen fertig war.

»Ich bin heute nacht nicht zu Hause, Schatz. Cindy kommt und wird hiersein, wenn du die Schule hinter dir hast.«
Cathy strahlte. Sie mochte die Studentin sehr. »Wo mußt du denn hin?«
»In den Staat Washington.« Rena ging nach oben, um zu packen.
»Was gibt's denn in Washington?« rief Cathy von unten.
»Das weiß ich auch noch nicht so genau. Iß dein Frühstück, sonst kommst du noch zu spät in die Schule. Und bevor du das Haus verläßt, erwarte ich eine Umarmung und einen dicken Kuß.« Rena zog ihre Reisetasche vom Schrank herunter.
Das Telephon läutete wieder, und Rena nahm ab. Blythe Farnsworth war am anderen Ende.
»Wo stecken Sie denn?« fragte Rena überrascht, weil sie mit diesem Anruf nicht gerechnet hatte.
»In Palm Springs. Und ich gehe hier langsam, aber sicher ein. Wenn ich noch einen Mann in pinkfarbener Sportjacke und Hose vorbeilaufen sehe, bekomme ich einen Schreikrampf. Na ja, ich habe mir gedacht, ich mache einen Trip nach L. A. und bleibe über Nacht in der Stadt.«
»Wo ist denn Edmond?«
»Draußen auf dem Golfplatz. Golf ist seine ganz große Leidenschaft. Haben Sie schon irgendwelche Pläne für heute abend?«
Rena hörte Blythes Verzweiflung deutlich. Aber im Augenblick hatte sie absolut keine Zeit, eine einsame Frau aufzumuntern. Blythe hätte vor der Heirat mit Edmond sehen müssen, was für einen Mann sie sich da einhandelte. »Es tut mir leid, aber heute geht es nicht«, antwortete sie. »Vielleicht nächste Woche.«
Nach diesem Telephonat machte sie sich daran, ihre Sachen einzupacken. Sobald ich die Zeit dazu finde, werde ich mich

ganz bestimmt mit ihr unterhalten, nahm sie sich fest vor. Blythe ist nicht dumm und sucht dringend nach etwas, was sie mit ihrem Leben anfangen kann.

Rena fuhr über den Bundy Drive zum Flughafen von Santa Monica und stellte den Wagen nicht weit vom Terminal ab. Der Flughafen war nicht groß, und hier waren Reihe um Reihe Privatflugzeuge zu finden.

Rena entdeckte eine jüngere Ausgabe von Agent Grant. Der Mann wartete auf sie. Auch er trug sein Haar wie John F. Kennedy. Während sie auf ihn zuging, fragte sie sich, ob J. Edgar Hoover, der legendäre Geheimdienstchef, es gern gesehen hätte, wenn die Agenten in der Ära nach ihm sich bemühten, so auszusehen wie sein alter Erzfeind Kennedy.

Der junge Mann schüttelte ihre Hand und nahm ihr den Koffer ab. Sie marschierten hinaus auf die Rollbahn und bestiegen eine sechssitzige Cessna.

Zwei Stunden später landete die Maschine auf einem privaten Flughafen außerhalb von Yakima. Ein Ford Kombi stand dort bereit und brachte sie in das Krankenhaus der Stadt.

In der sechsten Etage stand Grant am Fahrstuhl und rauchte eine Zigarette. Er hielt seine Jacke über dem Arm und hatte seine Ärmel hochgekrempelt. Grant sah aus wie ein Mann, der seit zwei Tagen nicht mehr geschlafen und geduscht hatte. Dunkle Ringe lagen unter seinen Augen, und sein sonst gepflegtes Haar stand matt und strähnig ab. Rena und der junge Agent verließen den Fahrstuhl. Grant drückte die Zigarette im Aschenbecher aus und gab Rena die Hand.

»Vielen Dank, daß Sie gekommen sind«, sagte er und führte sie zum Zimmer von Arnie Baker.

»Kann er sprechen?« erkundigte sie sich.

»Kaum. Der spitze Gegenstand hat das Rückenmark knapp

verfehlt, dafür aber seinen Adamsapfel getroffen. Baker hat ausgesagt, die Frau sei eine Prostituierte gewesen und habe sich ihm genähert. Das war um halb zwei Uhr nachts. Sie seien sich über den Preis einig geworden, und sie habe ihn in ein menschenleeres Weinbaugebiet geführt. Baker erklärte weiter, die Frau habe eine große Decke und eine schwere Tasche aus dem Kofferraum ihres Wagens, eines weißen Ford Kombi, geholt und ihn aufgefordert, sich auf die Decke zu legen. Der Mann ist sich nicht ganz sicher, ob er vor seiner Ohnmacht sexuellen Kontakt mit ihr gehabt hat oder nicht. Wir hingegen sind uns da ziemlich sicher.«

»Wieso?«

Grant blieb vor der Tür stehen, vor der ein Polizist Wache hielt. »Spuren von Vaginalflüssigkeit fanden sich auf seinem Glied. Außerdem waren Hautpartikel unter seinen Fingernägeln. Wir lassen gerade in unseren Labors in Washington einen DNS-Test durchführen und die Fingerabdrücke überprüfen, um festzustellen, ob die Flüssigkeit mit den Genmustern ihrer Haare und Hautpartikel übereinstimmen, die wir bei den anderen Opfern entdeckt haben. Sollten sie identisch sein, haben wir genug Beweismaterial für eine Verhaftung. Verdammt!« Er ließ seine Zurückhaltung fallen. »Der Anschlag fand vor weniger als zehn Stunden statt. Sie ist so nahe, daß ich sie förmlich spüren kann.«

»In zehn Stunden könnte sie schon mitten in Kanada sein«, merkte Rena an. Von hier bis zur Grenze war es nicht weit.

»Daran haben wir auch schon gedacht. Alle Straßen zur Grenze sind abgeriegelt. Dort kommt sie nicht durch.«

»Das gleiche haben Sie auch über die Grenze zwischen Kalifornien und Oregon gesagt«, wandte Rena ein.

Sie betraten den Raum, in dem Arnie Baker lag. Schläuche waren an seinen Armen und an seiner Nase angebracht. Er trug einen dicken Verband um den Hals. Am Nacken zeigte

sich ein roter Fleck, der sich langsam vergrößerte. Zwei weitere FBI-Agenten hielten sich hier auf. Eine Schwester überwachte den Puls des Lastwagenfahrers.
Arnies Augen standen nur einen Spalt weit auf, und selbst das schien ihm große Mühe zu bereiten.
»Mr. Baker, sind Sie wach?« fragte Grant, beugte sich über den Mann und zog ein kleines Photo aus der Brusttasche seines Hemds.
»Sicher«, murmelte Arnie. Er sprach sehr leise und klang heiser.
»Ich habe hier ein Bild, das Sie sich bitte ansehen möchten.« Er hielt ihm die Photographie vor das Gesicht. Sie zeigte Maura und stammte von ihrem Dienstausweis. Arnie zwang seine Augen für eine Sekunde weiter auf, sah hin und nickte.
»Das ist sie … das Luder«, stöhnte er und schloß die Augen.
»Elke bringt mich um.«
»Wer ist Elke?« fragte Rena leise.
»Seine Frau«, antwortete Grant im Flüsterton.
Rena fiel auf, wie schmächtig der Mann wirkte, der vor ihr in dem Bett lag.
»Hat sie irgend etwas gesagt, wohin sie von Yakima aus wollte?« Der FBI-Agent beugte sich noch tiefer über ihn.
Arnie öffnete den Mund, aber nur ein Rasseln kam heraus. Blut bedeckte seine Zähne. Hellrotes Blut, das von der Wunde in seinem Hals stammte, die wieder aufgegangen war. Die Schwester starrte Grant böse an.
Grant hielt sein Ohr an Arnies Mund, um etwas von dem verstehen zu können, was der Mann von sich gab. »Es tut mir leid, Mr. Baker, ich habe nichts mitbekommen.«
Arnie formte mit den Lippen das Wort: »Seattle.«
»Vielen Dank, Mr. Baker. Wir lassen Sie jetzt in Ruhe.« Grant schob das Bild in die Hemdtasche zurück und erhob sich.

»Er ist ziemlich klein«, teilte Rena dem FBI-Agenten mit, als sie draußen auf dem Flur standen.

»Ja, genau wie die anderen. Ich bezweifle allerdings sehr, daß Miß McKinney nach Seattle unterwegs ist. Zumindest wissen wir jetzt, wie sie ihre Opfer kampfunfähig macht. Baker sagte, das letzte, woran er sich erinnern könne, sei ein feuchtes Tuch, das ihm aufs Gesicht gepreßt wurde. Als man ihn ins Krankenhaus eingeliefert hatte, stellten die Ärzte fest, daß sein Blutdruck reichlich tief war. So etwas ist in der Regel die Folge von bestimmten Anästhetika. Sie haben sein Blut untersucht und sind auf Chloroform gestoßen.«

»Darf ich das Bild von Maura sehen?« bat Rena.

»Aber gern.« Grant reichte es ihr.

Ein typisches Paßphoto. Ein aufgesetztes Lächeln und keine persönliche Ausstrahlung. »Das sieht ihr aber nicht sehr ähnlich«, bemerkte sie. Das Bild zeigte jedoch Maura, daran konnte es keinen Zweifel geben.

»Das hier und das Photo in ihrem Führerschein sind alle Bilder, die wir von ihr haben.«

Rena nickte. Sie erinnerte sich, daß Maura nur ungern Photos von sich machen ließ. Anscheinend schämte sie sich ihrer Schönheit und fühlte sich unwürdig.

»Wann haben Sie Miß McKinney zum letzten Mal gesehen?« fragte der FBI-Agent und zündete sich eine Zigarette an.

»Vor zwölf Jahren.«

»Menschen verändern sich in einem solchen Zeitraum«, bemerkte er und nahm einen tiefen Zug von der Zigarette.

»Das stimmt.« Maura wirkte alt und verbraucht, so als zehre der Streß an ihren Kräften, aber sie war immer noch sehr attraktiv.

»Sie hat sich Arnie Baker als Jasmine Dawn vorgestellt«, teilte er ihr mit.

Rena riß Mund und Augen auf. »O mein Gott!«

»Was ist denn?«
»Maura hat als Kind einmal eine Barbiepuppe geschenkt bekommen. Sie haßte den Namen Barbie und hat die Puppe deswegen in Jasmine Dawn umgetauft. Maura haßte auch die hübschen Kleider und Accessoires, die sie zusammen mit der Puppe erhalten hatte. Deswegen hat sie für Jasmine neue Sachen geschneidert.«
»Was denn für Sachen?«
»Maura hatte einen etwas eigenartigen Humor. Statt die Puppen hübsch und adrett auszustaffieren, hat sie das genaue Gegenteil getan und Jasmine wie eine Nutte zurechtgemacht. Zum Beispiel hat sie ihr einen schwarzen Minirock angefertigt. Miniröcke waren damals groß in Mode.«
Der FBI-Agent sagte eine Weile nichts. Rena erkannte jedoch, wie es hinter seiner Stirn arbeitete. Endlich erklärte er: »Laut Arnie Baker hat Miß McKinney einen knappen schwarzen Minirock aus Leder und einen hautengen schwarzen Pullover angehabt. Er erklärte auch, ihre Augen hätten verschiedene Farben. Wissen Sie vielleicht etwas darüber?«
Rena sah ihn zuerst wie betäubt an. Dann erzählte sie ihm, wie sie in ihrem gemeinsamen Griechenlandurlaub einmal einen kurzen Blick auf die verschiedenfarbigen Augen hatte werfen können. »Damals dachte ich, ich hätte mir das nur eingebildet.«
»Es könnte sein, daß es bei Maura McKinney eine ganze Menge Dinge gibt, die Sie nicht kennen.«
»Das kann ich wohl nicht mehr ausschließen«, flüsterte Rena. In der vergangenen Nacht hatte sie versucht, ein Persönlichkeitsprofil von Maura zu erstellen und feststellen müssen, wie schwer ihr das fiel. Zu viele Lücken waren da, die gefüllt werden wollten, und die lange Zeit, in der sie sich nicht gesehen hatten, war da alles andere als eine Hilfe. Maura konnte in einem Moment übersprühend und voller Leben

sein, und im nächsten Moment war sie in sich gekehrt und nicht ansprechbar. Rena war noch etwas anderes aufgefallen: So redselig Maura manchmal gewesen war, sie hatte nie über sich selbst gesprochen, immer nur über andere Dinge, Personen und Ereignisse. Maura hatte Rena sehr detaillierte, manchmal auch intime Fragen über ihre Person und ihr Leben gestellt. Und wenn Rena dann alle beantwortet hatte, war keine Zeit mehr geblieben, die gleichen Fragen an Maura zu richten. Mauras einzigartige Persönlichkeit vermochte es, ihre Umgebung so zu umgarnen und mit einer Art Zauber zu belegen, daß Rena bis letzte Nacht der Ansicht gewesen war, sich stets mit ihrer Freundin auf das gründlichste ausgetauscht zu haben. Doch heute mußte sie sich eingestehen, eigentlich sehr wenig über Maura zu wissen.

Rena hatte immer das Gefühl gehabt, ihre Freundin verberge etwas vor der Welt... etwas Unergründliches und Verbotenes. Was konnte das nur sein? Was war so furchtbar, daß niemand davon erfahren durfte? Und kam dieses Furchtbare jetzt an die Oberfläche?

Fragmentarische Erinnerungen an den Tag, an dem sie in der Dachkammer von Peter McKinneys Haus gespielt hatten, trieben in ihr Bewußtsein.

Staubpartikel, die träge durch den sonnenbeschienenen Raum schweben... eine nackte Glühbirne... lose Dielen auf dem Boden... der Geruch von Kampfer... Maura stöbert durch die Kleider ihrer Mutter, die an einer rostigen Stange hängen. Sie nimmt ein geblümtes Baumwollkleid mit Schulterkissen vom Haken und zieht es sich über den Kopf. Rena trägt bereits einen alten, mottenzerfressenen Mantel mit schwarzem Lammfellbesatz am Revers und den Ärmeln. Ein übergroßer schwarzer Hut mit Schleier hängt ihr tief im Gesicht. Sie sitzt mitten in der Dachkammer auf einer Holz-

truhe und schaut kichernd Maura dabei zu, wie sie in hochhackige rosafarbene Schuhe steigt und darin zu gehen versucht. Ihre kleinen Beine zittern und schwanken, wenn sie in den übergroßen Schuhen geradestehen möchte. Maura entdeckt unter den Kleidern einen alten Schminkkoffer. Sie kniet sich davor hin, öffnet ihn und findet einen goldenen Lippenstiftbehälter. Sie dreht ihn auf und bemalt mit krummen Strichen ihren Mund. Rena bewaffnet sich mit der Puderquaste und bestäubt ihr Gesicht. Sie muß husten. Beide Mädchen lachen laut.
Schritte kommen die Treppe herauf.
Peter McKinney betritt die staubige, muffige Dachkammer. Eine deutliche Whiskeyfahne strömt aus seinem Mund. Er sieht Maura, und sein Gesicht verzerrt sich vor Zorn. Wut steht in seinem Blick, und er öffnet den Mund. Er zeigt kräftige weiße Zähne und eine größere Lücke vorn. Ein furchtbarer Schrei löst sich aus seiner Brust, und er schlägt seine Tochter ins Gesicht. Sie fliegt zurück und starrt ihn dann trotzig an. Rena wagt vor lauter Angst nicht, sich zu rühren.
Er blickt Rena an: »Runter mit den Sachen!« brüllt er sie an. Sie schlüpft aus dem Mantel und läßt ihn zu Boden fallen.
»Und jetzt raus!« zischt er. Sein Rücken ist gebeugt. Seine vom Alkohol geröteten Augen drohen aus den Höhlen zu quellen.
Erschrocken saust Rena an ihm vorbei und die Treppe hinunter. Als sie durch die Tür läuft, hört sie, wie der Vater seine Tochter anschreit: »Du Hexe! Du verdammte Hexe! Wegen dir sind sie gestorben!«

Wie lange ist das her? dachte Rena. Peter McKinney hatte sich am nächsten Tag, als er wieder nüchtern war, bei ihr entschuldigt. Maura, deren Wange von dem Schlag noch dick war, hatte nicht über den Vorfall reden wollen, als Rena davon angefangen hatte. Das war das erste und einzige Mal gewesen, daß Maura sie in die Dachkammer mitgenommen hatte. *Wegen dir sind sie gestorben!* hatte der Vater seiner Tochter vorgeworfen. Wen meinte er mit *sie*? Damals hatte sie Maura nicht danach zu fragen gewagt. *Hat Peter McKinney damit etwa den Tod seiner Frau im Kindbett angesprochen? Höchstwahrscheinlich. Wie grausam, einem Kind einen solchen Vorwurf zu machen.*

Aber McKinney hatte von ›sie‹, also von mehreren gesprochen. Wer war denn sonst noch bei der Geburt gestorben?

Und warum nennt sie sich Jasmine Dawn? Den Namen hatte sie ihrer Puppe vor zwanzig Jahren gegeben. Damals war sie viel allein gewesen und hatte für die Puppe Kleider angefertigt, die ganz und gar nicht ihrem Wesen entsprachen. Damals hatte Rena das für einen Scherz gehalten, aber inzwischen war sie der Ansicht, daß Jasmine Dawn etwas mit Mauras Unterbewußtsein zu tun hatte, daß der Name Teil dessen war, das Maura nie nach außen dringen lassen wollte. Das Madonna-und-Hure-Syndrom. Soweit Rena bekannt war, konnte man ihre Freundin nicht gerade als mannstoll bezeichnen. Der einzige, mit dem sie je im Bett gewesen war, war damals in Napa Martin Bynum gewesen. Hatte sich diese Haltung nach ihrem Umzug nach New York gewandelt? Rena glaubte nicht daran. Ray Scollaris Annäherungsversuch war der beste Beweis dafür. Rena wußte, daß die Unterdrückung der Sexualität eine gespaltene Persönlichkeit hervorrufen konnte. Litt Maura etwa daran? Hatte es immer schon in ihrer Psyche eine Jasmine Dawn gegeben, die nur darauf gewartet hatte, endlich nach oben zu gelangen? Im Moment war das die einzige Antwort, die einen Sinn ergab.

Ein FBI-Mann trat zu ihnen und brachte ein tragbares Telephon mit. »Ein Anruf aus Napa. Sie scheinen etwas in der McKinney-Winzerei gefunden zu haben.«

Grant nahm den Hörer. Er hörte zu und erklärte nach mehreren »Hm, hm«, daß er sofort kommen würde. Als er auflegte, sah er Rena an und sagte: »Meine Männer haben in einer Schreibtischschublade in der McKinney-Winzerei einen Text gefunden. Sie sagen, der sei recht interessant. Möchten Sie mit?«

Ein eigenartiger, unerklärlicher Zug lag auf Grants Miene. Was für ein Text? fragte sie sich. Selbstverständlich wollte sie mit.

Rena saß in dem Kombi zwischen Grant und dem jungen Agenten, als sie zum Flughafen fuhren. Das Innere des Wagens war vollgestopft mit Computern, Monitoren und einer Funkanlage. Auf dem Tisch im hinteren Teil des Kombis war eine Karte der Vereinigten Staaten ausgebreitet. Drei hellgelbe Stecknadeln markierten die Orte, an denen die Morde und Verstümmelungen begangen worden waren. Als Rena auf die Karte blickte, gewann auch sie den Eindruck, daß sie Maura sehr nahe waren. Und wie Grant glaubte sie, den Atem der Mörderin in ihrem Nacken zu spüren.

»Was für einen Text haben Ihre Männer gefunden?« fragte sie den FBI-Agenten.

»Anscheinend handelt es sich dabei um ein Tagebuch«, antwortete er und wirkte immer noch konfus und nachdenklich.

»Mauras Tagebuch?«

»Nein, es ist vielmehr so an die zweihundert Jahre alt.«

Kapitel 11

Der Fahrer des Ford Fairlane, der Rena und die FBI-Agenten am Flughafen von Napa erwartete, vergeudete keine Zeit und brachte sie so schnell wie möglich zur Winzerei der McKinneys. Er hüpfte auf den beiden überfüllten Fahrspuren des Highway 29 hin und her, fand immer wieder eine Lücke und scheuchte BMWs und Volvos aus dem Weg.

Sie stiegen an einem Feldweg aus, der von der Spring Mountain Road abging, und marschierten zu Fuß zu dem alten Steingebäude hinauf.

Mehrere Streifenwagen und Fahrzeuge anderer Behörden waren vor der Kelterei abgestellt. Die Männer des Sheriffs und FBI-Beamte hielten Plastiktüten in den Händen und kämmten die umliegenden Büsche ab. An der Tür stand ein Mann mit einem weißen Kittel und stäubte den metallenen Griff ein, um Fingerabdrücke zu nehmen.

Ein unangenehmes Gefühl entwickelte sich in Rena, als sie sich daran erinnerte, wie sie zusammen mit Maura diesen Pfad hundertmal beschritten hatte und in das Steinhaus gegangen war. Bilder von früher sprudelten wie Filmschnipsel durch ihren Kopf und verschwanden ebenso rasch wieder.

»Fassen Sie nichts an«, mahnte Grant. »Und gehen Sie nur dort, wo ich gehe.«

Gräuliches Licht fiel in die Winzerei und fing Tausende tanzende Staubpartikel auf. Ein säuerlicher Geruch lag in der Luft, der an eine Krypta erinnerte, die gerade geöffnet wurde. Ein Staubteppich bedeckte buchstäblich alles, und an den Winkeln der Holzbalken hingen Spinnweben.

Die großen Gärungsfässer aus Eichenholz und die alte hölzerne Kelterpresse befanden sich noch genau dort, wo Rena sie in Erinnerung hatte.

Nichts hat sich hier geändert, dachte sie. Was für ein Unterschied zu Simons ultramoderner High-Tech-Kelterei. Allein mit einer Grundausstattung und seinen Händen hatte Peter McKinney Weine in einer Güte hergestellt, von der andere, modernere und größere Weingüter nur träumen konnten.

Ein Agent reichte ihr ein Paar Gummihandschuhe, und sie streifte sie über. Eine Gruppe Techniker stand am Ende des Raums in dem alten Büro McKinneys um den Schreibtisch herum. Jemand beleuchtete etwas mit einer Taschenlampe. Alle trugen Gummihandschuhe. Als sie Grant bemerkten, machten sie ihm Platz.

»Was haben wir denn hier?« fragte Grant.

»Anscheinend irgendein Tagebuch«, antwortete einer der Techniker. »Wir haben es in der untersten Schreibtischschublade gefunden. Es sieht so aus, als sei es erst kürzlich dort hineingelegt worden. Jedenfalls ist es nicht von einer dicken Staubschicht bedeckt.«

Rena bemerkte die Trümmer der Schublade auf dem Boden. Sie spähte über Grants Schulter und sah das Tagebuch. Ein schwarzer Deckel, auf dem verschnörkelte weiße Buchstaben standen.

»Das ist doch keine zweihundert Jahre alt«, bemerkte Grant irritiert. »Sieht eher aus wie eines der Hefte, die ich in meiner Schulzeit hatte.«

»Das Buch enthält die Übersetzung eines zweihundert Jahre alten Tagebuches, Sir«, erklärte der Techniker. »Ein gewisser Striker, von dem wir nicht wissen, wer er ist oder war, hat die Übersetzung besorgt. Aus seinen Anmerkungen ist zu erfahren, daß er den Text 1943 ins Englische übertragen hat. Nach dem Zustand des Buchs zu urteilen, dürfte es in der Tat 1943 gewesen sein. Wir werden das natürlich genauer untersuchen, sobald wir wieder im Labor sind. Leider sieht es so aus, als habe jemand die letzten Seiten des Tagebuchs herausgerissen.«

»Haben Sie den Einband schon auf Fingerabdrücke untersucht?« wollte Grant wissen.
»Nein, dazu sind wir noch nicht gekommen.«
»Und was hat der Text mit den Weinbergmorden zu tun?«
Die Techniker sahen einander an, und dann entgegnete einer von ihnen: »Wenn die hier enthaltenen Ausführungen wahr und nicht erfunden sind, dann hat vor zweihundert Jahren ein Baron namens Gustave de Montret Menschen in den Weinbergen Frankreichs ermordet.«
Grant machte ein verwundertes Gesicht. »Auf welche Weise hat er sie ermordet?«
»Vielleicht lesen Sie das lieber selbst nach, Sir.«
Grant bemerkte die Aufregung in den Augen der Techniker. »Ja, das sollte ich wohl«, sagte er. Er trat an den Schreibtisch und nahm sich eine Pinzette, um damit umzublättern.
Rena stellte sich neben ihn und blickte auf die vergilbten Seiten. Der Übersetzer hatte den Text mit einem Füllfederhalter geschrieben. Seine Schrift war sauber und klar, so als habe er sich bei der Arbeit große Mühe gegeben:

18. September 1788

Ach, in was für undenkbaren Zeiten wir doch leben!
Der faulige Atem dieser nichtsnutzigen Bauernburschen, den sie uns in den Nacken pusten. Und diese Narren denken, sie seien immun. Sieh nur, wie sie in ihrem sabbernden, versoffenen Stumpfsinn rund um meinen Tisch schnarchen!
Ich muß feststellen, daß der Marquis Barolt, dessen Gesicht auf seinem Teller mit Lamm ruht, sich schon wieder in die Hose gepißt hat. Und dort ist auch der Edelmann Travert, der wie ein Keiler in der Brunst vor sich hin schnarcht. Ich frage mich, was aus seiner überdimensionierten weißgepuderten Perücke geworden ist, wie sie in diesem Jahr in Paris die neueste Modetorheit ist. Ha! Jetzt entdecke ich sie! Sie

schwimmt wie eine aufgedunsene tote Taube im Suppenkessel. Ist der Anblick dieser Perücke nicht ein Omen für das, was unweigerlich kommen wird? Können diese Tölpel nicht erkennen, daß man Louis vom Thron jagen wird? Sind sie denn mit Blindheit geschlagen? Ich wage im Augenblick nicht, auch nur daran zu denken. Und es ist zu spät, das Rad der Geschichte aufzuhalten. Was geschehen muß, wird geschehen. Wo steckt nun wieder Madame Barolt? Ach ja, dort ist sie. Die wunderschöne Marquise ist auf dem Herd in Ohnmacht gefallen. Ihr Kleid ist bis zum Bauch hochgeschoben, und ihre Beine sind gespreizt. Kotze tropft aus ihrem Mund auf meinen Marmorboden. Und dieser Idiot Baron Lalouch hockt auf ihr und bemüht sich verzweifelt, sein schlaffes, verdorrtes Glied in ihre haarige Spalte zu schieben. Nein, mein Freund, ich fürchte, du bist viel zu betrunken, um eine Dame beglücken zu können, nicht einmal eine besinnungslose Hündin wie die Marquise.

Und Lalouchs Weib? Höchstwahrscheinlich liegt sie irgendwo oben in einem meiner Schlafzimmer, zusammen mit dieser pathetischen Kreatur Comte Donatien Alphonse.

Ich höre hinter mir ein schrilles Kichern und drehe mich um. Es ist Donatien Alphonse, der betrunken an der Tür lehnt und sich vergeblich damit abstrampelt, seine Hose über die knochigen Knie zu ziehen.

Gott, wie er mich anwidert!

Die Perücke hängt ihm über einem Auge und entblößt einen großen Teil des Schädels, der über und über mit Zysten bedeckt ist. Außerdem hat er zuviel Puder aufgetragen, und wenn man hinzunimmt, wie übertrieben er sich die Lippen mit roter Farbe vollschmiert, dann wirkt er wie eine alte Hure. Der einzige Grund, warum ich Donatien überhaupt in meinem Haus dulde, liegt an der Art, wie er meine Gäste erheitert. Der teure Tropf bildet sich doch tatsächlich ein, ein

begnadeter Schriftsteller zu sein. Dabei sind seine durch die Bank unveröffentlichten Werke samt und sonders Schmutz und Dreck. Sein Verstand hat sich schon vor einiger Zeit im Absinth aufgelöst, dem er mit Haut und Haaren verfallen ist. Er verbringt sein Leben im Wechsel zwischen Zuchthaus und Irrenhaus, um für die abscheulichen Dinge zu büßen, die er Frauen angetan hat.
Was ist das? Der Comte winkt mir jetzt zu, ihm zu folgen. Was will dieser verblödete Narr denn? Er ist so besoffen, daß er die Hose nicht mehr über seinen runzligen Arsch gezogen bekommt.
Ich beobachte mit gelindem Amüsement, wie er versucht, den Keller zu erreichen. Wieder winkt er mir zu, mit ihm zu gehen.
Warum auch nicht? Vielleicht erwartet mich dort eine Abwechslung. Dieses Gelage hat sich in blanken Stumpfsinn verwandelt.
Ich folge Donatien die schlüpfrigen Steinstufen in meinen erlesenen Weinkeller hinunter. Woher weiß dieser Wurm davon? Hat er in meinem Château herumgestöbert, während ich auf Reisen war? Manchmal überstrapaziert der Kerl mein Wohlwollen!
Er stößt die dicke Eichentür zum Keller auf. Was sich meinen Augen dort bietet, versetzt mich in Furcht. Und gleichzeitig erfüllt es meinen Magen mit dem Ferment der Erregung. Yves, mein Stalljunge, liegt gebunden mit einem Hanfstrick und geknebelt auf dem Steinboden. Er ist nackt. Donatiens Samen rinnt aus dem Hintern des Jungen. Seine Augen sind angefüllt mit Schrecken, und seine Blicke flehen mich an, ihn zu retten.
Ich sehe mich nach dem Comte um. Er sitzt auf einem Weinfaß, und die Hose hängt ihm immer noch auf den Knien. Er trinkt aus einer Flasche seinen verderblichen Absinth.

Was für ein Monstrum Donatien doch ist! Er starrt mich an und grinst, zeigt mir dabei seine schwarzen Zahnstummmel. Er fordert mich auf, mich mit dem Knaben zu vergnügen. »Durchbohrt ihn!« sagt er. »Stecht ihn! Der kleine Spitzbube liebt das!«

Ja, du Kretin, ich weiß, was Yves liebt! Gott allein weiß, wie oft er mir schöne Augen gemacht hat, während er mein Pferd für den Morgenritt sattelte. Ich habe ihm stets widerstanden... bis jetzt.

Seine weiße Haut erregt mich über die Maßen.

Außerdem ist es die geeignete Jahreszeit: Die Reben stehen in voller Frucht, und ich höre sie flehen, daß ich ihn nehmen soll.

Ich entdeckte, daß Donatien mich beobachtet, um mitzubekommen, was ich tun werde. Ich wende mich an den Jungen mit den großen Augen.

Ja! sage ich mir. Ja! Es ist an der Zeit, mein Geheimnis mit jemandem zu teilen.

Ich gehe zu den Korbflaschen, in denen alter Pomerol reift, greife zwischen sie und hole mir den Hammer und den Nagel.

Der Comte sieht mich überrascht an.

Ich lache. Dies wird unser Geheimnis sein, erkläre ich dem betrunkenen Haufen verfallenden Fleisches.

Ich entkleide mich. Ich lache wieder und nähere mich Yves.

Die Augen des Knaben weiten sich vor Entsetzen.

Freude! Oh, Freude!

Ich nähere mich ihm von hinten und presse ihm mein Knie auf den Rücken, um ihn stillzuhalten. Sein Körper bebt, und ich höre sein vom Knebel verzerrtes Hilfeflehen.

Schweig, mein Junge! Gleich wird alles vorüber sein.

Ich hocke auf seinem Rücken, teile sein blondes Haar und lege den ungewaschenen Nacken frei. Ich schreie Donatien an, mir genau zuzusehen.

Dies soll von nun an unser kleines Geheimnis sein, Ihr Hunds-

fott. Ich habe mich so lange danach gesehnt, es mit jemandem teilen zu können ... und sei es auch mit einer Kreatur wie Euch. Erzählt es jemandem, und man wird Euch für noch geistesverwirrter halten, als es ohnehin schon der Fall ist.
Ich blicke durch das Fenster hinaus auf meinen Weinberg. Dies ist für Euch, meine wunderbaren Reben! Laßt die diesjährige Traubenernte die beste von allen werden! Ich singe Euch diese Worte mit allem Entzücken meiner Seele!

Eintrag fünfundsechzig im Tagebuch des Barons Gustave de Montret. Übersetzt von Wilbur Striker am 20. Januar 1943.
Die Gäste, die de Montret erwähnt, wurden mit Ausnahme von Comte Donatien Alphonse unter Robespierres Terrorherrschaft guillotiniert.
Über Donatien Alphonse habe ich herausgefunden, daß er 1814 im Irrenhaus von Charenton gestorben ist. Ich habe auch entdeckt, daß er einige seiner Werke veröffentlichen konnte. Wahrscheinlich wären sie längst in der Fülle der französischen Literatur untergegangen, wenn nicht Swinburne und Baudelaire der Ansicht gewesen wären, es handele sich bei ihm um einen Schriftsteller von einiger Bedeutung. Comte Donatien veröffentlichte seine Werke unter dem Pseudonym Marquis de Sade.

Wilbur Striker

»Mein Gott!« war alles, was Grant sagen konnte, als er von dem Buch aufsah.
Rena verschränkte die Arme um die Schultern und zitterte. Sie hatte das Gefühl, ein Frostwind wehe plötzlich durch die abgestandene feuchte Luft in der Winzerei. Diese Worte, die so sauber und ordentlich niedergeschrieben worden waren, kamen ihr vor, als stammten sie direkt aus den Katakomben der Hölle.
Grant starrte das dicke Tagebuch eine Weile an, dann hatte er sich wieder unter Kontrolle und fragte: »Haben Sie gezählt, wie viele Menschen dieser de Montret umgebracht hat?«
»Noch nicht«, antwortete der Techniker, »aber es müssen eine Menge sein.« Seine Stimme bebte immer noch von der Entdeckung dieses Textes.

»Sobald Sie das Tagebuch auf Fingerabdrücke hin untersucht haben, machen Sie zwei Kopien davon. Eine für mich und eine für Miß Halbrook. Wir warten solange.«
Als sie das Steinhaus verließen, sah Rena einen Techniker, der auf dem Boden kniete und einen Abdruck von einem Fuß machte, der sich tief in der Staubschicht abzeichnete. Der Fuß mußte einer Frau gehören.
Draußen im hellen Sonnenlicht zündete Grant sich eine Zigarette an und marschierte nervös auf und ab. »Das ergibt doch alles keinen Sinn«, sagte er. »Jedesmal, wenn wir glauben, wir wüßten jetzt, was hier eigentlich vor sich geht, müssen wir entdecken, daß wir nicht mehr als an der Oberfläche gekratzt haben.«
»Wir wissen doch noch gar nicht, ob das Tagebuch echt ist«, wandte Rena ein, obwohl sie in ihrem Innern davon überzeugt war.
»Nein, aber die Schrift ist eindeutig älter als Maura McKinney. Was treibt sie bloß? Will sie einem zweihundert Jahre alten Mörder nacheifern?«
Rena seufzte und ließ sich auf der Holzbank an der Außenwand der Winzerei nieder. »Warten wir erst mal ab, was in dem Buch steht.« Sie sank gegen die Steinmauer und rieb sich die Augen. Noch mehr Fragen, dachte sie. Hatte es wirklich vor zweihundert Jahren schon einen Serienmörder gegeben, der auf die gleiche Weise vorgegangen war? Und wer war Striker? Wem gehörte das Buch, Maura oder ihrem Vater Peter? Und dann wieder die alten Fragen. Wer war Onkel Wiggly? Bislang hatte das noch niemand herausgefunden. Grant und Pinky suchten nach der Antwort, konnten allerdings noch nichts vorweisen.
Zwanzig Minuten später kam ein Techniker mit zwei Kopien heraus. Er reichte eine Rena und die andere Grant.
Der FBI-Agent schüttelte den Kopf. »Aus irgendeinem uns

unbekannten Grund hält sie sich in dem Weinbaugebiet oben im Norden auf und sucht dort nach Opfern. Ich fliege nach Yakima, um die Untersuchungen vor Ort zu leiten. Wir können Ihnen einen Flug nach Los Angeles besorgen.«

»Nein, danke, ich schätze, ich bleibe lieber auf dem Weingut meines Vaters und lese das Tagebuch. Es wäre nett, wenn mich jemand ins Alexander Valley bringen könnte.«

Grant befahl einem seiner Männer, Rena dorthin zu fahren. Sie sagte ihm, sie würde sich bei ihm melden, sobald sie auf etwas Wichtiges gestoßen sei.

Als sie in den Wagen stieg, erschien Sheriff Swangel und parkte neben den anderen Streifenwagen. Er sah blaß aus und machte einen mitgenommenen Eindruck. Sie winkten sich zum Gruß zu.

Dann entdeckte Rena oben auf dem Hügel, von dem aus man die Straße überblicken konnte, einen Mann, der anscheinend alles verfolgte, was sich auf dem McKinney-Grundstück tat. Sie war sich nicht ganz sicher, weil der Mann hinter einem Baum stand, aber sie hätte schwören können, daß es sich bei ihm um Monica van der Slycks Sohn Otto handelte. Rena fragte sich, wie oft er wohl schon dort oben gestanden hatte, vor allem dann, wenn Maura hier war. Dieser eitle Affe mit den Froschaugen beunruhigte sie.

Auf der Heimfahrt blätterte sie durch den dicken Stapel der photokopierten Seiten. Der erste Eintrag stammte aus dem Jahr 1741, der letzte war im Jahr 1793 datiert. Sie lehnte sich zurück und atmete tief aus. Fünfzig Jahre Morden, Verstümmelung und Folter erwarteten sie in dem Buch.

Sie spürte, daß sie Hunger hatte. Am besten würde sie, sobald sie im Haus ihres Vaters war, etwas zu sich nehmen. Wenn sie gleich mit der Lektüre beginnen würde, dürfte ihr der Appetit gründlich vergehen.

Der Fahrer ließ sie an der Zufahrt zu dem schloßähnlichen

Gebäude aussteigen. Das Haus wirkte leer. Vermutlich war ihr Vater wieder in Los Angeles. Darüber war sie froh, denn sie mußte jetzt allein sein, um sich ungestört der Lektüre dieses unglaublichen Werks widmen zu können.
Sie schloß auf, ging gleich nach oben in ihr Zimmer, zog sich aus und schlüpfte in Jeans und Pullover, die sie in ihrer Reisetasche mitgebracht hatte. Nachdem sie sich frisch gemacht hatte, begab sie sich in die Küche, setzte Kaffee auf und sah im Kühlschrank nach, ob dort etwas Eßbares vorhanden war. Sie hatte Glück und fand kalten Braten, Joghurt und Salat. Die Haushälterin füllte wahrscheinlich regelmäßig die Vorräte auf, weil Simon nie vorher mitteilte, wann er zurückkehrte.
Sie nahm ein Sandwich mit Braten und einen Becher Joghurt zu sich. Dann goß sie sich eine große Tasse Kaffee ein, um der Müdigkeit vorzubeugen, die sie zu übermannen drohte.
Sie marschierte ins Arbeitszimmer, schaltete das Licht ein und setzte sich auf die Couch. Sie nahm sich das Buch vor, zog die Beine hoch und fing an zu lesen. Auf dem Couchtisch hielt sie einen Block und einen Stift bereit, um sich nötigenfalls Notizen zu machen.
Zwei Stunden später hatte sie die letzte Seite gelesen und legte sie zu den anderen auf ihrem Schoß. Sie fühlte sich ängstlich und verstört. Der Kaffee war unberührt geblieben und kalt geworden. Etliche Seiten des Blocks waren mit Gedanken und Anmerkungen vollgekritzelt.
Sie warf rasch einen Blick aus dem Fenster und stellte fest, daß die Nacht hereingebrochen war. Ein kaltes Gefühl schoß ihr Rückgrat hinab, und sie zuckte zusammen. Sie erhob sich und ging in die Küche, um ihre Tasse mit heißem Kaffee aufzufüllen.
Rena machte in jedem Zimmer, durch das sie kam, sofort das Licht an. Dunkelheit konnte sie jetzt wirklich nicht ertragen,

nicht nach dieser Lektüre und nicht in diesen Stunden, in denen sie ganz allein im Haus war.
Wo fange ich an? fragte sie sich, als sie mit der Tasse ins Arbeitszimmer zurückkehrte. Rena blickte auf ihre Notizen. Einfach unfaßbar. Alles in allem hatte de Montret dreiundsiebzig Menschen ermordet. Meist Bettler und Bauern, aber auch Prostituierte, wobei das Geschlecht für ihn keine Rolle spielte.
Dreiundsiebzig!
»Gott im Himmel!« rief sie.
Striker hatte nicht nur den Text übersetzt, sondern ihn auch in Einträge aufgeteilt.
Wer ist dieser Striker?
Gibt das Tagebuch die Wahrheit wieder, oder handelt es sich bei den Aufzeichnungen um die Phantasien eines kranken Gehirns?
Aber wessen Phantasien? Mauras? Nein! Grant hat gesagt, die Seiten seien vor Mauras Geburt geschrieben worden.
Dann vielleicht die Phantasien ihres Vaters Peter? Auszuschließen ist das nicht.
Rena las wieder den letzten Eintrag, und während sie das Unfaßbare noch einmal studierte, hatte sie das Gefühl, etwas Kaltes und Klammes habe sich in ihrem Nacken festgesetzt und arbeite sich langsam durch die Haut.

Kapitel 12

16. September 1793

Ich gehe jeden Abend ins Grand Théâtre, um Doretta Paoli singen zu hören. Wie wundervoll sie La Contessa d'Almaviva spielt. Ihre herrliche, volle Stimme erfüllt das ganze Auditorium mit gigantischer Kraft und gleichzeitig mit Feinheit.

Nicht ein einziges Mal schwankt ihre Stimme oder kann sie einen Ton nicht halten, was man leider von den meisten ihrer schrecklichen Sopranpartnerinnen ganz und gar nicht behaupten kann. Durch Doretta wird sogar diese nichtige Oper fast erträglich.

Was für eine Schmach für eine so göttliche Frau, dazu gezwungen zu werden, die barbarischen Lieder dieses verachtenswerten Emporkömmlings Mozart zu singen! »Die Hochzeit des Figaro« ist noch abscheulicher als Beaumarchais' unfaßbar grauenvolle Version des Stücks. Der einzige Grund, aus dem es momentan so en vogue ist, besteht in seinem rebellischen Thema. Das Komitee für öffentliche Sicherheit – verflucht soll es sein! – stürzt sich wie betrunken auf alles, was den Anschein erweckt, revolutionär zu sein.

Ach, wenn man zurückdenkt an die Tragödien von Racine und Corneille! So viel Ordnung und Einfühlungsvermögen beherrschte ihre Dramen. Was einem jedoch heutzutage als Theater vorgesetzt wird, gleicht schlicht und ergreifend Blasphemie.

Und doch komme ich jede Nacht. Wegen Doretta.

Was geschieht denn jetzt? Die Augen der Zuschauer wenden sich ab von der Bühne und hin zu der Loge. Wie können sie das inmitten der Arie Dorettas wagen!

Aha, sie tun es, weil dort jemand gekommen ist. Monsieur Robespierre höchstpersönlich, in Begleitung einiger seiner Mordbuben. Was will er hier? Warum ist er nicht in Paris und guillotiniert den Rest von Louis' Elite? Vielleicht lebt dort niemand mehr, den es noch hinzurichten lohne. Und deshalb sucht er jetzt die Provinzen nach Frischfleisch ab.

Ein großer Kummer überkommt mich unvermittelt, und ich stimme in Gedanken ein Lamento an. Wenn in Paris keine Monarchisten mehr übrig sind, dann bin ich wahrscheinlich allein.

Robespierre erkennt mich von seinem Platz aus. Ich nicke, täusche Respekt vor. Immerhin war er es, der mich in der Nacht aus dem Gefängnis geholt hat, die meine letzte vor der Hinrichtung sein sollte. Wenn ihn nicht ein so starkes Verlangen nach meinem ›Graves Superieures‹ gepackt hätte, den er für den besten in ganz Frankreich hält, wäre ich schon längst Futter für die räudigen Hunde geworden, die durch den Jardin du Luxembourg streifen.

Ich drehe mich wieder zu der wunderbaren Doretta um, schließe die Augen und lasse mich von ihrer unvergleichlichen Stimme verzaubern. Sie trägt mich davon in die Zeit, als ich noch jung und schön war, als die Weiber und die Knaben nach meinem wohlgestalteten Körper schmachteten, wenn ich an ihnen vorbeiritt. Aber ich habe keinen und keine von ihnen berührt, bis die Zeit gekommen war, das schwöre ich! Meine verführerischen Weinberge sind eine habsüchtige Bagage und können, wenn man sie verärgert hat, recht rachsüchtig sein.

Als dieser Hohn auf alle Opern endlich vorüber ist, applaudiere ich gemeinsam mit den anderen und kämpfe mich dann durch die Menge, die sich aus Gemeinen zusammensetzt, die jetzt in der Republik ›Bürger‹ heißen, zu Dorettas Garderobe durch. Mein Herz ist entflammt und rast! Sie hat auf meine Karte geantwortet, die ich ihr letzte Woche habe überbringen lassen, und sich einverstanden erklärt, mich nach ihrem Auftritt zum Dinieren in mein Schloß zu begleiten.

Ich gehe nun langsam und stütze mich auf meinen Stock. Die Revolution hat von meiner Gesundheit einen hohen Preis gefordert.

Als ich vor ihrer Garderobe stehe und dann eintrete, erblicke ich dort Robespierre, der ihr seine Glückwünsche überbringt. Haß durchtost mich. Was hat dieser Verderber und Mörder an alten Männern, Frauen und Kindern mit dieser wunder-

schönen Frau vor? Wie kann ein Tier wie er die göttliche Gabe ihrer goldenen Kehle erfassen?
Man sehe sich nur diesen Auswurf von einem Mann an! Er ist klein wie ein Wiesel, und wenn er spricht, hört man die piepsige Stimme eines Mädchens! Und doch ist er der mächtigste Mann in ganz Frankreich. Vom Volk dazu bestimmt. Allmächtiger, in was für wahnwitzigen Zeiten leben wir!
Maximilien Robespierre wendet den Blick von der anbetungswürdigen Doretta ab und sieht mich an. Er scheint sich gestört zu fühlen, was bei ihm in einem Schmollen auf dem gelben, hageren Gesicht zum Ausdruck kommt. Sein Gesicht ist wie eine Maske des Todes... niemand, nicht einmal seine jakobinischen Freunde streiten das ab. Seine Augen sind tief in den Höhlen versunken, wirken wie schwarze Löcher. Und ganze Büschel seines flammendroten Haars, dessen Strähnen sich wie sich windende Schlangen in alle Richtungen ausstrecken, liegen auf seinem Kragen.
Ja, er ist der Tod, und ich muß vor ihm kriechen und seine Hand lecken, wenn ich überleben will.
»Monsieur Robespierre«, sage ich und verbeuge mich vor ihm so tief, wie ich es sonst nur für diesen einen Kopf kürzer gemachten Trottel Louis getan habe.
Er tadelt mich leicht dafür, daß die Kisten mit dem Medoc, die ich ihm versprochen habe, noch nicht in seinem Hause angelangt sind.
Ich gebe mich zerknirscht, entschuldige mich etliche Male und mache mich für diesen Hund zum Narren. Aus dem Augenwinkel bemerke ich, daß Doretta meinen Auftritt mit Amüsement verfolgt.
Robespierre teilt mir mit, daß er hierhergekommen sei, um an einer Sitzung teilzunehmen, und daß er morgen nach Paris zurückreise. Ob ich bis dann die Kisten bereit hätte.
»Aber, Monsieur Deputierter, das ist zu früh! Viel zu früh!«

entgegne ich und verbeuge mich noch einmal. »Einen Wein von dieser Qualität und Traube zu bewegen, bevor er in Ruhe reif und alt geworden ist, bewirkt nur, daß er sich in Essig verwandelt. Ihr werdet Eure Ladung in nicht allzu langer Zeit erhalten, das verspreche ich Euch.«

Nachdem er die Garderobe verlassen hat, bricht Doretta, die Entzückende, in schallendes Gelächter aus, in das ich gern einfalle. Wir lachen und halten einander fest, bis die Tränen in unseren Augen brennen.

Wie gut es ist, wieder in den Armen einer jungen Frau zu liegen! Ihre fleckenlose Haut ist weich und rund. Das Alter ist mir nicht besonders bekommen, und es fällt mir immer schwerer, eine junge Hübsche zu gewinnen.

Sie verläßt mit mir das Theater.

Während meine Kutsche uns durch die Stadt fährt, schaue ich aus dem Fenster und sehe mir an, welche Auswirkungen die Revolution auf die Massen hat. Verlauste Bettler strekken immer noch ihre grindigen Hände aus, um von mir ein paar Sous zu erhalten. Die toten, verfaulenden Körper der Armen liegen immer noch in den Straßen und warten darauf, bis die Stadt sich endlich in der Lage sieht, sie zu beerdigen.

Welchen Wandel hast du bewirkt, mein teurer Bürger Robespierre? Zu welchem Zweck hast du so viele unter die Guillotine geschickt? Seuchen, Armut und Tod... sie sind immer noch in überreicher Fülle vorhanden. Das Fallbeil für deinen Hals ist schon geschärft, Monsieur Maximilien, das kann ich dir versprechen!

Als wir in meinem Château angelangt sind, erkläre ich Doretta, warum hier nur so wenige Möbel stehen. Ich erzähle ihr, daß die nichtsnutzigen Bauern, die früher für mich gearbeitet haben, mein Heim plünderten, während ich in dem ungezieferverseuchten, feuchtkalten Gefängnis in Ketten lag

und auf meinen Tod wartete. Doretta schüttelt ungläubig den Kopf und legt ihre Arme um meinen Rücken.
In mir wächst die Lust, bei ihr das gleiche zu tun, doch ich höre schon die hungrigen Schreie meiner Weinberge, die mich davor warnen. Bedauernd schiebe ich Doretta fort und biete ihr ein Glas Pomerol an. Sie lehnt ab, es könnte ihrer Stimme schaden.
»So nehmt doch«, fordere ich sie auf. »Immerhin bin ich der größte Winzer in ganz Frankreich. Dieser edle Tropfen wird wie Honig Euren Hals hinunterlaufen, meine Süße.«
Sie ergibt sich und nimmt das Glas aus meiner Hand.
Ich warte geduldig, bis das Linderungsmittel ihren Körper durchwandert hat. Das wird nicht lange dauern. Sie ist klein und zart. Nach wenigen Minuten sackt sie in ihrem Sessel zusammen.
Tränen steigen mir in die Augen. Vor all diesen wunderbaren Seelen, die meine Weinberge gefüttert haben, bedaure ich Doretta am meisten. Nicht mein Geld hat sie dazu bewegt, mit mir zu kommen. Sie mag mich um meiner selbst willen.
Ich höre das Wehen des Windes. Er trägt die Stimmen der Weinberge an mein Ohr. Wieder warnen sie mich vor meinen Gedanken.
»O meine Teuerste, meine Wunderbarste! Du bist eine Kostbarkeit! Ein wirklicher Schatz, der bald nicht mehr ist!«
Die Weinberge haben Hunger. Ich höre, wie sie nach Nahrung brüllen.
Sie müssen gefüttert werden.
Ich halte Dorettas leblosen Kopf in meinen Armen und schluchze. Nie wieder werde ich ihre unvergleichliche Stimme hören!
Der Wind bläst heftiger über mein Land und reißt die Tü-

ren auf, die zur Veranda führen. Meine geliebten Reben sind außer sich, und ihre drohenden Stimmen schmerzen mir in den Ohren.
Ich habe sie nie zuvor so wütend erlebt. Erschrocken ziehe ich Doretta rasch aus und trage ihren Leib hinaus in den Weinberg. Der Wind ist nun zu einem Sturm angeschwollen. Die Zweige peitschen mich aus, und die Blätter wollen mich verschlingen.
»Gebt Ruhe, meine Lieben, bald schon erhaltet Ihr Speisung!« rufe ich ihnen entgegen.
Der Wind wird noch machtvoller. Die Reben sind wie rasend. Sie riechen bereits das Blut. Ich blicke auf die bemitleidenswerten Eierstöcke, die schlaff von den verhungernden Körpern hängen. Wie geschrumpft und vertrocknet sie sind. So ergeht es ihnen schon seit zwei Ernten, weil eine große Dürre über das Land gekommen ist. Der Grund, warum Robespierre seinen Medoc noch nicht erhalten hat, liegt darin, daß meine Weinberge ihn mir nicht mehr schenken können.
»Seht! Seht nur, was ich Euch mitgebracht habe! Seht doch!« rufe ich und hoffe, daß sie mir vergeben werden.
Als ich hinabblicke auf Dorettas weiche, runde Arme, werde ich rasch erregt. Ich reiße mir das letzte Hemd vom Körper. Ihre Brüste liegen so klein in meiner Hand. Dann will ich ihren Hügel besteigen, muß aber feststellen, daß etwas nicht stimmt. Ich sehe in der Dunkelheit auf ihren Unterleib und begreife.
Doretta ist ein Kastrat! Doretta ist ein Mann! Vor langer Zeit hat man ihm seine Früchte entfernt, damit er eine so wunderbare Stimme erlangen kann.
Nein! Nein! Und nochmals nein!
Meine rasenden Reben greifen mit ihren grünen Armen nach mir.
Das habe ich nicht gewußt, meine Erlesenen! Ich schwöre Euch, das habe ich nicht gewußt! Verzeiht mir!

Aber das werden sie mir nie verzeihen! Niemals! Allmächtiger Gott, ich bin verloren!

Eintrag einhundertfünfundzwanzig im Tagebuch des Barons Gustave de Montret. Ich habe über Doretta Paoli recherchiert und herausgefunden, daß sie wirklich gelebt hat und in Wahrheit ein Mann war. Doretta Paoli war der Künstlername von Gaetano Vicci, der als Frau verkleidet in der zweiten Hälfte des achtzehnten Jahrhunderts eine Tournee durch Europa machte und es als Sopranistin zu großem Ruhm brachte. Anscheinend hat damals eine große Nachfrage nach kastrierten männlichen Sängern bestanden. Gemäß den Unterlagen aus jener Zeit ist Vicci/Paoli nach einem Auftritt in Mozarts *Die Hochzeit des Figaro* im Grand Théâtre zu Bordeaux spurlos verschwunden. Man hat nie wieder etwas von ihm oder ihr gehört. Nur noch ein Eintrag ist von diesem Tagebuch der Verdammung zu übersetzen. Und dieser ist der widerlichste von allen. Dann, dem Himmel sei Dank, bin ich damit für immer und ewig fertig!

Übersetzt von Wilbur Striker am 29. März 1943.
WILBUR STRIKER

Rena warf den Text auf den Couchtisch, so als würde sie augenblicklich von seinem Wahnsinn befallen, wenn sie das Buch nur eine Sekunde länger in der Hand halten würde. Grant hat recht gehabt, dachte sie. *Jedesmal, wenn wir glauben, wir hätten die Oberfläche durchstoßen, entdecken wir darunter eine neue Schicht.*

Der Baron hatte anscheinend einen Hang zum Psychopathen gehabt. Er hatte sich eingebildet, seine Reben seien lebendig. Er hatte sie sogar mit sexuellen Attributen versehen. Dieser psychologische Hintergrund beschäftigte Rena viel stärker als die Morde des Barons.

Sie nahm den Block vom Tisch und studierte ihre Anmerkungen. De Montret hatte häufig für die Trauben, die an den Rebstängen hingen, den Ausdruck »Eierstöcke« gewählt. Auch redete er im Zusammenhang mit seinen Weinbergen gern von »geschwollen«. Damit meinte er wohl schwanger,

sagte sie sich. *Aber wer hat sie geschwängert? Etwa er selbst?* Sie war versucht zu glauben, daß er sich tatsächlich für einen solchen Befruchter gehalten hatte.
Im Eintrag dreiundvierzig, in dem er eine Claudine opfert, hatte er den Satz gebraucht:

Meine Finger streicheln ihren Hals und verharren kurz auf dem Puls unter ihrer Haut. Sein melodisches Pochen erregt mich und meine Härte.

Das verwirrte Rena.
Sie hatte eine Liste der dreiundsiebzig Opfer angelegt. Siebenundvierzig waren Männer, sechsundzwanzig Frauen gewesen.
Doch de Montrets wahre Geliebte waren die Weinberge. Er beschützte und ernährte sie. Er trieb es zwischen den Rebenstämmen mit seinen toten Opfern, aber es hatte den Anschein, als habe er in Wahrheit Sex mit den Weinbergen. Die Reben selbst verlangten wie eine verwöhnte Geliebte und mit der Selbstherrlichkeit einer Königin immer mehr von de Montret. Sie konnten sehr eifersüchtig und nachtragend sein, wenn sie sich verletzt fühlten.
Die Morde waren stets im Monat September begangen worden. Genau wie heute bei den drei Opfern Mauras. Rena wußte, daß im September in Frankreich die Weinlese durchgeführt wurde. Warum gerade zur Lese die Morde? Rena hatte das Gefühl, eine Art Ritual liege den Morden zugrunde, so als würden sie irgend jemandem oder irgendeiner Sache geopfert. Das Ganze roch nach uralten heidnischen Bräuchen. Sie nahm sich vor, in dieser Richtung so bald wie möglich Forschungen anzustellen.
Was stand im letzten Eintrag, den Striker als den widerlichsten von allen beschrieben hatte? Die FBI-Männer

hatten gesagt, die letzten Seiten seien herausgerissen worden.
Was war nach 1793 aus dem Baron geworden? Er war doch wohl nicht etwa von seinen Weinbergen getötet worden, oder?
Hatte der Mann wirklich existiert?
Renas Lider wurden schwer. Sie brauchte dringend Schlaf. Als sie die Mahagonistufen zu ihrem Zimmer hinaufstieg, kam ihr die Idee, daß Peter McKinney in dieser Sache eine wichtige Rolle gespielt haben könnte.
Aber welche?
Sie versuchte einzuschlafen, doch es war ihr nicht möglich. Jedesmal, wenn sie die Augen schloß und hinabdriftete in den Zustand zwischen Schlaf und Wachsein, sah sie vor sich de Montret, wie er nackt über ihrem Bett stand. Seine knotigen Hände mit den langen, blutgeröteten Fingernägeln schlossen sich um ihren Hals. Rena fuhr dann erschrocken hoch und rang um Atem.
Schließlich schaltete sie die Nachttischlampe ein und rieb sich die Augen. An Schlaf war nicht mehr zu denken, zumindest nicht jetzt.
Wie zum Henker ist es bloß dazu gekommen, Maura? fragte sie sich.
Sie stieg aus dem Bett, trat an das Fenster und zog die Vorhänge zurück. Draußen endlose Schwärze. Selbst die Heuschrecken und der Wind waren in dieser Nacht ungewöhnlich leise.
Sie kehrte ins Bett zurück und fing an, in Saul Bellows neuem Roman zu lesen, den sie in die Reisetasche gepackt hatte. Doch sie konnte sich nicht darauf konzentrieren und kam nicht über den ersten Absatz hinaus. Immer wieder schlichen sich Bilder von einer verletzten, einsamen und verängstigten Maura in ihr Bewußtsein. Und schließlich kehrte die Erinne-

rung an die bizarre Zeit, als sie gemeinsam in Griechenland gewesen waren, in ihre Gedanken zurück. Diesmal waren es jedoch keine Gedächtnisbilder von Athen, sondern von einem eigenartigen Vorfall auf der Insel Paros.

Um sieben Uhr morgens verließen Rena und Maura mit einer Fähre den Athener Hafen Piräus. Sie waren unterwegs zu den Kykladen, und erste Zwischenstation sollte die Insel Paros sein. Sie wollten einige Tage dort verbringen und hauptsächlich am Strand liegen und die Höhlen erforschen.

Die Decks der Fähre waren überfüllt. Studenten aus allen Ländern Europas drängten sich hier zusammen. Doch die beiden jungen Frauen waren viel zu aufgeregt, um sich von diesem Mangel an Komfort die gute Laune verderben zu lassen. Sie hatten sich diese Reise seit ihrem ersten Jahr auf dem College vorgenommen, und jetzt war es tatsächlich soweit!

Einige Stunden später setzte das Schiff sie an der sonnenverwöhnten Insel mitten in der Ägäis ab. Schwarzgekleidete Frauen standen am Pier und riefen: »Spiti-Spiti!« Sie luden die aussteigenden Touristen ein, für ein paar Drachmen in ihren Häusern über Nacht zu bleiben.

Rena und Maura sprangen von der Planke auf den Pier und suchten in dem Berg von Rucksäcken und Reisetaschen nach ihrem Gepäck.

»Missy, kommen her«, forderte eine der schwarzgekleideten Frauen sie auf und winkte sie mit beiden Händen heran.

Rena und Maura nahmen ihr Gepäck auf und gingen zu ihr.

»Brauchen Zimmer? Mein Zimmer sehr schön... sehr sauber«, erklärte die alte Frau. Sie starrte Maura an und streckte dann eine Hand aus, um ihr hellblondes Haar zu berühren. Maura zuckte zurück.

»Wunderschön«, sagte sie voller Ehrfurcht. »Dein Haar sein wie das von Aphrodite.«

»Wieviel?« fragte Maura.

»Für dich sieben Drachmen die Nacht.« Die Augen der Alten waren vom grauen Star umwölkt. Sie starrte immer noch Maura an.

»Fünf«, entgegnete Maura und streckte genauso viele Finger hoch.

»Sechs«, forderte die Frau wie aus der Pistole geschossen.

»Gibt es fließendes warmes Wasser?« erkundigte sich Maura.

Die Schwarzgekleidete zuckte die Achseln und breitete die Arme aus. »Wozu das brauchen? Sonne bescheinen dich den ganzen Tag... machen dich fühlen ganz heiß. Kaltes Wasser machen dich dann fühlen wieder gut.«

Maura drehte sich zu Rena um, um zu hören, was sie davon hielt.

Rena stöhnte und verdrehte die Augen. »Sag ihr, es ist okay, ja? Eine Bank im Central Park kostet mehr als sechs Drachmen für eine Nacht.«

Maura nickte der Alten zu.

Die Frau griff Mauras Reisetasche und sagte: »Kommen mit, Aphrodite.«

Sie verließen den kleinen Hafen und folgten der Alten die Hauptstraße von Paros hinunter. Sie hielten vor einem Esel an, der unweit des Piers an einen Pfahl angebunden war. Die Frau legte dem Tier die Taschen auf den Rücken. »Wollen reiten, meine Göttin?« fragte sie Maura. Bis jetzt hatte sie von Rena noch keine Notiz genommen.

»Nein, danke«, antwortete Maura und schüttelte sich bei der Vorstellung.

Die Schwarzgekleidete starrte Maura kurz an. Wieder zeigte

sich Verwunderung auf ihrem Gesicht. Dann schlug sie dem Esel mit einem Stock auf die Hinterläufe, um ihn zum Loslaufen zu bewegen. Vielleicht lag es nur an dem grauen Star, aber der eigenartige Ausdruck in der Miene der Frau, wenn sie Maura ansah, rief in Rena den Eindruck hervor, sie könne Menschen direkt in die Seele blicken.

Das Haus der Frau, frisch geweißt und funkelnd im Sonnenlicht, ragte wie ein Wächter über der Bucht von Naoussa hervor.

Sie bekamen ein kleines, aber sauberes Zimmer, von dem aus sie einen guten Ausblick auf den Strand hatten.

»Komm, laß uns gleich schwimmen gehen!« rief Rena und kramte in ihrer Tasche nach dem Badeanzug.

»Vielleicht morgen. Ich möchte mich erst etwas ausruhen... und etwas lesen.« Maura beugte sich über ihre Tasche und packte ihre Sachen sorgfältig in die Kommodenschublade.

»Nichts da!« entgegnete Rena. »Du kommst jetzt hübsch mit. Lesen kannst du auch am Strand.«

Nach einem Moment des Schweigens nickte Maura und sagte leise: »Also gut.« Sie holte ihren schwarzen Badeanzug heraus und marschierte damit ins Badezimmer auf dem Gang.

Als sie zurückkehrte, riß Rena Mund und Augen auf.

»Großer Gott!« entfuhr es ihr. »Ich bin noch nie so neidisch gewesen!« Maura wirkte atemberaubend, wie sie da in der Tür stand. Ihre makellosen langen Beine, die endlos aufzuragen schienen, bis sie den Rest des Körpers erreichten, die bis auf ein paar rote Flecken fast transparente weiße Haut und die aufrecht stehenden Brüste, die sich gegen das Latexmaterial ihres Einteilers drückten.

»Gehen wir nun oder nicht?« fragte sie etwas verlegen.

Ein steiler Pfad führte vom Haus zum Strand hinunter. Rena kam ohne größere Mühe voran, mußte unten jedoch auf ihre Freundin warten, die fast zögerlich einen Fuß vor den anderen setzte und sich den Bauch hielt. Ihr Gesicht war vor Schmerzen verzerrt.

»Ist mit dir alles in Ordnung?« erkundigte sich Rena besorgt.

»Mir geht es gut«, antwortete Maura und hielt sich an den Büschen fest, die auf beiden Seiten des Weges standen. Als ihre Füße den Sand erreichten, bemerkte sie Renas Sorge und lächelte. »He, beruhig dich, ja? Es ist nur der Fluch der Frauen. Und ich bekomme es immer schlimmer als meine Geschlechtsgenossinnen.«

Sie fanden eine einsame Stelle nahe an der weinfarbenen See und breiteten dort ihre Decken aus. Maura rieb sich dick mit einer starken Sonnenschutzcreme ein. Den Rest des Nachmittags dösten die beiden jungen Frauen vor sich hin oder lasen. Rena ging einige Male kurz ins Wasser, um sich abzukühlen, aber Maura blieb an Land und erklärte, sie habe einfach keine Lust, zu schwimmen.

Als die Sonne über der Ägäis unterging und ein strahlendes Feuer auf den Himmel zauberte, packten sie widerstrebend ihre Sachen zusammen und machten sich auf den Rückweg. Rena blieb jetzt neben ihrer Freundin und half ihr hinauf. Wieder war Mauras Gesicht schmerzverzerrt, aber sie beschwerte sich kein einziges Mal.

Am Abend zog sich Rena ihre weißen Shorts und ein Oberteil an, während Maura sich für ein lavendelfarbenes Strandkleid entschied, das hervorragend zu ihren dunkelgrünen Augen paßte.

»Wie geht es dir jetzt?« fragte Rena. »Bist du in der Stimmung, noch etwas zu unternehmen?« Maura schnallte ihre Sandalen zu.

»Mir geht es besser.« Maura bürstete ihr langes Haar aus. »Die Schmerzen kommen und gehen. Ich habe eben eine Midol eingenommen.«

Mittlerweile verspürten sie großen Hunger, und der wunder-

bare Duft, der aus der Küche ihrer Vermieterin drang, verstärkte ihren Appetit.
»Wohin gehen?« fragte die Alte, als Maura und Rena auf dem Weg zur Haustür an der Küche vorbeikamen.
»Zum Abendessen in eine Taverna. Können Sie uns eine empfehlen?« sagte Maura.
»Ja, direkt hier. Hinsetzen«, erklärte die Frau und zeigte auf den Tisch.
»Nein, das geht doch nicht...« begann Rena.
»Sitzen! Sitzen!« drängte die Schwarzgekleidete und zog die Stühle unter dem Tisch hervor.
Rena blickte kurz auf und entdeckte einen sehr gutaussehenden jungen Mann von etwa fünfundzwanzig Jahren mit schwarzem lockigem Haar und nußbraunen Augen. Er stand in der Tür, trug ein weißes, ärmelloses griechisches Fischerhemd und Gummistiefel und starrte Maura an.
»Mein Sohn... Nikos«, stellte die Frau vor.
Der junge Mann grinste freundlich und nickte, doch sein Blick wich keine Sekunde von Maura.
»Viel Essen. Bitte bleiben«, drängte die Frau.
Maura und Rena taten ihr den Gefallen und blieben.
Die Schwarzgekleidete war eine ausgezeichnete Köchin. Sie brachte einen dicken Fischeintopf mit einem kräftigen Schuß Wein. Als Rena fragte, was das für eine Speise sei, konnte die Alte nur »Soupia« und »Oktapodi« antworten. Wie immer das Essen auch heißen mochte, es schmeckte köstlich. Erst am nächsten Tag fand Rena heraus, daß sie frisch gefangenen Tintenfisch zu sich genommen hatten.
Zum Essen wurde ein süßer dunkler Wein gereicht, der auf Paros gemacht wurde. Sein Geschmack war etwas streng, und so blieben die beiden jungen Frauen lieber bei Tafelwasser.
Während der Mahlzeit schwieg Nikos, doch jedesmal, wenn er von seinem Teller aufsah, fand sein Blick sofort Maura.

Beim Nachtisch, eine Art Joghurt, der mit Honig verrührt war, erzählte Rena der Wirtin und ihrem Sohn, daß sie und Maura morgen die Höhlen von Anti-Paros besuchen wollten. Nikos' Augen leuchteten auf. »Ich führe Sie«, erklärte er in fast akzentfreiem Englisch.

Rena und Maura sahen ihn überrascht an. Nikos hatte zum ersten Mal gesprochen, und sie hätte nicht erwartet, daß er sich in ihrer Sprache auskannte.

»Mein Sohn sein gut mit Boot. Er Sie bringen zu andere Insel«, sagte die Mutter stolz.

Am nächsten Tag segelten Rena und Maura in Nikos' Fischerboot zur vorgelagerten Insel Anti-Paros. Sobald sie auf dem Meer waren, weit genug fort von der Mutter, wurde Nikos zunehmend redseliger. Er erzählte von der Schönheit seiner Heimatinsel und von seinen Plänen, eines Tages eine kleine Flotte von Fischerbooten zu besitzen.

Und wenn er redete, sah er nur Maura an.

Rena lächelte, während sie verfolgte, wie der junge Mann nach der Art seines Volkes ihre Freundin umwarb. Maura schenkte ihm ihre Aufmerksamkeit, verhielt sich ansonsten aber distanziert.

Als sie die Insel erreichten, mieteten sie Muli, um auf ihnen zu den Höhlen zu reiten. Nikos war ein perfekter Führer. Er war witzig und konnte viel über Land und Leute berichten. Und er wußte genau, wo die schönsten Stalaktiten zu finden waren. Am Abend nahm er die beiden jungen Frauen mit ins Dorf Naoussa und führte sie in seine Lieblingskneipe. Der Wirt der überfüllten Taverna begrüßte Nikos mit einer kräftigen Umarmung und wies ihnen den Tisch neben den Musikanten zu. Während der ganzen Nacht sangen und tanzten die drei. Rena hatte ihre Freundin seit Jahren nicht mehr so fröhlich gesehen.

Erste Spuren von Grau zeigten sich bereits am schwarzen

Himmel, als die drei sich auf den Heimweg machten. Sie fühlten sich vom reichlich genossenen Metaxa und Ouzo beschwingt. Nikos und Maura blieben ein paar Schritte hinter Rena zurück und unterhielten sich leise.
Rena ging gleich ins Haus, weil sie glaubte, die beiden wollten lieber allein sein. Als sie die Tür schloß, sah sie, wie Nikos Mauras Gesicht in beide Hände nahm, um sie auf die Lippen zu küssen.
Das tut ihr mal gut, dachte Rena. Sie hat viel zu lange um Martin getrauert.
Sie ging in ihr Zimmer und fing an, sich auszuziehen. Als sie endlich unter die Decke glitt, hörte sie von draußen einen durchdringenden Schrei.
Das ist Maura! schoß es ihr sofort durch den Kopf.
Sie sprang aus dem Bett und rannte hinaus auf die Straße. Die Alte war direkt hinter ihr.
Beide blieben abrupt stehen, als sie den Blumengarten mit seinen überhängenden, vielfarbigen Bougainvilleen erreichten. Nikos lag dort im Gras. Eine tiefe Schnittwunde zeigte sich auf seiner Wange. Blut tropfte von seinem Gesicht auf das weiße Hemd. Maura stand über ihm und hielt eine metallene Nagelfeile in der Hand. Ihr sonst so wunderschönes Gesicht war nun eine Fratze der Wut.
»Ich bring dich um!« schrie sie und starrte ihn mit funkelnden Augen an.
Nikos sah zu ihr hoch und machte eine Miene, als könne er das alles noch nicht fassen.
»Maura!« rief Rena schockiert.
»Ich bring dich um! Ich töte dich, wenn du es noch einmal wagst, mich zu berühren, du Schwein!« Weißer Schaum bildete sich in ihren Mundwinkeln, und Speichel rann ihr Kinn hinunter. Ihr Gesicht war flammend rot, und die Adern auf der Stirn traten hervor.

»Nikos! Nikos!« rief die Alte, fiel neben ihrem Sohn auf die Knie und hielt seinen blutenden Kopf in ihren Händen. Sie drehte sich mit wilden Augen zu Maura um. »Warum du das tun?« heulte sie.
Der Haß, der eben noch Mauras ganzen Körper hatte erbeben lassen, verebbte. Der Blick aus ihren Augen wurde weicher. Sie schaute die Mutter an, öffnete den Mund und wollte etwas sagen, aber kein Laut kam über ihre Lippen.
»Hure!« schrie die Alte sie an und spuckte dann vor ihr aus. »Er guter Junge! Er dich mögen! Warum du das tun?«
»Ich... es tut mir leid... Ich...« Sie schüttelte den Kopf. Tränen quollen aus ihren Augen.
»Du sein böse! Du sein Kind des Hermes!«
Bei dieser Beschuldigung fuhr Maura zurück, als sei sie gegen ein Hindernis geprallt.
»Du denken, ich nicht wissen, was? Aber ich wissen! Ich sofort erkennen!« schimpfte die Frau. Dann stand sie auf und zeigte mit einem Finger auf Maura.
Maura riß die Hände vor das Gesicht und rannte ins Haus.
»Ich wissen, wer du bist!« rief die Mutter ihr nach.
Wieder hatte Rena das Gefühl, die alte Frau könne Maura bis auf den Grund ihrer Seele blicken. Rena lief ebenfalls ins Haus, um nach ihrer Freundin zu sehen.
Maura war in ihrem Zimmer und warf ihre Sachen in die Reisetasche. Beiden jungen Frauen war klar, daß sie hier nicht länger bleiben konnten.
Sie fanden im Zentrum des Ortes ein Hotel, das noch ein Zimmer hatte. Es besaß längst nicht den Charme des Hauses der schwarzgekleideten Frau, aber es war das einzige freie Zimmer auf der ganzen Insel.
Während sie auspackten, war Maura düster und still. Sie weigerte sich, über das Vorgefallene zu reden.
Beide waren nach der durchzechten Nacht ziemlich erledigt,

und doch fanden sie keinen Schlaf. Sie spazierten zum Hafen und entdeckten eine Taverna, die bereits geöffnet hatte. Sie setzten sich draußen an einen Tisch und bestellten türkischen Mokka und Kuchen.
Das Schweigen zwischen ihnen wurde unerträglich. Sie rührten in ihren Tassen herum und sprachen kein Wort. Schließlich hielt Rena es nicht länger aus und fragte: »Warum?«
»Warum was?« gab Maura gereizt zurück.
»Was ist zwischen euch geschehen?«
»Nichts!« schnappte sie barsch.
»Maura, ich bin deine Freundin.« Rena streckte eine Hand aus, um Maura zu berühren, doch diese fuhr rasch davor zurück.
Mauras Mund zitterte, dann sagte sie mit tränenerfüllter Stimme: »Er hat versucht, mich zu berühren.«
»Wo? Hier?« Rena legte eine Hand auf ihre Brüste.
»Nein. Hier!« zischte Maura und zeigte auf ihren Unterleib. Die Erinnerung brachte die Wut in ihre Augen zurück.
»Hat er dir Gewalt angetan?«
»Was meinst du damit?«
»Hat er dich gegen deinen Willen festgehalten? Hattest du den Eindruck, er wolle dich vergewaltigen?«
Maura schüttelte den Kopf. »Nein. Aber das gibt ihm noch lange nicht das Recht, mich dort anzufassen.«
»Da stimme ich dir zu«, sagte Rena, »aber ich hatte den Eindruck, daß er dir durchaus gefallen hat.«
»Na und?« empörte sich Maura. »Muß ich deswegen gleich mit ihm ins Bett springen?«
»Natürlich nicht. Aber wenn er dich nicht vergewaltigen wollte, meinst du dann nicht, daß es etwas übertrieben war, ihn gleich mit der Nagelfeile ins Gesicht zu stechen?« fragte Rena weniger vorwurfsvoll als vielmehr verwundert.
»Es tut mir leid, daß das passiert ist, aber er hatte kein Recht,

so etwas bei mir zu versuchen. Könnten wir jetzt vielleicht das Thema wechseln!« Der letzte Satz hatte etwas Endgültiges an sich. Sie trank ihren Mokka und mied Renas verwirrten, fragenden Blick.
»Was hat seine Mutter damit gemeint, als sie sagte, du seist ein Kind des Hermes?« wollte Rena wissen, um die Sache nicht ganz auf sich beruhen zu lassen.
Maura gab keine Antwort.
»Hermes ist doch ein griechischer Gott, oder?«
»Woher soll ich das denn wissen?«
»Ich denke, so etwas weißt du sehr gut. Du hast immerhin antike Geschichte studiert.«
Maura drehte Rena den Rücken zu und starrte hinaus auf das Meer.
»Maura, sicher ist dir das, was jetzt kommt, nicht recht, aber ich muß es dir einfach sagen: Martin ist tot! Und du bist noch jung. Es sollte andere Männer in deinem Leben geben...«
»Wie kannst du es wagen?« Mauras Gesicht verwandelte sich wieder in die Fratze des Zorns. »Du hast doch überhaupt keine Ahnung von Martin!« Sie erhob sich rasch, lief über die Hauptstraße davon und verschwand in einer der zahlreichen gewundenen Gassen auf Paros.
Rena lehnte sich zurück, trank ihren Mokka und betrachtete den Sonnenaufgang. Sie würde Maura etwas Zeit lassen, sich zu beruhigen, und dann noch einmal versuchen, mit ihr zu reden.
Als sie einige Stunden später ins Hotel zurückkehrte, war das Zimmer leer. Maura hatte ihre Sachen gepackt und war verschwunden.
Das war das letzte Mal, daß sie sich gesehen hatten.

Die Erinnerungen an die Zeit in der Ägäis brachten Rena den lang ersehnten Schlaf. Ihr letzter Gedanke, bevor sie einschlief, drehte sich um die rätselhafte Bemerkung der alten Frau. Was um alles in der Welt hatte sie damit gemeint, als sie Maura ein Kind des Hermes genannt hatte?

Kapitel 13

Rena stand früh am nächsten Morgen auf. Sie wollte ein Treffen mit Dr. Frawley vereinbaren, um mit ihm über Maura zu sprechen. Er war der Hausarzt der McKinneys gewesen, und wenn irgend jemand etwas über ein auffälliges Verhalten Mauras in ihrer Jugend wußte, dann er.
Sie duschte rasch und zog sich an. Als sie die Treppe hinunterstieg, roch sie den Duft von frisch gemachtem Kaffee. Harrison Monroe stand in der Küche und goß sich eine Tasse ein. Er trug eine Hose voller Weinflecke und kniehohe Gummistiefel. Als er Schritte hörte, drehte er sich um. Beide sahen sich überrascht an, weil sie den anderen hier nicht erwartet hatten.
»Verzeihung, ich wußte nicht, daß jemand die Nacht hier verbracht hat«, sagte er und lächelte verlegen. »Jetzt weiß ich wenigstens, warum die Kaffeekanne nicht gespült war, als ich heute morgen hier eingetroffen bin. Ihr Vater hat mir einen Schlüssel für das Haus gegeben. Solange er weg ist, darf ich mich hier aufhalten. Ich brauche nämlich einen ruhigen Ort, um den ganzen Papierkrieg zu erledigen, und in meinem Büro habe ich keine Ruhe gefunden. Der Lärm einer Flaschenabfüllanlage in der Erntezeit treibt auch den Gutmütigsten in den Wahnsinn.«
Rena freute sich, ihn zu sehen. Sie hatte eine unruhige Nacht verbracht und war immer wieder aufgewacht, weil sie gräßli-

che Alpträume, in denen der Baron eine große Rolle spielte, gehabt hatte. Harrisons freundliches, lächelndes Gesicht wirkte auf sie beruhigend.
»Auch eine Tasse?« erkundigte er sich.
»Schwarz, bitte.« Sie trat zu ihm.
Während er Kaffee eingoß, bemerkte er: »Die alten Jeans stehen Ihnen ausgezeichnet. Ich hätte allerdings nie gedacht, daß jemand wie Sie eine solche Hose trägt... oder sagen wir, daß jemand wie Sie weiß, wie man eine Jeans trägt.«
»Für was für einen Jemand haben Sie mich denn gehalten?« Sie nahm die Tasse und trug sie zu dem antiken Kieferntisch.
»Hm, mal sehen... Jemand wie Sie trägt elegante Geschäftskostüme und darunter weiße Rüschenblusen. Das am Tag... Und für den Abend haben Sie einen begehbaren Wandschrank voller Givenchy-Kleider. Eines für jede Gesellschaft, die Sie jemals besucht haben. Und auch eine überquellende Schublade mit kleinen gestreiften Teilen für die Segelregatten in Newport... Dann wären da noch...«
»He, das reicht!« stöhnte sie und hielt beide Hände hoch, um ihn zum Aufhören zu bewegen. Sie ließ sich an dem Tisch nieder und legte ein Bein auf die Platte. »So komme ich Ihnen also vor, was? Wie eine stupsnäsige Debütantin von der Fifth Avenue?«
Seine Augen lachten, als er sie angrinste. »Na ja, vielleicht ein wenig, ein ganz kleines bißchen«, entgegnete er und hielt Daumen und Zeigefinger wenige Millimeter voneinander entfernt.
»Oh, na dann vielen Dank.« Sie tat kurz so, als wäre sie indigniert. Harrison sah nicht nur gut aus, dachte sie, er war auch liebenswürdig und charmant. Eine seltene Kombination guter Eigenschaften bei Männern dieser Zeiten.
»Was führt Sie zurück ins Valley?« fragte er, lehnte sich an die Anrichte aus Granit und stützte sich mit den Händen ab. Er

trug ein ärmelloses T-Shirt, und sein bloßer Bizeps war fest und wohlgeformt.

»Ich wollte mich hier eigentlich mit einer Freundin treffen, oder haben Sie das schon vergessen?«

Das Lächeln auf seinem Gesicht verging. »Haben Sie heute schon Nachrichten gehört?«

»Nein, ich bin gerade erst aufgestanden. Wieso?«

Harrison sah auf seine Uhr. »Gleich fangen die Sieben-Uhr-Nachrichten an.« Er schaltete den kleinen Fernsehapparat auf der Anrichte ein.

Bryant Gumbel und Deborah Norville zeigten einen Trailer für die nächste Show. Dann begann die stündliche Nachrichtensendung.

Der Moderator erschien und verkündete die Schlagzeilen. Die Morde in den Weinbergen waren Thema Nummer eins. »Neue Beweise belasten Maura McKinney, die Assistentin eines New Yorker Bezirksanwalts, schwer.« Der Moderator nannte sie publikumswirksam »Weinbergmörderin«.

Rena stand auf und trat näher an den Bildschirm heran. Sie konnte es noch nicht fassen.

Eine Pressekonferenz, die letzte Nacht in einem Hotel in Seattle stattgefunden hatte, wurde in Ausschnitten gezeigt. FBI-Agent Grant betrat mit ernstem Gesicht das Podium und trug eine schriftliche Stellungnahme vor. Ray Scollari erschien neben ihm.

Grant erklärte, eine Untersuchung habe ergeben, daß die DNS-Struktur der Haare, die man in Mauras Bett in New York City gefunden habe, mit den Haar- und Gewebeproben übereinstimmte, die man unter den Fingernägeln des Opfers Arnold Baker entdeckt habe. Es könne daher kein Zweifel mehr daran bestehen, daß Maura McKinney die brutalen Weinbergmorde begangen habe. Er sagte schließlich, das FBI gehe davon aus, daß die Gesuchte sich irgendwo im Nordwesten der USA verborgen halte. Das war es dann, dachte Rena. Die letzten Funken der Hoffnung, Maura sei unschuldig, waren eben erloschen.

Grant verließ das Podium, und Scollari trat ans Rednerpult. Er hatte seine Anzugjacke nicht an und die Ärmel hochgekrempelt. Das verlieh ihm ein Aussehen, als habe er die ganze Nacht durchgearbeitet. Doch nach ihrer Begegnung mit dem Staatsanwalt war Rena der Ansicht, daß Scollari sich bewußt dieses Aussehen gab.

Was er zu sagen hatte, war kurz, aber pointiert. Er schüttelte ungläubig den Kopf und sagte dann, nach so vielen Jahren der engen und vertraulichen Zusammenarbeit mit Maura tue es ihm jetzt in der Seele weh, erfahren zu müssen, daß es sich bei ihr um eine gefährliche Mörderin handele. Er nannte dann die Namen anderer bekannter Mörder, die ein ruhiges, zurückgezogenes Leben geführt hatten und von ihren Nachbarn geachtet worden waren. Und er erklärte, daß es bei solchen *Soziopathen* unmöglich sei, sie inmitten des Kreises, in dem sie integriert seien, herauszufinden. Er versprach schließlich, alles in seiner Macht Stehende zu tun, um dem FBI und den anderen Gesetzeshütern zu ermöglichen, Maura zu fassen, bevor sie ein weiteres Opfer finden könne.

Mein Instinkt hat sich nicht getäuscht, dachte Rena. Er ist wirklich hier, um Maura zu vernichten. *Dieser Mistkerl benutzt doch tatsächlich diese Tragödie als Publicity für seinen anstehenden Wahlkampf. Die Weinbergmörderin! Mein Gott, wie geschmacklos!* Rena fand alle Titel, die man Mördern verliehen hatte, widerwärtig. *Der Hügelwürger... Der Nachtschleicher... Der Sohn des Todes.* Das waren Namen für Catcher oder Comichelden, aber nicht für real existierenden Psychopathen!

»Tut mir leid wegen Ihrer Freundin«, sagte Harrison und schaltete das Gerät ab.

»Mir tut sie auch leid«, sagte sie leise. »Ehrlich, mir auch.«
»Warum, glauben Sie, hat Maura das getan? Ich meine, Sie kennen sie doch schon von Kindesbeinen an«, fragte er mitfühlend.
Diese Frage stellte sie sich schon seit einer Woche. Rena schob die Hände in die Jeanstaschen, lehnte sich mit dem Hintern an den Tisch und antwortete: »Darauf gibt es keine eindeutige einfache Antwort. Die gibt es nie, wenn es um Verbrechen von Psychopathen geht.«
Harrison atmete vernehmlich aus und fuhr sich nervös mit den Fingern durch das lange Haar.
»Was ist denn los?« wollte Rena wissen.
Er versuchte zu lächeln. »Nichts.«
Sie glaubte ihm nicht.
Er bemerkte, wie sie ihn ansah. »Also gut. Diese verdammten Morde sorgen unter den Arbeitern für Unruhe. Sie haben Angst davor, allein in die Rebenreihen zu gehen. Und die Abergläubischen unter ihnen behaupten steif und fest, Maura sei eine Hexe und besäße die Fähigkeit, in mehreren Weinbergen gleichzeitig aufzutauchen.«
»Aber das ist doch absurd!« rief Rena.
»Das denke ich auch. Eine ganze Reihe Arbeiter fürchten sich so sehr, daß sie nicht mehr zur Arbeit kommen. Unsere Produktion ist bereits leicht gefallen. Noch schlimmer sieht es in den kleineren Winzereien aus, wo die Besitzer nur einen oder zwei Pflücker beschäftigen können. Wenn ich Ihnen also etwas angespannt vorkomme, dann kennen Sie jetzt den Grund dafür.« Er sah wieder auf seine Armbanduhr. »Oh, ich muß jetzt aber wirklich los.« Er nahm seine Jacke von der Stuhllehne und zog sie über. »Heute ist der Pinot an der Reihe.«
»Wie bitte?« Rena war mit ihren Gedanken noch bei den Nachrichten.

»Wir pflücken heute die Trauben für den Pinot noir. Wenn Sie nichts Besseres vorhaben, kommen Sie doch mit in die Kelterei.«

»Ich fürchte, ich habe heute den ganzen Tag zu tun.«

»Sind Sie denn für das Abendessen frei?«

Das schmeichelte Rena, brachte sie aber auch in Verlegenheit. Harrison war sehr nett, und das Zusammensein mit ihm war angenehm. Nur war der Zeitpunkt falsch gewählt. »Ich kann heute abend leider nicht«, antwortete sie.

Als er das Haus verlassen hatte, suchte Rena Dr. Frawleys Privatnummer und rief ihn an. Er war schon auf und sagte, sie solle um zehn Uhr in seine Praxis kommen.

Rena trug die Tassen zum Ausguß und überlegte, was Maura wohl widerfahren würde, sobald man sie gefaßt hatte. Sperrte man sie dann lebenslänglich ins Gefängnis, oder würden Renas Kollegen an irgendeinem Institut Sonde um Sonde in ihren Kopf schicken, um herauszufinden, was sie vom Rest der Gesellschaft unterschied? Die Vorstellung von Maura auf einem Tisch, an den man sie mit Bändern festgebunden hatte, von Maura, bei der von den unterschiedlichsten Körperteilen Drähte und Schläuche ausgingen, wirkte niederschmetternd auf Rena. Die Maura, an die sie sich erinnerte, war immer eine stolze, selbstbewußte Frau gewesen, die lieber sterben würde, als sich einer so demütigenden Behandlung zu unterziehen.

Um halb zehn nahm sie die Schlüssel vom Brett im Küchenschrank und ging aus dem Haus, um mit dem Range Rover zu Frawleys Praxis zu fahren.

Der Weg dorthin war nicht lang. Rena hielt den Wagen in Calistoga vor dem großen Haus aus der Gründerzeit an. Frawley gehörte zu der aussterbenden Gattung von Ärzten, deren Praxis und Zuhause im selben Gebäude untergebracht waren.

Eigentlich der letzte seiner Art, dachte sie, als vor ihrem geistigen Auge die modernen Praxen mit den unpersönlichen kleinen Kabinen auftauchten. *Ich könnte mir vorstellen, daß er sogar Hausbesuche macht.*
Rena lief die Stufen hinauf, bis sie das Schild mit der Aufschrift WINSTON S. FRAWLEY – PRAKTISCHER ARZT – ALLE KASSEN erreichte, und trat ein.
Sie gelangte sofort in das Wartezimmer. Die Sitzgelegenheiten waren alt und sahen stark benutzt aus. Und die ausliegenden Zeitschriften waren beinahe antiquarische Sammlerstükke. Eine dünne Staubschicht bedeckte das Mobiliar.
Eine Patientin, eine vorgebeugte Siebzigerin, saß auf der abgewetzten Ledercouch. Neben ihr stand eine metallene Gehhilfe. Sie nickte und lächelte kurz, als Rena ins Zimmer kam. Frawley steckte kurz darauf seinen Kopf durch die Tür. Er trug ein angegrautes weißes Hemd und hatte die Krawatte zu einem altmodischen doppelten Knoten gebunden.
»Mrs. Briggs, wie geht es Ihnen heute?« fragte er die Seniorin und half ihr hoch.
»Genauso wie gestern und wie vorgestern«, antwortete sie und lachte rauh. Sie stützte sich mit beiden Händen auf die Gehhilfe und gelangte halb rollend und halb humpelnd in das Behandlungszimmer.
Der Arzt lächelte Rena zu. »In ein paar Minuten habe ich Zeit für Sie. Dann können wir uns gern unterhalten.« Er schloß die Tür hinter sich.
Als sie allein im Wartezimmer saß und sich umsah, wurde ihr rasch klar, welches Schickal Frawleys Praxis erlitten hatte. Die Zeit hatte ihn und sie überrollt. Die jüngeren Patienten gingen lieber in die High-Tech-Gemeinschaftspraxen mit den Untersuchungskabinen und dem unerhörten Aufwand an Versicherungsformularen. Und die alten Leute, die Frawley die Treue hielten, starben aus, ohne daß es Ersatz für sie gab.

Zwanzig Minuten später rollte Mrs. Briggs mit ihrer Gehhilfe langsam aus dem Behandlungszimmer. Der Arzt half ihr nach draußen und die Stufen hinunter. Als er zurückkehrte, forderte er Rena auf, ihm zu folgen.

Das Behandlungszimmer, gleichzeitig sein Büro, unterschied sich in seinem Zustand kaum vom Wartezimmer. Ein neuer Anstrich wäre dringend vonnöten gewesen. An der Wand hinter dem Schreibtisch hing seine Doktorurkunde hinter einer verdreckten Glasscheibe. Die Tür zum Untersuchungsraum stand offen. Rena erblickte dort eine Liege, deren Leder an einigen Stellen geplatzt war, aus denen sich weiße Baumwollfüllung ergoß, einen Röntgenschirm, einen Medizinschrank, ein EKG-Gerät und einen Tisch, auf dem Mullbinden, Bestecke und ein Glas mit Holzspateln standen. Die Ausrüstung des Arztes war ebenso wie der Rest der Praxis alt und sichtlich gebraucht.

In einer Ecke des Nebenzimmers stand jedoch eine Maschine, die wesentlich neueren Datums sein mußte und sich in ihrem Zustand deutlich von allem anderen hier unterschied. Sie sah aus wie ein Ultraschallgerät mit Monitor. Wozu brauchte ein praktischer Arzt einen solchen Apparat? fragte Rena sich verwundert.

Frawley ließ sich auf dem alten Holzdrehstuhl, von dem die Farbe blätterte, hinter dem Schreibtisch nieder und bedeutete seiner Besucherin, Platz zu nehmen.

»Ich nehme nicht an, daß Sie wegen einer Generaluntersuchung gekommen sind, obwohl ich nichts dagegen hätte, Sie auf Herz und Nieren zu prüfen.« Ein lustiges Funkeln erschien in seinen Augen. »Die meisten meiner Patientinnen sind nämlich noch älter als Mrs. Briggs.«

»Nun, eigentlich, Dr. Frawley...«

»Nennen Sie mich Winnie. Hier in der Gegend nennt mich jeder so. Winnie ist die Abkürzung von Winston. Und so haben die Briten auch liebevoll ihren Premierminister Churchill genannt.« Er zog eine Pfeife aus seiner Jackentasche und füllte sie mit Tabak aus dem Glas auf seinem Schreibtisch.

»Haben die Polizei oder das FBI wegen Maura McKinney Kontakt mit Ihnen aufgenommen?« fragte Rena.

»Ja, warum?« Das Funkeln in seinen Augen erlosch.

»Die Ermittler scheinen genügend Beweise gegen Maura zusammengetragen zu haben. Anscheinend hat sie all diese Menschen verstümmelt und ermordet.«

»Ja, das haben sie mir auch gesagt. Aber ich kann es immer noch nicht glauben.« Er klang bekümmert. »Die Maura, die ich kenne, und ich kenne sie ihr ganzes Leben lang, hätte nie so etwas Furchtbares tun können.« Er blies eine Rauchwolke aus.

»Genauso empfinde ich auch. In der letzten Zeit stelle ich mir häufiger die Frage ›Wie gut kennst du sie überhaupt?‹«

»Was meinen Sie damit?« Er sah sie mißtrauisch an.

»Hören Sie, ich war lange ihre Freundin. Wenn sie irgendwo dort draußen ist, will ich ihr helfen. Ich möchte nicht, daß ihr irgend etwas zustößt.«

»Ich kann Ihnen nicht mehr mitteilen, als ich schon der Polizei und dem FBI gesagt habe. Ich war ihr Hausarzt, von ihrer Geburt bis zu ihrem Umzug nach New York. Sie wohnt schon einige Jahre dort. Ich kann mir gut vorstellen, daß sie sich in der Stadt verändert hat... Verdammt, New York City verändert jeden!«

»Wie war es in Mauras Kindheit um ihre Gesundheit bestellt?«

»Sie war kerngesund, wenn man einmal von den üblichen Kinderkrankheiten wie Masern oder Mumps absieht.« Er legte die Pfeife in den Aschenbecher, nahm seine Nickelbrille ab und fing an, mit einem Taschentuch die Gläser zu putzen.

»Ist Ihnen irgendwann einmal aufgefallen, daß mit ihrer seelischen Entwicklung etwas nicht stimmte?«

Frawley setzte die Brille wieder auf und sank in seinem Sessel zurück. »Ja«, sagte er nachdenklich, »nachdem der Junge, mit dem sie ging, ums Leben gekommen war.«
»Martin Bynum.«
»Eben der.«
Rena beugte sich vor. »Er wurde an dem Tag ermordet, an dem Maura siebzehn wurde. Sie hat seine Leiche entdeckt.«
»Ja, das stimmt«, entgegnete er und schüttelte den Kopf. »Ich würde niemandem wünschen, eine solche Entdeckung machen zu müssen. Ich habe damals schon als Leichenbeschauer gearbeitet. Die Polizei hat bei mir angerufen und mich ins Haus der Bynums beordert. Im Schlafzimmer der Eltern sah es aus wie auf einem Schlachtfeld... überall Blut und das herausgespritzte Gehirn des Jungen. Der Mistkerl, der ihn erschossen hat, muß ein großkalibriges Schrotgewehr benutzt und direkt auf das Gehirn des Jungen gezielt haben. Martin kann kaum einen halben Meter vom Gewehrlauf entfernt gewesen sein, als der Schuß abgegeben wurde.«
»Hat Maura die Polizei gerufen?«
»Nein, ihr Vater. Nach seiner Aussage ist sie gleich nach dem grausigen Fund nach Hause gelaufen und hat Peter McKinney berichtet, was vorgefallen war. In derselben Nacht hat er auch bei mir angerufen und mich gebeten, zu ihm zu kommen. Er meinte, seine Tochter benehme sich eigenartig, und er wisse nicht, was er tun solle. Ich habe ihr Schreien und Kreischen im Hintergrund gehört. Als ich dort eintraf, war Maura gerade dabei, die Einrichtung zu zertrümmern. Peter versuchte immer wieder, sie festzuhalten, aber Maura gebärdete sich wie rasend und befreite sich jedesmal wieder rasch aus seinem Griff. Einmal hat sie ihn sogar fortgestoßen, und er hatte Mühe, sich auf den Beinen zu halten. So etwas habe ich nie wieder gesehen. Sie belegte ihn mit allen möglichen Schimpfnamen und machte ihn für Martins Tod verantwort-

lich. Glücklicherweise hatte ich ein Beruhigungsmittel mit. Ich mußte ihr 20 Milligramm Valium spritzen, ehe sie ruhiger wurde.«

»Es bedarf ziemlich viel Körperkraft, einen erwachsenen Mann umzustoßen, nicht wahr?« sagte Rena.

»Ja, davon können Sie ausgehen«, antwortete er rasch.

»Wann ist sie denn wieder zu sich gekommen?«

Der Arzt antwortete zuerst nicht. Er klopfte die Pfeife im Aschenbecher aus. »Darüber habe ich der Polizei nichts gesagt. Ich bin der Ansicht, daß das die Ermittler nichts angeht. Davon abgesehen habe ich damals ihrem Vater versprochen, nie jemandem etwas darüber zu erzählen.« Er legte eine Pause ein, bevor er fortfuhr: »Maura hat einige Wochen in einem Privatsanatorium im Staat Washington verbracht.«

»Oben in Washington? Das FBI vermutet, daß sie sich jetzt dort irgendwo aufhält.«

»Ja, das habe ich auch in den Nachrichten gehört. Niemand hat davon erfahren, daß Maura sozusagen für eine gewisse Zeit aus dem Verkehr gezogen wurde. Peter McKinneys Stolz ließ es nicht zu, daß das bekannt geworden wäre. Nach einer Weile wurde Maura entlassen... sie kehrte nach Hause zurück und hat wieder die Schule besucht. Doch irgend etwas in ihr war verschwunden oder zerbrochen, etwas sehr Subtiles. So als sei die Flamme erloschen, die einmal in ihr gebrannt hatte.«

»Ich weiß genau, was Sie meinen«, erklärte Rena. Sie erinnerte sich an den Urlaub in Griechenland vor fünf Jahren, in dem ihr ihre Freundin recht verändert vorgekommen war. Die Maura, mit der sie die Sommer in Napa verbracht hatte, war ein heiteres, lebenslustiges Mädchen gewesen. Die Maura, die sie nach Martins Ermordung wiedergesehen hatte, war verschlossen und düster gewesen.

»Ich fürchte, das war schon alles, was ich Ihnen sagen kann.

Möchten Sie sonst noch etwas wissen?« Frawley lehnte sich wieder in seinen Stuhl zurück.
»Wahrscheinlich können Sie mir da nicht weiterhelfen. Nun, diese Verstümmelungen beschäftigen mich. Die Kastrationen sind offensichtlich von jemandem durchgeführt worden, der sich mit chirurgischen Eingriffen und Instrumenten bestens auszukennen scheint. Die Schnitte sind so präzise und sauber durchgeführt worden, wie es nur ein Experte bewerkstelligen kann. Meines Wissens hat Maura sich aber nie übermäßig für Chirurgie interessiert.«
»Verdammt!« Frawley schlug heftig mit der flachen Hand auf den Schreibtisch und rieb dann seine Wangen, um etwas Leben in sein erschöpftes Gesicht zurückzubringen. Er seufzte und sagte leise: »Man muß nicht acht Semester Medizin studieren, um zu wissen, wo die Eierstöcke und die Hoden liegen. Man muß sich nur etwas mit der menschlichen Anatomie auskennen. Und ich kenne niemanden, der mehr über die menschliche Anatomie weiß als Maura.«
Rena starrte ihn an: »Warum sollte sie darüber mehr wissen als andere?«
Er schüttelte schwerfällig den Kopf, so als sei ihm die Erinnerung unangenehm. »Als Maura vierzehn oder fünfzehn geworden ist, ich weiß es nicht mehr so genau, habe ich ihr ein Buch geschenkt, ein Werk über Anatomie.«
»Warum denn das?«
»Aus zwei Gründen. Zum ersten hat sie doch gemalt und sich deshalb sehr für den Aufbau des menschlichen Körpers interessiert. Sie selbst haben ihre Bilder ja gesehen und feststellen könne, wie detailgetreu sie ihre Modelle dargestellt hat. Um das zu erreichen, muß man sich schon ziemlich gut mit dem Aufbau des menschlichen Körpers und den Funktionen und Formen von Muskeln, Sehnen und Organen auskennen.«

Rena erinnerte sich, wie lebensecht und genau Mauras Bilder gewesen waren. »Und der zweite Grund?«
»Maura hatte immer ein Faible für die Naturwissenschaften... vor allem für die Biologie. Sie hat mit Begeisterung in der Schule Frösche und Meerschweinchen seziert, wenn das im Biologieunterricht auf dem Lehrplan stand. Einige Male hat sie die sezierten Teile sogar zu mir gebracht, um von mir zu erfahren, ob sie es richtig gemacht habe. Maura war eines von den seltenen Multitalenten. Sie kannte sich sowohl in den Naturwissenschaften als auch in der Kunst und sogar in der Jurisprudenz aus.«
Rena nickte, weil sie das nur bestätigen konnte.
»Sonst noch etwas, meine Liebe? Fragen Sie nur, ich habe sehr viel Zeit. Wie Sie unschwer feststellen können, stürmt niemand meine Praxis, um sich von mir behandeln zu lassen.«
Rena hörte den sarkastischen Unterton deutlich heraus. Der alte Arzt stand auf, trat ans Fenster und sah nach draußen.
»Dies ist mein letztes Jahr als praktizierender Mediziner«, erklärte er fast unhörbar. »Ich habe Bauchspeicheldrüsenkrebs. Die Zeit, die mir noch vergönnt ist, möchte ich in meinem Weinberg verbringen.«
»Es tut mir leid, das zu hören.«
Er zuckte die Achseln.
»Ich wußte gar nicht, daß Sie sich auch mit Weinbau befassen«, sagte sie dann.
»Verdammt, jeder hier in der Gegend pflanzt die eine oder andere Traubensorte an. Das gehört in diesem Tal zum Leben dazu.«
»Dr. Frawley, ich hätte da noch eine Frage. Was ist bei Mauras Geburt geschehen?«
»Wie bitte?« Alle Farbe war aus seinem Gesicht gewichen.
Rena entging das nicht. »Sie haben mir einmal gesagt, wenn Mauras Mutter die ganzen neun Monate schwanger gewesen

wäre, hätte sie es vielleicht geschafft. Was haben Sie damit gemeint?«
Die Farbe kehrte so rasch in sein Gesicht zurück, wie sie eben verschwunden war. »Ach das«, sagte er. »Damit meinte ich nicht mehr und nicht weniger, als daß Mauras Mutter heute noch leben könnte, wenn Maura die vollen neun Monate in ihrem Bauch geblieben wäre.«
Rena hatte den Eindruck, daß er damals damit etwas mehr gemeint hatte, aber sie wollte ihn nicht in die Ecke drängen.
»Wo hat man die McKinneys beerdigt?« wollte sie wissen.
»Drüben in Oakville, auf dem alten Friedhof.«
Rena erhob sich.
»Wollen Sie schon aufbrechen? Warum denn die plötzliche Eile?«
»Ich fürchte, ich muß wirklich los«, entgegnete sie.
Der Arzt brachte sie zur Tür. Als er sie für Rena aufhielt, fragte sie: »Sind Sie eigentlich Geburtshelfer?«
»Wie? Nein, ich bin nur ein ganz gewöhnlicher praktischer Arzt. Warum wollen Sie das wissen?«
»Mir ging da nur so etwas durch den Kopf. Ich habe in Ihrem Untersuchungszimmer ein Ultraschallgerät gesehen. Einen solchen Apparat benutzt man doch hauptsächlich dazu, den Embryo einer Schwangeren zu untersuchen.«
Der alte Arzt lachte. »Ach, meine Gute, wenn Sie in einem so kleinen Ort so lange als Hausarzt tätig gewesen sind, kennt man sich in allen Gebieten der Medizin etwas aus. Eben soviel, wie man für den Hausgebrauch benötigt.«
Sie gab Frawley die Hand und ging zu ihrem Range Rover.
Auf der Rückfahrt zum Alexander Valley fragte sie sich, was den Arzt so erschreckt haben mochte, als sie sich nach Mauras Geburt erkundigt hatte.
Dann dachte sie an Arnie Baker, den kastrierten Trucker. Warum war er noch am Leben? Maura hätte ihn in aller Ruhe

umbringen können. Sie hatte ihn mitten in der Nacht betäubt, und die Weinberge von Yakima waren eine menschenleere Gegend. Der spitze Gegenstand hatte die Halswirbel um zwei Zentimeter verfehlt. Bei einem kleinen Mann wie Baker und einem entsprechend schmalen Nacken waren zwei Zentimeter schon eine Menge. Hatte sie ihm bewußt das Leben gelassen, als einen recht makabren Scherz? Wenn man Maura faßte und vor Gericht stellte, würde Bakers Aussage ihr Schicksal besiegeln. War es vielleicht das, was sie wollte?
»Wollen wir doch mal sehen, was wir über die McKinneys herausfinden können«, sagte sie sich, wendete den Range Rover und fuhr nach Süden in Richtung Oakville.
Sie fand den Friedhof neben der katholischen Kirche am Rand der Stadt. Rena ging in die Kirche, um jemanden zu finden, der ihr sagen konnte, wo die McKinneys lagen.
In der Kirche befand sich ein ältlicher Priester, der gerade die Kerzen anzündete. Er führte sie zum Hinterausgang und zeigte ihr von dort die Grabstellen.
Es war ein kleiner Friedhof. Einige der Grabsteine aus Granit trugen Daten aus dem neunzehnten Jahrhundert. Im Zentrum der Anlage fand Rena, was sie suchte.
Der erste Grabstein gehörte Mauras Vater:

PETER SEAN MCKINNEY
* 20. November 1921
† 3. Oktober 1974

Auf dem zweiten stand:

WILLIAM TYRONE MCKINNEY
Geliebter Bruder und Sohn
* 18. SEPTEMBER 1957
† 18. SEPTEMBER 1957

Großer Gott! dachte Rena. Maura hatte einen Zwillingsbruder gehabt, der noch am Tag der Geburt gestorben war! *Warum hat sie nie etwas davon gesagt? Warum hat auch Frawley mir das verschwiegen?* Dann fiel ihr wieder ein, was Peter McKinney vor so vielen Jahren gerufen hatte, als er Maura und sie in der Dachkammer entdeckt hatte:
»Du verdammte Hexe! Wegen dir mußten sie sterben!« Nun wußte Rena wenigstens, was mit »sie« gemeint gewesen war. McKinney hatte damit seine Frau Clair und seinen verlorenen Sohn William Tyrone angesprochen.
Dann fiel Rena der dritte Grabstein ins Auge, und als sie dessen Inschrift gelesen hatte, stockte ihr vor Schreck der Atem:

CLAIR MCKINNEY
geborene de Montret
* 8. April 1925
† 18. September 1957

De Montret war Clairs Mädchenname!
Rena begriff, daß sie in der falschen Richtung gesucht hatte. Das Tagebuch des Barons de Montret hatte nicht, wie sie ursprünglich angenommen hatte, Peter McKinney gehört, sondern Mauras Mutter.

Ob der Gott deshalb keine Macht hat, [illegible]

[illegible]

[illegible]

[illegible] September 19[illegible]

[illegible]

BUCH DREI

Kapitel 14

Charlie betrachtete den kleinen roten Punkt, den die hübsche indische Reporterin sich auf die Stirn gemalt hatte. Sie saß zwei Reihen vor ihm im zweiten Rang des großen Konferenzraums. Der bunte Sari, den sie sich umgewickelt hatte, ließ eine wohlgeformte braune Schulter und einen langen, schlanken Arm frei.

Toll, dachte er. *Nein, vielmehr absolut turboaffengeil!*

Er legte das Kinn in die beiden Hände, die auf dem kleinen Tisch vor ihm ruhten, und stellte sich selbst und die Inderin in seinem Hotelzimmer vor. Sie stand vor dem Bett, und ihre erwartungsvollen Mandelaugen glühten vor Leidenschaft. Er ging ganz lässig auf sie zu, nahm das Ende ihres Sarin in eine Hand und lief langsam um sie herum, damit der Stoff wie von selbst von ihrem Leib fallen konnte. Das Baumwolltuch legte schließlich ebenholzschwarze, stehende Brustwarzen frei. Die Inderin schlang dann ihre Arme um seinen Hals und zog ihn zu sich heran. Er roch das nach Rosen duftende Öl in ihrem dicken schwarzen Haar, und...

Charlie wandte den Blick ab, aber das Bild der nackten Inderin wollte nicht aus seinen Gedanken weichen. Er sah sich in dem Raum um und erinnerte sich wieder daran, daß er hier inmitten von Journalisten aus der ganzen Welt saß. *Vergiß es, Blödmann! Du wirst dafür bezahlt, über die OPEC-Konferenz zu berichten, nicht aber dafür, dich erotischen Phantasien über farbige Frauen hinzugeben.*

Nur bedeutete das vor allem einer Bande von gierigen Bastarden zuhören zu müssen, die der Welt die Kehle zudrückten, um noch mehr Geld für ein Barrel Öl herauszupressen.

Im Versammlungsraum unten bekämpften die Repräsentanten der Ölförderstaaten einander mit allen Mitteln. Niemand schien etwas Ordnung in dieses Chaos bringen zu wollen. Lieber versuchten alle gleichzeitig, die anderen niederzubrüllen.

Charlie hatte schon vor einer Weile den Kopfhörer abgestreift und das Übertragungsgerät abgeschaltet, das Arabisch in Englisch übersetzte.

»Allmächtiger! Einen ganzen Monat lang diese Scheiße!« stöhnte er leise. Es war ihm einfach nicht möglich, diesem Gezänk noch eine Minute länger zuzuhören. Er würde eben einfach seine Berichte von den UPI- und Reuter-Meldungen abschreiben. Solange die Inderin hier war, blieben ihm immer noch die Tagträume, um die Zeit totzuschlagen.

Gerade als er sich wieder in aller Ruhe die dunkelhäutige Frau anschauen wollte, klopfte ihm jemand leicht auf die Schulter. Ein Botenjunge stand hinter ihm.

»Monsieur, eine Nachricht aus Amerika ist für Sie in Ihrem Hotel abgegeben worden.«

»Von wem ist die Nachricht?« fragte er und hoffte, sie möge nicht von seiner Zeitung sein.

»Von einer Madame Halbrook.«

Erleichtert gab Charlie dem Jungen einen Zwanzig-Franc-Schein als Trinkgeld, klappte seinen Laptop zu und stand auf. Die Nachricht mußte dringend sein, sagte er sich. Bevor er den Raum verließ, warf er noch einen letzten Blick auf die so überaus sinnliche Inderin.

Vor dem Konferenzgebäude winkte er ein Taxi heran. Die OPEC-Versammlung fand unweit des Arc de Triomphe statt, und Charlies Hotel war auf der anderen Seite der Innenstadt in der Rue des École. Er zog das studentische Ambiente des Quartier Latin dem der weihevollen Hotels an der Avenue George vor, in dem die meisten anderen Reporter untergebracht waren.

Das Taxi setzte ihn direkt vor seinem Hotel ab. Es war Mittagszeit, und auf den Straßen und in den Cafés wimmelte es von Studenten der Sorbonne.
In der Lobby reichte ihm der Concierge einen dicken Umschlag.
Er begab sich auf sein Zimmer, zog sich den Anzug und die Krawatte aus und warf beides auf einen Sessel. Er schlüpfte in seine uralten Jeans, legte sich aufs Bett und riß den Umschlag auf. Darin fand er ein photokopiertes Buch und einen Brief von Rena.

Lieber Charlie,
Ich kann mir gut vorstellen, daß Du mittlerweile kurz davor stehst, an Langeweile einzugehen. Deswegen bin ich mir sicher, daß es Dich geradezu begeistern wird, mir ein paar Gefälligkeiten zu erweisen. Zuerst solltest Du das Tagebuch lesen, das ich Dir mitgeschickt habe. Danach könntest Du versuchen herauszufinden, ob Wilbur Striker und de Montret wirklich existiert haben. Der Baron hat in Bordeaux gelebt. Der Mädchenname von Mauras Mutter Clair lautet de Montret. Aus einem mir unbekannten Grund führt Maura die Morde aus, die in dem zweihundert Jahre alten Tagebuch beschrieben werden. Und dann wäre da noch etwas. Anscheinend wurde der letzte Eintrag im Tagebuch herausgerissen. Striker hielt gerade ihn für besonders wichtig. Versuch doch bitte herauszufinden, was es mit diesem letzten Eintrag auf sich hat.
Später mehr.

Rena

P. S. Ich weiß, daß die Frauen in Paris eine wunderbare weiße Haut haben. Deshalb rate ich Dir, Dich nicht in Schwierigkeiten zu bringen, okay?

Charlie grinste und dachte an die Inderin. Ihre Haut war doch absolut nicht weiß, nicht wahr?
Er bekam Hunger. Er zog einen Pullover und seine Lederjakke an und verließ das Hotel mit dem Tagebuch unter dem Arm. In einem kleinen Café an einer Straßenecke bestellte er ein Baguette mit Schinken und einen doppelten Espresso. Er lehnte sich im Stuhl zurück, überhörte die Unterhaltungen der Studenten und fing an zu lesen.
Als er die letzte Seite hinter sich gebracht hatte, hatte er ein weiteres Baguette und insgesamt drei doppelte Espressos zu sich genommen. Das Koffein flutete durch seine Adern und ließ sein ohnehin schon erregtes Herz noch heftiger schlagen. Na, das war vielleicht eine Geschichte, wie gemacht für Charlie Halleran. Die Berichterstattung über das Ölkartell kam nie und nimmer dagegen an.
Wo fange ich an? fragte er sich. *Mist, das Tagebuch ist fast fünfzig Jahre alt!*
Was habe ich an Informationen? Da ist erst einmal der Übersetzer, Wilbur Striker. Nur Eltern, die ihren Sohn abgrundtief hassen, geben ihm den Namen Wilbur. Der Vorname ließ darauf schließen, daß es sich bei ihm um einen Amerikaner, Kanadier oder Engländer handelte.
Dann war da das Datum der Übersetzung.
Striker hatte sie 1943 besorgt. Damals war Frankreich von den Deutschen besetzt gewesen. Nur der Südosten nicht, in dem die sogenannte Vichy-Regierung installiert worden war. Wie also war Striker an die französische Originalfassung gelangt? *Halt, einen Moment mal!* An einer Stelle hatte Striker sich als ›Field Agent‹ bezeichnet.
Ja! Ja! Ja!
Er hatte eine ziemlich deutliche Vorstellung, was ›Field Agent‹ im Zweiten Weltkrieg bedeutet hatte. Sein Herz schlug koffeinverstärkt noch rasender.

Er bezahlte, eilte in sein Hotel zurück und stürzte sich ans Telephon. Er hoffte, Jonathan Bodine arbeitete immer noch in der amerikanischen Botschaft in Paris als Verbindungsoffizier. Charlie und er hatten in Vietnam gedient und sich dort angefreundet. Allerdings war es schon einige Jahre her, seit sie sich zum letzten Mal gesehen hatten.
Charlie wußte, daß heute sein Glückstag war, als er von der Telephonzentrale die Auskunft erhielt: »Ich stelle gleich durch.«
»Was macht das Verbindungsoffizierswesen, Jonathan?« fragte er gleich, als er Bodines dunkle Stimme hörte.
»Dem geht es gut, Charlie. Das Leben hat sich mir nur von seiner guten Seite präsentiert.«
»Hört sich ja toll an, und das meine ich ehrlich. Hör mal, ich muß mit dir reden, es ist sehr wichtig.«
»Was ist denn los, Charlie?«
»Am Telephon? Weißt du denn nicht mehr, wer ich bin?«
Kurzes Schweigen, dann: »Wie wär's mit dem Café Chagall direkt gegenüber der Botschaft? Sagen wir achtzehn Uhr?«
»Wie wär's mit sofort, oder in zwanzig Minuten? Um achtzehn Uhr ist für mich der letzte Termin, meinen Bericht abzuschicken.«
Ein etwas längeres Schweigen. »Ist es denn so wichtig?«
»Ja.«
»Dann bis gleich, Charlie.«
Als das Taxi auf der Avenue Gabriel vor dem Café Chagall hielt, entdeckte Charlie gleich durch das getönte Fenster Bodines Glatze und seinen Walroßschnauzbart. Sein alter Kamerad stand eingepfercht zwischen anderen Männern in dreiteiligen Anzügen und trank einen Pernod mit sehr viel Wasser.
Er sieht noch immer so aus, wie man sich den typischen entpersönlichten Sesselfurzer vorstellt, dachte Charlie, als er

das Taxi bezahlte. *Niemand würde in Jonathan einen CIA-Agenten vermuten.*
Charlie hatte immer gewußt, wer für Jonathans Brötchen zahlte. In der Zeit damals, als sie nebeneinander in der Provinz Thua Thien im Dreck gelegen hatte, war ihm klargeworden, wer Bodines Bosse waren. Eines Nachts in einem Saigoner Bordell war Jonathan so besoffen gewesen, daß er Charlie alles erzählt hatte, sogar über seine Rolle bei den Vorbereitungen des Einmarsches in Kambodscha. Als alles heraus war, hatte er seine Hure vollgekotzt und war danach besinnungslos zusammengebrochen.
Charlie schob sich durch die Menge bis zur Theke vor und gelangte tatsächlich neben Bodine. »Dieses Zeugs frißt dir das Gehirn auf, Jonathan«, begrüßte er ihn und klopfte ihm auf den Rücken.
»Du meinst Absinth. Was ich hier trinke, ist jedoch Pernod. Informier dich besser vorher, Charlie Halleran, wenn du dich mit mir anlegen willst.«
Sie lachten und fielen sich in die Arme.
»Ist 'ne Weile her, seit ich zum letzten Mal dein dämliches Gesicht gesehen habe«, sagte Bodine. »Irgendwie scheinst du seitdem gewachsen zu sein.« Er boxte Charlie in den Bauch.
»Liegt vielleicht daran, daß du geschrumpft bist«, gab Charlie zurück. Ein Kellner näherte sich, und Charlie bestellte einen Remy Martin.
Die beiden schwatzten über die alten Zeiten, tranken und ließen die Wochen und Monate in Vietnam wieder lebendig werden. Als es in dem Café etwas leerer wurde, setzten sie sich an einen Tisch am Ende des Lokals.
»Nun, was machst du den mittlerweile so?« fragte Charlie.
»Mittlerweile? Hm, eigentlich nicht übermäßig viel. Seit der Perestroika ist alles anders geworden. Ja, früher, da sind wir noch wie Rivalen miteinander umgegangen. Ich bin in ein

Café so wie das hier gegangen, und irgendein vor Furcht zitternder Mitarbeiter irgendeiner östlichen Botschaft kam mit hochgeschlagenem Kragen vorsichtig an meinen Tisch und setzte sich mir gegenüber hin. Er hat sich eine Tasse Kaffee bestellt, und seine Hände haben so gezittert, daß er die Hälfte des Inhalts über seine Sachen gekippt hat. Dann hat er mir einen Umschlag mit ein paar Papieren zugeschoben, die er aus irgendeinem Papierkorb in seiner Botschaft geklaubt hat. Und ich habe ihm im Gegenzug unter dem Tisch ein paar Scheine gegeben. Wie in einem richtig schlechten Agentenfilm. Das ganze verdammte Lokal hat zugesehen und sich über uns kaputtgelacht. Tja, so ist es mir bis vor kurzem ergangen, Charlie.« Das Lächeln auf seinem Mund verging. »Und was haben wir beiden Hübschen nun miteinander zu schaffen?«

Charlie zeigte dem Kellner zwei Finger und deutete auf ihre leeren Gläser. Dann wandte er sich an Jonathan und begann: »Was weißt du über die Aktivitäten deiner Dienststelle im besetzten Frankreich, damals im Zweiten Weltkrieg?«

»Wovon redest du eigentlich? Meine Firma wurde erst nach dem Krieg gegründet.«

»Aber es hat doch eine Vorläuferorganisation gegeben.«

»Du meinst den OSS?«

»Ja.«

»Also diese Säcke haben sich perfekt darauf verstanden, verdeckte Operationen durchzuführen!« Jonathans Zunge war vom vielen Alkohol bereits ein wenig schwer geworden. »Alan Ladd springt mitten in der Nacht mit dem Fallschirm über Frankreich ab, und die erste Person, die er antrifft, ist Geraldine Fitzgerald... Hast du den Film gesehen? Na ja, als ich noch ein Kind war, glaubte ich tatsächlich, so ginge es beim Geheimdienst zu. Wenn mir jemand erzählt hätte, daß man als CIA-Mann seine Dienstzeit damit verbringt, nicht sonderlich vertrauliche Dokumente von Dutzendgesichtern in den ewig gleichen grauen Anzügen zu erhalten, wäre ich in den Sechzigern lieber Hippie geworden. Zumindest hätte ich dann wirklich mal die eine oder andere Blondine in meinem Bett angetroffen.«

»Wie nannte man denn die Alan-Ladd-Leute zu jener Zeit, ich meine die, die auf feindlichem Territorium operierten?«

»Wie bitte?«

»Hießen sie vielleicht ›Field Agents‹?«

»Ja, genau. Ein wirklich origineller Name, nicht wahr? Feldagenten, pah! Wir waren immer schon weithin für unsere Wortspiele berühmt.«

Der Kellner brachte neue Getränke.

Bodine stieß mit Charlie an und leerte dann auf einen Zug sein halbes Glas. »Und warum interessiert dich das alles, Charlie? Hast du etwa vor, über meine Firma einen Roman zu schreiben? Das ist doch mal wirklich eine originelle Idee! Von tausend Romanen, die im Jahr erscheinen, spielen ja nur fünfhundert im CIA-Milieu.« Er wischte sich mit dem Daumen Pernodtropfen von seinem mächtigen Schnurrbart.

»Wo könnte ich herausfinden, was aus einem dieser Feldagenten geworden ist?« fragte er und nahm einen kleinen Schluck von seinem Cognac.

»Meinst du das im Ernst? Ich bezweifle stark, daß der OSS damals detaillierte Akten über seine Mitarbeiter angelegt hat. Eigentlich waren die Mitarbeiter dort ja kaum mehr als normale G.I.s, die sich von den anderen nur dadurch unterschieden, daß sie eine Fremdsprache beherrschten. Sie erhielten ein paar Wochen lang eine Spezialausbildung, dann hat man sie in ein Flugzeug gesetzt und über irgendeinem besetzten Land abspringen lassen. Nicht viele von ihnen sind zurückgekehrt.«

»Tja, so etwas Ähnliches habe ich mir schon gedacht«, brummte Charlie resigniert.
»Sag mir seinen Namen. Dann höre ich mich mal um, ob einer von den alten Hasen im Büro ihn noch aus der guten OSS-Zeit kennt.«
»Wilbur Striker.«
Bodine sagte zunächst nichts. Er starrte Charlie nur wie das achte Weltwunder an. Dann brach er in schallendes Gelächter aus und schlug mehrmals mit der Hand auf den Tisch. »Nein, nein... sag mir sofort, daß das nur ein Scherz war!« Er lachte so lange, bis sein Gesicht rot anlief.
»He, Jonathan, laß mich mitlachen!«
»Wilbur Striker war der Leiter der Operationen und des Pariser Büros, bis er vor fünfzehn Jahren in den Ruhestand ging«, antwortete Bodine und prustete weiter. »Über diesen Mann gibt es unzählige Geschichten, er war eine richtige lebende Legende.« Jonathan wischte sich mit dem Handrükken die Tränen aus den Augenwinkeln. »Der Hundesohn hat in seiner aktiven Zeit jedem das Leben zur Hölle gemacht. Aber in seinem Job war er eine Kanone, das muß man ihm uneingeschränkt zubilligen.«
»Toll, und ich dachte, ich müßte nach der berühmten Nadel im Heuhaufen suchen«, lächelte Charlie.
»Nein, du hast nach dem Heuhaufen selber gesucht!« lachte Bodine.
»Lebt Striker denn noch?«
»Nur noch zu einem Bruchteil. Er leidet an einem Lungenemphysem oder so. Er hat immer die Sauerstoffmaske dabei. Striker hat eine Wohnung im Sechzehnten Arrondissement. Sehr vornehm! Ein deutscher Krankenpfleger wohnt bei ihm und versorgt ihn rund um die Uhr.«
»Meinst du, ich kann mit ihm sprechen?«
»Nie und nimmer. Dieser sture Bastard wollte ja nicht einmal

mit dem Präsidenten der Vereinigten Staaten sprechen, als der ihm die Ehrenmedaille umhängte.« Jonathan erhob sich und knöpfte seinen englischen Regenmantel zu. »Tja, war nett, dich mal wiedergesehen zu haben, aber jetzt muß ich wieder die Demokratie in meinem Land sichern.«
»Bist du okay?« fragte Charlie besorgt, als er sah, wie Jonathan schwankte.
»Aber klar doch!« grummelte Bodine. »Nur in diesem Zustand kann ich den Tag im Büro durchstehen.« Er hatte Schwierigkeiten damit, den letzten Knopf durch das Loch zu schieben. Charlie stand auf und half ihm.
»Ich brauche die Nummer von Strikers Wohnung. Ich könnte mir nämlich vorstellen, daß er nicht im Telephonbuch steht.«
Er strich Jonathans Mantelkragen glatt.
Bodines Mundwinkel gingen amüsiert nach oben, und seine blutunterlaufenen Augen funkelten lustig. »Ich sag dir was, Charlie. Du stellst dich jetzt neben das Telephon an der Theke, und wenn ich wieder in meinem Büro sitze, rufe ich dich an. Aber wenn du irgend jemanden mitteilst, daß du die Nummer von mir hast, schneide ich dir höchstpersönlich das Herz heraus, verstanden?«
»Verstanden.«
»Wenn du den alten Sack dazu bringst, mit dir zu reden, bin ich dir ein Dinner schuldig«, sagte er noch und stolperte dann auf die Tür zu.
»He, Jonathan!« rief Charlie ihm durch das ganze Lokal nach.
Bodine drehte sich um.
Er grinste.
»Vielen Dank.«
»Noch hast du keinen Grund, dich bei mir zu bedanken. Wenn du ihn nämlich nicht zum Reden bringst, speise ich

auf deine Kosten im Maxim, Blödmann.« Er strich seinen Schnurrbart gerade und trat hinaus auf die Straße.
Charlie marschierte zum Tresen, stellte einen Fuß auf die Messingstange an der Verkleidung, bestellte sich einen doppelten Espresso und wartete.
Schon zwei Minuten später läutete das Telephon. Ein Kellner nahm ab und reichte nach ein paar Sekunden Charlie den Hörer. »Pour vous, Monsieur.«
Charlie brauchte nicht lange, um die Nummer auf die Rückseite eines Streichholzbriefchens zu schreiben.
Und jetzt auf ins Abenteuer, dachte er.
Er gab dem Kellner zwanzig Franc für die Telephonbenutzung und rief dann in Strikers Wohnung an.
Nachdem es etliche Male geklingelt hatte, hob jemand ab, der französisch mit starkem deutschem Akzent sprach.
Charlie fragte ihn auf englisch, ob er Wilbur Striker sprechen könne.
»Es tut mir leid, aber Herr Striker kann jetzt nicht mit Ihnen reden. Er ist gerade zu Tisch.« Es klang endgültig.
Charlie hörte, wie am anderen Ende jemand laut und schwer durch einen Respirator atmete. »Sagen Sie ihm, sein alter Freund aus Bordeaux, Baron de Montret, wolle ihn sprechen.«
»Einen Moment bitte, Herr Baron.«
Der Mann hielt mit der Hand die Sprechmuschel zu, aber Charlie hörte gedämpfte Stimmen. Zuerst sprach der Mann, dann antwortete ihm rauh und dunkel jemand. Nach einer Weile meldete er sich wieder bei Charlie.
»Wie lautet Ihr richtiger Name?«
»Charles Halleran. Ich bin Reporter, aber diese Sache hat nichts mit meinem Beruf zu tun. Ich rufe aus persönlichen Gründen an.«
Wieder gedämpfte Stimmen, dann: »Wissen Sie, wo die Place des Vosges ist?«

»Ja, nicht weit von der ehemaligen Bastille.«
»Heute abend um Punkt achtzehn Uhr dreißig an der Place des Vosges. Sie stehen direkt neben dem Springbrunnen im Zentrum des Platzes. Wenn Sie sich einen Meter weiter hinstellen, haben Sie sich umsonst bemüht. Haben Sie mich verstanden?«
»Verstanden«, sagte Charlie.
Am anderen Ende wurde aufgelegt.
Himmeldonnerwetter, in was für eine Geschichte hast du mich da gebracht, liebste Rena? fragte er sich, als er das Café verließ.

Kapitel 15

Um achtzehn Uhr fünfzehn hatte Charlie die exakte Mitte des Platzes gefunden. Er hatte sie ermittelt, indem er von einem Ende des ehemaligen Paradeplatzes zum anderen lief und dabei seine Schritte zählte. Die Summe teilte er dann durch zwei. Dann wiederholte er den Vorgang vom oberen zum unteren Ende. Er kam sich vor wie ein Idiot. Schaufensterbummler und Angestellte, die von der Arbeit nach Hause eilten, blieben stehen und schüttelten verwundert den Kopf, während er Schrittchen für Schrittchen über den Platz marschierte.
Striker ist nicht dumm, sagte er sich. Die Place des Vosges bot nirgendwo Schutz, erst recht nicht, wenn man genau in seinem Zentrum stand. Charlie blieb in dem von ihm errechneten Mittelpunkt stehen, wartete eine halbe Stunde und wagte es nicht, sich vom Fleck zu rühren.
Der Herbst hatte Paris erreicht. Die Straßen waren naß, und die Luft war feucht und kalt. Charlie zog den Reißverschluß seiner Lederjacke hoch und steckte die Hände in die Taschen,

um sie zu wärmen. Es half ihm nicht viel. Die feuchte Luft von Paris drang durch seine Kleider bis zu den Knochen. Er klapperte bald mit den Zähnen.
Die Dunkelheit setzte ein, und der Platz entvölkerte sich zusehends. In der Ferne sah Charlie die Scheinwerfer der Wagen, die sich die Rue St. Antoine hinunterquälten. Kein einziger von ihnen hielt am Platz an.
Wo steckt dieser Striker? Hoffentlich zeigt er sich bald! Ich kann mir die ganze Nacht um die Ohren schlagen, um den dringend erwarteten Bericht für die Zeitung fertig zu machen.
Charlie ahnte, daß der alte Mann sich irgendwo hier draußen aufhielt und ihn dabei beobachtete, wie er schlotterte und fror. Er spürte ihn ganz deutlich, so deutlich wie die Kälte in seinen Knochen.
Er sah auf seine Uhr. *Noch fünf Minuten, mehr gebe ich dem Hurensohn nicht mehr!* Er hüpfte von einem Fuß auf den anderen, um die Zehen vor dem Erfrieren zu bewahren. Plötzlich gingen die Scheinwerfer eines abgestellten Lieferwagens an. Er parkte in einer Seitenstraße, fuhr jetzt langsam los und steuerte auf Charlie zu. Fünfundzwanzig oder dreißig Meter vor ihm hielt er an.
Warum ist mir der verdammte Lieferwagen nicht gleich aufgefallen? Striker ist schwer krank, also fährt er auch in einem solchen Wagen.
Der Fahrer, ein blonder Hüne, stieg aus dem Wagen, lief um ihn herum und schob die Seitentür auf. Im Innern saß ein zerbrechlicher kleiner Mann in einem elektrischen Rollstuhl. Eine Decke lag über seinen Beinen. Der Fahrer drückte auf einen Knopf, und eine Rampe überbrückte das Stück zwischen Wagen und Boden. Der kleine Mann, der offenbar Striker war, rollte hinunter und hielt anderthalb Meter vor Charlie an.
Charlie konnte ihn nicht erkennen, weil Striker sich wohl-

weislich im Schatten der Scheinwerfer verborgen hielt. Er hörte nur ein Gurgeln wie von einem Taucher, der unter Wasser Luft holt.
»Mr. Striker, wenn ich nicht irre?« sagte Charlie.
Zuerst erhielt er keine Antwort, dann: »Treten Sie ins Licht, damit ich Sie mir anschauen kann.« Seine Stimme klang so, als würden in seiner Kehle ein paar Kieselsteine durcheinandergerüttelt.
Charlie gehorchte und stellte sich in das Scheinwerferlicht.
»Was wollen Sie?« kam Striker gleich zur Sache.
»Ich möchte herausfinden, ob de Montret wirklich gelebt hat.«
»Warum?«
»Sein Tagebuch wurde in den Vereinigten Staaten vom FBI gefunden. Sie sind in ihm als Übersetzer angegeben.«
Striker atmete rasselnd und sagte leise: »Dieser verwünschte McKinney!«
Charlie war völlig verblüfft, daß Striker McKinney kannte. Er machte Anstalten, auf den Rollstuhl zuzugehen, aber der Alte knurrte: »Bleiben Sie, wo Sie sind!«
Charlie erstarrte. Strikers heiserer Befehl ließ keinen Widerspruch zu.
»Ich sage Ihnen früh genug, wenn Sie sich rühren dürfen.«
Striker knipste mit zitternden Fingern ein goldenes Feuerzeug an. Er hielt es vor seinen Mund und zündete die Gitane an, die zwischen seinen papierenen Lippen steckte.
Für einen winzigen Moment konnte Charlie das Gesicht seines Gegenüber erkennen. Zwei Plastikschläuche liefen aus seinen Nasenlöchern hinunter bis zu den Lehnen, wo ein kleiner Sauerstofftank angebracht war. Ein sehr dünner Ziegenbart bedeckte sein Kinn. Er trug eine Baskenmütze, die ihm bis über die Ohren hing. Dicke Adern erinnerten an Flüsse und ihre Seitenarme, wie sie über seine schmalen,

knochigen Hände liefen. Dann erlosch die Flamme, und Striker war wieder in der Dunkelheit verborgen.
Charlie wußte aus seiner langen Berufserfahrung, daß man sich nie allein auf den ersten Eindruck verlassen durfte. Die Krankheit mochte vielleicht einen hohen Tribut von Strikers Körper verlangt haben, aber sein Geist war immer noch messerscharf.
»Warum interessieren Sie sich denn für de Montret?« wollte der Alte wissen.
»Weil die Morde, die der Baron vor zweihundert Jahren begangen hat, sich heute in den Weinbergen der Vereinigten Staaten wiederholen«, antwortete Charlie.
Striker reagierte nicht darauf. Nur an dem maschinenartigen Atemholen des Mannes und dem gelegentlichen Aufglühen der Zigarettenspitze konnte Charlie erkennen, daß sein Gegenüber noch da war. Dann hörte er wieder den Fluch: »Dieser verwünschte McKinney!«
»Die Person, der diese Morde angelastet werden, ist Maura McKinney, die Tochter von Peter McKinney«, erklärte Charlie in der Hoffnung, damit Striker zum Reden zu bringen.
Der Alte bekam einen Hustenanfall. Abgehackte Geräusche, die tief aus der Brust des Mannes kamen. Dann würgte er Auswurf hoch. Charlie fragte sich, wieviel Zeit Striker wohl noch blieb. Aber allem Anschein nach beunruhigte es den Mann nicht, daß er schon mit einem Bein im Grab stand, denn sonst hätte er sicher längst das Rauchen aufgegeben.
Charlie sah zu dem Lieferwagen hinüber. Der Riese mit dem kurzgeschorenen blonden Haar lehnte an der offenen Seitentür und blickte Charlie kalt an. Das ist wohl sein deutscher Krankenpfleger, sagte sich Charlie.
»Ich weiß nichts von diesen Morden«, erklärte Striker, als sein Hustenanfall vorüber war.

»Es hat aber in allen Zeitungen gestanden. Ich habe sogar heute morgen einen Artikel darüber in der in Paris erscheinenden *International Herald Tribune* gesehen.«
»Ich lese schon seit langem keine Zeitungen mehr«, entgegnete Striker voller Verachtung.
»Und in den Nachrichtensendungen im Fernsehen hat man auch darüber berichtet.«
»Fernsehen schaue ich mir erst recht nicht an!«
»Woher kennen Sie McKinney?«
»Warum wollen Sie das wissen?« fragte Striker argwöhnisch.
»Jemand, den ich kenne, ist die beste Freundin von McKinneys Tochter. Diese Bekannte von mir hat mich beauftragt, herauszufinden, ob das Tagebuch des Barons auf Fakten basiert oder einem wirklich kranken Hirn entsprungen ist. Ich habe ihr versprochen, mich darum zu kümmern.«
»Sie sind doch Zeitungsmann!« erklärte Striker barsch.
»Ich bin in Paris, um über die OPEC-Konferenz zu berichten, mehr nicht. Nichts von dem, was Sie mir heute abend sagen, wird jemals Eingang in eine Zeitung finden.«
»Wenn doch, überleben Sie das nicht«, drohte der Alte.
Charlie nickte. Striker spaßte nicht.
»Sie wollen also erfahren, wie ich McKinney kennengelernt habe? Gut, ich erzähle es Ihnen. Wir sind uns im Zweiten Weltkrieg begegnet. Ich war beim OSS, und er arbeitete für den britischen Geheimdienst.« Striker mußte innehalten, ehe er fortfuhr: »Er war einer der ganz wenigen Iren, die bereit waren, ihren Zorn auf die Engländer fürs erste zu schlucken und gegen die Deutschen zu kämpfen. Die meisten Iren haben ja große Sympathien für die Feinde Englands gehegt. McKinneys Französisch war erstklassig, sogar noch besser als meins. Vor dem Krieg hatte er lange in Frankreich in den Weinbergen gearbeitet. Wir wurden zusammen in Wales zu guten kleinen Spionen ausgebildet. Vor dem Zweiten

Weltkrieg war Spionage nicht gerade eine Wissenschaft oder ein Lehrberuf.«

Charlie hörte trotz des Sarkasmus heraus, daß Striker und McKinney gute Freunde gewesen sein mußten.

»Unsere Aufgabe bestand darin, deutsche Truppenbewegungen in der Gegend von Bordeaux zu verfolgen und zu melden. In einer feuchtkalten Nacht – so ähnlich wie diese – sind wir mit dem Fallschirm über Frankreich abgesprungen. Einige Kämpfer von der Résistance haben uns unten erwartet. Sie hielten Laternen hoch, damit wir wußten, wo wir landen sollten. Bei ihnen befand sich auch eine hübsche junge Frau. Clair de Montret.« Striker seufzte tief. Dann räusperte er sich mehrmals, um wieder reden zu können.

Auch wenn Charlies Zähne mittlerweile unkontrolliert klapperten, registrierte er die Veränderung in Strikers Tonfall, als er Clair erwähnte. Liebte der alte Bastard sie etwa immer noch?

»McKinney hat sich bei der Landung den Fußknöchel gebrochen. Die Franzosen haben ihn in das Château von Clairs Vater getragen… in das Château de Montret. Haben Sie je davon gehört?«

Charlie schüttelte den Kopf. »Nur durch das Tagebuch.«

»Natürlich nicht. Was wissen Sie auch schon von großen Weinen?« kicherte der Alte. »Wenn Sie je eine Flasche mit dem Etikett ›Château de Montret‹ geöffnet hätten, wüßten Sie, daß es sich um den besten Bordeauxwein in ganz Frankreich handelt. Die Familie de Montret hat jahrhundertelang einen einmaligen Wein hergestellt.«

»Ich bin mehr bei Bier ein Connaisseur«, murmelte Charlie.

Striker fuhr fort: »Ein sehr altes Schloß. Groß und etwas ganz Besonderes… Ich hatte bald darauf Gelegenheit, herauszufinden, etwas wie Besonderes es wirklich war«, fügte er mit einem Schaudern in der Stimme hinzu. »Peter McKinney versteckte sich im Dachstuhl des Schlosses, bis sein Fuß geheilt war. Ich habe mich als Franzose ausgegeben und als Traubenpflücker im Weinberg gearbeitet. Na ja, Flaschenabfüllen und so weiter war auch dabei, eben alles, was anfiel. Und unter dieser Tarnung habe ich für die Alliierten Informationen gesammelt.«

»Und während dieser Zeit hat Clair sich in Peter verliebt?« Charlie konnte Strikers Gesicht natürlich nicht sehen, aber er spürte, wie der Blick des Alten ihn bei dieser Frage durchbohrte.

»Ja, sie hat sich in ihn verliebt«, entgegnete er hart. »Besser gesagt, sie haben sich beide ineinander verliebt.« Wieder seufzte Striker, und es hörte sich an wie das Rasseln des Todes. »Sie war schließlich diejenige, die ihn versorgt und gepflegt hat, die vierundzwanzig Stunden am Tag nach ihm gesehen hat, die ihm die Stirn abtupfte, wenn er im Fieberdelirium war. Sie müssen nämlich wissen, daß sein Fuß Wundbrand bekam. Er wäre sicher gestorben, wenn Clair ihn nicht so hartnäckig am Leben erhalten hätte.«

Die Feuchtigkeit in der Luft verwandelte sich in einen feinen Nebel, und Charlie war von Kopf bis Fuß durchnäßt. Wassertropfen liefen ihm über das Gesicht und in die Augen. »Glauben Sie, wir könnten unsere Unterhaltung an einem etwas trockeneren Ort fortsetzen?« Charlie fror so sehr, daß er stotterte.

»Ist es Ihnen hier etwa zu naß?« fragte Striker mit einigem Amüsement.

Aus der Dunkelheit erschien eine skelettartige Hand mit einer silbernen Flasche.

»Was ist denn das?« wollte Charlie wissen.

»Cognac. Nehmen Sie. Ich könnte es nie mit meinem Gewissen vereinbaren, wenn Sie hier draußen eine Lungenentzündung bekämen und meinetwegen sterben müßten.«

Charlie riß ihm die Flasche aus der Hand und trank zwei tiefe Schlucke. Ein hervorragender Cognac, der ihn von innen wärmte. Nach ein paar Sekunden fühlte er sich beinahe wieder warm.

Unvermittelt fragte Striker sehr freundlich: »Haben Sie Hunger, Mr. Halleran?«

Charlie war davon völlig überrascht. »Ja, sicher.« *Mir ist alles recht, wenn ich nur aus diesem kalten, nassen Wetter wegkomme.*

»Hans!« rief der Alte dem Hünen am Wagen zu. Seine Stimme klang so kraftvoll, wie man sie bei einem, der todkrank ist, nie erwartet hätte.

Hans trug einen schwarzen ledernen Trenchcoat.

»Unser Gast verspürt Hunger, Hans. Wir wollen ihm etwas zu essen geben«, erklärte Striker lebhaft, als Hans herangetreten war, und rieb sich die Hände. Er schaltete seinen Rollstuhl an und fuhr zum Wagen zurück.

Hans lächelte leblos und sah Charlie mit kalten Augen an, als er ihm bedeutete, Striker zu folgen.

Nachdem der Alte in das Wageninnere zurückbefördert war, erklärte Hans Charlie mit starkem Akzent: »Einsteigen bitte.« Er packte Charlie am Arm und hievte ihn hoch. Sein Griff war fest wie ein Schraubstock.

Das Wageninnere war ganz auf die Bedürfnisse Strikers hin eingerichtet worden. Nur eine kleine Lampe brannte über dem Tisch, und der Großteil des Innenraums lag im Dunkeln. Hans hüpfte herein, befestigte den Rollstuhl an der Wand und verriegelte die Räder. Er hob dann den Alten vorsichtig heraus und setzte ihn sanft in einen Sessel am Tisch.

»Hinsetzen bitte«, befahl er Charlie.

Charlie ließ sich gegenüber Striker nieder.

Der Hüne öffnete den kleinen Kühlschrank, holte Käse, Brot und eine Salami heraus und legte alles auf den Tisch.

Charlie lief das Wasser im Mund zusammen. Erst jetzt bemerkte er, wie hungrig er war.
Hans hatte plötzlich eine Flasche Bier in der Hand, entfernte den Kronkorken und reichte sie Charlie. Danach nahm er auf dem Fahrersitz Platz, startete den Motor und fuhr los.
Charlie machte sich über das Essen her. Nach dem zweiten Stück Käse fiel ihm auf, daß Striker nichts zu sich nahm. Charlie sah ihn fragend an.
»Bitte stärken Sie sich, mein Freund«, lachte der Alte. Noch immer war eine Spur Sarkasmus in seiner Stimme. »Das einzige, was mein Magen noch vertragen kann, ist so etwas wie ganz wäßriger Haferschleim. Da ziehe ich meinen Cognac vor.«
»Wann haben Clair und Peter geheiratet?« fragte Charlie und kaute auf einer dicken Scheibe Salami herum.
»Ach ja, Clair und Peter... Sie haben in Bordeaux geheiratet, in der altehrwürdigen Kirche von Saint-Seurin. Eine wunderbare Hochzeit. Ich war Trauzeuge. Nur leider war diese Veranstaltung ein großer Fehler. Ich habe Peter gewarnt und ihm gesagt, daß er so wenig wie möglich auffallen dürfe. Auf gar keinen Fall dürfe er sich in eine Situation bringen, in der die Nazis auf ihn aufmerksam wurden. Aber Clairs Vater, der alte de Montret, wollte nichts davon wissen. Schließlich heiratete seine Tochter, und sie sollte gefälligst in Saint-Seurin vor den Traualtar treten. Seit Anfang des sechzehnten Jahrhunderts haben alle de Montrets dort den Ehebund geschlossen.« Striker schwieg für einen Moment und fügte dann giftig hinzu: »Nun, alle bis auf einen.« Er legte eine Pause ein, anscheinend um nachzudenken. Schließlich fuhr er fort: »Die Deutschen wurden natürlich darauf aufmerksam und wollten wissen, wer McKinney war. In ihren Augen mußte er etwas ganz Besonderes sein, wenn er die schönste und reichste Tochter von ganz Bordeaux ehelichen durfte. Und dann trat

das ein, was ich am meisten befürchtet hatte. Als die von den Deutschen abhängigen französischen Behörden Peters Papiere überprüften, entdeckten sie, daß er den Namen eines Mannes benutzte, der bereits seit gut fünfzig Jahren tot war. Sie kamen mitten in der Nacht, um ihn abzuholen. Sie verhafteten auch Clair und den alten Baron. Ich habe mich im Keller versteckt und durch ein kleines Fenster verfolgt, wie sie abgeführt wurden. Was hätte ich auch sonst tun können? Man hatte uns bei der Ausbildung beigebracht, mit der Arbeit fortzufahren, wenn einer von uns getötet oder gefangengenommen würde, und uns nicht umzudrehen. Zwei Tage später konnte McKinney mit Hilfe der Résistance fliehen. Für die de Montrets war es jedoch schon zu spät. Die Deutschen hatten den Baron in der Nacht zuvor hingerichtet, und Clair hatten sie in ein belgisches Arbeitslager geschickt. Peter kam zu mir und sagte, wir müßten auf der Stelle verschwinden, weil die Deutschen schon auf dem Weg zum Schloß seien, um es auszuräumen und danach in die Luft zu sprengen.«

»Warum wollten sie denn so etwas tun?« fragte Charlie.

»Als Lehre für die Bewohner von Bordeaux: Wenn man den Alliierten hilft, wird man nicht nur hingerichtet, sondern man verliert auch allen Besitz und bekommt das Haus in die Luft gejagt. Ein Mittel, das fast immer wirkte. Wissen Sie, die Franzosen schätzen ihren Besitz mehr als das Leben anderer.«

»Und was war mit dem Tagebuch?«

»Dazu komme ich noch. Wir hörten, wie die Deutschen anrückten. Sie waren schon auf der Straße, die zum Schloß führte. Ich packte Peter am Arm, um ihn nach draußen zu bringen, aber er riß sich von mir los und rannte eine Treppe hinauf. Kurz darauf kehrte er mit einem abgenutzten, in Leder gebundenen Buch zurück, dem berühmten Tagebuch.

Er wirkte wie ein Besessener und sagte: ›Ich muß es zerstören! Niemand darf es jemals finden! Ich habe es Clair versprochen!‹ Er wollte ein Feuer anzünden und es verbrennen. Aber dafür war es längst zu spät. Die Deutschen standen ja schon so gut wie vor der Tür. Ich legte ihm beide Arme um den Bauch und schleuderte ihn fort. Wir rannten um unser Leben und versteckten uns in den Wäldern hinter dem Château. Von dort aus beobachteten wir, wie die Deutschen alles, was nicht niet- und nagelfest war, aus dem Schloß schafften. Dann legten sie Sprengsätze an und jagten das wunderbare Gebäude in die Luft. Kein Stein blieb auf dem anderen. Wir liefen die ganze Nacht hindurch und wollten die Küste erreichen. Ein Fischerboot wartete dort, um uns aufzunehmen. Nach ein paar Kilometern hörten wir hinter uns das Gebell der deutschen Suchhunde. Sie hatten unsere Witterung aufgenommen. Die Deutschen entdeckten uns und fingen an zu schießen. Wir gelangten endlich zur Küste, aber mich traf eine Kugel in den Bauch. Während ich im Sand lag, sah ich, wie Peter überlegte, was er mit dem Tagebuch anfangen sollte. Er schob es schließlich in seinen Rucksack.

Ich habe nur eine vage Erinnerung an das, was dann geschah. McKinney trug mich durch das Wasser zu einem Kahn. Ich habe ihn wohl mehrmals dringend aufgefordert, mich zurückzulassen und an seine eigene Sicherheit zu denken, aber er hörte mir gar nicht zu und erklärte, er habe bereits zwei Menschen verloren, die ihm lieb und wert gewesen seien. Irgendwann habe ich das Bewußtsein verloren. Als ich wieder zu mir kam, fand ich mich in einer Koje auf dem Fischerboot wieder. Peter saß neben mir und las in dem alten Buch. Ich habe ihn nie so erregt und entsetzt gesehen, nicht einmal an dem Tag, als er erfuhr, daß die Nazis Clair nach Belgien geschafft hatten. Ich fragte ihn, was los sei,

aber er schüttelte nur den Kopf. Dann nahm er das Buch unter den Arm und verließ die Kabine.
Von da an fand ich keine Ruhe mehr. Ich mußte unbedingt erfahren, was in dem Tagebuch stand. Was war daran so wichtig, daß McKinney im Schloß sein Leben aufs Spiel gesetzt hatte, um es nicht in die falschen Hände fallen zu lassen? Ich mußte es einfach herausfinden! Irgendwie gelang es mir, meinen verwundeten Körper aus der Koje zu schieben und Peter zu folgen. Er marschierte in den Kesselraum. Durch die Ritze in der Tür verfolgte ich, wie er das Buch in den Kessel warf. Im gleichen Moment ging die Alarmglocke los. Feindliche Schiffe waren aufgetaucht. McKinney rannte aus dem Kesselraum in seine Koje zurück. Ich verbarg mich unter der Treppe, bis er außer Sichtweite war. Dann begab ich mich zum Kessel, packte eine Schaufel und zog damit das heraus, was von dem Buch übriggeblieben war. Es war überall an den Rändern verkohlt, aber man konnte fast alles noch lesen. Ich nahm es an mich und versteckte es unter meinem Bett. Am nächsten Tag erreichten wir den Ärmelkanal. Peter verließ das Schiff und wurde nach Brighton gebracht, um dort Bericht zu erstatten. Ich fuhr weiter bis Bournemouth und verbrachte dort zwei Monate im Krankenhaus, bis die Wunde verheilt war. Während dieser Zeit habe ich dieses entsetzliche Werk ins Englische übersetzt.«
Striker steckte sich noch eine Zigarette an. Als er den Rauch tief inhalierte, erinnerte Charlie das Geräusch, das aus den ruinierten Lungenflügeln des Alten kam, an den Motor in seinem Aquarium, das er als Junge besessen hatte.
»Öffnen Sie den Schrank hinter Ihnen«, befahl er Charlie. Charlie drehte sich um und entdeckte ein Kabinett aus Eichenholz. Er zog die Tür auf und erblickte eine stattliche Ansammlung diverser Liköre und Cognacs.
»Nehmen Sie die verstaubte Flasche. Sie enthält einen ein-

hundert Jahre alten Cognac. Wofür, zum Teufel, hebe ich sie eigentlich noch auf?« murmelte er. »In sechs Monaten bin ich unter der Erde, und ich möchte nicht, daß ich als letzten Gedanken mich darüber gräme, diese Flasche zurückgelassen zu haben. Bloß damit Hans sie saufen kann.«

Charlie reichte ihm die Flasche. Striker zog mit seinen dürren Fingern den Korken heraus.

»Sie sind zu sehr an diese amerikanische Pisse gewöhnt, Halleran, die für Bier gehalten wird. Für diesen Göttertrank hier braucht man Kristallgläser. Nun holen Sie sie schon aus dem Kabinett, Himmeldonnerwetter noch mal!«

Charlie drehte sich wieder um, ergriff zwei Baccarat-Schwenker und stellte sie auf den Tisch. Der Alte gab ihm die Flasche, damit er das Einschenken vornehmen konnte.

Sie genossen für ein paar Minuten schweigend ihren Cognac und ließen sich vom Alkohol die Knochen wärmen. Endlich fragte Charlie: »Ist das Tagebuch echt?«

»Ja, es ist echt, absolut. Nach dem Krieg habe ich das Papier, die Tinte und so weiter überprüfen lassen. Dieses Tagebuch wurde wirklich vor zweihundert Jahren geschrieben.«

»Und wie ist Peter McKinney wieder in den Besitz des Tagebuchs gelangt?«

»Ganz einfach, ich habe es ihm gebracht. Ich hörte irgendwann, daß er Clair nach dem Krieg in einem Auffanglager ausfindig gemacht hatte. Ich wußte, daß er irgendwo in Nordkalifornien Land besaß, das ihm von irgendeinem Großonkel vermacht worden war. Er und Clair beschlossen, dorthin zu gehen und ein neues Leben zu beginnen. Das wunderbare Schloß ihres Vaters war zerstört, und die Deutschen hatten auch die Weinberge der de Montrets ruiniert. Es gab also für die beiden nichts mehr, was sie in Frankreich oder Irland halten konnte. Vierzehn Jahre nach dem Krieg bin ich geschäftlich nach San Francisco gereist und habe von dort aus einen Abstecher ins Napa Valley gemacht. Ich hatte das Tagebuch dabei.« Er schwieg wieder kurz und erklärte dann leise: »Ich hatte natürlich keine Ahnung, daß Clair bei der Geburt ihres Kindes gestorben war. Die Nachricht erschütterte mich. Maura war damals zwei Jahre alt. Sie war das schönste Kind, das ich je gesehen hatte. Mein Gott, war sie wunderbar! McKinney und ich saßen auf der Veranda, blickten auf seine Weinberge und unterhielten uns über die alten Zeiten. Doch eigentlich habe ich ihm gar nicht richtig zugehört. Ich konnte nur Maura zusehen, wie sie auf den Stufen spielte. Mit ihrem langen blonden Haar war sie das genaue Ebenbild von Clair.«

Trotz des Halbdunkels entdeckte Charlie, daß die Augen des Alten feucht wurden.

»Ich gab Peter den Originaltext und meine Übersetzung. Er wurde leichenblaß, als er sie vor sich sah. Er nahm sie zwar entgegen, weigerte sich aber hartnäckig, darüber zu reden. Ich bestand darauf, und zuerst wurde er furchtbar wütend, aber schließlich gab er nach. Ich wollte von ihm wissen, wie er an das Werk geraten sei. Er antwortete, Clair habe ihm nach der Hochzeit von dem Buch erzählt. Nur, daß es existierte, aber nicht, was drinstand. Seit zweihundert Jahren wurde das Buch in der Familie de Montret von einer Generation an die nächste weitergereicht. Clair ermahnte ihn, er müsse das Buch unbedingt vernichten, sollte ihr oder ihrem Vater etwas zustoßen. Nie dürfe irgendwer erfahren, was dort niedergeschrieben war. Darum wollte Peter in der Nacht, in der die Deutschen kamen, auch unbedingt vor seiner Flucht das Tagebuch an sich bringen. Ihm war nach meiner Übersetzung klar, daß ich über den Inhalt Bescheid wußte. Er nahm mir das Versprechen ab, niemandem etwas davon zu erzählen. Ich habe es geschworen und bis heute diesen Schwur gehalten. Jener

Tag auf seinem Weingut war das letzte Mal, daß wir uns gesehen haben.«
Der Cognac tat seine Wirkung. Charlies Kleider waren zwar immer noch feucht, aber er spürte es jetzt nicht mehr. Er goß sich ein weiteres Glas ein. »Haben Sie Nachforschungen über den Baron angestellt? Ich meine, Ihnen als Chef der CIA in Frankreich hätte das nicht sonderlich schwerfallen dürfen.«
»Natürlich habe ich Nachforschungen betrieben«, gab Striker unwillig zurück. »Ich habe sogar sein verdammtes Grab besucht! Gemäß den vorhandenen Unterlagen ist er zweiundsiebzig geworden.«
»Wie ist er denn gestorben?«
»Gemäß den Akten?«
»Ja.«
»An Altersschwäche.«
»Das haben Sie natürlich nicht geglaubt, oder?«
»Verdammt, nie und nimmer. Ich hielt die Geschichte für wahrheitsgetreuer, die man sich rund um Bordeaux auch heute noch über den alten Baron erzählt.«
»Und was erzählen sich die Leute dort?«
»Daß die Seelen der Männer und Frauen, die er in seinen Weinbergen ermordet hat, aus ihren Gräbern aufgestiegen sind und sich an ihm gerächt haben. Man erzählt sich weiter, daß die faulenden Leichname ihn am Boden festgehalten und ihm einen spitzen Stock, geschnitzt aus einem der Rebenstämme auf seinem Weinberg, ins Herz getrieben haben.«
»Die Geschichte habe ich doch schon mal gehört«, lächelte Charlie.
»Alle Volkserzählungen haben ein Körnchen Wahrheit in sich. Gehen wir also davon aus, daß er umgebracht wurde. Ich habe mir die Erlaubnis der französischen Regierung verschafft, sein Grab zu öffnen.«

Charlies Augen leuchteten auf.
»Der Besuch in der Familiengruft war interessant. Alle de Montrets waren nebeneinander aufgereiht, nur einer nicht, Gustave. Er ruhte abseits in einem rasch zusammengemauerten Kalksteingrab.«
»Und das haben Sie geöffnet?«
»Ja. Gustave scheint tatsächlich ermordet worden zu sein. Ich ließ seine Gebeine nach Paris schaffen, um sie dort genauer untersuchen zu lassen. Er hat unzählige Messerstiche abbekommen, und man hat ihm buchstäblich jeden einzelnen Knochen im Leib gebrochen.«
»Wer könnte das getan haben?«
»Vermutlich die Bürger von Bordeaux. Vielleicht sind sie dahintergekommen, was er all die Jahre lang getrieben hat. Jedenfalls wurde es nach Gustaves Tod allen de Montrets auf fünfzig Jahre untersagt, den Besitz zu betreten.«
Charlie stellte seinen Kognakschwenker ab. Der Alkohol stieg ihm allmählich zu Kopf. »Ich wußte nicht, daß der Baron eine Familie hinterlassen hat. In seinem Tagebuch wird kein Angehöriger erwähnt.«
»Er hatte einen Bruder, dem ein Weingut in Burgund in der Region Côte d'Or gehörte. Erst die Großneffen von Gustave haben schließlich wieder in Bordeaux Wein angebaut.«
Charlie rieb sich die Augen, um seinen Kopf etwas klarer zu machen. »Der Baron war ein Psychopath. Das gehört nicht unbedingt zum Erbgut, erst recht nicht, wenn er keine leiblichen Nachkommen hinterlassen hat. Warum könnte zweihundert Jahre später einer seiner Nachfahren dem gleichen Wahnsinn verfallen?«
»Ich bin kein Psychiater, Mr. Halleran, sondern nur ein pensionierter Auftraggeber für Attentäter.«
Charlie beugte sich zu dem Alten vor. »Können Sie sich noch an die einzelnen Einträge in dem Tagebuch erinnern?«

»Mr. Halleran, ich erinnere mich an jedes einzelne Wort in diesem gottverdammten Werk«, entgegnete er kühl.
»Was ist mit dem letzten Eintrag?«
Strikers Augen wurden hart. »Ich dachte, Sie hätten das Tagebuch gelesen.«
»Der letzte Eintrag in Ihrer Übersetzung wurde herausgerissen.«
Der Alte schloß die Augen und lächelte. »Dann wissen Sie es also nicht?«
»Was weiß ich nicht?« fragte Charlie verwirrt.
»Ich habe Sie offenbar mißverstanden. Ich unterlag dem Eindruck, Sie hätten gesagt, Sie hätten die *gesamte* Übersetzung gelesen.« Sein Blick suchte Charlies Gesicht ab.
»Sie haben in Ihren Anmerkungen geschrieben, der letzte Eintrag sei der gräßlichste von allen. Was steht in ihm?« fragte Charlie.
Striker lächelte wieder. »Und ich dachte, Sie wüßten es. Nur aus diesem Grund ist das Gespräch zwischen uns so weit gekommen. Doch jetzt würde ich Peter und Clair hintergehen, wenn ich das Gespräch fortsetzen würde. Der letzte Eintrag in dem Tagebuch hat keinen Bezug zu Maura und den Morden.«
»Was steht in ihm? Mehr will ich gar nicht von Ihnen wissen!« Charlie spürte, wie das Blut in seinen Schläfen rauschte.
»Woher soll ich das wissen?« entgegnete der Alte. »Und nun fühle ich mich erschöpft, Mr. Halleran. So sehr ich Ihre Gesellschaft genossen habe, so sehr bedaure ich, daß nun der Moment des Abschieds gekommen ist.«
Verfluchte Scheiße! dachte Charlie. *Ich war so verdammt nah dran!* »Hören Sie, ich verspreche Ihnen bei allem, was mir heilig ist, daß nichts von unserer Unterhaltung morgen in der Zeitung stehen wird, wenn Sie das beunruhigt.«
»Das glaube ich Ihnen, Mr. Halleran.« Der Alte wirkte jetzt

unschuldig und entrückt wie ein Engel. »Hans, laß Mr. Halleran hinaus.«

Der Hüne fuhr rechts ran und schaltete den Motor ab. Er stieg aus und schob die Seitentür auf. Der Nebel draußen hatte sich in einen ausgewachsenen Regenguß verwandelt.

»Gute Nacht, Charlie Halleran«, lächelte Striker.

Charlie wollte noch nicht gehen, aber dann bemerkte er neben sich Hans' muskelbepackten Körper und seinen eisenharten Blick. Beides machte ihm klar, daß ihm keine Wahl blieb. »Gute Nacht, Striker«, seufzte er und sprang aus dem Wagen. Der heftige Regenguß traf ihn hart ins Gesicht und machte ihn fast blind. Er bekam jedoch mit, daß er von Wald umgeben war. »He, das hier ist aber nicht Paris!« schrie er und drehte sich zu dem Lieferwagen um.

Die Seitentür war bereits verschlossen. Im nächsten Moment schob Hans den Kopf aus seinem Fenster und lachte: »Sie müssen sich auf der Straße nach links wenden, Herr Halleran. Dann können Sie Paris gar nicht verfehlen.«

Er lachte noch lauter, warf ihm die Kognakflasche zu, kurbelte das Fenster hoch und brauste davon.

Charlie kämpfte sich durch den Regen über die menschenleere Straße, bis er ein Schild erreichte. Sein Herz sank nach unten, als er las:

PARIS 15 Kilometer

Striker hatte sichergestellt, daß morgen wirklich nichts von seinen Ausführungen in der Zeitung stehen würde, dachte Charlie. Wenn er wieder in Paris war, würde es längst morgen sein.

Er zog sich den Kragen über den Kopf, nahm einen tiefen Schluck aus der Flasche und begann seinen endlosen Rückmarsch zum Hotel. Er wollte lieber nicht darüber nachdenken, wie wütend sein Chefredakteur morgen sein würde,

wenn er an seinem Telefax keinen Ausdruck über den Fortgang der OPEC-Konferenz vorfand.
»Bei allem, was recht ist, Rena, dafür bist du mir einen verdammt großen Gefallen schuldig!« brüllte er in die Nacht hinaus, und zur Antwort wurde aus dem Regenguß ein Wolkenbruch.

Kapitel 16

Harriet Crowe saß allein an dem Ecktisch in *Pandora's Box* und trank mit zwei dünnen roten Strohhalmen ihren Kir. Sie zog diesen Tisch allen anderen vor, denn die Birne in der Lampe direkt über ihr war durchgebrannt und ließ so ihren Platz im Dunkeln. Die Bar war auch sonst nicht sonderlich hell beleuchtet. Ein paar Schienen an der Decke, deren Birnen rot oder blau abgedeckt waren, um eine wärmere Atmosphäre zu schaffen. *Pandora's Box* gehörte nicht zu den Lokalen, die durch zu grelle Beleuchtung die merkwürdigste Kundschaft anziehen wollten. Hier war ein Treffpunkt für Lesben, und solche Bars waren in Boise, Idaho, weder besonders häufig noch übermäßig willkommen.
Sie nippte an ihrem Drink und hielt den Blick stur auf den naß gewordenen Untersetzer auf ihrem Tisch gerichtet. *Warum habe ich mir nicht das Haar gefärbt, bevor ich heute abend ausgegangen bin?* fragte sie sich ärgerlich. Graue Strähnen zeigten sich in ihren Haaren, und sie fühlte sich zwischen den hier anwesenden Frauen uralt.
Harriet vermied jeglichen Blickkontakt mit anderen Gästen. Hin und wieder schaute sie kurz auf die kleine, dunkel gehaltene Tanzfläche auf der anderen Seite der Bar. Sie entdeckte dort einige Pärchen, die sich eng umschlungen hielten und sich langsam zu einem Song von Anita Baker wiegten.

Drüben an der Jukebox lehnten zwei Frauen an der Wand. Sie unterhielten sich flüsternd, kicherten immer wieder und streichelten sich. Beide hielten eine Bierflasche in der Hand. Harriet sah rasch in eine andere Richtung. Ihr Magen verkrampfte sich. Wenn jemand sie hier erkannte? *Großer Gott, was bin ich doch für eine Närrin, daß ich hierherkomme!* Boise war zwar die Hauptstadt des Staates Idaho, aber dennoch ein kleiner Ort. Harriet saß im Schulrat und war daher vielen bekannt. Wenn es jemals an die Öffentlichkeit kam, daß sie lesbisch war, wenn nur der Hauch eines Skandals auf sie fiel, würde sie sofort zurücktreten müssen.

Trink dein Glas aus und verschwinde von hier! sagte sie sich und war sich selbst zuwider. Sie wandte ihr trauriges, vom Weinen aufgeschwemmtes Gesicht von den anderen ab, damit niemand sie erkennen konnte.

Das letzte Mal hatte sie eine solche Bar aufgesucht, als sie endlich vor sich selbst bekennen konnte, daß sie lesbisch war. Und dieser Tag lag viele Jahre zurück. Sie hatte dann Martha kennengelernt, und die beiden Frauen hatten dreiundzwanzig Jahre eine feste, monogame Beziehung unterhalten. Martha war für Harriet alles gewesen: Vertraute, Gefährtin und Liebhaberin. Vor sechs Monaten hatte Martha beim Duschen unter der rechten Achsel einen bösartigen Tumor entdeckt. Drei Wochen später war sie tot. Den beiden hatte nicht mehr viel Zeit zur Verfügung gestanden, sich voneinander zu verabschieden. Sie hatten nicht einmal mehr Gelegenheit gehabt, in den alten Photoalben zu blättern und sich der gemeinsamen Zeiten zu erinnern. Eine Beziehung, die dreiundzwanzig Jahre lang gehalten hatte, wurde binnen einundzwanzig Tagen vollkommen zertrümmert.

Der Schmerz über Marthas Tod war groß in Harriet, aber noch schlimmer wog die Pein der Einsamkeit. Sie war heute abend hierhergekommen, weil sie es zu Hause nicht mehr ausgehalten hatte, weil sie dringend unter Menschen, unter ihresgleichen sein mußte. Zu ihrem Leidwesen mußte sie erkennen, daß das Publikum in *Pandora's Box* nichts mit ihr gemein hatte. *Worüber soll ich mich mit diesen Frauen unterhalten? Sie sind nur hier, weil sie etwas für diese Nacht suchen. Ob eine von ihnen je von George Sand gehört hat? Oder von Gertrude Stein? Höchst unwahrscheinlich. Mein Gott, was für eine blöde Idee von mir, dieses Lokal aufzusuchen!*

Harriet hielt nach der Kellnerin Ausschau. Sie wollte ihre Zeche bezahlen und gehen. Plötzlich ging die Eingangstür auf, und eine große Frau mit langem blondem Haar und einem schwarzen Minirock trat ein. Sie steuerte gleich den Tresen an, bestellte sich einen Drink und ließ dann suchend den Blick wandern. Frech und provozierend lehnte sie sich mit den Ellenbogen auf die Mahagoniplatte, zog ein Bein an und betrachtete nach und nach die Tische. Die Kellnerin brachte ihr einen Scotch mit Wasser. Die Blondine leerte auf einen Zug das halbe Glas.

Ja, die sucht hier nur nach Action, dachte Harriet. Die junge Frau sah sehr gut aus, war aber nicht Harriets Typ. Außerdem wirkte ihr Haar verklebt, und auch sonst machte sie den Eindruck, als habe sie ein Bad nötig. *Nicht in tausend Jahren, und wenn sie die letzte Frau auf der Erde wäre!* Viel zu gewöhnlich. Und wenn Harriet es recht betrachtete, hatte sie mit keiner der anwesenden Lesben etwas gemein. Die einzige, die sie je hatte lieben können, schloß sie unglücklich, lag jetzt tief unter der Erde in einem Sarg.

Sie warf noch einmal einen Blick auf die Blondine. *Etwas Sonderbares geht von ihr aus... was mag es nur sein?* Harriet war sich sicher, daß sie sie noch nie gesehen hatte. Allmächtiger, mit so einer würde sie sich nie und nimmer einlassen.

Unvermittelt drehte die Frau an der Theke sich zu ihr hin und lächelte, so als könne sie Harriets Gedanken lesen.

Ein Schaudern ging durch Harriets zierlichen Körper. Die Blondine tat nur so, als würde sie lächeln. In Wahrheit lag etwas Höhnisches in ihrer Miene. Ihr leicht geöffneter Mund zeigte lippenstiftbeschmierte Zähne. Dann erschien die Zungenspitze wie ein Aal zwischen den Lippen und leckte einmal über das ganze Rund. Macht sie sich über mich lustig? fragte sich Harriet verwirrt.

Harriet sah in eine andere Richtung. Diese Frau war schlecht, das spürte sie ganz genau. Harriet bekam Angst. Ihre Beine waren so weich, als befänden sich keine Knochen mehr in ihnen. Und sie spürte einen immer stärkeren Drang, ihre Blase zu leeren. Was sollte sie jetzt tun?

Bezahl und verschwinde!

Die Blondine lockte sie immer noch auf plump direkte Weise. Harriet zog rasch einen Zehn-Dollar-Schein aus ihrer Handtasche und legte ihn auf den Tisch. Sie wollte und konnte nicht mehr darauf warten, daß die Kellnerin endlich zu ihr kam. Sie erhob sich so hastig, daß die Handtasche ihren Fingern entglitt. Münzen, Kreditkarten, Kaugummi und Kleenextücher fielen heraus und verteilten sich über den Boden. Harriet geriet nun erst recht in Panik. Als sie sich bückte und ihre Stücke aufsammelte, sah sie zwei schlanke Hände mit langen roten Fingernägeln vor sich. Die Hände halfen ihr, alles aufzuheben. Harriet sah auf und erblickte zwei Augen, ein braunes und ein blaues, die sie anstrahlten. Harriets Mund ging auf und schloß sich nicht wieder. Solche Augen hatte sie in ihrem ganzen Leben noch nicht gesehen. Nur ein leises »Danke« entrang sich ihrem ausgetrockneten Mund.

Die Blondine sagte nichts, lächelte nur weiter provozierend. Harriet blickte in die ungewöhnlichen Augen. Die Pupillen wirkten eigenartig, so als sei die Frau wahnsinnig.

Harriet richtete sich rasch wieder auf und eilte an der Blondi-

ne vorbei auf den Ausgang zu. Sie wußte, daß die merkwürdige Frau ihr nachstarrte. Sie spürte die furchtbaren Augen, die sich wie glühende Kohlen in ihren Rücken brannten.
Als Harriet dann allein auf dem dunklen, fast leeren Parkplatz stand, erlitt sie wieder einen Panikanfall. Der Drang, sich zu erleichtern, wurde noch stärker. Sie konnte nicht verhindern, daß ein paar Tröpfchen austraten. Harriet wollte nur noch so schnell wie möglich fort von hier. Wenn sie doch heute abend bloß zu Hause geblieben wäre!
Sie lief zu ihrem Wagen und kramte in der Handtasche nach den Schlüsseln. *Wo stecken diese verdammten Dinger bloß? Gott sei Dank, da sind sie ja!* Harriet sprang in den Wagen, schloß alle Türen ab und startete den Motor.
Nie wieder werde ich dieses Lokal aufsuchen, Martha! Nie wieder! Ich liebe dich, Martha! Bitte verzeih mir, ich habe mich so furchtbar einsam gefühlt.
Auf dem Weg nach Hause starrte sie alle paar Sekunden in den Rückspiegel, fürchtete jeden Moment, dort einen Verfolger zu erblicken. Aber sie sah immer nur die schwarze Nacht und hin und wieder eine Straßenlaterne. Allmählich beruhigte sie sich etwas. Die Innenseiten ihrer Oberschenkel waren von den Urintröpfchen naß und kalt, aber wenigstens war sie in Sicherheit.
Da hast du dich ja wieder besonders dämlich angestellt! schimpfte sie zehn Minuten später, als sie Caldwell erreichte. *Die Blondine hat nur etwas für die Nacht gesucht, nicht mehr und nicht weniger. Wieso hätte sie dir etwas tun sollen? Du bist eben einfach nicht reif für eine Begegnung mit solchen Frauen... Aber diese verschiedenfarbigen Augen... Wie ist so etwas überhaupt möglich? Mein Gott, was für eine Type! Wenigstens habe ich jetzt meine Lektion gelernt, Martha. So etwas werde ich nie, nie wieder tun!*
Ihre Gedanken kehrten immer wieder zu der Blondine zu-

rück. Und plötzlich war die Panik wieder da, diesmal noch stärker als vorher. Sie hielt das Lenkrad mit der einen Hand und suchte mit der anderen in der Handtasche nach der Brieftasche. Ihre Finger kramten in allen Ecken und suchten immer verzweifelter. Keine Brieftasche!

»O nein!« stöhnte sie. Wahrscheinlich lag sie immer noch unter dem Tisch in der Bar.

Sie fuhr rechts ran und schaltete den Motor ab. Sollte sie zurückfahren? Dann fiel ihr ein, daß die merkwürdige Frau noch dort sein mußte, und ihre Beine begannen zu zittern.

Nein, sie konnte nicht zurück. Sie nahm sich vor, sofort bei *Pandora's Box* anzurufen, sobald sie zu Hause war. *Ich kann nur hoffen, daß ihnen mein Name auf den Kreditkarten und dem Führerschein nichts sagt.* Wenigstens enthielt die Brieftasche nichts, was auf ihren Arbeitsplatz schließen ließ.

Aber auf dem Führerschein stand ihre Privatadresse!

Dann kam ihr ein neuer Gedanke. *Wenn die Blondine die Brieftasche an sich genommen hat? Nie wieder, Martha!*

Als sie ihr Haus in einem der Randbezirke von Caldwell erreichte, fuhr sie den Wagen in die Garage und schloß das Tor automatisch ab. Hier draußen befand man sich fast schon auf dem Land, und das nächste Haus stand dreihundert Meter entfernt. Martha und sie hatten sich für dieses Haus entschieden, weil sie die Abgeschiedenheit liebten.

Sie schaltete den Motor ab, schloß die Augen, lehnte sich im Sitz zurück und atmete tief ein. Sie blieb einige Minuten im Wagen, holte gleichmäßig Luft und hoffte, der Sauerstoff würde ihre Ängste besänftigen.

Als sie sich etwas besser fühlte, stieg sie aus und lief durch die Verbindungstür ins Haus. Sie schob die beiden Riegel vor, schaltete das Licht ein und begab sich in die Küche.

Der größte Teil des Hauses lag im Dunkeln, aber wenigstens waren alle Türen verschlossen. Als sie sich damals das Haus gekauft hatten, hatten sie lange darüber diskutiert, welche Sicherheitsvorkehrungen sie treffen sollten. Martha gefiel die Vorstellung, in einer Gegend zu wohnen, wo niemand sich die Mühe machte, nachts sein Haus zu verriegeln. Sie hatte sich auch über Harriets Ängste lustig gemacht. »Du fürchtest dich doch bloß vor deinem eigenen Schatten«, pflegte sie lachend zu sagen. Aber Harriet hatte sich durchgesetzt. Sie hatten Riegel und Sperren an den Türen angebracht, und heute nacht war Harriet froh und dankbar dafür.

Sie machte in der Küche Licht. Nachdem sie ihren Hund Pumpkin gefüttert hatte, würde sie gleich in der Bar anrufen und nach ihrer Brieftasche fragen. *Wo steckt dieser Hund bloß?* Normalerweise kam Pumpkin, ein überfütterter, vierzehn Jahre alter Pekinese, sofort mit schrillem Kläffen herbeigelaufen, um sie zu begrüßen.

»Pumpkin? Wo bist du, Schätzchen?« rief sie laut. Sie zog den Pullover aus und hängte ihn ordentlich über den Küchenstuhl. Eigentlich hätte der Pekinese längst bellen, zu ihr watscheln, sich strecken und ihre Schuhspitzen ablecken müssen. Doch an diesem Abend zeigte er sich nicht. Harriet lauschte, hörte aber nicht das leiseste Geräusch von ihm.

Sie ging in das dunkle Wohnzimmer. »Pumpkin, mein Dikker, liegst du vielleicht wieder in Frauchens Bett?«

Stille.

Das erste, was Harriet in den Sinn kam, war das schwache Herz ihres Pekinesen. Der Hund war alt, hatte schlechte Zähne, und der Tierarzt gab ihm nicht mehr lange. Besorgt trat sie an die Treppe, die nach oben zum Schlafzimmer führte. Sie lauschte, ob von dort irgendwelche Geräusche kamen. Nichts, nur das leichte Rauschen des Windes, der gegen die Gardinen des offenen Fensters in ihrem Schlafzimmer blies.

Harriet schaltete das Licht im ersten Stock an. Die Dunkelheit blieb. Wahrscheinlich ist die Birne durchgebrannt, dachte sie. Sie marschierte nach oben.

»Pumpkin, dein Frauchen sucht dich. Ist mit dir alles in Ordnung?« flüsterte sie in wachsender Nervosität. Harriet haßte dunkle Räume. Sie tastete sich zum Schlafzimmer vor, schob eine Hand hinein, fand den Lichtschalter und drückte darauf.

Wieder nichts.

Harriet zitterte. Zwei Birnen zur gleichen Zeit durchgebrannt? Das war sehr unwahrscheinlich. *Was geht hier vor?* Heute nacht war Vollmond. Sein Licht tauchte das Schlafzimmer in einen blauen Schein. Der Wind blies so stark in den Raum, daß die Gardinen waagrecht in der Luft standen.

Warum ist das Fenster so weit auf?

Dann entdeckte sie die Glassplitter auf der Fensterbank. Sie hatte das Fenster doch nur gekippt...

Mein Gott, ein Einbrecher!

Ihr Fuß berührte auf dem Boden etwas Weiches. Sie sah nach unten. Im schwachen Mondlicht erkannte sie den verdrehten Körper ihres Pekinesen am Fuß des Bettes. Man hatte Pumpkin nicht nur den Hals gebrochen, sondern ihm auch das Gesicht auf den Rücken gedreht. Seine leblosen Augen starrten direkt in Harriets entsetzte Miene.

Im nächsten Moment hörte sie auf dem Teppichboden hinter sich Schritte. Sie war nicht allein in diesem Zimmer!

Harriet wagte es nicht, sich umzudrehen und nachzusehen. Sie wußte bereits, wer bei ihr war. Ihre Blase entleerte sich, und der Urin strömte an ihren Beinen hinab.

Vergib mir, Martha!

Kapitel 17

Sie lag wie ein Embryo zusammengekauert im Gras und beobachtete einen großen Skarabäus, der zwischen den Halmen und den Steinen zu ihren Füßen hindurchkrabbelte. Als der Käfer ihre Haut berührte, blieb er stehen und fuhr seine Fühler aus. Nachdem er sich davon überzeugt hatte, daß die schwarzen Nylonstrümpfe keine Gefahr bedeuteten, beschloß er, über den Unterschenkel zu klettern, statt um ihn herumzulaufen.

Sie betrachtete sein Treiben in einer Art Trance und konnte die Augen nur einen Spalt weit öffnen. Der Skarabäus rutschte ab, als er die höchste Stelle des Hindernisses hinter sich gebracht hatte, und landete auf dem Rücken. Er drehte sich mit einiger Mühe wieder um und floh dann unter einen Haufen feuchter Blätter.

Das Kreischen der Krähen am Himmel brachte ihre Hörnerven zum Klingeln. Sie sah nach oben. *Dort fliegen sie... drehen ihre Kreise... suchen nach Nahrung.*

Nahrung, Großer Gott, Essen! Ihr Hunger war so groß, daß der bloße Gedanke an etwas zu essen ihr schon das Wasser im Mund zusammenlaufen ließ.

Es war kalt, und sie zitterte jedesmal, wenn eine Böe an ihrem Minirock zerrte. Sie rieb sich die Arme, um sie zu wärmen, aber ihre Hände waren viel zu taub, um etwas zu bewirken.

Wieder hörte sie das durchdringende Kreischen der Vögel. Das Geräusch verursachte ihr Kopfschmerzen. Einer von ihnen sauste im Sturzflug hinab, erbeutete jedoch nichts, und zog dann mit dem Schwarm weiter.

In ihrem Kopf pochte es wie in einem Kraftwerk, und neben den Schmerzen war auch wieder das gräßliche Aneinanderreiben von Metall zu hören.

Sie zog die Knie an, umschlang sie mit den Armen und legte die Stirn darauf. Sie preßte mit den Armen und der Stirn, hoffte, so die Schmerzen zu verdrängen. Ihre Augen tränten von der Anstrengung. Doch nach ein paar Minuten ließ der Schmerz nach. Sie hob den Kopf und setzte sich gerade hin. Ihr Körper war wie ausgetrocknet. Ihre Arme waren steif. Und in ihrem Unterleib verspürte sie ein stechendes Brennen.

Es riecht nach Tannenzapfen... In der Ferne strömt Verkehr. Sie glaubte, sich in einem Park zu befinden.

Aber wo bin ich hier?

Sie sah sich um. Nicht weit von ihr stand eine grüne Holzbank, und an der vorbei verlief ein Wanderpfad. Rings herum war das Gras mit Zapfen bedeckt. *Was ist das für ein Park?* Sie konnte sich nicht erinnern, jemals hier gewesen zu sein.

Ein Jogger in einem rot-schwarzen Anzug lief an ihr vorüber. Sie glaubte, so etwas wie Ekel in seinem Gesicht zu erkennen, als er kurz zu ihr sah. Doch schon konzentrierte er sich wieder auf seinen Lauf und verschwand.

Warum hat er mich so angesehen? fragte sie sich.

Zum Sitzen war es hier entschieden zu kalt. Sie mußte aufstehen und sich bewegen. Als sie stand, entdeckte sie unter der Bank ihre Handtasche und eine Tragetasche. Sie trat auf unsicheren Beinen dorthin, bückte sich und griff in die Handtasche. Sie zog einen blutverschmierten Hammer heraus. Was hat der denn hier zu suchen? wunderte sie sich. Dann erinnerte sie sich an den Hammer und den Nagel, die sie in dem Ford Kombi aufgespürt hatte, und stöhnte entsetzt. Sie untersuchte den weiteren Inhalt: Kreditkarten, Quittungen, Autoschlüssel und immer noch fünfundsechzig Dollar in bar. Die Quittungen waren von einem Motel und einigen Lokalen in Boise, Idaho. Sie öffnete die

Tragetasche. Die billigen Kleidungsstücke aus dem Supermarkt, die sie im Schrank des Ferienhauses gefunden hatte, befanden sich darin.

Wie kommen diese Sachen hierher? Wo um alles in der Welt bin ich?

Maura ahnte, daß sie wieder einmal einen Blackout gehabt haben mußte. Wie lange hatte er dieses Mal angehalten? *Einen Tag? Eine Woche?*

Boise in Idaho! Um Gottes willen, sie brauchte dringend Hilfe! So konnte es nicht weitergehen! *Ich muß ein Telephon finden... Onkel Wiggly anrufen!*

Das metallene Kreischen meldete sich wieder, lauter als zuvor. *Bitte, lieber Gott, laß mich nicht wieder in der Dunkelheit versinken!*

Sie hängte sich die Tragetasche um, nahm die Handtasche und lief den Wanderweg hinab. Hoffentlich würde er sie aus dem Park hinausführen.

Der Himmel war nicht mehr ganz so dunkelgrau. Weitere Jogger begegneten ihr. Sie wollte einen von ihnen anhalten und fragen, wo sie hier sei, aber er sah sie genauso angewidert an wie der Läufer vorhin und blieb nicht stehen.

Der Weg zog sich endlos hin. Sie kam an einem Fußballplatz und an einem Ententeich vorbei. Die hochhackigen Schuhe mit den offenen Spitzen taten ihre Füßen weh. Und der stechende, brennende Schmerz in ihrem Unterleib melde te sich zurück. Endlich sah sie vor sich einen Zaun und da hinter einen Parkplatz. Sie lief weiter, bis sie zu dem Tor gelangte.

Ihr Körper fühlte sich schwerelos an. Wenn jetzt ein starker Wind aufkäme, dachte sie, würde er sie hochwehen und über die ganze Stadt tragen.

Ein Papierkorb stand am Zaun. Sie ging hin und kramte darin herum, bis sie den zerknüllten Sportteil einer Zeitung fand.

Ihre Finger zerrissen die Seiten bei dem Versuch, sie glattzustreichen. Sie hoffte, irgendwo einen Hinweis auf das Datum und den Ort zu finden, an dem sie sich befand. Als ihr Blick auf die obere rechte Ecke einer Zeitung fiel, keuchte sie:

BOISE, Idaho – 20. September 1990

Drei Tage. Diesmal hatte der Blackout drei Tage angehalten! *Boise, wie bin ich hier nur hergekommen?*

Sie entdeckte eine Imbißbude, die geöffnet zu haben schien. *Vielleicht gibt es dort ein Telephon... Ich muß unbedingt Onkel Wiggly erreichen!*

Sie überquerte die Straße und trat ein.

Ein paar Männer hielten sich dort auf, Arbeiter in Jeans und Stiefeln, die an den Tischen ihr Frühstück einnahmen. Ihre Gesichter waren wettergegerbt, und ihre schwieligen Hände zeugten von harter körperlicher Arbeit. Alle wandten sich ihr zu, als sie in dem Lokal auftauchte, und starrten sie an. Sie ignorierte ihre Blicke und marschierte direkt auf den Tresen zu. Ihr Magen brannte, als sie den warmen Duft von Rührei, Speck, Pfannkuchen und Kaffee roch.

Sirenen näherten sich aus großer Ferne. Sie wurden immer lauter, bis die Gäste ihr Besteck hinlegten und aus den Fenstern schauten. Einige Streifenwagen sausten mit Höchstgeschwindigkeit vorbei, fuhren in Richtung Caldwell. Die Männer machten nachdenkliche Gesichter. Es kam nicht jeden Tag vor, daß die halbe Polizei von Boise unterwegs zu einem Einsatz war. Einer der Arbeiter sagte, er habe gehört, jemand sei am Stadtrand von Caldwell in einem Weinberg ermordet worden. Alle waren sich einig, daß etwas besonders Schlimmes vorgefallen sein mußte.

Nachdem die Diskussion fürs erste beendet war, wandte sich der Besitzer – ein kleiner Mann mit einem Dreitagebart – Maura zu, beäugte sie von Kopf bis Fuß und näherte sich ihr.

Er setzte ein höhnisches Grinsen auf, legte seine behaarten Fäuste auf die Theke, beugte sich vor und fragte: »Speisekarte, Schwester?«
»Nein«, entgegnete sie und war von seinem Auftritt verwirrt. Sie sah kurz zu den Arbeitern hinüber. Die warfen ihr verstohlene Blicke zu und tuschelten miteinander. »Erst einmal brauche ich ein Telephon.«
Ohne den Blick von ihr zu wenden, deutete er mit dem Daumen hinter den Tresen.
»Danke. Dann möchte ich Rührei mit Speck.«
»Haben Sie Geld?« fragte er.
»Natürlich. Wieso?«
»Würden Sie es mir zeigen?« Er stemmte die Fäuste jetzt in die Hüften.
»So etwas ist mir noch nie passiert!« erklärte sie indigniert. Sie öffnete ihre Tasche, griff sich ein paar Fünfer und Zehner und hielt sie hoch. »Reicht das?«
Er zuckte die Achseln und nickte. »Das Telephon hängt neben der Toilette an der Wand. In der Toilette finden Sie ein Waschbecken für den Fall, daß Sie sich etwas frisch machen möchten. Sie müssen ja eine Wahnsinnsnacht hinter sich haben, Teuerste«, grinste er.
Einige der Arbeiter grinsten auch.
Gott im Himmel, sehe ich so furchtbar aus? dachte sie erschrocken und ahnte jetzt, warum alle sie so eigenartig angesehen hatten.
Metall kreischte und breitete sich in ihrem Kopf aus. Sie mußte ganz dringend ans Telephon.
Sie fand es neben der Wand vor der Toilette. Die Tür dorthin stand halb offen und trug die Aufschrift »Waschraum«. Sie fand auf dem Boden ihrer Handtasche etwas Kleingeld und warf einige Münzen in den Schlitz. *Bitte, sei zu Hause, Onkel Wiggly!*

Nachdem es etliche Male geläutet hatte, nahm am anderen Ende jemand ab. »Gott sei Dank, daß du da bist! Ich bin's, Maura.« Tränen rannen über ihre Wangen. »Was geschieht mit mir? ... Nein, ich habe keine Ahnung, was los ist. Bitte, hilf mir! ... Es tut mir leid, ich kann mich nicht mehr unter Kontrolle halten ... Das weiß ich ... In Boise, Idaho ... Nein, ich habe keine Ahnung, wie ich hierhergelangt bin ... Ich habe Blackouts oder so etwas ... Ich brauche dringend meine Medikamente, ich habe nichts dabei ... Wer sucht nach mir? ... Das FBI? ... Wieso das denn? ... Was für Morde? ... Großer Gott, nein! ... Gütiger Gott im Himmel, das kann ich doch nicht getan haben!« schrie sie.

Dann fiel ihr der blutige Hammer in ihrer Tasche wieder ein. Und die roten Flecke auf dem langen Nagel und das Skalpell, die sie im Kofferraum des Kombis gefunden hatte. Sie erinnerte sich auch an das Glas mit Formaldehyd, in dem gräuliche Dinge geschwommen hatten. Sie preßte die Augen zu und drückte den Hörer an ihr Ohr. Langsam wurde ihr bewußt, was sie getan hatte. *Aber warum?*

»Ich weiß nicht, was ich tun soll!« rief sie. »Ich bin in einer Imbißstube, irgendwo an einem Park ... Wie hätte ich denn so etwas tun sollen ... Ich stelle mich der Polizei ... Warum nicht? ... Also gut, ich warte, bis wir uns getroffen haben ... Am Flughafen? ... Ja, ich habe noch etwas Geld und die Kreditkarten ... Warum soll ich die Plastikkarten nicht benutzen? ... Oh, ja, da hast du recht, ich habe wohl nicht gründlich genug nachgedacht ... Kannst du mir Geld überweisen?« Sie schob sich ein paar verklebte Strähnen aus dem Gesicht. »Warte, warte, ich suche die Nummer.« Sie suchte den Telephonapparat ab. »Hier ... 555–0525 ... Nein, die Vorwahl kann ich nicht entziffern ... Ja, erfrage sie bei der Vermittlung ... Genau, ich warte hier auf deinen Rückruf.« Sie hängte ein und lehnte den Kopf an die Wand. Ihre Beine zitterten, vor Furcht, aber auch vor Hunger. *Wie soll ich all diese Menschen umgebracht haben? Bin ich denn eine gemeingefährliche Irre?* Onkel Wiggly hatte ihr erklärt, wie diese Menschen umgekommen waren, und das kam ihr gar nicht fremd vor. Genau so stand es im Tagebuch von Gustave de Montret. *Warum habe ich so grausame, entsetzliche Dinge getan? Jesus Christus, ich wußte, daß ich genau so bin wie mein Vorfahre!*

Warum ahmte sie die Untaten dieser Bestie in Menschengestalt nach? Sie erinnerte sich, daß sie nach der Lektüre des Tagebuchs geglaubt hatte, unter einem Fluch zu stehen. Aber war es das wirklich ... ein Fluch? Wenn das zutraf, war sie froh, die letzte des Geschlechts der Montret zu sein.

Bitte ruf doch zurück, Onkel Wiggly!

Ein pochender Schmerz breitete sich in ihrem Unterleib aus. Sie ging in den Waschraum. Das Telephon befand sich direkt daneben. Wenn Onkel Wiggly anrief, würde sie ihn hören und ohne Probleme abheben können. Sie nahm den Hammer aus der Tasche, warf ihn in den Abfallkorb und bedeckte ihn mit Papiertüchern, die sie aus dem Behälter zog und zerknüllte.

Der Spiegel über dem Waschbecken war schmutzig, doch sie konnte nach und nach die einzelnen Partien ihres Gesichts erkennen. Der Anblick raubte ihr den Atem. Ihre Lippen, Wangen und Zähne waren mit grellrotem Lippenstift beschmiert. Ihr Haar war nicht nur schmutzig, sondern verdreckt und hing in klebrigen Strähnen herab. Erdbröckchen und Gras bedeckten ihr Gesicht und ihre Kleidung. Sie war blaß und hatte eingefallene Wangen. Die Augen waren tief in die Höhlen zurückgesunken. Die Haut im Gesicht spannte sich so straff über die Knochen, daß sie glaubte, einen Totenschädel zu erblicken.

O nein! Ihr fiel auf, daß sie die grünen Kontaktlinsen nicht

trug. Kein Wunder, daß alle sie so eigenartig angesehen hatten. Wo hatte sie die verdammten Dinger bloß hingesteckt? Sie mußte sich fürs erste eine Sonnenbrille besorgen. Niemand durfte ihre verschiedenfarbigen Augen sehen.
Was geschieht nur mit mir?
Sie beugte sich über das Waschbecken. Der Hahn für das warme Wasser ließ sich nicht drehen. Maura mußte sich mit kaltem Wasser waschen. Sie bekam den Lippenstift kaum ab. Nur hartes, unablässiges Reiben half. Sie nahm neue Kleider aus der Tragetasche und zog rasch den Minirock und das knappe Top aus.
Dann sah sie ihre Arme. Überall auf Ober- und Unterarmen Kratzer, Schürfwunden und blaue Flecken.
Plötzlich fiel ihr ein roter Punkt auf ihrem Slip ins Auge. Sie streifte ihn ab und suchte nach der Ursache des Blutflecks. Sie fand einen tiefen Schnitt an ihrem Unterleib. Er war rot und geschwollen, möglicherweise infiziert. *Wie ist das denn gekommen?* Sie wusch die Wunde aus und zog sich dann den Pullover und den Rock aus der Tasche an.
Draußen ertönten wieder die Polizeisirenen. Ihr Herz schlug rasend schnell, als sie zu dem kleinen Fenster neben dem Pissoir eilte und hinaussah.
Auf der anderen Straßenseite hielten zwei Streifenwagen vor einem weißen Kombi mit getönten Scheiben, der dort parkte. Vier Polizisten sprangen heraus, zogen ihre Waffen und umzingelten den Wagen. Sie nahmen Taschentücher und öffneten damit die Türen. Sie blickten hinein. Dann lief einer von ihnen nach hinten und öffnete die Heckklappe.
Schweiß lief Maura über das Gesicht, als sie zusah, wie der Mann das blutige Tuch herausholte, in dem sich der Nagel und das Skalpell befanden. Als nächstes beförderte er das Glas ans Tageslicht, in dem die gräulichen Dinge in Formaldehyd schwammen.

Maura wandte sich von dem Fenster ab. Ihr Gesicht war eine einzige Fratze des Entsetzens.
Wissen sie, daß ich nur wenige Meter von ihnen entfernt im Waschraum der Imbißbude stehe? Bitte nein!
Es klopfte an der Tür, und eine Stimme sagte: »He, Süße, Ihr Frühstück wird kalt.«
»Ich komme schon«, brachte sie irgendwie über die Lippen.
Schritte entfernten sich von der Tür.
Warum hat Onkel Wiggly noch nicht zurückgerufen?
Sie durfte nicht noch länger darauf warten, sondern mußte hier fort, bevor die Beamten auf sie aufmerksam wurden. Onkel Wiggly hatte recht: Sie mußte zurück nach Napa und sich dort mit ihm treffen, bevor sie zur Polizei ging. Ihr Körper schmerzte an unzähligen Stellen, und ihre Nerven lagen blank. Bald würden die Panikanfälle wieder einsetzen. Sie brauchte dringend ihre Tabletten. Warum hatte sie sie auch nicht mitgenommen? Sie packte mit einer Hand die beiden Taschen, schob den Kopf nach draußen auf den Gang und sah sich nach beiden Richtungen um. Zur Linken entdeckte sie die Hintertür. Die war ihre einzige Chance. Wenn sie Glück hatte, war die Tür nicht abgeschlossen. Sie drückte die Klinke nach unten. Die Metalltür schwang auf. Die Straße hinter dem Lokal war leer. Gegenüber freies Gelände, dann eine Gasse, die von zwei Mietshäusern umrahmt wurde.
Als sie die Stufen hinabschritt, hörte sie das Telephon läuten. *War er es?* Aber es war schon zu spät zum Umkehren. Sie mußte warten, bis sie ein anderes Telephon fand, um mit ihm zu reden.
Sie überquerte die Straße und beschleunigte ihre Schritte, als sie das freie Grundstück erreichte. Sie hätte sich am liebsten umgedreht, um festzustellen, ob ihr jemand folgte, aber sie mußte diesem Drang widerstehen. Endlich war sie in der Gasse. Hundert Meter weiter verlief eine große Straße. Sie

betete darum, daß es in Boise Taxis oder Busse gab. Im Augenblick gab es für sie nur eins: So viele Kilometer wie möglich zwischen sich und den weißen Kombi und die Polizei zu bringen.
Mit etwas Glück würde sie unbehelligt auf die andere Seite der Stadt gelangen, dort eine Tankstelle mit Telephon finden und Onkel Wiggly noch mal anrufen. Onkel Wiggly wußte immer, was zu tun war.
Und Rena ... ja, sie mußte sich bei Rena melden. Rena war neben Onkel Wiggly die einzige Person in ihrem Leben, der sie nicht gleichgültig war.
Sie brachte die Gasse hinter sich und erreichte die große Straße. Ein Bus, der noch einige Blocks entfernt war, steuerte auf sie zu. Es war Maura gleich, wohin er fuhr, Hauptsache weit weg von hier. Sie ging zur Haltestelle und reihte sich in die Schlange der Wartenden ein.
Sie hielt das passende Kleingeld bereit, als sie beim Fahrer eine Fahrkarte löste, und ging nach hinten durch. Sie kümmerte sich nicht um die Blicke der anderen. *Ja, Rena wird mir helfen*, dachte sie, als sie sich hinsetzte. *Ich muß unter allen Umständen zu ihr gelangen, bevor der nächste Blackout kommt.*

Kapitel 18

Rena rasierte sich gerade in der Dusche die Beine, als sie das Telephon klingeln hörte. *Acht Uhr morgens! Wer um alles in der Welt ruft um diese Zeit an?*
Sie stieg aus der Kabine, wickelte sich ein großes Handtuch um den Körper und lief zu dem Apparat in ihrem Schlafzimmer.
»Hallo?« meldete sie sich und nahm ein Papiertuch aus der

Schachtel auf dem Schminktisch, um an ihrem Bein den Blutstropfen abzuwischen, wo sie sich mit der Klinge geschnitten hatte. Vom anderen Ende der Leitung war zunächst nur Krachen zu hören. Anscheinend ein Ferngespräch.

»Bonjour, ma petite«, sagte Charlie und mußte dann niesen.

»Charlie? Wo bist du denn?« Sie freute sich sehr, seine Stimme zu hören.

»In Paris, und ich bin naß bis auf die Knochen.« Er nieste wieder. »Ich habe Monsieur Wilbur Striker getroffen. Das ist vielleicht eine Type. Ich denke daran, ihn ganz oben auf meine Liste von potentiellen zukünftigen Saufkumpanen zu setzen.«

»Es gibt ihn also wirklich?« fragte sie atemlos.

»Unglücklicherweise ja.«

Sie überhörte seinen Sarkasmus nicht. »Ist bei dir alles in Ordnung?«

»Ich bin nur klitschnaß und todmüde. Letzte Nacht bin ich viel durch die französischen Lande gewandert. Dabei habe ich eine Menge frischer Luft schnappen können. Das tut einem sehr gut.«

»Was ist mit de Montret?« Sie klang ernst.

»Leider hat er auch existiert. Jack the Ripper ist gegen ihn der reinste Waisenknabe.«

»Was ist aus ihm geworden?«

»Striker meint, die braven Bürger von Bordeaux hätten ihn abgeschlachtet.« Er erzählte Rena, daß Striker und Peter McKinney im Zweiten Weltkrieg für den Geheimdienst tätig gewesen und Kameraden geworden waren.

»Wußte Striker noch, was im letzten Eintrag des Tagebuchs gestanden hat?« wollte Rena wissen.

»Er wollte es mir nicht sagen, aber seine Reaktion auf meine Frage läßt den Schluß zu, daß er sich sehr gut daran erinnern kann. Er behauptete, der letzte Eintrag habe nichts mit Maura oder den Morden zu tun. Ich denke, er verheimlicht etwas, und zwar etwas Großes. Er versucht, das Andenken an Clair de Montret rein zu halten. Der alte Sack war nämlich ganz schön scharf auf Clair. Aber jetzt muß ich mich dringend abtrocknen.« Nach einer kurzen Pause fügte er hinzu: »Du warst einmal Mauras beste Freundin. Falls sie immer noch lebt, bist du vielleicht der einzige Mensch, an den sie sich wenden kann. Also paß gut auf dich auf, ja?«

Daran hatte sie auch schon gedacht. »Okay«, flüsterte sie. Er sagte noch, daß er sie in ein paar Wochen wiedersehen werde und hängte ein.

Damit hatte sie die Bestätigung, daß Striker und das Tagebuch echt waren. Die Schnittwunde an ihrem Bein ging wieder auf, und sie drückte ein Papiertuch dagegen.

Ja, Charlie, du hast recht, ich war einmal Mauras beste Freundin. Aber Maura mußte doch in New York neue Freunde gefunden haben. Und hatte sie sich in all den Jahren dort nicht wenigstens einmal mit einem Mann eingelassen? In ihren Briefen und Telephonaten hatte sie nie etwas davon erwähnt. Warum war noch keiner ihrer Freunde aufgetaucht, seit man Maura mit den Morden in Zusammenhang brachte? War es denn möglich, daß sie in all der Zeit allein und zurückgezogen gelebt hatte? *Gott, was für ein Gefängnis ein solches Leben sein muß!* In einer so großen Stadt mit so vielen Menschen allein zu bleiben, machte einen doch zu einer Art Ausgestoßenem. Rena hatte Maura einige Male nach ihrem Freundeskreis gefragt. Maura hatte darauf stets ausweichend reagiert und geantwortet, ihre Freizeit sei ausgefüllt mit Theater-, Kino- und Museumsbesuchen, und hin und wieder ginge sie zu Wohltätigkeitsveranstaltungen.

Nur Veranstaltungen, aber keine Namen von Personen.

Rena mußte unvermittelt an Onkel Wiggly denken. *Gibt es*

ihn tatsächlich, oder handelt es sich bei ihm um die Erfindung eines kranken Geistes?
Sie ging nach unten in die Küche, holte sich eine Tasse aus dem Schrank und füllte sie mit Kaffee. Das Telephon läutete erneut. Sie marschierte ins Arbeitszimmer und hob ab. Agent Marvin Grant meldete sich.
»Wir haben noch eine Leiche«, begann er düster.
»O mein Gott! Wo denn?«
»In Boise, Idaho.«
»Boise? Wie konnte sie denn so weit kommen, ohne entdeckt zu werden?«
»Das ist uns auch noch unklar«, antwortete er. »Haben Sie gewußt, daß in Idaho Wein angebaut wird?«
»Überall in diesem Land gibt es gottverdammte Weinberge, Marvin«, entgegnete sie ungeduldig. »Wen hat es denn diesmal erwischt?«
Grant seufzte. »Ein Mitglied der Schulaufsicht. Vermutlich eine Lesbierin.« Er berichtete ihr, was er nach Gesprächen mit Freunden und Nachbarn der Verstorbenen über sie herausgefunden hatte. »Harriet Crowe hat nach Zeugenaussagen eine Stunde vor ihrer Ermordung eine Lesbenbar verlassen. Maura McKinney war zu dieser Zeit auch in dem Lokal anwesend. Sie wurde anhand unserer Photos identifiziert. Die Kellnerin erklärte, Maura habe die Bar unmittelbar nach Harriet Crowe verlassen. Wir haben die Leiche vor zwei Stunden entdeckt, wie die anderen auch an einen Rebenstamm gebunden. Allerdings gibt es in diesem Fall eine merkwürdige Abweichung.«
»Erzählen Sie!« forderte Rena ihn nervös auf. Sie hörte an seiner Stimme, daß es sich dabei nicht nur um eine Kleinigkeit handeln konnte.
Er antwortete so ruhig wie möglich: »Sperma wurde in der Vagina des Opfers gefunden. Harriet Crowe muß unmittel-

bar vor ihrem gewaltsamen Tod Geschlechtsverkehr mit einem Mann gehabt haben.«

»Das ist ja kaum zu glauben!« entfuhr es der völlig verblüfften Rena.

»Da stimme ich Ihnen ohne Einschränkung zu. Keiner, der Harriet Crowe kannte, hat sie je zusammen mit einem Mann gesehen.«

»Nach dem, was Sie mir über das Opfer berichtet haben, würde ich davon ausgehen, daß ein Geschlechtsverkehr mit einem Mann völlig ausgeschlossen ist. Crowe scheint eine dieser eher konservativen Lesben gewesen zu sein, die nur selten ihr Haus verlassen, um sich mit einer anderen Frau ihrer eigenen Sexualität zu stellen. Ein Abenteuer mit einem Mann ist bei einer solchen Frau ganz unmöglich.«

»Wir haben Spermaproben in unser Zentrallabor nach Washington geschickt. Vielleicht hat Maura jetzt einen männlichen Komplizen.«

»Oder sie hat einen Nachahmer gefunden.«

»Danach sieht es nicht unbedingt aus. Wir haben in Harriets Schlafzimmer die mittlerweile gewohnten blonden Haare gefunden. Die Laborergebnisse liegen zwar noch nicht vor, aber wir dürfen fest davon ausgehen, daß es sich wiederum um Haare von Maura handelt.«

Rena schüttelte heftig den Kopf. »Aber das ergibt doch alles keinen Sinn! Es sei denn, Ihre These wäre richtig, und Maura hätte jetzt einen Komplizen.«

»Halten Sie es für möglich, daß Maura McKinney an einer gespaltenen Persönlichkeit leidet?«

»Nun ja, es spricht einiges dafür. Allerdings kommt es ausgesprochen selten vor, daß jemand mit gespaltener Persönlichkeit Morde begeht und danach nichts mehr davon weiß. Dr. Jekyll und Mr. Hyde existieren nur in der Literatur, nicht aber in der Wirklichkeit.«

»Dann wäre da noch etwas«, sagte der FBI-Agent und klang etwas aufgeregt. »Die Polizei hat den Wagen gefunden, den sie in den letzten Tagen gefahren hat. Der Nagel und das Skalpell, die Maura bei ihren Opfern benutzt hat, wurden im Kofferraum entdeckt. Und ein Glas mit Formaldehyd, in dem Eierstöcke und Hoden schwimmen. Wir vermuten stark, daß es sich dabei um die der Ermordeten handelt. Während die Beamten den Wagen untersucht haben, hielt Maura McKinney sich nur ein paar Meter weiter in einem Schnellimbiß auf der anderen Straßenseite auf. Im dortigen Waschraum haben wir den blutbeschmierten Hammer im Abfalleimer aufgespürt.«

»Haben Sie eine Ahnung, wo sie sich jetzt aufhält?« fragte Rena. Alles in ihr hatte sich verkrampft.

»Vermutlich irgendwo in Boise. Und das ist eine kleine Stadt. Von dort kommt man kaum heraus.«

»In welcher körperlichen Verfassung hat sie sich befunden?«

»Nicht in der allerbesten. Die Gäste in dem Schnellimbiß haben ausgesagt, sie sei schmutzig und verschwitzt gewesen und hätte viel zuviel Make-up getragen. Das hört sich nicht nach der selbstbewußten Frau an, mit der Sie befreundet waren.«

»Ganz bestimmt nicht. Es hört sich für mich vielmehr so an, als wäre es mit ihrer geistigen Zerrüttung noch schlimmer geworden.«

Nach einer Pause sagte Grant leise: »Wir rechnen mit der Möglichkeit, daß Maura mit Ihnen Kontakt aufnehmen wird.«

»Sie sind nicht der erste heute, der mich darauf hinweist. Ich gebe Ihnen sofort Bescheid, falls sie sich bei mir meldet.«

Rena hatte plötzlich das Gefühl, daß der FBI-Agent bereits ihr Telephon hatte anzapfen lassen, um sofort informiert zu sein, wenn Maura sich bei ihr meldete. Rena erklärte ihm

jetzt, was sie von Charlie über Gustave de Montret und Wilbur Striker erfahren hatte.
Werden sie Maura aufspüren? fragte sich Rena nach dem Telephonat. Maura wußte sich zurechtzufinden und kam fast überall durch. Ihr Erfolg als Anklagevertreterin sprach dafür. Und wenn sie an einem schweren Fall von Paranoia litt, war es ihr noch eher möglich, der Polizei immer wieder zu entkommen. Paranoide entwickelten in gewissen Situationen eine größere Phantasie als Normale.
Sie trat an ihren Schreibtisch, schlug das Tagebuch auf und blätterte darin. Warum ahmte Maura die gräßlichen Untaten dieses gemeingefährlichen Irren nach? Was verband die beiden über einen Zeitraum von zwei Jahrhunderten?
Rena las das Tagebuch noch einmal. Als sie fertig war, kam sie zu dem gleichen Schluß wie bei der ersten Lektüre: Den Morden haftete etwas Rituelles an, so als handele es sich dabei um eine Art Menschenopfer. Vielleicht sollte sie in dieser Richtung weiterforschen. *Aber wo beginnt man da?*
Erst einmal mit dem Anbinden der Opfer. Sie waren an Rebstämme gebunden worden, als hätte man sie gekreuzigt. Das Christentum hatte nie Menschenopfer gutgeheißen, auch in seinen Anfängen nicht. Menschenopfer waren älter, waren etwas Heidnisches. Die Vielgötterei hatte jedoch nicht einfach aufgehört, als das Christentum sich immer stärker ausbreitete. Es kam zu Vermischungen der beiden Glaubenslehren, und jede von beiden übernahm Sinnbilder der anderen. Die Morde vor zweihundert Jahren und die, die jetzt stattfanden, hatten irgend etwas mit Wein zu tun. Rena wußte um die vielfältige Bedeutung, die der Wein bei den unterschiedlichsten religiösen Riten hatte. Diese besondere Bedeutung des Rebensaftes ging zurück auf die Anfänge der Menschheit. Vielleicht sollte sie sich mit einem Önologen, einem Fachmann für Weinkunde, unterhalten.

Rena verließ das Haus ihres Vaters und spazierte in die Kelterei. Vielleicht war Harrison Monroe gerade nicht in einem Weinberg und hielt sich dort auf. Der Vorarbeiter an der Filteranlage, wo der Wein vor der Flaschenabfüllung feingereinigt wurde, teilte Rena mit, daß Harrison im Labor sei, um den Zucker- und Alkoholanteil des diesjährigen Cabernet zu überprüfen.
Sie lief durch die Verpackungshalle und am Faßkeller vorbei. Das Labor befand sich, abseits aller hektischen Aktivitäten, in einer ruhigen Ecke der Kelterei. Sie öffnete die Tür und entdeckte Harrison gleich. Er hielt ein gläsernes Hydrometer gegen das Licht und unterhielt sich mit einem Chemiker in einem weißen Kittel. Er machte einen zufriedenen Eindruck. Als er Rena sah, leuchteten seine Augen auf.
»Oh, hallo. Ich schätze, Ihr Vater bekommt in spätestens vier Jahren doch noch seine Goldmedaille.« Er zeigte mit einem Finger auf die rote Flüssigkeit in der Glasröhre.
»Störe ich gerade?« fragte sie.
»Sie? Aber nie!« Er grinste Rena an und zeigte seine strahlend weißen Zähne.
»Ich brauche einen Önologen, der historisch Bescheid weiß.« Harrison schüttelte den Kopf und lächelte freundlich. »Ich fürchte, da bin ich für Sie der Falsche. Weinbau ist meine starke Seite. In der Geschichte der Weinkunde war ich an der Universität von Davis immer am schlechtesten.«
»Kennen Sie denn jemanden, der auf diesem Gebiet ein Experte ist?« fragte sie und verschränkte die Arme vor der Brust.
»Klar«, antwortete er und lehnte sich auf den Labortisch. »Dr. Seymour Tomain... spricht sich aus wie Ptomain, das Leichengift. Er ist Professor für Önologie in Davis. Außerdem ist er einer der vorzüglichsten Weinkenner und -kritiker des Landes. Schon mancher Winzer hat sich durch sein Urteil

von einem Tag auf den anderen vor einem Scherbenhaufen wiedergefunden.«

»Wie haben Sie denn bei ihm abgeschnitten?«

»Bin gerade so eben noch durchgerutscht. Der alte Sack scheint auf meinen Wein zu stehen. Natürlich ist man bei diesem Knaben immer nur so gut wie die letztjährige Lese. Möchten Sie, daß ich ihn für Sie anrufe?«

»Würden Sie das tun?«

Er zog sein Telephonbuch aus der Tasche, trat an den Wandapparat und wählte. »Wenn ich mir vorstelle, seine Stimme wieder zu hören ... Ich weiß nicht, ob ich das verkraften kann«, murmelte er. »Jetzt sind Sie mir aber ganz bestimmt ein Abendessen schuldig«, erklärte er ihr.

»Einverstanden, ich setze Sie auf meine Liste.«

Drei Minuten später hängte er ein und lachte. »Wir sind soeben bei Seiner Magnifizenz Professor Dr. Tomain zum Mittagessen eingeladen worden.«

»*Wir?*«

»Ja, Sie und ich. Wenn wir nach dem Mittagessen nicht zuviel Zeit vertrödeln, sind wir rechtzeitig zum Abendessen zurück. Haben Sie irgendein Lieblingsrestaurant?«

Rena lächelte. Soviel Charme war einfach unwiderstehlich. »Wie Sie schon gesagt haben, bin ich Ihnen ein Essen schuldig. Also dürfen Sie das Restaurant aussuchen.«

Sie stiegen in den Range Rover und fuhren in östlicher Richtung auf dem Highway 128 bis zum Campus der Universität Davis. Sie kamen an Hügeln vorbei, die in allen Farben des Herbstes leuchteten. Ein angenehmer Anblick. Hinzu kam Harrisons geistreiche und witzige Konversationskunst. Und trotzdem war Rena die meiste Zeit mit den Gedanken woanders. Sie fragte sich unentwegt, wie das Sperma in Harriet Crowes Vagina geraten sein konnte.

Kapitel 19

»Wie schön von Ihnen, Harrison, daß Sie zu Ihren Wurzeln zurückgefunden haben«, grüßte Professor Tomain. Er sprach mit einem Bostoner Akzent und blinzelte hinter seinem Schreibtisch unter dichten, buschigen Augenbrauen hervor. Er saß in einem mächtigen Ledersessel, auf dem lauter Zierdeckchen lagen, und nippte an einem Glas Lillet. Ein zerknautschter blauer Sommeranzug hing lose über seinem stämmigen Körper. Er hatte seine Krawatte mit Paisleymuster nicht gelockert.

»Es ist immer schön, Sie wiederzusehen, Professor«, grüßte Harrison zurück. Sein Lächeln konnte den milden Sarkasmus in seiner Stimme nur schlecht verbergen. Er saß neben Rena auf der Couch, die Tomain gegenüberstand. Die beiden tranken kaltes Calistogawasser mit einem Spritzer Zitrone.

»Sehen Sie Mr. Monroe bitte den Spott nach«, erklärte der Professor Rena. »Mein junger Freund mag zwar in der Lage sein, einen Pinot noir hervorzuzaubern, der die Welt auf die Knie fallen läßt, aber er war der schlechteste Schüler in Weingeschichte, seit ich das Mißvergnügen habe, das Fach zu unterrichten. Ich habe ihn vor zwanzig Jahren durchfallen lassen, und das hat er mir nie verziehen. Stimmt es nicht, Harrison?«

»Überhaupt nicht. Ich vergebe Ihnen jedesmal aufs neue, wenn Sie meine Weine mit einer guten Kritik bedenken. Seymour. Es macht Ihnen doch hoffentlich nichts aus, wenn ich Sie nach zwanzig Jahren beim Vornamen nenne, oder?«

»Absolut nicht. Zumindest so lange, bis ich Ihren nächsten Jahrgang prüfe. Wenn er furchtbar sein sollte, können Sie ja immer noch zu Ihrer ersten großen Liebe, der Mineralogie, zurückkehren und die Erde noch mehr vernichten, indem Sie weitere Tunnel in sie bohren. Verraten Sie mir doch, Harrison, was all Ihre früheren Kollegen tun werden, nachdem sie unseren Planeten seiner letzten Ressourcen beraubt haben? Wollen sie dann auch wie Sie große Winzer werden? Ich überlege, ob ich als Vorausbedingung für das Studium bei mir nicht von jedem Studenten eine Ausbildung zum Bergwerksingenieur verlangen sollte. Vielleicht bekommen wir dann ein paar mehr Winzer wie Sie.«

Harrison verdrehte die Augen, rutschte auf der Couch hin und her und verzog vor Rena das Gesicht. Trotz aller Frotzeleien schien Tomain Harrison häufiger mit Lob zu überschütten.

Der Professor lächelte und drehte seinen schweren Körper Rena zu. »Nun, meine Teure, Ihr Name ist doch...«

»Rena Halbrook. Ich bin Psychologin.«

»Richtig. Harrison sagte mir, Sie wollten mit mir über die Weinbergmorde reden.«

»Ja«, bestätigte sie und beugte sich vor. »Ich mag natürlich völlig falsch liegen, aber ich versuche, die Gründe für diese Mordserie herauszufinden. Nun, sie werden nach einer Art Zeremonie durchgeführt, und die Weinberge selbst scheinen dabei eine Rolle zu spielen. Kennen Sie vielleicht irgendein antikes Ritual, in dem auf ähnliche Weise Menschenopfer dargebracht wurden?«

Tomain strahlte über das ganze Gesicht und rief: »Unbedingt! Ich habe sogar schon das FBI in San Francisco angerufen und ihnen meine Expertise angeboten, aber sie schienen nur wenig Interesse daran zu haben.« Er runzelte die Stirn und sah Harrison streng an: »Antike Geschichte ist das Fundament unserer Existenz, und das FBI hatte so rein gar kein Verständnis dafür. Genauso wie Sie, mein Bester, wenn mich mein Gedächtnis nicht im Stich läßt.«

Harrison stöhnte und wandte sich Rena zu. »Jetzt schulden Sie mir mehr als ein Abendessen«, flüsterte er.

»Nun, ich bin nicht das FBI, und ich möchte gern hören, was Sie zu sagen haben«, erklärte Rena und ignorierte Harrisons Bemerkung.
»Der Schlüssel zu allem liegt in dem alten griechischen Fest Oschophoria«, begann der Professor und strahlte noch mehr.
»Was habe ich darunter zu verstehen?« fragte Rena.
»Ein Fest, das am achten Tag des Pyanepsion begangen wird.«
»Seymour, könnten Sie englisch mit uns reden?« rief Harrison ungeduldig.
»Aber natürlich, verzeihen Sie bitte. Wir wissen nicht, wann dieses Fest seinen Ursprung hatte. Wir wissen aber, daß es Ende Oktober, nach der Weinlese, gefeiert wurde. Es gab eine ganze Reihe Feste, die sich um den Gott Dionysos drehten, aber das Oschophoria kam mir sofort in den Sinn, als ich von den Morden gelesen habe.«
»Es tut mir leid, aber es ist schon eine Weile her, seit ich antike Geschichte hatte. Welcher Gott war Dionysos?« fragte Rena.
»Der ursprüngliche Gott der Fruchtbarkeit... der Gott, der den Wein erfunden hat. Die Feste und Feiern, die ihm zu Ehren abgehalten wurden, waren nicht uninteressant... man könnte die meisten von ihnen heute als Orgien bezeichnen. Da wurde zum Beispiel ein lebendes Tier zerrissen, und man hat sein Fleisch gegessen und sein Blut getrunken. Anscheinend geht diese Zeremonie bis in die Anfänge Griechenlands zurück, viele hundert Jahre, bevor Sokrates und die großen athenischen Dramatiker gelebt haben. Die Zeremonie begann mit einer Prozession vom Tempel des Dionysos bis zum viele Meilen entfernten Phalera. Zwei Knaben, die man in Mädchenkleider gesteckt hatte, führten den Zug an.«
»Warum denn diese Form von Transvestismus?« wollte Rena wissen.
»Es gab damals eine Menge bacchantischer Zeremonien, in

denen Männer Frauenkleidung trugen. Den Grund dafür kennen wir heute nicht mehr. Wir können nur darüber spekulieren. Ich persönlich vermute, daß es sich dabei um ein Symbol für die Asexualität der fruchtbaren Erde handelte. Die beiden als Mädchen verkleideten Knaben hielten in ihren Händen einen phallischen Weinstock, der mit Früchten behangen war. Und jetzt kommen wir zu einem interessanten Punkt: Das altgriechische Wort für Weinstock lautet Oschophories. Und das altgriechische Wort für Hodensack ist Oschophoria, genau wie das Fest. Für die alten Griechen muß wohl beides das gleiche bedeutet haben.«

Renas Nerven spannten sich an.

»Warum sollte jemand ein Fest nach dem Hodensack betiteln?« fuhr der Professor fort, als hätte er ihre Gedanken gelesen.

»Haben Sie dazu eine Theorie?«

»Ja, aber eben nur eine Theorie. Und zu meinem Verdruß werde ich sie kaum jemals beweisen können. Aus verschiedenen Quellen wissen wir, daß Früchte, einige von ihnen zu Kuchen verbacken, die eine phallische Form aufwiesen, im Verlauf der Oschophoria-Prozession zu Athene Skiros getragen wurden. Was ist mit Früchten gemeint? Äpfel? Apfelsinen? Oder Weintrauben? Ich glaube nicht, daß eins davon zutrifft. Wie ich bereits erwähnte, nahmen diese Feiern in der Regel einen orgiastischen Verlauf. Man hat Opfer dargebracht, höchstwahrscheinlich Menschenopfer. Ich schätze, die Früchte waren menschlichen Ursprungs.«

Rena lief ein Schaudern den Rücken hinunter. »Etwa Eierstöcke und Hoden?«

Tomain nickte. »Das menschliche Leben entspringt dem Hodensack des Mannes, im Griechischen jener Zeit also dem Oschophoria. Auch die asexuelle Erde produziert Leben, am wichtigsten sind die Rebstöcke. Ich denke, in alter Zeit hat man menschliche Früchte an die Weinberge verfüttert, um die Fruchtbarkeit des Bodens anzuregen.«

Rena erinnerte sich jetzt an die Geschichte, die Maura ihr vor so vielen Jahren in Athen erzählt hatte. Wie die Königin nach einem Jahr ihren Liebhaber ermordet und sein Blut über die Ernte vergossen habe. War das Fest Oschophoria nicht eine Variante davon?

»Es gibt eine modernere Form dieses Rituals, die man sogar heute noch antrifft. In vielen Teilen der Welt begeben sich die Bauern mit ihren Frauen ins Feld und schlafen dort miteinander, um so eine gute Ernte zu erlangen.«

»Und was haben die heutigen Weinbergmorde mit dem antiken Fest zu tun?« fragte Rena.

»Es handelt sich dabei um eine Art Bastard des ursprünglichen Oschophoria. Im Lauf der Jahrhunderte war das Ritual sicher etlichen Veränderungen unterworfen. Einige Beispiele für die Durchführung dieser uralten Zeremonie finden sich quer durch die Weingeschichte. Soweit mir bekannt ist, sind zweihundert Jahre seit den letzten Menschenopfern in einem Weinberg vergangen.«

»Verstehe«, nickte sie. »Können Sie sich noch erinnern, auf welchem Weingut vor zwei Jahrhunderten das letzte Oschophoria durchgeführt worden ist?«

»Nein, aber das kann ich nachsehen«, antwortete er. »Das muß irgendwo in der Gegend von Bordeaux gewesen sein.«

»Sagt Ihnen der Name Baron Gustave de Montret etwas?«

»Großer Gott! Das ist der Winzer, von dem ich gerade gesprochen habe! Es heißt, er habe womöglich Hunderte umgebracht! Woher wissen Sie von ihm?« Tomain sah sie fassungslos an.

»Es waren nur dreiundsiebzig Tote. Und das war Ihres Wissens das letztemal, daß dieses Ritual praktiziert worden ist?«

»Ja, alle Unterlagen deuten darauf hin. Ich muß gestehen, daß Sie mich verblüffen, junge Lady. Ich hätte nicht gedacht, daß außer ein paar Historikern wie mir jemand jemals von dem Baron und seinen Taten gehört hätte.«
Nein, ich bin überhaupt nicht verblüffend, dachte Rena. Das FBI hatte das Tagebuch wissentlich gegenüber den Medien verschwiegen. Tomains Theorien ergaben für Rena einen Sinn: Alte Rituale veränderten sich im Lauf der Jahrhunderte, um mit der jeweiligen Zeit Schritt halten zu können. »Gibt es bei diesen Morden irgendein christliches Element?«
»Aber unbedingt! Warum konnten Sie nicht bei mir studieren statt dieses Harrison! Das Fest des Oschophoria wurde wahrscheinlich von kleinen Kultgemeinden durch die Jahrhunderte lebendig gehalten. Als das Christentum aufkam, wurde der Ritus entsprechend angepaßt, das heißt, er übernahm einige Aspekte dieser neuen Religion.«
»Wie zum Beispiel das Anbinden der Opfer an Rebstöcke, um ihnen den Charakter einer Kreuzigung zu verleihen?« entfuhr es Rena.
»Ja, inklusive des Nagels. Man hat Christus Nägel durch Hände und Füße geschlagen. Beim Oschophoria-Kult hat man den Nagel in den Nacken des Opfers geschlagen, um es so zu töten.«
Die Haushälterin des Professors erschien und teilte mit, daß das Essen fertig sei.
»Dem Himmel sei Dank«, flüsterte Harrison Rena zu, während sie sich erhoben, »er ist noch genauso ein Langweiler wie vor zwanzig Jahren.«
Rena lächelte über diese Bemerkung, hielt Tomain aber ganz und gar nicht für langweilig. Er hatte eine Menge von dem Nebel zerstreut, der über dem Baron lag. Sie verstand jetzt endlich, warum de Montret all diese Menschen ermordet hatte: Er wollte damit seine Weinberge fruchtbar machen.

Diese Wahnvorstellung stammte nicht von ihm, sondern ging bis zu den Anfängen der menschlichen Zivilisation zurück. Allerdings blieb die Frage weiterhin unbeantwortet, warum Maura dem Vorbild ihres Ahnen folgte. Ihr war nie aufgefallen, daß Maura eine tiefe Liebe zu Weinbergen und ihren Früchten hatte. Ihre Motive, auch wenn sie genauso psychopathisch waren wie die des Barons, mußten also einen anderen Ursprung haben.

Nach einem warmen Entensalat und einer Flasche Pommard Rugiens zogen sie sich in Tomains Arbeitszimmer zurück, um dort den Kaffee einzunehmen. Die Wände und Regale waren übersät mit Bildern und Artefakte des antiken Griechenland.

Rena wollte sich gerade aus einer silbernen Kanne Kaffee in ihre Tasse gießen, als ihr eine kleine Statue auf dem Kaminsims ins Auge fiel: Ein Mann mit vier Reihen von Brüsten. Sie stellte die Kanne wieder auf den Tisch und trat näher an die Figur heran. Irgend etwas daran kam ihr bekannt vor.

»Zeus«, erklärte der Professor. »Die Replik einer Bronzestatuette, die bei Ausgrabungen in Labranda in Caria gefunden wurde.«

»Ja, ich weiß«, sagte Rena gedehnt, weil ihr in diesem Moment einfiel, wo sie diese Zeusdarstellung schon einmal gesehen hatte. »Das Original steht im archäologischen Museum in Athen.«

»Allmächtiger, diese Frau gefällt mir immer besser, Harrison!« rief Tomain und stellte sich neben sie. »Die Brüste des Zeus sind ein Symbol für Fruchtbarkeit.« Er nahm vorsichtig eine alte Vase vom Kaminsims, die neben der Statue stand. »Sehen Sie sich das einmal an.«

Rena holte ihre Brille aus der Handtasche, setzte sie auf und betrachtete das Stück, das der Professor jetzt auf den Schreibtisch stellte. Die Malereien auf der Vase zeigten einen bärtigen

Mann in Frauenkleidern, der eine Frau bestieg, die einen falschen Bart trug.

»Diese Abbildung zeigt eine Szene aus einem der Feste zu Ehren des Dionysos. Die intersexuelle Verkleidung der beiden Personen steht für die Asexualität der Erde. Sie ist weder Mann noch Frau.«

Während der Rückfahrt zum Alexander Valley war Rena tief in Gedanken versunken. Der Professor hatte manche Frage beantwortet, aber die Hintergründe für Mauras Mordlust blieben immer noch ein Rätsel. Dann kam ihr plötzlich in den Sinn, was die alte Frau auf der Insel Paros zu Maura gesagt hatte: *»Du sein Kind des Hermes!«* Das Bild von der Alten, in deren graustarigen Augen sich das Mondlicht widergespiegelt hatte, stand klar und deutlich in ihren Gedanken. Was hatte sie damit gemeint? Maura hatte ihr nie eine Antwort darauf geben wollen. Rena ärgerte sich, weil sie vergessen hatte, Tomain danach zu fragen.

»Du sein Kind des Hermes!«

Was für Kinder mochte ein Hermes zeugen? fragte sich Rena. Dann begann Harrison, über neue Techniken bei der Weinherstellung zu sprechen. Er lenkte sie damit von ihren Überlegungen ab, und sie hörte zu. Die Worte der alten Griechin verschwanden aus ihrem Bewußtsein und versanken in den Tiefen ihres Gedächtnisses.

Kapitel 20

Sie zog die Flasche mit der braunen Tönung aus dem Regal im Supermarkt und legte sie in den Wagen, wo sich schon eine Tube Neosporin, Gummihandschuhe, eine Flasche Excedrin, eine Schere, Zahnpasta, eine Zahnbürste, Schminke,

eine Schachtel Kleenex, eine Haarbürste, Bandagen, Erdnußbutter, Brot, Birnen, Apfelsinen, eine Tüte Milch und ein Set Plastikmesser befanden.
Der Schmerz zwischen ihren Beinen brachte sie halb um. Heiße Funken schossen schon bei der kleinsten Bewegung durch ihren Unterleib. Sie lief so langsam wie möglich, damit niemandem auffiel, daß sie humpelte. Sie blieb vor dem Regal mit den Toilettenartikeln stehen. Sie zog einen Kanister flüssiger Seife, Haarshampoo und eine Packung Schwämme heraus. Am Ständer mit den Strandartikeln nahm sie sich eine große Sonnenbrille mit getönten Gläsern, entfernte rasch das Etikett und setzte sie auf. So konnte von nun an niemand mehr ihre Augen sehen.
Ihre Beine waren schwach vom Hunger, den sie verspürte. Und ihr Herz klopfte immer noch laut von den vielen Panikanfällen, die sie im Verlauf des Morgens erlitten hatte. Wenn sie diesen Attacken nicht mit Medikamenten begegnete, hatte das für sie die schlimmsten Folgen, und die setzten bereits ein: Die Körper der anderen Kunden im Supermarkt verzerrten und veränderten sich unaufhörlich. Die Schachteln in den Regalen sahen aus wie aus einem Disneyfilm. Gesichter leuchteten teuflisch. Paranoide Augen, wie die von Mäusen, starrten sie aus den Tiefen purpurfarbener Höhlen an. *Das alles ist nicht real, sondern nur Einbildung*, sagte sie sich wieder und wieder in Gedanken. In diesem Moment hätte sie alles für Xanax und Parnate gegeben. Nur wenn sie diese Tabletten täglich einnahm, bewahrte sie das davor, endgültig durchzudrehen. Doch im Augenblick war sie weiter denn je von diesen Mitteln entfernt. Entweder wurde sie mit dieser Tatsache fertig, oder sie mußte im Wahnsinn versinken. Wenigstens hatten sich die fürchterlichen Kopfschmerzen noch nicht zurückgemeldet. Sie versuchte, einen neuen Panikanfall niederzuringen. Ihre Hände umklammerten die

Stange des Einkaufswagens, bis die Knöchel weiß wurden und die Knochen durch die Haut zu brechen schienen. Sie machte sich mühsam auf den Weg zur Kasse.
Die Kassiererin sah aus wie eine Alptraumgestalt. Ihr rotes Haar erinnerte an das einer Stoffpuppe. Ihr Zahnfleisch war schwarz und ihre schneeweiße Haut war von dunklen, haarigen Warzen überzogen. Maura machte die Augen fest zu, um dieses Bild zu vernichten. *Das ist nicht real, sondern nur ein Panikanfall!* Sie öffnete die Augen wieder. Die Haut der Frau hatte sich nun lila gefärbt, und aus den Warzen waren kleine Vulkane geworden, die eine eitrige Masse ausspuckten.
Während sie in ihrer Tasche nach der Börse suchte, betete sie darum, daß die Kassiererin zu beschäftigt sein möge, um mitzubekommen, in welchem Zustand Maura sich befand.
Sobald sie den Supermarkt verlassen hatte, humpelte sie mit schmerzverzerrtem Gesicht über die Straße zur Tankstelle an der nächsten Ecke. Das Brennen in ihren Unterleib war nun so intensiv, daß sie stehenblieb und sich an eine Laterne lehnte, um nicht im nächsten Moment das Bewußtsein zu verlieren. Kälte lag in der Luft, aber Mauras Gesicht war von einer Schweißschicht bedeckt. Die Tür zum Waschraum neben der Tankstelle war nur wenige Schritte entfernt. Langsam zog sie Bein um Bein vor, kam Zentimeter um Zentimeter voran. *Was ist mir bloß zugestoßen, daß ich jetzt solche Schmerzen leiden muß?* Bevor sie den Waschraum betrat, sah sie sich rasch nach allen Seiten um, ob sie niemand beobachtete. Sie schien Glück zu haben. Kein Wagen hielt vor den Zapfsäulen, und der Tankwart war in der Werkhalle gerade damit beschäftigt, den Vergaser eines Kleinlasters auseinanderzunehmen.
Sie ging hinein. Sie schloß die Tür hinter sich, bückte sich und klemmte ihre Brieftasche zwischen die Tür und den Pfosten, um anderen das Hereinkommen unmöglich zu machen.

Gott, wie hungrig ich bin! Sie kippte ihre Umhängetasche auf dem schmutzigen Fliesenboden aus. Sie konnte sich nicht daran erinnern, wann sie das letztemal etwas zu sich genommen hatte. Ihre Hände zitterten so stark, daß sie kaum den Deckel von der Erdnußbutter drehen konnte. Sie riß die Verpackung vom Brot ab, stopfte sich die erste Scheibe in den Mund und machte sich gleichzeitig mit einem Plastikmesser ein Sandwich. Das Protein wurde gierig von ihrem Metabolismus aufgesaugt, und schon kehrte erste Kraft in sie zurück. Nach dem Sandwich und ein paar kräftigen Schlucken Milch schälte sie zwei Apfelsinen mit den Fingern und verspeiste sie. Dann trat sie vor den Spiegel, zog ihren Rock hoch und betrachtete die Wunde am Unterleib. Irgendwie mußte sie sich dort geschnitten haben. Die Haut um den Schnitt war hellrot gefärbt, und diese Fläche schien sich seit dem letzten Mal vergrößert zu haben. *Ist das echt oder Einbildung?* Nein, das Rot war real. Die Stelle fühlte sich warm an, was besagte, daß sie infiziert war. Sie wusch die Wunde mit einem Antibiotikum aus und verband sie dann. Sie hoffte, die Infektion rechtzeitig gestoppt zu haben.

Endlich zog Maura sich alle Sachen aus und wusch sich mit Seife und Schwamm von Kopf bis Fuß. Danach fühlte sie sich zum ersten Mal wieder richtig sauber. Aber jetzt fiel ihr auch auf, wie kalt es in diesem Raum war. Sie zitterte am ganzen Leib, und nur ihr Kopf fühlte sich heiß an. Sie warf drei Excedrin ein, denn sie konnte es sich nicht erlauben, jetzt krank zu werden.

Maura starrte in ihr eingefallenes Gesicht. Sie wußte, was sie als nächstes zu tun hatte. Sie nahm das Taschentuch ab, das sie als Kopftuch benutzt hatte. Die blonden Locken fielen bis auf ihren Rücken hinab. Ihr Gesicht im Spiegel veränderte sich, und ihr Herz raste, als fahre es auf einer Achterbahn. Sie stützte sich auf den Waschbeckenrand, schloß die Lider und

wartete, bis der Anfall vorüber war. Als es ihr etwas besser ging, nahm sie die Schere in die eine und eine Haarsträhne in die andere Hand. Sie fing an zu schneiden, schnitt hinten bis hoch in den Nacken alles ab. Das Ergebnis war nicht eben schön, aber im Moment hatte sie keine Zeit, über Chic und Styling nachzudenken.
Als das erledigt war, streifte sie die Gummihandschuhe über und fing an, die dunkle Tönung auf ihr Haar zu verstreichen. Ihre Haare waren so hell, daß sie den Vorgang ein zweites Mal durchführen mußte.
Nun war die Schminke an der Reihe. Sie versteckte ihre weiße Haut unter einer beigen Grundierung.
Sie suchte sich aus dem Vorrat der billigen Kleidungsstücke ein paar Teile zusammen. Ein schwarzer Wollrock, eine karierte Bluse mit langen Ärmeln und eine weiße Wollweste. Als sie sich angezogen hatte, steckte sie ihr Haar mit Spangen zurück und setzte die Sonnenbrille wieder auf.
Sie betrachtete sich im Spiegel und sah dort eine große, langweilig gekleidete Frau. So sieht die Gattin eines Farmers oder Stahlarbeiters aus, dachte sie.
Sie sammelte soviel blondes Haar vom Boden auf, wie ihr möglich war, und spülte es die Toilette hinunter. Sie spülte mehrere Male nach, um sicherzugehen, daß es nicht wieder nach oben gleiten würde. Dann holte sie ihre Kreditkarten und Quittungen aus dem Portemonnaie, zerriß sie in kleine Stücke und warf sie ebenfalls in die Toilette. *Damit kann man meine Spur nicht mehr zurückverfolgen und nicht mehr sofort wissen, wer ich bin*, sagte sie sich, als sie daran dachte, daß Polizisten sie anhalten könnten.
Sie verließ den Waschraum und lief zu der Telephonzelle hinter den Zapfsäulen. Die Schmerzen in ihrem Unterleib schossen wie Blitze durch ihre Schenkel.
Sie wählte die Nummer von Onkel Wiggly. Niemand hob am

anderen Ende ab. *Jesus, Maria und Joseph! Tu mir das nicht an! Bitte, ich brauche dich!*

Maura rief die Auskunft in Los Angeles an und fragte nach Rena Halbrooks Nummer.

Sie erhielt die Auskunft, daß Mrs. Halbrook eine Geheimnummer habe. »Verfluchte Scheiße!« schrie sie, als sie den Hörer auf die Gabel knallte. Der Tankwart schob sich unter dem Kleinlaster heraus und starrte sie verwundert an.

Mach hier bloß keinen Aufruhr! ermahnte sie sich. Sie fühlte sich etwas benommen, und das Aneinanderschaben von Metall hallte erneut in ihrem Kopf wider. Sie ballte die Fäuste und lehnte den Kopf an den Telephonkasten. Ihr wurde klar, daß sie es ohne ihre Medikamente niemals schaffen würde. Die Anfälle wurden von Mal zu Mal schlimmer, und bald würde sie sich wieder in dem Wahnzustand wie damals nach Martins Tod befinden. Nur schien mittlerweile alles mit ihr furchtbarer geworden zu sein. Onkel Wiggly hatte gesagt, sie hätte Menschen ermordet.

Als sie den Kopf wieder hob, sah sie es. Auf der anderen Straßenseite hing neben einem Obststand das Schild APOTHEKE. *Soll ich diese Chance wahrnehmen?* Aber was blieb ihr für eine andere Wahl? Sie humpelte über die Straße und spähte durch das Schaufenster ins Ladeninnere. Die Apotheke war nicht groß und dunkel. Vorne befanden sich die Drogeriewaren, hinten die Medikamente. Im Augenblick schien sich dort keine Kundschaft aufzuhalten.

Maura trat ein und marschierte sofort in den hinteren Teil. Ein kleiner Mann von über sechzig Jahren, der einen bleistiftdünnen Schnurrbart und einen weißen Kittel trug, tauchte hinter dem Ladentisch auf. Er zählte gerade gelbe Pillen und füllte sie in eine Flasche.

»Kann ich Ihnen helfen?« fragte er und lächelte so breit, daß der Schnurrbart beinahe von einem Ohr zum anderen reichte.

Maura wußte, wie minimal ihre Chancen standen, aber sie mußte es darauf ankommen lassen. »Ich brauche drei rezeptpflichtige Medikamente. Dummerweise habe ich sie zu Hause in New York vergessen.« Ihre Stimme klang schwach und rauh. Sie fragte sich, ob sie ihre Stimmbänder in den letzten Tagen überhaupt eingesetzt hatte.

Der Apotheker sah sie mißtrauisch an. Trotz des Make-ups wirkte ihre Haut gelb, und sie schwitzte wieder. »Was sind das für Medikamente?«

Maura atmete tief durch, um die aufkommende Panik niederzuzwingen. Das Gesicht des alten Mannes verfärbte sich. Sein Schnurrbart erinnerte jetzt an einen Tausendfüßler in Bewegung. »Parnate, Xanax und Darvocet.« Maura zwang sich zu einem schiefen Grinsen. »Wie dumm ich doch bin. Ich kann gar nicht glauben, daß ich sie vergessen habe.«

»Sie wissen, daß ich Ihnen diese Präparate ohne Rezept nicht aushändigen darf.« Seine Augen suchten ihr Gesicht ab.

Maura räusperte sich, um ihre Stimme klarer zu machen. »Würden Sie dann bitte meinen Arzt anrufen?«

Der Alte nahm den Hörer ab. »Sagten Sie New York? Das wird aber nicht billig.«

»Ja, das weiß ich. Ich bezahle das Gespräch. Ich fürchte nur, ich habe seine Nummer nicht bei mir.«

Er grunzte, wählte die Auskunft an und ließ die Kundin nicht aus den Augen. »Wie heißt Ihr Arzt?«

Das ist doch glatter Wahnsinn! Sie hatte keinen Arzt in New York. Ihre Hände zogen sich krampfhaft zu Fäusten zusammen. Sie brauchte die Medikamente unbedingt, und dieser kleine Mann würde sie nicht daran hindern. Der Wahnsinn nahm langsam wieder Besitz von ihr, wurde immer stärker, und Maura hätte am liebsten geschrien und diesen Raum zertrümmert, wie damals in der Nacht, in der Martin gestorben war. Vielleicht war es schon zu spät, und die Tabletten

konnten ihr nicht mehr helfen, aber sie mußte es wenigstens versuchen. Freiwillig würde sie nie wieder in eine geschlossene Anstalt gehen, nie wieder so etwas wie nach ihrem siebzehnten Geburtstag! *Nie, nie wieder!* Plötzlich begriff sie, daß es noch eine andere Möglichkeit gab. Ja, sie brauchte ihre Medizin, aber sie brauchte auch noch etwas anderes.
»Ich habe Sie nach dem Namen Ihres Arztes gefragt«, sagte der Apotheker argwöhnisch.
Maura lief langsam hinter den Ladentisch und baute sich vor dem kleinen Mann auf. Er sah hinauf in ihr Gesicht, und was er dort erblickte, brachte ihn dazu, den Hörer sinken zu lassen. Nacktes Entsetzen stand in seinem Blick.
Ihre Finger fanden eine Schere. Maura wußte, welche Kraft in ihr schlummerte, wußte, wozu sie fähig war, wenn sie sich provoziert fühlte. Sie packte den Alten mit der einen Hand am Kragen, holte mit der anderen weit aus und stieß ihm die Scherenspitze in den Adamsapfel. Blut spritzte aus der Wunde und floß wie ein Strom seinen Hals hinab.

Kapitel 21

Harrison wollte unterwegs noch bei einem befreundeten Winzer vorbeischauen, aber Rena bat ihn, das auf ein anderes Mal zu verschieben, weil sie noch so viel zu tun habe. Sie verabredeten, sich um zwanzig Uhr dreißig im Mustards Grill wiederzutreffen. Er ließ Rena am Château ihres Vaters hinaus und verabschiedete sich bis zum Abend.
Als sie im Haus war, fand sie auf dem Anrufbeantworter eine Nachricht vor. Sie sollte Marvin Grant so rasch wie möglich zurückrufen. Er hatte erst vor wenigen Minuten auf Band gesprochen. *Ob sie Maura jetzt aufgegriffen haben?*
Rena ging ins Arbeitszimmer und wählte die Nummer, die

Grant angegeben hatte. Sie erreichte das FBI-Büro in Boise, Idaho. Nachdem Rena erklärt hatte, wer sie war, wurde sie sofort mit Grant verbunden. »Sie ist ein verdammt gerissenes Aas!« begann er ohne Umschweife.

»Sie meinen Maura?«

»Ja. Miß McKinney hat vor zwei Stunden eine Apotheke überfallen.«

»Hat sie jemanden dabei verletzt?« Die alte Angst war wieder in ihr.

»Ja, den Ladeninhaber. Gott sei Dank ist sein Schock schlimmer als seine Verletzung. Sie hat ihn mit einer Nagelschere in den Hals gestochen. Die Wunde ist zwar tief, aber nur eine Fleischwunde. Maura hat ihn hinten ins Lager getragen und dort gefesselt. Er konnte sich etwas später befreien und hat sofort die Polizei alarmiert. Unser Büro hier erhielt kurz darauf Nachricht davon, denn der Sheriff von Boise wußte, daß wir nach einer Frau suchen, ungefähr so alt wie die Täterin. Anscheinend hat sie ihr Äußeres erheblich verändert. Wir wären nie darauf gekommen, daß die Täterin und Maura ein und dieselbe Person sind. Erst der Hinweis auf die Medikamente, die sie gestohlen hat, hat uns darauf gebracht. Parnate, Xanax, ein Breitbandantibiotikum und Darvocet. Außerdem lagen Schlaftabletten der Marke Placidyl auf dem Boden verstreut. Der Apotheker glaubt, daß sie sich davon ein paar eingesteckt hat. Er sagte aus, sie sei unglaublich stark gewesen. Sie habe ihn buchstäblich vom Boden hochgehoben und nach hinten getragen. Für eine Frau eine reichlich ungewöhnliche Leistung.«

Rena dachte kurz nach: »Ich habe schon in geschlossenen Anstalten schmächtige, unterernährte paranoide Schizophrene erlebt, die hundert Kilogramm schwere Wärter quer durch einen Raum geschleudert haben. Maura muß diese Medikamente ganz dringend benötigt haben, um eine so waghalsige

Tat zu begehen.« Rena fragte sich, ob Maura auch den Mexikaner Tomas Sanchez von der geheimen Quelle in den Weinberg getragen hatte. Das wäre zumindest eine Erklärung dafür, warum die Blutspur so abrupt aufgehört hatte.
»Er berichtete weiterhin, daß sie sich recht merkwürdig aufgeführt habe. Sie hielt sich die Hände an den Kopf und murmelte irgend etwas über Metall, das in ihrem Schädel aneinanderreibe.«
Das brachte Rena ins Grübeln. Nachdenklich erklärte sie: »Schizophrene hören oft Stimmen in ihrem Kopf. Das hat etwas mit dem chemischen Ungleichgewicht in ihrem Metabolismus zu tun.« Seltsam, sagte sie sich. *Wenn Maura schizophren ist, warum nimmt sie dann diese Medikamente?* Solche Mittel wurden doch viel eher zur Kontrolle von Depressionen und bei Panikanfällen eingesetzt. Außerdem gab es keinen Arzt, der ihr diese meldepflichtigen Mittel verschrieben hatte. Woher bezog Maura sie also, und wer redete ihr ein, sie müsse sie nehmen? »Hat Maura sonst noch etwas gestohlen?«
»Ja, etwas über hundert Dollar aus der Registrierkasse und den Wagen des Apothekers, der hinter dem Laden abgestellt war. Ein blauer Chevrolet Impala. Maura hat einen Vorsprung von zwei Stunden. Alle Straßen, die aus Boise hinausführen, sind gesperrt. Und die Polizeistreife am Highway wird jeden Wagen anhalten, der auch nur entfernte Ähnlichkeit mit einem Impala aufweist. Es dürfte jetzt nicht mehr lange dauern, bis wir sie haben.«
»Das haben Sie vorher auch schon gesagt«, entgegnete sie mit deutlicher Skepsis. Nach dem Gespräch mit dem FBI-Agenten rief sie ihre Tochter Cathy an und erklärte ihr, sie würde in ein paar Tagen zurück sein und sie vermisse sie sehr.
Sie lief nach oben, um sich für ihre Verabredung umzuziehen. Sie dachte an die Schlaftabletten, die Maura nach Meinung des

Apothekers ebenfalls mitgenommen hatte. Placidyls waren echte Hämmer. Damit konnte man Selbstmord begehen. Sie hoffte, daß Maura nicht vorhatte, sich das Leben zu nehmen. Und warum die Antibiotika? War Maura krank geworden? Sie unterschätzen sie immer noch, sagte sich Rena, als sie sich auszog und unter die Dusche ging. *Sie ist eine verteufelte Ecke schlauer, als die Beamten ihr zugestehen wollen.* Rena dachte zurück an einen windigen Nachmittag im Napa Valley. Sie und ihre Freundin waren damals sechzehn gewesen.

Peter McKinney rief Rena im Haus ihres Vaters an und fragte sie, ob sie bei Maura bleiben wolle, weil er auf die Landwirtschaftsausstellung ins Orange County wollte, wo für seinen Cabernet günstige Aussichten auf eine Goldmedaille bestanden. Er sagte, Maura habe ursprünglich mitgewollt, doch jetzt fessele eine Grippe sie ans Bett. Rena stimmte sofort zu, und Peter kam vorbeigefahren, um sie abzuholen.

»Sie sieht furchtbar aus«, erklärte er kummervoll, als Rena zu ihm in den Wagen stieg. »Das Fieber verbrennt sie, und sie kann nichts bei sich behalten. Ich lasse sie nur höchst ungern in diesem Zustand allein, aber sie besteht darauf, daß ich zu der Ausstellung fahre. Und unsere türkische Haushälterin Semra will sie nicht an sich heranlassen. Ich wollte Dr. Frawley rufen, aber diese widerspenstige junge Dame hat mir fast den Kopf abgerissen, als ich den Arzt nur erwähnte. Maura sagte, sie komme prima ohne ihn zurecht, und wenn du bei ihr wärst, stünde bei ihr alles zum besten. Wenn Mauras Fieber weiter steigt, setzt du dich über ihre Widerstände hinweg, versprochen? Du rufst dann sofort den Arzt, ja?« Aus seinem Mund klang es wie eine Drohung.

»Ja«, antwortete eine eingeschüchterte Rena.

Als sie bei den McKinneys ankamen, lief Rena gleich hinauf zum Zimmer ihrer Freundin. Maura lag in mehrere Decken eingepackt im Bett. Ihr langes blondes Haar breitete sich fast über das ganze Kissen aus. Rena war über das Aussehen der Kranken entsetzt. Mauras Gesicht war kreidebleich und getrocknete Reste von Erbrochenem klebten an ihren Lippen. Dicke dunkle Ringe lagen um ihre Augen und ließen ihr Gesicht wie eine Totenmaske erscheinen. Maura zitterte, und Schweißperlen standen über ihrer Oberlippe und auf der Stirn.

Rena ließ sich am Bettrand nieder und nahm die Hand der Freundin. Sie fühlte sich wie feuchter Gummi an. »Maura, vielleicht sollten wir doch lieber einen Arzt rufen«, sagte sie voller Sorge.

»Nein«, ertönte es trotzig und rauh. »Keinen Arzt. Ich werd schon wieder.« Sie blickte an Rena vorbei. Ihr Vater war ins Zimmer gekommen. »Fahr zur Ausstellung, Dad. Mach dir keine Sorgen. Ist bloß ein dummer kleiner Virus.« Sie setzte ein schiefes Lächeln auf.

Er seufzte und schüttelte über die Sturheit seiner Tochter den Kopf. »Du rufst sofort Dr. Frawley an, wenn das Fieber weiter steigt«, ermahnte er Rena und hob den Zeigefinger.

Rena nickte rasch.

Er wandte sich an Maura. »Wenn du nicht allein zur Toilette kannst, läßt du dir von Semra helfen. Ist das klar?«

»Aber selbstverständlich«, murmelte sie.

Er ging und drehte sich an der Tür noch einmal um. »Du bist eine störrische junge Dame, Maura. Ich lasse dich wirklich nicht gern allein.«

»*Bitte,* Dad«, stöhnte sie.

Er schüttelte noch einmal den Kopf und ging nach unten. Kaum war er fort, betrat Semra das Zimmer und sah Rena giftig an.

»Was willst du hier?« fuhr Maura sie hart an. »Mach, daß du rauskommst!«

Semras behaarte Oberlippe verzog sich voller Haß. Doch sie schob ihren kurzen, stämmigen Körper nach draußen.
Maura drückte Renas Hand. »Stell dich ans Fenster und sieh nach, ob er wirklich fährt. Manchmal versucht er, mich zu täuschen.«
»Dein Vater?«
»Ja.«
Verwundert starrte Rena sie an.
»Nun mach doch schon, verdammt noch mal!« flüsterte Maura ungeduldig.
Rena stellte sich neben das Fenster und spähte hinaus. Durch die Gardine verfolgte sie, wie Peter McKinney in seinen Wagen stieg. Er ließ den Motor an und brauste los. Rena drehte sich zu ihrer Freundin um und sagte: »Er ist fort.«
»Prima!« knurrte Maura. Sie schob die Decken beiseite und setzte sich aufrecht hin. »Ich fürchte, bei mir ist es wieder soweit!« Sie hielt sich den Bauch und bewegte sich langsam zum Badezimmer. »O Gott, ist das eine Qual!«
»Mußt du dich übergeben?« fragte Rena teilnahmsvoll.
»Nein, diesmal ist das andere Ende an der Reihe. Bei mir kommt es abwechselnd, dafür aber andauernd.« Sie lehnte sich für einen Moment an die Wand, bis das Schwindelgefühl vergangen war, und machte sich dann wieder auf den Weg.
»Warte, ich helfe dir!« sagte Rena und eilte zu ihr.
»Nein«, widersprach Maura heftig. »Ich komme prima allein zurecht.« Bevor sie die Badezimmertür hinter sich schloß, krächzte sie: »Geh nach unten zum Kühlschrank und hol mir zwei Liter Milch.«
»Warum das denn?«
»Frag nicht, tu es... bitte!« ächzte sie. Vollends verwirrt eilte Rena nach unten. Als Semra sie kommen sah, setzte sie eine finstere Miene auf und verschwand in ihrer Kammer. Rena fand zwei große Tüten Milch und trug sie nach oben.

Nach ein paar Minuten verließ Maura das Badezimmer. Sie schlurfte zu ihrem Bett, blieb aber davor stehen, setzte sich auf den Boden und lehnte den Kopf an den Nachttisch. Sie zitterte noch heftiger, zog die Knie an und riß Rena die erste Tüte aus der Hand. Sie ritzte sie mit ihren Fingernägeln auf und trank dann wie eine Verdurstende. Milch rann ihr über das Kinn und auf das Nachthemd, tropfte auch auf den Teppich und bildete dort kleine Pfützen. Nach der ersten nahm sie sich gleich die zweite Tüte vor. Endlich sah sie Rena an und rülpste. Dann brach sie in lautes Lachen aus, hielt sich aber schnell die Hand vor den Mund. Immer noch kichernd erklärte sie: »Verdammt, was tue ich nicht alles für die Liebe!«

»Was geht hier eigentlich vor, Maura?« wollte Rena wissen. »Bist du denn nicht krank?«

»Mir geht es schlechter als je zuvor in meinem Leben!« Sie öffnete die Schublade ihres Nachttischs und holte eine Rolle mit Magendrops heraus. Sie schob sich mehrere davon in den Mund. »Kalzium«, erklärte sie. »Ich brauche jetzt Kalzium.« Sie hielt die zweite Milchtüte hoch, so als wolle sie Rena zuprosten, und spülte die Dragees mit Milch hinunter.

»Wozu brauchst du denn Kalzium? Doch nicht gegen einen Grippevirus?«

»Nein, Dummkopf, als Gegenmittel für eine Oxalsäurevergiftung. Sei mal lieb und schau unter dem Bett nach.« Sie zeigte mit dem Finger dorthin.

Rena bückte sich, sah unter das Bett und zog einige lange Stangen heraus, die wie rötlicher Sellerie aussahen. »Was ist das?«

Maura hielt sich den schmerzenden Bauch, lächelte aber, als sie antwortete. »Rhabarber. Ganz gewöhnlicher, alltäglicher, gottverdammter Rhabarber, wie er in jedem stinknormalen Garten vorkommt.« Wieder lachte sie laut. »Man darf allerdings die Blätter nicht essen. Denn die sind giftig. Wenn man sie ißt, wird man davon krank und hat die gleichen Symptome wie ich. Ich muß sie fortwerfen, bevor mein Dad zurückkommt und sie womöglich findet.«

»Du hast dich selbst vergiftet?« Renas Mund stand vor Fassungslosigkeit auf.

»Sicher.« Sie trank noch etwas Milch. Etwas Farbe kehrte in ihr Gesicht zurück, und sie zitterte nicht mehr so stark. »Mach dir keine Gedanken, in einer Weile bin ich wieder okay. Ich muß jetzt nur dafür sorgen, mich ausreichend mit Kalzium vollzustopfen. Aus diesem Grund trinke ich Milch und esse diese wirklich furchtbar schmeckenden Drops. Ich hätte doch die mit Pfefferminzgeschmack nehmen sollen.«

»Aber wie konntest du so etwas tun? Wir alle dachten, dich hätte die Grippe ganz furchtbar erwischt!« rief Rena wütend.

»Wie ich eben schon sagte, was tue ich nicht alles für die Liebe!« Sie stand wieder auf und trat langsam zum Fenster. Unten an der Straße stand Martin an der Holztür zur Kelterei und wartete auf sie. Feuer trat in ihre Augen. Ohne den Blick von ihm zu wenden, erklärte sie Rena: »Er erwartet mich. Ich habe dieses Treffen seit Wochen geplant und mir das hier überlegt, um nicht mit auf die Ausstellung zu müssen. Mein Vater würde Martin umbringen, wenn er wüßte, daß wir uns immer noch sehen.« Maura ging zum Kleiderschrank und holte ein ärmelloses pinkfarbenes Kleid heraus. Sie drehte sich zu ihrer Freundin um. »Ich muß erst eine Dusche nehmen, um diesen klebrigen und widerlichen Gestank loszuwerden.«

»Du bist ja verrückt!« schimpfte Rena, als Maura mit dem Kleid in der Hand zum Badezimmer taumelte. »Wie heißt dieses Gift noch mal?«

»Oxalsäure.«

»Kann man davon sterben?«

»Natürlich«, antwortete Maura und lehnte sich an die Tür. Rena war außer sich. »Wieviel Blätter muß man essen, um daran zu sterben?«
Maura zuckte die Achseln. »Woher soll ich das denn wissen?«
Rena sah ungläubig zu, wie Maura die Dusche aufdrehte und dann die Tür schloß.
Als sie wieder herauskam, hatte sie ihr Haar gebürstet und ein unauffälliges Make-up aufgelegt, das ausreichte, die roten Flecken in ihrem Gesicht zu überdecken. Das pinkfarbene Kleid stand ihr ausgezeichnet. Sie lächelte ihrem Spiegelbild zu, umarmte dann Rena und küßte sie. »Du bist die beste Freundin auf der Welt. Ich liebe dich!« Im nächsten Moment eilte sie aus dem Zimmer, um sich mit Martin zu treffen.
Rena beobachtete sie vom Fenster aus. Sie war verblüfft, wie leichtfüßig Maura auf Martins ausgebreitete Arme zurannte. Die beiden küßten sich leidenschaftlich und ließen sich nicht mehr los. Vor zehn Minuten noch hatte Maura wie jemand ausgesehen, der im Sterben lag, und jetzt wirkte sie lebendiger als je zuvor. Kann Liebe einem Menschen denn solche Stärke verleihen? fragte sie sich, während sie ihnen nachsah, wie sie Hand in Hand davonspazierten.
Rena verbrachte den Nachmittag allein in Mauras Zimmer und las ein Buch. Die beiden liebten sich in der Kelterei, vermutete Rena stark. Sie war sehr wütend, so mißbraucht worden zu sein. Maura brauchte sie nicht mit einem Trick zu sich zu locken. Sie waren doch die besten Freundinnen, und als solche wäre Rena auch ohne besonderen Grund gekommen. Dann erinnerte sie sich an Mauras Gesichtsausdruck, als sie Martin unten entdeckt hatte. Ihr Ärger verging, und sie seufzte. Ja, Maura liebte ihren Martin aus tiefstem Herzen. Ihr Vater hatte kein Recht, die beiden auseinanderbringen zu wollen. Sich selbst zu vergiften, um den Liebsten sehen zu können! Großer Gott! Wie viele Menschen mochte es auf der

Welt geben, die ähnlich tief empfinden konnten? dachte sie sehnsuchtsvoll.

Das war gut ein Jahr vor Martins gewaltsamem Tod geschehen, erinnerte sich Rena, während sie die letzten Korrekturen an ihrem Make-up vornahm. *Eine verteufelt gerissene Lady, meinten Sie, Agent Grant? Sie haben ja nicht den Hauch einer Ahnung!*

Kapitel 22

Der Überlandbus erreichte am regnerischen Sonntagabend um neunzehn Uhr fünfzehn den Busbahnhof in Idaho Falls. Eine Handvoll Passagiere stieg aus, darunter Maura.

Ein harter Wind blies, und der Regen kam wie eine Wand herunter. Maura wickelte sich fester in ihre Wolljacke ein und lief in den Bahnhof. Die Halle war so gut wie verlassen. Eine alte Frau mit leerem Blick saß am Ende einer langen Holzbank. Sie hielt eine Einkaufstasche zwischen den Beinen. Am anderen Ende schlief ein junger Marinesoldat. Er schien frisch aus der Grundausbildung zu kommen, und sein rasierter Schädel ruhte auf seinem Seesack.

Maura entdeckte neben dem Zeitschriftenkiosk eine Telephonzelle. Sie marschierte hinein und wählte die Nummer von Onkel Wiggly. Sie ließ es ein paar Minuten lang läuten, bevor sie wieder einhängte. *Wo steckt er? Was soll ich jetzt bloß tun?*

In ihrem Körper brannte das Fieber, und äußerlich fröstelte sie. Maura suchte den Waschraum auf und inspizierte dort ein weiteres Mal ihre Wunde. Sie entfernte den eiterverklebten Verband. Der Schnitt sah schlimm aus. Er war dick geschwollen, und wenn sie ihn berührte, glaubte sie, in glühende

Kohlen zu fassen. Offenbar hatte das Gift sich schon zu weit im Körper ausgebreitet, und das Breitbandantibiotikum konnte nicht mehr viel ausrichten. Wenn sie doch bloß nicht gegen Penizillin allergisch wäre! Nun blieb ihr nichts anderes mehr übrig, als Aspirin zu schlucken, um das Fieber zu bekämpfen, und darauf zu hoffen, daß die natürlichen Abwehrkräfte ihres Körpers die Infektion besiegen könnten. Es wäre viel zu riskant für sie, in dieser Stadt einen Arzt aufzusuchen. Und wenigstens war sie jetzt wieder mit Parnate und Xanax versorgt, um die Anfälle unter Kontrolle zu halten. Gegen die Kopfschmerzen nahm sie Darvocet ein. Ihre größte Sorge war nun die Frage, was geschähe, wenn sie wieder einen Blackout erleiden oder einschlafen würde.

Maura zog sich rasch um. Sie wählte ein gestreiftes Kleid aus der Umhängetasche, denn sie ahnte, daß die Polizei nach einer Frau in einem schwarzen Rock und einer weißen Strickjacke suchen würde. Mittlerweile mußte der Raub in der Apotheke entdeckt worden sein. Sie verließ den Waschraum, ging zum Fahrkartenschalter und studierte den Fahrplan.

Ihr Geniestreich war es gewesen, den blauen Impala in Boise stehenzulassen. Wenn die Polizisten schon darauf gekommen waren, daß es sich bei der Weinbergmörderin und der Apothekendiebin um ein und dieselbe Person handelte, hatten sie bestimmt rund um die Stadt Straßensperren errichtet, um jeden blauen Wagen anzuhalten. Aber da sie mit dem Bus nach Idaho Falls, einem so unverdächtigen Ort, fuhr, erhielt sie einen wertvollen Vorsprung. Sie hatte den Wagen auf einem nur schlecht beleuchteten unterirdischen Parkplatz ein gutes Stück vom Busbahnhof entfernt abgestellt. Vermutlich würden Tage vergehen, ehe man ihn dort entdeckte.

Ihr Plan ging auf. Als der Bus Boise verließ, blickte sie aus

dem Fenster und machte auf der Route 20 ungewöhnlich viele Streifenwagen aus. Alle Wagen, die etwas größer und blau waren, wurden unterschiedslos an die Seite gewunken.
Aber was mache ich jetzt?
Sie konnte nicht sofort ins Napa Valley zurück. Dort würde man sie bestimmt erwarten und festnehmen. So dringend sie Onkel Wiggly sehen mußte, dazu blieb ihr im Augenblick keine Gelegenheit.
Und wie wäre es mit New York City? Nein, dort hatte sie keinen einzigen Freund.
Über dem Fahrplan hing eine Karte der USA, auf der alle Routen der Busgesellschaft eingetragen waren. Maura hatte eine Idee. Sie würde drei Busse nehmen. Mit dem ersten nach Salt Lake City, mit dem nächsten nach Las Vegas und mit dem letzten nach Los Angeles.
Dort konnte sie sich an Rena wenden. Rena war ihre einzige verbliebene Hoffnung.
Sie studierte die Abfahrtszeiten und rechnete aus, daß die Fahrt insgesamt anderthalb Tage dauern würde. Das bedeutete langes Herumsitzen in irgendwelchen Wartehallen. *Nein. Zu gefährlich! Geh ins Kino... oder in ein Schnellrestaurant. Alles, bloß keine Wartehallen. Dort werden sie zuerst nach dir suchen.* Natürlich hätte sie auch schneller nach Los Angeles gelangen können, aber sie wagte es nicht, sich zu lange in ein und demselben Bus aufzuhalten.
Maura kaufte eine Fahrkarte für ihren ersten Trip. Der Bus nach Salt Lake City fuhr erst in drei Stunden ab. Was sollte sie solange tun? Sie konnte nicht hierbleiben. Dann sah sie ihr Spiegelbild. Ihr Haar war nun unauffällig braun. Da die Läden noch geöffnet hatten, konnte sie ein weiteres Mal ihr Äußeres verändern. Diesmal sollte ihr Haar schwarz werden.
Wie einfach das doch alles geht, dachte sie, als sie die Wartehalle verließ. Die Jahre als Assistentin des Bezirksstaatsan-

walts hatten sie gelehrt, daß die meisten Verbrecher deswegen gefaßt und verurteilt wurden, weil sie ihre Tat nicht sorgfältig genug geplant hatten. Mauras Theorie besagte deshalb, daß man mit ausreichend Planung und etwas Geschick so gut wie nie erwischt wurde. Welche Ironie, dachte Maura, daß gerade sie es war, die diese Theorie in der Praxis erproben konnte.

Kapitel 23

Rena betrat das hell erleuchtete und laute Lokal Mustards Grill. Sie hatte für den heutigen Abend besondere Sorgfalt auf ihr Äußeres gelegt. Ihre blaue Seidenhose und die dazu passende Jacke betonten ihre schlanke Figur am besten. Sie erkannte an den Blicken der männlichen Gäste, daß sie die richtige Wahl getroffen hatte. Aber nicht für sie, sondern für Harrison Monroe hatte Rena sich so chic gemacht. Sie zweifelte nicht daran, daß zwischen ihnen beiden eine besondere Anziehungskraft bestand. Zu diesem Zeitpunkt war sie jedoch überhaupt noch nicht sicher, wie weit sie diese Anziehungskraft gehen lassen wollte.

Sie brauchte nicht lange nach ihm Ausschau zu halten. Er saß an der Bar und unterhielt sich mit Edmond und Blythe Farnsworth. Das Ehepaar zeigte eine gesunde Sonnenbräune. Die beiden mußten gerade erst aus Palm Springs zurückgekehrt sein.

Als Rena auf die Bar zusteuerte, strahlte Blythe. Sie trug eine weiße Baumwollhose und eine helle, enge Bluse, die ihre Kurven hervortreten ließ. Rena sagte sich im stillen, daß diese Aufmachung eher zu einer Achtzehnjährigen gepaßt hätte.

Blythe glitt von ihrem Hocker und schüttelte enthusiastisch Renas Hände. »Wie schön, Sie wiederzusehen. Als Harrison uns erzählte, daß er Sie heute abend hier treffen wollte, konnte ich das im ersten Moment gar nicht glauben. Ich dachte nämlich, Sie würden Napa für eine ganze Weile fernbleiben.«

»Ich habe es mir anders überlegt.« Blythes Freude war zu sehen, aber Rena glaubte sie ihr nicht. Wieder hatte sie den Eindruck, daß diese Frau nur in Rollen schlüpfte. Sie begrüßte auch Edmond. Die Leberflecken auf seinem Handrücken traten durch die Sonnenbräune besonders hervor. Seine Lippen waren rauh, und er leckte sie öfters. Vermutlich eine Folge des trockenen Klimas in Palm Springs, sagte sich Rena.

»Wie war es denn in Palm Springs?« fragte sie.

»Heiß, aber schön«, antwortete Edmond.

»Langweilig«, ergänzte Blythe.

Die beiden Farnsworths sahen sich kurz böse an.

Rena ahnte, daß zwischen ihnen nicht alles zum besten stand.

»Edmond und Blythe haben gefragt, ob es uns etwas ausmachen würde, wenn sie sich zu uns setzen«, erklärte Harrison Rena und zuckte hilflos die Achseln.

»Aber das macht mir doch nichts aus«, erwiderte sie rasch. Harrison wirkte heute abend ungewöhnlich nervös, gar nicht so gelassen und heiter wie sonst.

Der Oberkellner kam und führte sie zu ihrem Tisch. Auf dem Weg dorthin bemerkte Rena, daß eine Menge Asiaten unter den Gästen waren. Sie wußte, daß Jahr um Jahr mehr Winzereien von ausländischen Firmen aufgekauft wurden. Früher einmal hatte es in diesem Tal nur unabhängige Winzer wie Peter McKinney gegeben. Männer, die mit wenig Geld aus Italien, Frankreich oder anderen Ländern Europas gekommen waren und denen nur eines gemein gewesen war: Sie stammten alle von alten Winzerfamilien ab. Mit dieser Erfahrung ausgestattet, hatten sie sich darangemacht, in einem neuen Land Weintrauben anzupflanzen.

Seitdem hat sich viel verändert, dachte sie. Als sie noch ein

Kind gewesen war und die Sommer hier verbracht hatte, kamen nur wenige Touristen, und die Läden und Straßen hatten noch eine echte Atmosphäre. Heute fand man in St. Helena, Calistoga und Yountville fast nur noch Souvenirläden und Schickimickirestaurants. Täglich kamen tausende BMWs von auswärts und eilten im Schlingerkurs über den Highway 29, damit die bereits mehr als angeheiterten Insassen es noch rechtzeitig zur nächsten Winzerei schafften, bevor die geschlossen wurde. Männliche wie weibliche Weintouristen trugen Designerkleidung, und jeder von ihnen wußte zumindest, daß er das Glas Cabernet gegen das Licht halten, den Inhalt leicht schwenken und am Bouquet schnüffeln mußte. Sie tranken dann einen kleinen Schluck, schüttelten den Kopf, als würden sie mit der roten Flüssigkeit gurgeln, und nickten, insofern der Wein ihnen zusagte. Wenn nicht, verzogen sie angewidert das Gesicht. Die Winzer warteten stets geduldig das ewig gleiche Schauspiel ab, und nur ihre Augen verrieten die Belustigung, die sie dabei empfanden. Die hiesigen Winzer hatten Toleranz gelernt, denn diese reichen Stadtmenschen mit ihren Affektiertheiten hatten sie über die Jahre reich gemacht.

Während des Dinners ignorierte Edmond seine Gattin meistenteils. Er wandte sich lieber Harrison zu, um sich mit ihm über Wein zu unterhalten. Seine Hände zitterten häufiger, und hin und wieder zeigten sich in seinem Gesicht Muskelzuckungen. Rena fragte sich, ob er an irgendeiner Krankheit litt.

Rena betrachtete kurz Harrison. Er wirkte angespannt und grüblerisch. Und er hörte Edmond nur mit einem Ohr zu. Hin und wieder warf er Rena einen Blick zu, der besagte: »Wie werde ich ihn nur los?« Blythe redete ununterbrochen und erklärte Rena, daß Palm Springs immer mehr zu einem Rentnerparadies verkomme. »Gottes Wartezimmer«, nannte sie den Ort. Blythe rauchte Kette, und Edmonds angegriffenes Herz schien sie dabei nicht mehr zu stören; im Gegensatz zu ihrer letzten Begegnung, wo sie ihrem Mann zuliebe auf die Veranda hinausgegangen war, um sich eine Zigarette anzuzünden. Regelmäßig verdrehte sie die Augen in Richtung Edmond und Harrison und formte mit den Lippen das Wort: »Langweiler!«

Rena glaubte, daß sie und Edmond sich auseinanderlebten, und fragte sich, ob der Altersunterschied zwischen ihnen dafür verantwortlich war. Aber wie alt war Blythe eigentlich? Achtunddreißig? Fünfundvierzig? Man konnte ihr das Alter nicht genau ansehen. Blythe sah gut aus. Sie war groß, schlank und tief gebräunt. Die Blicke, die der junge Kellner ihr heimlich zuwarf, bestätigten diesen Eindruck nur.

Rena bemerkte im Augenwinkel, daß Otto van der Slyck das Lokal betrat und sofort auf die Bar zusteuerte. Wie die meisten anderen hier anwesenden männlichen Gäste trug er einen Baumwollpullover über den Schultern und hatte die Ärmel vor seinem Hals zusammengebunden. Er ließ sich auf einem Hocker nieder und sprach mit dem Barkeeper. Er brachte den Mann zum Lachen. Grinsend schenkte der Barkeeper ihm einen Bourbon mit Eis ein. Otto zog eine Zigarette aus einem goldenen Etui, zündete sie an und sog langsam den Rauch ein.

Rena wandte ihre Aufmerksamkeit wieder der Tischrunde zu. Der Kellner schenkte gerade Kaffee ein. Edmond unterhielt sich immer noch mit Harrison. Blythe hingegen hatte quer durch das Lokal Augenkontakt mit einem gutaussehenden Kellner aufgenommen. Damals auf Simons Party hatte Blythe Rena noch erklärt, daß sie und Edmond einen Ehevertrag abgeschlossen hätten. Als sie Blythes Flirt jetzt verfolgte, fragte sie sich, ob sie diesen Vertrag nicht schon bedauerte.

Rena ließ den Blick schweifen und entdeckte, daß Otto sie anstarrte. Als er bemerkte, daß sie ihn sah, hob er sein Glas und trank es aus. Rena hatte schon seit einiger Zeit vor, mit ihm zu reden, und vielleicht war jetzt der beste Moment dafür gekommen. Sie bezweifelte, daß abgesehen von Harrison jemand an diesem Tisch sie vermissen würde. Sie erhob sich und sagte, sie sei in ein paar Minuten zurück.

Als sie zu Otto ging, bemerkte sie das Rot in seinen Froschaugen und begriff, daß dies nicht der erste Barhocker war, auf dem er heute abend Platz genommen hatte.

»Herzlich willkommen, geliebte Schwester«, lächelte er sie an und hielt dem Barkeeper sein leeres Glas hin.

»Wie bitte?« stammelte sie und zeigte sich über seine Äußerung sehr verwundert.

»Wußtest du es etwa noch nicht?«

»Was wußte ich noch nicht?« Sie nahm auf dem Hocker neben ihm Platz.

»In eben diesem Augenblick verbringen dein Vater und meine teure Mutter gemeinsam ein amouröses Wochenende voller Fleischeslust in Monterey.« Er zwinkerte ihr mit seinen hellblonden Wimpern zu.

»Nein, das habe ich nicht gewußt«, entgegnete Rena. Diese Neuigkeit kam ihr nicht gerade gelegen. Monica van der Slyck war ihr nicht übermäßig angenehm. Aber das war in erster Linie Simons Sache und ging sie nichts an. »Die beiden sind schließlich erwachsen und können tun und lassen, was ihnen gefällt.«

»Und wenn sie heiraten, sind wir beide Bruder und Schwester.«

»Wir kümmern uns um dieses monumentale Ereignis, sobald der große Moment gekommen ist, ja«, entgegnete sie eisig.

Wieder flatterte Otto mit seinen langen Wimpern. Sie erinnerten Rena an einen Kokon, den eine Raupe um sich spinnt.

Ärger stieg in ihr auf, und sie mußte sich sehr zusammennehmen, um ihn nicht ausbrechen zu lassen.
Der Barkeeper brachte den neuen Bourbon. Rena bestellte ein Calistoga-Wasser.
»Ich habe Sie an dem Tag, an dem das FBI in Mauras Weinberg herumsuchte, auf einem Hügel gesehen.«
»Wirklich? Ich habe Sie übrigens auch gesehen. Was war das denn für ein reizender junger Mann mit blondem Haar, mit dem Sie sich dort unterhalten haben?« fragte er wie beiläufig.
»Und was hatten Sie auf dem Grundstück der McKinneys verloren?« fragte sie giftig zurück.
Er fuhr zurück, fand aber rasch wieder zu seiner alten Form. »Ich habe dort über das Leben an sich nachgedacht und mir vorgestellt, ich wäre Thoreau. Warum fragen Sie?«
»Weil ich Ihnen nicht ganz glaube«, entgegnete sie und preßte die Limone über ihrem Glas aus. »Ich bin eher der Ansicht, daß Sie dort spioniert haben. Ich denke sogar, Sie tun das gern und häufig. Das ist so eine Art Hobby von Ihnen.«
Das provozierende Lächeln verschwand von seinem Gesicht. Sein Blick wurde hart, als er sagte: »Wollen Sie mich etwa beleidigen?«
»Nein, ich spreche nur offen zu Ihnen. So soll es doch eigentlich zwischen Bruder und Schwester zugehen, nicht wahr? Also, erzählen Sie mir, warum Sie neulich auf Mauras Grundstück waren.«
»Ich glaube nicht, daß ich eine solche Frage beantworten muß«, erwiderte er abrupt, erhob sich und ging zu einem anderen Hocker.
»Sie werden eine solche Frage dem niedlichen jungen Mann mit dem blonden Haar beantworten müssen, wenn Sie mein Mißtrauen nicht zerstreuen können. Er ist nämlich beim FBI.«
Otto blieb stehen und kehrte zu ihr zurück. »Was für ein Mißtrauen?«

Sie klopfte leicht auf seinen alten Hocker. »Hinsetzen, Otto, dann erfahren Sie von mir noch mehr.«
Er ließ sich langsam und vorsichtig nieder.
»Auf der Dinnerparty meines Vaters haben Sie gesagt, Sie hätten im letzten Jahr mehrmals beobachtet, wie Maura nachts das Haus verlassen habe und erst um fünf in der Früh zurückgekehrt sei. Wohin ist sie gegangen?«
Er atmete nervös aus. »Keine Ahnung.«
»O doch, mein Bester. Sie waren auf der Party davon überzeugt, daß sie zu einem Stelldichein mit ihrem Liebhaber unterwegs gewesen sei.«
»Habe ich das gesagt?«
»Ja. Und da Ihre liebste Freizeitbeschäftigung das Nachspionieren ist, nehme ich stark an, daß Sie ihr gefolgt sind, und nicht nur einmal.«
»Bitte!« stöhnte er gedehnt. Er zog hastig eine neue Zigarette aus dem Etui, klopfte das Ende mehrmals auf den Tresen, damit der Tabak zusammengedrückt wurde, und zündete sie dann an. »Auf solchen Schwachsinn kann ich gern verzichten.« Er starrte an die Decke, als gäbe es dort etwas Interessantes zu sehen und blies langsam Rauch aus.
»Dann werde ich meinen Bruder in spe eben beim FBI verpetzen.« Rena beschloß, noch einen Schritt weiterzugehen. »Und dort erzähle ich auch, welche Überlegungen ich mir bezüglich Tomas Sanchez gemacht habe.«
Ottos vorquellende Augen wurden noch größer. Er sah Rena an, räusperte sich und fragte leise: »Wovon reden Sie überhaupt?«
»Sie haben im Weingut Ihrer Mutter die Arbeiter eingestellt. Was hat Sie bewogen, einen Mann wie Sanchez bei sich aufzunehmen?«
»Er war Mexikaner. Traubenpflücken liegt solchen Leuten im Blut«, grinste er.

Rena konnte den ersten Eindruck, den sie von Otto gewonnen hatte, nur bestätigen: Dieser Mann war abstoßend. »Ich glaube nicht, daß das Ihr Motiv war, Otto.« Rena kämpfte darum, nicht zu explodieren. »Tomas Sanchez kam aus dem Mexikanerviertel in Los Angeles. Er konnte wahrscheinlich eine Weintraube nicht von einer Wassermelone unterscheiden. Und er hatte die meisten Jahre seines Lebens hinter Gittern verbracht. Ich würde fast vermuten, gerade letzteres hat Sie an ihm angezogen.«
Otto sah sie verletzt an. Es gefiel ihr immer besser, die Verteidigung dieses Widerlings zu durchbrechen.
»Ich wette, Sie haben ihn irgendwo auf einer Straße in Los Angeles aufgegabelt. Vielleicht sogar in seinem Viertel. Es gibt Ihnen einen Kick, sich mit harten Jungs einzulassen, nicht wahr, Otto?«
Schweiß glänzte auf seiner Stirn. Und auch das gefiel ihr ausgezeichnet.
»Machen Tätowierungen Sie an, Otto? Möglicherweise sogar so sehr, daß Sie Sanchez eingeladen haben, bei Ihnen in Napa den Sommer zu verbringen? Natürlich durften Sie Ihrer lieben Mama nichts davon sagen, also wurde er offiziell als Traubenpflücker eingestellt.«
Seine Schläfen pochten, und er lief rot an. »Sie sind eine Giftspritze und Hexe, wissen Sie das?«
»Manchmal muß man auch das draufhaben, Otto«, erklärte sie übertrieben freundlich. »Tomas hat Frauen mit Gewalt genommen. Ich weiß, daß er mehrmals wegen Vergewaltigung ins Gefängnis gekommen ist. Wenn ich noch ein wenig tiefer graben würde, würde ich sicher auch herausfinden, daß er eine Menge für kleine Jungs übrig hatte. Eigentlich kein Wunder, wenn man den Großteil seiner Jugend unter Knastbrüdern verbracht hat. Hat Sie das auch erregt, Otto? Hat es Sie scharf gemacht, daß er Frauen vergewaltigt hat?«

Seine Lippen zitterten. Er sah sie flehentlich an und blickte sich dann rasch um. »Gehen wir doch weiter hinter. Dort herrscht nicht ein solches Gedrängel«, erklärte er mit brüchiger Stimme. Er stand auf und bewegte sich ein halbes Dutzend Barhocker weiter. Rena folgte ihm. Er beugte sich weit vor und hielt die Hände vor das Gesicht.
Rena drehte sich um. Harrison sah nach ihr. Sie winkte ihm zu und hielt einen Finger hoch, um ihm anzuzeigen, daß sie in einer Minute zurück sein würde. Zuerst runzelte Harrison die Stirn, dann nickte er verständnisvoll. Rena wandte sich wieder an Otto: »Ich laufe Gefahr, mich gleich sehr netten Menschen gegenüber unhöflich zu benehmen, also bleibt mir keine Zeit mehr, besonders liebevoll zu fragen.« Sie schob ihr Glas beiseite und beugte sich ebenfalls vor, bis ihr Gesicht nur noch wenige Zentimeter von seinem entfernt war. »Wo ist Maura nachts hingegangen?«
Otto seufzte vernehmlich, rieb sich über das Gesicht und antwortete dann: »Zu einem See oder eine Quelle, die irgendwo zwischen den Bäumen und Büschen verborgen lag. Ich bin ihr aber nur wenige Male dorthin gefolgt.«
»Ich kenne die Quelle«, sagte Rena. »Woher wußte Tomas Sanchez von dem Gewässer?«
»Was?«
»Der Mann wurde nicht im Weinberg, sondern an der Quelle ermordet.«
Er nickte langsam und trank dann sein Glas leer.
»Sie wußten das? Woher denn? Das ist doch nicht in den Nachrichten gekommen!« Rena war schockiert.
»Ja, ich weiß, wo er sein Leben verloren hat. O Gott, wenn meine Mutter das erfährt!« Seine Hand zitterte, als er sich damit durch das Haar fuhr. Sein Blick suchte nach dem Barkeeper. Er zeigte ihm sein leeres Glas. Dann erklärte er mit bebender Stimme: »Tomas wurde es langweilig. Er tole-

rierte meine Gegenwart. Vermutlich weil das Leben bei mir immer noch um Klassen besser war als das in den Straßen von Los Angeles. Ich habe ihn wirklich dort getroffen. Vor über einem Jahr schlich er zwischen La Brea und dem Sunset Boulevard als Strichjunge herum. Ich habe ihn zu mir ins Auto eingeladen. Mir war gleich klar, daß er nicht schwul war, sondern sich nur des Geldes wegen prostituierte. Und ja, was mich wirklich an ihm fasziniert hat, war der Umstand, daß man nie im voraus wußte, wann er gewalttätig werden würde. Ich glaube, das ist es vor allem, was mich anmacht.«
Ein Leuchten der Erregung trat in Ottos Augen. Wahrscheinlich erinnerte er sich gerade an einige von Sanchez' ›Höhepunkten‹. »Der letzte Sommer war sehr schön. Ich habe ihn nach Europa mitgenommen. Danach kehrte er mit mir nach Napa zurück. Sie haben recht, ich habe ihn als Traubenpflükker ausgegeben, damit niemand Verdacht schöpfen würde. Irgendwann im Herbst ist er verschwunden, und ich habe ihn erst einige Monate später wiedergesehen, als er unerwartet vor der Tür meiner Wohnung in San Francisco stand. Er begleitete mich nach Napa und blieb auch diesen Sommer bei mir. Vor ein paar Wochen, am Tag vor Mauras Rückkehr, erklärte Tomas mir, er wolle fort, weil er die Action auf der Straße zu sehr vermisse. Ich wollte ihn aber nicht gehen lassen.« Er seufzte tief.
Rena wußte, daß sie Otto jetzt dort hatte, wo sie ihn haben wollte.
»Erzählen Sie weiter«, forderte sie ihn freundlich auf. Jetzt konnte sie wieder sanfter werden. Eine barsche Reaktion hätte ihn vielleicht dazu bewogen, sein Herz nicht länger auszuschütten.
»Ich erfuhr von Manuel, der das Weingut der McKinneys verwaltet, daß Maura am Abend zurückerwartet wurde. Ich habe Tomas das gesagt, denn ich wußte, daß er Frauen den

Männern vorzog. Um ihn auf diese Weise dazu zu bringen, noch etwas zu bleiben, erzählte ich ihm, eine wunderschöne blonde Göttin käme nach Napa, die gern nackt in der Quelle schwimmen würde. Er lachte nur und entgegnete, daß er sie schon beim Schwimmen beobachtet habe. Und er meinte, er habe etwas Besonderes mit ihr vor.«

Rena war überrascht. »Er wußte schon über Maura Bescheid? Woher denn?«

Otto zuckte die Achseln. »Keine Ahnung. Das hat er mir leider nicht mitgeteilt.«

»Und was war das Besondere, das er mit ihr vorhatte?«

»Was könnte das denn wohl sein? Seien Sie doch nicht so naiv. Am Abend von Mauras Rückkehr erklärte er mir, er gehe aus. Ich fragte ihn, wo er hinwolle, aber darauf hat er mir keine Anwort gegeben.« Otto machte eine verlegene Miene und berührte die Wange dort, wo der Hieb ihn getroffen hatte. »Ich bin ihm jedoch gefolgt. Er lief zu der Quelle und hat sich dort im Buschwerk versteckt, um auf Maura zu warten. Er wußte nicht, daß ich mich nur zehn Meter von ihm entfernt befand. Als es dunkel wurde, erschien Maura. Nebel stieg auf, und die Sonne war schon hinter dem Horizont verschwunden, deshalb konnte ich nicht viel erkennen.« Otto trank aus seinem Glas, bevor er fortfuhr: »Ich habe nur Schatten gesehen. Maura hat sich den Bademantel ausgezogen und ist dann ins Wasser gestiegen.«

»Weiter«, drängte Rena. Ihr Magen verknotete sich, weil sie ahnte, was jetzt folgen würde.

»Eine Nebelbank zog vorüber, und ich konnte überhaupt nichts mehr erkennen. Ein paar Minuten später hörte ich sie schreien. Kurz darauf fing Tomas an zu kreischen. Bei ihm klang es nach Schmerz, bei ihr nach Wut. Nein, mehr noch, ihre Laute hatten kaum noch etwas Menschliches an sich, hörten sich an wie bei einem gestellten Raubtier.« Die Erinnerung löste bei ihm soviel Furcht aus, daß die Augen noch weiter aus den Höhlen traten. Er sprach für einen Moment nicht mehr.

Rena spürte, daß er dringend noch einen Drink brauchte. »Fahren Sie fort«, sagte sie leise und schluckte den bitteren Geschmack hinunter, der aus dem Hals aufstieg.

Er rieb sich die Augen, um Klarheit in seine alkoholumwölkten Gedanken zu bringen. »Es gibt nicht mehr viel zu berichten. Ich bin fortgelaufen, bin gerannt, als sei der Leibhaftige hinter mir her. Wenn Sie die Geräusche gehört hätten, die aus Mauras Kehle gekommen sind, hätten Sie auch die Beine in die Hand genommen.«

Rena drehte sich kurz zu dem Tisch um. Harrison wirkte etwas verärgert, und Blythe warf ihr einen fragenden Blick zu. Rena wandte sich wieder an Otto. »Rasch«, drängte sie leise, »Sie sagten, Maura könne sich mit ihrem Liebhaber getroffen haben. Was bringt Sie zu der Vermutung?«

»Weil ich den Mann gesehen habe. Im letzten Jahr bin ich Maura heimlich bis zu der Quelle gefolgt, und dort haben die beiden sich getroffen.«

»Woher wußten Sie denn, daß es sich um ihren Liebhaber handelte? Hat er sie denn angefaßt oder sonst etwas mit ihr gemacht?« Rena fühlte sich etwas unbehaglich dabei, mit Otto über Mauras Sexualleben zu reden.

»Ich habe es gesehen.« Er verdrehte die Augen zur Decke und steckte sich eine neue Zigarette an.

»Was haben Sie gesehen?«

»Mein Gott, Sie wollen aber alles ganz genau wissen, was?« Er versuchte zu grinsen, gab das Bemühen aber rasch wieder auf, als er in Renas Gesicht las, wie ernst sie es meinte. »Maura ist immer erst in der Dunkelheit zum Wasser gegangen, und sie hat nie eine Taschenlampe mitgebracht. Wahrscheinlich kannte sie den Weg wie im Schlaf. An der Quelle

hat sie sich dann mit dem Liebhaber, einem alten Mann, getroffen. Manchmal wartete er dort schon auf sie. Andere Male kam er erst, wenn sie schon im Wasser war.«
»Otto, bitte«, sagte sie ungeduldig, »was genau haben Sie gesehen?«
»Im Grunde nicht sehr viel. Maura legte sich ins Gras, und der Alte hat sie von oben bis unten berührt.«
»War Maura dabei nackt?«
»Ja.«
»Und er auch?«
»Nein.«
»Wo hat er sie denn berührt?«
»Himmel noch mal, Sie sind mir vielleicht eine!« Die Asche von seiner Zigarette fiel auf den Boden. »Er hat sie halt überall angefaßt, am meisten aber am Unterleib. Mehr weiß ich auch nicht, weil es dunkel war.«
Seltsam, dachte Rena, *warum sollte Maura sich von einem alten Mann berühren lassen? Damals auf Paros hat sie den griechischen Jungen für weitaus weniger fast umgebracht.*
»Kannten Sie den Mann?«
»Nein.«
»Hatten Sie ihn früher schon einmal gesehen?«
Er schüttelte nur den Kopf und hielt dem Barkeeper sein leeres Glas entgegen.
»War denn irgend etwas Ungewöhnliches oder Auffälliges an ihm?«
»Nein, nichts, außer...«
»Außer was?« Sie beugte sich noch weiter zu ihm hin.
»Er hatte immer so einen altmodischen weißen Hut auf. Wie man sie aus den alten Humphrey-Bogart-Filmen kennt.«
Rena schloß die Augen, um das zu verdauen. Dr. Winston Frawley! Sie hatte ihn mit einem solchen Hut an dem Tag

gesehen, als man Sanchez' Leiche aus Mauras Weinberg geholt hatte. Dann kam ihr ein neuer Gedanke: Frawley hatte Maura vielleicht gar nicht in sexueller Absicht berührt... möglicherweise hatte er sie im Rahmen einer medizinischen Untersuchung abgetastet...

Aber warum so häufig? Was stimmte mit Maura nicht, und warum ließ sie sich nur in der Nacht von dem Arzt untersuchen?

Kapitel 24

Rena ließ Otto an der Bar allein und kehrte zum Tisch zurück. Harrison zeigte sich etwas irritiert, weil sie so lange fort geblieben war. Rena nahm jedoch nicht wieder Platz, sondern zog ihre Jacke vom Stuhl, beugte sich zu Harrison hinab, legte ihm eine Hand auf den Arm und sagte: »Ich muß leider fort.«

Er sah sie an und stellte sofort fest, daß etwas nicht stimmte. »Wo müssen Sie denn hin?«

»Ich erzähle es Ihnen morgen«, flüsterte sie nervös. Sie verabschiedete sich kurz von Edmond und Blythe, ignorierte Blythes offenkundige Enttäuschung und verließ das Restaurant.

Sie fuhr mit dem Range Rover nach Calistoga. *Ganz klar, Frawley hat sie untersucht.* Eine sexuelle Beziehung zwischen den beiden konnte sie sich beim besten Willen nicht vorstellen. Er war immerhin der Mann, der sie auf die Welt gebracht hatte. *Aber warum hat er die Untersuchungen nur nachts und an einem so abgelegenen Ort durchgeführt*? Frawley würde ihr eine Menge Fragen beantworten müssen.

Was für ein Schwein, was für ein perverser Sack dieser Otto doch war! Er hatte Sanchez tatsächlich bewegen wollen,

Maura zu vergewaltigen, bloß um ihn bei sich behalten zu können. Aber er hatte auch gesagt, Sanchez habe schon über Maura Bescheid gewußt. Woher? Hatte er sie heimlich beim Baden in der Quelle beobachtet? Nein, eher unwahrscheinlich. Dann kam Rena ein neuer Gedanke, der ihr überzeugender erschien. Jemand anderer mußte dem Mexikaner von Maura erzählt haben. Aber wer? Wer außer Otto, Frawley und Manuel wußte von der Quelle, wußte, daß Maura dort allein schwimmen ging?
Maura hätte wie ein gestelltes Raubtier geschrien, hatte Otto gesagt. Was erwartete er denn, wie eine Frau reagierte, wenn ihr jemand Gewalt antun wollte? Rena kochte vor Zorn. Bruder und Schwester. Pah! Nicht in tausend Jahren. Um Otto würde sie sich später noch kümmern und ihm einen Denkzettel verpassen. Erst einmal war der gute alte Doktor an der Reihe. Er wußte mehr über Maura, als er bereit war zuzugeben, da war Rena sich sehr sicher.
Dann schien sich in ihren Gedanken eine Wolke aufzulösen, und in plötzlicher Klarheit sah sie es: Winston Frawley... Winston... Winnie... Wiggly. Mein Gott! Maura hatte wahrscheinlich als kleines Kind Winnie nicht richtig aussprechen können und statt dessen Wiggly gesagt und ihn in kindlicher Zuneigung Onkel Wiggly genannt. Und dieser Kosename war irgendwie hängengeblieben, denn sie benutzte ihn ja heute noch.
Zu dieser Zeit herrschte nicht viel Verkehr, und Rena konnte das Gaspedal durchtreten. Sie wollte so rasch wie möglich nach Calistoga gelangen. Fünfzehn Minuten später hielt sie am Bürgersteig direkt vor seinem Haus an. Die Praxis war dunkel, aber im ersten Stock brannte Licht.
Sie stieg aus dem Wagen, marschierte zur Tür und klingelte. Niemand öffnete ihr. Sie wartete eine Minute und drückte dann noch einmal auf den Knopf. Wieder nichts. Nicht

einmal Schritte. Sie legte eine Hand auf die Klinke. Die Tür war versperrt.
Er muß doch zu Hause sein, dachte sie. Ein Stück weiter links ragte das Heck seines Wagens aus der Garage.
Rena lief um das Haus herum. Der Boden war feucht, und ihre hohen Absätze gruben sich tief in das Erdreich. Sie rüttelte an der Hintertür, aber auch die war verschlossen. Dann entdeckte sie Frawleys kleine Kelterei weiter hinten im Garten. Ein Holzschuppen mit Läden vor den Fenstern. Ein Pfad führte dorthin, und Rena mußte in der Dunkelheit aufpassen, nicht zu stürzen oder über etwas zu stolpern. Ein schwaches Licht brannte im Innern, und Rena versuchte, durch die Ritzen in den Fensterläden hineinzuspähen. Sie erkannte nichts und versuchte es an der Tür. Die ließ sich öffnen.
Eine nackte Glühbirne hing in der Nähe der Tür von der Decke, und der größte Teil des Schuppens lag im Schatten. Ein starker, strenger Geruch von gärendem Wein erfüllte den Raum und raubte einem fast den Atem. Rena tastete die Wände neben der Tür ab, bis sie einen Lichtschalter fand. Als sie ihn herumdrehte, folgte ein so grelles Licht, daß sie ein paar Momente lang wie blind war. Ihre Augen gewöhnten sich daran und sie sah sich um. Links stand das Entstielungsgerät. Daneben die Kelterpresse. Das Karbondioxid, das vom gärenden Wein abgesondert wurde, benebelte Renas Kopf. *Wenn Frawley hier Wein macht, warum hält er dann die Fenster geschlossen? Er muß doch wissen, wie gefährlich es ist, ohne Ventilation in einer solchen Luft zu arbeiten.*
Dann entdeckte sie den Zwanzigtausend-Liter-Tank aus rostfreiem Stahl an der gegenüberliegenden Wand und erhielt die Antwort auf ihre Fragen.
Frawleys Füße standen auf der obersten Sprosse einer zwei-

einhalb Meter hohen Leiter. Sein Kopf und sein Oberkörper steckten in dem Tank. Die Arme hingen leblos herab.
Rena fühlte sich im Moment viel zu schwach, um entsetzt zu sein. Sie wußte, daß sie diesen Schuppen so schnell wie möglich verlassen mußte, wenn sie nicht genauso tot sein wollte wie der Arzt. Schwankend und taumelnd fand sie den Weg zur Tür. Draußen in der frischen Luft brach sie auf dem Boden zusammen. Sie hielt beide Hände an den Kopf und atmete tief ein und aus, bis das Schwindelgefühl vergangen war. Als sie wieder stehen konnte, ging sie zur Hintertür von Frawleys Haus, hob einen Stein auf und schlug damit die Scheibe ein. Sie griff hindurch und öffnete die Tür.
Im Haus fand sie rasch das Telephon. Es hing in der Küche an der Wand. Sie rief die Polizei an und berichtete von ihrem Fund.
»In fünf Minuten ist ein Krankenwagen da«, erklärte die Stimme am anderen Ende.
Offenbar hat dieser Polizist nicht die geringste Ahnung vom Weinmachen. »Für einen Krankenwagen ist es zu spät. Schicken Sie lieber gleich den Leichenbeschauer«, entgegnete sie und hängte ein. Rena war mit dem Weinmachen vertraut. Vor allem wußte sie von den Gefahren: Während Wein in einem Tank oder Faß gärt, bildet sich über der Flüssigkeit eine unsichtbare, viele Zentimeter dicke Gasschicht, die im wesentlichen aus reinem Kohlendioxyd besteht. Wenn jemand seinen Kopf in diese Schicht, das sogenannte ›Niemandsland‹, steckt, stirbt er innerhalb von Sekunden. *Frawley muß das bekannt gewesen sein. Er war nicht nur Arzt, sondern auch Winzer*.
Rena fühlte sich immer noch benommen. Sie trat an den Ausguß und hielt einen Topflappen unter den kalten Wasserstrahl. Dann setzte sie sich an den Tisch, hielt sich die

Kompresse an die Stirn und wartete auf das Eintreffen der Polizei.

Kapitel 25

»Jesus, was ist das für eine beschissene Klitsche«, murmelte Pinky und schüttelte sich. Er stand neben Rena an der offenen Tür von Dr. Frawleys Kelterei. Sie beobachteten still, wie zwei Feuerwehrmänner mit Gasmasken auf Leitern standen und den Arzt aus dem Tank hoben. Als sein Kopf ins Licht geriet, sahen sie, daß sein Gesicht purpurrot angelaufen war und die geschwollene Zunge ihm aus dem Mund ragte. »Ich weiß, daß er seit einiger Zeit Krebs hatte, und seine Praxis lief schon länger nicht mehr besonders, aber trotzdem...« Der Sheriff ließ den Satz unbeendet.

»Vielleicht hat er eine Last mit sich herumgeschleppt, die ihm jetzt zu schwer geworden ist«, bemerkte Rena nachdenklich.

Die Feuerwehrmänner legten die Leiche auf eine Trage. Rena und Pinky traten beiseite, um ihnen Platz zu machen. Hunderte von Insekten tanzten in den beiden Scheinwerferstrahlen vom Wagen des Leichenbeschauers.

Der Sheriff sah Rena verwirrt an. »Was meinst du denn mit Last?« fragte er schließlich. »Doc Frawley lebt doch schon ewig hier. Und er war einer der offensten Männer, die man sich nur vorstellen kann.«

»Ich weiß es auch nicht. Ich bin mir nur ziemlich sicher, daß es sich bei Frawley um den Onkel Wiggly handelte, den Maura hier besuchen wollte.«

Er warf ihr einen strengen Blick zu. »Woher willst du das wissen?«

Rena erzählte ihm, was sie von Otto über die Treffen von

Maura und dem alten Arzt an der Quelle erfahren hatte. Und das andere berichtete sie ihm auch.

»Willst du damit sagen, dieser van der Slyck habe gewußt, daß Tomas Sanchez ermordet worden ist, und nicht die Polizei informiert?« Pinky lief vor Wut rot an.

»Er hat auch Vorkehrungen getroffen, daß Sanchez Maura vergewaltigen konnte. Nur ist alles ganz anders gekommen.«

»Diese vertrackte kleine Schwuchtel!« Der Sheriff schlug mit der Faust gegen die Holzwand. Der Knall hallte laut wie eine Explosion durch die Nacht. Auf der Straße hielt ein Wagen an, und Pinky fuhr herum.

Dr. Walter Parsons parkte neben dem Wagen des Leichenbeschauers, stieg aus, trat zu dem Transporter und zog die Decke vom Gesicht der Leiche. Das feine blonde Haar fiel dem jungen Arzt ins Gesicht, aber er dachte in diesem Moment nicht daran, es zurückzuschieben. Er berührte die Halsseite seines Kollegen. Parsons' Gesicht war leer.

»Er ist tot, Doc«, sagte der Sheriff und trat zu ihm. Er ballte immer noch ärgerlich die Fäuste über das, was Rena ihm eben mitgeteilt hatte.

»Ja, das sehe ich.« Parsons atmete langsam und laut aus. »Als Sie mich anriefen, habe ich zuerst gehofft, Sie hätten einen voreiligen Schluß gezogen. Glauben Sie, er hat Selbstmord begangen?« Der junge Arzt klang ruhig und sachlich, doch seine nassen Augen sprachen eine ganz andere Sprache. Er und Frawley hatten sich in den letzten Monaten angefreundet. Der alte Arzt hatte dem jungen Kollegen ziemlich unter die Arme gegriffen, damit seine neue Praxis in Geyserville florierte.

»Kann nur Selbstmord sein. Frawley hat lange genug seinen Wein gemacht, um zu wissen, daß man seinen Kopf nicht in einen Tank mit gärendem Wein steckt. Sie haben ihn in der letzten Zeit doch häufiger gesehen. Hat er auf Sie den Eindruck gemacht, unter Depressionen zu leiden?«

»Vielleicht etwas verbittert, aber nicht depressiv«, antwortete er dem Sheriff und schlug sich einen Moskito aus dem Gesicht. »Und wer wäre nicht verbittert, wenn er nach vierzig Jahren medizinischen Dienstes nicht mehr vorweisen kann als ein paar unbezahlte Rechnungen und Bauchspeicheldrüsenkrebs?«

Rena gesellte sich zu ihnen und rieb sich wegen der kühlen Nachtluft die Arme. »Ich würde mir gern seine Kartei ansehen«, erklärte sie Pinky.

Der Sheriff schüttelte langsam den Kopf. »Ich weiß nicht so recht, Rena.«

»Ich bin mir ziemlich sicher, daß Frawley Maura behandelt hat, und ich habe so das Gefühl, als könnte uns das einigen Aufschluß geben. Ich vermute, daß sie wegen dieser Behandlung jedes Jahr für zwei Wochen nach Napa zurückgekehrt ist. Sie ist dann nachts zur Quelle gegangen und hat sich dort mit dem alten Arzt getroffen. Otto meinte, die beiden hätten sich dort sexuellen Spielchen hingegeben, doch es hörte sich mehr so an, als hätte Frawley sie abgetastet und untersucht. Von Manuel weiß ich, daß das Wasser der Quelle salzhaltig ist. Vielleicht litt Maura an irgendeinem Ausschlag oder einer anderen Hautkrankheit. Möglicherweise war es auch Frawley, der ihr die verschreibungspflichtigen Medikamente gegeben hat. Und wenn wir Glück haben, steht das alles in seinen Unterlagen.«

»Es wäre wohl besser, das FBI würde sich seine Kartei vornehmen.«

»Dann laß mich nur nachsehen, ob dort irgend etwas dabei ist, was sich für das FBI lohnen könnte.«

Pinky trat mit der Fußspitze gegen einen Stein, rieb sich den Nacken und dachte sichtlich nach. »Ich muß zurück aufs

Revier und den Bericht über Frawley schreiben. Wenn ich jemanden bei dir lasse...«

»Ich bleibe gern bei ihr«, sagte Parsons. »Und wenn in den Papieren irgendwelches Fachchinesisch steht, kann ich vielleicht helfen.«

Der Sheriff sah ihn an, kratzte sich am Kinn und nickte endlich. »Aber laßt alles hübsch an seinem Platz und nehmt nichts mit.« Er stampfte zu einem seiner Polizisten und trug ihm auf, vor dem Haus zu bleiben, solange Miss Halbrook und Dr. Parsons sich darin aufhielten. Dann stieg er in seinen Wagen und fuhr davon.

Rena und der junge Arzt begaben sich in Frawleys Büro. Der Schreibtisch war übersät mit den Karteikarten von Patienten. Frawley hatte sich nie die Mühe gemacht, sie irgendwo abzulegen. Parsons fing an, darin zu blättern. Rena öffnete den Aktenschrank und sah unter dem Buchstaben M nach. Sie fand einen Ordner von Peter McKinney und einen von seiner Frau Clair, aber keinen, der Mauras Unterlagen enthielt.

»Warum hat er die bloß aufgehoben?« fragte sie sich laut. Sie überflog die Akte von Peter McKinney. Darin stand, er sei bei einem Verkehrsunfall ums Leben gekommen. Am 3. Oktober 1974 war im General Hospital von San Francisco seine Todesurkunde ausgestellt worden. Rena schlug danach Clairs Akte auf. In den letzten Jahren ihres Lebens hatte es mit ihrer Gesundheit nicht zum besten gestanden. Ein Jahr vor ihrem Tod war ihr die rechte Brust amputiert worden, weil sie Krebs hatte. Als Todesursache hatte Frawley eingetragen: »Innere Blutungen infolge Schwangerschaft.« Darunter stand, daß das Kind, das Clair zur Welt gebracht habe, auf den Namen Maura Wilma McKinney getauft worden sei und bei der Geburt siebeneinhalb Pfund gewogen habe.

Rena stellte beide Akten ins Fach zurück. Seltsam, dachte sie, William Tyrone McKinney war nicht einmal eine Erwähnung

wert gewesen. Warum hatte der Arzt Mauras Zwillingsbruder, der tot auf die Welt gekommen war, verschwiegen? Während sie darüber nachdachte, fiel ihr Frawleys medizinische Apparatur ins Auge, die im Nebenzimmer untergebracht war.
»Steht nichts in den Akten?« fragte Parsons und ließ ein Bündel Schnellhefter auf den Schreibtisch fallen.
Rena gab ihm keine Antwort. Sie ging in den Behandlungsraum und betrachtete das Ultraschallgerät. Es sah neu und kaum gebraucht aus. *Warum kauft Frawley sich eine so teure Apparatur, wenn er sich in Kürze zur Ruhe setzen will*?
»Haben Sie in Ihrer Praxis ein Ultraschallgerät?« rief sie zu Parsons.
»Nein, warum denn«, antwortete er und ging zu ihr. »Das ist ein Spielzeug für Gynäkologen.« Er blieb vor dem Apparat stehen. »Donnerwetter!« murmelte er. »Was wollte Winnie denn damit?«
»Haben Sie dieses Gerät denn noch nie gesehen?«
»Nein, die Tür zu diesem Raum war immer geschlossen, wenn ich hier war. Mit diesem Apparat kann man die Embryos im Bauch der Mutter sehen. Aber in Napa gehen schwangere Frauen schon lange nicht mehr zu einem praktischen Arzt.«
Neben dem Kühlschrank mit den Medikamenten entdeckte Rena einen weiteren Aktenschrank. Er war aus schwarzem Metall und wies nur ein Fach auf. Als sie an dem Griff zog, ließ sich das Fach nicht herausziehen. Parsons besorgte sich eine kleine Schere und kniete sich neben Rena hin. Er schob die Schere zwischen das Schloß und das Fach, hob den Kasten an und ließ ihn fallen. Das Schloß sprang auf, und Rena zog das Fach heraus. Einige Ordner lagen darin, die Papiere und Photographien enthielten. Einige Hefter waren vergilbt und an den Rändern eingerissen. Alle trugen die Aufschrift Maura

McKinney und waren nach Jahren und Monaten geordnet. Erregung und Furcht durchströmten Rena gleichermaßen. Sie nahm sich einige Ordner und legte sie auf die Liege. Parsons holte den Rest heraus.

»Fangen wir bei dem frühesten an«, bat sie den jungen Arzt. Der älteste Ordner war von 1957, dem Jahr, in dem Maura geboren war. Rena öffnete ihn. Ein Schwarzweißbild war dort mit einer Büroklammer an der Innenseite angebracht worden. Es zeigte in Nahaufnahme die Sexualorgane eines Neugeborenen. Eine Erwachsenenhand hielt den kleinen Penis des Säuglings hoch und zur Seite. Rena blieb die Luft weg: Unter dem Hodensack befand sich eine Vagina. Rena drehte das Bild um. In nur noch schwach lesbaren Bleistiftbuchstaben stand dort: Maura McKinney mit drei Wochen. Parsons nahm ihr den Ordner ab und las Frawleys weitere Notizen. Danach starrte er Rena eigentümlich an, und sein Atem kam stoßweise, als er zusammenfaßte: »Hier steht, daß Maura alle Anzeichen von echtem Hermaphroditismus aufweist. Das heißt, sie besitzt sowohl die männlichen wie auch die weiblichen äußeren Geschlechtsorgane. Frawley schreibt, daß sowohl ihr Penis als auch ihre Vagina normal entwickelt erscheinen.« Parsons legte den Schnellhefter hin und sagte: »Ich erinnere mich, daß wir in der medizinischen Fakultät kurz über Hermaphroditismus diskutiert haben. Leider kommen solche Fälle so selten vor, daß kaum Literatur darüber existiert.«

»Großer Gott!« stöhnte Rena. *Kein Wunder, daß Maura es nie ertragen konnte, von einem Mann berührt zu werden. Er hätte ja sofort herausgefunden, was mit ihr ist. Was für eine einsame Existenz sie in dem Bemühen geführt haben muß, ihre Besonderheit vor allen anderen verborgen zu halten*!

Und nicht überraschend fielen ihr die Worte der alten Griechin wieder ein: »Du sein des Teufels! Du sein Kind von

Hermes!« Jetzt endlich begriff Rena: Das Kind des Hermes mußte Hermaphrodite gewesen sein. Die alte Frau hatte das Maura irgendwie angemerkt.
Aber heutzutage war es doch möglich, so etwas operativ zu korrigieren. Vielleicht hatte sie sich als Kind einem Eingriff unterzogen. *Und vielleicht halte ich mich auch nur an irgendwelchen Strohhalmen fest, um Maura besser verstehen zu können.* In ihrem Kopf purzelten die Gedanken durcheinander.
Sie trugen die Hefter in Frawleys Büro und gingen sie einen nach dem anderen durch. Bald waren es nicht mehr Schwarzweiß –, sondern Farbaufnahmen. Auf manchen war die ganze Maura zu sehen, wie sie nackt und lachend an einer Wand lehnte. Wie schön sie in jenem Jahr gewesen ist, dachte Rena bei einer Aufnahme. Mauras Brüste begannen dort zu sprießen, und das Schamhaar entwickelte sich bereits. Und auf den Photos war zu erkennen, wie der Penis sich von dem eines Kindes zu dem eines Jünglings entwickelte.
Anscheinend hat nie eine Operation stattgefunden!
Rena fragte sich, warum man Maura nie zu einem Spezialisten geschickt hatte. Warum hatte Frawley, ein normaler praktischer Arzt, dem solche seltenen Abnormitäten eigentlich nie zu Gesicht kommen würden, sich dazu entschlossen, selbst die Behandlung und medizinische Überwachung einer solchen Patientin zu übernehmen?
Rena blätterte weiter, bis sie zum Jahr 1974 kam. In jenem Jahr hatte Martin sein Leben verloren. Sie schlug den Hefter auf und fand nur einige Notizen über Mauras unberechenbares Verhalten nach Martins Ermordung. Auf einem Zettel stand die Adresse eines Privatsanatoriums außerhalb von Tacoma, Washington. Das Riverside Hospital. *Dorthin müssen sie Maura nach ihrem Nervenzusammenbruch gebracht haben.* Frawley hatte etwas auf die Rückseite des Zettels

notiert: Ein Psychiater namens Neil Tompson, der im Riverside tätig war, habe Valium und Lithium verordnet. Ob Maura in dem Sanatorium auch mit Parnate und Xanax in Berührung gekommen war? Nein, sagte sich Rena, diese Mittel gab es im Jahr 1974 noch nicht. Damals wurde statt dessen Valium und Lithium verschrieben. Erst heute war Xanax an die Stelle von Valium getreten.

»O Gott!« entfuhr es Parsons. »Sehen Sie sich das an!«

Rena rollte mit ihrem Drehstuhl näher zu ihm heran und warf einen Blick auf den Ordner, den der junge Arzt aufgeschlagen hatte. Es handelte sich um den jüngsten Schnellhefter, und er begann im vergangenen Jahr. Er enthielt einige Schwarzweißbilder, die mit einer Polaroidkamera gemacht worden waren. Rena konnte kaum erkennen, was darauf gezeigt wurde, und schob sie unter die Schreibtischlampe. Zuerst glaubte sie, es handele sich dabei um Röntgenaufnahmen, dann begriff sie, daß dort das Innere eines menschlichen Unterleibs abgebildet war. Nur unterschieden sich die Darstellungen von einem normalen Unterleib, unterschieden sich sogar sehr davon.

»Frawley muß das abphotographiert haben, was der Monitor des Ultraschallgeräts zeigte«, erklärte Parsons mit einem Zittern in der Stimme. »Hier sehen Sie die unteren Organe eines Menschen, der sowohl Mann als auch Frau ist. So etwas ist mir wirklich noch nie untergekommen«, fügte er fast ehrfurchtsvoll hinzu. »Selbst in der medizinischen Fakultät gab es keine solchen Aufnahmen. Sehen Sie nur dort!« Er zeigte mit der Fingerspitze auf die Außenlinie des Hodensacks. »Nur ein Hoden, und zwar auf der rechten Seite.« Die Fingerspitze fuhr zur linken oberen Ecke des Bildes hinauf. »Das Runde hier ist ein Eierstock.«

Rena konnte die Aufnahmen nur anstarren und brachte keinen Ton hervor.

»Der Uterus liegt hier und ist mit der Vagina verbunden. Dort verläuft der Eileiter. Das bedeutet, daß Maura regelmäßige Monatsblutungen hat. Sehen Sie das hier?« Der Finger rutschte zu einer Drüse über dem Penis. »Das ist die Samenblase. Nur Männer haben so etwas. Das ist einfach unfaßbar. Und sehen Sie hier!« Er zeigte auf eine Röhre unterhalb des Hodensacks. »Das bezeichnen wir als Samenleiter. Dort wird das Sperma gelagert, bevor es in die Harnröhre gelangt.«

»Das alles bedeutet doch wohl, daß Maura sexuellen Verkehr sowohl mit einem Mann wie auch mit einer Frau haben kann«, sagte Rena ganz langsam. Sie mußte daran denken, daß Grant ihr mitgeteilt hatte, bei dem Opfer Harriet Crowe habe man Spermaspuren entdeckt. Hatte Maura die Frau getötet und sich dann wie ihr Vorfahre Gustave de Montret sexuell an ihr betätigt?

Parsons zog ein einzelnes gelbes Blatt aus dem Umschlag, der neben den Aufnahmen in dem Ordner war. Er überflog den Text und murmelte dann: »Es sieht so aus, als habe Winnie das Ultraschallgerät erst letztes Jahr gekauft, weil er wissen wollte, wie es in Maura aussieht. Und bei den Untersuchungen hat er herausgefunden, daß sie Eisprünge und funktionstüchtiges Sperma hat.«

»Also ist sie halb Mann und halb Frau«, entgegnete Rena. »Diese Form des Hermaphroditismus ist so geheimnisvoll und selten wie ein Einhorn.« Rena wußte nicht, was sie noch sagen sollte. All die Jahre hatte Maura es verstanden, ihre Abnormität verborgen zu halten.

Parsons starrte immer noch auf das Blatt und sagte schließlich: »Winnie glaubte, Mauras Zustand sei auf einen Chimärismus zurückzuführen.« Er lehnte sich zurück. »Einfach faszinierend!«

»Was habe ich mir denn darunter vorzustellen?« wollte Rena wissen.

»Die Fusion von zwei Embryos. Dazu kommt es schon sehr früh, bei der Befruchtung des weiblichen Eis.« Er machte mit einer Hand eine Faust und legte die andere darüber. »So entstehen Zwillinge, ein Junge und ein Mädchen. Das ist der Bruder«, er zeigte Rena die Faust, »und das ist die Schwester«, er zeigte ihr die andere Hand. »Der Schwesterembryo verschmilzt mit dem Bruder und übernimmt seine Chromosomen. Die Chancen für eine solche Verschmelzung liegen bei eins zu einer Milliarde.«

Renas Gedanken rasten. Ihr fielen plötzlich Mauras verschiedenfarbige Augen ein. »Mauras Augen weisen nicht dieselbe Farbe auf. Das eine ist blau, das andere braun.«

»Das paßt ja haargenau!« rief Parsons erregt. »In der Medizin nennt man dieses Phänomen irideale Heterochromie. Vergessen Sie nicht, daß eine Hälfte von Maura eigentlich ihr Bruder ist. Damit dürfte eines der Augen ihm gehören. Maura ist hellhäutig und hat blondes Haar, nicht wahr?«

Rena nickte.

»Dann würde ich darauf wetten, daß ihr Bruder, wenn er auf die Welt gekommen wäre, braune Augen gehabt hätte. Obwohl er in einem sehr frühen Stadium der Schwangerschaft vom Mädchenembryo verschlungen wurde, existiert er immer noch in Maura weiter. Gott im Himmel, das ist das Tollste, was ich je gehört habe.«

»Sie meinen also, der Bruder ist nie durch den Geburtskanal gekommen.«

»Das konnte er nicht, denn es gab ihn ja nicht mehr als eigenes Wesen. Wie ich bereits sagte, vollzieht sich so etwas ganz zu Anfang einer Schwangerschaft. Nennen Sie es meinetwegen Kannibalismus: Der eine Embryo verschluckt den anderen und nimmt dessen Charakteristika an.«

Rena fuhr sich durch das Haar. Irgend etwas stimmte hier nicht. *Warum hat man für Mauras Zwillingsbruder einen*

Grabstein aufgestellt, wenn es ihn nie gegeben hat? Das war mehr als rätselhaft. Sie erhob sich abrupt, ging zum Telephon und rief den Sheriff an.
Als er sich meldete, sagte sie: »Pinky, du mußt ein Grab öffnen.«
»Welches denn?« fragte er überrascht.
»Das von William Tyrone McKinney.«
»Wer ist das?«
»Mauras Zwillingsbruder.«
»Ich wußte ja gar nicht, daß sie Geschwister hatte!« Er klang verwundert. »Und warum soll ich ihn ausbuddeln?«
»Weil es ihn nie gegeben hat. Und wenn es nie einen Zwillingsbruder gab, möchte ich gern wissen, wer in dem Grab liegt.«

Als Rena die Rückfahrt antrat, war es bereits zweiundzwanzig Uhr durch. Die Wolken hingen tief und schwer am Himmel, und in dieser Nacht war kein Mond zu sehen. Das Château hockte wie ein schwarzes, formloses Ungeheuer auf dem Hügel, das der ganzen Welt Unheil verkünden wollte. Rena schaltete die Alarmanlage ab und öffnete die Haustür. Im Haus brannte kein Licht, und alles war ruhig. Das Personal war schon nach Hause gegangen.
Rena machte Licht und ging in das Wohnzimmer. Sie legte eine Schallplatte mit einem Klavierkonzert von Mozart auf und goß sich ein großes Glas Cognac ein. Sie trat ihre verschmutzten Schuhe fort, ließ sich auf der dreihundert Jahre alten Couch nieder und legte die Füße auf den antiken Tisch. Die Gedanken in ihrem Kopf drehten sich, hatten die Ereignisse der letzten Stunden noch nicht verarbeitet.
Winston Frawley begeht Selbstmord.
Maura ist halb Mann und halb Frau.
Großer Gott im Himmel!
Sie rieb sich die Schläfen und nahm einen tüchtigen Schluck.

Der Cognac brannte ihr im Mund und im Hals, aber er beruhigte ihre Nerven etwas.
Ein echter Hermaphrodit! Ein wahres Phänomen. Rena glaubte sich zu erinnern, daß bis heute erst zwanzig solcher Fälle entdeckt worden waren. Aber in Mauras Bauch befanden sich auch eine Gebärmutter und ein Eileiter. Und von so etwas hatte Rena noch nie gehört. *Bei allem, was recht ist, sie könnte sogar Kinder gebären*! Damit war Maura seltener als selten. *Maura ist ein Einhorn*!
Dann tat Maura ihr furchtbar leid. Eine Mannfrau oder ein Fraumann zu sein und dieses Geheimnis über so viele Jahre zu bewahren. Sie selbst war lange Zeit Mauras beste Freundin gewesen und hatte nie auch nur die geringste Ahnung davon gehabt. Nicht ein Indiz hatte darauf hingewiesen, daß sie anders war als der Rest der Menschheit. Nur Dr. Frawley und Peter McKinney hatten davon gewußt. Nein, es hatte noch jemanden gegeben: Martin Bynum. Er mußte es entdeckt haben. Hatte Maura nicht davon erzählt, daß sie und Martin als Kinder zusammen in der Quelle geschwommen waren? Und es bestand kein Zweifel daran, daß sie sich später körperlich geliebt hatten. Rena lief es kalt den Rücken hinunter, als sie daran dachte, daß Martin Mauras Besonderheit vollkommen und ohne zu fragen akzeptiert hatte. *Beide waren so innig miteinander, waren eins*.
Renas Augen tränten, und sie trank noch einen Schluck. Nur wenige Paare liebten sich so absolut und leidenschaftlich, wie es die beiden getan hatten. Martin war Mauras Zugang zur Welt draußen gewesen. Mit ihm konnte sie sich in der Öffentlichkeit zeigen, denn er war der Wächter über ihr Geheimnis. Und als Martin gestorben war, schloß sich damit ihr Zugang. Maura hatte sich seitdem in sich selbst zurückgezogen und niemandem mehr erlaubt, sie zu berühren. Und sie hatte darauf verzichtet, Liebe zu verspüren oder zu geben.

Rena seufzte tief. Die Tränen liefen ihr nun ungehindert über das Gesicht, und sie machte sich nicht die Mühe, sie abzuwischen. Waren sie und Maura sich nicht ähnlich? Auch Rena hatte ihren Mann mit aller Leidenschaft geliebt. Und als sie ihm auf die Schliche gekommen war und entdeckt hatte, wie er sie betrog, hatte sie sich da nicht auch von allem zurückgezogen? Oder Charlie... als seine Frau den Menschen getötet hatte, an dem ihm mehr als an sich selbst gelegen hatte... hatte Charlie sich seit dem Tod seiner Tochter nicht auch mit Dornenbüschen umgeben, damit ihm niemand mehr zu nahe treten konnte? Rena erhob ihr Glas auf alle gebrochenen Herzen und verwundeten Seelen auf der Welt und leerte es dann.

Die Schallplatte war zu Ende, und Rena stand auf, um sie umzudrehen. Mozarts Konzert Nr. 21 in C-Dur erfüllte das riesige Wohnzimmer. Rena goß sich, entgegen ihrer Gewohnheit, ein zweites Glas ein und kehrte auf die Couch zurück. Maura war ihr stets etwas rätselhaft vorgekommen. Jetzt, da sie um Mauras Geheimnis wußte, klärten sich etliche Rätsel auf. Zum Beispiel Mauras Vorliebe für altgriechische Kunst. Sie erinnerte sich an den Tag in Athen, an dem sie Maura im Archäologischen Museum verloren hatte. Erst ein Stockwerk höher hatte sie die Freundin in einem Seitenraum wiedergefunden, wo sie wie gebannt auf die antiken Fruchtbarkeitsgottheiten gestarrt hatte. Maura mußte sich dort unter ihresgleichen gefühlt haben. Hermaphrodite war eine griechische Gottheit. Maura brauchte dringend einen Platz, und sei er nur in der Mythologie vorhanden, an dem sie sich zu Hause fühlen konnte, an dem ihre Besonderheit etwas Normales war. Deshalb hatte sie antike Geschichte studiert, um mehr darüber zu erfahren. Aber die griechische Mythologie spielt in der heutigen Welt keine Rolle mehr, und Maura sehnte sich unbewußt danach, von der Welt aufgenommen zu werden. Die alten Götter, Hermaphrodite eingeschlossen, waren schon lange tot. Irgendwann mußte Maura das schmerzlich bewußt geworden sein. Deshalb hatte sie nach dem Collegeabschluß die antike Geschichte abrupt hinter sich gelassen und damit begonnen, Jura zu studieren. Wenigstens hatte die Juristerei etwas mit der modernen Welt zu tun. Gesetze wurden für Menschen gemacht und hatten nichts mit verstaubten alten Mythen zu tun.

Rena erinnerte sich daran, wie Maura sich auf Paros den Badeanzug angezogen hatte. *Sie ist ins Badezimmer gegangen, weil ich mich im Schlafzimmer aufhielt.* Als sie zum Strand hinuntergegangen waren, war Maura sehr vorsichtig und langsam gelaufen und hatte sich den Bauch gehalten. Sie hatte erklärt, sie habe ihre Periode, und die träfe sie immer schmerzhaft.

»Ach Mist!« rief Rena, als ihr plötzlich alles klar wurde. In Wahrheit hatte Maura im Badezimmer ihre männlichen Genitalien an die Haut geklebt, damit sie sich nicht unter dem engsitzenden Badeanzug abzeichneten. Sie muß schlimme Schmerzen gehabt haben, dachte Rena, vor allem beim steilen Abstieg zum Strand. Warum hatte Maura denn nichts gesagt? Sie als ihre Freundin hätte bestimmt Verständnis gehabt.

»Hätte ich das tatsächlich?« murmelte sie halblaut. *Ich war damals doch selbst noch so jung. Ich wollte damals selbst ganz dringend von der Welt akzeptiert werden. Hätte ich da jemanden wie Maura, die so anders war, akzeptieren können?*

Rena trank einen kleinen Schluck. Die Lider wurden ihr schwer, und sie war dankbar dafür, daß sie bald ins Reich des Schlafs abdriften würde.

Peter McKinneys finstere Miene tauchte vor ihrem geistigen Auge auf. Warum hatte er Mauras Abnormität verborgen gehalten? Rena erinnerte sich an Peter als einen kräftigen, brütenden Menschen. Ein Mann, dessen Universum zusammengebrochen war, als seine Frau Clair im Kindbett gestorben war. *Ja, auch er wurde, wie wir, von der Liebe furchtbar verwundet.* Er war ein stolzer Ire gewesen, der sich am liebsten verschlossen zeigte. Es hatte Momente gegeben, in denen er sehr lebhaft gewirkt und Maura sogar Wärme gegeben hatte. Doch die meiste Zeit hatte er auf der Veranda gesessen, sein Bier getrunken und schweigend jede Regung seiner Tochter verfolgt. Und wenn er zuviel getrunken hatte, wie an dem Tag, an dem er die beiden Kinder in der Dachkammer überrascht hatte, war der tief in ihm sitzende Zorn ausgebrochen. Am nächsten Tag, als er wieder nüchtern gewesen war, hatte er sich entschuldigt und war in seine Weinberge zur Arbeit gegangen, als sei nichts geschehen.

Aber warum hat er Maura nicht von ärztlicher Seite helfen lassen?

Peter McKinney war aus Irland in die Vereinigten Staaten gekommen. In seiner Heimat hatte eine männlich dominierte Gesellschaft vorgeherrscht, in der beide Geschlechter ihren festen Platz hatten. Ein Kind zu bekommen, besonders einen Sohn, war dort Anlaß zu großer Freude. Aber er hatte Clair seinen Samen gegeben, und dabei war ein Kind herausgekommen, das beide Geschlechter besaß. Für einen Mann wie ihn mußte das einer ungeheuren Demütigung gleichgekommen sein. Sein Stolz hätte es nie zugelassen, daß die Nachbarn erführen, welche Früchte seine Lenden hervorbrachten. Frawley wußte Bescheid, weil er Maura auf die Welt gebracht hatte. Vielleicht waren er und Peter übereingekommen, daß er Maura behandeln solle und man sie nicht irgendwelchen Spezialisten in die Hand geben wolle. Doch was waren Frawleys Motive dafür gewesen? Vielleicht hatte er sich von seinen Kollegen zu wenig gewürdigt gefühlt. Ein Fall wie Maura hätte ihm Genugtuung und Ruhm eingebracht. Rena erinnerte sich, wie verbittert er bei ihrem Treffen darüber

gewesen war, daß kaum noch jemand in seine Praxis gekommen war.
Rena legte sich auf der Couch lang hin und überlegte, daß möglicherweise noch ein anderer Grund eine Rolle gespielt hatte. In vielen Zivilisationen, besonders in patriarchalisch strukturierten, hatte man mißgebildete Neugeborene gleich erschlagen. Hatte Peter Dr. Frawley damit gedroht, daß er sein Kind umbringen würde? Rena wußte aus eigener Erfahrung, wie furchtbar Peters Zorn hatte sein können. Nach dem, was Charlie von Striker erfahren hatte, war Peter im Zweiten Weltkrieg zum Geheimagenten ausgebildet worden. Er mußte sich also mit verschiedenen Tötungsarten ausgekannt haben. Und er hatte im Einsatz sicher mehrmals Gelegenheit gehabt, dieses Wissen in die Tat umzusetzen. Bestimmt wäre er in der Lage gewesen, sein eigenes Kind umzubringen.
War das letztendlich der Grund für Frawleys Selbstmord? Hatte Peter ihn mit seinen Drohungen so unter Druck gesetzt, daß er eine Verpflichtung eingegangen war, die ihm schließlich über den Kopf gewachsen war? Er war sehr krank gewesen. Hatte er sich für Mauras Abgleiten in den Wahnsinn verantwortlich gefühlt? Waren seine Schuldgefühle über das, was er getan oder besser nicht getan hatte, am Ende für ihn, den vom Krebs Gezeichneten, zu groß geworden? Nachdem Peter ums Leben gekommen war, hatte Mauras Abnormität ihre Existenz vollkommen bestimmt. Ohne psychologische Behandlung hätte sie sich nie dazu durchringen können, an sich einen operativen Eingriff vornehmen zu lassen. Denn damit hätte die Welt sehen dürfen, was vorher nur Martin hatte erblicken dürfen. Maura war auf ihre Weise wie ihr Vater geworden: stolz, in sich gekehrt und einsam.
»Ach Maura, meine liebe, fremdartige Freundin«, murmelte

Rena und schloß die Augen. »Ich weiß, daß du irgendwo dort draußen steckst und nach mir suchst. Was wirst du bloß tun, sobald du mich gefunden hast?«

Das Telephon läutete unvermittelt, und Rena fuhr erschrokken hoch. Sie verdrängte ihre letzten Grübeleien und nahm den Hörer ab. »Hallo?«

»Ist Maura ein Mann?« fragte FBI-Agent Grant. Er klang entnervt.

»Wie bitte?«

»Wir haben an den Spermaspuren, die wir bei Harriet Crowe gefunden haben, eine DNS-Untersuchung vorgenommen. Sie enthielten denselben genetischen Code wie die Vaginalflüssigkeit, die sich an Arnie Bakers Penis befand. Und die Haarproben von Maura, die wir untersucht haben, enthalten ebenfalls diesen DNS-Code. Ist das alles ein unglaublich kranker Scherz, oder was?«

Rena massierte mit einer Hand ihren Nacken, atmete tief durch und sagte dann: »Ich wollte Sie eigentlich erst morgen anrufen, Marvin, aber ich denke, ich kann es auch gleich jetzt hinter mich bringen. Marvin, ich würde Ihnen raten, sich hinzusetzen.«

Dann erzählte sie es ihm.

Als sie endlich einhängte, fühlte sie sich total erschöpft. Innerhalb weniger Minuten schlief sie trotz der Wiederholung des Mozartkonzerts auf der Couch ein.

Kapitel 26

Rena wurde um halb sieben Uhr vom leiernden Läuten des alten französischen Telefons geweckt, das neben der Couch auf dem Tisch stand. Das Licht brannte noch, und vom Plattenspieler ertönte ein an- und abschwellendes Kratzen, während die Nadel über die Leerrille lief. Rena wischte sich den Schlaf aus den Augen, streckte sich, um Leben in die steifen Glieder zu bringen, und hob den Hörer ans Ohr. »Hallo?« krächzte sie und räusperte sich.

»Bist du schon auf?« erkundigte sich Pinky.

»Jetzt ja«, gähnte Rena.

»Ich bin noch gar nicht im Bett gewesen.« Er klang begeistert. »Ich habe die halbe Nacht mit Richter Howell vom Stadtgericht telefoniert und versucht, ihn davon zu überzeugen, einen Gerichtsbeschluß für die Öffnung des Grabes von William Tyrone McKinney herauszurücken.«

Rena war mit einem Schlag hellwach. »Und?«

»Ich habe ihn!« Er klang wie ein kleiner Junge, der gerade beim Sackhüpfen den ersten Platz gemacht hat.

»Wann willst du das Grab öffnen?« Rena war Feuer und Flamme.

»Drei Männer buddeln schon. Ich schätze, heute mittag sind wir soweit.«

»Hast du dem FBI Bescheid gegeben?«

»Um Himmels willen, nein! Das ist mein Baby!« entgegnete er trotzig.

Rena konnte sich das Grinsen auf seinem Gesicht gut vorstellen, wenn er sich in dem Gefühl sonnte, als Sheriff aus der Provinz der Bundespolizei ein Schnippchen geschlagen zu haben.

»Ich habe vergangene Nacht mit Dr. Parsons gesprochen. Er hat mir erzählt, was ihr über Maura herausgefunden habt. Ist so etwas denn überhaupt möglich?«

Sie spürte, wie sehr ihn die Wahrheit über Maura aufregte. Es würde ihm schwerfallen, Mauras wahre Natur zu begreifen, genauso schwer wie den meisten anderen Menschen auch, sobald die Medien darüber berichteten. »Ja, es ist möglich. Es kommt sehr selten vor, aber deswegen ist Maura nicht ver-

rückt. Du kennst sie dein ganzes Leben. Und sie ist dir immer als gescheite und schöne Frau vorgekommen.«
»Vielleicht ist euch da ein Fehler unterlaufen.«
»Nein, Pinky, kein Fehler. Maura ist anders.«
»Ich habe noch nie davon gehört, daß jemand zwei Geschlechter haben kann.«
»Die wenigsten Menschen haben davon gehört. Ich bin in zwanzig Minuten bei dir auf dem Friedhof.« Sie ging ins Bad und machte sich frisch. Für eine Dusche war keine Zeit mehr. Rena wollte so schnell wie möglich zu Pinky, um dabeizusein, wenn der Sarg geöffnet wurde. Sie fuhr sich rasch mit der Bürste durchs Haar und zog sich eine Jeans und einen Pullover an. In der Küche trank sie in aller Eile eine Tasse Instantkaffee, holte dann ihre Jeansjacke aus dem Kleiderschrank und fuhr los.
Eine gute Viertelstunde später erreichte sie den alten Friedhof von Oakville. Pinky stand an einem tiefen Loch und sah drei Männern zu, die es ausschaufelten. Ein frischer Herbstwind wehte. Die Wangen des Sheriffs waren noch roter als sonst. Ein alter Priester, der der Gemeinde vorstand, zu der der Friedhof gehörte, stand neben Pinky und unterhielt sich mit ihm. Leichter Nebel trat vor seinen Mund, wenn er etwas sagte. Sein Gesicht war mindestens ebenso rot wie das des Sheriffs, doch schien das weniger von der Kälte als von seiner Empörung herzurühren. Er redete mit Händen und Füßen auf Pinky ein, doch der blieb stur bei seinem Kopfschütteln.
Rena stieg aus dem Range Rover. Sie knöpfte die Jacke zu, um sich vor der Morgenkühle zu schützen, und lief zu den Männern.
Als Pinky Rena entdeckte, zeigte er mit dem Daumen auf den Priester und brummte: »Vater Corolli prophezeit mir gerade, daß ich in der Hölle schmoren werde, wenn ich nicht sofort das Grab in Frieden lasse.«

»Sie befinden sich auf geweihtem Boden«, erklärte der Priester indigniert. Seine Lippen bebten. »William Tyrone McKinney wurde ein christliches Begräbnis gegeben. Ihn jetzt wieder auszugraben, ist Kirchenschändung und Gotteslästerung! Sie benötigen die Erlaubnis des Erzbischofs, um einen Christenmenschen auszugraben!«

Pinky hielt ihm den Gerichtsbeschluß vor das Gesicht. »Das hier ist ordnungsgemäß von einem Richter unterschrieben worden, Vater, und damit habe ich die Erlaubnis, die ich brauche.« Seine Stimme klang nun ebenso hart und laut wie die des Priesters.

»Und ich rede vom Gesetz des Herrn! In diesem Land sind Kirche und Staat getrennt! Sie haben kein Recht, hier etwas zu tun!« Er stieß mit dem Zeigefinger in Pinkys Bauch.

Rena legte dem Priester eine Hand auf die Schulter und führte ihn von dem aufgebrachten Sheriff fort. Er war so klein, daß Rena ihm auf die Glatze sehen konnte, wenn sie mit ihm sprach. »Vater, ich denke, hier werden niemandes Rechte verletzt. Einen William Tyrone McKinney hat es nämlich nie gegeben. Ich fürchte, was dort im Grab liegt, ist kein Christ, ist nicht einmal menschlich.«

Er starrte sie verdutzt an. »Was sagen Sie da?«

»Peter und Clair McKinney haben keine Zwillinge bekommen, sondern nur eine Tochter, und die ist noch sehr lebendig.«

»Ach, eine traurige Geschichte.« Er schüttelte den Kopf. »Ich habe über sie und ihre Taten gelesen.«

»Waren Sie damals, als Clair McKinney starb, schon der Priester dieser Gemeinde?«

»Nein, das war Vater O'Connell. Er ist vor zwölf Jahren von uns gegangen.«

»Er hat doch bestimmt Unterlagen darüber geführt, wen er auf diesem Friedhof beerdigt hat.«

»Selbstverständlich. Sie befinden sich im Büro.«
»Würden Sie bitte nachsehen, ob Clair McKinney und William Tyrone am selben Tag beerdigt worden sind?«
»Das wurden sie wohl«, erwiderte er. »Schließlich sind sie am selben Tag gestorben. So steht es auch auf ihren Grabsteinen.«
»Ich mache Ihnen einen Vorschlag: Ich bitte Sheriff Swangel, die Exhumierung zu stoppen, bis Sie in den Unterlagen nachgesehen haben.«
Der kleine Mann dachte eine Weile darüber nach, dann nickte er und lief in seine Kirche zurück.
»Was hast du ihm gesagt?« fragte Pinky Rena, als sie wieder bei ihm war.
»Daß du die Grabungen sofort einstellst, wenn er anhand der Verzeichnisse herausgefunden hat, daß Clair und William am selben Tag zu Grabe getragen wurden.« Sie trank noch einen Schluck Kaffee.
»Wie konntest du das nur?«
Sie klopfte ihm auf die Schulter, um ihn zu beruhigen. »Vertrau mir. Sie sind nicht am selben Tag beerdigt worden. Davon abgesehen möchtest du bestimmt nicht, daß deine Seele in der Hölle schmoren wird, wie er es dir prophezeit hat, oder?«
»Ach was! Ich bin halb Baptist und halb Mormone. Da ist mir schon jetzt ein Platz in der Hölle sicher.« Er gab den drei Männern im Loch ein Zeichen und befahl ihnen, mit dem Graben aufzuhören.
Rena setzte sich auf den alten Grabstein, trank Kaffee und wartete auf die Rückkehr des Priesters.
Schon wenige Minuten später tauchte der kleine Mann wieder auf und eilte zu ihnen. Seine zu lange Soutane wirbelte die Blätter auf dem Weg hoch. Er hielt das abgegriffene Hauptbuch unter dem Arm. Als er das Grab erreichte, schlug er das

dicke Werk auf, befeuchtete seinen Daumen und blätterte, bis er den richtigen Tag gefunden hatte. »Sie hatten recht!« teilte er Rena mit und hielt ihr das Buch hin. »William Tyrone McKinney wurde am 20. Dezember 1959 bestattet. Also zwei Jahre später, als auf dem Grabstein angegeben ist. Wie ist das möglich, wenn er doch am selben Tag wie seine Mutter gestorben ist?« Er legte verwirrt die Stirn in Falten und sah abwechselnd den Sheriff und Rena an.

»Es hat eben nie einen William McKinney gegeben«, erklärte Rena.

»Das haben Sie eben gesagt, ja, aber wer bei der Liebe des Herrn liegt denn nun in dem Grab?« Der Priester strich sich nachdenklich über die Glatze, als wolle er dort imaginäre Haare glätten.

»Vielleicht niemand. Aber wenn hier so offensichtlich etwas nicht stimmt, kann man diese Graböffnung auch nicht als Gotteslästerung oder Kirchenschändung bezeichnen, nicht wahr?«

Der kleine Mann dachte lange darüber nach. Endlich nickte er seufzend. Sekunden später fingen die Männer wieder an zu graben.

»Wie konnte Vater O'Connell so etwas zulassen?« fragte der Priester mehr sich selbst als die Umstehenden.

Die drei zogen sich etwas zurück, als immer mehr Erdbrokken aus dem Loch flogen. »Kannten Sie Vater O'Connell und Peter McKinney?« wollte Rena von dem kleinen Mann wissen.

»Soweit mir bekannt ist, waren sie sehr gute Freunde. Beide stammten aus Dublin. Vater O'Conell hatte anscheinend ein kleines Alkoholproblem. Es heißt, Peter McKinney habe ihn oft nachts im Pfarrhaus besucht. Die beiden müssen im Lauf der Jahre so manche Flasche guten irischen Whiskeys geleert haben.«

»Wäre es vorstellbar, daß Vater O'Connell seinem guten Freund und Zechkumpan einen großen Gefallen getan hat, vielleicht ihm sogar erlaubt hat, etwas in dem Grab neben seiner Frau zu beerdigen?« fragte sie ihn.
»Möglich ist alles, obwohl ich es mir in diesem Fall nicht vorstellen kann. Wenn auf einem Grabstein eine Lüge steht, so stellt das auf einem geweihten Friedhof ein Sakrileg dar. Meinem Vorgänger muß das bekannt gewesen sein.«
»Na ja, aber die beiden waren eben gut befreundet. Und was bedeutet schon eine kleine Lüge, wenn sie einem alten Kameraden im Kampf gegen die englische Krone nutzt. Peter war Mitglied der IRA, und ich habe schon davon gehört, daß irische Priester den IRA-Kämpfern unter anderem damit geholfen haben, Waffen in falschen Gräbern zu verstekken.«
»Aber hier sind wir nicht in Irland«, erklärte er grimmig.
Rena wollte gerade mit einem schlauen Spruch dagegenhalten, nämlich daß man einen Mann aus Irland wegholen, daß man aber nicht Irland aus einem Iren entfernen könne, als eine der Schaufeln im Loch gegen etwas Hartes stieß.
»Hoppla!« rief Pinky.
Der Priester und Rena traten an den Rand des geöffneten Grabs und blickten hinab. Einer der Polizisten kniete dort und wischte Erde von dem Deckel einer fünfzig Zentimeter breiten Kiste aus Fichtenholz. Als er den Deckel anheben wollte, zerbrach er in seinen Fingern. Der zweite Polizist grub sorgfältig um den Rand der Kiste herum, bis sie freigelegt war. Zu dritt hoben die Männer das Objekt dann aus dem Grab. Bevor Pinky sie entgegennehmen konnte, brach die Kiste vollständig auseinander, und ein Gegenstand, der in einen dicken Schal gewickelt war, fiel auf den Boden. Der Sheriff bückte sich, und der Wollschal zerbröselte unter seiner Berührung.

Rena ging neben ihm in die Hocke und riß die Reste des Wollstoffes fort.
»Das ist ja nun eindeutig keine Leiche«, brummte Pinky. Modrig riechende Wollfäden klebten an seiner Hand, und er hatte einige Mühe, sie abzuwischen.
Rena zog und zerrte, bis sie etwas Feuchtes und Ledernes entdeckte. Wenig später konnte sie das Objekt sehen: ein in Tierhaut gebundenes Buch, dessen Seiten aus Pergament bestanden. Ein unangenehmes Gefühl machte sich in ihr breit, als sie es aufschlug. Die Feuchtigkeit und der Zahn der Zeit hatten einige Seiten angegriffen, aber der Großteil des Textes war noch lesbar. Die Ecken und Ränder der Seiten waren versengt.
»Was ist denn das?« entfuhr es dem Sheriff.
Der Text war handschriftlich verfaßt, vermutlich mit einer Feder geschrieben.
»Sieht mir nicht nach Englisch aus«, bemerkte Pinky.
»Ist es auch nicht«, entgegnete Rena. Kleine Schweißtropfen erschienen auf ihrer Oberlippe. »Das ist Französisch. Wir haben hier das Originaltagebuch des Barons Gustave de Montret vor uns.«
»Wer ist denn das?« wollte der Priester wissen.
»Jemand, der alles Recht auf einen Platz in geweihter Erde verwirkt hat«, antwortete Rena. Sie schlug rasch die Seiten um, bis sie das erreichte, was sie zu finden hoffte: den letzten Eintrag. Und da war er! Der letzte Eintrag trug das Datum vom 23. Dezember 1793.

Mit der Erlaubnis des Sheriffs nahm Rena das Tagebuch mit ins Haus ihres Vaters, um es dort zu lesen und zu übersetzen. Sie trug Pinky vorher noch auf, das FBI anzurufen und den Fund zu melden. Grummelnd erklärte er sich einverstanden.

Als sie am Château ankam und aus dem Rover stieg, roch sie das Aroma gärenden Weins, der aus den Eichen- und Stahlfässern in der Kelterei ihres Vaters drang. Die Zeit der Lese war zu Ende, und damit hoffentlich auch die Zeit des Tötens. In der Küche fand sie eine halbe Kanne heißen Kaffee vor. Harrison mußte hiergewesen sein, dachte sie. Sie goß sich eine große Tasse ein und marschierte damit ins Arbeitszimmer. Sie ließ sich am Schreibtisch nieder und bewaffnete sich mit einem Block und einem Kugelschreiber. Wieder schlug sie das Tagebuch auf und wendete vorsichtig die Seiten, bis sie den letzten Eintrag vor sich hatte. Die Feuchtigkeit hatte nur das Papier angegriffen, nicht aber die ordentliche Schrift unleserlich gemacht. Die versengten Ränder mußten davon herrühren, daß Peter in dem englischen Schiff, das ihn und Striker aus Frankreich fortgebracht hatte, das Buch in den Kessel geworfen hatte.

Sie erinnerte sich, daß Striker diesen Eintrag fürchterlich und scheußlich gefunden hatte. Sie atmete tief durch, nahm den Stift in die Hand und begann mit der mühsamen Tätigkeit des Übersetzens.

Nach einigen Stunden war sie fertig. Als sie den Kugelschreiber hinlegte, fiel ihr Blick zufällig in den Spiegel an der Wand. Erschrocken registrierte sie, wie blaß und ausgelaugt sie aussah.

Sie hatten recht, Striker. Das ist der widerlichste und schrecklichste Eintrag von allen!

23. Dezember 1793

Sie kommen, um mich zu holen. Ich sehe sie aus dem Fenster im Schlafzimmer. Wie eine Horde Heuschrecken krabbeln sie über meinen wunderschönen Weinberg, schreien nach meinem Blut, brüllen, daß sie mir die Seele aus dem Leib reißen wollen. Sollen sie kommen, ich bin bereit.

Rohes Gesindel! Dreckige, viehische Kreaturen sie alle! Den lieben langen Tag rackern sie sich auf ihren kleinen Feldern ab, die nicht größer sind als Brotkrumen. Am Abend kehren sie in ihre Hütten zurück, wo sie es mit ihren ebenso viehischen wie fetten Weibern treiben, damit diese eklige kleine Monsterabbilder ihrer selbst gebären. Was für eine Existenz! Wie kann jemand sich mit einem so sinnlosen, nichtigen Tun zufriedengeben? Wenn sie lachen, drehen mir ihre schwarzen Zahnstümpfe und verrotteten Gaumen den Magen um. Wenn sie einen anglotzen, dann aus stumpfen, unbeseelten Augen. Sie stinken bestialisch nach altem Schweiß, Heu, ekligem Brei und billigem Wein. Und diese niederträchtigen, bedeutungslosen Kretins haben sich nun auf den Weg gemacht, mich zu erschlagen. Mich!

Und dennoch bin ich willens, mich ihnen zu ergeben. Ich sehe mich wie Jesus, der sich selbst am Kreuz opferte, damit dieses Gewürm erlöst werden möge. Hat unser Herr nicht Sein Leben in die Hand dieser jüdischen Bestien gelegt und ihnen auch noch vergeben, als sie Seinen wunderbaren Leib folterten und mißhandelten?

Oh, süßer Herr Jesus! Du hättest das wundervollste Opfer für meine Weinberge abgegeben. Meine Reben hätten Dein Blut aufgeleckt und eingesaugt, und sie hätten ihr größtes Fest gefeiert, sich wie im Rausch an Deinem Blut und der Frucht Deiner Lenden gelabt. Sie hätten sich bei Dir bedankt und sich vor Dir verneigt. Sie hätten Dich nie wie diese jüdischen Schweinekerle ausgelacht und mit Steinen beworfen! Ich höre fast das Jauchzen und glückliche Lachen meiner Weinberge, während ich diese Zeilen schreibe. Wie hätten sie es geliebt, Deinen köstlichen Leib zu sich zu nehmen. Und was für ein vorzüglicher Wein wäre aus Deinem Fleisch entstanden! Nur dann hätten wir mit allem Fug und Recht sagen können, wir trinken Dein Blut!

Die Horde kommt näher an mein Château heran. Ich höre ihr Gebrüll nach meinem Leben.
Ich lege meine Kleider ab und erwarte sie. Sollen sie mich jetzt so sehen, es kümmert mich nicht mehr. Meine Brüste, einst rund, straff und weich wie Daunenfederkissen, hängen nun schlaff wie halb gefüllte Zwiebelsäcke auf meiner behaarten Brust. Meine Rute, die einmal so hart und voller Verlangen war, baumelt verschrumpelt und wie tot zwischen meinen Beinen. Meine Spalte, die früher so willig war und in der die Säfte strömten, als sei es die Seine... sie ist heute wie ein ausgetrocknetes Bachbett, eine Rinne im harten Boden, die unter einer heißen Wüstensonne verdorrt. Mein Körper ist ohne Leben, so mögt Ihr mich holen, Ihr zerlumptes Pack!
Heute, am Tage meines Todes, denke ich zum ersten Mal wieder an Euch, mein Papa. Ich erinnere mich der Schläge und Demütigungen, die Ihr mir habt angedeihen lassen, und an mein Flehen, Ihr möget damit aufhören. Ich erinnere mich, wie Ihr darüber nur gelacht habt und mich nur noch härter schlugt, je mehr ich bettelte und heulte. Doch der Stich Eurer bösen Worte traf mich viel tiefer als Eure nicht mehr ruhende Gerte. Ihr nanntet mich ein Ungeheuer aus den Tiefen der Hölle, eine Monstrosität der Mutter Natur. Ihr sagtet, es wäre Euer größter Wunsch, wenn ich nie geboren worden wäre. Die Mutter hat Euch angefleht, mich nicht länger zu quälen, doch Ihr habt ihren Worten kein Gehör geschenkt. Ich war eine Frau, Vater, fühlte mich als solche. Doch das wolltet Ihr nicht wahrhaben. Nein, es mußte ein Mann sein, der Eure Weinberge erben sollte. Nur ein Mann sei fähig, sie zu lenken und zu leiten. Deshalb wurde ich für Euch ein Mann, Vater, nachdem Euer anderer Sohn René nach Burgund geflohen ist. Er hat Euch abgrundtief gehaßt, mein Papa. Und so blieb ich als Euer einziger Erbe. Ich hätte alles werden können, Vater, alles, was ich wollte. Alles! Denn ich bin die Frucht von

Hermes und Aphrodite. Ich habe beide Geschlechter! Ich besitze die Seele eines Mannes und die einer Frau!
Wie Ihr es gehaßt habt, mein Papa, wenn ich über die Felder zum Château des Comte Henri Maureau geritten bin. Er war Euer Rivale. Seine Weine waren so viel besser als die Euren, und aus diesem Grunde war er Euch zuwider. Wie mein Herz frohlockte, wenn ich wußte, daß Ihr ohnmächtig mit ansehen mußtet, wie ich zu Eurem Erzfeind ritt. Ich habe mein Pferd mächtig angetrieben, habe es zur Eile gedrängt, um in Henris Weinberge zu gelangen. Denn er war der einzige Mann, der mich je geliebt hat. Wie freundlich und zärtlich er zu mir war! Er hat in mir nie ein Ungeheuer oder eine Monstrosität gesehen. Er hat sich in Ehrfurcht vor meinem nackten Leib verneigt. Oh, dieser Ausdruck der tiefsten Liebe, der auf sein Gesicht trat, wenn er mich überall berührte. Wie wunderbar er meine Brüste und meine Rute zu liebkosen verstand! Und er war es auch, der mich in die Geheimnisse der Oschophorien einführte. Ich war fünfzehn, als ich ihn zum ersten Mal auf einer Jagd begleiten durfte. Es herrschte gerade die Zeit der Lese für einen großartigen Pomerol. Wir fanden in der Stadt eine zerlumpte Bettlerin, und Henri nahm sie mit in seinen Stall. Ich verfolgte atemlos, wie er sie von hinten nahm und sein Horn wieder und wieder tief in sie hineinstieß. Dabei drückte er mit einer Hand ihren Kopf ins Stroh, während er mit der anderen die Nagelspitze in ihren Nacken trieb. Danach durfte ich ehrfürchtig miterleben, wie er ihre Organe herausschnitt und in seinem Weinberg vergrub. Dies alles vollführte er rasch und fingerfertig. Henri war ein echter Künstler, Herr Papa. Und gerade deswegen war sein Wein dem Euren so ungeheuer überlegen.
Mein Leben war zu Ende an dem Tag, als er sich mit Euch duellierte und verlor. Ihr Elender! Euer Rapier fand sein wunderbares Herz. Ihr habt ihn ermordet, Vater, weil Ihr

wußtet, daß er mich liebte. Und dafür habt Ihr ihn furchtbar gehaßt. Ihr konntet die Vorstellung nicht ertragen, daß ein anderer mich liebte. Doch auch wenn Ihr ihn gemeuchelt habt, so konntet Ihr doch meine Erinnerung an ihn und das, was er mir beigebracht hat, nicht zerstören. Ich wartete das Trauerjahr ab, dann habe ich Euch vergiftet, mein Papa. Ich verabreichte Euch kleine Dosen des Oleanders und sorgte so dafür, daß Ihr langsam und qualvoll krepieren mußtet. Und als Ihr endlich die Reise in die Hölle angetreten habt, Herr Papa, gelangten alle Weinberge in meinen Besitz!
Aber was ist das? Was rieche ich da, doch nicht etwa Rauch? Gütiger Herr Jesus! Was treiben diese Tölpel denn da? Sie stecken meine Weinberge in Brand! Aufhören! Hört auf damit! O Herr, die Todesschreie von meinen Reben! Ihre klagenden Rufe zerreißen mir das Herz. Ich falle zu Boden und presse die Hände an meine Ohren. Schweinehunde! Gesindel! brülle ich. Nehmt mich an ihrer Statt! Nehmt doch mich!
Ach, mein Vater, ich wünschte, Ihr wärt heute hier, um dies zu erblicken. Wie gern würde ich Euch heulen und zetern sehen, während der Pöbel Eure Weinberge hinmordet! Wieviel lieblicher klängen mir statt ihrer Eure Schreie in den Ohren!
Ihre Stimmen schwellen an, und es ist nicht mehr zu ertragen. Sie flehen und betteln mich an, ihnen zu Hilfe zu kommen. Meine Wunderbaren, bitte versteht! Ihr werdet den Schmerz nur für einen kurzen Moment spüren, danach seht und fühlt Ihr nichts anderes mehr als die Süße der ewigen Dunkelheit. Bald schon werde ich Euch dorthin folgen. Nicht länger werde ich gefangen sein in einem verwünschten Körper, den nur Henri und die antiken Götter zu lieben vermochten.
Ich höre, wie sie die schwere Tür aufbrechen. Das rattenartige Getrappel ihrer Füße wird bald in meinem Weinkeller verschwinden, und von dort rennen die Tölpel hierherauf, um

mich zu finden. Ich muß die Niederschrift beenden und das Tagebuch hinter der falschen Wand verbergen, die ich in meinem Schlafgemach eingebaut habe. Vielleicht wirst du, der ich dir alles anvertraut habe, eines späteren Tages gefunden werden. Vielleicht auch nicht. Es spielt keine Rolle, meine tapferen, großartigen Weinberge. Das einzige, was zählt, ist, daß wir bald schon für alle Ewigkeit vereint sein werden!

Dieser letzte Eintrag mußte wie ein zerbrochener Spiegel in Mauras gequälter Seele festsitzen. Nun endlich verstand Rena, was de Montret bei ihrer Freundin ausgelöst haben mußte. Sie waren genetisch miteinander verbunden; etwas, das die Wissenschaft bislang nicht für möglich gehalten hatte. Und Rena erkannte jetzt auch, was der Baron gemeint hatte, wenn er schrieb, daß er gleichzeitig hart und feucht geworden sei. Sie goß Kaffee in ihre Tasse und trat an das große gebogene Fenster. Sie setzte sich auf die Fensterbank und blickte hinaus. Der Himmel wurde dunkel, und die schweren Wolken schienen kurz davor, Sturm, Donner und Regengüsse über das Tal zu bringen.

Ja, die besondere Verbindung zwischen dem Baron und Maura hing mit ihrer Doppelsexualität zusammen, dachte Rena. Aber da war noch etwas anderes, etwas, was viel tiefer ging und gleichzeitig sehr grundsätzlich war. Es hatte mit der Angst zu tun, anders zu sein, und mit der Einsamkeit, die daraus entstand. Viele Gemeinsamkeiten bestanden zwischen ihnen. Beide waren in ihrem Leben nur von einem Mann geliebt worden. Und als dieser auf gewaltsame Weise ums Leben gekommen war, waren Gustave wie Maura in die tiefste Einsamkeit zurückgefallen. Erst war es ihnen vergönnt gewesen, das Licht des Glücks zu genießen, und dem folgte der tiefe Absturz in die Finsternis des Alleinseins. Kein Wunder, daß beide so verbittert geworden waren.

Maura und der Baron waren gezwungen gewesen, ihre wahren sexuellen Bedürfnisse zu verstecken. Maura und ihr Vorfahre hatten vor der wahrhaft einzigartigen Entscheidung gestanden, zwischen dem Mann- und dem Frausein wählen zu dürfen. Gustave war, obwohl er mehr weiblich determiniert war, von seinem Vater in die Rolle eines Mannes gezwungen worden. Maura hatte da etwas mehr Glück gehabt und durfte ihren natürlichen Instinkten folgen und eine Frau werden. Dennoch wurde sie in der Auslebung ihrer Sexualität von ihrem Vater unterdrückt, weil dieser fürchtete, ihre wahre Natur könne so offen zutage treten. Deshalb hatte Peter McKinney Martin so sehr gehaßt und seiner Tochter den weiteren Umgang mit ihm verboten.

Die dunkelste Übereinstimmung, dachte Rena, war die Art und Weise, wie die beiden von ihren Vätern behandelt worden waren. Beide Väter verweigerten ihren Kindern das, was sie am dringendsten gebraucht hätten: Liebe. Auch wenn Maura nicht wie Gustave von ihrem Vater verprügelt worden war, so hatte er sie auf andere Weise, nämlich durch seine kalte und mürrische Art mißhandelt. McKinney hatte Maura vorgeworfen, für den Tod seiner Frau verantwortlich zu sein. Und er hatte sie spüren lassen, daß er lieber einen Sohn gehabt hätte. Frawley hatte vermutlich versucht, ihm den Sachverhalt zu erklären; daß Peter fast einen Sohn bekommen hätte, wenn nicht das befruchtete Ei, aus dem Maura entstanden war, ihn verschlungen hätte. Aber ein einfacher Mann wie McKinney konnte die medizinische Komplexität, die dahinterstand, nie begreifen. Sein alkoholumnebelter Verstand hatte lediglich erfassen können, daß Maura nicht nur seine Frau, sondern auch seinen männlichen Erben getötet hatte. Er war in einen Teufelskreis geraten: Er hatte getrunken, um seinen Zorn auf Maura zu unterdrücken, doch je mehr er trank, desto ungerechter hatte er seine Tochter behandelt.

Warum hatte er das Tagebuch neben seiner Frau beerdigt? Er hätte es doch bloß zu verbrennen brauchen. Vielleicht hatte seine Wut sich schließlich auch gegen Clair gerichtet. Ihre Gene waren für ihn die Ursache allen Kummers und allen Leids in seinem Leben. Bei einem seiner Besäufnisse mit Vater O'Connell war ihm wahrscheinlich die Idee gekommen, das Tagebuch neben Clair unter die Erde zu bringen und darauf einen Grabstein zu stellen, der den Namen des Sohnes tragen sollte, den sie ihm verweigert hatte. Vielleicht hatte er auch geglaubt, sich auf diese Weise endgültig der Familie de Montret entledigen zu können.
Andererseits hatte er Wilbur Strikers Übersetzung behalten. Die hätte er doch zusammen mit dem Original begraben können. Er hatte sich dagegen entschieden. Vielleicht brauchte er trotz allen Kummers, den sie über ihn gebracht hatte, doch eine letzte Erinnerung an sie. Peter McKinneys Seele mußte sehr zerrissen gewesen sein.
Rena dachte auch an den Baron. In seinem Wahn hatte er die Oschophorien als Ersatz für die Liebe angesehen. Doch was hatte Maura? Ihre antike Kunst? Ihre Arbeit? Reichte so etwas aus? Wohl kaum... Konnte es überhaupt einen wirksamen Ersatz für entgangene Liebe geben?
Doch Maura war nicht Gustave. Die Blutlinie mochte von demselben Strom entsprungen sein, doch beider Flüsse waren in andere Richtungen verlaufen. Maura war eine außergewöhnlich starke und intelligente Frau, und zu Lebzeiten Martins war sie heiter und glücklich gewesen. Anders als bei dem Baron nährte sich ihr Geist nicht vom Haß. Gustave hatte sich dem uralten Opferfest verschrieben, um sich so an seinem Vater und einer Gesellschaft zu rächen, die seine Abnormität verdammte. Er war so etwas wie ein Vorfahre von Charles Manson oder anderer Irregeleiteter, die sich in der heutigen Zeit todbringenden Kulten anschlossen.

Rena war der festen Überzeugung, daß Maura für so etwas zu gescheit und zu stark war. Doch was Maura inzwischen in den Weinbergen veranstaltete, widersprach allem, was Rena über das Wesen der menschlichen Natur gelernt hatte. Was hatte Maura dazu bewegt, plötzlich in die Fußstapfen ihres Urahns zu treten? Was trieb sie dazu, Menschen auf so blutige Weise abzuschlachten?

Einen Moment mal! sagte sich Rena. Sie stand abrupt auf und stellte die Tasse auf das Fensterbrett. Möglicherweise hatte sie, als sie nach dem »Warum« in Maura suchte, den falschen Weg beschritten.

Vielleicht war es das »Wesen« in ihr, das sie zum Töten trieb.

Nein, das ist nicht richtig.

Vielleicht geht es hier nicht um ein Wesen in ihr.

Aber was dann?

Besser, wer dann...

Ja, wer?

Ja...

Die Wolken öffneten sich und sandten einen mächtigen Regenguß ins fruchtbare grüne Tal von Napa herab.

Aber das ist doch Wahnsinn! Warum sollte jemand... Warte, wer wußte alles über Mauras Leiden? Martin. Peter McKinney. Dr. Frawley. Und die sind alle tot. Es mußte noch eine vierte Person geben. Aber warum tat diese Person Maura das an? Und wie bewirkte sie es?

»Jetzt bleib mal auf dem Teppich!« rief Rena. »Denk ganz ruhig nach. Ja, es gibt noch jemanden, der über Maura Bescheid weiß, sogar mehr als einen.« Sie ging zum Telephon und rief die Vermittlung an. »Ich möchte eine Verbindung nach Tacoma, Washington. Können Sie mir bitte die Vorwahl geben.« Als sie die erhalten hatte, rief sie die Auskunft in Tacoma an: »Ich hätte gern die Nummer des Riverside-Krankenhauses.«

Kapitel 27

Der heftige Regen ging nun schon seit Stunden nieder, und es gab noch kein Anzeichen, daß er bald aufhören würde. Der Vegas Strip war überflutet. Verlassene Wagen standen mitten auf dem Boulevard. Rinnsteine waren verstopft, und das Wasser überschwemmte die Bürgersteige und drang unter den Türen hindurch in die Kasinos ein. Hausmeister arbeiteten fieberhaft daran, die roten Teppiche aufzuwischen. Sie drückten triefende Mops in Metalleimern aus und achteten darauf, die Spieler, an den Black-Jack-Tischen und die älteren Frauen, die wie Roboter die Griffe der Spielautomaten betätigten, nicht zu behindern.

Die Free Clinic von Los Angeles befand sich nur einige Blocks vom Strip entfernt auf dem Eastern Boulevard. Da die Stadtväter die Armen und Heimatlosen rigoros aus dem Stadtbild entfernten und ihnen streng untersagten, sich irgendwo in Los Angeles niederzulassen, setzte sich die Klientel der Klinik im wesentlichen aus Prostituierten, die sich auf Geschlechtskrankheiten untersuchen ließen, und Studentinnen zusammen, denen ein Diaphragma eingesetzt wurde.

An den meisten Nachmittagen konnte man in der Wartehalle nur noch einen Stehplatz ergattern, und ein Patient mußte sich mindestens anderthalb Stunden mit Geduld wappnen, ehe ein Arzt Zeit für ihn hatte. Heute jedoch hatten aufgrund des Wolkenbruchs nur zwei Personen den Weg hierher gefunden: eine schwarze Prostituierte und ein hochnervöser Student mit einem langen Zopf. Die Frau trug eine pinkfarbene, gelockte Perücke und einen engen roten Minirock. Sie hatte die Füße auf einen Tisch gelegt und blätterte in einer Illustrierten. Gelegentlich blies sich vor ihrem Mund eine Kaugummiblase auf, bis sie platzte und die Zunge die Reste von den Lippen ableckte. Auf der Couch neben der Toilette schaukelte der Student vor und zurück und sang leise einen Song von ›Iron Maiden‹ vor sich hin. Er war das ganze Wochenende mit Crack zugewesen und kam jetzt von dem Trip herunter.

Der Großteil des Personals war früher nach Hause geschickt worden. Marjorie Porter, eine stämmige hellbraune Farbige, hatte als einzige Krankenschwester Dienst. Sie saß am Empfang, las in der neuesten Ausgabe von *People* und sah mit mäßigem Interesse auf, als die Eingangstür sich öffnete. Eine Frau mit einer Umhängetasche und einer Sonnenbrille erschien. Ihre Haut war so bleich wie Salz. Sie wirkte schwach und mitgenommen, und sie war bis auf die Knochen durchnäßt. Sie stützte sich mit einer Hand an der Wand ab und näherte sich dem Empfang nur langsam.

Marjorie wandte ihre Aufmerksamkeit von dem Artikel über Chers neueste Flamme ab und starrte die Frau mit der dunklen Sonnenbrille an. Sie war schon zu lange Krankenschwester, um nicht sofort zu bemerken, daß mit dem Neuankömmling etwas ganz und gar nicht stimmte. »Sind Sie okay? Wollen Sie sich nicht erst einmal hinsetzen?« rief sie und klappte die Illustrierte zu.

Maura öffnete den Mund, um etwas zu sagen, brachte aber nur ein unzusammenhängendes Gestammel zustande: »Fieber... kalt... muß immer zittern.« Sie zuckte am ganzen Leib. Dann gaben ihre Knie plötzlich nach, und sie sank langsam zu Boden. Während sie mit dem Rücken am Schreibtisch lehnte, hörte sie leise Schritte und dann das Rascheln einer gestärkten Schwesterntracht. Marjorie beugte sich über sie. Wie aus weiter Ferne rief die Schwester: »Dr. Barney! Schnell! Hier ringt jemand mit dem Tode!« Mauras Bewußtsein versank. Sie schüttelte den Kopf, kämpfte dagegen an. *Nein, ich darf nicht abgleiten! Darf nicht! Darf nicht*!

Starke Hände hoben sie hoch. Dann das Knarren von Leder, als man sie in einen Rollstuhl setzte. Der Rollstuhl setzte sich in Bewegung. Schwingtüren gingen auf und schlossen sich hinter ihr. Der Geruch von Äthylalkohol, Jod und Ammoniak. Das Rauschen von Vorhängen, die zurückgezogen wurden. Wieder die starken Hände, die sie aus dem Rollstuhl hoben und auf eine weiche Matratze legten und mit einem nach Desinfektionsmittel riechenden Laken bedeckten. Jemand zog ihr die Strickjacke aus. Finger auf ihrer Brust, die die Knöpfe der Bluse öffneten. Dann der Klang ihrer eigenen Stimme: »Nein! Nein!« Die Hände entfernten sich von ihrer Brust.

Wieder wie aus weiter Ferne die Stimme der Schwester: »Sie sind krank, meine Liebe. Sie sind durchnäßt, und Ihnen ist kalt. Ich muß Ihnen die Sachen ausziehen, sonst holen Sie sich noch eine Lungenentzündung. Das heißt natürlich, falls Sie sich nicht längst eine eingefangen haben.«

»Ich mache es selbst«, erwiderte Maura kaum hörbar. Es kam ihr so vor, als würde sie unter Wasser sprechen. Sie zitterte immer noch.

»Mir ist das egal. Ich fürchte nur, daß Sie dazu nicht in der Lage sind.«

Maura spürte, daß die Schwester ihr die Sonnenbrille abnahm. Sie legte rasch einen Arm über die Augen.

»Tut das Licht Ihnen weh?«

»Ja.«

»Hängen Sie an der Spritze, Schatz?«

»Nein.«

»Fixer können nämlich kein helles Licht vertragen.«

»Ich spritze nicht.« Die Schwester gab ihr die Brille zurück. Maura hielt die Augen geschlossen, bis sie sie wieder aufgesetzt hatte. Ein Nebel schien vor ihren Augen zu schweben und ihr die Sicht zu erschweren. Das Schwindelgefühl ver-

ging. Als sie wieder klarer sehen konnte, sah sie vor sich die Schwester und einen gutaussehenden jungen Arzt.
»Wollen Sie sich immer noch selbst umziehen?« fragte er. Er klang freundlich.
»Ja.« Ihre Zähne klapperten laut.
»Sie gehören zu den Schüchternen im Lande, was?« bemerkte die Schwester.
»Ja«, antwortete Maura.
Die beiden zogen sich zurück, und die Schwester schloß den Vorhang. Maura erhob sich langsam, kämpfte gegen ein neues Schwindelgefühl an und entfernte mühsam die aufgeweichten Kleidungsstücke von ihrem Körper. Sie ließ sie einfach auf den Boden fallen.
Maura wollte nicht hier sein, aber ihr war keine andere Wahl mehr geblieben. Zwei anstrengende Busfahrten, die eine nach Salt Lake City und die andere nach Las Vegas, hatten ihre letzten Kräfte aufgezehrt. Das Fieber war so gestiegen, daß das Aspirin nicht mehr wirkte. Die Infektion raubte dem Körper die letzten Reserven. So hatte sie es eben riskiert, ein Krankenhaus aufzusuchen, auch wenn dieses Unternehmen für sie in der Zelle enden konnte.
Sie behielt ihre Unterwäsche an und streifte sich das Nachthemd über. Eine Minute später schob Schwester Marjorie ihren Kopf durch den Vorhang und fragte, ob sie soweit sei. Maura nickte und setzte sich in den Rollstuhl.
»Dann wollen wir Sie mal in ein trockenes Quartier bringen«, erklärte die Schwester und schob Maura in ein leeres Zimmer. Dort half sie ihr auf das Bett und schob ihr ein Thermometer in den Mund.
Kurz darauf erschien auch der gutaussehende Doktor. Er trug langes, lockiges Haar und einen goldenen Ring im linken Ohr. Er lächelte Maura zu und zog das Thermometer aus ihrem Mund. Sein Lächeln verging. »Vierzig Grad. Was um

alles in der Welt haben Sie mit vierzig Grad Fieber im Regen verloren?«

Maura hatte sich unterwegs eine Geschichte ausgedacht. Bevor sie die Klinik aufsuchte, hatte sie sich mit einer Schere eine Armverletzung beigebracht. Matt hob sie den rechten Arm und zog den Ärmel zurück. Ein selbstgemachter Verband wurde sichtbar. »Vor ein paar Tagen habe ich mich an einer rostigen Dose geschnitten. Ich fürchte, die Wunde hat sich infiziert.«

Der Arzt entfernte den Verband und studierte die Wunde. Ein nicht allzu tiefer Schnitt. »Sieht mir aber nicht nach einer Infektion aus. Und die Wunde macht auch nicht den Anschein, einige Tage alt zu sein.« Er klang mißtrauisch. »Was ist denn wirklich passiert? Haben Sie Drogen genommen?«

»Ich habe Ihnen doch gerade erzählt...«

»Davon möchte ich nichts mehr hören. Sind Sie drogenabhängig?«

»Also gut, ja.« Wenn die erste Geschichte nicht half, würde sie sich eben als Rauschgiftsüchtige zu erkennen geben.

»Sie haben der Schwester gesagt, Sie würden keine Drogen nehmen.«

»Da habe ich gelogen. Würden Sie das nicht an meiner Stelle?« entgegnete sie ärgerlich.

Er schob den anderen Ärmel auch hoch. »Allmächtiger!« entfuhr es ihm, als er die vielen Kratzer und Schrammen auf ihrer weißen Haut entdeckte. »Was haben Sie angestellt, um Himmels willen?«

»Nichts!« erwiderte sie barsch.

»Sind Sie in einen Kampf geraten, oder haben Sie sich das hier selbst zugefügt?«

Sie drehte den Kopf zur Seite und sagte nichts.

»Okay, wenn Sie es unbedingt so haben wollen«, erklärte er und schüttelte den Kopf. Er betastete mit den Fingerspitzen sacht die Innenseiten ihrer Arme. »Ich finde keine Einstiche.« Er wollte seine Hände zurückziehen, aber Maura griff zu und hielt sie fest. »Donnerwetter, Sie sind aber stark.« Er versuchte, sich aus ihrem Griff zu befreien, kam aber nicht dagegen an.

»Hören Sie, selbst ein kleines Kind könnte erkennen, daß ich an einer Infektion leide«, fuhr sie ihn mit zusammengebissenen Zähnen an. »Ich brauche dringend Antibiotika.«

Schwester Marjorie kehrte in das Zimmer zurück. Als sie sah, was hier vor sich ging, verschränkte sie die Arme vor ihrem mächtigen Busen und erklärte: »Brechen Sie ihm nicht die Hände, okay? Er ist im Moment der einzige Arzt, den wir haben.«

Maura ließ ihn los.

»Haben Sie auch einen Namen?«

Maura schwieg.

Die Schwester nahm ein Klemmbrett von dem Tisch. »Wie wäre es denn mit einem Vornamen, damit ich Sie nicht als römische Ziffer führen muß.«

»Nancy«, sagte Maura.

»Wie Nancy Reagan?«

»Genau.«

»Wie geht es Ronnie und den Kindern?«

»Gott verdammt noch mal!« schrie Maura, umklammerte mit den Händen den Lakensaum und starrte an die Decke.

»Arbeiten Sie als Prostituierte, Schatz?«

»Klar.«

»Und Sie sind drogenabhängig?«

»Das geht doch Hand in Hand, oder?«

»Lügen Sie eigentlich immer so?«

Der Doktor sah ihr ins Gesicht. »Also gut, Nancy oder wie auch immer, sind Sie gegen Penicillin allergisch?«

»Ja.«

»Und Erythromycin?«
»Nein.«
Der Arzt sah Schwester Marjorie in die müden Veteranenaugen. »Machen Sie 500 Milligramm Erythromycin klar. Und ich nehme eine Blutuntersuchung vor.« Die Schwester nickte, warf noch einen Blick auf Maura und marschierte dann hinaus. Der Doktor beugte sich über Maura, um ihr die Brille abzunehmen. Sie zog den Kopf weg. »Hören Sie, Sie haben vierzig Grad Fieber, Sie zittern am ganzen Leib, und Sie schwitzen, als hätten Sie gerade fünf Stunden Sauna hinter sich. Wenn Sie noch einen Tag ohne medizinische Versorgung bleiben, finden Sie sich auf der Intensivstation wieder und ringen dort mit dem Tod. Ich *muß* Sie untersuchen.«
Maura atmete tief aus und zog die Sonnenbrille aus. Sie drehte sich zu dem Arzt um und blickte ihm in die Augen.
Ein kurzer Moment der Fassungslosigkeit auf seiner Miene, dann war er wieder ganz der alte. »Irideale Heterochromie«, erklärte er. »So deutlich wie bei Ihnen habe ich das noch nie gesehen. Die meisten Menschen mit diesem Symptom haben blaue und grüne Augen.«
»Vielleicht sollte ich auf dem Jahrmarkt auftreten«, sagte sie bitter.
»Da kann ich Ihnen allerdings nicht zustimmen. Ich halte Ihre Augen für attraktiv, für exotisch.«
Sein Blick war freundlich und voller Wärme, als er sie ansah. Durch das Fieber, das in ihr brannte, glaubte sie für einen Moment, wieder im Napa Valley zu sein und mit Martin über die Hügel zu laufen. Der Moment verging viel zu rasch, und sie wurde sich wieder bewußt, wo sie sich befand und was sie hinter sich hatte. Sie wandte den Blick von ihm ab.
»Sie haben schwarze Ringe unter den Augen«, bemerkte er. »Wann haben Sie zum letzten Mal geschlafen?«
Schlaf! Süßer, köstlicher Schlaf! Schlafen... und träumen.

Nein! Nie wieder! »Ich kann mich nicht mehr erinnern«, antwortete Maura.
Die Schwester kehrte mit einer Spritze zurück. Ihr Blick blieb einen Moment an Mauras verschiedenfarbigen Augen hängen. Dann betrachtete sie die verschrammten und mit Blutergüssen übersäten Arme der Patientin. »Sieht ja aus wie auf einem Schlachtfeld. Ich schätze, wir dürften kaum Schwierigkeiten haben, eine Vene zu finden. Ihre Haut ist ja so weiß wie Milchglas.« Marjorie schob Maura eine Kanüle in eine blaue Vene auf dem Handrücken und schloß sie so an den Tropf an. Als die Flüssigkeit in die Patientin einströmte, nahm sie die Spritze und entnahm Maura am anderen Arm eine Blutprobe. Sie entfernte sich mit dem Blut aus dem Zimmer. Der Arzt legte ein Stethoskop um den Hals und erklärte Maura, sie möge sich oben freimachen. Sie zögerte zuerst, doch dann setzte sie sich auf und ließ das Nachthemd von den Schultern rutschen. Ihre Brüste waren fest und glatt wie Porzellan. Sie schauderte, als das kalte Metall des Stethoskops ihre Haut berührte.
»Wer sind Sie?« fragte er.
»Niemand.« Sie zitterte unkontrolliert.
»Sie können sich wieder bedecken.« Er zog das Laken bis unter ihr Kinn. »Hören Sie, ich habe nicht vor, die Bullen zu rufen. In diesem Krankenhaus tun wir das so gut wie nie. Ich denke, das wissen Sie, sonst hätten Sie auch gleich in die Notaufnahme der Uniklinik gehen können.«
»Ja, das war mir bekannt«, bestätigte sie leise.
»Okay, dann sagen sie mir jetzt, wer Sie sind.«
Das Fieber gaukelte ihr immer mehr vor, und ohne nachzudenken flüsterte sie: »Maura... Maura Bynum.« *Martins Nachname*. Warum auch nicht? Er ist zwar tot, aber in meinen Gedanken werde ich immer mit ihm vermählt sein. Sie lächelte bei der Vorstellung.

»Also gut, dann Maura Bynum. Hört sich irgendwie auch besser an als Nancy Reagan.« Er schrieb den Namen auf das Klemmbrett. »Ich möchte Sie von Kopf bis Fuß untersuchen, denn ich will feststellen, wo diese Infektion herkommt.«
»Nein!« entfuhr es ihr, und ihre Hände schoben sich instinktiv über die Wunde am Unterleib.
Er lächelte. »Meinetwegen, dann gehen wir Schrittchen für Schrittchen vor. Ich lasse Sie ein paar Stunden hier liegen und intravenös ernähren. Vielleicht setzt das Erythromycin Ihr Fieber herunter. Wenn nicht, rufe ich einen Krankenwagen und lasse Sie in die Uniklinik bringen.«
Maura nickte. Wenigstens hatte sie damit ein paar Stunden gewonnen.
Er drückte ihre Hand und sagte: »Da gibt es noch ein paar andere Patienten, die auf mich warten. Ich bin hier der einzige diensttuende Arzt. Versuchen Sie zu schlafen. Ich schaue später noch einmal vorbei.«
Wie warm seine Hand war, als er mich berührte. Es war so lange her, seit ein Mann ihr so nahe gekommen war. *Lieber Gott, laß Martin mir helfen, bitte*! Sie schüttelte heftig den Kopf, um diese Gedanken zu verscheuchen. Sie brauchte jetzt all ihre Energie, um Rena ausfindig zu machen. Da konnte sie sich keine Phantasien darüber leisten, wie es mit Martin hätte werden können. Dann dachte sie an die einzige Alternative, die ihr noch blieb. Der Tod war ihre Rettung. Aber sie wollte nicht allein sterben. Nicht in Einsamkeit. Sie war in ihrem Leben viel zu oft allein gewesen. Sie wollte neben jemandem sterben, den sie liebte, wollte, daß diese Person sie festhielt, während das Leben aus ihr wich. Mehr verlangte sie nicht mehr. Mit den Placidyls würde der Tod so einfach sein. Und Rena hätte dafür Verständnis, oder?
Das Fieber wütete noch schlimmer in ihr.
Sie würden zusammen auf dem Bett sitzen, würden über dies

und das reden und würden viel kichern, genauso wie damals, als sie noch Kinder gewesen waren. Und wenn sie sich schläfrig fühlte, würde sie den Kopf auf Renas Schoß legen und sich wie ein Embryo zusammenrollen. Rena würde sie sanft wiegen, ihr beruhigende Worte ins Ohr flüstern, bis Maura endgültig die Augen schloß und auf alle Ewigkeit im schwarzen Nichts versank.

Für immer und ewig.

Maura riß plötzlich die Augen auf. Fast wäre sie eingeschlafen. *Du darfst nicht einschlafen! Schlaf weckt die andere Sache. Dann fängst du wieder an zu töten. Etwas in dir zwingt dich zu morden... will von dir, daß du tötest. Gott im Himmel, was geschieht nur mit mir?*

Dann erinnerte sie sich an den Namen, den sie dem Arzt genannt hatte. *Wie konnte ich nur so eine Närrin sein.* Sie hoffte, er würde nicht anhand des Namens darauf kommen, wer sie in Wahrheit war. Im nächsten Moment dachte sie an ihre Tabletten und setzte sich auf. Hatte man sie ihr abgenommen? Ihr Blick fuhr rasch durch das ganze Zimmer. Sie entdeckte die Umhängetasche auf dem Stuhl, der neben ihrem Bett stand. Sie schob den Tropf aus dem Weg, packte die Tasche und kippte alles auf der Bettdecke aus. Alle Tabletten waren noch da, sogar die Placidyls. Dem Himmel sei Dank! Die Aktion hatte sie ermattet. Sie sank auf das Kissen zurück und wartete auf den lieben Arzt, daß er ihr die nächste Dosis Antibiotika verabreichen würde.

Fünf Stunden später betrachtete sie die dritte Plastikflasche mit Erythromycin und registrierte, daß sie bereits halb leer war. Dann starrte sie auf die Uhr an der Wand. Zwanzig Uhr fünfzehn. Der Bus nach Los Angeles fuhr um zweiundzwanzig Uhr ab. Damit blieb ihr keine Zeit mehr, darauf zu warten, bis die Flasche leer war. Sie riß sich die Nadel aus der Hand und richtete sich auf. Sie fühlte sich matt, zitterte aber

nicht mehr. Das bedeutete, daß das Fieber gefallen war. Ein gutes Zeichen. Liebenswerterweise hatte Schwester Marjorie ihr vor ihrem Dienstschluß ein Sandwich mit Putenfleisch gebracht und sie gedrängt, es zu essen. Maura zog sich rasch den schwarzen Rock und den weißen Pullover an, die sie schon in Boise getragen hatte, und schob dann vorsichtig den Kopf zur Tür hinaus. Der junge Arzt und die Nachtschwester befanden sich in einem anderen Zimmer und kümmerten sich um den dortigen Patienten. Maura lief so leise wie möglich den Gang hinunter, bis sie die Wartehalle erreichte. Dort hatten sich mittlerweile mehr Kranke eingefunden. Ein Junge mit einem schlimmen Husten saß auf dem Schoß seiner Mutter. Der Blick aus seinen traurigen, wäßrigen Augen folgte Maura, während sie unter dem Schreibtisch den Schirm der Schwester an sich nahm und hinaus in die regnerische Nacht schritt.
Nach wenigen Minuten erreichte sie eine große Straße, auf der viele Taxis fuhren. Sie winkte eines heran und gab als Ziel den Busbahnhof an.
Um einundzwanzig Uhr fünfzehn ließ der Bus die hellen und bunten Lichter von Las Vegas hinter sich und fuhr auf der Route 15 nach Westen. Die meisten Passagiere waren Senioren, die den Tag an den Spielautomaten und -tischen verbracht hatten und jetzt nach Hause wollten.
Maura nahm weit weg von allen anderen hinten Platz. Ihr Herz klopfte schneller. Morgen würde sie mit Rena zusammensein.
Das monotone Brummen der Räder auf der glatten asphaltierten Straße machte ihre Lider schwer wie Blei. Bilder von ihrem siebzehnten Geburtstag tauchten in ihren Gedanken auf. Sie war wieder in der Kelterei ihres Vaters. Zusammen mit Martin. Beide hatten nichts an. Er lag auf ihr... drang in sie ein. Maura und Martin wanden sich und ruckten rhyth-

misch, vergaßen alles um sich herum, nahmen nur noch das wunderbare Gefühl wahr, das sie sich gegenseitig bereiteten, während ihre Körper ineinander verschlungen waren.
Dann hielten sie sich an den Händen und rannten durch den Weinberg zu ihm nach Hause. Seine Eltern waren nicht da. Sie liebten sich wieder, diesmal in seinem Bett. Später lag sie da und träumte zu der Musik von Roberta Flack, die aus Martins Stereoanlage kam.
Dann die Bewegung von Martins Körper, als er sich von ihr entfernte und aus dem Bett stieg. Die Zimmertür öffnete sich. Das Klatschen von nackten Füßen auf dem Flur. Eine andere Tür ging auf. Schließlich der Knall... ein Geräusch wie, ja wie? Ein Geräusch wie von Metall. Ja, ein metallisches Geräusch. Metall, das auf Metall rieb... Und dann ein Geräusch, wie es auf der Welt kein zweites gibt. Ein Knall wie tiefstes Donnergrollen. Ein Knall, so laut und endgültig, daß er alle Organe in Maura durcheinanderrüttelte. Sie riß die Augen auf und sprang hoch. Wo ist Martin? Ist es in der Kelterei zu einer Explosion gekommen? Sie sah, daß die Zimmertür offenstand. Sie hüpfte aus dem Bett und rief Martins Namen. Sie erhielt keine Antwort. Die Tür zum Schlafzimmer seiner Eltern stand ebenfalls auf. Maura trat ein. Alle Schubladen waren herausgerissen. Überall lagen Kleider verstreut. Warum waren die Wände so rot? Plötzlich schrie sie gellend. Sie war auf etwas Scharfes getreten. Maura hockte sich auf das Doppelbett und zog den Fuß hoch, um nachzusehen. Ein Knochensplitter steckte in ihrer Fußsohle. Als sie auf den Boden blickte, entdeckte sie dort überall blutige Knochenstückchen. Wie waren die denn hierhergelangt? Martin hatte doch gar keinen Hund. Dann hörte sie Geräusche von draußen. Schritte, die die Treppe hinuntereilten. Die Haustür, die aufgerissen und zugezogen wurde. Dann Schritte auf dem Kiesweg vor dem Haus. Maura erhob

sich und hüpfte auf einem Bein zum Fenster. Als sie dort stand, spürte sie unter ihren Füßen etwas Warmes und Nasses. Draußen erblickte sie für den Bruchteil einer Sekunde den Schatten von jemandem, der in den Wald rannte und darin verschwand. Der Fuß tat ihr weh. Erst als sie sich bückte, um den Splitter herauszuziehen, entdeckte sie Martin. Er lag seltsam verrenkt auf dem Boden. Der Großteil seines Gesichts war nicht mehr vorhanden. Sie wußte, daß es Martin war, weil er das Lederarmband trug, das sie für ihn gemacht hatte. Dann begriff sie, was hier so naß und warm war. Sie stand mitten in Martins Blut. Sie schrie wieder gellend, doch anders als bei dem Knochensplitter in ihrem Fuß, denn sie wußte jetzt, daß Martin tot war.

Das Schnarchen der Senioren war das einzige, was das Summen des Motors unterbrach. Aber da war noch ein anderes Geräusch, nur fand das in Mauras Kopf statt: Metall, das an Metall schabte. Diesmal klang es jedoch matt, so als käme es aus weiter Ferne.

Und nun tat Maura das, von dem sie gehofft hatte, sie könnte es bis zur Ankunft bei Rena vermeiden: Maura fiel in einen tiefen Schlaf.

Kapitel 28

Irgendwann in der Nacht ließ der sintflutartige Regen nach. Bis zum Morgengrauen tröpfelte es noch, dann kam kein Niederschlag mehr. Als die Sonne über Boulder Dam aufgegangen war, dampfte die Wüste von Nevada schon wieder vor Hitze. Noch vor ein paar Stunden war der Streifen Land wie ein reißender Strom gewesen, jetzt war die Hauptverkehrsstraße getrocknet, und der Verkehr rollte darüber, als sei nichts geschehen.

Schwester Marjorie und Dr. Barney saßen im FBI-Büro gegenüber vom Sands-Hotel und blickten auf ein ein Meter großes Photo an der Pinnwand, das Mauras ernstes Gesicht zeigte. Es handelte sich dabei um die Vergrößerung des Bildes auf ihrem Dienstausweis. Daneben hing die von einem Gerichtszeichner angefertigte Skizze der Frau, die letzte Nacht ihre Klinik aufgesucht hatte. Grant und drei andere Agenten standen hinter den beiden. Überall lagen zerdrückte Plastikbecher herum, und es roch in diesem Raum nach verschwitzten und übermüdeten Männern.

»Das ist ein und dieselbe Person«, erklärte Marjorie und nickte, so als könnte es daran nicht den geringsten Zweifel geben. Sie drehte sich nach hinten zu Grant um.

»Und Sie, Sir?« fragte Grant den Arzt.

Barney antwortete erst nicht. Er starrte müde und traurig auf Mauras Bild. Schließlich nickte er. »Das ist sie«, erklärte er kaum hörbar.

»Ich wünschte, ich hätte mir die Mitteilung genauer angesehen, die ihr Jungs uns über sie geschickt habt«, sagte Marjorie. »Dann hätte ich Ihnen nämlich gleich Bescheid gegeben. Aber wir bekommen tonnenweise Steckbriefe und Flugblätter von allen Polizeidienststellen des Landes. Meist geht es dabei um vermißte Personen. Mit der Zeit nimmt man sie nur noch entgegen, legt sie auf einen Stapel und hat sie schon vergessen. Natürlich hat sie sich letzte Nacht etwas eigenartig aufgeführt, aber ich wäre nie darauf gekommen, daß es sich bei ihr um eine psychopathische Killerin handelt.«

Grant nickte. Er betrachtete die Skizze. Wenn man von den dünnen Lippen und der kleinen Nase absah, hätte man annehmen können, die beiden Bilder zeigten zwei verschiedene Frauen. Auf dem Photo hatte Maura ihr langes blondes Haar streng zurückgekämmt und zu einem altmodi-

schen Knoten hochgebunden. Auf der Skizze trug sie schwarzes Haar, das im Nacken ungleichmäßig abgeschnitten war.
»Ich bin mir nicht ganz sicher, ob das wirklich dieselbe Frau ist«, erklärte ein großer und hagerer Agent mit einer Lücke zwischen den Schneidezähnen.
»Dann bin ich es für Sie mit, Süßer«, entgegnete Marjorie. Sie verschränkte die Arme vor der Brust und sah den Mann streng über den Rand ihrer Brille an. »Das ist sie ganz bestimmt. Ich weiß doch, was ich gesehen habe. In der Mitteilung, die Sie uns geschickt haben, steht, daß sie ein braunes und ein blaues Auge hat. Sagen Sie mir doch, Detektiv, wie viele Menschen kennen Sie, die ein braunes und ein blaues Auge haben?«
»Das ist sie«, sagte der Arzt noch einmal. Er seufzte und rieb sich die Augen. »Sie sagte, ihr Name laute Maura Bynum.«
Grant erkannte, daß der junge Doktor ihr Sympathie entgegenbrachte. »Maura ist ihr richtiger Vorname. Bynum ist der Nachname ihres verstorbenen Liebhabers. Haben Sie die Frau nackt untersucht, Doktor?«
Barney sah ihn voller Befremden an. »Nein, soweit ist es nicht gekommen. Wieso?«
Grant gab ihm keine Antwort und stellte der Schwester die gleiche Frage.
Sie antwortete ebenfalls mit nein.
Der Arzt erhob sich. »Hören Sie, ich muß in die Klinik zurück«, erklärte er etwas mürrisch. »Können wir sonst noch etwas für Sie tun?«
»Im Augenblick nicht, Doktor. Vielen Dank für Ihre Hilfe.«
Barney und Marjorie verließen das Büro.
Grant wartete, bis sie aus dem Zimmer waren, ehe er sich an seine Mitarbeiter wandte. »Also gut, jetzt hören Sie mir genau zu.« Er klatschte in die Hände. »Ein Busfahrer hat Maura auf der Skizze identifiziert und angegeben, diese Frau

sei gestern morgen um neun Uhr von Salt Lake City aus hier angekommen.« Er trat an eine große Karte von den Vereinigten Staaten und zog mit einem blauen Stift eine Linie von Boise nach Salt Lake City und von dort nach Las Vegas. »Das ist die Route, die sie genommen hat.«
Ein dickbäuchiger Beamter mit dunklem Bartschatten sagte: »Das ergibt doch keinen Sinn. Wen kennt sie denn in diesen Städten?« Er lehnte sich an den Schreibtisch und schob die Hände in die Hosentaschen.
»Vielleicht kennt sie dort niemanden«, antwortete Grant ruhig.
»Wir könnten in Las Vegas eine Ringfahndung ausrufen und das Unterste zuoberst kehren«, schlug der hagere Agent vor.
Grant sagte nichts dazu, sondern studierte für eine Weile die Karte. Endlich erklärte er: »Ich spüre, daß ich diese Mannfrau langsam begreife. Ich denke, sie hat sich für diese Route entschieden, um uns in die Irre zu führen... und um einer Entdeckung zu entgehen.«
»Aber warum gerade Las Vegas? Hier würde eine wie sie auffallen wie ein bunter Hund«, entgegnete der dritte Agent, der jüngste unter den Anwesenden.
»Möglicherweise ist sie schon wieder fort, hat sie hier nur Zwischenstation gemacht. Nach der Aussage von Dr. Barney leidet sie an einer Infektion. Es muß ziemlich schlimm um sie stehen, sonst wäre sie nie das Risiko eingegangen, ein Krankenhaus aufzusuchen.« Grant fuhr mit der Fingerspitze die Route 40 entlang bis zur Ostküste. »Ich vermute, mit dem nächsten Bus fährt sie entweder nach Osten oder nach Westen.« Sein Finger fuhr auf der Strecke zurück und gelangte nach Los Angeles. Er klopfte mit der Fingerspitze auf die Stelle. »Am ehesten wohl an die Westküste. Es wäre zu gefährlich für sie, den langen Weg bis nach Osten in

einem Bus zu verbringen. Früher oder später könnte man sie dort aufgreifen.«

»Aber was will sie denn in Los Angeles?« fragte der beleibte Agent.

Grant sah ihn an und lächelte zum ersten Mal seit Tagen: »Dort wohnt eine liebe Freundin von ihr.« Er wandte sich wieder der Karte zu und stieß den Finger auf Los Angeles. »Ja, genau dorthin ist unsere kleine Mörderin unterwegs. Da würde ich alles drauf verwetten. Es bleibt nur die Frage, ob sie nach ihrem Eintreffen dort wieder zu töten beginnt.«

BUCH
VIER

Kapitel 29

Der gemietete weiße Porsche Carrera, mit dem Ray Scollari nach Los Angeles zurückfuhr, kroch mit sechzig Meilen in der Stunde über den Highway 10. Es war frustrierend, so schleichen zu müssen. Er wäre lieber schneller gefahren, so wie vorher, als er Desert Hot Springs verlassen hatte, aber er wollte dem einen Strafmandat, das er für zu schnelles Fahren erhalten hatte, kein zweites hinzufügen.

Die Bullen in New York City sind deutlich humaner als diese Arschlöcher in der Wüste, dachte er. In seiner Heimatstadt brauchte er nur seine Dienstmarke vorzuzeigen, und der Polizist würde es nicht wagen, ihn weiter zu behelligen. Aber hier draußen konnte man verdammt noch mal Bürgermeister einer Stadt sein und wurde doch von diesen blonden, roboterhaften Idioten mit ihren perfekt zurechtgestutzten Schnurrbärten festgenagelt.

Scollari warf einen Blick auf die junge Frau, die neben ihm saß. Sie trug ein knappes rotes Oberteil und enge schwarze Shorts, die kaum ihre Pobacken bedeckten. Er klopfte ihr auf das weiche, sonnengebräunte Knie, und spürte, daß er eine Erektion bekam. Er konnte nichts dagegen tun. Jedesmal, wenn er sie ansah, wurde sein Glied hart. Sie war unglaublich schön, nicht nur attraktiv, sondern wirklich schön. Er hatte sie in dem Hotel in Hot Springs kennengelernt, wo er abgestiegen war, um ein paar Tage auszuspannen. Sie arbeitete dort als Masseurin und war auf schwedische Massagen spezialisiert. Sie hieß Rita, und drei wunderbare Tage lang hatte sie Scollaris Körper von oben bis unten bearbeitet und eingeölt. Rita ließ sich leicht beeindrucken, und Ray beeindruckte sie sehr mit Geschichten aus seinem Dienst als oberster Staatsanwalt von Brooklyn. An einem Morgen, als er auf der Massagebank ausgestreckt lag, hatte er beiläufig erwähnt, daß er für das Amt des Bürgermeisters kandidieren werde. Rita hatte laut gekichert und mit großen, freudigen Augen noch besser seine dicke, gummiartige Haut geknetet. Sie war ganz verrückt danach, Veranstaltungen zu besuchen, auf der viele Prominente anwesend waren, auch wenn ihr die meisten Namen dort nichts sagten. Sie bewies Ray ihre Wertschätzung, indem sie plötzlich das Handtuch von seinem Bauch zog, ihren Kopf zwischen seine Oberschenkel steckte und seinen überraschten, aber bereits angehärteten Penis blies. Sie schaffte es, daß er schon nach kurzem alle Probleme vergessen hatte, die ihn daheim im fernen New York erwarteten.

In New York befand sich die Justiz in einem Engpaß. Scollari hatte in der letzten Zeit jede Woche vierundsechzig Stunden gearbeitet. Das und der Umstand, daß die Medien immer mehr Negatives über ihn verbreiteten, hatte an seinen Kräften gezehrt und seine Nerven bloßgelegt. Scheiße! Es war doch nicht seine Schuld, daß seine verrückte Assistentin sich als psychopathische Massenmörderin entpuppt hatte. Vor vier Tagen hatte er seine Frau und seine Kinder zu Hause in Queens zurückgelassen und war nach Hot Springs gereist. Er mußte sich dringend entspannen und seine Kraft zurückgewinnen, sonst würde er den Wahlkampf nie durchstehen. Das Gute an dieser Reise war, daß die Stadt New York sie bezahlte, ohne davon zu wissen. Offiziell würde er sich morgen mit dem Polizeichef von Los Angeles treffen, um mit ihm über den nahezu ungehemmten Strom von Drogen zwischen den beiden Städten zu beraten. Ray hatte dafür Sorge getragen, daß diese Begegnung von der Presse des ganzen Landes ausreichend gewürdigt wurde. Er brauchte jetzt alle Publicity, deren er nur habhaft werden konnte, um seiner Kandidatur den nötigen Nachdruck zu verleihen.

Wenn doch nur einer dieser FBI-Trottel endlich die McKinney aufgreifen würde, könnte sein Leben endlich wieder in die gewohnten Bahnen zurückkehren. Gott, wie dieses Weib sich bei mir angestellt hat, dachte er. Warum hatte er sich überhaupt soviel von ihr gefallen lassen? Bloß um mit ihr ins Bett zu hüpfen? *Ich hoffe, daß es bei ihrer Festnahme zu einer Schießerei kommt und sie diese Schlampe wie eine räudige Hündin abknallen*. Warum das Geld der Steuerzahler für ein Gerichtsverfahren verschwenden? Wenn man sie nicht gleich für geistesgestört erklärte, würde es Jahre in Anspruch nehmen, sie vor Gericht zu stellen, denn sie hatte die Morde in verschiedenen Bundesstaaten begangen. *Wenn man sie in meinem Amtsbereich fassen würde, würde ich schon dafür Sorge tragen, daß sie nicht am Leben bliebe und keine einzige Nacht hinter Gittern verbrächte*. Die Öffentlichkeit würde Maura McKinney bald vergessen haben, und er könnte wieder sein normales Leben führen.

Scollaris Überlegungen wurden von Ritas Hand unterbrochen, die versuchte, den Reißverschluß seiner Hose zu öffnen. Rita lachte. »Warte, Schatz, ich helfe dir«, sagte er. Er hielt mit einer Hand das Steuerrad und fummelte mit der anderen am Verschluß herum, bis der Reißverschluß unten war und seine Männlichkeit wie ein Stehaufmännchen heraussprang.

Allmächtiger, so hart war er ja schon lange nicht mehr gewesen!

Kichernd schob sich Rita das Haar aus dem Gesicht, öffnete die großen roten Lippen und stülpte ihren Mund über sein Glied.

Wowowowow! Er trat das Gaspedal durch und legte den fünften Gang ein. »Scheiß auf die L.A.-Bullen!« brüllte er. Binnen Sekunden hatte der Porsche auf fünfundachtzig Meilen beschleunigt.

Um fünfzehn Uhr fünfzehn hielt der staubbedeckte weiße Wagen auf der Avenue of the Stars am Straßenrand an. Rita gab ihm einen feuchten Kuß auf die Stirn, zwinkerte ihm zu und stieg aus. Ray fuhr die beiden letzten Blocks zum Century Plaza Hotel allein. Er verließ den Wagen und winkte einen Pagen heran. In wenigen Minuten hatte der Junge alles Gepäck aus dem Wagen geholt und auf den Rollwagen gestellt. Scollari drehte sich um und entdeckte Rita, die gerade durch den Hoteleingang trat. Sie sagte nichts zu ihm, leckte sich aber über die Lippen und lief die Stufen zur Lobby hinauf. Ray grinste in sich hinein, blieb aber bei dem Pagen. Er und Rita hatten vorher diese Übereinkunft getroffen. Weil er ja die Medien ausführlich über sein Zusammentreffen mit dem Polizeichef informiert hatte, wußten zu viele Menschen, daß er sich in der Stadt aufhielt. Er konnte es nicht riskieren, daß jemand etwas über die Verbindung zwischen ihm und Rita herausfand. Dann hätte er seine Kandidatur zum Bürgermeister begraben können. Und die Stadtväter wären mißtrauisch geworden und hätten seine Spesen einer strengen Überprüfung unterzogen. Gar nicht davon zu reden, daß seine Gattin ihn vor dem Scheidungsgericht ans Kreuz nageln würde. Er wußte aus früheren Abenteuern, wie man sich etwas Spaß verschaffen konnte, ohne sich dabei erwischen zu lassen. Rita und er würden sich, laut Plan, erst im Fahrstuhl über den Weg laufen.
Das Century Plaza war Scollaris Lieblingshotel in Los Angeles. Er mochte den modernen Stil des Hauses und die große Lobby, in der immer Leben herrschte. *Wenn Reagan in seiner Zeit als Präsident hier absteigen konnte, dann ist der Ort auch gut genug für einen Italiener in zweiter Generation wie mich*, pflegte er seinen Freunden in New York zu erzählen.
Der Portier am Empfang kannte ihn. Er reichte Ray sofort einen Schlüssel und erklärte ihm, er könne sich später immer

noch eintragen, ganz wie es ihm beliebe. Auf dem Weg zum Aufzug begrüßten ihn etliche Angestellte des Hauses. Er lächelte und nickte ihnen zu. Es war unübersehbar, wie gut man ihn hier kannte. Rita, die ihm die Fahrstuhltür aufhielt, registrierte das voller Ehrfurcht. Als er die Kabine betrat, sah Rita sich um, ob gerade niemand zusah. Dann flüsterte sie ihm etwas ins Ohr und ließ die Zungenspitze sanft über die Linien der Muschel wandern. Sie kicherte, und Ray zwickte sie in den Hintern, als die Türen sich schlossen. In Gedanken malte er sich aus, was er alles mit Rita anstellen würde, sobald sie in der Suite waren.

Sie saß auf der rostfarbenen Couch am Ende der Lobby und sah, wie die Fahrstuhltüren sich vor dem lachenden Pärchen schlossen. Ihr schwarzer Minirock war fleckig und zerknautscht. Ihre Augen starrten auf die Etagenanzeige über der Aufzugtür. Sie wartete, bis die letzte Zahl aufleuchtete. Die Kabine hielt im vierzehnten Stock. Sie erhob sich rasch, marschierte in einen freien Aufzug und drückte auf den Knopf mit der Nummer vierzehn.

Kurz darauf öffneten sich die Türen wieder. Sie blickte hinaus und entdeckte in einem Seitengang den Pagen, der für Scollari die Zimmertür aufsperrte. Die junge Frau stand ein paar Türen weiter und tat so, als suche sie nach dem richtigen Schlüssel. Der Page stellte die schwarzen Koffer in die Suite und erhielt dafür von Ray einen Zehn-Dollar-Schein. Er lächelte dem Jungen nach, der sich auf den Weg zum Personalfahrstuhl machte. Als er verschwunden war, trippelte die junge Frau kichernd zu Scollari, griff ihm zwischen die Beine und zog ihn ins Zimmer. Die Tür schloß sich.

Sie huschte zu der Feuertür, die sich nicht weit von der Suite befand, und schlüpfte hindurch. Sie stellte sich auf die Treppe und lauschte an der Wand.

Warte, bis du die Dusche hörst, sagte sie sich, strich über ihre Umhängetasche und spürte das Gewicht des Hammers darin.

Ray lag auf den zerwühlten, verschmierten Laken im Schlafzimmer seiner Suite. Sein nackter Körper glitzerte von Babyöl. Er hatte die Augen geschlossen und lächelte wohlgefällig. Aus dem Badezimmer hörte er das Rauschen der Dusche und Ritas Stimme, die schrecklich falsch »La Bamba« sang.
Was für eine Sexbombe! Diese Katze vermochte mit ihrem Körper Dinge zu tun, die man nicht für möglich gehalten hätte. Bis vor wenigen Stunden war er der Meinung gewesen, alles schon einmal erlebt zu haben. Angefangen vom mühsamen Sex im abgedunkelten Schlafzimmer mit seiner verklemmten Ehefrau bis zu den Nutten am Times Square, die einem für fünfundzwanzig Dollar in einer Seitenstraße einen bliesen. Einmal hatte er es mit drei Frauen getrieben. Und wenn er kräftig gezecht hatte, konnte es vorkommen, daß er sich mit einem Transvestiten vergnügte. Aber das alles war nichts im Vergleich zu Rita. Sie war das Beste, was ihm je im Bett widerfahren war. Sein ganzer Körper tat weh.
Hat mir die verdammte Seele aus dem Leib gevögelt, dieses Luder!
Dabei erwartete sie nichts von ihm, weder Geld noch Schmuck, noch sonst etwas. Er brauchte ihr nur die Namen von Prominenten ins Ohr zu flüstern, die er kannte, und schon fickte sie wie eine Besessene. Cuomo... Quayle... und diese beiden Nigger, Dinkins und Bradley. Heute hatte sie bei der Erwähnung von Donald Trump einen Orgasmus bekommen. Den meisten, die er da aufzählte, war er in seinem Leben nie begegnet, aber das brauchte Rita ja nicht zu wissen.
Scollari war inmitten der schönen Planung, wie er Rita mit nach New York City nehmen konnte, als es an der Tür klopfte. »Wer ist denn da?« fragte er.

Keine Antwort.
»Verdammt, wer ist das?« Er setzte sich auf.
Wieder Klopfen.
»Scheiße!« murmelte er und rollte sich aus dem Bett. Er wickelte sich ein Handtuch um den feisten Bauch, lief zur Tür und spähte durch den Spion. Ein braunes Auge blickte ihm entgegen.
»Was wollen Sie?« knurrte er.
Zur Antwort wurde lediglich erneut geklopft.
Wütend riß Ray die Tür auf.
Das letzte, was Scollari in dem Sekundenbruchteil hörte, den er noch zu leben hatte, war Rita, die wieder von vorn anfing, »La Bamba« zu singen.

Kapitel 30

Der übergroße blaue Lieferwagen stand einen Block von Renas Haus entfernt auf der anderen Straßenseite. Im Innern des Wagens war die Luft schlecht und roch nach halb gegessenen Cheeseburgern und Schweiß. Grant und drei weitere Agenten hockten hier zusammen und hielten mit starken Feldstechern Renas Haus unter Beobachtung. Vier weitere FBI-Männer saßen zehn Meter von Renas Heim entfernt in einem unauffälligen Ford. Zwei Männer in Arbeitsanzügen der Kabelgesellschaft, ebenfalls FBI-Agenten, hatten ein Stück weiter einen Trafokasten geöffnet und taten so, als würden sie dicke Fernsehkabel überprüfen. Auf mehreren Hausdächern rings herum lagen Scharfschützen auf ihren Bäuchen und spähten durch die Zielfernrohre ihrer Gewehre. Die Fadenkreuze waren direkt auf die Zufahrt zur Haustür und die Tür selbst gerichtet.
Im Lieferwagen wischte sich der Agent mit der Zahnlücke

den Schweiß von der Stirn und vertilgte das letzte Stück seines Big Mac. »Sind Sie sich auch ganz sicher?« fragte er Grant. Ketchup klebte an seinem Kinn.

»Ja, ich bin mir sehr sicher.« Er setzte das Fernglas ab und rieb sich die müden Augen. »Sie kann nirgendwo anders hin.«

»Ein Taxi hält vor dem Haus«, rief einer der Agenten.

Grant blickte wieder durch den Feldstecher. Die Hintertür des Wagens flog auf, und ein Mann in Jeans und Sweatshirt, der eine zerknautschte Lederjacke im Arm hielt, stieg aus. Der Fahrer kam ebenfalls aus dem Wagen, öffnete den Kofferraum und reichte dem Mann eine große Tasche heraus.

»Wer um alles in der Welt ist denn das?« entfuhr es Grant. Er entdeckte, daß die beiden falschen Elektriker von ihrer Arbeit aufsahen und sich vermutlich gerade die gleiche Frage stellen. Der Fremde bezahlte den Taxifahrer, nahm seine Tasche und marschierte zur Haustür.

Grant blickte rasch nach oben zu den Dächern. Mehrere Gewehrläufe richteten sich auf den Mann. Grant nahm das Funkmikrophon und gab den Scharfschützen flüsternd durch: »In Stellung bleiben. Noch nicht schießen.« Der Agent spürte, wie ungeheuer angespannt er war. *Was will der Kerl hier*? Er beobachtete, wie der Fremde läutete. Als ihm nicht aufgemacht wurde, griff er in seine Hosentasche, fand etwas – Grant konnte nicht erkennen, ob es sich dabei um einen Schlüssel handelte – und schob es in das Schloß. Plötzlich öffnete Renas Tochter, sprang an dem Mann hoch und herzte und küßte ihn. Der Fremde wirbelte sie herum und verschwand mit ihr im Haus.

»Wer ist das?« fragte Grant noch einmal. »Ein Liebhaber der Mutter oder was?« Er klang sauer.

»O Gott, jetzt ist es mir eingefallen«, antwortete der Agent mit der Zahnlücke und schüttelte den Kopf. »Er ist Reporter. Ich bin ihm letztes Jahr auf der Pressekonferenz des Präsiden-

ten in Washington begegnet. Ich habe damals beim Personenschutz gearbeitet. Dem Burschen läuft der Ruf voraus, immer zur falschen Zeit am falschen Ort zu sein.«
»Daran scheint sich nichts geändert zu haben«, sagte Grant knurrig. »Er ist gerade um Haaresbreite dem Feuer der Scharfschützen entronnen.«

»Charlie, o Charlie!« rief Cathy aufgeregt. Sie hing immer noch an seinem Hals, und ihre Füße schwangen über dem Boden. »Warum bist du schon so früh aus Frankreich zurück?«
»Ich hatte es satt, immer nur Schnecken zu essen«, antwortete er und stieß die Tür mit dem Fuß zu. Er starrte aus dem großen Fenster auf das Dach auf der gegenüberliegenden Straßenseite. Er hielt Cathy mit einer Hand an der schmalen Hüfte, stellte mit der anderen seine Tasche ab und löste dann behutsam ihre Arme von seinem Hals. Er trat an den Rand des Fensters, drückte sich an die Wand und spähte durch den Spalt im Vorhang.
»Was ist denn los, Charlie?« fragte sie ihn.
Ohne den Blick von dem Fenster zu wenden, streckte er einen Arm aus und hinderte das Mädchen so daran, näher heranzukommen. »Bleib vom Fenster weg, ja, Schatz?«
»Warum, was gibt es denn da?«
Er gab ihr keine Antwort. Als er eben den Taxifahrer bezahlt hatte, war ihm etwas aufgefallen, das metallisch im Sonnenlicht blitzte. Charlie wußte sofort, was er da vor sich hatte. Er hatte das gleiche Glitzern zu oft auf den Dächern von Beirut gesehen. Normalerweise folgte dem Glitzern ein Kugelhagel. Wenn der Feuerüberfall vorüber war, lagen stets etliche Unschuldige tot auf der Straße.
Charlie ließ den Blick über die Häuser und die Straße wandern. Da drüben stand ein blauer Lieferwagen. Etwas näher

am Haus ein Ford, in dem vier Männer in dreiteiligen Anzügen und mit Krawatte saßen. FBI, dachte er. *Was* zum Donnerwetter geht hier vor? »Wo ist deine Mom, Liebes?« fragte er Cathy und zwang ein freundliches Lächeln auf seine Lippen.

»In Napa. Sie hat heute morgen angerufen und gesagt, sie bleibe über Nacht dort, weil sie morgen nach Tacoma muß.«

»Was gibt es denn Tolles in Tacoma?«

Sie zuckte die Achseln. »Bei Mom weiß man eben nie.«

Kindermund spricht die Wahrheit, dachte er. »Wer bleibt dann so lange bei dir?«

»Cindy. Sie studiert an der UCLA. Im Moment ist sie oben und macht ein Nickerchen.«

Scheiße, diese Mistkerle richten Gewehre auf ein Haus mit Kindern. Charlie zwang seinen Zorn zurück und lächelte Cathy an. Er legte ihr einen Arm um die Schulter und drängte sie mit sanfter Gewalt fort vom gefährlichen Wohnzimmerfenster in die Küche. »Wir wollen Cindy wecken und sie nach Hause fahren. Ich habe eine Überraschung für dich.«

»Was denn?« rief sie aufgeregt.

»Ich fahre mit dir nach Napa, und dort besuchen wir deine Mom.«

Ein breites Lächeln erschien auf ihrem Gesicht. »Und was wird morgen aus der Schule?«

»Vergiß die Schule. Du hast dir etwas Urlaub verdient.«

Sie warf sich auf ihn und umarmte ihn wieder. »Charlie, Charlie, du bist ja wirklich ein schlimmer Finger!«

Kapitel 31

Als Rena vom Highway 29 auf die Spring Mountain Road in St. Helena abbog, hatte der Himmel sich purpurrot verfärbt. Die dicken Schatten, die von der untergehenden Sonne erzeugt wurden, verwandelten runde Kurven in rechte Winkel und machten die Strecke auch sonst trügerisch. Rena behielt eine konstante Geschwindigkeit von dreißig Meilen in der Stunde bei. Die Reifen quietschten jedesmal, wenn sie eine Kurve zu scharf nahm. Aber sie hatte keine Angst, denn sie war diese Straße schon oft gefahren und kannte hier jede Biegung.

Neil Tompson, der Psychiater im Riverside-Krankenhaus in Tacoma, Washington, hatte gesagt, er könne sie nicht vor morgen treffen. Statt die Zeit bis dahin mit Nichtstun und unnützer Warterei zu verbringen, hatte sie kurz entschlossen den Wagen bestiegen, um zur Winzerei der McKinneys zu fahren. Wer wußte es schon, vielleicht hatte sie dort irgend etwas übersehen. Irgendeine Macht oder Kraft zwang Maura, die Morde zu begehen, da war Rena sich hundertprozentig sicher.

Als sie an dem Weingut der van der Slycks vorbeikam, das an den Grund der McKinneys angrenzte, entdeckte sie ein Stück von der Straße entfernt in einem Weinberg Pinkys schwarzen Streifenwagen. Zuerst wollte sie zu Mauras Haus weiterfahren, doch dann bog sie ab und stellte ihren Wagen neben den Pritschenwagen des Sheriffs. Sie sah durch die Fenster hinein. Das Fahrzeug war leer. Dann hörte sie einen furchtbaren Schrei aus dem Weinberg. Er hörte sich an wie von einem Tier, vielleicht von einer Katze, die von einem Kojoten angegriffen wurde.

Der Schrei ertönte ein zweites Mal. Nein, das war keine Katze. Er klang schrill und hoch, doch etwas Flehendes lag in ihm. Nur Menschen können flehen, dachte Rena. Sie machte ein paar Schritte in die Richtung, aus der ihrer Meinung nach der Lärm gekommen war. Aus der Finsternis am Ende des Hangs schälten sich zwei menschliche Gestalten, die auf sie zuzukommen schienen. Die eine von beiden war groß und schwer. Ein Mann, der den viel kleineren anderen vor sich herstieß. Jedesmal, wenn der Kleinere einen Stoß erhielt, fiel er fast auf sein Gesicht und stieß einen furchtbaren Schrei aus.

Renas Herz schlug vor Entsetzen schneller. Gerade als sie wieder in den Range Rover steigen und davonfahren wollte, gelangten die beiden in einen Lichtfleck. Nur einen kurzen Augenblick lang, aber Rena konnte sie deutlich erkennen: Pinky und Otto.

Der Sheriff bückte sich gerade und zog Otto an den Haaren hoch. Der schmächtige Mann schrie wieder. Pinky drehte ihn zu sich um und schlug ihm mit dem Handrücken ins Gesicht. Otto fiel wieder hin. Er versuchte, auf dem Bauch davonzukriechen, aber der Sheriff stellte einen seiner großen Stiefel auf seinen Rücken und drückte den Absatz tief in sein Rückgrat.

Rena rannte auf die beiden zu und achtete nicht auf die Reben und Blätter, die ihr ins Gesicht schlugen. »Aufhören!« rief sie.

Pinky sah auf und entdeckte sie. Überraschung machte sich auf seiner Miene breit, und er zog rasch den Fuß von Ottos Rücken fort.

»Hilfe!« bettelte Otto und streckte ihr eine Hand entgegen. Sein Gesicht war mit einer Masse von Erde, Blut und Speichel bedeckt. »Er will mich umbringen!« Seine Bewegungen ähnelten denen einer Eidechse, als er auf sie zukroch. Pinky stemmte einen Stiefel auf den Unterschenkel des Mannes. Otto brüllte wie am Spieß.

»Was glauben Sie eigentlich, wo Sie hinkönnen?« fuhr der Sheriff ihn barsch an und blickte böse auf seine Beute hinab.
»Pinky, du bringst ihn noch um!« Rena packte ihn am Revers seiner Jacke und versuchte, ihn fortzuziehen.
»Er hat Widerstand geleistet!« entgegnete der Sheriff und sah Rena funkelnd an.
»Hab ich nicht!« widersprach Otto. »Er ist einfach in mein Haus eingedrungen, hat die Tür aufgebrochen und mich nach draußen geschleift!«
Rena wandte den Blick von Pinky ab und der jämmerlichen Gestalt am Boden zu. Otto weinte, und die Tränen färbten sich von dem Blut auf seinen Wangen rot. »Er macht jetzt aber nicht mehr den Eindruck, als würde er Widerstand leisten«, erklärte sie dem Sheriff und drückte ihn am Arm. Er starrte sie mit zorngerötetem Gesicht an, und seine Lippen zitterten. Rena war entsetzt. Sie hatte bei diesem sanften Riesen noch nie so viel geballten Haß erlebt. »Was hat er denn angestellt?«
Pinky schnaufte, nahm seinen Fuß von Otto und antwortete dann: »Du weißt ganz genau, was er getan hat. Du hast es mir doch selbst erzählt, nicht wahr?« Seine Stimme schwankte, so als würde er ebenfalls in Tränen ausbrechen.
»Was meinst du denn?«
»Das, was er Maura angetan hat. Er ist ein widerliches Stück Scheiße, eine verdammte Bestie!« Er trat Otto hart gegen den Oberschenkel. Der schmächtige Mann heulte auf.
»Pinky, hör auf!« Sie faßte ihn fester am Arm.
»Komm mir nicht so!« Er schob Renas Hand fort. »Vielleicht ist sie ja wahnsinnig, und vielleicht hat sie all diese Menschen umgebracht. Aber dieser Drecksack hier ist noch kränker als sie. Sich so etwas Furchtbares für sie auszudenken. Einen verdammten Mexikaner dazu aufzufordern, sie zu vergewaltigen. Das hat Maura wirklich nicht verdient.« Jetzt konnte er die Tränen nicht mehr zurückhalten.

»Niemand hat so etwas verdient«, sagte Rena.
»Maura ganz bestimmt nicht!« Seine Stimme klang wieder fest. »Sie war immer ein liebes Kind«, murmelte er, »und hat nie einer Fliege etwas zuleide getan.«
Rena bemerkte, daß er Otto wieder treten wollte. Sie stellte sich rasch zwischen die beiden. »Sperr ihn meinetwegen ein, Pinky, aber bring ihn nicht um.«
»Es gibt keine Beweise. Glaubst du denn, er würde vor den Richter treten und einfach so zugeben, was er getan hat? Sei doch nicht so naiv.«
»Er hat mir alles gestanden. Ich werde als Zeugin gegen ihn auftreten.«
Er starrte auf Ottos blutendes Gesicht und sah dann unsicher Rena an. Sie spürte, daß er Mühe hatte, seine Gedanken zu ordnen. Dann hatte er sich etwas beruhigt, nahm die Handschellen vom Gürtel und kniete sich neben Otto hin. Er drehte dem kleinen Mann die Arme auf den Rücken und legte ihm die Stahlfesseln um die dünnen Handgelenke. Er erhob sich wieder, packte Otto mit einer Hand am Gürtel und hob ihn mühelos hoch. »Warte hier«, erklärte er Rena und stieß den Gefangenen zu seinem Wagen. Dort öffnete er die Tür, packte Otto wieder am Gürtel und warf ihn buchstäblich ins Wageninnere. Er schloß die Tür und kehrte zu Rena zurück. »Du weißt, daß daraus nie etwas wird. Es kommt vermutlich nicht einmal dazu, daß Anklage erhoben wird.«
»Vielleicht nicht, aber jeder wird erfahren, was vorgefallen ist. Und wenn es auf der Welt eines gibt, das Otto nicht ertragen kann, dann die Situation, daß seine Mutter und seine Bekannten herausfinden, was er zum Privatvergnügen treibt. Wenn er irgendwie mit heiler Haut aus der Sache herauskommt, wird er diesen Teil des Landes nie wieder betreten.«

Der Sheriff nickte langsam. »Weißt du, wenn du nicht gekommen wärst, hätte ich den Sack am Ende wirklich noch totgeschlagen.«
Rena glaubte ihm aufs Wort. »Das wäre es nicht wert gewesen. Ich habe dir doch vor einiger Zeit schon gesagt, daß dir das Gefängnisblau nicht gut steht.«
»Ja, vermutlich hast du recht«, brummte er, nahm den Hut ab und fuhr sich mit den Stummelfingern durch das verschwitzte Haar. Danach setzte er den Hut wieder auf und marschierte zu seinem Dienstwagen. Rena sah ihm nach, wie er wendete und mit seinem Gefangenen den Hügel nach St. Helena hinunterfuhr.
»Ja, du hättest ihn wahrscheinlich erschlagen«, flüsterte Rena. Pinky, der noch nie zu Gewalt geneigt hatte.
Auf dem Weg zurück zu ihrem Wagen fragte sie sich, wie viele andere Männer sich im Lauf der Jahre in Maura verliebt, das aber aus Angst vor einer Zurückweisung für sich behalten hatten. Maura war intelligent, wunderschön und nur schwer zu fassen. Die Kombination dieser drei Eigenschaften wirkte auf Männer wie ein unwiderstehliches Elixier.
Rena stieg in den Wagen und fuhr das letzte Stück zur Winzerei der McKinneys. Fünfzig Meter vor dem Haus stand ein brauner Ford mit einer Funkantenne versteckt zwischen den Bäumen. FBI, dachte Rena. Grant mußte auch hier ein paar Männer stationiert haben. Möglicherweise tauchte Maura hier auf. *Glauben sie wirklich, niemand würde sie entdekken?* Selbst in der Dunkelheit war Rena der Wagen gleich aufgefallen. Und Maura, die hier aufgewachsen war, hätte die Männer schon aus weiter Ferne ausgemacht.
Sie parkte ihren Range Rover neben Manuels Kleinlaster. Die Ladefläche war mit Möbeln und einer Matratze vollgestellt. Rena stieg aus und läutete an der Tür. Kurz darauf öffnete Elvera, Manuels Frau, die Tür. Als sie Rena erkannte, zau-

berte sich ein breites Lächeln auf ihr rundes, wettergegerbtes Gesicht. Sie warf ihre dicken braunen Arme um Rena und drückte sie fest. Dann trat sie einen Schritt zurück, ließ Rena los und nannte sie liebkosend: »Kleines.« So hatte sie Rena immer schon genannt, seit sie zum ersten Mal in Mauras Haus gekommen war. »Kommen Sie herein.« Sie schob ihren schweren Körper aus dem Weg, damit Rena eintreten konnte. In der Diele standen Koffer, Taschen und Tüten in allen Formen, Farben und Größen herum. Sie schienen den gesamten Hausrat aufgenommen zu haben. Bilder von Manuel und seiner Familie, die einmal an den Wänden gehangen hatten, lagen nun auf den Taschen. Verwundert fragte Rena Elvera: »Ziehen Sie aus?«

Das breite Lächeln in Elveras Gesicht verging. »Si. Wir müssen.«

»Warum müssen Sie denn raus? Oder wollen Sie hier nicht mehr bleiben?«

»Doch. Dieses Haus ist viele Jahre unsere Heimat gewesen.« Tränen traten in ihre Augen. Sie wischte sie mit einer Ecke ihrer Schürze fort. »Señor Kaplow hat uns gesagt, daß das Haus verkauft werden soll und wir eines Tages ausziehen müssen. So ist das Gesetz, sagt Señor Kaplow. Und Manuel hat viel Stolz.«

»Ja, das weiß ich«, bestätigte Rena.

»Manuel sagt, wenn unsere Arbeit hier nichts wert ist, dann verschwinden wir lieber gleich.«

Señor Kaplow war Donald Kaplow, Mauras Anwalt in Napa. Rena kannte ihn schon lange. Aber was für ein Gesetz konnte Manuel und seine Familie nach so vielen Jahren zum Ausziehen zwingen? »Wo steckt Manuel denn gerade?«

»In der Kelterei. Er entstielt die Trauben der Spätlese.«

Rena wußte, daß aus den Trauben der Spätlese die süßesten Weine gemacht wurden.

»Ich möchte mit Manuel sprechen«, sagte sie.
Mittlerweile war es Nacht geworden. Rena achtete darauf, wohin sie in der Dunkelheit lief. Als sie hierhergefahren war, hatte sie ein vages Gefühl gehabt, die Polizisten und sie selbst könnten hier etwas Wichtiges übersehen haben. Nach der Begegnung mit Elvera wurde aus dem vagen Gefühl eine Gewißheit.
Vor der Kelterei brannte Licht. Manuel und seine beiden Söhne kippten Korb um Korb Trauben in den Trichter über der Entstielungsmaschine, die neben der Eingangstür stand. Manuel preßte nur die Spätlesetrauben. Alle anderen verkaufte er direkt nach dem Pflücken. Die Maschine erinnerte an einen überdimensionierten Korkenzieher, der in ein Faß eingelassen war. Der Korkenzieher drehte sich und zerquetschte die Trauben, die hineingeschüttet wurden. Danach schob er sie in einen Zylinder, wo die Stiele entfernt wurden. Manuel hörte Rena und sah von der Arbeit auf. Auch er lächelte ihr zu und zeigte dabei seinen goldenen Zahn. Er beugte sich über die Maschine und stellte sie ab. »Señorita Halbrook!« grüßte er.
»Hallo, Manuel.« Sie strich dem jüngeren der Söhne über das Haar. »Ich muß mit Ihnen reden.«
Er sah ihrem Gesicht an, wie ernst sie es meinte. »Ab mit euch!« erklärte er den Jungen und zeigte auf die Tür. Froh darüber, nicht mehr arbeiten zu müssen und endlich spielen zu können, rannten die beiden in die Kelterei.
»Was gibt es denn, Señorita?« fragte er und wischte sich mit einem Handtuch den Traubensaft von den Armen.
Aus der Kelterei wehte der Geruch von Fruchtzucker heran.
»Warum ziehen Sie aus?«
Er schüttelte den Kopf, schnalzte, zerknüllte das Handtuch und schleuderte es auf die Maschine. »Gesetze! In Ihrem Land gibt es Gesetze, die keinen Sinn machen.«

»Was für Gesetze, Manuel?«
»Ich habe als junger Mann begonnen, für Mr. McKinney zu arbeiten. Ich habe hart und viel gearbeitet. Er hat mir versprochen, ich würde hier immer eine Anstellung finden, solange die Kelterei ihm oder seiner Tochter gehöre. Als er tot war, hat Señorita McKinney mir gesagt, sie wolle nach New York und ich könnte solange in das Haus ziehen. Sie hat mir gesagt, ich könnte in dem Haus wohnen, solange es mir dort gefiele, und sie würde das Weingut nie verkaufen.«
»Hat sie es denn verkauft?« Die Suche nach einem Käufer mußte dann schon vor den Morden eingesetzt haben.
»Nein, Señorita. Señor Kaplow sagte, das Gut müsse verkauft werden, auch ohne Einwilligung von Señorita Maura.«
Etwas regte sich am Rand ihrer Gedanken. Anscheinend hatte der Instinkt, der sie hierhergeschickt hatte, doch recht. Sie sah auf ihre Uhr. Kurz nach neunzehn Uhr. »Ich werde Mr. Kaplow anrufen.«
Manuel nickte. »Gut. Vielleicht ist ihm ein Fehler unterlaufen und wir dürfen doch hierbleiben.«
»Wer weiß.« Sie lief zum Haus zurück.
Sie trat durch die Hintertür ein und gelangte in die Küche. Elvera stand am Ausguß, packte Teller in Zeitungspapier und verstaute sie sorgfältig in einer Kiste. Trauer stand auf ihrem Gesicht, und Rena hatte Mitleid mit ihr. Sie waren schon so viele Jahre hier, daß das Haus der McKinneys ihr Heim geworden war. Sie jetzt einfach vor die Tür zu setzen, war ungerecht und falsch. Rena fragte Elvera nach der Privatnummer von Kaplow. Sie schätzte, daß er mittlerweile sein Büro verlassen hatte und nach Hause gefahren war.
Kaplow nahm nach mehrmaligem Klingeln ab. Rena stellte sich ihm vor und fragte, ob er sich an sie erinnere. Er hatte gerade den Mund voll und versicherte ihr nach einigem Schlucken, daß er wisse, wer sie sei. Gleich darauf erkundigte

er sich nach ihrem Vater. Nach dem Austausch einiger weiterer Höflichkeiten fragte Rena ihn, ob sie zu ihm kommen und mit ihm reden könne, es würde bestimmt nicht lange dauern.
»Aber selbstverständlich«, antwortete er. »Meine Frau ist vor einem Jahr gestorben, und da ist mir etwas Gesellschaft immer willkommen.«
Als Rena das Haus verließ und in ihren Wagen stieg, stand Manuel vor der steinernen Kelterei und rief: »Fahren Sie zu Señor Kaplow?«
Sie schob den Kopf aus dem Wagenfenster und antwortete laut: »Ja.«
»Werden Sie ihn fragen, ob ihm beim Verkauf des Weinguts ein Fehler unterlaufen ist?«
»Ja, Manuel, das werde ich.«
Kaplow wohnte in Yountville. Die Fahrt von der Spring Mountain Road dorthin nahm zwanzig Minuten in Anspruch. Renas Magen knurrte, als sie die gewundene Straße hinunterfuhr. Wann hatte sie eigentlich zum letzten Mal etwas gegessen. Heute morgen das Frühstück und danach nichts mehr.
Sie hielt vor Kaplows Haus. Das Heck seines Chrysler Le Baron ragte aus der Garage. Als Rena den Motor abschaltete, öffnete er bereits die Haustür. Er kam heraus und schritt auf sie zu. Kaplow war groß und schlank und hatte lockiges weißes Haar. Er hatte zwar die Ärmel aufgekrempelt, aber die Krawatte war immer noch bis zum obersten Hemdknopf hochgezogen. Er hatte die Hosenträger von den Schultern gezogen, und jetzt baumelten sie an seinen Seiten.
Er öffnete ihr die Wagentür und fragte: »Haben Sie Hunger?«
Rena sah in sein fröhliches Gesicht. Er schien sich wirklich über ihren Besuch zu freuen. »Sie können wohl Gedanken lesen«, antwortete sie und lachte, »ich bin am Verhungern!«
»Fein. Ich habe noch genug von dem Hähnchen übrig, das ich

mir zubereitet habe. Wenn man allein lebt, steht man vor dem Problem, kein Hähnchen zu finden, das klein genug für eine Person ist. Normalerweise werfe ich die Hälfte von dem fort, was ich mir gekocht habe.«

Vieles in der Küche wies darauf hin, daß Kaplow noch nicht allzulange Witwer war: das Geschirr stapelte sich im Spülstein, neben der Tür stand ein kleiner Berg von Zeitungen, der Mülleimer quoll über, und auf dem Tisch fanden sich ein halbes Dutzend verschiedener Sorten Cornflakes, die nicht in den Schrank zurückgestellt worden waren.

Kaplow wies ihr einen Platz am Küchentisch zu und stellte das Essen vor sie hin. Rena nahm Brustfleisch und ein Bein zu sich. Dazu gab es Kartoffelsalat und Kraut. Kaplow reichte ihr außerdem ein Glas Chardonnay, den er selbst im Keller hergestellt hatte.

»Am Telephon haben Sie den Eindruck gemacht, es ginge um etwas ziemlich Wichtiges«, sagte er, während er ihr beim Essen zusah.

»Das stimmt. Manuel hat mir mitgeteilt, das Weingut solle verkauft werden. Seine Familie hat bereits gepackt und ist zum Ausziehen bereit.«

»Verdammt!« sagte er und schlug mit der Hand auf den Tisch.

»Ich habe ihnen nicht gesagt, daß sie gleich verschwinden müßten. Monate können vergehen, vielleicht sogar ein ganzes Jahr, bevor es soweit ist.«

»Warum muß das Weingut denn überhaupt verkauft werden?« fragte Rena und wischte sich die Hände mit einer Papierserviette ab.

»Es besteht natürlich kein unmittelbarer Zwang dazu, aber jeder Richter würde sofort eine entsprechende Verfügung erlassen. Haben Sie schon einmal von einem Gesetz namens ›Sams Sohn‹ gehört?«

»Nein.«

»Nun, das Sams-Sohn-Gesetz wurde nach der Verurteilung von Berkowitz erlassen, diesem verrückten Bastard, der in New York City so viele Menschen ermordet hat. Das Gesetz besagt, daß man keinen Profit aus dem Tod und Leid ziehen darf, das man anderen zugefügt hat. Mit anderen Worten, ein Mörder darf seine Geschichte nicht gewinnträchtig an eine Illustrierte oder ein anderes Medium verkaufen. Ein gutes Gesetz. Aber das Gesetz bezieht sich auch auf Geld und Grundbesitz eines Kriminellen.«

Rena spitzte die Ohren bei der Erwähnung des Wortes »Grundbesitz«. »Wie soll ich das verstehen?«

»Gehen wir einmal davon aus, Berkowitz habe Grund und Geld besessen. Wenn die Familie eines seiner Opfer Schadensersatzansprüche an ihn stellt, besteht eine neunundneunzigprozentige Chance, daß ein Gericht einem solchen Antrag zustimmt. Die betreffende Familie erhält also Schadensersatz.«

»Und wie geht das vor sich?«

»Wenn ein Mörder Land besitzt, wie es im Fall Maura zutrifft, wird dieses auch ohne seine Einwilligung verkauft, um nach der Urteilsverkündung die Ansprüche der Geschädigten zu befriedigen.«

Rena hatte plötzlich keinen Appetit mehr und schob den Teller fort. »Hat Maura ein Testament verfaßt?«

»Ja, ich habe ihr dabei geholfen, es aufzusetzen.«

»Was wäre, wenn sie ums Leben käme? Wäre ihr Letzter Wille dann immer noch gültig?«

»Sie kennen doch sicher den Zusatz bei einem Testament, daß der Betreffende seinen Letzten Willen ›im Vollbesitz seiner geistigen und körperlichen Kräfte‹ verfaßt hat. Ein Testament ist im Grunde gegenstandslos, solange ein Gericht nicht festgestellt hat, daß der Unterzeichner zum Zeitpunkt des Verfassens bei geistiger Gesundheit war. Würden Sie jemandem, der solche Morde und Verstümmelungen begangen hat, bescheinigen wollen, er sei ›im Vollbesitz seiner geistigen und körperlichen Kräfte‹?«

Da ist was dran, dachte Rena. Selbst wenn Maura zum Zeitpunkt des Aufsetzens ihres Testaments geistig gesund erschienen war, konnte man dagegenhalten, daß sie im Alter von siebzehn Jahren einige Monate in einer Nervenheilanstalt verbracht hatte. »Was besitzt Maura denn noch außer dem Weingut?«

»Nun, einige signierte Lithographien, die aber nicht viel bringen dürften. Das Weingut ist ihr wertvollster Besitz.«

Das Wasser in dem Kessel auf dem Herd kochte, und Kaplow stand auf, um die Platte abzuschalten. Er nahm zwei Tassen aus dem Schrank, inspizierte sie kurz, um festzustellen, ob sie auch sauber waren, und schüttete dann in jede einen Teelöffel Instantkaffee. Er schützte sich mit einem Handtuch, als er den Kessel vom Herd nahm und Wasser in die Tassen goß. »Wie mögen Sie Ihren Kaffee?«

»Schwarz«, antwortete sie nachdenklich. »Wem hat sie das Weingut vermacht?«

Er kehrte mit den Tassen zum Tisch zurück und setzte sich wieder hin. »Manuel. Er hat nach dem Tod von Mauras Vater sozusagen den Laden in Gang gehalten. Maura dachte, er habe das Weingut verdient, falls ihr etwas zustoßen sollte.«

Die Gedanken in Renas Kopf überschlugen sich. »Und in juristischem Sinn ist ihr etwas zugestoßen?«

»Ganz richtig. Sobald Maura gefaßt wird, muß sie sich vor einem Gericht verantworten. Wenn sie für schuldig oder nicht zurechnungsfähig befunden wird, haben die Familien der Opfer das Recht, Mauras Besitz einzufordern. Da ihr Besitz sich im wesentlichen aus Weinbergen und Land zusammensetzt, werden die Ansprüche der Kläger aus dem Erlös derselben befriedigt.«

Rena begriff jetzt, warum Manuel erfahren hatte, daß er ausziehen müsse. »Haben denn schon Familien entsprechende Ansprüche angemeldet?«
»Ein paar. Doch eigentlich ist es dafür noch etwas früh, weil man Maura noch nicht gefaßt hat. Aber glauben Sie mir, sobald man sie hat, hagelt es Ansprüche.«
Dann kam Rena ein neuer Gedanke. »Haben Sie früher schon Kaufangebote für Mauras Grundstück erhalten?«
»Einige. Das Weingut der McKinneys ist ein solider Besitz. Fruchtbarer Boden, der gut bewässert ist und von der Sonne verwöhnt wird.«
»Aber es ist doch nur ein sehr kleines Gut, wenn man es mit den großen vergleicht, die viele Hektar bewirtschaften. Peter McKinneys Weine waren sicher Spitzenqualität, aber er konnte kaum von ihnen leben.«
»Das ist richtig, und dennoch liegen mir einige interessante Angebote vor.«
Rena trank in zwei großen Schlucken ihre Tasse leer. »Können Sie mir die Namen der Käufer nennen?«
»Einen Moment, bitte.« Er verließ die Küche und begab sich in sein Arbeitszimmer. Ein paar Minuten später kehrte er mit einem dicken Ordner zurück und breitete den Inhalt auf dem Tisch aus. »Das sind alles Unterlagen von Maura und ihrem Vater.« Er stöberte in dem Packen herum, bis er das gefunden hatte, was er suchte. »Da haben wir sie ja.« Er setzte die Lesebrille auf und sagte: »Interessant. Ihr Vater hat gleich zwei Angebote gemacht.«
Rena nickte. »Peter McKinneys Weine haben so manchen Preis eingeheimst. Dad wollte sein Grundstück erwerben, um so endlich selbst einmal einen preisgekrönten Wein vorweisen zu können.«
»Das erste Angebot Ihres Vaters wurde von Peter McKinney abgelehnt, das zweite von Maura.«

»Wer hat sonst noch Interesse gezeigt?«
»Ein Firmenkonglomerat aus Deutschland und eine Gruppe aus Japan. Maura hat beide abschlägig beschieden.«
»Weiter.«
»Eine einheimische Firma. Allein aus dem letzten Jahr liegen hier zahlreiche Anfragen und Angebote von dieser Firma vor.«
»Was ist das für eine Firma?«
»Mal sehen«, murmelte Kaplow. »Aha, hier haben wir es.« Er zog ein Blatt aus dem Stapel, auf dem ein übertrieben auffälliger Briefkopf prangte. »Clurman Enterprises. Ich habe nie von dieser Gesellschaft gehört. Ich habe natürlich einige Nachforschungen angestellt, aber nichts herausgefunden.«
Rena spürte, wie sich alles in ihr verkrampfte. Sie hatte eine gewisse Ahnung, und die bereitete ihr höchstes Unbehagen.
»Wissen Sie zufällig, wie Peter McKinney an sein Weingut gelangt ist?«
»Einer seiner Vorfahren, der sich hier vor hundert Jahren niedergelassen hat, hat das Land an seine Familie vererbt. Die Besitzurkunde wurde in der Familie von Generation zu Generation weitergereicht. Aber erst Peter kam aus Irland hierher, um von seinem Land Besitz zu ergreifen.«
»Wer hält denn die Besitzurkunde für das Land in Händen?«
»Ich weiß nicht, ob das Original noch existiert. Ich denke aber, das Katasteramt in Santa Rosa besitzt eine Kopie davon.«
»Sie haben mir sehr geholfen, Mr. Kaplow«, erklärte sie und erhob sich.
»Nennen Sie mich Donald. Nur meine Klienten, die pleite sind, sagen Mr. Kaplow zu mir. Wollen Sie nicht noch eine Tasse Kaffee haben?«
Rena spürte, wie einsam der Mann war. Sie ahnte, wie schwer

er es hatte, seit ihm nach dreißig Jahren Ehe die Frau gestorben war. »Wie wäre es mit einem Gutschein auf eine Tasse Kaffee bei unsrem nächsten Treffen?« entgegnete sie und schüttelte seine Hand.

»Abgemacht. Fahren Sie jetzt gleich nach Hause?«

»Ja«, antwortete sie und öffnete die Haustür. »Gleich morgen früh will ich zum Katasteramt.«

»Sie wirkten erschrocken, als ich Clurman Enterprises erwähnte. Ich vermute, ich habe deswegen nichts über die Firma herausfinden können, weil sie sich in Familienbesitz befindet und die Familie sich aus dem Licht der Öffentlichkeit zurückgezogen hält.«

»Könnte sein«, entgegnete Rena nachdenklich. »Vielleicht existiert Clurman Enterprises aber gar nicht.« Das letzte, was sie sah, als sie die Tür hinter sich schloß, war Kaplows verblüfftes Gesicht.

Sie spürte, daß sie dem geheimnisvollen Unbekannten so nahe war, daß es sie berühren konnte, wenn es dies nur wollte.

Kapitel 32

Der Berufsverkehr war immer noch voll im Gange, als Charlie und Cathy in San Francisco landeten. Er besorgte sich einen Leihwagen, und zusammen mit Cathy verbrachte er die nächsten zwei Stunden damit, über verstopfte Straßen ins Napa Valley zu fahren.

Als er den Highway 128 verließ, bemerkte er auf der Zufahrt zu Simon Halbrooks Château den FBI-Wagen. Er stand zwischen den Bäumen und wurde größtenteils von Blättern verborgen. *Hier sind sie also auch.* Das bedeutete, daß sie noch immer keine Spur von Maura hatten. *Wenn sie hier wiederum Waffen auf das Haus richten, räume ich gründlich unter ihnen auf*!

Er atmete laut aus, als er die letzte Kurve hinter sich gebracht hatte und vor sich das mittelalterliche Gebäude aufragen sah.

»Du bist noch nie hier gewesen, was?« erkundigte sich Cathy, als sie den staunenden Ausdruck auf seiner Miene sah.

»Hm.«

»Es wurde von irgendeinem berühmten Herzog oder so erbaut, irgendwann im sechzehnten Jahrhundert. Opa liebt es, Dinge zu besitzen, die vorher berühmten Persönlichkeiten gehört haben. Ich schätze, er glaubt, damit gibt er sich selbst Wichtigkeit und Bedeutung«, schloß sie ungnädig.

»Unsterblichkeit wäre wohl der passendere Begriff.«

»So wie Dracula?«

»Jetzt hör aber auf, immerhin ist er dein Großvater!«

»Ich hasse ihn.« Sie verschränkte die Arme vor der Brust. »Ich weiß auch nicht, warum du ihn so verteidigst. Er macht schließlich keinen Hehl daraus, wie er über dich denkt.«

Charlie lachte laut.

»Du bist der einzige Mensch, der sich nicht von ihm kaufen läßt«, fuhr sie voller Stolz fort und blies eine große Kaugummiblase vor ihrem Mund auf.

»Er könnte mich durchaus kaufen. Er glaubt nur, ich sei sein Angebot nicht wert.«

Cathy kicherte. »Aber, Charlie!«

Das Château wurde von Flutlicht bestrahlt. Als Charlie vor der Haustür anhielt, stöhnte Cathy.

»Was ist denn los?« fragte er.

»Sieh doch!« Sie zeigte auf Simons Helikopter, der auf der Landefläche stand. »Er ist da. Komm, laß uns nach L.A. zurückfahren«, drängte sie und zog an seinem Ärmel.

Charlie seufzte. Er brachte Simon ebenfalls nicht übergroße Sympathie entgegen. Doch dann stieg er aus, lief um den

Wagen herum und öffnete Cathys Tür. Sie blieb stur sitzen.
»Er ist ein alter Mann, und er liebt dich.«
»Er soll zum Teufel gehen. Mein Vater könnte noch leben, wenn dieser alte Sack nicht gewesen wäre.«
Charlie wollte sie schon für solche Ausdrücke tadeln. So etwas wurde schließlich von Erwachsenen Kindern gegenüber erwartet. Aber er unterließ es. Er verstand ihren Zorn. Terry, ihr Vater, war ein Mistkerl gewesen, der den Tod verdient hatte. Aber man hatte vor Cathy immer geheimgehalten, welche Schurkereien er begangen hatte. Sie wußte nur, daß ihr Großvater ihn zutiefst gehaßt hatte, als er noch lebte. Das machte ihn zur perfekten Zielscheibe ihres Schmerzes.
»Beweg dich«, forderte er sie auf.
»Ach Scheiße!« flüsterte sie, stieg aber aus dem Wagen.
Charlie zog ihren Koffer vom Rücksitz und schob Cathy zur Tür. Er läutete an der antiken Glocke. Nach einer Minute öffnete ein Butler in Simons Alter, der einen schwarzen Anzug und eine dunkle Krawatte trug, und ließ sie ein. Er führte sie in das riesige Wohnzimmer, das mit Louis-Quatorze-Möbeln angefüllt war. Echte Monets, Cézannes und Renoirs hingen an den weißen Wänden und verliehen dem höhlenartigen Raum Farbe. Simon kniete gerade vor dem offenen Kamin und stach mit dem Schürhaken zwischen die brennenden Scheite. Harrison saß mit einem Kognakschwenker in der Hand auf der Couch und studierte einige Zeitungen, die er vor sich auf dem Tisch ausgebreitet hatte. Simon hörte, daß jemand kam, und drehte sich um. Als er Charlie erblickte, erstarrte er.
»Hallo, Simon, wie geht's? Ist schon 'ne Weile her, seit wir uns das letzte Mal gesehen haben.« Charlie setzte ein gezwungenes Lächeln auf.
Simons Blick wanderte von Charlie zu Cathy, und seine

Miene wurde weicher. »Dich habe ich hier nicht erwartet«, sagte er mit einem leisen Beben in der Stimme.
»Tja, damit wären wir dann schon zwei«, gab Cathy zurück und präsentierte eine neue Kaugummiblase.
Der Schmerz in den Augen des Großvaters über den Tonfall seiner Enkelin war nicht zu übersehen. Als sein Blick wieder auf Charlie fiel, hatte er sich wieder unter Kontrolle. »Was willst du hier?« fragte er und erhob sich. Er hielt den Schürhaken immer noch in der Hand.
»In Los Angeles hocken auf den Dächern der Nachbarhäuser Männer mit Gewehren und richten sie auf das Grundstück deiner Tochter. Ich dachte mir, es wäre für Cathy weitaus sicherer, wenn sie hierher zu ihrer Mutter käme. Wo ist sie?«
»Keine Ahnung. Das Personal hat mir mitgeteilt, daß Rena hiergewesen ist. Ich bin selbst erst vor ein paar Minuten eingetroffen. Was sind das denn für Männer mit Gewehren?« Die Vorstellung gefiel ihm nicht.
»Sondereinsatzkommando oder FBI. Und unten an der Zufahrt sitzt eine weitere Wagenladung von ihnen.«
»Was wollen die hier?«
»Ich vermute, sie halten Ausschau nach Maura McKinney. Ich habe sie aber nicht gefragt.«
»Sie haben kein Recht, sich auf meinem Grund und Boden aufzuhalten«, erklärte Simon voller Zorn. Er ließ den Schürhaken am Kamin fallen und stürmte zur Tür.
»Sie sind hier, um Rena zu schützen, Simon«, rief Harrison. Er stand auf und stellte sich dem Riesen in den Weg.
Charlie hatte zum ersten Mal Gelegenheit, Harrison in voller Größe zu sehen. Seine Muskeln verkrampften sich. Ein tiefsitzender Instinkt teilte ihm mit, daß dieser Mann Renas Typ war und leicht etwas zwischen den beiden passieren könnte, wenn nicht schon längst etwas passiert war. Charlie

mochte das Gefühl nicht, das sich nun bei ihm einstellte, und versuchte, es zu verscheuchen.
Harrison kam zu ihm und schüttelte seine Hand. »Rena hat von Ihnen gesprochen. Ich heiße Harrison Monroe.« Charlie nickte und erwiderte den Händedruck. »Und du mußt Cathy sein, oder?« lächelte er das Mädchen an.
Sie antwortete ihm mit einem Nicken und einer neuen Kaugummiblase.
»Sie wußten demnach, daß die Männer sich hier aufhalten?« wollte Simon von Harrison wissen.
»Ja, sie halten sich schon seit Stunden am Rand des Grundstücks auf.«
»Warum, zum Himmeldonnerwetter, haben Sie mich nicht darüber informiert?« fuhr Simon ihn wütend an. Er konnte es absolut nicht leiden, wenn er als letzter von etwas erfuhr.
Harrison hielt beschwichtigend die Hände hoch. »Weil Sie dann sofort von ihnen verlangt hätten, sich aus dem Staub zu machen. Dabei versuchen die Männer nur, die Verrückte festzunehmen. Das FBI ist der Ansicht, daß sie versuchen wird, mit Rena Kontakt aufzunehmen.«
»Verflucht noch mal!« schimpfte Simon. Dann atmete er tief durch, um sich zur Ruhe zu bringen. »Wenn ich mal eine Woche außer Landes bin!«
»Was ist hier eigentlich los, Charlie?« wollte Cathy wissen und zog an seiner Lederjacke.
Er begriff, daß das Mädchen überhaupt nicht Bescheid wußte. Er legte ihr einen Arm um die Schulter und sagte: »Nichts, mein Schatz.«
»Nun mach schon, Charlie. Erzähl mir, was hier abgeht. Du hast mir mal versprochen, daß du mich nie anlügen würdest.«
Charlie verspürte große Lust, die beiden Männer kräftig in den Hintern zu treten, weil sie für Cathys große Ohren zuviel erzählt hatten. »Eine Freundin von deiner Mutter steckt in

großen Schwierigkeiten«, antwortete er und ging vor ihr in die Hocke, um sie direkt ansehen zu können.
»Ihr habt gerade nicht von einer bloßen Freundin erzählt, sondern von einer sehr gefährlichen Frau«, erwiderte sie und beobachtete ihn streng. »Ist Moms Freundin eine Mörderin?«
»Ja«, sagte Simon.
Tolle Leistung, Simon, dachte Charlie.
»Wo ist meine Mutter?« rief sie erschrocken. Sie stieß Charlie fort und fuhr vor ihm zurück. »Wo ist meine Mom?«
Charlie streckte seine Hand aus. »Cathy...«
»Du hast mich angelogen, Charlie!« Ihre Augen funkelten vor Zorn.
»Wer hat dich angelogen?« ertönte Renas Stimme von der Tür. Sie war gerade von ihrem Besuch bei Kaplow zurückgekehrt.
Cathy fuhr herum und sah sie. »Mom!« Sie rannte zu Rena und umarmte sie.
Rena stellte ihre Reisetasche ab und hob ihre Tochter hoch. Sie spürte, wie das Mädchen in ihren Armen zitterte. »Was machst du denn überhaupt hier?« fragte sie und strich ihr über das Haar. Dann bemerkte sie Charlie, und ihre Augen wurden vor Überraschung riesengroß. »Charlie! Ich dachte, du wärst...«
»In Paris? Ich dachte mir, ich mache mal einen Tag blau.« Ihm fiel auf, wie blaß und mitgenommen sie aussah. Die Morde zehrten an ihren Kräften. In diesem Moment hätte er nichts lieber getan, als sie in den Arm zu nehmen. Oder sie wäre zu ihm gelaufen und hätte vor ihrem Vater und diesem sonnenverbrannten Schönling die Arme um seinen Hals geschlungen. Aber Rena eilte nicht zu ihm. Statt dessen hielt sie ihre Tochter fest.
»Mommy«, fragte Cathy mit Tränen in den Augen, »hat deine Freundin jemanden ermordet?«

Rena sah Charlie streng an.
Er zuckte die Achseln und schüttelte den Kopf, um ihr klarzumachen, daß er nicht geplaudert hatte.
»Ich habe es ihr gesagt«, erklärte Simon. »Aber was spielt das jetzt noch für eine Rolle?«
»Ich habe schon gedacht, sie hätte dich auch umgebracht«, sagte Cathy und ließ ihre Mutter nicht mehr los.
Rena warf ihrem Vater einen bitterbösen Blick zu. »Dein Feingefühl versetzt mich immer wieder in Erstaunen!«
»Sie hat wieder gemordet«, erklärte Harrison rasch.
»Was?« keuchte Rena.
»Heute nachmittag. Sie hat ihren Boss umgebracht. In seinem Hotelzimmer in Los Angeles.«
»Ray Scollari?« Rena konnte es noch nicht fassen.
»Genau den«, bestätigte Harrison.
»Großer Gott!«
»Deshalb bewachen sie auch dieses Haus. Wenn Maura ihnen in Los Angeles entwischt, kommt sie bestimmt hierher.«
Harrison packte ein paar Papiere vom Tisch zusammen, legte sie in seinen ledernen Aktenkoffer und erklärte: »Ich glaube, ich ziehe mich jetzt zurück. Morgen wartet viel Arbeit auf mich.« Er gab Charlie noch einmal die Hand, strahlte ihn mit seinen großen Zähnen an und warf dann einen nervösen Blick auf Rena. Sie drehte den Kopf weg.
Charlie entging das nicht, und die Eifersucht fing von neuem an, in ihm zu brennen. Also war doch etwas zwischen den beiden. Die Frage war nur, wieviel zwischen den beiden war. Er bemühte sich erneut, dieses unangenehme Gefühl zu verdrängen, doch diesmal war ihm wenig Erfolg beschieden. Er erklärte Rena rasch, warum er Cathy hierhergebracht hatte, und schloß mit der Bemerkung: »Dein Freund hat recht. Es ist wirklich schon spät. Ich sollte mich auch zur Ruhe begeben.«

»Das ist doch lächerlich«, widersprach sie und trat zu ihm. »Du bleibst über Nacht hier. Ich muß einiges mit dir besprechen.«
»Ein anderes Mal«, sagte er und wandte den Blick von ihr ab. Er bückte sich, gab Cathy einen Kuß auf die Wange und marschierte zur Tür. Er spürte Simons Blick in seinem Rükken.
Rena lief ihm bis nach draußen hinterher. »Charlie, warte. Was ist denn los mit dir?«
»Ich bin müde«, antwortete er und öffnete die Tür seines Leihwagens.
Sie hielt die Tür fest und hinderte ihn daran, sie zuzuziehen. »Hallo, Charlie, ich bin's. Rena, oder hast du das schon vergessen?«
Er drehte sich zu ihr um und entdeckte Sorge und Zuneigung in ihren Augen. Plötzlich kam er sich kindisch und wie ein Idiot vor. Das, was sie verband, war etwas ganz Besonderes, und es bedurfte schon bedeutend mehr als eines geleckten Beaus, um sie beide auseinanderzubringen. Seine Eifersucht verebbte, so als habe jemand in seinem Innern einen Stöpsel herausgezogen. Er umarmte Rena und küßte sie auf den Mund, bedeckte ihr ganzes Gesicht mit Küssen. Sie hielten sich lange fest, drückten ihre Körper gegeneinander, um möglichst viel vom anderen zu spüren. Nur die Geräusche der Nacht – das Zirpen der Grillen, das Quaken der Frösche, das Bellen eines Hundes – unterbrachen die Stille zwischen ihnen.
»Warum bist du schon zurückgekommen?« fragte sie ihn schließlich, ohne ihn loszulassen.
»Ich kann Knoblauch einfach nicht ausstehen.«
»Hast du gekündigt?« Sie sah zu ihm hoch.
Er drückte ihren Kopf wieder an seine Brust. »Ja. Ich bin nicht dazu geschaffen, trockene Berichte von langweiligen

Konferenzen zu schreiben. Ich muß da sein, wo etwas los ist, wo es knallt.«
»Wo die Kugeln um dich herumpfeifen und sie dir den Hintern wegschießen«, sagte sie vorwurfsvoll.
Er strich über ihr Haar. »Du siehst müde aus, Kleines. Wie weit sind diese Pfeifen vom FBI eigentlich gekommen, steht eine Verhaftung von Maura unmittelbar bevor oder noch in weiter Ferne?«
Sie löste sich von Charlie und setzte sich in den Wagen. Er ging vor ihr in die Hocke und stützte sich mit einem Arm auf ihrem Schoß ab. »Würdest du mich für verrückt halten, Charlie, wenn ich dir jetzt sage, daß ich glaube, jemand manipuliert oder steuert Maura?«
»Nein, würde ich nicht. Ich würde nur sagen, du brauchst dringend Ruhe und Erholung.«
»Irgendwer tut ihr das an, Charlie«, erklärte sie ernst. »Und das alles hat etwas mit ihrem Grundstück zu tun, da bin ich mir ganz sicher.« Sie bat ihn, hier zu warten, und ging dann ins Haus, um nach Cathy zu sehen. Ihre Tochter saß auf der Couch und hatte die Arme trotzig vor der Brust verschränkt. Simon hatte neben ihr Platz genommen und die Hände ineinander verschlungen. Die beiden sahen überall hin, nur nicht einander an. Im Augenblick starrten sie gerade in die Flammen im offenen Kamin. Simon wirkte verkrampft, gab sich aber große Mühe, mit seiner Enkelin ins Gespräch zu kommen. Cathy nickte gelegentlich, wenn er etwas gesagt hatte, dem sie zustimmen konnte. Die beiden erinnerten Rena an zwei alte Freunde, die nach einem heftigen Streit versuchen, die Wogen wieder zu glätten. Rena lächelte, weil sie wußte, daß sie den Großvater und die Enkelin jetzt nicht stören durfte. Sie kehrte zu Charlie zurück.
Er saß auf dem Fahrersitz und rauchte eine Zigarette. Sie

nahm auf dem Beifahrersitz Platz. Während der runde Mond über dem Château stand, erzählte sie Charlie alles.

Er hörte ihr ruhig zu. Zwanzig Minuten später fragte er: »Ist dir denn nie nicht wenigstens ein vager Verdacht gekommen, daß sie ein Hermaphrodit ist?«

»Nein, sie hat das ausgezeichnet verborgen gehalten. Ihr Vater hat sie gezwungen, die Sache geheimzuhalten.«

»Wer hat sich denn um Maura gekümmert, als sie noch ein Baby war? Irgendwer muß ihr doch die Windeln gewechselt haben. Und diese Person hat sicher rasch herausgefunden, was bei Maura anders war.«

Sie blickte zum Mond hinauf und entgegnete: »Es hat eine solche Person gegeben. Als ich Maura zum ersten Mal besucht habe, hielt sich in ihrem Haus eine Frau auf. Maura erklärte mir, das sei die Haushälterin. Sie war Türkin und sprach kein Wort Englisch. Als Maura sechzehn wurde, kam Peter McKinney zu der Erkenntnis, daß sie nun keine Kinderschwester mehr benötige, und hat die Türkin in ihre Heimat zurückgeschickt. Bis zu der Zeit, in der Maura in das Sanatorium mußte, war die sogenannte Haushälterin neben ihrem Vater die einzige Person, die von Mauras Besonderheit gewußt haben dürfte.«

Obwohl er wußte, daß Rena Tabakrauch haßte, zündete er sich eine neue Zigarette an.

»Wir haben hier also eine emotional gestörte Frau«, fuhr Rena fort, »die zeit ihres Lebens ihre wahre Identität verstekken mußte. Und plötzlich dreht sie durch, genau wie ihr Urahn, der Baron de Montret. Wahnsinn kann vererbt werden, das ist wissenschaftlich erwiesen. Und auf den ersten Blick paßt alles *logisch* perfekt zusammen. Nur *psychologisch* stimmt es nicht. Gustave war ein einsames, mißhandeltes Kind mit einem sehr geringen Selbstbewußtsein. Zusätzlich wurde er von seinem verdorbenen Nachbarn, dem Comte

Henri Maureau, negativ beeinflußt. Er tat alles, was der Comte von ihm verlangte, um seine Zuneigung und Liebe zu erhalten. Dieses psychologische Profil trifft jedoch nicht auf Maura zu. Gut, in gewisser Weise wurde auch sie von ihrem Vater mißhandelt, aber sie blieb stark genug, um nicht daran zu zerbrechen. Maura hatte immer einen stahlharten Willen. Ich glaube nicht einmal, daß Martin sie ändern konnte.«

»Aber nach dem, was du vorher gesagt hast, ist es doch jemandem gelungen. Wen hast du im Verdacht?«

»Keine Ahnung. Ich weiß noch nicht einmal, wie so etwas möglich sein könnte.« Sie schüttelte frustriert den Kopf.

Charlie machte den letzten Zug an seiner Zigarette und warf sie dann aus dem Fenster auf den Kiesweg. »Menschen können in Wahnsinn verfallen und andere töten«, sagte er. »Ein Mann, den jeder für den fürsorglichsten Familienvater der Welt hält, betritt eines Morgens die Fabrik, in der er arbeitet, mit einer Maschinenpistole und schießt zwanzig Leute tot. So etwas kommt nun einmal vor.«

»Ja. Aber solche Ausbrüche erfolgen nur einmal, Charlie, und enden in der Regel mit dem Tod des Amokläufers, sei es nun, daß er Selbstmord begeht, oder sei es, daß er im Feuergefecht mit der Polizei stirbt.«

»Und was ist mit Serientätern, mit Massenmördern?«

»Bei denen handelt es sich um Soziopathen, und zu dieser Gruppe zähle ich Maura nicht.«

»Du hast aber gesagt, daß sie sich nach Martins Tod deutlich verändert habe.«

Rena drehte sich zu ihm um: »Soziopathisches Verhalten setzt in den ersten Lebensjahren oder noch früher ein. Als Martin umgebracht wurde, war Maura aber schon siebzehn. Sie erlitt einen Nervenzusammenbruch, und ihre Persönlichkeit hat einigen Schaden genommen, doch das war schon alles. Die Morde in den Weinbergen haben einen starken rituellen Charakter. Es bedarf schon eines Wahnsinnigen wie Gustave de Montret, um planmäßig solche widerwärtigen Verbrechen auszuüben. Der Baron hat am Ende geglaubt, seine Weinberge seien lebende Wesen. So etwas ist Wahnsinn in extremster Form. Maura allerdings gehört nicht in diese Kategorie.«

Im Erdgeschoß des Châteaus wurden fast alle Lichter gelöscht. Simon brachte Cathy sicher gerade auf ihr Zimmer. Gut, dachte Rena, vielleicht finden die beiden ja doch wieder einen Weg zueinander. Sie wußte genau, wie tief und ehrlich ihr Vater seine Enkelin liebte. »Deshalb vermute ich, daß jemand sie beeinflußt... aber wie? Das habe ich noch nicht herausgefunden. Und der Grund für diese Manipulationen hat meiner Meinung nach etwas mit ihrem Weingut zu tun. Vielleicht weiß ich morgen mehr, wenn ich auf dem Katasteramt gewesen bin. Hast du Lust, mich dorthin zu begleiten, Charlie?«

Er lächelte und legte ihr einen Arm um die Schulter. Sie lehnte sich an ihn. »Klar, ich komme mit«, antwortete er. »Wann hast du denn morgen den Termin mit diesem Seelenklempner in Tacoma?«

»Um dreizehn Uhr.«

»Möchtest du, daß ich dich auch dorthin begleite?« fragte er und strich ihr eine Strähne aus dem Gesicht.

»Nein, ich fürchte, das wäre ihm nicht recht. Er hat schon am Telephon keinen sehr freundlichen Eindruck gemacht. Irgendwann am späten Nachmittag bin ich wieder da. Dann können wir uns sehen.«

Nun gingen auch die Lichter in den oberen Stockwerken aus. In der nun folgenden Dunkelheit zeigte sich der Nachthimmel mit seinen vielen Sternen in aller Pracht. Rena und Charlie hielten sich noch eine halbe Stunde schweigend in den

Armen, betrachteten die Pracht über ihnen und hingen ihren Gedanken nach.

Als Rena ins Haus zurückkehrte, fuhr Charlie zu einem Motel in St. Helena. Sie hatte ihn noch einmal gefragt, ob er über Nacht bleiben wolle, aber er hatte entgegnet, daß er Simon nicht trauen dürfe. Grinsend hatte er hinzugefügt, daß ihr Vater ihm vermutlich im Schlaf die Kehle durchschneiden würde.

Nachdem er sich in dem Motel angemeldet hatte, kaufte er sich eine Packung Excedrin und eine Flasche J&B und nahm beides mit auf sein Zimmer. Er entfernte im Badezimmer die Sterilverpackung von dem Zahnputzbecher und goß drei Finger breit Scotch hinein. Er leerte den Becher auf einen Zug und schenkte nach. Für gewöhnlich pflegte er das Ritual des Flascheleerens in der ersten Nacht nach seiner Rückkehr von irgendeinem Kriegsschauplatz. Doch diese Nacht war etwas ganz Besonderes. Nachdem er Renas Theorien gehört und sich zur Mitarbeit verpflichtet hatte, sagte er sich, daß er sich einen Schwips redlich verdient habe.

Beim dritten Becher ertappte er sich dabei, wieder an diesen gutaussehenden Blödmann in Simons Haus zu denken. Nein, er würde sie nicht danach fragen. Das war allein ihre Sache, dachte er, als er sich auf das Bett legte und den Sportkanal im Fernsehen einstellte. Er verfolgte zwanzig Minuten lang ein Kräftemessen zwischen Traktoren, dann schlief er ein.

Kapitel 33

Am nächsten Morgen erwachte Charlie um Viertel vor sieben mit einem schlechten Geschmack im Mund und einem vibrierenden Stechen im Kopf. Die halbleere Whiskeyflasche stand auf der Kommode.

Er torkelte ins Badezimmer, schluckte drei Excedrin und rief dann Rena an. Sie nahm gleich nach dem ersten Läuten ab. »Du bist aber früh auf und gut drauf«, brummte er, öffnete seinen Kulturbeutel und holte Zahnbürste und Paste heraus. Er teilte ihr mit, wo er die Nacht verbracht habe, und bat darum, daß sie ihn in einer halben Stunde abhole. Charlie verbrachte die nächsten zehn Minuten damit, den dicken Film zu entfernen, den der Scotch auf seinen Zähnen hinterlassen hatte.

Als Rena ankam, erwartete er sie am Eingang des Motels. Der Morgen war frisch und klar, und Charlie bemerkte die gesunde Röte auf Renas Wangen. Sie sieht wieder wunderbar aus, sagte er sich. Er küßte sie auf den Mund und schmeckte ihren Lippenstift. Sie kuschelte sich kurz in seine Arme, gab dann Gas und fuhr auf den Highway zurück.

Sie sprachen unterwegs nicht viel miteinander, gelangten nach Santa Rosa und nahmen gegenüber vom Katasteramt ein Frühstück ein. Die Behörde öffnete erst um halb neun, sie hatten noch zwanzig Minuten Zeit. Charlie und Rena bestellten sich noch eine Tasse Kaffee.

»Du hast wirklich gekündigt?« fragte sie.

»Ja«, bestätigte er und verrührte die Milch in seinem Kaffee, bis dieser hellbraun wurde.

»Und was willst du jetzt machen?«

»Mir einen neuen Job suchen. Es gibt noch andere Zeitungen.« Rena nickte und seufzte. *Ja, Charlie, es gibt noch andere Zeitungen. Sie werden nicht mit der Wimper zucken, wenn sie dich ans Ende der Welt geschickt haben und du dort dein Leben verlierst. Aber vielleicht ist es ja gerade das, wonach du dich insgeheim sehnst.*

»Mir gefällt meine Arbeit«, erklärte er etwas zu hart, so als habe er ihre Gedanken gelesen.

Sie lächelte und bekämpfte damit die Trauer, die sich gerade wieder in ihr ausbreiten wollte. Dann warf sie einen Blick aus dem Fenster. Ein Mazda hielt soeben vor dem Amt, und ein schmaler, glatzköpfiger Mann stieg aus. Er lief die kleine Treppe hinauf, schob einen Schlüssel ins Schloß und öffnete die Tür. »Ich glaube, das Katasteramt wird uns jetzt empfangen«, verkündete sie und wischte sich mit der Serviette den Mund ab.

Charlie legte Geld auf den Tisch und verließ mit Rena das Lokal. Sie überquerten die Straße und betraten das weiße Gebäude.

Der schmale Mann hinter der Theke hängte gerade seine bügelfreie Jacke über einen Kleiderhaken. Dann wischte er ein paar Staubkörner von seinem Mantel und hängte ihn an die Garderobe. Als er Charlie und Rena bemerkte, nahm er eine Strickjacke vom Haken und zog sie an. »Kann ich Ihnen helfen?« fragte er und zog die Bügel seiner Schildpattbrille über die kleinen Ohren.

Mit der Brille und der Strickjacke erinnerte er Charlie an einen früheren Nachbarn. *Willkommen in der alten Heimat.*

»Ich würde gern die Besitzurkunde für das Grundstück Peter McKinneys an der Spring Mountain Road in Napa einsehen«, erklärte er dem glatzköpfigen Mann.

Der Beamte lachte und schüttelte den Kopf. »Was ist bloß mit diesem Hügel los? Für den interessieren sich mehr Personen als für alles andere zusammen.«

»Wer interessiert sich denn noch dafür?« wollte Rena wissen.

»Anfangs bekam ich häufiger telephonische Anfragen. Von verschiedenen Personen. Niemand von ihnen hat sich die Mühe gemacht, mir seinen Namen zu nennen. Vor ein paar Wochen ist dann ein eigenartiger Mann hier aufgetaucht und wollte wie Sie die Urkunde einsehen.«

»Hat der denn einen Namen angegeben?« fragte Charlie.

»Er hat sich nicht vorgestellt, und ich habe ihn auch nicht danach gefragt.«
»Wie hat er ausgesehen?«
Der Beamte zuckte die Achseln. »Ich habe nicht so sehr auf sein Äußeres geachtet. Aber seine Bewegungen sind mir aufgefallen. Sehr eigenartige Bewegungen, fast schon unheimlich. Und ich glaube, daß er recht alt gewesen ist.« Er drehte sich zu den Metallkästen hinter ihm um und zog einen schwarzen Karton heraus. Dort kramte er in einer Unzahl von Papieren herum, bis er eine alte Urkunde gefunden hatte.
»Was war denn so unheimlich an ihm?« fragte Rena.
»Vor allem seine Augen. Sie wirkten wie tot. Er sagte, er wolle das Grundstück erwerben. Ich habe versucht, ihm begreiflich zu machen, daß ich damit nichts zu tun hätte und nur hier arbeiten würde. Außerdem war es nicht einfach, seine Worte zu verstehen. Er zitterte und konnte keine Sekunde stillstehen. Und wenn er ging, torkelte er wie ein Betrunkener. Er schwankte wirklich hin und her. Ich schätze, er hat ein paar Gläser gekippt, bevor er hierherkam.«
»Was sonst noch?« wollte Rena wissen.
»Was meinen Sie damit?«
»Was ist Ihnen sonst noch Ungewöhnliches an ihm aufgefallen?«
»Komisch, daß Sie das fragen. Er machte den Eindruck, unter einer schlimmen Erkältung zu leiden. Seine Nase war zu und knallrot. Ach ja, dann war da noch etwas.«
»Was denn?« drängte Rena, die sich wunderte, daß dem Beamten entgegen seiner vorherigen Aussage doch so viele Äußerlichkeiten an dem Fremden aufgefallen waren.
»Sein Gesicht war ganz gelb, gelb wie eine Quitte. Ich schätze, jeder von uns hat sein Päckchen zu tragen.« Er reichte Rena die Kopie der Besitzurkunde.
Rena und Charlie traten damit an das Fenster, um den Text

besser lesen zu können. Die Urkunde besagte, daß der ursprüngliche Besitzer ein gewisser Liam O'Connor gewesen sei, der das Grundstück 1880 käuflich erworben habe.
»Haben Sie den Originalantrag, den Liam O'Connor für den Kauf gestellt hat?« fragte Rena den Beamten.
»Das ist schon lange her. Ist das Original wirklich notwendig?« Die Vorstellung, im Archiv ganze Berge von alten Kartons durchwühlen zu müssen, schien dem Mann offensichtlich nicht zu behagen.
»Ja, es ist dringend notwendig«, erwiderte Rena.
Er kratzte sich am haarlosen Schädel: »Könnten Sie vielleicht morgen wiederkommen?«
»Es kann doch höchstens eine Viertelstunde dauern, die entsprechende Akte zu finden. Wenn es Ihnen also nichts ausmacht, wir warten hier gern«, erklärte Charlie mit einer Stimme, die keinen Zweifel daran ließ, daß er es genau so meinte.
Der Beamte sah ihn böse an, schlurfte dann aber in das Hinterzimmer. Schon nach zehn Minuten kehrte er mit einem Aktenordner von über einem halben Meter Höhe zurück. Seine Strickjacke war an den Ärmeln mit Staub bedeckt, und auf seiner Stirn stand der Schweiß. »Hier habe ich die Gesuche um Landbesitz im Bezirk Sonoma/Napa aus dem Jahr Achtzehnhundertachtzig«, erklärte er und wuchtete das schwere Stück auf den Tisch.
»So viele?« entfuhr es Rena, als sie sah, wie dick der Aktenordner war.
»Wenn Sie sich mit der Geschichte Kaliforniens auskennen würden, wüßten Sie, daß es in jenen Tagen hier viel Zulauf gab.« Er schlug den Ordner auf und blätterte, bis er Liam O'Connors Gesuch gefunden hatte. »Da hätten wir ihn ja.«
Das vergilbte Schriftstück steckte in einer Plastikhülle.
Charlie und Rena beugten sich darüber und versuchten, die

altertümliche Schrift zu entziffern. Der irische Einwanderer war fünfundzwanzig Jahre alt, als er am 26. Januar 1880 den Vereinigten Staaten von Nordamerika das Stück Land abkaufte. Er stammte aus Waterford und gab als Beruf Werkzeugmacher an. Als Grund für den Landerwerb nannte er die Suche nach Erzen. Unter der Urkunde fand sich ein handschriftlicher Zusatz: *Am 4. März 1880 am Fleckfieber verstorben.*

O'Connor hat das Grundstück nur zwei Monate lang in seinem Besitz gehabt, dachte Charlie. »Nach was für Erzen wollte er denn graben?« fragte er den Beamten. »Das ist hier nämlich nicht angegeben.«

Der schmale Mann lachte. »Was glauben Sie denn, was das für ein Erz gewesen sein mag? Eigentlich ist damit Metall gemeint, zumindest nennen wir es heute so. Warum haben die Leute damals wie verrückt in Kalifornien Land gekauft?« Er tippte auf den dicken Ordner.

»Gold!« entfuhr es Charlie, als er urplötzlich begriff.

»Sie haben den Nagel auf den Kopf getroffen«, bestätigte der Beamte und wischte sich mit dem Ärmel seiner Strickjacke den Schweiß von der Stirn.

»Ist denn je in den Hügeln von Napa Gold gefunden worden?« wollte Charlie wissen.

»Aber klar doch. Ende des vergangenen Jahrhunderts wurde in Calistoga ein größeres Vorkommen entdeckt. Die Silverado- und Palisadesminen. Männer wie Liam O'Connor haben in den Hügeln dort gebuddelt.«

»Nicht Liam O'Connor. Er ist kurz nach dem Erwerb seiner Parzelle gestorben.«

Der Mann schob die Brille auf den Nasenrücken und blickte in den Ordner. »Ach ja, stimmt. Damals wütete hier eine Typhusepidemie. Hat viele im Tal dahingerafft.«

Sie hatten genug erfahren und bedankten sich bei dem Mann.

Während der Rückfahrt ins Tal schwieg Charlie lange. Rena erkannte, daß seine Gedanken mit irgend etwas beschäftigt waren. »Du fügst gerade eine Geschichte zusammen, nicht wahr, Charlie?«

»Ja.« Er schob mit dem Knie den Zigarettenanzünder ein und fing kurz darauf an zu rauchen. »Ich frage mich, ob es unter dem Hügel der McKinneys Gold gibt.«

Rena lächelte. »Der Beamte hat gesagt, in Calistoga sei Gold gefunden worden. Und das liegt nur zehn Meilen von Mauras Besitz entfernt.«

»Liam O'Connor hat sich das Grundstück gekauft. Aber in der Urkunde hat nichts darüber gestanden, daß er dort auf Gold gestoßen wäre«, sagte Charlie und blies den Rauch aus Mund und Nase.

»Das hat nicht viel zu bedeuten. Möglicherweise ist er auf eine Ader gestoßen, hat das aber erst einmal für sich behalten, weil er sich vor Räubern und Halsabschneidern fürchtete. Damals herrschten hier ziemlich rauhe Sitten.«

»Das stimmt. O'Connor hat sein Grundstück seiner Familie in Irland vermacht. Dann ist er an Typhus gestorben. Vermutlich blieb ihm nicht einmal mehr die Zeit, seine Familie von dem Gold in Kenntnis zu setzen oder seinen Fund registrieren zu lassen.«

Vielleicht liegt unter dem Besitz der McKinneys wirklich Gold, dachte Rena. Warum sonst sollten sich so viele Personen für das Stück Land interessieren? Sie sah Charlie von der Seite an. Seine Augen funkelten vor Aufregung. Wenigstens spielte diese Geschichte nicht in irgendeinem krankheitsträchtigen Dschungel, in dem er sich leicht eine Kugel einfangen konnte. Rena spürte, daß sie ebenso aufgeregt war wie er. Ja, sie hatte das bestimmte Gefühl, daß sich nun alle Puzzleteile zusammenfügten.

»Du mußt doch erst in ein paar Stunden wieder auf dem

Flugplatz sein. Warum fahren wir nicht zu dem Land der McKinneys und sehen uns ein bißchen hinter dem Haus um?« fragte Charlie.
»Was weißt du eigentlich von Gold?« fragte sie ihn mit unüberhörbarem Sarkasmus.
»Nun, als ich einmal vom Krieg in Angola berichten durfte, habe ich außerhalb von Johannesburg eine Goldmine besucht.«
»Einmal?«
»Ja, das eine Mal.«
»Damit bist du ja zum Experten prädestiniert«, lächelte Rena. Eine Stunde später waren sie das ganze Grundstück abgegangen.
Sie ließen sich vor der Kelterei auf einer Bank nieder, und Rena sagte: »Was nun, Mr. Genius? Wonach hast du eigentlich Ausschau gehalten?«
Charlie streckte seine Beine und rieb sich die müden Waden. »Nach irgend etwas, das mir mitteilt, hier unten liegt Gold. Zum Beispiel Eruptivgestein. In dem findet man oft Spuren von Gold. Das Edelmetall stammt nämlich aus dem Erdkern.«
Rena drehte sich zu ihm um und ließ sich nichts anmerken. »Also vom Mittelpunkt der Erde, so wie Lava?«
»Ja, warum?«
Sie erhob sich. »Ich schätze, du kommst besser mit mir, Charlie. Da ist etwas in dem Weinberg, das ich vergessen habe dir zu zeigen.«
Charlie folgte ihr zu der Stelle. Als sie bei der Quelle angekommen war, blieb sie stehen und kniete sich davor hin.
»Eine heiße Quelle, Charlie. Geschmolzene Lava heizt solche Quellen auf.«
»Das ist mir bekannt.« Er ging neben ihr in die Hocke und tauchte vorsichtig eine Hand in das Wasser. Er schöpfte etwas

davon, hielt es unter seine Nase und schnüffelte. »Salzhaltig«, bemerkte er.
Rena begriff jetzt, warum Maura so oft hierhergekommen war. Sie hatte eine sehr empfindliche Haut, die sich schon bei geringen Anlässen mit roten Flecken überzog. Dr. Parsons hatte Rena mitgeteilt, daß solche roten Flecken ein verbreitetes Leiden bei Personen mit Chimärismus seien und viele Hermaphroditen befielen. Das warme Salzwasser mußte Mauras Haut guttun.
»Heiße Quellen werden von geothermischer Aktivität erwärmt«, erklärte Charlie. »Unterirdische Quellen wie diese hier werden heiß, wenn geschmolzene Lava durch eine Spalte nach oben entkommt und einen Weg an die Oberfläche findet.« Er grinste und wischte die nasse Hand an seiner Jeans ab. »Lava transportiert Gold vom Erdkern an die Oberfläche. Normalerweise untersucht man nach der Entdeckung einer heißen Quelle gleich die ganze Umgebung nach Gold.«
»Ich frage mich, ob man das bei dieser hier auch gemacht hat.«
»Ich verwette alles, was ich besitze, darauf, daß Liam die Umgebung abgeklappert hat.« Er stand auf und klopfte sich das Gras von den Jeans.
Rena nickte. An dem Grund für die Manipulation Mauras konnte nun nicht mehr der geringste Zweifel bestehen. Blieb nur noch herauszufinden, wer dahintersteckte.

Kapitel 34

Charlie fuhr Rena zum Flughafen. Zwei Stunden später landete ihr kleines Flugzeug in Tacoma, Washington.
Als sie vor zwei Tagen Neil Tompson, den Chefpsychiater der Riverside-Klinik, angerufen hatte, war er nicht bereit

gewesen, mit ihr am Telephon über seine Patienten zu sprechen. Er willigte jedoch nach einer Weile ein, sie zu empfangen, wenn sie die Mühe auf sich nähme, nach Tacoma zu reisen. Rena erklärte ihm, daß sie seine Sorge um das besondere Vertrauensverhältnis zwischen Arzt und Patient verstehe und respektiere.

Rena nahm sich am Flughafen ein Taxi. Sie kamen am Browns Point vorbei, von wo aus man einen weiten Blick auf den östlichen Ausläufer des Pugetsunds hatte. Doch heute war der Nebel so dick, daß man das Wasser kaum sehen konnte. Das Taxi bog von der Route 509 ab und wand sich die kurvenreiche Privatstraße hinauf, die aus dem Ort hinausführte und nach zwei Meilen plötzlich vor dem Eisentor des Riverside endete. Das Sanatorium stand auf einem großen Grundstück und verfügte über etliche Hektar sorgfältig gepflegten Rasens. In der Mitte ragte ein großes weißes Gebäude im Kolonialstil auf, dessen Fassade von vier Säulen verziert wurde.

Einige Patienten, die Morgenmäntel trugen, spazierten über das Gelände. Ein Mann bewegte sich in einem kleinen Kreis und murmelte unaufhörlich vor sich hin. Zwei schwarze Wärter in weißen Uniformen saßen auf einer Bank und beobachteten das Treiben ihrer Schützlinge. Sie machten einen gelangweilten Eindruck. Als Rena auf das Portal zuschritt, kam sie an dem Kreisläufer vorbei. Er kam ihr irgendwie bekannt vor. Vielleicht ein ehemaliger Schauspieler, dachte sie. Dann dämmerte es ihr: Der Hauptdarsteller aus einer Westernserie, die Anfang der sechziger Jahre im Fernsehen gelaufen war. Als Western immer mehr aus der Mode kamen, war es auch mit seiner Karriere zu Ende gewesen.

Die große Doppeltür stand auf, und Rena betrat die riesige Eingangshalle. Der Boden war mit italienischem Marmor gefliest, und in der Mitte erhob sich eine breite Treppe unter einem mächtigen Kronleuchter zum ersten Stock. Zur Rechten befand sich die Bibliothek, deren Wände an allen vier Seiten von gut gefüllten Regalen aus Eichenholz bedeckt waren. Eine Patientin in einem rosafarbenen Morgenmantel hockte dort allein auf einer Couch und blätterte in einer Ausgabe der *Vogue*. Eine Schwingtür zur Linken öffnete sich zu einer Halle mit einem offenen Kamin. Wenn Rena nicht gewußt hätte, daß sie sich hier in einer Nervenheilanstalt aufhielt, hätte sie annehmen können, das Anwesen eines reichen Mannes zu besuchen, der sich zum Wochenende Gäste eingeladen hatte.

Rena wußte, daß sich nur vermögende Kranke eine Behandlung in diesem Sanatorium leisten konnten. Häuser wie das Riverside waren für ihre Vertraulichkeit und Verschwiegenheit bekannt, und dafür bezahlten die Patienten, deren Familien oder die Arbeitgeber der Betreffenden Unsummen. Geisteskrankheiten wurden auch in der heutigen Gesellschaft stigmatisiert. Filmstars, Wirtschaftsbosse und Politiker, die zu sehr am Streß und unter Depressionen litten, waren von einem Tag auf den anderen erledigt, falls die Öffentlichkeit von ihrem Leiden erfuhr. Peter McKinney war alles andere als ein vermögender Mann gewesen. Er mußte alles zusammengekratzt haben, um Mauras Aufenthalt finanzieren zu können. Die Versicherung hatte höchstens einen kleinen Prozentsatz beigesteuert.

Rena fand auf der rechten Seite eine Tür mit der Aufschrift PRIVAT. Sie klopfte, und eine Frauenstimme forderte sie auf, einzutreten.

Rena öffnete die Tür und betrat das Verwaltungsbüro des Sanatoriums. An einer Seite saßen zwei Sekretärinnen an Metallschreibtischen und arbeiteten am Bildschirm. In der Mitte stand ein größerer Schreibtisch, und hinter dem saß

eine kräftige Frau in den mittleren Jahren, die eine Schwesterntracht trug. Als Rena hereinkam, sah sie auf. »Ja bitte?«
»Ich heiße Rena Halbrook und habe einen Termin bei Dr. Tompson.«
»Ach ja«, antwortete die Schwester leicht irritiert. »Er sagte, Sie würden kommen.« Sie hob den Telephonhörer ab und rief Tompsons Sekretärin an. Als sie wieder aufgelegt hatte, erklärte sie Rena, sie solle sich in die erste Etage begeben. Dr. Tompsons Sekretärin würde sie oben an der Treppe erwarten.
Rena stellte fest, daß Dr. Tompsons Sekretärin wesentlich freundlicher war als die Schwester mit der Gewichtheberfigur. Sie war hübsch, blond, hatte strahlend weiße Zähne und eine Nase voller Sommersprossen. Sie führte Rena in das Vorzimmer, klopfte an eine dicke Eisentür und öffnete sie. Sie schob den Kopf in das Zimmer dahinter und erklärte ihrem Chef, daß Mrs. Halbrook angekommen sei. Dann trat sie beiseite und ließ Rena hinein.
Tompson stand an einem großen Fenster und blickte hinaus auf das Klinikgelände. Rena war von seinem lässigen Äußeren überrascht. Er war groß, Anfang Sechzig und trug einen Jogginganzug. Sie hätte erwartet, daß der Chef einer solchen Einrichtung einen teuren dreiteiligen Anzug anhabe, wenigstens aber eine Club- oder Tweedjacke. Sie hatte auch mit einem dunklen Raum gerechnet, in dem eine abgewetzte Ledercouch und ein mächtiger Schreibtisch aus edlem Holz ständen: Statt dessen fand sie ein modern eingerichtetes Büro mit grauen Wänden und einem Berberteppich vor. Ein breiter, gläserner italienischer Designerschreibtisch stand in der Mitte, und an den Wänden hingen Lithographien von Warhol, Lichtenstein und Jasper Johns.
Tompson lief um den Schreibtisch herum, lächelte und streckte seine Hand aus. »Hallo, ich bin Dr. Tompson.« Er deutete auf einen modernen Sessel mit einem verwinkelten

Metallgestell, auf dem sie Platz nehmen sollte. Dann trat er zu einem im Wandregal eingelassenen Kühlschrank und öffnete ihn. »Ein Pellegrino?« fragte er.
»Nein danke«, antwortete sie.
Er holte nur eine Flasche heraus, goß sie in ein Glas mit Eiswürfeln und krönte das mit einer Zitronenscheibe. Als er hinter seinem Schreibtisch saß, erkundigte er sich höflich: »Wie kann ich Ihnen helfen, Dr. Halbrook?«
»Neunzehnhundertvierundsiebzig hatten Sie hier eine Patientin namens Maura McKinney.«
»Ja. Sie haben ihren Namen bereits am Telephon erwähnt. Sie wissen hoffentlich, daß ich Ihnen keine Informationen über meine Patienten geben darf.« Er hörte keinen Moment auf zu lächeln.
»Vielleicht bleibt Ihnen da keine Wahl mehr. Wenn Sie sich nicht mit mir über Maura McKinney unterhalten wollen, wird das FBI hier auftauchen, und dann müssen Sie reden.«
Das Lächeln erstarrte.
Sie gab ihm ein paar Sekunden Zeit, das zu verdauen, ehe sie fortfuhr: »Sie müssen wissen, daß Maura die Hauptverdächtige bei den sogenannten Weinbergmorden ist. Und sie steht auch unter dringendem Verdacht, ihren Boss, Ray Scollari, umgebracht zu haben.«
»Natürlich«, entgegnete er kurz angebunden.
»Andererseits haben Sie nie der Polizei irgendeine Mitteilung gemacht, daß Sie über Informationen verfügen, die für die Ergreifung von Maura wichtig sein könnten.«
Er schüttelte den Kopf. »Ich besitze absolut keine derartigen Informationen.«
»Das können die Polizei und das FBI sicher besser beurteilen.«
»Da Sie ja wohl weder zu den einen noch den anderen gehören, würde ich mich gern darüber aufklären lassen,

woher Ihr besonderes Interesse an diesem Fall kommt.« Er beugte sich vor und verschränkte die Hände auf der Schreibtischplatte.
»Ich bin Maura McKinneys beste Freundin«, antwortete sie. »Und außerdem Psychologin. Ich bin mir sicher, daß es selbst in Ihrem Berufszweig so etwas wie die ärztliche Schweigepflicht gibt.«
Der leise Spott in seiner Stimme entging ihr nicht. Die alte Geschichte, dachte sie. Viele Psychiater, und zu ihnen zählte sie auch Tompson, hielten Psychopharmaka und nicht Psychotherapie für das geeignete Mittel, ein mentales Leiden zu kurieren. Solche Psychiater neigten dazu, geringschätzig auf Psychologen hinabzusehen, die der Ansicht waren, mit einer Therapie ließe sich eher eine Heilung erzielen. »Natürlich gibt es auch in meinem Berufszweig eine ärztliche Schweigepflicht. Doch wenn Verbrechen so schwerer Natur begangen worden sind, muß die Schweigepflicht zurückstehen.«
Er nickte. »Ja, das ist mir bekannt. Vielen Dank, daß Sie mich an die Spielregeln in meinem Beruf erinnert haben. Also noch einmal: Ich verfüge über keinerlei Informationen, die für diesen Fall von Wichtigkeit sein könnten.«
Rena riß sich zusammen, um nicht zu explodieren. Seine Arroganz war wirklich kaum zu ertragen. Sie wußte, daß Tompsons mangelnde Kooperationsbereitschaft auf seine Angst zurückzuführen war, seine Hilfe bei der Ergreifung von Maura könnte den guten Ruf seines Hauses schädigen. Fernseh- und Zeitungsreporter aus dem ganzen Land würden in sein Sanatorium einfallen und ihm, seinen Mitarbeitern und den Patienten Fragen über Fragen stellen. Je weniger Menschen von der Riverside-Klinik wußten, desto besser für das Institut. Daß überhaupt Patienten hier waren, war auf Mundpropaganda und nicht auf eine breitgefächerte Anzeigenkampagne zurückzuführen. Rena wußte, daß sie auf die

Furcht der Klinikleitung vor allzu großem Medieninteresse Rücksicht nehmen mußte, wollte sie überhaupt etwas von Tompson erfahren. »Ich weiß, daß Sie Mauras Psychiater für die Dauer ihres hiesigen Aufenthalts waren. Ich interessiere mich nicht für irgendwelche Details aus ihrer Krankengeschichte. Darüber weiß ich genug. Nachdem ihr fester Freund ermordet worden war, erlitt Maura einen Nervenzusammenbruch. Und der Grund dafür, daß man sie hier eingeliefert hat, findet sich in dem Umstand, daß es sich bei Maura um eine echte Hermaphroditin handelt.«
Er wirkte nur milde überrascht. »Das wissen Sie also... Wie ist dieser Umstand denn bekanntgeworden?«
»Ich habe Mauras Krankengeschichte bei Dr. William Frawley eingesehen. In seinen Unterlagen werden auch Sie und Ihr Sanatorium erwähnt. Deshalb habe ich mich mit Ihnen in Verbindung gesetzt. Wußten Sie, daß Maura Parnate und Xanax einnimmt?«
Der Psychiater schob sein Glas fort und erhob sich: »Dr. Halbrook, halten Sie mich bitte nicht für unhöflich, aber ich muß mich um meine Patienten kümmern.«
Rena blieb sitzen und erklärte: »Xanax macht süchtig. Dr. Frawley hat dieses Mittel nie verschrieben. Wie also ist Maura daran gelangt?« Für einen kurzen Moment erkannte sie Erschrecken in den Augen ihres Gegenübers. »Es finden sich im ganzen Land keinerlei Unterlagen über die Abgabe dieser Mittel an Maura McKinney. Sie wissen sehr gut, daß jede Apotheke solche Unterlagen führen und aufbewahren muß.«
»Worauf wollen Sie hinaus?« fragte er etwas nervös.
»Daß diese prestigeträchtige Anstalt ihr diese Mittel ausgehändigt haben könnte.«
Tompson setzte sich wieder hin. »Ich frage Sie noch einmal: Worauf wollen Sie hinaus?« Er bemühte sich, genauso freundlich wie vorher zu klingen, aber seine Stimme

schwankte deutlich genug, um das Gegenteil zu beweisen. Winzige Schweißperlen zeigten sich auf seiner Stirn.
»Ich möchte hier folgendes klarstellen: Auch wenn das Riverside Patienten wie Maura solche Medikamente zukommen läßt, um ihre Privatsphäre zu schützen, verstößt es damit doch gegen das Gesetz. Mir ist durchaus bewußt, daß Ihre Klientel sich vornehmlich aus prominenten Personen zusammensetzt, die ihre psychischen Probleme gern geheimhalten wollen. Und wenn irgendwo in einer Apotheke ein Rezept über Antidepressiva oder Tranquilizer für diese Personen vorgelegt wird, besteht eine relativ große Chance, daß ein allzu neugieriger Naseweis irgendwann dahinterkommt. Nun mag ich zwar Ihre Methoden nicht unbedingt gutheißen, aber auf der anderen Seite habe ich mit Sicherheit nicht vor, die Behörden darauf hinzuweisen.«
Tompson studierte für ein paar Sekunden Renas Miene, dann fragte er leise: »Wie kann ich Ihnen helfen, Dr. Halbrook?«
Rena entspannte sich. Vielleicht hatte sie jetzt seinen Panzer durchstoßen. »Wie gut können Sie sich an Maura erinnern?«
»Wie gut? Sehr gut«, antwortete er. »Wie viele echte Hermaphroditen mit XX/XY-Chromosomen laufen einem im Leben schon über den Weg? Auch wenn ich als Leiter dieser Anstalt mehr mit Verwaltungsaufgaben beschäftigt bin, habe ich darauf bestanden, mich persönlich um diese Patientin zu kümmern. Ein wirklich interessanter Fall. Man hatte sie gezwungen, ihre wahre Natur vor der Öffentlichkeit zu verbergen.«
»Ihr Vater hatte sie dazu gezwungen.«
»Ja.« Er stand auf und füllte sein Glas nach. Dann trat er an das Fenster und blickte hinaus auf die Kiefern, die in haargenau gleichen Abständen am Rand des Grundstücks angepflanzt worden waren. Eine Weile stand er schweigend da, dann fragte er sehr leise: »Wußten Sie, daß Maura fest davon

überzeugt war, nicht ein Einbrecher, sondern ihr Vater habe den Jungen getötet?«

»Ja«, antwortete sie, »ich kenne die entsprechenden Gerüchte.«

»Sie war immer noch bei uns Patient, als ihr Vater bei einem Autounfall das Leben verlor. Nach seinem Tod öffnete Maura sich etwas. Sie erklärte, nach Martins Ermordung habe sie vor dem Haus einen Schatten gesehen, der in den Wald rannte. Und dieser Schatten habe große Ähnlichkeit mit ihrem Vater gehabt. Ihr Bewußtsein wollte diesen Umstand verdrängen. Wir haben ihr Tranquilizer verabreicht, und danach begann sie zu reden.«

Renas Herz schlug schneller. Sie wußte schließlich noch, wie sehr Peter McKinney Martin gehaßt hatte.

»Mauras Freund war eine große Bedrohung für ihren Vater«, fuhr Tompson fort. »Martin war der einzige Mensch, der neben ihm Einfluß auf Maura hatte. Vermutlich hat er entdeckt, daß die beiden Geschlechtsverkehr miteinander hatten, und ihn deshalb erschossen. Maura war alles andere als eine einfache Patientin.« Er lächelte bitter. »Man mußte ihr jedes Wort einzeln aus der Nase ziehen. Wenn ihr der Sinn danach stand, hat sie sich vollkommen vom Rest der Welt abgekapselt. Ich habe versucht, mittels Medikamenten einen Zugang zu ihr zu finden. Manchmal hat sie über bestimmte Dinge geredet, doch die meiste Zeit blieb sie stumm.«

»Wie lange war sie hier?«

»Ich glaube, ein paar Wochen.«

»Waren Sie nicht der Ansicht, daß sie eine längere Behandlung gebraucht hätte?«

»Mr. McKinney war nicht gerade vermögend. Und unsere Klinik hat einen hohen Tagessatz.«

Rena kämpfte die Empörung nieder, die in ihr aufstieg.

»Also haben Sie Maura nach ein paar Wochen in eine Welt zurückgeschickt, für die sie noch nicht bereit war?«
»Sie hätte sich genausogut in ihrer Heimat behandeln lassen können«, verteidigte er sich lahm.
»Sie wissen ganz genau, daß das nicht möglich gewesen wäre. Ihr Vater hätte das nie zugelassen. Maura ließ sich von einem Landarzt behandeln, der keine Ahnung von Hermaphroditismus hatte und nicht wußte, wie er mit ihrer psychischen Instabilität umgehen mußte.« Ihre Worte klangen bewußt vorwurfsvoll.
»Meine oberste Priorität liegt bei der Klinik. Glauben Sie mir, ich hätte sie gern noch länger behalten. Die Arbeit mit ihr hätte ein Meilenstein in der Geschichte der Psychotherapie werden können. Unglücklicherweise fiel sie der strikten Hauspolitik in puncto Patientenaufenthalt zum Opfer.«
Ja, man muß schon reich und berühmt sein, um bleiben zu dürfen, wollte sie ihm entgegenschleudern, und sie wollte ihn daran erinnern, daß seine Prioritäten sich in erster Linie auf seine Patienten zu richten hätten und erst in zweiter Linie auf das Haus. Aber sie entschied sich gegen einen solchen Ausbruch. »Haben Sie ihr die Medikamente verschrieben?«
»Sie wissen genau, daß ich Ihnen darauf keine Antwort geben werde.«
»Welcher Arzt hat Maura unter Beobachtung gehalten?« fragte sie weiter. »Es dürfte Ihnen bekannt sein, daß Patienten, die regelmäßig solche Mittel einnehmen, unter strikter ärztlicher Aufsicht stehen müssen.«
»Sagen wir einfach, daß ich Dr. Frawley von Zeit zu Zeit konsultiert habe.«
Von Zeit zu Zeit. »Diese Medikamente sind alles andere als unbedenklich! Maura hätte mindestens zweimal im Monat untersucht werden müssen.« *Gott, wie kann der Mann nur so unverantwortlich handeln!* Rena atmete tief durch, um sich

zur Ruhe zu zwingen. »Wer außer Ihnen wußte hier über Mauras ›Besonderheit‹ Bescheid?«
»Meinen Sie ihre Doppelgeschlechtlichkeit? Alle Mitarbeiter und vermutlich auch die Mehrheit der damaligen Patienten. Das Wissen darum hätte auf mich, meinen Assistenten und eine Schwester beschränkt werden müssen, aber unsere Anstalt ist nicht sehr groß, und Sie wissen ja selbst, wie schnell Gerüchte die Runde machen. Ich meine, Maura war nicht gerade eine Allerweltsperson.« Tompson fischte mit zwei Fingern die Zitronenscheibe aus seinem Glas und schob sie in den Mund.
Rena seufzte enttäuscht. Sie hatte gehofft, nur ein kleiner Personenkreis hätte davon erfahren. »Kann ich die Liste der Patienten einsehen, die sich damals hier aufgehalten haben?« fragte sie kühn, obwohl sie genau wußte, welche Antwort sie erhalten würde.
»Ganz gewiß nicht!« Er kehrte zu dem Schreibtisch zurück und ließ sich dahinter nieder. »Diese Unterlagen sind streng vertraulich, und...«
Rena sprang auf. Sie war so wütend, daß es in ihrem Gesicht zuckte. »Erzählen Sie mir nicht so einen Mist! Sie sollten sich größere Sorgen um Ihre ärztliche Verantwortung machen! Sie versorgen eine Patientin illegal mit Medikamenten, und sie nimmt sie ohne ärztliche Aufsicht ein. Der einzige, der davon wußte, war der Landarzt, und der ist mittlerweile tot!«
Er wirkte entsetzt. »Dr. Frawley ist tot? Das wußte ich nicht...«
»Niemand begeht so entsetzliche Verbrechen, Doktor, ohne vorher deutliche Anzeichen zu zeigen, daß etwas in ihm zum Ausbruch drängt. Sie waren ihr Arzt. Sie hätten Maura stärker und strenger unter Beobachtung halten sollen, nicht aber sie in einem in solchen Dingen unfähigen Landarzt anvertrauen dürfen. Der einzige Daseinszweck dieser Klinik

ist, Geld zu scheffeln. Beleidigen Sie mich also nicht mit Geschwafel über das besondere Vertrauensverhältnis zwischen Arzt und Patient. Wollen Sie mir jetzt die Patientenliste zeigen oder nicht? Ich bin nicht an Mauras Medikation interessiert, obwohl ich mittlerweile zu der Ansicht gelangt bin, daß sich auch dort Himmelschreiendes finden ließe. Ich will von Ihnen nicht mehr als die Namen der Patienten erfahren, die damals hier behandelt wurden.«
»Das ist ganz und gar unmöglich. Ich verliere meine Zulassung, wenn ich Ihnen das gestatte.«
Das Erschrecken blitzte wieder kurz in seinen Augen auf, und das gefiel Rena. »Ich kann Ihnen versichern, daß ich diese Informationen für mich behalten werde. Sollten Sie sich allerdings weiterhin weigern, sehe ich mich genötigt, Kontakt mit der Bundesgesundheitsbehörde aufzunehmen und dort anzugeben, wie freizügig Sie Medikamente verteilen und wie hervorragend Sie sich um die Patienten kümmern, die sie einnehmen. Und dann, werter Kollege, würde ich mir wirklich Sorgen um meine Zulassung machen.«
Tompson lächelte unglücklich und schüttelte ungläubig den Kopf. Er drückte den Rufknopf der Haussprechanlage auf seinem Schreibtisch und sagte: »Miß Dewhurst, mein Besuch, Dr. Halbrook, ist auf dem Weg nach unten. Bitte lassen Sie sie die Liste unserer Patienten aus dem Jahr 1974 einsehen. Und bitte, nur dieses Jahr.« Er ließ den Knopf los, sah Rena an und erklärte gepreßt: »Sie sind eine harte Frau, Dr. Halbrook.«
»Tja, wir leben eben in harten Zeiten, Dr. Tompson«, entgegnete sie und starrte ihn streng an.
Miß Dewhurst, die unfreundliche Schwester mit der Ringerfigur aus der Anmeldung, erwartete Rena am Fuß der Treppe. Ohne sie anzusehen, drehte die große Frau sich um und marschierte in ihr Büro. Die dicken Gummisohlen ihrer

Schuhe quietschten bei jedem Schritt auf dem Marmorboden wie hungrige Mäuse. Rena folgte ihr durch das Büro in einen Nebenraum. Dewhurst schloß mit ihrem persönlichen Schlüssel eine Tür auf und trat ein. Ein Personalcomputer stand auf einem Tisch. An den Wänden waren zahlreiche schwarze Metallaktenschränke.

Ohne Rena auch jetzt eines Blickes zu würdigen, erklärte die Schwester: »Möchten Sie die Unterlagen auf dem Schirm abrufen oder lieber die Originalakten einsehen?«

»Die Originalakten.«

Dewhurst bückte sich und schloß einen Aktenschrank auf. »Hier finden Sie die Patienten, die 1974 bei uns waren. Bitte versuchen Sie gar nicht erst, die anderen Fächer zu öffnen. Es würde Ihnen nichts nützen, denn sie sind abgeschlossen.«

Sobald die Schwester gegangen war, begann Rena damit, die Ordner herauszuziehen. Sie hatte Glück. Neben den Personendaten war auch jeweils ein Photo des Betreffenden enthalten. Rena ging eine Akte nach der anderen durch. Manche Namen kamen ihr bekannt vor. Ein berühmter Opernsänger. Der Chef einer Autofirma in Detroit, der mit ihrem Vater Simon befreundet war. Nach einigen Minuten stieß sie auf Maura. Sie betrachtete das Bild. *Wie traurig und einsam sie da aussieht.* Ihre Augen wirkten leblos und waren tief in den Höhlen versunken. Vielleicht hatte sie im Moment der Aufnahme unter Medikamenten gestanden. Nach der Begegnung mit Tompson traute sie dem Mann alles zu.

Rena las die Akte besonders aufmerksam. Das meiste, was dort aufgeführt war, wußte sie bereits. Gewalttätige Ausbrüche, denen Phasen absoluter Starre folgten, die bis an den Rand der Katatonie gingen. Dieses Krankheitsbild hatte einen Monat angehalten. In dieser Zeit hatte sie sich geweigert, ihren Vater zu sehen. Als Peter doch einmal gekommen war, um sie zu besuchen, hatte sie einen Tobsuchtsanfall erlitten

und mußte in eine Zwangsjacke gesteckt werden. Nachdem Peter McKinney tot war, hatte sie sich ihrer Umwelt etwas geöffnet: Ihr Appetit kehrte zurück, und sie sprach wieder in zusammenhängenden Sätzen.
Rena blätterte weiter in der Akte. Dr. Tompson oder sein Assistent hatten eine Menge Details aus Mauras Vergangenheit und zu ihrem jetzigen Zustand aufgeführt. Mauras Furcht davor, die Welt könnte von ihrer Doppelgeschlechtigkeit erfahren. Ihre Gefühle für Martin. Ihre Sehnsüchte und ihre Ablehnungen. Ja, alles war enthalten, sogar der Umstand, daß sie eine Barbiepuppe besessen hatte und daß sie diese in Jasmine Dawn umgetauft hatte. Maura mußte den Ärzten sehr viel erzählt haben.
Nur leider fand sie in den Akten nichts, was ihr weiterhelfen konnte. Wonach suchte sie eigentlich? Nach irgendeinem Namen oder einem Detail, die das Puzzle vervollständigen könnten.
Gerade als sie Mauras Akte zuklappen wollte, entdeckte sie es. Eine kleine handschriftliche Notiz von Mauras Krankenpfleger. Renas Schläfen begannen zu pochen. Dabei war weniger die Notiz von Bedeutung als der Name, der darunter stand. Julian Clurman. Wie in Clurman Enterprises!
Rena gratulierte sich in Gedanken. Es gab also wirklich jemanden, der hinter all dem steckte.
Rena ging noch einmal alle Akten durch, um mehr über und von Clurman zu finden. Sein Name tauchte hier und da in Verbindung mit anderen Patienten auf, aber sie erfuhr nichts über ihn als Person. Nicht einmal sein Gesicht fand sie.
Aber irgendwo muß es mehr über ihn geben, sagte sie sich. Sie betrachtete die anderen Schränke. *Wenn überhaupt, dann finde ich dort etwas über ihn.* Sie trat an die Fächer und zog daran. Doch sie waren verschlossen. »Scheiße!« rief sie und trat mit dem Fuß dagegen.

Sofort stürmte Miß Dewhurst herein. Diesmal sah sie Rena an, aber in ihrem Blick war nur Verachtung. »Dr. Halbrook, Sie wurden darauf hingewiesen, daß die anderen Unterlagen Sie nicht zu interessieren haben!«
»Ich muß aber weitere Akten einsehen. Schließen Sie sofort die Schränke auf!« fuhr Rena sie an und zeigte auf die Fächer.
Die Schwester schob den Unterkiefer vor und stemmte die Fäuste in die massigen Hüften. »Sie haben sich damit einverstanden erklärt, nicht an die anderen Unterlagen gehen zu wollen«, entgegnete sie unerbittlich.
»Öffnen Sie diese gottverdammten Dinger, und zwar augenblicklich!« Sie schrie so laut wie selten zuvor, doch das kümmerte sie in diesem Moment wenig.
Dr. Tompson erschien und entdeckte gleich Renas wütende Miene. Er räusperte sich kurz und wandte sich dann an die Schwester: »Miß Dewhurst, was geht hier vor?«
Atemlos vor Empörung antwortete sie: »Diese Frau will auch die anderen Unterlagen sehen!«
»Öffnen Sie bitte die Fächer!« beharrte Rena.
»Wonach suchen Sie denn?« fragte Tompson.
»Nach der Wahrheit über die Weinbergmorde«, antwortete Rena. Er verschränkte die Arme vor der Brust und warf einen Blick auf die Metalltürme. »Es ist eine Sache, wenn Sie sechzehnjährige Unterlagen einsehen wollen, aber es ist etwas ganz anderes, wenn Sie unsere gesamte Kartei unter die Lupe nehmen möchten. Ich kann es wirklich nicht mit meinem medizinischen Eid in Einklang bringen, Ihnen weitere Akten zur Verfügung zu stellen, Dr. Halbrook.«
»Draußen werden Menschen ermordet!« hielt sie ihm entgegen und starrte ihn vorwurfsvoll an.
Tompson spürte, daß er es nicht bei einem einfachen Nein belassen konnte. Er dachte kurz nach und erklärte dann:

»Einverstanden. Wenn Sie alles schön für sich behalten, kann ich es Ihnen eigentlich nicht verwehren.«
Die Schwester riß fassungslos den Mund auf und sagte: »Aber, Dr. Tompson...«
»Schließen Sie auf.«
»Aber...«
»Tun Sie es einfach.«
Dewhurst schüttelte den Kopf, beugte sich dann aber hinab und öffnete einen Schrank nach dem anderen.
Rena zog das erste Fach auf. Während sie darin kramte, drehte sie sich plötzlich zu Dr. Tompson um und fragte: »Ist Julian Clurman hier noch als Pfleger beschäftigt?«
»Mit Sicherheit nicht!« entfuhr es dem Psychiater.
Sie hörte heraus, daß es keine einfache Entlassung gewesen war. »Was hat er denn getan?«
»Zuerst einmal ist Julian eine *sie*. Wir mußten das Arbeitsverhältnis lösen, nachdem wir herausgefunden hatten, daß sie einige Patienten körperlich mißhandelt hatte.«
Rena sah ihn erstaunt an. »Eine Frau mit dem Vornamen Julian?«
»Ja.«
»Wann wurde sie entlassen?«
»Vor einem Jahr. Warum?«
Rena antwortete nicht darauf und wandte sich wieder den Akten zu.
»Wozu soll das alles gut sein?« fragte Tompson ungeduldig, nachdem Rena fast die gesamte Kartei durchgesehen hatte.
Sie hielt es für besser, nichts dazu zu sagen, denn bislang hatte sie noch nichts gefunden. Sie öffnete den vorletzten Ordner und ging mit der Fingerspitze die Namensliste durch. Ziemlich weit unten hielt der Finger abrupt an. Sie sah auf und den Arzt an.
»Was haben Sie denn?« erkundigte er sich.

»Einen Patienten, der letztes Jahr hier gewesen ist.«
»Von wem sprechen Sie?«
Sie atmete schwer, als sie antwortete: »Edmond Farnsworth.«
»Ja und? Was ist mit ihm?«
»Ich kenne ihn, er ist ein Freund meines Vaters. Was hat ihm denn gefehlt?«
»Er hatte einen Zusammenbruch und wollte sich das Leben nehmen. So etwas kommt nun einmal bei Personen vor, die hohe Verantwortung und viel Streß ertragen müssen.«
»Er hat mir erzählt, daß er vor ungefähr einem Jahr eine Herzattacke hatte.«
Tompson lachte. »Kaum einer wird jemals zugeben, daß er einen Selbstmordversuch hinter sich hat. Ich nehme an, er hat ein anderes Krankenhaus genannt, damit man nicht hinter sein kleines Geheimnis kommt.«
Ja, dachte Rena, das hatte er. Sie hatte in den Unterlagen einige Personen entdeckt, die sie entweder persönlich kannte oder mit denen ihr Vater geschäftlich zu tun hatte. Aber keiner von ihnen würde je zugeben, hier gewesen zu sein.
»Edmond hat mich vor ein paar Monaten angerufen und mir mitgeteilt, daß er glücklich verheiratet sei und sich mittlerweile als Winzer versuche.«
Rena studierte die Akte und entdeckte, daß Julian Clurman Edmonds Schwester gewesen war. »Wie sieht Julian aus, Doktor?«
Er runzelte die Stirn und dachte kurz nach. »Hm, rotes Haar, etwa fünfundfünfzig Jahre alt, groß, schwerer Knochenbau. Edmond war einer ihrer letzten Patienten. Wenn ich mich recht erinnere, hat er sogar indirekt ihre Entlassung ausgelöst.«
»Wie das?«
»Sie hat ihm den Arm gebrochen. Clurman war gerade allein

mit ihm in seinem Zimmer. Sie behauptete nachher, er sei im Badezimmer auf den nassen Fliesen ausgerutscht. Der Chirurg, der den Arm untersuchte, kam jedoch zu einem anderen Ergebnis. Er hat uns die Röntgenbilder gezeigt, und darauf war zu erkennen, daß der Arm buchstäblich aus seiner Pfanne gedreht worden war, bis der Knochen brach. Bei einem simplen Ausgleiten ist so etwas so gut wie ausgeschlossen. Nun, dieser Fall hat uns mißtrauisch gemacht.«
»Was hat Edmond denn dazu gesagt?«
»Er wußte nicht, wie es dazu hatte kommen können. Er stand damals unter starken Sedativa. Wir haben ein paar andere Patienten untersucht, die von Clurman versorgt wurden. Die meisten hatten viel zuviel Angst, etwas zu sagen. Nachdem wir ihnen versichert hatten, daß ihnen nichts geschehen würde, haben wir dann erfahren, was Julian Clurman sich alles geleistet hat: üble Beschimpfungen, körperliche Züchtigungen, unnötiges Einsetzen von Klistieren und vorsätzliches Einsetzen der Spritzennadeln neben der Vene. Schlimme Dinge! Wir haben sie auf der Stelle gefeuert.«
»Wissen Sie, was aus ihr geworden ist?«
»Nein. Und ehrlich gesagt, es interessiert mich auch nicht.«
Rena warf einen Blick auf die Wanduhr. Mist, schon zwanzig Minuten nach vier! Das letzte Flugzeug nach San Francisco ging um sechzehn Uhr dreißig. Sie würde es nicht mehr bekommen. Also mußte sie die Nacht in Tacoma verbringen.
»Darf ich Ihr Telephon benutzen, Doktor?«
»Natürlich.«
Sie rief zuerst beim Flughafen an, um zu erfahren, wann morgen das erste Flugzeug nach San Francisco startete. Dann wählte sie die Nummer von Charlies Motel. Er war nicht auf seinem Zimmer. Sie hinterließ ihm die Nachricht, er solle sie morgen um elf Uhr dreißig am Flughafen abholen.
Beim Einhängen dachte sie: Endlich hat der geheimnisvolle

Unbekannte einen Namen. Doch wie sollte sie Julian Clurman finden?

Kapitel 35

Maura stand in der Telephonzelle vor einem Kino, das die ganze Nacht Vorstellungen hatte, an der Ecke Sixth Street und Main Road in Los Angeles. Sie nahm den Hörer ab, um sich von der Vermittlung die Nummer der Radiostation KROS geben zu lassen.
Sie war kurz vor dem Zusammenbruch, und das Fieber wütete wieder in ihr. Sie konnte sich kaum daran erinnern, wo sie in den letzten anderthalb Tagen gewesen war. Alles war undeutlich und verwischt. Sie wußte noch, daß sie über Straßen gelaufen war. Vielleicht hatte sie ein Kino besucht und war während der Vorstellung eingeschlafen. Sie war sich aber nicht sicher, und das erschreckte sie mehr als die Rückkehr des Fiebers.
Sie schlug die Arme um den Leib. Der Schüttelfrost setzte wieder ein.
Die Sonne ging gerade unter und tauchte die schäbigen weißen Gebäude dieser Gegend in ein grelles rotes und purpurfarbenes Licht. Der Sonnenschein war so intensiv, daß ihr die Augen schmerzten. Sie schützte sie mit einer Hand.
Als sie die Nummer bekommen hatte und beim Sender anrief, fragte sie in der Telephonzentrale nach dem Besitzer von KROS. Als sie erfahren hatte, daß der Bud Masterly hieß, ließ sie sich zur Personalabteilung durchstellen.
»Personalabteilung«, hörte sie kurz darauf eine weibliche Stimme.
»Hier Federal Express. Ich habe eine Sendung für eine Miß... einen Moment bitte... ach ja, Miß Rena Halbrook.

Die Adresse auf dem Umschlag ist teilweise unleserlich. Nach der Postleitzahl muß das irgendwo in Brentwood sein, aber Straße und Hausnummer sind nicht zu entziffern.«

»Ich fürchte, ich darf Ihnen die Adresse am Telephon nicht durchgeben. Warum fragen Sie nicht beim Absender nach?«

»Das tue ich ja gerade. Als Absender ist hier ein Mr. Bud Masterly mit der Adresse des Radiosenders KROS angegeben. Ich bin von der Telephonzentrale Ihres Hauses zur Personalabteilung durchgestellt worden. Wenn es ein Problem gibt, kann ich die Sendung auch gleich wieder als unzustellbar zurückschicken. Wollen Sie mir nun die Adresse geben oder nicht? Ich habe nicht den ganzen Tag Zeit.«

»Solange wird es bestimmt nicht dauern. Haben Sie gesagt, der Absender sei Bud Masterly?«

»Ja, genau das habe ich gesagt.« Maura hörte deutlich heraus, daß die Frau am anderen Ende unsicher geworden war.

Nach ein paar Sekunden meldete sie sich wieder und sagte: »Canyon View Drive, Nummer einhundertdrei.«

»Vielen Dank.« Maura wollte schon einhängen.

»Nur dort hält sie sich zur Zeit nicht auf. Sie ist auf Reisen.«

Mauras Herz sackte nach unten. »Kann man sie dort irgendwo antreffen?«

»Ja. Sie wohnt im Napa Valley bei ihrem Vater, der dort eine Winzerei besitzt. Ich kann Ihnen die Adresse geben.«

Maura hängte ein. Die Adresse kannte sie. Frustriert hieb sie mit der Faust gegen die Wand. Dann atmete sie tief durch, um sich wieder unter Kontrolle zu bringen. Sie mußte nachdenken und konnte es sich nicht leisten, auszurasten. Durfte sie es wagen, sich ins Napa Valley zu begeben? Ja, denn was blieb ihr für eine andere Wahl?

Das metallische Schaben begann wieder in ihrem Kopf. Dazu gesellte sich der übliche Panikanfall. Und die Kopfschmerzen ließen auch nicht lange auf sich warten. *Nein, ich besitze*

überhaupt keine Wahl mehr! In der letzten Nacht war es zu dem gekommen, wovor sie sich am meisten fürchtete: Sie war eingeschlafen. Hatte sie wieder einen Mord begangen? Maura hatte keine Ahnung. Von den letzten vierundzwanzig Stunden hatte sie nur vage, nebulöse Erinnerungen im Gedächtnis.
Sie warf neue Münzen in den Schlitz und rief bei Onkel Wiggly an. Wieder hob niemand ab. War ihm vielleicht etwas zugestoßen?
Sie verließ fast fluchtartig die Telephonzelle und winkte ein Taxi heran. Ihr Körper war von dem Fieber und den Panikanfällen schweißverklebt. »L. A. Airport«, sagte sie beim Einsteigen.
»Welcher Terminal?« erkundigte sich der Fahrer. Er sah sie durch den Rückspiegel an und bemerkte, wie bleich und feucht ihr Gesicht war. »Sind Sie in Ordnung?«
»Ja«, antwortete sie und nahm zwei Tabletten aus ihrer Handtasche. »Lassen Sie mich am Terminal eins hinaus.« Ein Bus wäre sicherer gewesen, aber sie hatte nicht mehr die Zeit, die eine Fahrt mit einem öffentlichen Verkehrsmittel in Anspruch nehmen würde. So, wie es jetzt aussah, hatte sie schon viel zuviel Zeit verloren. Sie mußte auf ihr Glück vertrauen, nicht gleich erkannt zu werden.
Sie schraubte die Flasche Xanax auf und schluckte zusätzlich zu den zwei Darvocets einen Tropfen der Flüssigkeit. In einigen Minuten würde das schreckliche Panikgefühl in die Tiefen ihrer Psyche zurücksinken und die Angst mit sich nehmen. Bis dahin schloß sie die Augen und klammerte sich an den Rand der Sitzbank, während der Wagen sich durch den Feierabendverkehr auf dem Freeway 405 kämpfte.
Am Schalter erfuhr sie, daß das nächste Flugzeug nach San Francisco in wenigen Minuten starten würde und außerdem ausgebucht sei. Doch auf dem nächsten Flug, der in einer

Stunde abgehen würde, wären noch einige Plätze frei. Maura kaufte ein Ticket und bezahlte in bar. Sie fuhr mit dem Fahrstuhl nach oben und reihte sich in die Schlange der Fluggäste ein, die durch den Detektor wollten. Vor ihr befand sich ein Mann, der einen Arm um seine Tochter gelegt hatte. Sie beobachtete, wie er sie liebevoll an sich drückte. Er flüsterte ihr irgend etwas zu, und sie kicherte. Dann sagte er noch etwas, und sie lachte lauter.
Eine Woge der Traurigkeit überkam Maura. Wenn ihr Vater doch nur so lieb zu ihr gewesen wäre. Dann erinnerte sie sich und war wieder voller Haß. Der Haß, der immer in ihr entstand, wenn sie an Peter dachte. Sie sah dem Vater und seiner Tochter nach, wie sie durch das Gate verschwanden. Maura seufzte tief und hoffte, bald bei Rena zu sein, damit dieser furchtbare Alptraum endlich ein Ende finden würde.
Sie landete um neunzehn Uhr in San Francisco.
Kaum gelangte sie durch das Gate, entdeckte sie schon die beiden uniformierten Polizisten. Sie standen an der Tür zur Halle und hielten ein gezeichnetes Bild von einer Frau in der Hand. Sie sahen alle weiblichen Passagiere an, die mit Maura aus dem Flugzeug kamen. Sie studierten die Gesichter und den Körperbau der Frauen. Mauras Hand fuhr in die Tasche der Strickjacke und schloß sich um die Flasche mit den Placidyls. Als sie an den Beamten vorbeikam, blickte sie stur geradeaus. Sie zitterte vom Fieber und konnte nur beten, daß das den Männern nicht auffallen würde.
Einer der Polizisten blickte in ihre Richtung und betrachtete dann das Bild. Sie bemerkte aus dem Augenwinkel, daß er kurz mißtrauisch wurde. Doch dann schien er sich zu sagen, daß er sich geirrt haben mußte, und sein Blick wanderte zu den weiblichen Passagieren, die hinter ihr kamen.
Maura zog die Hand aus der Tasche. Wenn die Beamten sie festgehalten hätten, hätte sie alle Tabletten auf einmal ge-

schluckt. Doch jetzt fiel ihr ein, daß die Polizisten sie sofort in ein Krankenhaus gebracht hätten, um ihr dort den Magen auspumpen zu lassen, bevor das Schlafmittel seine Wirkung tun konnte. Nein, sagte sie sich, am besten würde sie sich bei einer Festnahme heftig zur Wehr setzen. Mit etwas Glück würde man sie erschießen. Ein kurzer Schmerz, und dann wäre alles vorüber. Der Gedanke an einen solchen schnellen Tod beruhigte sie sehr und gab ihr die Kraft, aus dem Terminal hinauszumarschieren.

BUCH FÜNF

Kapitel 36

In San Francisco war es naß und kalt.
Maura spazierte lange Zeit durch die Straßen von North Beach und suchte hin und wieder ein italienisches Café auf, um sich aufzuwärmen. Wenn sie zu lange dort herumhockte und das Personal sie mißtrauisch beäugte, verließ sie das Lokal und lief weiter. Etwas später ging sie auf dem Broadway in ein Pornokino. Müde und schwach und mit einem Gefühl von Watte im Kopf schleppte sie sich die Stufen hinauf, hockte sich in die letzte Reihe und schlief sofort ein.
Drei Stunden später erwachte sie, weil jemand seine Hand auf ihre Brust gelegt hatte. Maura öffnete die Augen und sah einen schmierigen Mann in den mittleren Jahren, der neben ihr Platz genommen hatte. Sein Hosenschlitz stand auf. Mit der einen Hand rieb er seinen erigierten Penis, und mit der anderen massierte er ihre Brüste. Er grunzte und stöhnte, und sein Atem stank entsetzlich.
Fick mich, Jack! Fick mich härter! ertönte es aus den Lautsprechern.
Als Maura seine Hand wegschob, kam der Mann. Er stöhnte tief, und die milchige Flüssigkeit spritzte durch seine Finger auf ihren Rock.
O ja, mach mir's von hinten! Oooh ja! Fester, Jack!
Maura erstarrte. Der Nebel in ihrem Kopf löste sich auf. Eine Wut, wie sie sie noch nie erlebt hatte, stieg aus den Tiefen ihres Körpers auf. Sie grub dem Mann ihre Fingernägel in die Wange. Er stieß einen schrillen Schrei aus, während ihm die Haut in Streifen aus dem Gesicht gerissen wurde.
Wieder und wieder schlug sie mit ihren Krallen nach ihm. Als er instinktiv die Hände hochriß, um sein Gesicht zu schüt-

zen, kratzte sie ihn am Kopf, an den Armen und am Bauch. Raubtierhafte Laute kamen aus ihrem Mund, und von ihren Lippen tropfte Schaum.
Eine Stimme in ihr rief, sie solle damit aufhören, und daß sie den Mann umbringen würde. Aber Maura konnte einfach nicht aufhören. Dieses Schwein hatte sie besudelt. In ihren Augen loderte der Zorn. *Nur Martin darf mich berühren! Nur Martin!*
Der Mann sprang auf und versuchte zu entkommen. Er tastete wie blind um sich, weil das Blut aus den vielen Kopfwunden in seine Augen rann. Er stolperte und fiel auf die Sitzreihe. Er rappelte sich gleich wieder auf und taumelte auf den Rand des Balkons zu. Maura riß an seinem Mantel und hielt ihn plötzlich in der Hand. Der Mann geriet aus dem Gleichgewicht und stürzte über das Messinggeländer. Er schrie kurz, dann folgte ein dumpfer Aufprall. Die wenigen Zuschauer, die unten saßen, bekamen das erst nach ein paar Sekunden mit und veranstalteten dann ein großes Spektakel.
Maura blickte über das Geländer nach unten. Der Mann lag zwischen zwei Sitzreihen, und seine Füße hingen in einer merkwürdig verdrehten Position über einem verschlissenen Samtpolster. Er regte sich nicht mehr, stöhnte aber leise. Einige Zuschauer bekamen es mit der Angst zu tun und liefen zum Notausgang. Der Kinobesitzer erschien mit einer Taschenlampe und näherte sich dem Gestürzten. Er leuchtete ihn an, blickte dann nach oben und ließ den Strahl über das Geländer wandern. Maura bedeckte ihr Gesicht mit den Händen und rannte aus der Loge und die Treppe hinunter. Ein Platzanweiser kam ihr entgegen. Sie eilte an ihm vorbei. *Stoß mich mit deinem Riesenprügel, Jack! Jack, Jack, du spaltest mich!*
Sie stieß die Doppelglastür auf und stürzte hinaus auf die

Straße. Sie bekam Seitenstechen, aber sie durfte nicht aufhören zu laufen, bis sie weit genug vom Kino entfernt war.
Als keine Kraft mehr in ihr war, hielt Maura sich mit einer Hand an einer Laterne fest, beugte sich vor und bemühte sich verzweifelt, wieder zu Atem zu kommen. In ihrer Kehle schien es zu brennen. Etwas später hob sie den Kopf wieder und sah, daß die stahlgraue Dämmerung gerade über der Stadt aufstieg.
Wo bin ich? fragte sie sich.
Sie entdeckte ein Straßenschild. Van Ness Avenue. Was für ein Glück. Die Van Ness Avenue mündete ein Stück weiter nördlich in den Highway 101 ein. Und der 101 führte nach Napa. Sie sah an sich herab und bemerkte die klebrige Masse auf Rock und Bauch. Starker Ekel machte sich in ihr breit, und dem folgte die Wut. *Dieses brünstige Tier! Ich hoffe nur, ich habe ihn umgebracht!* Sie ergriff eine Zeitung, die der Wind heranwehte, und wischte sich wie von Sinnen das Sperma von ihrer Kleidung.
Erschrocken fiel ihr dann ein, daß sie die Umhängetasche, in der sich ihr Geld befand, im Kino liegengelassen hatte. Sie schob die Hände in die Taschen ihrer Strickjacke und betete darum, daß die Tabletten immer noch dort waren. Ja, die hatte sie wenigstens nicht vergessen. Aber was sollte sie ohne Geld machen? Wie konnte sie nach Napa gelangen? Maura lehnte sich gegen die Laterne und schloß die Augen. *Bitte, laß mich einfach hier sterben!*
Sie umklammerte die Flasche mit dem Schlafmittel. Wie einfach alles sein würde. Der Lafayette Park lag nur einige Blocks entfernt. Sie mußte nur ein abgelegenes Fleckchen finden, wo nie jemand hingelangte. Und dort die knallroten kleinen Helfer schlucken. In weniger als einer Stunde wäre alles vorüber.
Maura zog das Fläschchen aus der Tasche und schraubte den

kindergesicherten Deckel ab. Während sie die Placidyls auf ihre Hand kippte, hörte sie das Geräusch. Sie sah nach vorn, und was sie dort erblickte, trieb ihr die Tränen in die Augen: ein alter Kleinlaster mit Holzverschlägen parkte dort am Bürgersteig. Ein dunkler Mexikaner mit einem bleistiftdünnen Schnurrbart und einer zerrissenen Jeans setzte hinter dem vorderen Reifen einen Wagenheber an und kurbelte. Ein anderer Mann mit langen Koteletten holte gerade von der Pritsche das Reserverad. Der erste Mann zog den platten Reifen ab und tauschte ihn gegen den neuen aus.

Die Tränen brannten in ihren Augen, als Maura zu den beiden ging. Sie entdeckte eine Frau auf der Rückbank, die ein Baby in den Armen hielt. Neben ihr saß ein etwa zwölfjähriges Mädchen mit unübersehbar indianischen Zügen. Die drei starrten die fremde Frau an, die sich dem Wagen näherte.

Dann roch Maura den vertrauten Geruch von der Pritsche, und sie ließ den Tränen freien Lauf. Das durchdringende, schwere Aroma von fermentierten Trauben.

Das mußten Traubenpflücker sein, und das Vorderteil des Lasters zeigte in Richtung Norden. Sie waren unterwegs zu den Winzereien, um dort die Spätlese zu pflücken.

Nehmt mich mit! O bitte, Gott, mach, daß sie mich mitnehmen!

Das Mädchen lächelte ihr zu. Der Mann, der die Muttern in der Hand hielt, sah von dem Reifen auf und tippte zum Gruß mit einer ölverschmierten Hand an seinen Strohhut.

Maura lächelte zurück, und sie schmeckte das Salz der Tränen, die in ihren offenen Mund gelaufen waren.

Kapitel 37

Am nächsten Morgen holte Charlie Rena um halb zwölf Uhr am Flughafen von Napa ab. Sie umarmten sich heftig und lange.

»Hast du Lust auf ein Frühstück?« fragte er, während er ihren angenehmen Duft einsog.

»Nein«, antwortete sie und löste sich von ihm. »Viel lieber würde ich Edmond Farnsworth einen Besuch abstatten.«

Sie hatte ihm gestern nacht am Telephon alles erzählt.

»Dann mal los«, lächelte er.

Zu Edmonds Büro war es nicht weit.

Die mittelaltrige Sekretärin in Edmonds High-Tech-Winzerei erklärte den beiden, daß Mr. Farnsworth eine Erkältung habe und deswegen heute nicht kommen würde.

»Oh, wie dumm«, sagte Rena.

Charlie sah sie an. Sie wirkte müde, aber das Adrenalin strömte durch ihre Blutbahnen.

»Ja, leider. Mr. Farnsworth hat in der letzten Zeit so viele Mittel gegen seinen Blutstau eingenommen, daß sein Rachen ganz wund geworden ist und er kaum noch schlucken kann.«

Als sie zum Range Rover zurückkehrten, legte Charlie Rena eine Hand auf die Schulter und fragte: »Kennst du seine Privatadresse?«

»Irgendwo an der Dry Creek Road in Heraldsburg. Simon hat mir erzählt, das Haus würde großartig aussehen, wenn es bei einem heftigen Sturm von der Klippe rutschen würde.«

Zehn Minuten später erreichten sie auf der Kuppe eines Hügels das weiße, monolithische Bauwerk. Der alte Simon hatte mit seiner giftigen Bemerkung nicht übertrieben, dachte Charlie. Ein Haus, wie es in Südkalifornien derzeit absolut in war. Die Ränder und Friese der Stuckarbeiten waren in Türkis und Pfirsich gehalten, *den* Modefarben in diesem Jahr.

Blasenartige Fenster, die an die Helme von Raumfahrern erinnerten, ragten wie Zysten überall aus den Wänden.
Rena stellte den Wagen an der Straße ab. Sie liefen die restlichen fünf Meter bis zum Eingang zu Fuß. Die Sonne wurde von der weißen Fassade zurückgespiegelt und stach Charlie in die Augen. Er verwünschte den Umstand, daß er keine Sonnenbrille mitgebracht hatte.
Als Rena auf den perlenartigen Knopf an der Bronzeklingel drückte, spielte die Glocke die beiden ersten Takte von »Buttons and Bows«. Charlie und Rena sahen sich an und grinsten.
Eine schwarze Hausangestellte, die eine weiße Uniform mit Spitze trug, öffnete die Tür. »Ist Mr. Farnsworth zu Hause?« fragte Rena.
Der Blick der Frau wanderte rasch zwischen den beiden hin und her. »Ja. Ma'am. Haben Sie einen Termin?«
»Nein. Aber es ist sehr wichtig, daß wir mit ihm reden.«
Sie machte eine mißtrauische Miene. »Es tut mir leid, aber Mr. Farnsworth fühlt sich heute nicht so gut. Er hat sich eben hingelegt.«
Rena atmete tief durch und sagte dann: »Ist Mrs. Farnsworth denn hier?«
»Nein, Ma'am. Sie hat im Club ihre Tennisstunde. Soll ich etwas ausrichten?«
Rena nahm sich zusammen und sagte geduldig: »Würden Sie bitte Mr. Farnsworth ausrichten, daß ich die Tochter von Simon Halbrook bin und daß ich alles über das Riverside Hospital weiß?«
»Simon Halbrooks Tochter und Riverside Hospital. Ja, ich werde es ihm sagen.« Die Haushälterin zog sich zurück und schloß die Tür.
»Meinst du, er beißt an?« fragte Charlie Rena, als sie zum Wagen zurückgingen.

»Ihm bleibt keine andere Wahl«, entgegnete sie.
Sie fuhren schweigend zu Simons Château zurück.
Ein Diener kam auf Rena zu, als sie das Haus betrat: »Ihr Vater ist mit Ihrer Tochter nach Palo Alto unterwegs. Ich soll Ihnen mitteilen, daß er heute abend wieder zurück ist.«
Rena lächelte. Möglicherweise fiel die Mauer, die zwischen den beiden stand, allmählich.
Der Bedienstete hatte noch etwas mitzuteilen. »Oh, und ein Mr. Farnsworth hat angerufen und wollte Sie sprechen. Sie möchten bitte so bald wie möglich zurückrufen.« Er reichte ihr die Telephonnummer, die er auf einem Zettel notiert hatte.
Rena sah Charlie nervös an.
»Ich schätze, er hat angebissen«, sagte er und zwinkerte ihr zu.
Sie begaben sich ins Arbeitszimmer. Rena nahm den Hörer ab, atmete tief ein und wählte dann die Nummer.
Farnsworth meldete sich gleich und sagte mit seiner kranken rauhen Stimme: »Hallo?«
»Edmond, hier spricht Rena Halbrook.«
Farnsworth schwieg eine Weile, dann sagte er: »Ich habe gehört, Sie wollten mich sprechen.«
Er bemühte sich darum, freundlich zu klingen, doch sie hörte seine Angst deutlich heraus. Sie räusperte sich, um ihre eigene Nervosität zu verbergen, und sagte: »Ich muß mit Ihnen über die Riverside-Klinik reden.«
»Ich denke, wir sollten uns wirklich darüber unterhalten.« Er schien auf der Hut zu sein. »Wäre es zuviel verlangt, wenn ich Sie bitten würde, noch einmal hierherzufahren? Wir können auf der Terrasse den Lunch einnehmen. Es ist doch nur zehn Minuten von Ihnen entfernt.«
Sie sah Charlie an. »Ja, das macht mir nichts aus. Ich möchte aber den Mann mitbringen, der mich begleitet hat.«

»Nein, ich will nur mit Ihnen reden«, widersprach er gleich.
Wieder sah Rena Charlie an. Er hielt sein Ohr an den Hörer und schüttelte den Kopf.
»Okay, dann komme ich allein«, antwortete sie Farnsworth.
Charlie schloß die Augen und stöhnte.
»Ich bin gleich bei Ihnen.«
»Fein.« Edmond klang erleichtert. »Ich denke, Sie können verstehen, daß ich darüber nur unter vier Augen sprechen möchte.«
Rena hängte ein. Charlie hieb fest auf das Kissen ein, das auf der Couch lag. »Vielen Dank«, erklärte er verärgert.
»Ich konnte ihn nicht bedrängen, Charlie. Wenn du mitgekommen wärst, hätte Farnsworth sich bestimmt geweigert zu reden. Seelische Krankheiten erfüllen die Betroffenen mit tiefer Scham.«
Er legte seine Hände auf ihre Schultern. »Dieser alte Mann könnte mehr im Sinn haben als nur sein Schamgefühl. Unten an der Straße hocken ein paar FBI-Männer in einem Lieferwagen und schwitzen sich den Arsch ab. Ich werde ihnen Bescheid geben...«
»Nein!« entgegnete sie heftig, zog sich von ihm zurück und marschierte zur Tür. »In einer Stunde bin ich wieder da.«
Sie war schon draußen, bevor Charlie ein weiteres Mal versuchen konnte, sie umzustimmen. Er blieb einfach stehen, bis er den Motor des Range Rovers und das Knirschen der Räder auf dem Kiesweg hörte. »Gottverdammte Scheiße!« brüllte er dann und trat mit voller Wucht gegen die Couch. Ein Stück Holz splitterte vom Mahagonibein ab. Nein, er durfte sie nicht allein fahren lassen. Nicht nach all dem, was sie über diese verrückte Clurman erzählt hatte.
Er eilte ans Fenster und sah nach, ob draußen noch ein Wagen stand. Etliche Fahrzeuge, die den Angestellten gehörten, befanden sich auf dem Parkplatz der Kelterei. Dann entdeck-

te er das Heck von Simons Mercedes, das aus der Garage ragte. Er warf einen Blick auf den weißen Kreis des Hubschrauberlandeplatzes. Der Kreis war leer. Simon mußte mit Cathy nach Palo Alto geflogen sein, sagte er sich.

Er lief in die Küche und traf dort den Diener an. Der Mann hatte die Ärmel hochgekrempelt, saß am Küchentisch und polierte das Silber. »Haben Sie die Schlüssel von dem Mercedes in der Garage?« fragte Charlie aufgekratzt.

Simon hatte dem Diener am Morgen aufgetragen, Charlies Wünschen nicht Folge zu leisten, falls dieser sich im Haus zeigen sollte. Er wollte dem Journalisten, der vor ihm aufragte, gerade mitteilen, daß er die Wagenschlüssel nicht habe, als ihm der eigenartige Ausdruck in Charlies Augen auffiel. Instinktiv wußte der Diener, daß er besser den Mund hielt und ihm das gab, wonach er verlangte. Der Reporter machte den Eindruck, als würde er die Küche auseinandernehmen, um das zu bekommen, wonach er suchte. Der Diener erhob sich, trat an den Küchenschrank und öffnete die Tür. An der Innenseite war ein Schlüsselbrett angebracht. Er nahm die mit dem Mercedeszeichen und ließ sie wortlos in Charlies ausgestreckte Hand fallen.

Ohne sich zu bedanken oder sonst etwas zu sagen, rannte Charlie davon und erreichte über die marmornen Flurböden die Haustür.

Die Garage war riesig und hatte die Ausmaße eines Flugzeughangars. Sie beherbergte Simons unbezahlbare Automobilsammlung, darunter war ein 65er Shelby Cobra, ein 52er Cunningham Continental und ein 48er Kurtis. Alle befanden sich in einem ausgezeichneten Zustand, wurden nie gefahren und gehörten zu den gesuchtesten Sammlerstücken.

Charlie marschierte durch das grelle Sonnenlicht und gelangte in das Halbdunkel der Mammutgarage. Er erreichte die Fahrertür des Mercedes und wollte gerade den Schlüssel in das Schloß schieben, als er hinter sich ein Geräusch hörte: Schritte, die sich langsam über den Betonboden bewegten. Er wirbelte herum und sah ein flaches, angerostetes Spatenblatt auf sich zukommen. Sein feiner Instinkt, der in den Straßen von Brooklyn und in Vietnam geschärft worden war, bewegte ihn dazu, sich rasch zu ducken. Der Spaten krachte direkt neben seinem Ohr in die Scheibe der Fahrertür. Glassplitter folgen Charlie ins Gesicht. Sie brannten wie kleine Rasiermesserschnitte. Charlie riß automatisch den Arm hoch, um seine Augen zu schützen. Dann ließ er sich auf den Boden fallen und rollte sich ab, bis er den Reifen erreichte.

Wieder sauste das Spatenblatt auf ihn zu und traf direkt über Charlies Kopf den hinteren Kotflügel. Charlie wollte die Augen öffnen, aber staubfeine Glassplitter klebten an seinen Lidern. Er rollte sich noch ein Stück fort und rieb sich über die Augen. Dann stieß er gegen etwas Hartes. Er berührte es, und seine Hand fuhr über das polierte Chassis des 48er Kurtis.

Mist, er lag zwischen zwei Wagen gefangen.

Ihm blieb keine andere Wahl, als nach einer anderen Fluchtmöglichkeit zu suchen. Die Splitter hingen in seinen Wimpern, aber er öffnete trotzdem vorsichtig die Augen. Für einen kurzen Moment erblickte er über sich etwas Rotes, das ihm wie ein Pullover vorkam. Dann fuhr der Spaten wieder durch die Luft. Charlie drehte den Kopf nach rechts, aber diesmal war er nicht schnell genug. Er bekam noch mit, wie die Luft vor ihm wirbelte, dann breitete sich an seiner rechten Schläfe ein grauenvoller Schmerz aus. Etwas Nasses und Klebriges lief über seine rechte Gesichtshälfte, das Blut, das aus der Wunde strömte.

Wieder versuchte Charlie, die Augen zu öffnen. Doch sie waren schwer wie Blei und blieben geschlossen. Für den Bruchteil einer Sekunde roch Charlie die eigenartige Mischung aus Blut, Öl, Gummi und Wagenschmiere, dann war der Geruch fort, und er nahm überhaupt nichts mehr wahr.

Kapitel 38

Rena läutete an Farnsworths Tür. Die Glocke spielte die ersten Takte von »Moon River«. Ein gutes Stück entfernt erblickte sie Blythe, die neben dem riesigen Swimmingpool auf dem hauseigenen Court mit einem gutaussehenden jungen Mann Tennis spielte. Warum war sie hier? Sie sollte doch eigentlich im Club sein.

Der weiße Tennisdreß, den Blythe trug, ließ ihre sonnengebräunte Haut noch dunkler erscheinen. Ihr Körper machte einen durchtrainierten und geschmeidigen Eindruck. Rena sah, wie Blythe aufschlug und ein As servierte. Danach schrie sie vor Begeisterung. Der junge Mann, der ebenso tiefbraun war wie sie, trug ein John-McEnroe-Stirnband. Er warf in gespielter Frustration sein Racket in die Luft und stöhnte laut. Beide lachten dann herzlich.

Warum ist sie hier? Verdammt! Rena atmete tief durch, um ihre Nerven zu beruhigen. Sie hatte gehofft, mit Edmond allein sein zu können.

Die Tür wurde geöffnet. Rena wurde jetzt nicht vom Hausmädchen empfangen, sondern vom Hausherrn höchstpersönlich.

Sie erschrak über sein Aussehen. Er stand vorgebeugt da, und seine Haut und seine Augäpfel waren gelb wie Senf. Er wischte sich mit einem zerknüllten Taschentuch die rote Nase und sagte: »Kommen Sie herein. Bitte, kommen Sie.« Edmond trug einen weißen Samtmorgenmantel mit seinen Initialen auf der Brusttasche.

Rena trat ein.

Er schlurfte beschwerlich zum Wohnzimmer. Rena folgte ihm. »Verzeihen Sie bitte meinen Zustand«, erklärte er. »Ich habe mir vor ein paar Wochen diese elende Erkältung zugezogen, und aus irgendeinem Grund werde ich sie nicht wieder los.«

Das Wohnzimmer war in Pfirsichtönen gehalten, und man mußte zwei Stufen hinuntersteigen, um hinzugelangen. Abstrakte Gemälde hingen wie pastellfarbene Tupfer an den Wänden. Der Raum erinnerte Rena an das, was man in einem der schicken Möbelhäuser auf dem Robertson Boulevard im Schaufenster zu sehen bekam. Von diesem Zimmer ging keine Wärme aus, und nichts in ihm wirkte lebendig. Man käme nie auf die Idee, daß hier Menschen aßen, lachten und sich liebten.

»Nehmen Sie Platz«, sagte Farnsworth und putzte sich die Nase.

Rena setzte sich auf die Couch, und Edmond ließ sich ihr gegenüber in einen mit Seide bezogenen Sessel fallen. Als er die Beine übereinanderschlug, fiel Rena auf, daß er unter dem Morgenmantel keine Pyjamahose trug. Seine Beine waren dürr, kalkweiß und voller Flecke.

Rena räusperte sich, um sich zu fassen, und begann: »Edmond...«

Er winkte ab, um damit zum Ausdruck zu bringen, daß sie nicht wie eine Katze um den heißen Brei herumreden sollte. »Was hat es mit dem Riverside auf sich?« fragte er hart. Seine Lippen und der Unterkiefer waren konstant in Bewegung. Es hatte fast den Eindruck, als habe er sich nicht mehr unter Kontrolle.

»1989 waren Sie dort für ein paar Monate Patient.«

Edmond sagte zunächst nichts und sah sie nur mit seinen gelben Augen an. Seine Wangen zuckten krampfhaft, und er fing an, sich über die trockenen, spröden Lippen zu lecken.

»Sie ließen sich dort wegen schwerer Depressionen behandeln.«
»Da müssen Sie sich irren. 1989 habe ich mich einer dreifachen Bypassoperation unterzogen.« Seine Nase war wieder verstopft.
»Das glaube ich nicht. Für eine solche Operation hätte man Venen aus Ihren Beinen entnommen und ins Herz transplantiert. Dieser Eingriff hätte auf Ihren Beinen deutlich sichtbare Narben hinterlassen. Ich entdeckte dort aber keine Narben, Edmond.« Sie zeigte auf seinen nackten Unterschenkel, von dem der Morgenmantel zurückgerutscht war.
Edmond stellte rasch beide Beine auf den Boden und bedeckte sie mit dem Stoff. »Was wollen Sie eigentlich?« Ein Unterton von Resignation schwang in seiner Frage mit.
»Sie haben in Santa Rosa das Katasteramt aufgesucht.«
»Wie bitte?« Er zuckte mehrmals zusammen.
»Der Beamte dort erklärte, ein Mann in Ihrem Alter habe sich bei ihm nach dem Grundstück der McKinneys erkundigt. Und nun sehe ich genau das vor mir, was ihm an dem Besucher aufgefallen ist: Zittern am ganzen Körper, schwankender, vorgebeugter Gang und eine ungesunde gelbe Gesichtsfarbe.«
»Was zum Donnerwetter wollen Sie damit sagen?« Er machte den Eindruck, als fühle er sich in die Enge getrieben.
»Sie nehmen regelmäßig ein Chlorpromazin oder ein Antidepressivum ein, vielleicht sogar beides. Habe ich recht?«
»Was?«
»Welche Mittel nehmen Sie ein? Thorazin? Und was sonst noch?«
»Ich verstehe nicht...«
»Man sieht Ihnen die Nebenwirkungen deutlich an. Ich würde Ihnen dringend raten, die Mittel abzusetzen und sich um eine vernünftige Behandlung zu kümmern.«

»Wovon reden Sie eigentlich?« Er klang ärgerlich.
»Sie leiden nicht an einer Erkältung, Edmond. Eine verstopfte Nase und ein rauher Hals sind die Nebenwirkungen bestimmter Tranquilizer und Antidepressiva. Ebenso wie Gelbsucht, daher Ihre ungesunde Gesichtsfarbe. Sie haben die Kontrolle über die Gesichtsmuskulatur verloren, und Sie können nicht mehr eine gerade Linie laufen. Wenn Sie nicht bald damit aufhören, diese Mittel einzunehmen, leiden Sie vielleicht in Kürze an Verkrampfungen oder fallen in ein Koma. Wer verschreibt Ihnen diese Medikamente? Dr. Tompson in der Riverside-Klinik?«
»Nein, ich...«
»Rena!« rief eine Stimme und unterbrach Edmond.
Rena drehte sich um. An der Tür, die zum Tennisplatz hinausführte, stand Blythe. Ihre weiße Bluse war durchgeschwitzt. Sie hielt in der einen Hand ihr Racket und wischte sich mit der anderen die Tröpfchen von der Stirn. Blythe lächelte Rena an. Ihre haselnußbraunen Augen strahlten vor Freude. »Was für ein Glück, daß ich mich entschieden habe, meine Stunde hier statt im Club zu nehmen. Warum haben Sie nicht Bescheid gegeben, daß Sie kommen wollten? Dann hätte ich die Stunde ganz abgesagt.«
Rena erhob sich und versuchte, Blythe genauso freundlich anzulächeln, doch das wollte ihr nicht gelingen. Das Herz klopfte ihr so wild in der Brust, als suche es nach einem Weg, zu entkommen. »Ich bin gekommen, um mich mit Edmond zu unterhalten«, antwortete sie und sah die große, schlanke Frau vor sich ernst an.
»Oh«, sagte Blythe und marschierte zur Bar. »Etwas Geschäftliches?«
»Nein, nichts Geschäftliches«, entgegnete Rena.
Blythe nahm ein Glas aus dem Schrank und füllte es mit Eiswürfeln. »Möchten Sie auch einen Drink?«

»Nein, vielen Dank«, sagte Rena.
Blythe goß sich ein Mineralwasser ein, trank es rasch aus und füllte das Glas dann wieder auf. »Hättest du auch gern ein Wasser, Liebling?« fragte sie Edmond.
Edmonds Mund zuckte. Er wandte den Blick von ihr ab und schüttelte den Kopf.
»Ich sollte euch beide wohl besser allein lassen, was?« sagte Blythe und sah abwechselnd ihren Mann und die Besucherin an.
»Das wäre wirklich nett«, erwiderte Rena und bemühte sich, ihre Stimme unter Kontrolle zu halten.
Blythe sah sie aus ihren halb geöffneten Augen an. »Nein, wenn ich es mir recht überlege, bleibe ich doch lieber.« Ihrer Miene nach zu urteilen, betrachtete sie das Ganze als eine Art Scherz. Sie lächelte: »Hat eure Unterhaltung vielleicht in irgendeiner Weise etwas mit mir zu tun?«
Rena räusperte sich. »Da bin ich mir noch nicht ganz sicher. Ich habe Edmond gerade erklärt, daß er dringend damit aufhören soll, Chlorpromazin und das Antidepressivum zu schlucken. Und daß er sich um eine vernünftige ärztliche Hilfe kümmern soll. Er leidet schrecklich an den Nebenwirkungen. Was meinen Sie dazu?«
Das Lächeln auf ihrem Mund verging, und die Lippen wurden zu schmalen dünnen Strichen. Doch in ihren Augen funkelte es noch belustigt. Sie trat zu Edmond, legte ihm eine Hand auf die Schulter und drückte sie liebevoll. »Es ist alles in Ordnung, mein Schatz«, beruhigte sie ihn. Dann sah sie Rena an und fragte: »Worum geht es hier denn wirklich?«
»Fangen wir doch bei der Riverside-Klinik an. Warum bestreiten Sie so vehement, daß Edmond sich dort hat behandeln lassen?«
Sie rieb ihrem Mann den Nacken. Er hing kraftlos und vornüber gebeugt in seinem Sessel. »Was meinen Sie denn?«

fragte Blythe. »Mein Mann hat vor zwei Jahren sein Computergeschäft verkauft, weil der Streß ihm zu groß geworden ist. Er litt an leichten Depressionen und hat sich freiwillig in die Riverside-Klinik begeben, um sich dort helfen zu lassen.«

»Das stimmt doch nicht«, widersprach Edmond langsam, aber wütend. »Ich habe versucht, mir das Leben zu nehmen, und meine Familie hat mich dort einliefern lassen.«

Blythe warf ihm einen bösen Blick zu und zog ihre Hand von seiner Schulter zurück. »Es gibt keinen vernünftigen Grund, ihr das zu sagen!«

»Nein?« Er lächelte schief. »Warum nicht? Wir haben schließlich nichts zu verbergen, oder?«

Selbst aus seiner schleppenden Sprechweise war der Sarkasmus deutlich herauszuhören.

»Nein.« Sie starrte Rena hart an. »Wir haben nichts zu verbergen. Nachdem Edmond das Hospital verlassen hatte, verkaufte er seine Firma und erwarb die Winzerei. Wein ist immer schon das gewesen, was ihn in dieser Welt am allermeisten interessiert hat. Er hätte sich schon viel früher dem Weinbau zuwenden sollen. Innerhalb eines Jahres hat er aus der Winzerei ein profitables Unternehmen gemacht. Er denkt daran, die Firma in eine Aktiengesellschaft umzuwandeln. Aber was denken Sie, was für einen Kurs unsere Aktien erzielen könnten, wenn in der Wall Street bekannt würde, daß der Vorstandsvorsitzende von Farnsworth Wines wegen schwerer Depressionen behandelt wurde und einen Selbstmordversuch hinter sich hat? Nun verstehen Sie vielleicht, warum wir die Geschichte nicht gerade an die große Glocke gehängt haben.«

»Ja, das verstehe ich. Das Riverside macht ein Vermögen damit, daß seine Patienten ihren dortigen Aufenthalt unter den Teppich kehren möchten.« Und plötzlich ergab für Rena alles einen Sinn. Sie atmete tief durch und dachte angestrengt über das nach, was sie als nächstes sagen wollte. Noch war es ein vager Verdacht, für den sie keine Beweise hatte. Dann entschied sie sich dafür, den Stier an den Hörnern zu pakken. »Wie haben Sie beide sich wirklich kennengelernt, Blythe?«

»Wie bitte?« begehrte sie auf.

»Sie waren im Riverside angestellt, als Sie Edmond kennengelernt haben, nicht wahr?«

Blythe legte die Hand wieder auf die Schulter ihres Mannes. Die Finger verkrallten sich im Stoff. »So?«

»Sie haben dort als Pflegerin gearbeitet. Fast zwanzig Jahre lang waren Sie in der Klinik tätig. Und Sie waren auch Maura McKinneys Pflegerin, nicht wahr?«

»Daran kann ich mich wirklich nicht erinnern!« Ihre Lippen bebten, und ein wütender Zug war in ihren Blick getreten.

»Oh, ich denke, doch. Sie sehen etwas anders aus, als Dr. Tompson Sie mir beschrieben hat, und Sie haben seit damals auch einen anderen Namen angenommen. Aber ansonsten paßt alles zusammen. Was haben Sie mit sich angestellt? Das Gesicht liften lassen? Den Bauch straffen lassen? Oder was sonst? Sie sehen fünfzehn bis zwanzig Jahre jünger aus, als Sie tatsächlich sind.« Sie entdeckte den Zorn in Blythes Augen und machte sich in Gedanken Vorwürfe, allein hierhergekommen zu sein. Rena wandte sich an Edmond: »Warum sind Sie so wild darauf, Mauras Besitz in Ihre Hand zu bekommen?«

»Bin ich das?« entgegnete er. Der Hauch eines Lächelns lag auf seinen trockenen Lippen. Anscheinend genoß er es, miterleben zu dürfen, wie seine Frau in die Ecke gedrängt wurde.

»Ja. Sie haben auch mehrere Schreiben an Donald Kaplow, Mauras Anwalt, geschickt und sich darin nach dem Verkaufspreis für das Grundstück erkundigt und mehrere Angebote gemacht. Allerdings haben Sie darin nicht Ihren eigenen Namen benutzt, sondern Clurman Enterprises angegeben.«

Edmond lachte laut und schüttelte den Kopf. Er drehte sich zu seiner Frau um und sagte: »Du bist dir immer so verdammt clever vorgekommen, was? Niemand wird je dahinterkommen, hast du gesagt!« Er leckte sich über die Lippen. »Allmächtiger!« Er lachte wieder.

»Halt die Klappe!« herrschte Blythe ihn an. Sie entfernte sich ein Stück von ihm, blickte Rena mit funkelnden Augen an und ballte die Fäuste. »Wie haben Sie erfahren, daß Edmond den Namen Clurman Enterprises benutzt hat?«

Rena war sich plötzlich sehr unsicher darüber, wie weit sie die Sache noch treiben sollte. Blythe hätte eigentlich gar nicht hiersein sollen. Dummerweise hielt sie sich aber doch hier auf, und Rena konnte nichts dagegen tun. Blythe war eine Soziopathin, eine gemeingefährliche Frau, daran konnte es keinen Zweifel geben. Das Aufgesetzte, das sie an dieser Frau immer gestört hatte, ergab plötzlich einen Sinn. Geistesgestörte wie Blythe hatten nicht die gleichen Gefühle wie normale Menschen. Sie schauspielerten Emotionen und Wechsel der Stimmlagen, damit sie nicht auffielen. Nun, dann wollen wir doch mal sehen, wie weit diese Soziopathin mich kommen läßt, sagte sich Rena und atmete tief ein, um den nötigen Mut zu sammeln. »Clurman ist Ihr Mädchenname. Ich habe den Namen in Mauras Krankenakte im Riverside entdeckt. Ich habe das Blatt durchgelesen, um festzustellen, wer während ihres Aufenthalts dort mit ihr Kontakt gehabt hat. Julian Clurman. Das war 1974. Danach habe ich in anderen Krankenblättern gestöbert und habe den Namen 1989 wiederentdeckt, das Jahr, in dem Edmond angeblich seine Bypassoperation hatte. Wieder waren Sie als Pflegerin aufgeführt. Bevor ich die Klinik verlassen habe, habe ich mich

mit Dr. Tompson über Sie unterhalten. Er erklärte, man habe Sie entlassen, weil Sie Ihre Patienten physisch wie psychisch mißhandelt haben!«
»Das ist eine Lüge!« kreischte Blythe. »Tompson hat mich nie leiden können! Ich habe nämlich etwas zuviel von dem erfahren, was in seiner Klinik hinter den Kulissen vor sich ging. Deshalb wollte er mich loswerden. Er hat den Patienten Geld gestohlen und ihre Schecks gefälscht. Und er war ein Macho-Schwein. Ständig wollte er mir an die Wäsche!« Sie klang schrill, aber in ihren Augen stand ein Ausdruck, als wolle sie handgreiflich werden.
»Deswegen hat man Sie aber nicht gefeuert. Zu viele Patienten haben sich über Sie beschwert. Und man hat Ihre psychische Stabilität in Zweifel gezogen.«
Blythe wechselte rasch das Thema: »Wir haben ein Recht auf unsere Privatsphäre«, rief sie mit gutturaler Stimme. »Und mein Mann hat auch das Recht, das Grundstück der McKinneys kaufen zu wollen. Kein Gesetz hat etwas dagegen!«
»Was ist mit dem Stück Land, daß Sie es so unbedingt in Ihren Besitz bringen wollen?« fragte Rena Edmond.
Er grinste. »Fragen Sie doch meine entzückende Gattin. Sie war diejenige, die mich Tag und Nacht dazu gedrängt hat, es zu kaufen. Ich persönlich könnte gut und gerne darauf verzichten. Aber sie hat mir keine Ruhe gelassen, hat mich ständig damit geplagt. Und die Medikamente, die sie mir immer verabreicht... Ich weiß nicht einmal, was ich da einnehme. Manchmal kann ich nicht mehr klar denken.« Er hielt das Gesicht in den Händen. Seine Finger zitterten unkontrolliert.
Rena wandte sich an seine Frau. Blythes Augen blickten sie schwarz wie Kohle an. *Ja, sie ist eine Soziopathin!* »Mauras Vorfahre, ein gewisser Liam O'Connor, hat hier nach Gold gegraben. Ist das der Grund, warum Sie das Land wollen?

Das Gold?« Blythe antwortete nicht, und Rena wußte jetzt, daß sie den Nagel auf den Kopf getroffen hatte. »Dort draußen liegt Gold, nicht wahr? Wie haben Sie davon erfahren? Hat Maura es Ihnen erzählt? Hat sie Ihnen das mitgeteilt, während sie im Riverside von Ihnen versorgt wurde? Maura hat irgendwann in der Klinik ihr Schweigen aufgegeben und Dr. Tompson und Ihnen alles gesagt. Aber halt, was rede ich denn da? Maura konnte doch gar nicht wissen, daß auf ihrem Grund Gold liegt, sonst hätte sie in dieser Hinsicht längst etwas unternommen. Maura hat nie viel Interesse an den Weinbergen gehabt. Deswegen wäre es ihr gleich gewesen, wenn man die Reben entfernt und den Boden aufgerissen hätte, um an das Gold zu gelangen. Doch wenn Maura Ihnen nichts davon erzählt hat, wer war es dann?«

Wieder schwieg Blythe. Sie starrte Rena nur haßerfüllt an, und ihr Mund verzog sich zu einem höhnischen Grinsen.

Plötzlich lief Rena ein Frösteln über den Rücken. »Wenn Maura Ihnen alles aus ihrem Leben erzählt hat, dann wissen Sie auch über ihre Puppe Jasmine Dawn Bescheid... und auch über das Tagebuch ihres Ahnen, des Barons de Montret.«

Edmond sah seine Frau verwundert an: »Weißt du, wovon sie redet?«

Blythe antwortete ihm nicht und brachte ihn mit einem finsteren Blick zum Schweigen.

Also hat Edmond mit der Sache nichts zu tun, begriff Rena jetzt. »Hatten Sie eigentlich keine Angst, daß jemand Sie wiedererkennen könnte?« fragte sie Blythe. »Ich stelle mir vor, daß zum Beispiel Dr. Frawley sofort gewußt hätte, wer Sie sind, trotz aller äußerlichen Veränderungen. Er hat sich außerdem öfters im Riverside aufgehalten und kannte die dortigen Ärzte und Schwestern. Schließlich war er es, der Maura im Riverside eingeliefert und sie danach mit Dr.

Tompson zusammen behandelt hat...« Die Erkenntnis traf Rena wie ein Keulenschlag: Frawley war tot. Und Tote konnten niemanden mehr identifizieren.
Blythe bewegte sich langsam auf sie zu.
Großer Gott, ist Frawley ermordet worden? Aber von wem? Blythe war mit Edmond in der Tatnacht im Mustards Grill. Und Maura konnte zu jener Zeit Napa noch nicht erreicht haben.
Aber halt, einen Moment mal!
Dann plazierten sich in ihrem Kopf die Puzzleteile an der richtigen Stelle. Und Rena wurde jetzt erst richtig bewußt, was für ein verhängnisvoller Fehler es von ihr gewesen war, allein in dieses Haus zu kommen. Ein unfaßbar verhängnisvoller Fehler.

Kapitel 39

Der Betonboden fuhr an seiner Wange entlang und schabte sie auf. Kleine Steinchen und Betonstückchen stachen in seine Haut. Jemand zog ihn an den Füßen. Dann drang der Geruch von Feuchtigkeit und gärendem Wein in seine Nase. Schließlich ging es abwärts. Sein Kopf prallte gegen Steinstufen, die sein Ohr verletzten. Der feuchte Geruch wurde stärker. Wer zieht mich? fragte sich Charlie. Eine Wolke lag über seinem Bewußtsein, und dann senkte sich wieder die Schwärze über ihn.
Er erwachte in Dunkelheit. Der Boden, auf dem er lag, war naß und hart. Er hörte, wie Schritte sich von ihm entfernten. Jeder einzelne Knochen tat ihm weh, und sein Gesicht fühlte sich an, als sei alle Haut von ihm gerissen worden. Als er vorsichtig mit einer Hand seine Wange berührte, brannte das wie Feuer. Sein Verstand war nicht mehr mit seinem Körper

verbunden, und seine Schläfe schmerzte furchtbar. Wo bin ich? dachte er. *Warum ist hier alles so verdammt düster*? Charlie richtete sich auf. Seine Kleider waren feucht und stanken nach Wein. Er legte eine Hand an die Schläfe und spürte die Wunde, die er von dem Spaten erlitten hatte. Sie war nicht sehr tief, würde aber mit einigen Stichen genäht werden müssen. *Was für ein Glück, daß ich den Kopf weggezogen habe, sonst hätte der Schlag mir den Schädel gespalten*. Die Vorstellung ließ Charlie zusammenzucken.

Er streckte eine Hand aus und traf auf die unverputzte Wand hinter ihm. Als nächstes berührte er Holzkisten, die dort gestapelt waren. *Ich muß mich in einem Weinkeller befinden*, erkannte er. *Aber wessen Weinkeller? Und wer hat mich hierhinbefördert*?

Dann fielen ihm die Schritte wieder ein. Sie waren nach rechts verschwunden. Charlie stand auf. Schwindelgefühl überkam ihn. Er wartete einen Moment, bis der Anfall vorüber war, und tastete sich dann langsam nach rechts voran.

Er prallte gegen einen langen Tisch und einige Kisten mit Weinflaschen, kämpfte sich aber unverdrossen durch die Dunkelheit. Nach einigen Minuten entdeckte er vor sich das schwache Schimmern von Sonnenlicht. Der Anblick verlieh ihm die Kraft, die Schmerzen in den Beinen zu vergessen, und er humpelte darauf zu.

Das Licht war jetzt über ihm. Steinstufen tauchten vor ihm auf. Er schleppte sich hinauf, bis ein Eisentor ihn am Weitergehen hinderte. *Das muß eine Art Höhle sein, die man in einen Weinkeller umgewandelt hat*. Charlie rüttelte an dem Tor, aber es war verschlossen. Draußen sah er Bäume und Büsche.

Gottverdammte Scheiße! Wo bin ich!

Charlie schrie: »He... Hallo! Ist da jemand? Holt mich

hier raus!« Er rüttelte mit aller Kraft an dem Eisen und hoffte, jemand würde den Lärm hören. Er schrie wieder und wieder, bis er jemanden hörte. Schritte bewegten sich schlurfend auf ihn zu. Charlie trat ein Stück von dem Tor zurück. Ein neuer Adrenalinschub strömte durch seine Blutbahnen.
Zuerst sah er einen Schatten, dann den Mann selbst. Charlie seufzte erleichtert. Es war Simons Diener. Der alte Mann schob seinen Kopf zwischen die Stangen und spähte in das Dunkel.
»Ich bin es!« rief Charlie. »Wo befinde ich mich hier?«
»In Mr. Halbrooks Weinkeller. Ich fürchte, Mr. Halbrook wäre es gar nicht recht, wenn er wüßte, daß Sie dort unten sind.«
»Haben Sie einen Schlüssel oder so etwas dabei?«
»Der Schlüssel hängt im Küchenschrank. Ich hoffe nur, daß Sie keine von seinen Weinflaschen angefaßt haben. Manche von ihnen sind unbezahlbar.«
Charlie klammerte sich mit beiden Händen an die Stangen, bis sein Gesicht nur noch wenige Zentimeter von dem des Dieners entfernt war. »Holen-Sie-den-Schlüssel-und-lassen-Sie-mich-hier-raus!« brüllte er und betonte jedes einzelne Wort.
»Sie brauchen mich nicht anzuschreien, Sir«, erwiderte der alte Mann indigniert. »Ich bin in einer Minute zurück. Bitte kommen Sie nicht in die Nähe des 52er Le Romance Jadot. Das ist Mr. Halbrooks Lieblingswein!« Damit drehte er sich um und schlurfte ins Haus zurück.

Kapitel 40

Der alte Kleinlaster mit der Holzpritsche bog in St. Helena von der Route 29 ab und fuhr die Tankstelle an der Ecke der Pope Street an. Die beiden Mexikaner, die vorn saßen, stiegen aus und ließen die Seiten herab.

Maura schlief auf der Ladefläche. Ihr Kopf ruhte auf einem alten Sack, der gebrauchte Kleidungsstücke enthielt. Die Mexikanerin gab ihrem Baby gerade die Brust, und das Mädchen las einen spanischen Comic.

Der Mann mit den zerrissenen Jeans und dem dünnen Schnurrbart sprang auf die Pritsche und weckte Maura. Er mußte sie mehrmals anstoßen und schütteln, ehe sie endlich die Augen aufschlug. Sie war gelb im Gesicht, und klebriger Schweiß bedeckte ihre Stirn. Maura starrte den Mann verwundert an, der sie aus dem Schlaf gerissen hatte. Langsam erhob sie sich. Sie fühlte sich wie benebelt. Und ihr war furchtbar kalt. Die Art von Kälte, die einem in Mark und Bein sitzt und von keiner Wärme vertrieben werden kann.

O Gott, ich bin ja furchtbar krank, dachte sie.

Der Mexikaner half ihr von der Pritsche. Sie bedankte sich bei ihm und sah dem Wagen vom Bürgersteig aus nach, wie er wieder startete und davonfuhr. Maura fröstelte am ganzen Körper. Bevor sie eingeschlafen war, hatte die Frau mit dem Säugling ihr in Spanisch erzählt, daß ihr Mann, der Mexikaner mit den zerrissenen Jeans, und sein Bruder unterwegs ins südliche Napa Valley waren, um dort bei der Spätlese auszuhelfen. Sie wollten Maura bis nach St. Helena mitnehmen.

Als sie jetzt auf dem Trottoir stand, entdeckte Maura, daß ihr Rock naß war. Sie stank nach Urin. Offenbar hatte sie sich in den Slip gemacht. Ja, sie war schrecklich krank, und das Fieber wollte einfach nicht weichen. Sie stützte sich an der Wand ab und rieb sich über die feuchte Stirn.

Wo bin ich hier? Sie sah sich um. Plötzlich erkannte sie den Ort wieder.

Ich bin meinem alten Zuhause ganz nahe. Die Spring Mountain Road lag nur ein paar Blocks entfernt. Von dort fünf Meilen den Berg hinauf, und sie wäre daheim. Bis auf den Umstand, daß sie nicht dorthin konnte. Nie mehr. Wieder griff sie in die Taschen ihrer Strickjacke. Ja, die Tabletten waren noch da.

Leicht schwankend und mit ungleichmäßigen Schritten trottete sie zum Highway 29 und sah nach Norden. Wie viele Meilen waren es bis zum Alexander Valley? Dort hielt sich Rena auf. Viel zu weit, sagte sie sich. Aber jetzt war sie schon bis hierher gelangt, da durfte sie so kurz vor dem Ziel nicht aufgeben. Nein, nicht aufgeben. Vielleicht konnte sie per Anhalter mitfahren. Die Fahrt würde kaum zwanzig Minuten dauern.

Plötzlich drehte die Straße sich vor ihr wie ein Strudel, und sie sah sich selbst vornüberfallen. Sie befand sich neben dem Schaufenster eines Obst- und Gemüsegeschäfts und suchte nach etwas, an dem sie sich festhalten konnte. Sie bekam eine Stange zu fassen und ließ sich langsam an ihr hinab, bis sie kniete. Das Frösteln hatte zugenommen, und außerdem war ihr schrecklich übel. *Bitte, bitte, lieber Gott, laß mich durchhalten! Ich bin doch schon so weit gekommen*!

Henry Jenkins stapelte Konservendosen mit Campbell's Nudelsuppe mit ganzen Fleischstückchen in das oberste Fach des Regals. Zufällig fiel sein Blick auf das Schaufenster. Er drehte sich um und bekam gerade noch mit, wie draußen eine Frau mit dunklen Haaren und einer Sonnenbrille zusammenbrach. Jenkins, der vor zwei Tagen seinen achtundsechzigsten Geburtstag gefeiert hatte, stieg so rasch, wie seine alten Knochen es zuließen, von der Leiter und eilte vor seinen Laden.

Die Frau kniete, so als wolle sie beten, und die Fingerspitzen berührten den gesenkten Kopf. Jenkins erkannte sofort, daß diese Frau krank war und hier nicht etwa eine Andacht abhielt. Ohne an sein verwundetes Knie zu denken, in dem noch der Splitter steckte, den ihm im Zweiten Weltkrieg ein japanischer Scharfschütze verpaßt hatte, hockte er sich neben sie, legte ihr eine Hand auf die Schulter und fragte: »Alles in Ordnung, Lady?«

Maura ließ die Hände sinken und hob langsam den Kopf. Als sie den Mann vor sich sah, blickte sie rasch in eine andere Richtung. Sie kannte Mr. Jenkins seit ihrer Kindheit. Ihr Vater und sie hatten bei ihm ihre Lebensmittel eingekauft. Es war schon einige Jahre her, seit sie ihm zum letzten Mal begegnet war. Sie konnte nur hoffen, daß er sie jetzt nicht wiedererkannte. Sie drückte sich an die Wand und schob sich langsam nach oben. Ihre Beine waren weich wie Gummi, aber sie wußte, daß sie so schnell wie möglich von Mr. Jenkins fortmußte. Vor allem durfte er ihr Gesicht nicht sehen. Sie drehte ihm halb den Rücken zu und murmelte, daß sie ausgeglitten sei und sich jetzt wieder auf den Weg machen wollte.

Jenkins blieb vor dem Laden stehen und sah ihr nach, wie sie die Straße hinuntertaumelte. Er kratzte sich die weißen Bartstoppel am Kinn und dachte angestrengt nach. Ja, sie hatte das Haar gefärbt und die Augen hinter der Sonnenbrille versteckt, aber er hatte sie trotzdem gleich wiedererkannt. Er mochte zwar schon reichlich alt sein, aber er würde nie das allerhübscheste Mädchen vergessen, das je in St. Helena aufgewachsen war. In den Fernsehnachrichten hatte es geheißen, Maura sei eine psychopathische Sexkillerin oder so etwas – irgendeine Anomalie läge bei ihr vor –, aber er glaubte kein Wort davon. Seit Moderator Cronkite sich hatte pensionieren lassen, war es mit den Fernsehnachrichten steil bergab gegangen, und mittlerweile präsentierten sie nichts anderes mehr als Katastrophen, Sex and Crime. Jenkins sah Maura einige Minuten lang nach, bis sie an ein paar Bäumen vorbeikam, die ihm die Sicht versperrten. Danach kehrte er in seinen Laden zurück. Er hatte Maura immer gemocht. Der FBI-Beamte hatte im Fernsehen erklärt, jeder, der ihrer ansichtig würde, solle unverzüglich die Polizei informieren. Jenkins war ein gesetzestreuer Mann. Er begab sich zum Telefon und rief Sheriff Pinky an. Der Neue, Ricky Belson, nahm ab und erklärte, Pinky sei dienstlich unterwegs.

»Nun, wenn Sie ihn sehen, dann teilen Sie ihm mit, daß Maura McKinney gerade in voller Lebensgröße nach Norden zum Highway 29 spaziert.«

»Sie wollen mich wohl verarschen!« schimpfte der Neue und sprang aus seinem Drehstuhl.

»Ricky, verarscht habe ich Sie noch nie, aber ich habe Ihnen vor fünfzehn Jahren den Arsch versohlt, als ich Sie dabei erwischt habe, wie Sie in meinem Laden eine Packung Plätzchen stehlen wollten. Und nun seien Sie so freundlich und geben Sie Ihrem Sheriff Bescheid, klar?«

Nachdem Ricky eingehängt hatte, riß er die Arme in die Luft und johlte laut. Dem folgte der Schrei: »Halleluuuuja, Mama!« Sein sommersprossiges Gesicht war vor Begeisterung rot angelaufen. Daß ihm das Schicksal einen solchen Glücksfall in den Schoß gelegt hatte! Maura McKinney nur zehn Minuten entfernt, und der alte Fettarsch Pinky war so weit fort, daß er nicht mehr rechtzeitig eintreffen konnte, um sich diesen Bonbon an die Brust zu kleben!

Ricky schob mit einer Hand sein dunkles, lockiges Haar zurück, setzte dann den Hut auf, holte die einläufige, zwölfschüssige Schrotflinte aus dem Schrank und rannte nach draußen zu dem Ford Bronco mit den Polizeiinsignien an den Seiten.

Als er den Rückwärtsgang einlegte, kicherte er unkontrolliert und stellte sich in Gedanken vor, daß er heute in den Achtzehn-Uhr-Nachrichten erscheinen und das ganze Land seinen Namen erfahren würde.

Kapitel 41

»Sie haben alle diese Menschen umgebracht, nicht wahr?« fuhr Rena Blythe unvermittelt an. Ihre Kehle war vor Furcht wie ausgedörrt. »Es war nicht Maura. Maura hat überhaupt niemanden getötet!«

Blythe hielt inne, als sie zwei Meter von Rena entfernt war. Sie blieb stehen und zischte: »Wie können Sie es wagen, mich derart anzuschuldigen?«

Im Augenwinkel sah Rena, daß Edmond, der immer noch in seinem Sessel hockte, sich die spröden Lippen leckte. Er wirkte verwirrt und schien große Angst zu haben. »Wie haben Sie das angestellt?« wollte Rena wissen. »Ich weiß, daß Sie nicht hier waren, als die Morde in den anderen Bundesstaaten begangen wurden. Überhaupt waren Sie sehr oft nicht da. Als der Lastwagenfahrer in Washington verstümmelt wurde, waren Sie offiziell in Palm Springs. Ich habe Ihnen das geglaubt, als ich Sie im Mustards Grill wiedergesehen und Ihre Sonnenbräune bemerkt habe.«

»Ha! Sie ist nie in Palm Springs gewesen«, rief Edmond und versuchte, sich aus seinem Sessel zu erheben. Seine Hände zitterten jedoch so stark, daß er zurückplumpste und die Bemühung aufgab.

»Halt dich da raus, du Idiot!« fuhr Blythe ihren Mann an. »Sie haben nicht den geringsten Beweis!« beschimpfte sie Rena. Ihr Gesicht war wutverzerrt, aber ihre Augen wirkten wie tot.

»Blythe war niemals in Palm Springs. Ich bin allein dorthin gefahren. Sie hat mir aufgetragen, jedem zu sagen, sie wäre bei mir gewesen, aber das war nicht wahr.« Er drohte ihr mit dem Zeigefinger.

»Ich hab dir gesagt, du sollst die Klappe halten!«

»Ich werde nicht länger schweigen«, brüllte er zurück. »Du hast mir gesagt, du müßtest hinauf nach Washington, um dort deine kranke Mutter zu besuchen. Du hast mir erklärt, niemand brauche etwas davon zu wissen, weil du Mitleid und Mitgefühl nicht ausstehen könntest. Ich verliebter Trottel habe dir geglaubt. Dabei wußte ich tief in mir, daß du jemand anderen besuchen wolltest!«

»Fahr zur Hölle!« kreischte Blythe.

»Nein, fahr du zur Hölle!« Ein häßliches Grinsen erschien auf seinen dürren Lippen, als er sich an Rena wandte und sagte: »Als sie aus Washington zurückkehrte, war sie weiß wie eine Wand. Vermutlich weil sie die ganze Zeit mit ihrem Liebhaber im Bett geturnt hat und keine Zeit zum Schlafen fand.« Es schien ihm Vergnügen zu bereiten, seine Frau mit Sticheleien anzugehen. »Sie hat eine Sonnenbank im Keller, dazu noch ein paar Fitneßgeräte. Dort unten hat sie auch die beiden ersten Tage nach ihrer Rückkehr verbracht. Sehen Sie sich nur ihren Körper an. Davon gehört kaum noch ein Stück ihr. Es hat mich ein verdammtes Vermögen gekostet, ihn mit plastischer Chirurgie und so weiter in diese Form zu bringen.«

»Hör auf!« schrie Blythe mit sich überschlagender Stimme.

»Warum denn? Du bist eine Teuflin! Im Riverside hast du mir den Arm gebrochen. Es war nämlich kein Unfall. Und wie sehr hasse ich mich dafür, mich in dich verliebt zu haben!«

»Vielleicht haben Sie ja ein Verhältnis, aber das war nicht der Hauptgrund für Ihre Fahrt nach Washington«, erklärte Rena ihr. »Sie sind nach Washington und nach Idaho gereist, um dort zu morden und danach sicherzustellen, daß man Maura für die Tötungen verantwortlich machen würde. Und das gleiche haben Sie vor zwei Tagen in Los Angeles getan. Immerhin war Ihnen alles bekannt, was es über Maura zu wissen gibt. Sie kannten all ihre kleinen Geheimnisse und ihre Ängste. Sie gehörten zu dem sehr beschränkten Personenkreis, der um ihre Identität wußte, daß Maura nämlich eine Hermaphroditin ist. Als sie als Patientin in der Klinik war, hat sie Ihnen vermutlich auch von ihrem Vorfahren, dem Baron de Montret, erzählt. Womöglich hat sie Ihnen auch mitgeteilt, wo das Tagebuch aufbewahrt wurde. Sie haben es sicher gelesen, oder?«

Blythe starrte Rena an, gab aber keinen Ton von sich.

»Haben Sie nach der Lektüre den Entschluß gefaßt, die gleichen Morde zu begehen, die er damals in Frankreich verübt hat? Sie sind viele Jahre in der Psychiatrie tätig gewesen. Dank dieser Erfahrung wußten Sie genausogut wie ein Arzt, was sich in einem kranken menschlichen Gehirn tut. Es fiel Ihnen nicht schwer, die Polizei zu dem Glauben zu bringen, Maura sei eine wahnsinnige Hermaphroditin wie ihr Urahn de Montret und stehe unter dem Zwang, dessen Verbrechen nachahmen zu müssen.«

Blythe schwieg immer noch, aber ihr Gesicht war haßverzerrt.

»Sie haben all diese Menschen ermordet, nachdem Sie herausgefunden hatten, daß auf Mauras Land Gold liegt. Zuerst haben Sie Edmond bestürmt und bedrängt, das Grundstück zu kaufen. Dummerweise wollte Maura nicht verkaufen. Ich würde darauf wetten, daß Sie alle Hebel in Bewegung gesetzt haben, um festzustellen, ob Maura ein Testament gemacht hat. Dann sind Sie darauf gestoßen, daß der Besitz eines überführten Mörders verkauft oder öffentlich versteigert wird, um die Ansprüche von den Familien der Opfer zu

befriedigen. Ich könnte mir auch vorstellen, daß Sie auf der Versteigerung jeden überboten hätten, denn schließlich wußten nur Sie, wie wertvoll das Grundstück wirklich ist.«
Der tote Ausdruck wich aus Blythes Augen. Statt dessen traten sie vor und rollten und bewegten sich unaufhörlich. Fast machte es den Eindruck, als seien sie nicht mehr in der Lage, sich auf etwas zu konzentrieren. Blythe fuhr sich mit zitternden Händen durch ihr Haar und entgegnete mit ihrer geschauspielerten Stimme: »Das ist ja lachhaft. Maura McKinney ist von zahlreichen Zeugen eindeutig identifiziert worden. Man hat sie in den Gebieten gesehen, in denen die Morde begangen wurden. Und es gibt noch weitere Beweise: Vaginalflüssigkeit, Sperma, Haare, sogar Hautproben. Die DNS-Tests haben einwandfrei ergeben, daß das alles von Maura stammt. Und ein DNS-Test kann nicht lügen. All das hat in den Zeitungen gestanden oder wurde in den Fernsehnachrichten gebracht! Und da sind sogar Zeugen, die beschwören, daß die Täterin verschiedenfarbene Augen hatte. Wenn Sie mit Ihren kümmerlichen Verdächtigungen zur Polizei gehen, blamieren Sie sich bis auf die Knochen!« Sie setzte ein kämpferisches, triumphierendes Lächeln auf.
Rena schüttelte den Kopf. Ja, sie würde wirklich eine Närrin aus sich machen, wenn sie sich mit so dünnen Beweisen an die Polizei wandte. »Ich weiß nicht, wie Sie es angestellt haben, ich weiß nur, daß Sie es gewesen sind. Entweder haben Sie Maura auf irgendeine Weise beeinflußt, sie manipuliert, diese Taten zu begehen, oder Sie haben sich als Maura verkleidet und ausgegeben. Da ersteres so gut wie kaum zu bewerkstelligen ist, bleibt nur noch die zweite Möglichkeit übrig.«
»Da möchte ich aber sehen, wie Sie das beweisen wollen!« giftete Blythe.
»Nun, es wäre zumindest machbar.« Rena nickte langsam. Blythe verlor alle Farbe aus dem Gesicht.

»Wie Sie selbst eben erklärt haben, besitzt Maura verschiedene Augen. Sie hat sie unter grünen Kontaktlinsen verborgen. Sie haben es wahrscheinlich ähnlich gemacht, nur umgekehrt. Wenn Sie Mauras Identität angenommen haben, haben Sie eine braune und eine blaue Kontaktlinse getragen.« Rena erkannte an Blythes eisiger Miene, daß sie ins Schwarze getroffen hatte. »Ein Optometriker oder ein Augenarzt hätte leicht die passenden Linsen finden und Ihnen einsetzen können. Doch solche Spezialisten müssen darüber Akten führen. Selbst wenn Sie sich unter einem falschen Namen dort haben untersuchen lassen, läßt sich die Spur sicher zu Ihnen zurückverfolgen. Was ich allerdings noch nicht verstehe, ist Ihr Grund oder Motiv, so viele Menschen umzubringen. Oder haben Sie das Morden vielleicht viel zu sehr genossen?«

»Sie Dreckstück.« Blythe ballte wieder die Fäuste.

Adrenalin strömte jetzt durch Rena. War sie zu weit gegangen? Aber sie konnte auch nicht mehr zurück. Sie hatte sich unmerklich in Richtung Tür bewegt. Wenn Gefahr drohte, konnte sie rasch durch die Tür nach draußen entschwinden. Sie sah Blythe ins Gesicht und fuhr fort: »Aber Sie können das alles nicht allein bewerkstelligt haben. Tomas Sanchez wurde auf Mauras Grundstück neben der Quelle ermordet und dann in den Weinberg getragen. Dafür sehen Sie mir ganz und gar nicht kräftig genug aus.«

»Wer hat dir geholfen?« bellte Edmond. »Dein Liebhaber? Du bist nichts weiter als eine läufige Hündin!« Er stemmte sich hoch und holte mit einer zitternden Hand aus, um seiner Frau ins Gesicht zu schlagen. Sie wich ihm ohne große Mühe aus. Edmond fiel über den Couchtisch und landete unsanft auf dem Boden.

»Du ekelhaftes altes Schwein!« beschimpfte sie ihn. Sie wirkte jetzt so, als habe sie endgültig die Kontrolle über sich verloren. »Wie ich es immer gehaßt habe, wenn du mich berührt hast! Jedesmal, wenn du dein verschrumpeltes, widerliches Ding in mich schieben wolltest, hätte ich mich am liebsten übergeben. Das einzige, was mir geholfen hat, dich die ganze Zeit über zu ertragen, waren meine Phantasien über die muskulösen jungen Männer, die für dich arbeiten. Jedesmal, wenn du in mich eingedrungen bist, habe ich mir vorgestellt, einer deiner schmutzigen jungen Mexikaner würde mich penetrieren. Großer Gott, bloß nicht du! Nie, niemals du!«

»Dann vielleicht auch nicht dein Liebhaber? Ich weiß alles über ihn! Du hast bestimmt gedacht, ich wäre blind und taub, was?« schrie er vom Boden zurück.

»Doch, auch er war in mir, in meinen Träumen und in der Wirklichkeit, du stinkender und verrottender alter Bastard!«

Rena war wie gelähmt von diesem Ausbruch offenen Hasses. Sie konnte nur dastehen und zusehen. Blythes Zorn war unbezähmbar und drohte, alles zu verschlingen. Ihre Züge waren zu einer Fratze verzerrt, und ihr Gesicht war purpurrot angelaufen. Sie wirkte in diesem Moment wie ein wildes Tier.

Plötzlich stürmte sie zum offenen Kamin und griff sich einen Feuerhaken. Sie starrte ihren Mann an und schwang das Eisen über ihren Kopf. »Du wirst mich nie wieder berühren! Nie, nie wieder!«

Rena war vor Entsetzen unfähig, sich zu rühren. Sie mußte alle Willenskraft zusammennehmen, um sich in Bewegung zu setzen und auf Blythe zuzulaufen. Sie erreichte sie in dem Moment, in dem der Schürhaken auf dem Weg zu Edmonds Schädel war. Rena bekam das obere Ende zu fassen und zerrte daran, um Blythe die Waffe aus den Händen zu reißen. Aber ihre Finger glitten an dem polierten Eisen ab, und Blythe schob sie ohne größere Mühe aus dem Weg.

»Komm doch, Süße, nimm ihn dir!« höhnte Blythe, bewegte

sich vor Rena auf und ab und hielt ihr den Feuerhaken mit ausgestreckten Händen hin. Nichts Menschliches war mehr an Blythe. »Was ist denn los? Hat dich plötzlich der Mut verlassen? Deine liebe Freundin Maura ist da aber aus einem ganz anderen Holz geschnitzt. Na ja, sie ist ja auch ein halber Mann. Du müßtest das mal sehen. Sieht zum Totlachen aus, wie direkt neben ihrer Fotze ein Ei herunterhängt. Als ich noch ihre Schwester war, mußte ich sie dort immer waschen, weil sie zu übergeschnappt war, um das allein zu können. Was für ein Monster Maura doch ist!«
Blythe stieß ein schrilles Lachen aus, das Rena entsetzt zurückfahren ließ. Als der Haß von neuem in ihr aufflammte, wurde Blythes Gesicht zu einer Maske abstoßender Häßlichkeit. Plötzlich brüllte sie etwas und stürmte mit dem Schürhaken auf Rena zu. Rena duckte sich im letzten Moment, und das Eisen sauste pfeifend über ihrem Kopf durch die Luft. Sie bemerkte, daß Blythe für einen winzigen Augenblick aus dem Gleichgewicht geraten war. Sie warf sich mit aller Kraft gegen die Angreiferin. Der Stoß schleuderte Blythe zurück, und sie landete neben ihrem Mann auf dem Boden. Als sie sich aufrappeln wollte, hielt er ihren Arm fest. Sie schlug ihm mit der anderen Hand hart ins Gesicht, und er ließ sie los. Als Blythe ein Knie hochgebracht hatte, schleuderte sie den Feuerhaken auf Rena.
Instinktiv riß Rena einen Arm hoch. Das Eisen prallte von ihrem Ellenbogen ab. Ein furchtbarer Schmerz schoß durch ihren Unterarm.
Blythe stand wieder auf den Füßen. Ihr Gesicht war immer noch dunkelrot, und vor ihrem Mund stand Schaum. Sie fluchte und stieß die obszönsten Beleidigungen aus, doch ihre Worte klangen leise und monoton und waren kaum zu verstehen. Auf einmal rannte sie zum Schrank, riß die oberste Schublade auf und holte eine 9-mm-Beretta heraus.

Rena sah die Automatik sofort. Mit hämmerndem Herzen und vor Furcht, die alle Lebewesen angesichts des Todes befällt, unfähig, einen klaren Gedanken zu fassen, rannte sie zur Tür zurück. Sie hörte, wie Blythe hinter ihr kreischte und tobte.
Rena stieß die Tür auf und stürzte zu ihrem Range Rover. Sie zerrte am Griff und kam dann zur Besinnung. Blythe war nur wenige Meter hinter ihr. Rena würde es nie mehr schaffen, in den Wagen zu steigen und den Motor anzulassen. Sie lief um den Wagen herum und den Kiesweg hinunter bis zur Straße. Dort würde Verkehr herrschen, und diese Verrückte würde es nicht wagen, dort auf sie zu schießen.
»Drecksnutte! Miststück!« schrie Blythe.
Rena drehte sich um. Blythe stand am Heck des Wagens und hielt die Beretta in der Hand. Rena kämpfte gegen die lähmende Furcht an und versuchte, schneller zu laufen. Die Straße lag hundert Meter entfernt. Sie keuchte und schnaufte und versuchte trotzdem, noch schneller zu werden.
Dann hörte sie das Knirschen von Reifen auf dem Kies. Im Laufen warf sie einen Blick zurück. Blythes Jeep!
Verdammt! Sie würde dem Wagen nicht zum Highway entkommen können.
Der Geländewagen rollte ihr nach. Sie hörte, wie die Äste der Madronabäume, die entlang des Weges standen, gegen die Windschutzscheibe klatschten. Die großen Räder schleuderten Erde und Steinchen hoch.
Unten am Anfang des Weges entdeckte Rena einen schwarzen GMC, der auf sie zufuhr. Sie ruderte wie verrückt mit den Armen durch die Luft, um den Fahrer auf sich aufmerksam zu machen. Aber es war schon zu spät. Blythes Jeep hatte sie fast erreicht. Sie sprang gerade noch rechtzeitig von dem Weg, als der Geländewagen an ihr vorbeibrauste. Die Ecke des schweren Stoßdämpfers traf sie am Bein. Rena stolperte

durch das Gestrüpp und rollte dann einen steilen Hang hinunter. Ihr Gesicht und ihr Körper wurden von Steinen und Dornen aufgerissen. Ihre Hände flogen hierhin und dahin, um irgend etwas zu greifen zu bekommen, an dem sie sich festhalten konnte. Dann schlossen sich ihre Finger um eine junge Eiche. Sie hielt sich mit einer Hand an dem Stamm fest und zog sich mit der anderen Zentimeter um Zentimeter hoch. Sie grub die langen Fingernägel tief in das feuchte Erdreich, um sich besser abstützen zu können. Als sie beide Hände um die Eiche legen konnte, erblickte sie vor sich den Kiesweg. Und Blythe stand dort, oben am Hang und hielt die Pistole in den Händen. Sie stand breitbeinig da, so als wüßte sie genau, was sie jetzt tun mußte. Die Mündung der Waffe zeigte direkt auf Rena.

Eine Flamme schoß aus dem Lauf,und der folgte ein lauter Knall. Neben Renas Gesicht spritzte Erde hoch. Ein zweiter Schuß. Und ein dritter. Blätter und kleine Steine regneten aus der Luft auf sie herab.

Sie konnte hier nicht bleiben, denn eine der nächsten Kugeln würde sie unweigerlich treffen. Rena sah nach unten und entdeckte fünf Meter weiter am Fuß der Böschung eine kleine steinerne Kelterei. Sie ließ den Stamm los und schlitterte den Hang hinab.

Zwei weitere Schüsse folgten ihr. Sie spürte die Hitze von einer der Kugeln, als sie dicht an ihrem Kopf vorbeisauste.

Rena kam in einer Senke voller Gestrüpp zum Stehen. Sie rappelte sich auf und rannte fort. Sie gelangte in einen dichten Wald, und die Äste schlugen ihr ins Gesicht und an die Arme. Sie stampfte durch das Unterholz und folgte dem summenden Motorengeräusch aus der Kelterei. Der Wald lichtete sich, und sie erblickte vor sich das Ziegelsteinhaus.

Noch ein Schuß. Rena drehte sich um. Blythe folgte ihr den Hang hinunter.

Rena lief zu dem Gebäude.
Wo sind die Arbeiter?
Noch einmal entlud sich die Pistole. Die Kugel splitterte vor ihrem Gesicht ein Stück aus der Mauer und schlug dann unweit ihres Fußes in den Boden ein. Rena rannte zur Rückseite des Hauses, um sich aus Blythes Feuerlinie zu begeben. Sie entdeckte die schwere Eichentür und drückte die Klinke nach unten. Doch die Tür war abgeschlossen. Verzweifelt trat sie gegen die Tür. Dann setzte sie ihren Fuß an der Klinke als Hebel ein und zog und zerrte. Wieder kein Erfolg. Sie konnte nicht in die Kelterei gelangen.
Das Motorensummen, wo kam es her? Sie sah sich rasch um und bemerkte eine Entstielungsapparatur, die an einer Wand des Hauses stand. Wie oft hatte sie dieses Geräusch schon auf dem Grundstück ihres Vaters gehört... Sie zog den Kopf ein und lief geduckt zu der Maschine. Die große Schraube zermanschte und zerdrückte Rieslingtrauben und spuckte am anderen Ende eine gelbliche Flüssigkeit in ein Faß.
Warum sind hier keine Arbeiter?
Dann begriff sie, daß diese kleine Kelterei Edmond gehören mußte. Wahrscheinlich stellte er hier ganz allein seinen Wein her. Kein Wunder, daß Blythe bedenkenlos durch die Gegend feuerte. Sie wußte, daß sich hier niemand aufhielt.
Rena hörte auf der anderen Seite des Hauses Äste brechen. Das konnte nur Blythe sein. Und dann waren da noch andere Schritte, die vom Hang kamen. Noch jemand näherte sich.
Rena wollte gerade in den Schutz des Waldes fliehen, als sie Blythe erblickte, die um das Haus gelaufen kam.
Die beiden sahen sich im selben Moment. Blythe verzog hämisch grinsend den Mund und richtete die Beretta auf Rena. Rena warf sich hinter die Apparatur. Die Kugel fuhr

in die Metallverkleidung. Blythe feuerte noch zweimal. Beide Kugeln prallten von der Maschine ab und ließen einen Funkenregen auf Rena niedergehen.

Sie drückte das Gesicht in den weingetränkten Boden und hielt beide Hände über den Kopf. *Die nächste Kugel trifft dich. Die nächste ist dein Ende. Warum mußtest du auch allein kommen? Warum konntest du nicht auf Charlie hören? Gottverdammte Scheiße*!

Während sie auf das todbringende Geschoß wartete, hörte sie vor sich das Knacken von Zweigen und das Stampfen schwerer Schritte. Dann fing Blythe an zu schreien. Ein kurzes Handgemenge folgte. Und schließlich schrie ein Mann: »Genug! Es reicht! Hör auf!«

Rena hob das Gesicht und sah nach vorn.

Die Maschine blockierte den größten Teil ihrer Sicht, und sie erblickte nur zwei Fußpaare. Das eine trug Arbeitsstiefel, das andere Tennisschuhe. Letztere scharrten im Boden und warfen Staub hoch. Rena schob ihren Kopf vorsichtig um die Apparatur herum und sah hin.

Mein Gott, das ist ja Harrison!

Die beiden rangen miteinander. »Schluß mit dem Morden!« brüllte er.

Er hatte ihr einen Arm auf den Rücken gedreht und versuchte, ihr mit der freien Hand die Beretta zu entwinden. Zuerst wirkte Blythe durch und durch verblüfft, doch rasch strahlten ihre Züge wieder Kälte aus, und sie rammte Harrison ein Knie in den Unterleib. Sie verfehlte ihn, denn er brachte rechtzeitig eines seiner Knie hoch, um den Stoß abzuwehren. Blythe kreischte jetzt, und man konnte ihre Worte nicht verstehen. Langsam wand er die Pistole aus ihren Fingern.

»Du Schwein!« schrie sie.

Plötzlich löste sich ein Schuß.

Die Wut in ihrem Gesicht verging und machte Verblüffung

Platz, der große Angst folgte. Harrison ließ sie los. Blythe entfernte sich langsam von ihm und griff mit einer Hand nach hinten, um das furchtbare Brennen neben ihrem Rückgrat zu betasten. Als sie die Hand wieder nach vorn brachte, starrte sie ungläubig auf die rote Flüssigkeit auf ihren Fingern. Ihr Unterkiefer fiel nach unten. Harrison riß ihr rasch die Beretta aus der Hand. Sie schien davon nichts mitzubekommen, starrte ihn nur einen Moment lang mit halb geschlossenen Augen an. Dann knickten ihre Knie ein. Sie kippte nach hinten in die Entstielungsapparatur.

Harrison packte sie mit beiden Händen an der Hüfte, aber ihr langes Haar hatte sich schon in der großen Schraube verfangen. Langsam und methodisch zog sie Blythes Kopf näher und näher an die Schneiden heran.

Rena schrie vor Entsetzen.

Ein hohes Quietschen ertönte aus der Anlage. Blythes Beine, die keine Bodenberührung mehr hatten, traten wie verrückt um sich. Knochen splitterten und wurden zermahlen, dann hingen die Beine schlaff herab und zuckten noch einmal.

Harrison sprang zur Schalttafel und stellte die Maschine ab. Das gräßliche Quietschen hörte auf. Rena starrte auf die Apparatur und auf Blythes sonnengebräunte und wohlgeformte Beine, die in einem grotesken Winkel aus dem Trichter ragten. Der gelbe Saft, der am anderen Ende herausströmte, verfärbte sich hellrot, dann dunkelrot.

Rena wandte sich abrupt ab und würgte. Harrison bewegte sich auf unsicheren Beinen auf sie zu. Er hielt die Beretta in der Hand, und der Zeigefinger krümmte sich um den Abzug. Er machte den Eindruck, als stünde er unter Schock. Sein Gesicht war blaß, und seine Augen blickten trübe. Er fiel vor Rena auf die Knie, legte seine Arme um ihren Rükken und preßte sein Gesicht an ihre Brust.

»O Jesus, sie ist tot!« murmelte er. Er klang heiser, und sein Atem ging schwer.

Rena drückte ihn von sich und sah ihn an. Sie verkrampfte und versuchte, sich aus seiner Umarmung zu lösen. Er zog sich freiwillig zurück und sah sie fragend an, weil er sich die Furcht in ihrem Gesicht nicht erklären konnte.

»He, vielleicht war das nicht richtig von mir, aber ich habe Ihnen gerade das Leben gerettet«, sagte er.

Rena sah sich rasch nach allen Seiten um. Die Gedanken in ihrem Kopf rasten, während sie überlegte, wie sie Harrison entkommen könnte. Ja, Blythe hatte einen Geliebten und einen Komplizen gehabt, und jetzt wußte Rena, daß er es gewesen war.

Harrison legte die Stirn in Falten. Er begriff, daß hier etwas nicht stimmte. Er hielt immer noch die Beretta in der Hand und legte die Fingerspitzen auf Renas Schultern. Er ließ sie bis zu ihrem Halsansatz wandern. Seine Hände fühlten sich unangenehm rauh an, und das kalte Eisen der Pistole brachte sie zum Frösteln.

»Verdammt, Sie wissen Bescheid, nicht wahr?« flüsterte er.

Rena hatte die Augen weit aufgerissen. Sie gab ihm keine Antwort.

Das brauchte sie auch nicht, denn er wußte es jetzt.

Kapitel 42

Die Luft war rein, und das Grün der Weinberge, die sich zum wolkenlosen blauen Himmel hinaufzogen, besaß die Schönheit und Anziehungskraft eines Gemäldes von van Gogh. Maura stand mitten auf einer leeren Straße und bewunderte die regenbogenartige Farbenpracht. Ein Lächeln erschien auf ihren Lippen.

Dies war ihr Tal.
Dies war ihr Zuhause.
Hier gehörte sie hin, das war ihr jetzt klar.
Sie trug eine dünne Strickjacke, und die Temperatur im Tal war nicht übermäßig hoch. Trotzdem fühlte sie sich erhitzt und verschwitzt. Sie knöpfte die Strickjacke auf, zog sie aus und ließ sie auf den Asphalt fallen.
Wo war ihre Umhängetasche? fragte sie sich und sah sich um. Ach ja, erinnerte sie sich vage, sie hatte sie irgendwo in San Francisco liegengelassen. In irgendeinem Kino. Was für ein Kino? Spielte das überhaupt noch eine Rolle? Nein, nicht mehr.
Beim Laufen hatte sie wieder ihr Wasser nicht bei sich halten können, aber auch das machte ihr nichts mehr aus.
Sie blickte noch einmal zum Himmel und lachte. Tränen traten in ihre Augen. *Heim. O Gott, endlich wieder zu Hause. Ich kehre zu dir zurück, Martin. Bald sind wir wieder zusammen.*

Ricky Belson entdeckte sie mitten auf der Straße, als er mit seinem Ford Bronco um die Kurve fuhr. Seine Haut prickelte vor Erregung. Nie zuvor in den insgesamt sieben Monaten als Polizist hätte er es für möglich gehalten, jemals die Chance zu erhalten, eine Serienmörderin festzunehmen. Nicht einmal in seinen wildesten Träumen!
Er hielt den Wagen fünfzehn Meter hinter ihr an, hob das Schrotgewehr vom Boden auf und stieg langsam und leise aus.
Was ist denn mit ihr? dachte er, als er neben der Wagentür stand. *Sie sieht nicht einmal zu mir her. Sie starrt bloß Löcher in die Luft und grinst wie eine Schwachsinnige.*
Weil der breitkrempige Hut ihm zum Teil die Sicht versperrte, zog er ihn vom Kopf und warf ihn auf den Sitz. Langsam

trat er auf Maura zu. Die Schrotflinte lag schußbereit in seinen zitternden Händen.
Warum, verdammt noch mal, bemerkt sie mich nicht?
Als er noch ein paar Meter von ihr entfernt war, versuchte er, seine Furcht zu überwinden. Er räusperte sich und rief so laut, wie man es ihnen auf der Polizeiakademie beigebracht hatte: »He, Sie da! Legen Sie die Hände auf den Kopf und legen Sie sich hin, sonst puste ich Ihnen den verdammten Kopf ab!« Die Lautstärke war okay, aber seine Stimme zitterte viel zu sehr.

Maura hörte eine Stimme. Sie hörte sich an, als würde jemand ihr etwas zurufen, der sich fünfzig Meter unter Wasser befand. Ohne ihr Lächeln zu verlieren, drehte sie ihren fieberbrennenden Kopf herum.
Zuerst konnte sie nur verschiedene Farben ausmachen. Dann wurde ihre Sicht etwas klarer, und sie nahm Bewegung wahr. Wer oder was ist das? Ist das wirklich ein Mann?
Ja, es ist ein Mann. Er hält etwas in den Händen, und seine Lippen bewegen sich. Er spricht mit mir, aber ich kann ihn nicht verstehen.

Ricky gefiel das alles nicht. Er erklärte Maura McKinney wieder und wieder, daß sie sich auf den Boden legen solle, aber sie tat nichts dergleichen. Er leckte sich nervös über die Lippen. Auf einen solchen Fall waren sie in der Schule nicht vorbereitet worden, da war immer alles ganz anders abgelaufen. Nein, die Situation behagte ihm überhaupt nicht.

Sie sah ihm ins Gesicht. *Wie schön er ist. Sein Haar... so lang und lockig wie das von Martin. O gnädiger Gott, ist er es wirklich? Ja, das ist Martin!*
»Martin, dem Himmel sei Dank! Martin!« Glück strahlte auf

ihrem Gesicht, vermischte sich mit dem Glühen des Fiebers. Sie streckte die Arme aus und lief auf ihn zu.
Was quatscht sie denn da? fragte sich Ricky. Er hob die Waffe, bis die Mündung auf ihren Bauch zeigte. Wer ist denn Martin? »Hören Sie! Ich fordere Sie jetzt zum letzten Mal auf, sich auf den Boden zu legen!« Er zog an dem Hebel, der eine Patrone in die Kammer schob.

Sie hörte das Geräusch. Metall, das an Metall rieb.
Dieses Geräusch, dieses entsetzliche Geräusch!
Sie blieb stehen und preßte die Hände an ihre Schläfen.
Metall an Metall.
Jetzt erinnerte sie sich. So viele Jahre schon hatte sie mit diesem gräßlichen Geräusch im Kopf gelebt. Und jetzt fiel ihr alles wieder ein. Ein solches Geräusch entstand, wenn man eine Schrotflinte schußbereit macht.
Klick... Klick
Dieses Geräusch hatte sie gehört, als sie auf Martins Bett gedöst hatte, kurz bevor...
Klick... Klick
... kurz bevor diese schreckliche Explosion ertönt war. Vor so langer Zeit. Die Geräusche stürzten auf ihr Bewußtsein ein. Ungeordnet und disharmonisch wie ein Orchester, das vor dem Konzert seine Instrumente stimmt.
Klick... Klick... Bumm!
Und dann?
Schritte. Ja, Schritte. Schwere Schritte, die eine Treppe hinuntergeeilt waren.
Noch jemand war im Haus.
Schwere Schritte, die aus dem Haus rannten.
Ich laufe zum Fenster, um nachzusehen. Meine Füße sind warm von Martins Blut auf dem Boden. Der Schatten eines Mannes, der im Wald verschwindet.

Schwere Schritte.
Ein dunkler Schatten.
Daddy?
Ja, es war Daddy!
Aber...
Nein, nein! Das ist er nicht gewesen. Ich wollte, daß du es gewesen bist, denn du hast mir immer gesagt, dir wäre es lieber, wenn ich nie das Licht der Welt erblickt hätte! Wie sehr du mich und meine Andersartigkeit verachtet hast! Aber du warst nicht der Mörder, Daddy. O nein, es war nicht mein Daddy, der meinen Martin umgebracht hat!
Ein dunkler, schwerer Schatten.

Was macht sie denn jetzt? wunderte sich Ricky. Die Augen traten ihr aus den Höhlen, und sie hieb mit den Fäusten auf ihre Schläfen ein.
Was treibt die blöde Kuh denn da?
Jetzt zitterten auch seine Beine. Er hatte das Gefühl, als seien seine Lungenflügel eingeschrumpft, so daß er immer heftiger atmen mußte. Seine Handflächen waren schweißnaß, und die Finger rutschten von dem Griff und dem Abzug des Gewehrs ab. Er lud noch eine Patrone in die Kammer, hatte ganz vergessen, daß er das vorhin schon getan hatte.

Klick... Klick
Wieder dieses Geräusch!
Klick... Klick
Sie sah Martin an. Aber das war ja gar nicht mehr Martins Gesicht. Wer war das?
Schwere Schritte.
Ein großer Schatten.
Die Infektion machte sich jetzt in ihrem Gehirn breit, ver-

grub ihre dünnen Greifarme in die Senken des weichen grauen Gewebes.
Wer ist das? Sein pickelübersätes Gesicht verspottete sie. Jetzt zeigte es auch scharfe, spitze Zähne. Würmer krochen durch die Löcher in seinen Wangen.
Wer ist das?
Ein großer Schatten.
Dann erinnerte sie sich an ihn.
Sie stieß einen furchtbaren Schrei aus. Einen Schrei, der aus den Tiefen ihrer Seele kam. Und sie stürmte auf ihn los.
O Scheiße! O große Scheiße!
»Bleiben Sie stehen, Lady, sonst muß ich von der Schußwaffe Gebrauch machen! Bleiben Sie stehen, oder ich schieße! Ich schwöre bei allen Himmeln, daß ich es tun werde!«
Sie rannte auf ihn zu, schrie und rief ihn bei irgendeinem Namen. Er verstand kein Wort von dem, was sie von sich gab. Ihre Miene war wutverzerrt.
Jesus, Jesus! hallte es ununterbrochen in seinen Gedanken wider, während sein Zeigefinger sich um den Abzug krümmte.

Pinky raste mit fünfundachtzig Meilen in der Stunde über den Highway 29. Er hatte die Sirene eingeschaltet und hupte unentwegt, damit die Fahrzeuge vor ihm Platz machten.
»Dieser verdammte Blödmann!« rief er und dachte dabei an Ricky.
Als er in sein Büro zurückgekehrt war, hatte er auf dem Schreibtisch einen Zettel gefunden, auf dem Ricky ihm mitteilte, daß man Maura McKinney auf dem Highway gesehen habe und er jetzt unterwegs sei, sie zu verhaften.
»Wenn dieses Superarschloch ihr auch nur ein Haar krümmt, bringe ich ihn eigenhändig um!«
Als er um die nächste Kurve fuhr, hörte er den Schuß. Wie in

Zeitlupe sah er, wie der Körper einer Frau durch die Luft flog und hart und steif wie eine Puppe im Straßengraben aufkam. Pinky brachte den Wagen augenblicklich zum Stehen und sprang hinaus.
Ricky hielt die Schrotflinte in der Hand, starrte auf die Frau und wimmerte.
Der Sheriff stürmte zu der Stelle im Straßengraben und sah nach unten. Dort lag Maura und regte sich nicht. Die rechte Seite ihrer Kleidung war weggerissen, und aus einer großen Wunde in ihrem Unterleib strömte Blut auf den Boden.
Tränen schossen in Pinkys Augen, und er schluchzte laut. Er mußte all seine Willenskraft zusammennehmen, um zu seinem Wagen zurückzukehren und das Funkgerät zu bedienen. So präzise, wie es ihm nur möglich war, rief er eine Ambulanz und berichtete von dem Vorfall.
Dann kehrte er zu Maura zurück und legte zwei zitternde Finger an ihre Halsseite, um den Puls zu messen. Sie lebte noch. Er zog seine Jacke aus, faltete sie zusammen und schob sie Maura vorsichtig unter den Kopf.
Langsam drehte er sich zu Ricky um.
Der junge Polizist sah auf, und alle Farbe wich ihm aus dem Gesicht, als er den blanken Haß in den Augen seines Vorgesetzten erblickte.
»Du blödes Stück Scheiße!« fuhr Pinky ihn an. Er stand auf und riß ihm die Waffe aus der Hand. »Du saublödes Stück Scheiße!« Er schlug dem Polizisten den Holzkolben des Gewehrs ins Gesicht.
Rickys Kopf flog zurück. Er fiel auf die Knie und hielt die Hände vors Gesicht. Blut quoll zwischen seinen Fingern hervor. Entsetzt äugte er nach dem Sheriff.
Pinkys Gesicht war so rot wie das Blut, das aus Rickys Mund floß. Er hielt die Waffe am Lauf, marschierte zu einer Eiche am Straßenrand und schlug das Schrotgewehr dagegen. Er

hieb es wieder und wieder gegen den Stamm und brüllte dabei: »Elende Scheiße! Verdammte Scheiße!« Das Holz an dem Gewehr zerbrach und zersplitterte. Er warf die Reste der Waffe fort, kehrte zu Maura zurück und kniete sich neben sie hin. Dann preßte er die Hände an den Kopf und stieß ein lautes, langgezogenes Heulen aus, das im ganzen Tal zu hören war.

Kapitel 43

Er muß einfach von dem Gold gewußt haben!

Harrison! dachte Rena und sah ihm in die erschrockenen, aber gefährlichen Augen. Blythe konnte das nicht ganz allein durchgezogen haben. Sie war auf Hilfe angewiesen gewesen. Harrison mußte daher von Anfang an in dieses furchtbare Komplott eingeweiht gewesen sein.

Dann fiel ihr plötzlich ein, wie er ihr auf der Dinnerparty ihres Vaters erzählt hatte, daß er früher als Mineraloge tätig gewesen und auf der ganzen Welt herumgekommen sei, bevor er den Beruf eines Winzers ergriffen hatte. Und letztes Jahr hatte er für Monica van der Slyck einen unterirdischen Weinkeller angelegt. Monicas Grundstück grenzte an das von Maura. Dabei mußte Harrison Spuren von Liam O'Connors Goldmine entdeckt haben. Und vermutlich verliefen die wertvollen Adern nur unter Mauras Besitz. Er mußte Blythe ziemlich früh davon erzählt haben, denn kurz nach der Fertigstellung von Monicas Weinkeller hatte Edmond Farnsworth das erste Kaufangebot für das Grundstück abgegeben.

Ja, nur Harrison kann Blythes Komplize gewesen sein.

»Sie wissen Bescheid, nicht wahr?« sagte er noch einmal.

Rena spürte, wie sich sein Daumen in ihren Hals bohrte. Das kalte Metall der Beretta war jetzt an ihrer Wange. Sie schüttel-

te den Kopf und versuchte gegen den Knoten der Furcht anzukämpfen, der in ihrem Magen alles zusammenzog.
Der Druck des Daumens wurde stärker. »Lügen Sie mich nicht an, verdammt noch mal!«
Sie erkannte, daß er von panischer Angst erfüllt war. Wenn sie ihm weiter etwas vormachte, würde er womöglich durchdrehen. »Also gut, ich hatte eine bestimmte Vorstellung«, sagte sie leise.
Er schloß die Augen und stöhnte: »Verdammt, verdammt, gottverdammt! Warum gerade Sie?«
Sie legte sanft eine Hand auf die seine und hoffte, ihn so davon abzubringen, ihr die Kehle zuzudrücken. »Wie hat das alles angefangen?« flüsterte sie.
Er gab ihren Hals frei und trat ein paar Schritte von ihr zurück. Der Lauf der Pistole war auf den Boden gerichtet. »Was meinen Sie damit? Wie soll was angefangen haben?«
Rena wußte, daß es in diesem Moment nicht ratsam wäre, ihn direkt anzuschuldigen. »Wie hat Blythe Sie in das alles hineingezogen?«
»Wo ist Edmond?« fragte er.
»Im Haus. Sie hat versucht, ihn zu erschlagen. Vermutlich hat er inzwischen die Polizei verständigt.« Aber Rena war sich da eigentlich nicht so sicher. Edmond stand unter starken Psychopharmaka, so daß er kaum in der Lage sein durfte, einen Telephonanruf durchzuführen. Aber das brauchte Harrison nicht zu wissen.
»Verfluchte Scheiße! Dieses wahnsinnige Weibsstück!« Er seufzte und fuhr sich mit zitternden Fingern durch das Haar. Nach einem Moment des Schweigens sagte er: »Ich habe Blythe vor ungefähr einem Jahr auf einer Party kennengelernt, die irgendein japanisches Konsortium nach einer erfolgreichen Firmenübernahme gegeben hat. Edmond und sie waren auch eingeladen. Sie waren gerade erst eine Woche

verheiratet. Ich saß an der Bar, und sie kam zu mir. Wir haben uns unterhalten. Dann führte eins zum anderen, und wir wurden miteinander intim.« Er lief nervös im Kreis umher.
»War das unmittelbar, nachdem Sie auf dem Grundstück der McKinneys Gold entdeckt hatten?«
»Jesus Christus! Das wissen Sie also auch, was!« Er klang streng, doch Rena hatte nicht den Eindruck, daß diese Strenge gegen sie gerichtet war.
»Ja, das weiß ich.« *Paß auf, daß du ihn nicht wütend machst.*
»Blythe und ich fingen ein Verhältnis an, ziemlich bald nach meinem Goldfund. Mein Leben lang war ich dem Reichtum immer so nah, und doch so fern.« Seine Worte klangen bitter, und er ballte frustriert die Fäuste. »Damals als Mineraloge habe ich mich in den verdammten Minen für irgendwelche reichen Arschlöcher abgeschwitzt. Ich habe Staub und stinkende Luft eingeatmet und für sie Gold und Edelsteine gesucht, damit sie noch reicher wurden. Und was habe ich dafür von ihnen bekommen? Ein paar freundliche Klopfer auf den Rücken und den einen oder anderen lausigen Bonus. Irgendwann hat es mir bis hier gestanden! Ich bin ausgestiegen und Winzer geworden. Aber da war es genauso wie vorher. Ich durfte all die Arbeit erledigen und andere noch reicher machen. Dann fingen die Japaner an, die Winzereien aufzukaufen. Mir war klar, daß es nur noch eine Frage der Zeit wäre, bis ich entweder auf der Straße stünde oder für die Japse arbeiten würde. Ich mußte auf dem Land eines anderen Gold finden, das war mein letzter Strohhalm. Wenn das Gold doch nur unter Monica van der Slycks Land gelegen hätte!« Er lachte grimmig. »Die alte Kuh hat schon vom ersten Tag an versucht, mir an die Wäsche zu gehen. Sie hätte mich vom Fleck weg geheiratet, und ich wäre heute selbst ein stinkreicher Mann.«
Rena verzog das Gesicht, als sie daran denken mußte, wie ihr

Vater dieser Frau den Hof machte. »Monica ist auch ohne Gold reich«, erklärte sie.
»Quatsch! Dieser alte Drachen hat weniger Geld als die Mexikaner, die für sie die Trauben pflücken. Nachdem ich ihr den unterirdischen Weinkeller angelegt hatte, wollte sie mich mit Weinflaschen ihres Mannes bezahlen. Monica war damals so gut wie pleite. Ich habe Ihnen das verschwiegen, weil ich dachte, es ginge mich nichts an. Können Sie das verstehen? Sie bezieht eine kleine Rente und den Erlös der Winzerei, die ihr Mann ihr hinterlassen hat. Deshalb hat sie sich ja auch so an Ihren Vater gehängt. Er hat Geld, viel Geld.«
Ärger stieg in Rena auf. Das einzige, was sie tröstete, war, daß Simon sehr gut auf sich selbst aufpassen konnte und sich nicht so leicht ausnehmen ließ. »Wie hat Blythe reagiert, als Sie ihr von dem Gold erzählt haben?«
»Sie hat laut gelacht. Vor allem, nachdem ich Maura McKinneys Namen genannt hatte. Blythe kannte sie sehr gut. Sie sagte mir, sie sei einmal ihre Krankenschwester gewesen, als Maura vor einigen Jahren in einer Irrenanstalt oben in Washington gesessen hat. Und dann wurde diese verrückte Idee wohl geboren.«
Er hörte auf zu reden und dachte nach. Das gefiel Rena nicht... nicht, solange er die Beretta in der Hand hielt. Blythe war eine Psychopathin gewesen. Nichts hätte sie davon abhalten können, jemanden zu töten, wenn ihr der Sinn danach stand. Aber bei Harrison lag der Fall anders. Er hatte etwas für Rena übrig. Vielleicht war das ihre Chance.
»Wer ist denn auf die Idee gekommen?« fragte sie mit einem freundlichen Unterton, der Sympathie für ihn ausdrücken sollte.
»Blythe.« Er zeigte auf die Entstielungsmaschine. »Die Idee ist ihr allerdings erst gekommen, als Maura Edmond das Land nicht verkaufen wollte. Verstehen Sie, Blythe besaß nicht

einen Dollar. Farnsworth hatte sie vor der Hochzeit gezwungen, einen Vertrag zu unterzeichnen, der ihm sein Vermögen beließ.«

»Das weiß ich«, sagte Rena.

Er trat an die Hauswand, ließ sich auf der Bank dort nieder und lehnte sich mit dem Rücken gegen die Ziegelsteine. Die Pistole hing zwischen seinen Oberschenkeln. »Sie hat mich eines Nachmittags angerufen und mir gesagt, ich solle sofort zu ihr kommen. O Mann, war sie verrückt! Kaum hatte ich ihr Haus betreten, da riß sie mir schon die Kleider vom Leib. Wir haben uns im Wohnzimmer auf dem Fußboden geliebt. Erst danach habe ich erfahren, daß Edmond auch im Haus war, die ganze Zeit. Er lag oben in seinem Bett. Dieses verdammte Luder hatte ihm Diazepam gegeben, um ihn für eine Weile auszuschalten. Als sie mir das stolz mitteilte, bin ich furchtbar wütend geworden. Ich habe sie fortgestoßen und mich angezogen. Ich wollte nur noch raus und Blythe nie mehr wiedersehen. Anfangs war es wirklich toll mit ihr, aber bald habe ich herausgefunden, daß in ihrem Oberstübchen etwas verdreht war.« Er tippte sich an die Stirn. »Blythe hat nur gelacht und gesagt: ›Siehst du, wie einfach das ist? Ich kann jeden mit Medikamenten manipulieren. Nach zwanzig Jahren als Krankenschwester habe ich so viele Mittel beiseite geschafft, daß ich damit eine ganze verdammte Stadt zum Ausklinken bringen könnte!‹ Dann hat sie mir erzählt, was sie vorhatte. Verdammt, ich hätte davonlaufen sollen, als noch die Chance dazu bestand. Und vor allem hätte ich ihr nie zuhören dürfen.« Wieder verfiel er in Schweigen. Sein Blick war nach innen gerichtet, so als müsse er über vieles nachdenken.

In diesem Moment fiel Rena etwas zu Tomas Sanchez ein, das Otto van der Slyck ihr gestanden hatte. Es hatte damit zu tun, daß er Sanchez verraten hatte, daß Maura nachts in der warmen Quelle zu schwimmen pflegte. Sanchez hatte ihm daraufhin entgegnet, er wisse das bereits und habe seine eigenen Pläne mit Maura. »Haben Sie und Blythe Tomas Sanchez engagiert, um Maura umzubringen?«

»Was?« murmelte er. »Aber nein. Dieser verdammte Trottel sollte sie nur kidnappen. Nicht mehr und nicht weniger. Blythe wußte, daß Maura gern in der Quelle badete. Maura hatte es ihr erzählt, als sie in der Klinik war. Sie sagte, das warme salzhaltige Wasser sei gut für ihre Haut, und sie habe die Quelle seit ihrer Kindheit täglich aufgesucht.«

Ein ironisches Grinsen trat auf sein Gesicht, und er fuhr fort: »Verstehen Sie, das Wasser kommt aus einer unterirdischen Höhle. Aus Liam O'Connors Höhle.«

»Das Gold liegt direkt unter der Quelle?« fragte Rena überrascht.

»Ja. Die Quelle war einmal der Eingang zur Höhle. Irgendein unterirdisches Bassin muß aufgebrochen sein und hat den Zugang überflutet.« Er schüttelte langsam den Kopf. »Vor ein paar Monaten ist Blythe zur Winzerei der McKinneys gegangen und hat sich dort mit Manuel unterhalten. Sie sagte ihm, sie sei eine gute Freundin von Maura aus New York City. Sie wollte von ihm wissen, wann Maura beabsichtige, wieder nach Napa zu kommen. Er nannte ihr den genauen Tag. Dann meinte Blythe, sie habe von Maura von der Quelle erfahren. Ob sie immer noch so gern dort bade? Manuel war sehr überrascht, daß Maura ihr Geheimnis weitergegeben hatte, antwortete aber, daß seine Herrin immer noch regelmäßig die Quelle aufsuchen würde, solange sie sich hier aufhielte.

Als wir so erfahren hatten, wann Maura kommen wollte, haben wir diesen Vollidioten Sanchez unweit der Quelle in einem Gebüsch versteckt und ihm aufgetragen, er solle Maura packen und überwältigen, sobald sie auftauche. Dummerwei-

se war sie zu stark für ihn. Blythe hatte ganz vergessen, wieviel Kraft Maura besitzt. Maura hat Sanchez die Kehle aufgeschlitzt. Zu unserem Glück ist sie ausgeglitten und mit dem Kopf gegen einen Stein geprallt. Als Blythe und ich dort erschienen, hockte Maura im Gras und war noch nicht recht wieder zu sich gekommen.«
»War Sanchez da schon tot?«
»Nein, aber er hat geblutet wie ein Schwein, und das hat uns die ganze Sache erleichtert. Wir beschlossen, Sanchez zu Mauras erstem Opfer werden zu lassen.«
»Nur war er nicht der erste. Vor Sanchez wurde an der Ostküste eine junge Frau ermordet und verstümmelt«, wandte Rena ein.
»Zu jenem Zeitpunkt wußte ich das noch nicht«, entgegnete er ärgerlich. »Als Blythe und ich erstmals über den Plan gesprochen haben, beschlossen wir, daß es zwei Morde geben sollte. Nur zwei! Maura sollten diese beiden Verbrechen angehängt werden. Aber diese Verrückte hatte etwas ganz anderes im Sinn, in das sie mich damals jedoch nicht einweihen wollte.«
Er stand wieder auf und lief wie vorhin auf und ab. »Das Problem war, daß Blythe bei der Durchführung des Plans übergeschnappt ist. Aus der Zeit in der Klinik kannte sie Mauras psychische Verfassung durch und durch. Schließlich hatte Maura sie ja für eine Art Vertraute gehalten und ihr alles erzählt. Blythe mußte sich nun nur noch so ausstaffieren wie eine der Phantasiegestalten aus Mauras Leben. Blythe machte sich als die Hure Jasmine Dawn zurecht. Das war eine Puppe von Maura, der sie ein liederliches Outfit verpaßt hatte. Wir wollten also Sanchez umbringen und dann noch eine weitere Person, vielleicht einen Wanderarbeiter oder so. Jemand, bei dem die Polizei keinen Riesenaufstand entfachen würde. Und natürlich wollten wir uns auf Kalifornien beschränken, kei-

nesfalls aber über das ganze Land verbreiten. Wir hatten schließlich kein Interesse daran, daß das FBI sich einschaltete. Die Morde sollten exakt nach den Vorgaben in dem französischen Tagebuch durchgeführt werden. Blythe wußte auch über diesen alten Baron eine ganze Menge.
Sinn und Zweck des ganzen Unternehmens war es, Maura für geistesgestört erklären und einweisen zu lassen. Blythe hat deshalb auch in einem Supermarkt billige Klamotten gekauft, weil sie genau wußte, daß Maura eine tiefe Abneigung dagegen hatte. Maura hatte in der Klinik nämlich Blythe erzählt, daß ihr Vater sie immer gezwungen hatte, solche Sachen zu tragen, weil er sich und seiner Tochter nichts Besseres kaufen konnte.«
Maura hat die billigen Stoffe gehaßt, weil sie ihre empfindliche Haut zum Jucken brachten und dort die roten Flecken hervorriefen, dachte Rena. Aus diesem Grund hatte Maura später auch immer nur Seide oder teure Baumwolle getragen.
»Haben Sie Tomas Sanchez ermordet?« fragte sie ihn rasch, ehe er wieder ins Grübeln verfallen konnte.
»Großer Gott, nein!« Er schüttelte sich bei der Vorstellung. »So etwas könnte ich im Leben nie tun. Aber Blythe war dazu in der Lage. Bei Gott, es war wie ein Fest für sie!« Seine Stimme war bei den letzten Worten immer lauter geworden. »Sie hat das Töten geliebt. Zuerst hat sie Maura Diazepam injiziert, damit diese die Besinnung verlor. Tomas Sanchez lag neben der Quelle und hielt sich den Hals. Blythe erklärte ihm, sie sei ausgebildete Krankenschwester und er müsse sich auf den Bauch legen, um die Blutung zu stoppen. Er hegte kein Mißtrauen und drehte sich auf den Bauch. Blythe nahm den Nagel, den sie später auch bei den anderen Opfern benutzt hat, und hat ihn Sanchez mit einem Hammer in den Nacken geschlagen. Ich habe meinen Augen nicht trauen wollen. Wie geschickt und absolut unbewegt sie ihm den

Nagel zwischen die Halswirbel getrieben hat! Dann entfernte sie mit einem Skalpell die Hoden des Mannes. Blythe erklärte mir, sie habe schon in der Schwesternschule gelernt, wie man mit chirurgischem Werkzeug umzugehen hat. Dann hat sie mit einem Schuppenmesser einige Hautproben von Mauras Arm genommen und sie Sanchez unter die Fingernägel geschoben. Sie riß Maura auch ein paar Haare aus und legte sie ihm in die Hände. Ich bin zu unserem Wagen gelaufen und habe dort einen Plastiksack geholt, damit ich nicht von seinem Blut beschmiert würde, wenn ich ihn in Mauras Weinberg tragen sollte. Wir haben den Mexikaner an einen Rebstock gebunden, genau so, wie es im Tagebuch des Barons beschrieben wird. Manuel sollte ihn dort finden. Ich bin dann zur Quelle zurück und habe die bewußtlose Maura hochgehoben. Blythe drückte Mauras nackte Füße in den weichen Boden, damit die Polizei dort ihre Fußabdrücke entdecken konnte.«

Rena blickte nach oben zum Haus und hoffte, daß dort jemand kommen würde, vielleicht Charlie. Aber da zeigte sich niemand.

Harrison schüttelte den Kopf und lächelte. »Wenn Sie nach Ihrem Freund Ausschau halten, muß ich Sie leider enttäuschen.«

Erschrocken sprang sie auf. »Was wollen Sie damit sagen?«

Er richtete die Beretta auf sie. »Ich will damit sagen, daß niemand kommen wird. Und jetzt setzen Sie sich schön wieder hin.«

Sie folgte seinem Befehl. Er hatte Nervenzucken in den Lippen, und sie wollte ihn nicht am Ende doch noch wütend machen. Sie sah ihn an und fragte: »Was haben Sie mit Maura angestellt?«

Er senkte die Waffe. »Wir haben ihr ungefähr eine Woche lang Psychopharmaka verabreicht, bis die Lese vorüber war. Und dann... nun, eigentlich sollte sie in Sonoma oder Mendocino gefunden werden. Man hätte sie für schuldig befunden oder für unzurechnungsfähig erklärt, und auf jeden Fall wäre ihr Grundstück unter den Hammer gekommen und weit unter seinem wahren Wert verkauft worden. Natürlich wären wir die Käufer gewesen. Ein ebenso genialer wie simpler Plan. Ein Plan ohne Fehler und Schwachstellen, und dennoch ist irgendwo alles ganz furchtbar schiefgegangen.« Er rieb sich mit der freien Hand über das Gesicht. Dann fuhr er müde fort: »Blythe hat vollkommen die Kontrolle über sich verloren. Sie konnte einfach nicht mehr mit dem Morden aufhören. Die blöde Kuh hat sich immer öfter wie Maura angezogen und die Polizei auf falsche Fährten gelockt. Blythe hat selbst angefangen, Dinge zu tun, wie sie nur Psychopathen anstellen.«

»Was denn zum Beispiel?«

»Sie hat die bewußtlose und mit Medikamenten vollgepumpte Maura mitgenommen nach Washington und Idaho. Können Sie sich so etwas vorstellen? Wenn sie in eine Polizeikontrolle geraten wäre, hätte das das sofortige Aus bedeutet! Mir kam es so vor, als würde sie russisches Roulett spielen.«

»Der Fahrkartenverkäufer im Busbahnhof von Napa hat ausgesagt, Maura hätte eine Fahrkarte gekauft und den Bus nach Norden bestiegen!« wandte Rena ein.

Harrison schüttelte den Kopf. »Was für ein verdrehtes Miststück. Diese Frau war natürlich Blythe, die sich als Maura verkleidet hat. In Wahrheit ist sie nie in den Bus gestiegen. Blythe wollte nur auffallen, wollte, daß jemand sie auf dem Busbahnhof sehen würde. Sie hat mich dazu überredet, sie nach Fort Bragg zu fahren. Dort hat sie den Kombi gemietet, und ich bin nach Napa zurückgekehrt.«

Deshalb also hat sie einen großen Wagen mit getönten Scheiben gemietet, sagte sich Rena. Auf der Ladefläche war genug

Platz, um einen Menschen zu transportieren, und dank der dunklen Scheiben konnte niemand hineinsehen. Dann erinnerte sich Rena an einen Anruf von Blythe, in dem sie sich mit ihr in Los Angeles zum Mittagessen verabreden wollte. Das war natürlich eine faustdicke Lüge gewesen, begriff Rena jetzt. Blythe hätte niemals rechtzeitig nach L.A. kommen können, weil sie sich zu dem Zeitpunkt hoch oben im Nordwesten befunden hatte. *Sie hat mich angerufen, damit ich nicht mißtrauisch würde. Ein einziges Täuschungsmanöver*!

»Warum hat sie denn Maura unbedingt mitnehmen wollen?«

»Damit die Polizei feststellen und im Labor überprüfen konnte, daß Maura tatsächlich am Tatort gewesen ist. Jedesmal hat Blythe ihr wieder neue Körperproben entnommen. Haare, Blut, Hautpartikel und so weiter. Wenn man das nicht bei der jeweiligen Leiche gefunden hätte, wäre die Polizei sofort darauf gekommen, daß da etwas nicht stimmte.«

»Und wie war das mit der Vaginalflüssigkeit und dem Sperma?«

»Die hat Blythe auch am Tatort zurückgelassen«, antwortete er. »Ich weiß nicht, wie sie das angestellt hat. Besonders nicht mit dem Sperma. Blythe jedenfalls erklärte mir, das sei das Prunkstück ihres Plans, ihr absolutes Meisterwerk. Wenn die Polizei herausfände, daß die Vaginalflüssigkeit und das Sperma dieselbe DNS-Struktur besaßen, würde das die Beamten glatt umhauen. Vor allem, wenn sie erst einmal dahintergekommen wären, daß Maura zweigeschlechtlich ist.« Er schüttelte wieder den Kopf. »Blythe hat das alles unglaublichen Spaß gemacht. Sie hat immer mehr auf Risiko gespielt, und das hat ihr anscheinend den schönsten Nervenkitzel bereitet. Sie wurde immer wahnsinniger. Und als sie dann Ray Scollari umgebracht hat, wußte ich, daß sie nicht mehr zu retten war. Es gab keinen Grund, auch noch den Staatsanwalt zu ermorden. Die Polizei besaß bereits mehr als genug Bewei-

se, um Maura festzunehmen und aus dem Verkehr zu ziehen.«
»Wo befindet sich Maura jetzt?«
»Keine Ahnung.« Er zuckte die Achseln. »Blythe hat den Hammer in Mauras Tasche gelegt und sie in irgendeinem Park in Boise, Idaho, zurückgelassen. Maura war gerade bewußtlos. Blythe hoffte, daß die Polizei sie und den Hammer in ihrer Tasche entdecken würde. Blythe hat mir erzählt, Maura sei so voller Medikamente gewesen, daß sie wirklich glaubte, sie habe all die Morde begangen. Jedes Geschworenengericht hätte sie für geistesgestört erklärt und einsperren lassen.« Er kratzte sich nervös am Kopf. »Gott, Blythe, wenn du nur nicht so durchgedreht wärst!« Er sagte das mehr zu sich selbst. Dann sah er Rena an. »Einmal ist Maura in einer Ferienhütte aufgewacht, die Blythe gemietet hatte. Das war eigentlich im Plan nicht vorgesehen. Glücklicherweise ist sie bald wieder in ihren Dämmerzustand zurückgeglitten. Die Ironie daran ist, daß die Polizei Maura in Boise nicht aufgespürt hat, wie es in unserm Plan vorgesehen war. Blythe hatte Maura anscheinend kräftig unterschätzt. Maura entkam, und niemand weiß, wo sie sich jetzt aufhält.« Harrison wurde wieder nachdenklich und lehnte den Hinterkopf an die Steinwand.
Laß ihn bloß nicht zu lange nachdenken, mahnte sich Rena. »War Dr. Frawleys Tod Selbstmord?«
»O Gott!« stöhnte er. »Ich komme mir vor wie in einem Schiff, das tausend Meilen vor der Küste untergeht.«
Gut! Bleib bei diesem Gefühl! »War es Selbstmord oder nicht?« bohrte sie nach.
»Nein!« Er rollte den Hinterkopf an den Ziegeln entlang. »Nein, nein und nochmals nein! Kurz nach unserem Besuch bei Professor Tomain hat Blythe mich angerufen. Sie war geradezu hysterisch und schrie, sie wäre eben in Calistoga

Dr. Frawley auf der Straße begegnet, und der habe sie als die Krankenschwester wiedererkannt, die sich im Riverside um Maura gekümmert habe. Es war allgemein bekannt, daß der alte Mann an Krebs litt und nur noch wenige Monate zu leben hatte. Blythe hatte immer geglaubt, sie könnte ihm aus dem Weg gehen, und in ein paar Wochen sei ohnehin alles vorbei mit ihm. Nur ist es leider nicht so gekommen. Er hat sie sofort wiedererkannt. Blythe befahl mir, ich müsse ihn erledigen.«

»Was ist denn daran so schlimm, daß er sie wiedererkannt hat? Er hegte doch keinen Verdacht gegen sie, oder?« Rena war verwirrt und mußte daran denken, wie gern sie den alten Landarzt immer gehabt hatte.

»Blythe wollte sich auch nicht im entferntesten mit Maura in Verbindung bringen lassen. Vor allem dann nicht, wenn man bedenkt, daß sie an Mauras Grundstück wollte. Das FBI wäre vielleicht mißtrauisch geworden und hätte darin mehr als einen bloßen Zufall gesehen.« Er seufzte tief und fuhr dann fort: »Ein paar Stunden, bevor ich Sie in dem Restaurant treffen wollte, bin ich zu Frawley gefahren. Zu jenem Zeitpunkt wußte ich noch nicht, wie ich ihn beseitigen sollte. Ich dachte, ich würde mich erst etwas mit ihm unterhalten und dabei herausfinden, ob es für ihn von irgendeiner Bedeutung war, daß Mauras alte Krankenschwester jetzt hier lebte. Ich wollte ihn aushorchen. Winnie...« Er hielt plötzlich inne, als ihm einfiel, daß er kein Recht hatte, den Mann, den er ermordet hatte, bei seinem Spitznamen zu nennen. Er räusperte sich und sagte: »Ich fand Winston in seiner Kelterei. Ich habe ihn nach Blythe gefragt. Er stand auf einer Leiter und reparierte an einem Faß ein loses Metallband. Aber wie sich herausstellte, hatte Blythe gar nicht so falsch gelegen. Frawley machte sich erhebliche Gedanken darüber, warum Mauras ehemalige Krankenschwester hier war.« Er legte eine

kleine Pause ein, so als müsse er sich die damaligen Ereignisse ins Gedächtnis zurückrufen. »Plötzlich wußte ich, was ich zu tun hatte.« Er schloß die Augen und verzog das Gesicht. »Ich habe ihm angeboten, ihm zu helfen, und bin hinter ihm die Leiter hinaufgestiegen. Es war alles ganz einfach. Ich versetzte ihm einen leichten Stoß. Er verlor das Gleichgewicht und kippte mit dem Oberkörper in die Gasschicht über der Flüssigkeit. Ich hielt ihn für ein paar Sekunden nach unten, und dann war es mit ihm vorbei. Verdammt, ich hätte nie gedacht, daß es so einfach gehen würde. Danach habe ich alle Fenster geschlossen und die Ventilation ausgeschaltet, damit es wie ein Selbstmord aussähe, und bin zum Restaurant gefahren, um Sie dort zu treffen.«
Wut und Abscheu stiegen in Rena hoch, und sie hatte Mühe, sich nichts anmerken zu lassen. »War es eigentlich ein Zufall, daß wir in dem Lokal Blythe und Edmond getroffen haben?«
»Nein. Blythe war eifersüchtig auf Sie.« Er senkte den Blick und fuhr leise fort: »Sie wußte, daß ich für Sie etwas übrig hatte. Als Blythe herausfand, daß ich mich mit Ihnen zum Dinner verabredet hatte, hätte sie mir fast den Kopf abgebissen. Sie erklärte, sie und Edmond würden auch dort sein, da könnte ich mich hundertprozentig drauf verlassen.«
Rena wurde ganz schlecht bei dem Gedanken daran, wieviel Mühe sie an jenem Tag auf ihr Aussehen verwendet hatte. Die Vorstellung, daß sie sich einmal zu diesem Mann hingezogen gefühlt hatte, wie frech und offen Blythe damals mit dem Kellner geflirtet hatte. Anscheinend wollte sie Harrison damit eifersüchtig machen.
»Wie geht es jetzt mit uns beiden weiter?« fragte Rena ihn.
Er sah auf. »Wie bitte?«
Rena atmete tief ein und ließ Harrisons Pistolenhand nicht aus dem Auge. »Es ist alles vorbei. Blythe lebt nicht mehr.«
»Das ist mir klar. Was Sie wirklich meinen, ist, was ich mit

Ihnen tun werde, nicht wahr?« Seine Stimme klang rauh und brüchig.

»Ja, genau das habe ich gemeint«, antwortete sie leise. *Du magst mich doch, Harrison. Ich spüre es. Denk doch bitte für eine Minute darüber nach, wie sehr du mich magst, okay*? Sie griff sanft nach seiner Hand und sagte: »Sie haben mir eben erklärt, Sie kämen sich vor wie auf einem sinkenden Schiff, das weit, weit von der Küste entfernt ist. Lassen Sie mich Ihnen dabei helfen, Land zu finden. Die Geschichte ist vorbei. Das wissen Sie.«

Er sah sie an, als könnte er ihre Gedanken lesen. Dann blickte er in die Baumwipfel und schien über seine Lage nachzudenken.

»Es ist vorbei, Harrison«, flüsterte sie. »Es hat zu viele Leichen gegeben. Sie können nicht jeden einzelnen Fall vertuschen.«

Nach einer Minute verzerrte sich Harrisons Mund zu einem schiefen Lächeln. Er spannte den Hammer der Beretta und richtete den Lauf auf Renas Bauch. »Vielleicht ist es nicht in dem Sinn vorbei, wie Sie es meinen. Vielleicht habe ich gerade eine kleine Insel entdeckt, auf die ich mich retten kann.«

Rena begriff, was er vorhatte, und alles in ihr wurde taub.

Charlie trat hart auf die Bremse, um nicht in den Jeep und den schwarzen GMC zu krachen, die mitten auf der Auffahrt zu Farnsworths Haus standen. Die Tür des Jeeps stand weit auf. Als er aus dem Wagen sprang, las er das Nummernschild des Geländewagens: B-F stand dort, wohl für Blythe Farnsworth, oder? Er wußte nicht warum, aber mit einem Mal packte ihn große Angst. Irgendwie wußte er, daß Rena sich nicht im Haus aufhielt.

Er hielt die Hände wie einen Trichter vor den Mund und rief: »Rena! *Reeena*!«

Als Antwort hörte er nur den leichten Wind, der gegen die wenigen Blätter blies, die noch nicht abgefallen waren. Und in der Ferne rief eine Vogeldame nach ihrem Männchen.

»*Rena! Rena*!« rief er noch lauter.

Sein Blick fiel auf die Böschung. Strauchzweige waren dort abgeknickt, und der Boden wirkte zertrampelt. Etwas glitzerte unter einem Busch. Er lief zu der Stelle hin und bückte sich. Zwischen den Grashalmen lag eine Patronenhülse. Ein paar Meter den Hang hinunter machte er zwei weitere Hülsen aus. Er ging in die Hocke und entdeckte aufgerissene Erde, Spuren, die von Händen und Schuhen stammten. Die Bodenspuren und die Zerstörungen im Unterholz ließen auf mehr als nur eine Person schließen.

Mist!

Charlie kletterte vorsichtig nach unten. Einmal glitt er aus, doch dann war er am Fuß des Hangs angekommen. Er war mit Erdreich und alten Blättern bedeckt, als er ganz still stehenblieb und angestrengt lauschte. Das leise Murmeln eines Baches drang an sein Ohr. Und etwas näher hörte er das monotone Summen eines Generators, der zweifellos zu einer Kelterei gehörte.

Sie ist dort irgendwo. Ich weiß es ganz genau!

Er rannte zu der Winzerei und stampfte sich mit Armen und Beinen einen Pfad durch das dichte Unterholz.

»Rena!« brüllte er. Es klang wie der Wutschrei eines Löwen, der seiner bedrohten Gefährtin zu Hilfe eilt.

»*Rena*!«

Vertrocknete Zweige zerbrachen unter seinen Schuhen und stachen ihm in die Fußgelenke. Dornen zerrissen sein Hemd und die Haut darunter.

»*Rena*!«

Das laute Krachen eines Pistolenschusses drang durch das Tal und hallte von den Hügeln wider.

Charlie hielt mitten im Lauf inne und ließ das entsetzliche Geräusch durch seinen Kopf dringen.
O Gottverfluchteverdammtescheiße!
»*Reeena*!«

Kapitel 44

Blasen aus Blut und Speichel quollen aus Mauras Mund und blieben an ihrer Unterlippe kleben. Ihre Augen, die nur noch einen Spalt weit geöffnet waren, wirkten glasig.
Pinky kniete neben ihr und sah auf sie hinab. Seine dicken Finger bohrten sich tief in seine Wangen, während sein Oberkörper vor und zurück schwankte. Gurgelnde Laute kamen aus Mauras Mund.
»O nein! O nein! Bitte nicht!« brüllte der Sheriff. Ohne auf ihre blutnasse Kleidung zu achten, legte er seine fleischigen Hände zwischen ihre Brüste und drückte und preßte den Brustkorb. »Nein! Nein! Nein!« Dann legte er seinen Mund auf den ihren und blies seine Luft in ihre Lungen.
Endlich kann ich sie küssen, und sie stirbt mir weg!
Vom Highway ertönte eine Sirene. Die Ambulanz kam.
Seine Handflächen pumpten immer stärker ihre reglose Brust. Er spürte ihre Rippen und ihr Brustbein, die unter seinem Gewicht zu brechen drohten.
Ich habe dich so geliebt! Ich habe dich mehr geliebt, als Martin das jemals konnte! Stirb jetzt nicht! Wieder drückte er seine Lippen auf die ihren.
Maura riß die Augen auf.
Bleib bei mir! Bitte, verlaß mich nicht! Warum mußtest du mit Martin schlafen? Wenn du nur mich geliebt hättest, dann wäre alles ganz anders gekommen! Schweiß tropfte von seiner Stirn auf ihr Gesicht. Seine Hände pumpten unverdrossen weiter.

Seit jener Nacht wußte ich um dein Geheimnis, und es hat mir nie etwas ausgemacht. Niemals!

Maura starrte Pinky an. Die Erkenntnis drängte sich durch den Fiebernebel in ihr Bewußtsein.

Ein großer, schwerer Schatten!

Sie wußte jetzt, wer Martin ermordet hatte. Haß erfüllte ihre Augen, und das Rasseln in ihrer Kehle verwandelte sich in ein langgezogenes Heulen, aus dem ein wilder Schrei entstand.

Die Sirene des Krankenwagens wurde immer lauter und vermischte sich mit ihrem Schrei.

Erschrocken zog der Sheriff die Hände zurück und starrte hilflos auf den animalischen Haß in ihrem Gesicht. Sie weiß es, dachte er. *Sie weiß es*! Mit allem konnte er fertig werden, nur nicht damit, daß Maura wußte, wer ihren Martin auf dem Gewissen hatte. *Nein, bitte nicht! Bitte, nein*!

Ihr Schrei nahm kein Ende, nicht einmal als die Sanitäter sie auf die Bahre legten und festbanden. Maura zeigte mit dem Finger auf Pinky und schrie: »Mörder! Mörder!« Dann lag sie in dem Wagen, und die Männer schlossen hinter ihr die Tür.

Als die Ambulanz auf dem Highway davonbrauste, brach Pinky im Staub neben der Straße zusammen. Er zog die Knie vor das Gesicht und preßte die Hände an die Ohren, um ihren schrecklichen, wütenden Schrei zu verdrängen. Dann schluchzte er nur noch hilflos.

Ricky stand ein Stück weiter an seinem Wagen. Er betupfte seine aufgeplatzte Lippe mit einem Taschentuch und beobachtete verwirrt seinen Vorgesetzten. Er hatte noch nie einen so großen und starken Mann wie den Sheriff weinen sehen.

Pinky preßte mit aller Kraft die Hände an die Ohren, um von Mauras Schrei fortzukommen. Aber ihr »Mörder!« blieb in seinem Kopf, wollte nicht mehr verschwinden. Tief in seiner Seele wußte er, daß dieses Wort auf ewig in ihm bleiben würde.

Kapitel 45

Charlie schlug wie mit Dreschflegeln um sich, kämpfte sich durch das Unterholz und erreichte die Lichtung. Als er sich auf offenem Gelände befand, blieb er stehen und sah sich um. Einige Meter vor ihm erhob sich ein Steinhaus, die Winzerei. Der bittere Geruch von Kaliumnitrat und Salzen erfüllte die Luft. Er kannte diesen Geruch sehr gut: Pulver und Blut.

»Rena!« brüllte er noch einmal.

Wieder erhielt er nur das gleichmäßige Rauschen des Windes zur Antwort. Plötzlich entdeckte er ein Blutrinnsal, das langsam um die Ecke des Hauses heranströmte. Er rannte los und gelangte auf die andere Seite der Winzerei. Als erstes fiel ihm die Entstielungsanlage ins Auge, aus der Frauenbeine ragten. Er warf einen Blick hinein und entdeckte die zerquetschten Überreste von Blythes Oberkörper. Er sah auf die Wand dahinter und bemerkte darauf große Blutflekke, die wie bei einem modernen Gemälde ineinanderflossen. Die dünnen Blutströme strebten alle einem Ziel zu: einem Körper, der auf dem Boden lag und keinen Kopf mehr besaß. Charlie erkannte die rote Strickjacke wieder. Die hatte der Mann getragen, der ihn in Simons Garage angegriffen hatte. Direkt neben der Hand des Mannes lag eine Beretta im Gras. Es war Harrison.

Verdammt noch mal, Harrison! Der Bastard hatte sich selbst in den Kopf geschossen.

»Charlie«, ertönte hinter ihm eine leise Stimme.

Er fuhr rasch herum.

Dort stand Rena. Sie hielt sich mit zitternden Händen den Kopf, und ihre Haut war ungewöhnlich blaß.

Ein langes, tiefes Stöhnen entrang sich seiner Kehle, und er lief zu ihr. Er legte ihr die Hände auf die Schultern, und ihr

Kopf sank auf seine Brust. Nur mit halbem Bewußtsein nahm er wahr, wie er ihr wieder und wieder sagte: »Ich liebe dich. Ich liebe dich. Ich liebe dich.«
Ihre Arme schlossen sich um seine Hüfte, und wenn sie sich nicht an ihm festgehalten hätte, wäre sie auf der Stelle zusammengebrochen.
In diesem Moment fielen all die Schutzwände, die sie in sich aufgebaut hatten, um sich vor dem Schmerz der Nähe zu bewahren. Sie krachten herunter wie Strohdächer in einem Wirbelsturm.

Epilog

Die Dämmerung erschien gerade über Brentwood und tauchte den San Vincente Boulevard in fahles graues Licht. Die Straßen waren leer, und die Läden und Boutiquen, deren Schaufensterauslagen bereits weihnachtlich dekoriert waren, blieben noch mindestens für vier Stunden geschlossen. Die einzigen Lebenszeichen fanden sich auf dem Mittelstreifen, der den breiten Boulevard teilte. Dort auf dem Gras legten zahlreiche Jogger die Strecke zum Ozean und wieder nach Hause zurück. So wie sie es jeden Tag taten, bevor sie in ihre Büros, Kanzleien oder Praxen eilten.

Doch heute morgen fuhr ein schwarzer Jaguar den San Vincente Boulevard hinab. Er sauste in entgegengesetzter Richtung an den Gesundheitsfanatikern vorbei und bog dann auf den Wilshire Boulevard ab. Die Laternen auf beiden Seiten dieser großen Durchgangsstraße waren mit Weihnachtsmännern und Christbaumlichtern geschmückt. Kurz darauf befand sich der schnittige Wagen auf dem Freeway 405 und brauste in Richtung Süden weiter.

»Wir haben noch nicht einmal Erntedankfest, und schon erstrahlt alles im weihnachtlichen Glanz«, brummte Charlie und schaute aus dem Fenster an der Beifahrerseite. »Jedes Jahr fangen sie früher damit an. Wenn das so weitergeht, wird sich dem Nikolaus, wenn er durch den Kamin kommt, eine Rakete für den Nationalfeiertag am vierten Juli in den Arsch bohren.«

»Reizend, Charlie. Ich habe dich immer für deine gewählte Ausdrucksweise geschätzt«, lächelte Rena. Sie saß am Steuer. Er legte ihr eine Hand auf die Schulter und strich sanft über ihre Haarspitzen. Sie lehnte sich leicht an ihn. Rena atmete tief ein und roch das Leder seiner abgetragenen Bomberjacke. Sie kannte diesen Duft sehr gut, und er gab ihr Wärme und Geborgenheit.

Ich werde diesen Geruch vermissen, dachte sie. *Sechs Monate ist er fort! So ein Mist.*

»Wohin ist Simon denn dieses Wochenende mit Cathy unterwegs?« fragte er, um das Schweigen zwischen ihnen zu brechen.

»Nach San Diego. Cathy ist noch nie in Sea World gewesen. Simon hat ihr vorgeschlagen, mit ihr dorthin zu fahren.« In den letzten Wochen waren Simon und Cathy unzertrennlich gewesen. Die Kluft zwischen dem Großvater und der Enkelin hatte sich endlich geschlossen. Rena war sehr glücklich darüber. Als sie noch ein Kind gewesen war, hatte Simon nie Zeit für sie gehabt, war er ihr nie ein Vater gewesen. Diese verlorene Zeit schien er jetzt bei Cathy nachholen zu wollen. Rena hatte ihn nach Monica van der Slyck gefragt, und er hatte geantwortet: »Nun, ich habe von Anfang an gewußt, was sie in Wahrheit von mir wollte. Ich habe sie damals, als sie auf das Grundstück ihres verstorbenen Mannes zog, überprüfen lassen und erfahren, daß sie alles andere als vermögend ist. Ich habe allerdings gehofft, ihre Gefühle für mich wären ehrlich. Doch egal, die Geschichte zwischen uns ist vorbei.« Und er hatte mit gesenktem Blick und heiserer Stimme hinzugefügt: »Aber verdammt, es hat wirklich großen Spaß mit ihr gemacht.«

Charlie und Rena verbrachten die restliche Strecke zum Flughafen in Stille. Seine Hand verließ ihre Schulter nicht, bis sie den Terminal erreichten.

Rena stellte den Wagen auf dem Parkplatz gegenüber dem Flughafen ab und öffnete den Kofferraum. Charlie stieg aus und holte seine alte Nylonreisetasche und den Laptop heraus. Dann nahm er Renas Tasche und reichte sie ihr. Er legte ihr eine Hand um den Nacken, und zusammen gingen sie langsam zu dem Gebäude.

Sie standen nebeneinander vor dem Flugsteig der Pan Am am Check-in-Schalter. Keiner von ihnen sprach ein Wort. Rena biß sich auf die Unterlippe, um die Tränen zurückzuhalten, die in ihre Augen traten.

Er zog sie zu sich heran. So verharrten sie, bis eine Lautsprecherstimme verkündete: »*Atención por favor. El vuelo 125 de Pan Am que va a San Salvador, El Salvador. Esta aciendo la ultima llamada para abordar.*«

»Der letzte Aufruf«, sagte Rena.

Charlie nickte und ließ sie widerstrebend los.

Sie sah in seine traurigen Augen. »Ich werde dich diese Weihnachten vermissen, Charlie«, flüsterte sie und erinnerte sich daran, wie schön es gewesen war, als sie das Fest im letzten Jahr gemeinsam verbracht hatten.

»Ach was, in El Salvador ist es jeden Tag wie Weihnachten. Komm mich doch einfach mal besuchen.« Er zwang sich zu grinsen.

»Aber klar«, entgegnete sie und küßte ihn auf den Hals. Sie wußte, daß er sie nur aufheitern wollte.

Sechs Monate.

Wieder die Lautsprecherstimme: »*Esta aciendo la ultima llamada para abordar.*«

Er hielt sie noch für eine Sekunde fest, küßte sie innig und riß sich dann von ihr los. Ohne sich noch einmal umzudrehen, verschwand er durch das Gate.

Rena stellte sich an das Fenster und verfolgte, wie das Flughafentaxi ihn zu der wartenden Maschine auf der Rollbahn brachte. Erst als sie ihn nicht mehr sehen konnte, ließ sie ihren Tränen freien Lauf. *Bitte stirb nicht, Charlie. Bitte kehr zu mir zurück.*

Sechs gottverdammte Monate!

Rena verließ den Terminal und spazierte langsam zum US Air Terminal. Sie hatte es nicht eilig. Ihr Flugzeug würde erst in zwei Stunden abheben. Sie wollte nach San Francisco und Maura besuchen. Ein guter Tag für einen Besuch bei ihr, dachte sie. *Wenn Charlie fortgeht, brauche ich dringend eine Freundin.*

Sie nahm in der Cafeteria einen Kaffee zu sich und dachte an Charlie. Die *L.A. Tribune* hatte seine Kündigung nicht akzeptiert und ihm statt dessen eine Festanstellung als Auslandskorrespondent angeboten. Und man hatte ihm zugestanden, daß er sich selbst die Orte aussuchen durfte, von denen er berichten wollte. Zu Renas Leidwesen wollte Charlie vornehmlich in solche Länder, in denen gerade Krieg tobte und Menschen starben.

Alle Zweifel und Gewissensnöte, die sie davon abgehalten hatten, sich enger zusammenzutun, waren an jenem Septembermorgen im Napa Valley vernichtet worden. Der Geruch des Todes hatte sie einander nähergebracht. Alte Wunden und Ängste, die vorherige unglückliche Beziehungen in ihnen hervorgerufen hatten, verblaßten angesichts dieser Ereignisse zu einem Nichts. Sie wußten jetzt, daß sie einander brauchten. Und beide waren gleichermaßen überrascht, statt Düsternis und Ketten Freiheit und Sonnenlicht in ihrer Beziehung zu finden. Vor allem die Freiheit, sich so geben zu können, wie sie wirklich waren, weil sie genau wußten, daß die andere Seite sie so akzeptierte.

Komm bald zu mir zurück, Charlie!

Anderthalb Stunden später kam der Aufruf, die Maschine nach San Francisco zu besteigen.

Als das Flugzeug auf dem San Francisco International Airport landete, mietete Rena sich einen Wagen, fuhr über die Golden Gate Bridge ins Marin County und bog dort nach Napa ab.

Sie war wieder im Land der Weinberge, die sich links und rechts von der Straße erhoben. Die Reben hatten zu dieser Jahreszeit bereits ihr Laub verloren, und die nackten Ranken, die sich um die Pfähle wanden, erinnerten sie an tausend Kreuzigungen. Sie mußte wieder an de Montret denken und vermied es dann, den Blick auf die Weinberge zu richten.

Als sie am Polizeibüro von Napa vorbeikam, verkrampfte sich alles in ihr. Pinky saß dort in einer Zelle und wartete auf seine Gerichtsverhandlung. Nachdem Maura die Schußverletzung beinahe nicht überlebt hätte, hatte Pinky den Mord an Martin Bynum gestanden. Unter ständigem Schluchzen hatte er den Kriminalbeamten berichtet, wie er an jenem Tag auf Mauras Geburtstagsparty sie und Martin nicht aus den Augen gelassen hatte. Als die beiden die Party verließen, folgte er ihnen. Er sah, wie sie in der Winzerei von Peter McKinney verschwanden. Pinky fand ein kleines Loch in der Mauer und beobachtete das Paar bei seinem Liebesspiel. Das jahrelang aufgestaute Sehnen und die unerwiderte Liebe explodierten in ihm. Martin hatte alles. Alles! Er sah gut aus, war intelligent und hatte Maura. Voller Zorn rannte Pinky nach Hause und holte seine Schrotflinte. Als er zur Kelterei zurückkehrte, kamen Maura und Martin gerade heraus. Pinky versteckte sich hinter einem Rebstock und sah, wie die beiden lachten und Hand in Hand über den Weinberg zu Martins Haus rannten. Pinkys Herz drohte vor Kummer und Wut zu zerreißen. Er schlich ihnen hinterher und lief leise um das Haus herum. Dort konnte er durch das Fenster in Martins Zimmer sehen.

Die beiden standen dort nackt voreinander. Sie küßten sich leidenschaftlich und berührten einander am ganzen Körper. Pinky wartete in ohnmächtigem Zorn noch ein paar Minuten, dann begab er sich zur Hintertür und brach das Schloß auf.

Das fiel ihm nicht schwer, denn als Jugendlicher hatte er oft Wagen aufgebrochen oder war in Häuser eingestiegen. Einige Male mußte er deswegen vor den Jugendrichter treten.
Pinky schlich ins Haus und die Treppe hinauf. Die Tür zu Martins Zimmer stand einen Spalt weit auf, und er spähte hinein. Die beiden lagen im Bett und liebten sich schon wieder. Pinky fiel es schwer, nicht laut zu schreien. Er huschte in das Schlafzimmer von Martins Eltern. Dort wußte er, was er zu tun hatte. Er zog alle Schubläden aus den Kommoden und kippte sie aus, bis es in dem Raum so aussah, als hätten Wandalen dort gehaust. Plötzlich hörte er Martins Schritte. Er packte seine Schrotflinte, schob eine Patrone in die Kammer und wartete. Als Martin hereinkam, hielt Pinky ihm die Mündung an das überraschte Gesicht und drückte ab. Danach war das ganze Zimmer rot gefärbt. Pinky sah nach unten. Dort lag Martin. Ihm fehlte die vordere Kopfhälfte. Panik befiel Pinky. Er stürmte die Treppe hinunter und aus dem Haus. Er betete darum, daß Maura ihn nicht sehen würde.
Nach dem Geständnis fragten ihn die Ermittlungsbeamten, ob ihm bekannt war, daß Maura eine Hermaphroditin sei. Er hob die Hände vor das Gesicht und antwortete: »Ja, eigentlich ja.« Er hatte Maura zweimal nackt gesehen: in der Kelterei und in Martins Zimmer. »Nur wußte ich damals noch nicht, wie man so etwas nennt. Aber es hätte mir nichts ausgemacht. Meine Liebe zu ihr war so groß, daß mich das nicht gestört hätte.«
Auch wenn Pinky jemanden ermordet und Maura psychisch fast zerstört hatte, spürte Rena Mitleid mit ihm. Anders als Blythe Farnsworth war Pinky wenigstens in der Lage, Liebe zu empfinden. Pinky hatte der Polizei auch erzählt, wie sehr er sich nach der Tat selbst gehaßt und oft daran gedacht hatte, Selbstmord zu begehen.

Komm wieder zur Ruhe, Pinky, dachte sie. Jetzt hast du dir alles von der Seele reden können.

Als Rena Oakville erreichte, verließ sie den Highway 29 und fuhr zu dem Friedhof, auf dem die McKinneys lagen. Maura hatte Rena gebeten, sie dort zu treffen.

Je näher sie dem Friedhof kam, desto mehr mußte sie an ihre alte Freundin denken. Tränen traten in ihre Augen. *Meine arme, liebe Maura. Was hat diese Frau dir alles angetan*!

Der medizinische Befund war unglaublich gewesen. Blythe hatte Maura eine volle Woche lang unter Medikamenten und in Bewußtlosigkeit gehalten und sie intravenös ernährt. Während Maura ohnmächtig im Kombi lag, hatte Blythe ein Stück Gaze in ihre Vagina geschoben und so lange an den Innenwänden gerieben, bis sie genügend Vaginalflüssigkeit hatte, um damit den Penis des Lastwagenfahrers Arnie Baker zu beschmieren.

Und um an das Sperma zu gelangen, das sie in Harriet Crowes Vagina hinterlassen hatte, hatte Blythe Mauras Unterleib aufgeschnitten und die Samenleiter freigelegt. Sie führte diesen Eingriff mit demselben Skalpell durch, mit dem sie ihr Opfer kastriert hatte. Und es war ihr nicht in den Sinn gekommen, die Klinge vorher zu reinigen. Blythe machte sich danach auch nicht die Mühe, Mauras Wunde zu säubern und zu verbinden. Dieser Wunde hatte Maura dann die Infektion und das Fieber zu verdanken, das sie so schwer mitgenommen hatte.

Rena stellte den Wagen unweit des schmiedeeisernen Tores ab und lief zu Fuß zu den Grabsteinen. Frische Blumen lagen auf den Gräbern der McKinneys. Traurigkeit überkam Rena an diesem Ort. *So viel Leid und Schmerz sind hier vereint*.

»He, du bist spät dran«, rief Maura hinter ihr.

Rena drehte sich um und lächelte. »Tut mir leid. Auf der

Golden Gate Bridge fuhr man mal wieder Stoßstange an Stoßstange.«
Die beiden sahen sich für eine lange Sekunde an und fielen sich dann in die Arme.
Dann hielten sie sich an den Händen, und Rena fragte: »Wie geht es dir, Maura?«
Sie grinste. »Allmählich besser.« Sie stützte sich beim Gehen auf einen Stock. Ein Teil ihres Magens und ihr linker Hüftknochen waren von dem Schuß zerstört worden. Aber sie war jetzt über den Berg. Rena hatte sie an den letzten Wochenenden regelmäßig besucht.
»Danke, daß du hierhergekommen bist.«
»Du hast mich doch darum gebeten.«
»Trotzdem danke«, flüsterte Maura und blickte auf die Gräber ihrer Eltern.
Ja, sie sieht deutlich besser aus, dachte Rena. Ihr Haar war wieder von einem kraftvollen Blond, und sie ließ es wachsen. Sie wirkte noch recht abgemagert, aber ihre Haut hatte schon etwas Farbe gewonnen. Die gräßlichen Kopfschmerzen, das psychotische Verhalten, die Panikanfälle und die gelegentlichen Blackouts, an denen sie gelitten hatte, waren von den Medikamenten hervorgerufen worden, die sie von der Klinik erhalten hatte. Es waren die falschen Mittel gewesen, und ihr Körper hatte sie nur schlecht verarbeiten können. Maura befand sich nun in besserer psychiatrischer Behandlung und brauchte jetzt nur noch einmal die Woche das Krankenhaus in San Francisco aufzusuchen.
»Die Blumen sind wunderschön«, sagte Rena. »Hast du sie dorthin gelegt?«
»Ja«, antwortete Maura und humpelte zu den Gräbern. Sie berührte den Grabstein ihres Vaters. »Es ist an der Zeit, daß ich mit ihm meinen Frieden mache. All die Jahre habe ich ihn nur gehaßt. Ich habe mir den Mörder Martins immer mit

seinem Gesicht vorgestellt und darüber den wahren Täter fast nicht erkannt. Nun will ich versuchen, meinen Vater zu verstehen, ihn vielleicht sogar zu bemitleiden. Gut möglich, daß ich eines Tages Liebe für ihn empfinden kann. Ich wollte ihn immer lieben.« Ein trauriges Lächeln erschien auf ihren Lippen.

Peter McKinney hat seine Tochter geliebt, dachte Rena. Eines Tages wird sie das erkennen. Man muß ihr nur Zeit lassen.

Sie fuhren in ihren Wagen zu Mauras Haus.

Als sie von der Spring Mountain Road auf die Auffahrt abbogen, sah Rena, daß Manuel eine neue Düse an die Sprenkleranlage im Weinberg schraubte. Er entdeckte sie und winkte ihr zu. Rena winkte zurück. Letzte Woche hatte sie Maura gefragt, was sie jetzt, da die Goldmine ihres Vorfahren gefunden war, mit ihrem Besitz anfangen wolle. Maura hatte die Achseln gezuckt und geantwortet, daß sie erst einmal alles beim alten beließe.

Vielleicht würde sie eines Tages das Gold ausgraben. Und dann sollten Manuel und seine Elvera einen großzügigen Anteil davon erhalten.

Im Haus wartete ein Karton mit Rosen auf Maura. Er war abgegeben worden, als sie sich auf dem Friedhof aufhielt. Rena sah zu, wie ihre Freundin den Karton öffnete. Ihr Gesicht glühte wie das eines kleinen Mädchens, als sie die Karte las.

»Von wem kommen die denn?« wollte Rena wissen.

»Von Frank Barney. Er arbeitet als Arzt in der Free Clinic in Las Vegas. Wir haben uns, äh, angefreundet.« Maura errötete leicht.

Die beiden jungen Frauen traten hinaus in den Garten und nahmen auf der Doppelschaukel Platz, wie sie es als Kinder immer getan hatten.

»Weiß er es?« fragte Rena und stieß die Schaukel mit dem Fuß leicht an. Ihre Schuhe scharrten leise über die Holzbretter der Veranda.

»Daß ich zweigeschlechtlich bin? Ja. Er hat mir gesagt, daß man da operativ einiges machen könne. Ich habe ihm entgegnet, daß mir das bekannt sei. Ich wäre mir nur noch nicht im klaren darüber, ob ich einen solchen Eingriff an mir vornehmen lassen wolle.« Ihr Blick schweifte in die Ferne. »Ich bin so, wie ich bin. Die ganze Welt weiß jetzt darüber Bescheid, und ich kann es nicht mehr vor mir oder den Mitmenschen verbergen. Hinter meinem Rücken wird gar nicht soviel getuschelt und gekichert, wie ich befürchtet hatte. Im Gegenteil, ich habe viele Briefe voller Mitgefühl und Verständnis erhalten. Die Leute sind gar nicht so grausam, wie man immer meint. Bevor ich mich entscheide, will ich hinaus in die Welt. Will sie endlich genießen und umarmen... wovor ich mich in der Vergangenheit immer gefürchtet habe. Und danach werde ich weitersehen.«

Das alte Feuer war wieder in Mauras Augen. Seit Martins Tod hatte Rena es nicht mehr zu sehen bekommen.

Maura drehte sich zu ihr um und lachte: »Sollen wir wie früher ein Picknick machen?«

Rena grinste breit: »Aber immer!«

Elvera brachte ihnen Tamales, kaltes Huhn und Plätzchen, die sie auf einer Decke im Gras verspeisten.

»Er scheint ja ganz nett zu sein«, bemerkte Maura und griff mit einer Hand tief in die Plätzchentüte.

»Wer?« fragte Rena mit vollem Mund.

»Dein Freund. Der Kerl, den du letzte Woche mitgebracht hast.«

»Charlie?«

»Genau.«

Rena machte plötzlich ein trauriges Gesicht.

»Was ist denn los?« erkundigte sich Maura.

Rena erzählte ihr, daß er für sechs Monate fort sein würde.

»Wie blöd. Was für ein Mistkerl!« sagte Maura mit einem schelmischen Zwinkern.

Rena fing an zu kichern und hörte gar nicht mehr damit auf. Maura konnte sich nicht beherrschen und fiel in das Kichern ein. Alle Jahre, die dazwischen lagen, waren vergessen, und Maura und Rena waren wieder Kinder.

Ihre Finger fanden sich und verschränkten sich ineinander, und sie redeten und redeten, bis die Sonne untergegangen war und die Nacht empfindlich kühl wurde.

Die Welt um sie herum geriet wieder in Vergessenheit und existierte nicht mehr. Stärker als je zuvor waren Maura und Rena ihr eigenes Universum.

Knaur

Psycho-Thriller

(1555)

(1773)

(2910)

(2911)

(3086)

(2917)